香脆之荫

赵凊
陈光发 口述

紫茵 著

作家出版社

第二代	第三代	第四代	第五代	第六代

~泠（女）

~鸿 ── ~世琦 ── ~磊 ── ~舸 ── ~珂维
　　　── ~世瑛（女） ── 童焕 ── ~童诗雨（女）
　　　　　　　　　　　　童烨
　　　── ~世琮 ── ~嘉
　　　── 沈琚 ── ~航 ── ~佑琦

~源

~溥 ── ~绛（女） ── ~巽（女） ── 熊若冲
　　　── ~曦 ── ~晓（女）
　　　── ~岚（女） ── 陈祎（女） ── 丁雅姗（女）
　　　── ~建 ── ~静婉（女） ── 王仪涵
　　　── ~康（女） ── 李牧

赵椿煦（香畹）

~涵 ── ~鸰（女） ── 陈珵 ── 陈玥桓（女）
　　　── ~鹏 ── ~明玮

~涓（女） ── 陈志音（女） ── 王律迪 ── 王璟慈（女）
　　　　　　　　　　　　　　　　　── 郝璟延
　　　　── 陈志钢 ── 陈韵（女） ── 陈天勇

~溶（女） ── 李渡 ── 李俐颖（女） ── 肖芊伊（女）
　　　　── ~斌洁（女） ── 刘珏伶（女）

~江 ── ~建 ── ~继畹 ── ~嘉茜（女）
　　　── ~逊 ── 高凤 ── 高一然
　　　── ~琴（女） ── 时乙夫

~洵（女） ── 王晓星 ── 王鹏 ── 王爱涵
　　　　　　　　　　　　　　── 王爱泽（女）
　　　　── 王晓阳 ── 王玮鸿

~沚（女） ── 马宇涛（女）
　　　　── 马宇觉（女）

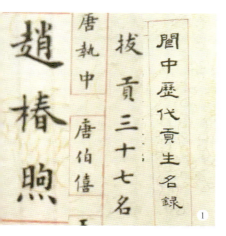

1 / 现存于四川阆中贡院里的香畹入列拔贡名录

2 / 赵淯的父亲赵香畹（1871—1939）

3 / 赵淯的母亲沈祖静（1893—1937），根据赵淯回忆描述，宋韬绘制

4 / 香畹的老友、沈祖静的堂兄和亲家沈鄂生（左5立者）、沈吴氏（前坐者）和长女沈洪霖（左3）、长婿赵鸿（右3）携子龙增（伯翔）、凯曾（仲达）、麟曾（叔凌）、耀曾和小女叔敏（左1）

5 / 香畹的长子、赵淯七哥赵鸿和沈洪霖1930年在成都结婚

6 / 陈光发的父母陈文智与陈侯氏（1934年秋摄于永济县城）

1

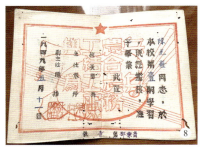

1 / 香畹的三子、赵濬九哥赵溥（子博）和叶安丽 1947 年在康定结婚

2 / 1948 年元月，赵濬毕业于四川省立艺术专科学校

3 / 1948 年 1 月，陈光发（右）与战友张庆华入伍（摄于临汾县照相馆）

4 / 1948 年 2 月，赵濬和大二姐赵涪（韻华）、七哥赵鸿之子赵世琮

5 / 1949 年 1 月 9 日，赵濬（前左中）在亨德尔清唱剧《弥赛亚》中担任领唱，图为演出后合影（前排左起：蒋樵生、？、石中强、蔡绍序、赵濬、郎毓秀、郎毓贤；二排：左 6 李千、左 8 黄家玥、右 4 杨雪帆，三排：右 3 陈光煜、右 5 曹镜涛）

6 / 1949 年冬，陈光发（前左 2 肩披值星绶带者）与西北军政大学部分南下人员在西安兴国寺驻地合影留念

7 / 1949 年 5 月，陈光发毕业于西北军政大学二部

8 / 陈光发在西北军政大学二部毕业证

9 / 1950 年冬，陈光发（中）和西艺同事李沛（右）、文进魁（左）赴上海采购教学设备，在上海的四川饭店房间对账

1 / 陈光发 1950 年初秋在重庆求精中学操场（吕琳摄影）

2 / 1951 年夏，西南人民艺术学院第一期专科学员队党支部书记陈光发（前排中）和支委陈战胜（前排左）、张淑华（前排右
　李新学（后排左）、枫波（赵万堂，后排右）合影

3 / 1951 年，陈光发（右 3）和西南人民艺术学院第一期学员合影，前排左 3 为四妹赵洵

1 / 1951 年春，赵淯（后排中）和原成都军管会文工二队的战友合影，后排左起：
　　罗念云（她的女儿笈小娴是赵淯七十年代的声乐学生）、曾繁柯（后为重庆市歌
　　舞团作曲家）
2 / 1953 年夏，赵淯、陈光发恋爱在西艺
3 / 香畹的三女赵溶和李春福 1953 年在眉山结婚
4 / 陈光发 1953 年任四川音乐学院第一任人事科长

1 / 香畹的四子赵涵和沈愚鸽 1953 年 5 月 31 日在雅安结婚

2 / 1953 年 9 月 19 日，赵淯、陈光发结婚证书

3 / 香畹的二女赵淯和陈光发 1953 年 9 月 19 日在重庆结婚

4 / 1954 年夏，四妹赵洵和王啟东大学毕业合影

5 / 1954 年夏，赵淯怀着女儿，参加大专院校新党员学习班，同组的川音（前排左 1 张舒阳、二排右 1 赵玉华）
及川大、川医的教师医生合影

6 / 1954 年 9 月 19 日，赵淯、陈光发结婚周年，女儿孕于母腹

1 / 1956—1957 年，赵淯（二排左3）在罗马尼亚专家班同郎毓秀（前排右3）、郑爱斐（前排右1）、杜枝（前排右2）、刘亚琴（前排左1）、陈世华（前排左2）等

2 / 香畹的四女赵洵和王启东1956年在昆明结婚

3 / 香畹的五子赵江和肖丽芬1956年在阆中结婚

4 / 1957年夏，和西南音专同事合影：前排左起：李明珠、赵淯、宋树秀、程远鹤（著名画家吕琳之妻）、胡璧莹，后排陈家啸、宋文芳、李守桢、钱维道、廖纲源

四川音乐学院第七届毕业留影 60.9.9

1 / 1958年夏，赵渭（二排左2）、德哥赵涵（后排中）、幺弟赵江（后排右），大二姐赵涪（韵华，二排左）、三妹赵溶（二排右）、三妹夫李春福；前排左起：赵渭女儿小音、赵涵儿子赵鹏和女儿赵鸽、三妹赵溶儿子李渡

3 / 1959年夏，儿子小钢和阿姨李素芳

4 / 1960年9月，院系领导与毕业班师生（前排左起）毕受明、丁孚祥、邢学智、葛庆福、羊路由、常苏民、郎毓秀、刘文晋、赵渭、何惠仙、马惠文、张季时、陈光发、江隆浩

5 / 1961年六一儿童节，赵渭的全家福

1／香畹的五女赵沚1961年在西昌初婚；1990年和刘永昌成都再婚

2／1361年，赵溶、李春福和儿子李渡

3／1962年，四妹赵洵（前中）和王啟东（后中）随云南省歌舞团晋京演出，同侄子赵世琦（后右）、
侄媳赵宗瑄（前右）、侄子赵世珂（后左）、侄女赵世瑛合影

4／1963年10月，赵淯（二排右1）、陈光发（四排右2）与学院领导师生合影

5／1964年，幺弟赵江、弟媳肖丽芬和儿子赵建（小）、赵逊，女儿赵琴全家福

6／1964年夏，赵淯同赴阿坝采风创作组毕兴（左1）、周亨芳（左2）、曾庆蓉（右1）、杨湘澄（右
3）、邓述荟（左3）在新园

1 / 1965年，陈光发大姐陈金花（后排中）和幺儿李廷安（前排右）到成都

2 / 1968年9月，赵淯（二排左3）第一次携子女回山西，同陈光发的叔父陈文胜、朱剪子夫妇（二排中）等亲友合影

3 / 1969年，陈光发（前排右2）参加教探队于乐山井研县

4 / 1976年，五妹赵沚、妹夫马德恩和他们的女儿赵斌洁（后）、马宇涛（左）、马宇觉（右）

5 / 1979年寒假，赵淯和声乐主科学生张琳娜（78级，左）、陈卓华（76级，右）合影

6 / 1980年，陈光发（左2）、田宝莹（左1）、宋大能（右2）等院领导同钢琴系杨汉果教授（右1）、刘忆凡（中）师生合影。刘忆凡是中国改革开放打开国门后第一个重大国际钢琴比赛获奖者

/ 1981年寒假，陈光发（右3）全程陪同郎毓秀教授（左6）与其女肖桐（左4，钢琴伴奏）演出"告别舞台音乐会"
/ 1982年8月，女儿陈志音和王志明在成都结婚
/ 1983年7月，四妹赵洵、启东、晓星、晓阳一家和五妹赵沚、马宇觉母女
/ 1983—1984年，陈光发在北京中央教育行政学院高教干部进修班
/ 1984年7月，陈光发在中央教育行政学院高教干部进修班结业

/ 1985 年，陈光发（前排右 4）等院系领导与毕业班师生

/ 1985 年 12 月，儿子陈志钢和胡为萌在成都结婚

/ 1986 年冬，左起：三妹赵溶、赵湝、德哥赵涵、五妹赵沚、七哥赵鸿在川音老演奏厅前

/ 1987 年，陈光发（前排中）等院系领导和毕业班师生

/ 1989 年清明节，和九嫂的子女、外孙女、孙女在成都北郊磨盘山祭奠九哥赵溥

/ 1992 年，赵湝（中）和艺专老同学江隆浩（右 1）、周静（右 2）、苏可让（左 1）陪同从祖国宝岛回大陆探亲的省艺专
老同学石蕴秀（左 2）欢聚

/ 1992 年 6 月，赵湝和郎毓秀二重唱《深深的海洋》，艺专老同学蔡幼珠伴奏

/ 1994 年 11 月，左起：郑爱斐教授（女儿的钢琴启蒙老师）、丁孚祥教授（儿子的大提琴启蒙老师）夫妇，赵湝、陈
光发和陈世华、甘若思夫妇聚会

1 / 1995 年 10 月，同陈世华、甘若思夫妇在康苑宿舍门口合影
2 / 1996 年 10 月，赵淯、陈光发和亲家孟宪芝、胡鸿洲夫妇
3 / 1996 年五一节，成都部分亲友聚会
4 / 1998 年，赵淯（前右 4）、陈世华（前左 4）等音乐系退休教师参加音苑合唱团，赴无锡全国老年合唱节
5 / 1999 年 10 月—2000 年 3 月，第一次赴美探亲，和孙女陈韵在圣多纳
6 / 2000 年，赵淯小表哥沈麟曾（前排右 1）、张令彝（前排左 1）夫妇从新疆回蓉探亲合影
7 / 2002 年 2 月，应四妹赵洵、启东之约前往云南旅游

1 / 2004 年，和外甥女（婿）合影。左起：刘锐、赵斌洁、马宇涛、赵淯、陈光发、丁勇、马宇觉

2 / 2006 年春节，赵江、丽芬和子女全家福

3 / 2008 年 5 月，赵淯和幺弟赵江之女赵琴、三妹赵溶之女赵斌洁合影

4 / 2009 年 6 月 6 日，陈志音之子王律迪和郝迪曦结婚

5 / 2012 年 3 月，"老顽童"在北京大运河森林公园

6 / 2012 年 5 月，同韩立文教授（左 1）、但昭义教授（左 2）等在青城山度假

7 / 2013 年 9 月 19 日，结婚六十周年纪念日

1 / 2014 年 3 月，在北京与声乐系毕业生著名男高音歌唱家范竞马

2 / 2014 年 12 月，在北京和女儿及其亲家为重外孙庆生

3 / 2015 年 3 月 15 日，陈志钢之女陈韵和迈克·圣坦纳结婚

4 / 2015 年冬，在国家大剧院观看歌剧《骆驼祥子》

5 / 2016 年 5 月，同三妹、五妹及子女后辈欢聚百花世家

6 / 2016 年 10 月 2 日九十大寿，在成都老厨子酒楼

7 / 2016 年 10 月 2 日九十寿诞，同本家亲友在成都老厨子酒楼

1 / 2017 年 3 月 1 日，"三家巷"三对夫妻（左起：韩立文、宋大能，毕兴、彭泽金，赵渢、陈光发）齐聚陈家

2 / 2018 年 1 月，同彝族学生沙呷（左 1）、巴莫尔特（右 1）夫妇在凉山欢聚

3 / 2018 年 1 月，同老友陈世华、甘若思之子（媳）在凉山。左起：唐渝生、甘国农、赵渢、陈光发、甘国工、谢和光

4 / 2018 年 9 月 19 日，结婚六十五周年纪念日

5 / 2018 年 11 月，赵渢参加郎毓秀教授诞辰 100 周年学术座谈会

6 / 2018 年 12 月 29 日，同儿女和毛舅沈祖寯的子女沈珏（前左）、沈澎（后右 2）、沈涛（后右 1）重逢欢聚

7 / 2018 年 12 月 31 日，本家亲友共庆新年

2019年1月，在北京艺专老同学著名作曲家罗忠镕、李雅美夫妇家

2019年2月7日，在北京和七哥赵鸿的长媳宗瑄（前左1）、长孙赵磊（后左2）、孙媳蒋仲彦、孙女赵青聚会

2019年2月8日，在北京同女儿一家及其亲家重聚

2019年秋季院庆期间，同川音老学生蔡莺（左3）、徐承容（左5）、林琪美（右5）、熊安丽（右3）等合影

2019年9月25日，四川音乐学院时任党委书记周思源同志（右3）等为陈光发送来"庆祝中华人民共和国成立70周年"纪念章

2019年11月，回阆中同幺弟媳肖丽芬(前排右2）及子女合影

1 / 2019 年 11 月，在阆中老宅门前

2 / 2019 年 11 月 22 日，第一次走进新落成的成都城市音乐厅

3 / 2019 年 12 月，同赵玉华、邹家驹夫妇（前排右 1、2，为赵济、陈光发证婚人），后排左起：钢琴教授蔡萼、小提琴教授胡惟民、前任院长黄万品教授、钢琴教授彭时俊和李珩

4 / 2020 年 5 月 10 日，新冠后第一次下楼晒太阳

5 / 2020 年 9 月 29 日，赵济和赵沚在成都锦亦缘酒店

1 / 2021 年 6 月，双双荣获"光荣在党五十年"纪念章

2 / 2021 年 7 月，亲临德哥赵涵之孙赵明玮（右 5）和朱莉娅钢琴博士孙麒麟（左 5）音乐会

3 / 2021 年 9 月 19 日，结婚六十八周年纪念日

4 / 2021 年 10 月 2 日，同五妹赵沚夫妇及子女、三妹赵溶的子女等在滨江仁和酒楼

1 / 2022年2月3日，在德哥之子赵鹏（右1）媳夏茜（右4）家，同九哥之子赵建（左1）媳油红（右2）、德哥之女赵鸽（左4）团年

2 / 2022年3月，在校门口读报，关心国际国内时政

3 / 2022年端午节前夕，同钢琴教育家李秀美教授、著名歌唱家朱宝勇夫妇合影

4 / 2022年6月2日，在成都兰桂坊

5 / 2022年端午节，赵淯、陈光发和德哥的女儿赵鸽（前排左1）、女婿陈德安（后排左1），儿子赵鹏（后排右1）、儿媳夏茜（前排右1）、孙儿赵明玮小聚于成都兰桂坊天府掌柜

目录
CONTENTS

目录

"口述音乐史"的目光

——为紫茵《香畹之荫》序

□ 梁茂春

2022 年初我接到志音（紫茵）的微信，她终于完成了她为父母亲所写的专著"口述纪实"，希望我能够为她这本新作写一篇《序》。我无法拒绝，也不想拒绝。因为"口述音乐史"是我晚年（七八十岁时）所做的一个学术之梦——"口述音乐史之梦"，我与志音在"口述音乐史"这个专题上已有多年交集，她曾多次真诚表示："是梁老师把我引上'口述音乐史'这条路。"

我和陈志音在音乐学术的交往过程中，有一个关键节点：2016 年春我应中国音乐学院之邀，为他们的研究生课程"音乐口述史方法研究"讲了一次课，题目是《"口述音乐史"十问》。[1] 这是一次开放式的"研讨课"（Seminar），因此我特别邀请了在"口述史"理论和实践方面颇有建树的谢嘉幸教授、陈志音老师和丁旭东博士后作为课堂嘉宾参与学术讨论。我还专门把志音的《中国当代音乐家访谈录》[2] 作为这次研讨课课前必须阅读

1　参看《"口述音乐史"十问——2016 年 5 月梁茂春教授在中国音乐学院的讲学记要》，刘鹤红记录、整理。载《天津音乐学院学报》2016 年第 3 期。

2　陈志音著：《中国当代音乐家访谈录》，上海音乐出版社 2012 年出版。

的参考文献。大概这一次课也给志音留下了难忘的记忆，她此后曾多次和我说：从此她愿意为中国的"口述音乐史"做更多的事情，包括要做她对父母的口述访谈。我对她说："你要抱着'抢救史料'的态度来努力访谈。"现在，她为父母亲所做的"口述纪实"将要公开出版，我理应为之写点什么。

2022年1月9日，新冠疫情高涨期间，我收到了志音快递来的打印书稿——《香晚之荫》（第三稿），沉甸甸、厚厚的一本，足有三百五十多页四十余万字。我通读一遍之后感到了为难：这并不是一本单纯的"口述音乐史"著作，志音还在"非虚构文本写作""采访实录""活着的历史"和"浸入式访谈"等诸多方面进行了探索。而"口述音乐史"之外的学科均非我所长，属我之短板。我在这里只能在"口述音乐史"这一亩三分地的小范畴中谈谈我的粗浅想法。

"口述音乐史"的目光

我觉得"口述音乐史"是一种非常有利于我们深入做好"中国现当代音乐研究"的学术方法，它的学术目光非常独特，能够为我们的音乐史研究提供诸多新鲜的原则。扼要说几点如下。

第一，"口述音乐史"的目光专注历史真实，它的视野投向历史的纵深。

"口述史"的重要作用，最主要的是对传统"文字史"的重大突破和补充。中国数千年的文字史，实际上都是"皇家历史"，亦称"官史"，一切全由皇家说了算，因此充斥了荒谬和欺骗。正如梁启超在二十世纪初所写的："二十四史非史也，二十四姓之家谱而已。"[1]大意是说：中国传统的"二十四史"并不是真实的历史，而只是当皇帝的那二十四个姓氏的家

1　梁启超：《新史学》。载1902年《新民丛刊》。

谱而已。它们仅仅是为当权者所写的。梁启超的这句话一针见血地揭示了"中国历史"的虚假性的一面。中国历史还有一个长期的陋习是"为尊者讳"。皇上所做的许许多多伤天害理的坏事，都会被隐讳掉，被过滤掉。这就使中国传统历史从根本上失去了真实。

"口述音乐史"的根本目标是追寻历史的真相。它的视野投向历史的纵深处，使我们能够从更宽阔的范围去看中国的现当代音乐史，以使历史尽量接近真实，接近自然生态。历史绝不仅仅存在于"圣旨"和"官方文书"中。历史的真实往往存在于民众的口述中。

第二，"口述音乐史"的目光专注草根民众，它的视野投向社会的中下层。

传统历史的目光集中于帝王将相、社会精英；口述音乐史的目光则专注于大众百姓、草根微民。这是一种向下看的目光。历史不再是帝王将相的赞歌，历史是凡人小民的歌唱。

在口述史工作群体的心目中，芝麻之小，芥豆之微，均有毫光；微尘群体，卑微众生，也有不朽的历史价值。口述历史根本的意义就是为广大的弱势群体发声。中国的大多数草根人群都具有"位卑未敢忘忧国"的家国情怀，他们的生活不乏波澜壮阔，他们辛酸曲折的人生经历同样具有开拓进取的精神。他们留下的一页日记、一帧照片，或一段凡人口述，同样也是一截历史，一截真实而鲜活的历史记忆。

"口述音乐史"重视口述者心目中真实的历史印记。它采用人类学生活史的研究方法，力图通过田野采访和口述记录走进真实的历史，获得历史的活态图景。口述者用生命来叙述历史，因此历史带有了生命。口述史通过小人物观大时代的浪潮起落，透过大时代看小人物的命运遭际。口述史尊重底层民众的声音，这是一种为众生的历史，体现了对普通人的人文关爱。

第三，"口述音乐史"的目光专注个人记忆，它的视野投向不同的灵魂。

如果说传统的"文字历史"注重的是上层的"宫廷记忆"，那么，"口述音乐史"专注的是中、下层民众的个体记忆。"口述音乐史"特别尊重个人的历史话语权，尊重口述者叙述他心目中的音乐历史记忆，珍惜他为历史记叙提供的鲜活生动的史料实例。既尊重他可以公开、可以发表的回忆，也尊重他的隐私，暂时不能公开的私密内容可按照口述者的意愿在若干年之后再行公开。

要让口述者无保留地把能够公开的记忆和属于隐私的记忆全部都说出来，这是很不容易做到的事情。只有你先能够向他交真心，他才能把真心交给你，对你和盘托出。最高境界的交心是真朋友之间的交谈，就如古词中写的："一壶浊酒喜相逢，古今多少事，都付笑谈中。"[1]

口述史将视野对准有趣的音乐灵魂，努力将经历了数十年风雨的灵魂浓缩在访谈之中，并将带着体温和灵魂的生命史奉献给音乐爱好者。在"口述音乐史"工作者的心目中，生命和人文精神高于一切。

"口述音乐史"工作中最常遇到的一个难题，总会有人发出诘问："一人口述、一人记录的音乐资料，有可靠性吗？"这真是一个难以回答的谜题。我想说明的是：很多佛经，包括最著名的《金刚经》都是"一人口述，一人记录"的。《金刚经》是佛口述的，由佛的堂弟阿难记录。在佛将要涅槃的时候，阿难问佛："你要走了，将来我要记录你的言语，别人怎会相信呢？还以为是我造假的。"佛说："你在每一本经开始时，加上'如是我闻'四字。"这就是佛经开始时都有"如是我闻"（我听到佛是这样说的）这四个字的来历。[2] 口述史工作者不妨都学一学：在你整理的每一篇口述时，你必须写明什么时间、什么地点、什么人、说的什么话。这就可以了。至于资料的可靠与否，就让历史来做结论吧。

在口述史群体的目光中，凡人口述和圣旨、文书、公报等文字资料，具有同等的历史价值。

第四，"口述音乐史"的目光专注历史边角，它的视野投向历史的边缘处。

1　明·杨慎：《临江仙·滚滚长江东逝水》。
2　参看南怀瑾讲述：《金刚经说什么》，北京师范大学出版社1993年出版，第13页。

不是说"口述音乐史"不能注意历史的主流，而是强调主流和边缘同样重要，既有主流又有边缘，才能构成历史的完整画面。"口述音乐史"工作者往往能够在荒远的沙漠中寻找到一汪清泉，常常能够在荒山的石缝里发现一朵野花，这些都能够给历史提供新鲜而珍贵的信息，给历史找到重要而被遗漏掉的史实，为历史增添光彩。

第五，"口述音乐史"的目光注重录音录像，它的视野投向历史的档案。

"口述音乐史"工作注重口述者的录音和录像。只有录音、录像和原始记录稿能够完整地表现出"口述音乐史"的真实内涵。口述史，口述史，它的真正价值往往只存于口述，一经公开出版，就往往会发生不同程度的变化：轻则删改，重则阉割。因此，出版了的"口述史"，实际上已经不是严格意义上的"口述"了。"口述音乐史"和公开出版物已经不是一码事儿了。当我们阅读到公开出版的"口述音乐史"时，你心里就要先问一个问题：这个出版物被删除了多少珍贵的历史信息？公开出版物必然会受到时代的约束，而历史是永恒的。

所以，最重要的事情是：保存好你采访的录音、录像和原始记录文本，将它们保存到可靠、可信的图书馆、档案馆中，永远保存，留给历史。

综上所述，"口述音乐史"的五个目光，是人类智慧在历史视野中的重要表现。仅写以上五点，为"口述音乐史"摇旗呐喊。

"口述音乐史"是一条漫长而充满荆棘的苦路。道阻且长，行则终将至。

紫茵《香畹之荫》的特点

紫茵的盛情邀约，给了我叙述心目中的"口述音乐史"一个平台。我从头至尾阅读了紫茵的《香畹之荫》第三稿的每一个字，因为紫茵的文笔确实了得，很吸引人！大家一读就知道了。上述五点，即"口述音乐史"

的五个特殊目光或视野，都和紫茵的《香晚之荫》能够紧密地挂得上钩。这里仅从第四点——"'口述音乐史'的目光专注历史边角，它的视野投向历史的边缘处"来谈一谈紫茵这本书的特点。

音乐历史中的每一个人群，都是可以分为主流和边缘两大部分的。属于"主流"或"上层"的人群，只占很小的一部分；而属于"边缘"或中层、底层的人群，却占了绝大部分，估计得占百分之九十以上吧！"口述音乐史"专注历史边角的目光，就可以从广大的中、下层的音乐人群中获得生动而精彩的音乐史料。这为音乐史研究拓展了宽阔的道路。

紫茵的母亲赵淯（四川音乐学院声乐教授，今年已九十六岁高寿）和父亲陈光发（四川音乐学院前党委副书记兼副院长，今年也已九十五高龄），他们二老虽年届耄耋，难得身体健朗，记忆准确，口述生动。虽然他们在音乐学院中是教授和院领导，但在整个音乐史中也只能处于"边缘"地带，在正统的音乐史上是难以有他们的地位。然而今天在"口述音乐史"上，却堂登上了主角的地位。他们所述多是私人私事，却深具社会价值和历史意义。兹举数例。

第一例，书中赵淯口述的她在四川省立艺术专科学校音乐科学习音乐五年（1943—1948 年间）的具体情况，为中国现代音乐教育史提供了许多珍贵的史料。四川省立艺专音乐科主任是许可经，这是一位在中国近现代音乐史上名不见经传的踏实苦干的作曲家，他在抗战期间谱写了许多救亡歌曲和其他体裁的音乐作品。他团结了许多音乐家在艺专音乐科工作。除了许可经之外，对赵淯影响较大的教师还有如下几位：马革顺、王云阶和叶冷竹琴。

马革顺先生当时在省艺专音乐科讲授"音乐欣赏"和"视唱练耳"课。在赵淯记忆深处，马先生在星期日都会带着赵淯、罗忠镕和郑孝玉几位学生去教堂唱赞美诗，这也成了赵淯课外最大的兴趣所在，她对西方文化和宗教因此有了越来越深入的了解。

王云阶当时应聘在艺专音乐科和南虹艺专任教，生活十分困难，贫困潦倒，赵淯和同班同学蔡幼珠了解到王先生贫病交加的惨况后，毅然闯到成都市长陈离[1]的办公室去反映王老师的困难情况，在两位女学生的感召下，陈市长不仅本人捐款，还动员同僚施以援手。王云阶获成都各界声援资助，成功举办作品音乐会。赵渢教授大概不会想到：这件事给王云阶留下了永远美好的记忆。在王云阶的晚年，笔者曾于1980年11月下旬在上海采访他，他在谈到成都这一段生活时对我说："我是1944年秋到成都的，应聘在南虹艺专和省立艺专音乐科任教。当时是抗战后期，生活极其艰难，但是在众多学生和朋友们的帮助下，我1945年曾经在成都举办了两次'王云阶先生音乐作品欣赏会'。"[2]当时王云阶还特别拿出了他保存多年的舞蹈家吴晓邦就这次音乐会所发表的评论文章，文章中写，音乐会"节目中大部分是属于歌唱方面的，可以说作者在抗战中已寄予了无限的热情，为抗战歌唱，为祖国而作曲"。[3]由此可见，王云阶自己对于这两次个人作品欣赏会是多么看重。

赵渢的回忆中特别提到了她的声乐主科老师叶冷竹琴：1945年升读三年级时，赵渢的声乐主科老师换成了叶冷竹琴教授。这位教授是留美学习声乐回国的权威专家，只教高年级主科学生。在她亲自授课下，赵渢取得明显进步。赵渢说："关键是她确定我的声部为Alto，这种介于女低音和女中音之间的声部很少见。"[4]叶冷竹琴教授是一位很有教学经验和成就的声乐教师，曾在金陵女大的音乐系任教，培养出很多优秀的歌唱家，包括赵渢教授。在赵渢教授的身上，似乎可以看到叶冷竹琴教授精神的传承。

上述马革顺、王云阶和叶冷竹琴三位老师，当时都在四川省立艺专音乐科工作。在以往的中国近现代音乐史上，关于音乐教育机构，大多注重京、上、广这三大城市的音乐学院或音乐系，像成都的四川省立艺专音乐

---

1 陈离(1892—1977)，四川安岳人，国民革命军中将。1937年任一二七师师长，率部出川抗日。1944年任成都市市长。新中国成立后任民革中央委员、人大代表、中央农林部副部长等职。

2 引自笔者于1981年11月21日对王云阶的采访记录。

3 吴晓邦：《云阶和我——介绍王云阶先生音乐作品欣赏会》。载成都《华西日报》1945年3月8日。

4 见本书第72页。

科也属边缘机构，很少有人提到。而在紫茵的这本口述史中，四川省立艺专音乐科似乎也成了"主角"。在这个音乐科里，除了科主任许可经和上述三位教师之外，还集中了像俞鹏、蒋樵生、蔡绍序、费尔曼、刘文晋等师资力量，培养出了如马稚甫、罗忠镕、邓绍琪、韩德章、郑兴丽和赵渭等优秀的学生。四川省立艺专音乐科理所当然地应该在中国近现代音乐史上占有一席之地。

紫茵父亲陈光发口述的关于"西北艺术学校"1948年的历史情况，也具有重要的史料价值。他在山西参军之后，作为"农村兵"，参加了西北艺术学校二部（在山西临汾）音乐部的第一期学习，随董起学习小提琴，随马惠文学习《乐理初步》，并从此走上了艺术工作之路。紫茵书中还引用了1948年11月10日《晋绥日报》登载的署名李兴文的消息："十月十九日，边区文化界纪念鲁迅先生逝世十二周年会后，遵照贺龙司令员的指示，复将该校范围扩大。……校名定为'西北艺术学校'，校址设兴县（一部），并在晋南临汾设二部。"[1]1949年春又在刚刚解放的西安成立了西北军政大学艺术学院。"西北艺术学校"和"西北军政大学艺术学院"都是在贺龙司令员的领导下成立的，校长都由贺龙亲自担任。教员中有很多人原来都是一二零师"西北战斗剧社"的成员。以往的音乐史研究中重心都在"延安鲁艺音乐系"，其他根据地的许多音乐教育机构都受到了忽视。因而本书提供的史料特别应该珍惜。本书图片部分第3页的照片7，就是1949年5月陈光发从西北艺术学校第二部第一期学员毕业时的合影，记录了这所艺术学校办学的盛况。

陈光发在参加"西北艺术学校"音乐部的第一期学习之后，中国的革命形势迅速发生了翻天覆地的巨变：很快西安就解放了，西北艺校随贺龙部进入西安，参加了盛大、隆重的1949年10月1日西安的开国大典。紧接着，贺龙校长给西北军政大学作了"进军大西南"的动员报告，12月上旬大学就开始做向大西南进军的准备。12月7日成都和平解放之后，学校

1　见《晋绥日报》1948年11月10日刊登的李兴文的文章。

接到命令：立即到成都参加入城式。在成都北郊的三河场，艺术学院学习乐器的学员临时组成了一支混合乐队，既有铜管木管、大号小号，也有大提小提、二胡板胡。1949年12月30日是成都民众欢迎解放军入城式，"那天临出发之前，我们集合列队在坝坝头先演奏了《人民解放军进行曲》和《三大纪律八项注意》两首曲子，贺龙校长听了特别高兴，冲我们比大拇哥。他亲自率领部队，乘坐第一辆吉普车，紧接着我们艺术学院仪仗队大卡车浩浩荡荡出发了。我在第一辆卡车上，前面有毛泽东画像。"同一辆车上有吹黑管（单簧管）的邢学智、任耀先，吹拉管（长号）的李自元，吹小号的田书圣，吹（长）短笛的王庚戌，还有拉大提琴的任思明，我和张正平拉小提琴……百度可查珍贵老照片：毛泽东画像打头的卡车上，在驾驶室门边的脚踏板上，有位青年军人欢颜绽放笑容灿烂。"我一眼认出他就是董起嘛，我们的小提琴教员！"这段口述记录了一个时代变迁的重要时刻——成都和平解放后人民解放军盛大的入城式场面，也提供了解放战争时期一位重要音乐家董起的照片史料。1948年贺龙领导的一二〇师西北战斗剧社创作并演出了歌剧《刘胡兰》，是《白毛女》之后的又一部优秀歌剧作品，而董起是参加歌剧音乐创作的人员之一，这是我第一次看到董起的照片形象。照片上的人物虽然十分模糊，亦弥足珍贵。

赵渻、陈光发共同口述的关于成都军管会文工二队的成立情况（1949年底）和西南人民艺术学院音乐系创办的情况（1950）等，都是一般音乐史上难获一见的珍贵史料；而二老共同口述的西南音乐专科学校成立情况（1953）和四川音乐学院创立情况（1959）则都是四川音乐学院的重要院史材料。从此之后，他们二人的命运就和四川音乐学院密不可分了。

以上仅从"'口述音乐史'的目光专注历史边角，它的视野投向历史的边缘处"来谈了紫茵这本书的一些特点。实际上，这本书的全部内容，都可以和我前述"'口述音乐史'的五个目光"存在着显性的或内在的深刻联系。人们常说"生命如歌"，读完了紫茵的这本口述实录，足可以理解这四个字的真谛了。不要小瞧了大时代中的私人琐事，它们都和大时代紧密相连，都是大时代中的小浪花。紫茵著作的字里行间总洋溢着对父母的尊爱和孝心，充满了温暖的人性之光，纯粹而动人。当我们用有生命力的学术视野去重新发现口述资料的历史意义时，就能够懂得个体回忆在音乐历史研究中的重要价值。

感谢紫茵！为我们当代的"口述音乐史"研究又提供了力作！

2022 年 5 月

自 序

　　紫茵在国内第一、目前唯一音乐专业报纸《音乐周报》任职期间，曾采写过数百位中外著名音乐家。上海音乐出版社 2012 年推出紫茵第一部专著《中国当代音乐家访谈录》，中国音乐家协会名誉主席吴祖强、时任主席赵季平亲笔题词，现任主席叶小纲和著名作曲家高为杰教授应邀作序。全书五十余万字计有李凌、李德伦、丁善德、傅聪、刘德海、王健、乔羽、但昭义、郭淑珍、张立萍、廖昌永、卞祖善、张国勇、余隆、郭文景、陈其钢、邹野等五十位音乐家的访谈文章。毫无疑问，这是目前国内正式出版的最集中最完整的音乐家访谈文集。

　　可是紫茵从未采写过自己的父母。因为同"著名音乐家"相比，他们实在太过普通——四川音乐学院一名普通干部和一名普通教师，普通到经年以来，从未进入任何一个记者的访谈日程。2007 年春天，《北京青年报》"私人别史"栏目责任编辑刘净植向紫茵约稿。"这是为普通人开辟的窗口"，净植温婉的语音至今萦绕于心。于是，紫茵驾轻就熟完成两篇约稿：《非常钢琴·非常琵琶》写我本人，一个女记者的学琴经历；《与京剧相伴一生的弦索情缘》写我先生，一个作曲家的音乐之路。其时，似也动过心思念头，普通人亦可进入私人撰写的"别史"，要不要写写我的父母？但那些年紫茵忙于名家访谈写作，一个接一个、一篇接一篇，好像一直没顾得上去做父母口述访谈。

2016年春天，中央音乐学院梁茂春教授邀约紫茵，参加他为中国音乐学院研究生举办的讲座《口述音乐史十问》。一个音乐记者和口述音乐史有何关系？有啊！梁教授几句点拨让一头雾水的紫茵茅塞顿开。5月5日晚间的讲座内容包含：一、梁教授本人发表于《中国音乐学》《歌唱艺术》《天津音乐学院学报》等刊物的贺绿汀、杨荫浏、刘雪庵、黎锦光、王洛宾等音乐家采访录；二、紫茵专著《中国当代音乐家访谈录》；三、丁旭东博士后主持拍摄的电视纪录片《百年李凌》。从此，紫茵自觉自愿、自然主动归位，做中国口述音乐史的参与者、见证者、实践者。

2016年秋天，紫茵默默筹办一场庆生聚会：母亲将满九十周岁，父亲也近八十九岁。突然心底掠过一阵惶恐惊悸：天呀！再不采写双亲，我会后悔一辈子！纵览中国音乐史，紫茵可能是一个时期音乐家访谈写作最多的记者。在一长串名单中，何不留下一笔自己父母的口述？从此，小小心愿波澜起伏再也无法平息，很多朋友似已看到这件事情的价值和意义，纷纷给予鼓励。但第一个表态坚决反对的不是别人，正是紫茵的母亲："写我们做啥子？又不是名人！这辈子没做过啥事情。"在她的观念中，身为四川音乐学院声乐教授的自己，此生过得平常平凡平淡，"我们太普通了，根本不值得写"。真不值得写？因为平凡而普通？

2018年冬天，紫茵应邀出任首届全国口述音乐史讲习营（湛江）导师，我的专著《访谈录》即为讲座引用的范例，因其实用性、实践性、实操性强的独特优势而深受学员欢迎。至此，中国口述音乐史非虚构文本写作者紫茵，获得足够的动力与信心。从湛江回来后，紫茵耐着性子同父母，主要是"犟得像头牛"的母亲角力，希望说服两位老人同意共同完成口述实录。

在紫茵的职业记者生涯中，这是一次最艰难、最痛苦的采写经历。曾经那些年，面对上升期的后辈、顶峰期的前辈，只需亮出《音乐周报》这块牌子，只需报上记者紫茵这个名号，一路绿灯畅通无阻。即便遇见很淡泊、很高冷、很傲娇、很个性的受访者，因经验与技巧兼备，紫茵访谈几无失败的先例。现在面对自己的父母却感到从未有过的阻力和压力。两位老人，从来由他们说了算，怎会反过来听你的？不接受不接受不接受！硬顶不成，二老转过来服软求告：你就饶了我们吧！九十多岁的人啥都不记得，别要了我们的老命……

有时想想，算了！既放过父母，也放过自己。全国各地有那么多新戏、那么多稿约，写啥不行？但真就是不甘心！使尽浑身解数，凭借三寸不烂之舌，大道理、大情怀，小手段、小心机，嬉笑怒骂苦口婆心、撒娇耍横软硬兼施，终于，老人家听进去了——口述访谈，普通人也可以。用文字记录下自己的回忆，应该是一件有特殊意义的事。

在大多数人的观念中，口述历史的采访对象，应该是政治经济文化等领域的精英人士。二十世纪六十年代西方人类口述历史学者，开始拓展理论实践的疆域边界，将口述历史的话语权赋予在传统历史记录中无法拥有自己声音的底层民众，使其"从集体性的历史沉默中得到解放"。1958年美国哥伦比亚大学东亚研究所启动中国口述史部。中国本土口述历史虽起步较晚却发展迅猛。

2019年春天，紫茵集中恶补世界各国口述历史文献，如《大家来做口述历史》（［美］唐纳德·里奇）、《艰难时代：亲历美国大萧条》（［美］斯特兹·特克尔）、《过去的声音——口述史》（［英］保尔·汤普逊）等，通读"中国现代口述历史第一人"唐德刚《李宗仁回忆录》《顾维钧回忆录》《胡适口述自传》《梅兰芳传稿》及梁鸿的《中国在梁庄》等口述历史作品，深受启发教益。

2019年2月13日—4月16日，已逾花甲的紫茵正式对话九旬高龄的父母，非常严肃、非常职业以每天不少于三小时、每周不少于三天的频率，开启面对面、一对一的口述访谈。"我们是九十多岁的老人啊，早先的事情，咋个还记得清?！"可是大家族的小辈儿，但凡和母亲摆过老龙门阵，谁不惊叹讶异于她超乎常人的记忆力？那些陈年旧事鸡毛蒜皮，她多能讲述得清晰鲜活真实生动！年轻人自愧弗如望尘莫及。

但父母毕竟都是九十岁以上的高龄老人，有些人、有些事确实记不清了。本来想说的转瞬即忘，已经说过的话车轱辘般颠来倒去把人转晕了算。最要命的是记得住事却忘了人名，隔了三四天一星期，突然又想起来了！他们着急，紫茵焦虑；一个人烦躁，两个人不安。有严重睡眠障碍的母亲更加严重，躺在床上想着第二天要说些什么，一宿一宿睡不好……简直逼得太惨了！干脆放弃吧？那哪儿成啊！开弓没有回头箭，只能往前无退路。早已尘封多年的记忆，闸门一旦打开再也关不上了，那些无法释怀不堪回首的往事，太多了！太乱了！那些过往的悲欢离合喜怒哀乐爱恨情仇，竟是如此刻骨铭心，通过回忆和讲述，仿佛又重新经历体验了一回。两位老人数度哽咽至潸然泪下，几回啜泣至泣不成声。两位老人纵横老泪多是为其早逝的父母，紫茵情不自禁为之动容泪飞如雨。痛苦……煎熬……崩溃！

前期访谈两个月，基本按照时间顺序，大概十年一个单元，这十年发生过什么事，遇见过什么人，你想了些什么，做了些什么，哪些人和事比较重要。总计口述二十二次超过六十个小时。本想借由讯飞语记转化文字或许省事，殊不知，因父母方言口语造成听辨误差，还原度正确率可能不及百分之二十。"贺龙"变为"火龙"，"九哥"成了"旧锅"，"实在"出来"死在"……更多语句完全风马牛不相及，许多丝毫不沾边不靠谱的歧义文字，简直令人一头雾水啼笑皆非。只能老老实实从头再来，反复审听原始录音，再逐句逐段核对修改，基本重新书写一遍，最后整理录音文档约计三十万字。

全书内容保留口述纪实高达百分之九十五，其中父母口述如"独白"与"重唱"约占百分之九十，身边亲友的口述则为必不可少的"旁白""插白""补白"，只有不及百分之五的文字是基于口述纪实的合理想象与文学修饰。父母保证对口述内容负责，绝不杜撰，绝不虚夸，绝不编造；紫茵

自 序

保证真实、老实、忠实、平实地记录。但，两位九旬老人的记忆与口述，无法保证百分之百可靠，相当比例的内容均通过查阅史料文本逐一核实。如，母亲谈及少年时代兄妹乘坐马车听戏看电影，那个年代成都有客运马车？通过核验，有；早年有个智育电影院吗？白杨她们在那儿演过话剧？有有有。如，父亲说小学写过一篇作文《万谷寺游记》，究竟是"万谷"还是"万固"？他说小时候和小伙伴在永乐宫破旧院内嬉戏玩耍，原址在哪儿？因何迁址？等等，这些都需核查落实以避免和减少误差。

曾经读过中外人物传记、父母回忆录无数，涵盖了闻名遐迩的政治家、思想家、哲学家、文学家、艺术家等，紫茵更多钟情于女权主义哲学家西蒙娜·波伏娃、"最优雅的第一夫人"杰奎琳和李清照、林徽因、张爱玲、杨绛等女性人物传记作品。因职业关系需要重点关注音乐家，如，贝多芬、瓦格纳、莫扎特和罗斯特洛罗维奇、巴伦博伊姆、霍洛维茨、帕瓦罗蒂……他们为人类历史留下的文化价值，学界自有公论。

值得一提的是，德国学者阿莱达·阿斯曼《记忆中的历史——从个人经历到公共演示》（袁斯乔译）中文版，紫茵注意到南京大学历史学系孙江教授的代序，有两点非常重要："活着的记忆"而非传统"历史的记录"；文中提及一个名词"家庭小说"，他认为二十世纪九十年代之后，家庭小说"打破了虚构文学和纪实文学间的绝对界限，更加关注融入家庭与历史中的'我'，承认三者间的交互关系"。阿斯曼原著则重点解析《战争之后》《看不见的国度》，前者以父女关系作为贯穿主线，后者为祖孙辈对立展开叙事，两部家庭小说都描述了德国人的家庭记忆。

所谓"家庭小说"，紫茵个人理解：按照某派红学家观点，清代曹雪芹的《红楼梦》就是一部金陵曹氏家族史；巴金的《家》《春》《秋》更是公认的锦官城李氏家族史，这类作品皆属于典型的"家庭小说"。《香瞳之荫》应不在家庭小说之列，似也不同于纯粹意义上的家史、校史、音乐史。但，所谓家史、校史、音乐史皆贯穿其中。紫茵本不希望借由生花妙笔，写一份先进人物事迹材料，将父母高化美化、虚化固化为两尊"神"。而是自觉遵循口述历史非虚构文本写作原则，双亲的优点缺点与弱点特点不省略不回避，力求真实还原有血有肉有感情有温度的自然本色的两个"人"。年逾花甲的女儿和两位高寿九旬的父母，亲力亲为口述访谈、忠实记录完成写作，带着活生生的呼吸、体温、情感的个体回想主观记忆，《香畹之荫》只此一本。

　　是为序。

陈志音（紫茵）

2020 年 2 月

引言

赵庐——拔贡及第的故园

全书以"香畹"为题，理应从香畹说起。

香畹，本姓赵，名椿煦，字香畹。他是本书访主赵清的生父、陈光发的岳父，作者紫茵的外祖父。清光绪丁酉科拔贡，曾金殿面圣，后留学日本，入读东京弘文学院师范科期间，香畹与民主革命家、教育家张澜两个同乡，成了同窗。因受维新思想影响加入同盟会，回国后在阆中高等小学堂任学监，再受聘任职成都通省高等学堂（四川大学前身）教务长；参加辛亥革命后任国会众议院议员、四川省军政府参赞、四川省财政厅计财科长；民国五年（1916）任河北教育厅成教科科长，1920年—1923年任河北井陉县知事（县长）；1924年返川后任四川省府秘书长；1929年3月，时任四川省省长赖心辉出川，香畹任临时代省长；在刘湘和刘文辉执掌四川省期间任四川省府秘书长和主任秘书。

赵，《百家姓》之首。如果说天下赵姓五百年前是一家，香畹本家和宋太祖赵匡胤大概扯不上干系。赵椿煦本为清代拔贡出身的读书人，赵家却未曾留下一本传世家谱。后辈人只知香畹所属赵氏一门，原籍湖北荆州。祖上于哪朝哪代移民蜀中？应该是在张献忠喋血屠戮之后、"湖广填四川"之时？赵清全然不知，只知爹爹清同治十年（1871）生于四川阆州古城，民国二十八年（1939）卒于四川益州成都。

在阆中古城内，赵氏原非名门望族，大概家境属于中等水平，既无大富大贵也不贫苦拮据。赵椿煦的祖父（名讳不详）、赵淯的曾祖父育有二子，两房兄弟共留下八子二女，按旧时大排行，一、二、四、五为大房之子，三、六、七、八为二房之子。赵椿煦为大房二子，在家族内被称为二爹。"我记得爹爹这房有个大姑，叔伯那房有个么姑。"光绪二十三年（1897）清王朝风雨飘摇走向末路，列强入侵内乱纷起民不聊生，中国社会动荡不安。已身为武举人（科考武乡试及第者，可受朝廷任命为武将）的香晼二十六岁入选丁酉科拔贡，可谓文武双全之才。

相比状元、探花、榜眼或进士、举人、秀才等名号，拔贡这个称谓略显生僻。在明清科举制度中由各省学政选拔（府学二名，州、县学各一名）文行兼优的生员，贡入京师国子监为拔贡生，简称拔贡。清制初定六年一次，乾隆七年改为每十二年（即逢酉岁）一次。经朝考合格入选者，一等任七品京官，二等任知县，三等任教职。赵椿煦品学兼优成绩突出，入选光绪丁酉年科拔贡面圣朝考殿试。因考场气氛庄严导致情绪紧张发挥失常，考卷上红色套格略有偏移歪斜，锦绣文章失之微瑕未得高中理想榜名，回川初任教职，后曾任知县，却一生未得升任京官。

根据文献记载，光绪二十七年（1901），四川省首次选派赴日留学生。入选者需在东文学院（驻日公使馆主办）短期学习日文，学习合格者方可赴日留学。赵椿煦即为第一批留学日本的官费生，亲密同窗首数川北同乡张澜。张澜二十五岁中秀才，补廪生，1902年入成都尊经书院，因成绩优异被选送日本东京弘文书院师范科主攻教育。同一时期中国各地留学生进入该校者众多，回国之后，有一批人积极参加革命活动，有一大批人自觉投身教育事业，中国最早接受国外教育的新式知识分子，在推进军政文教等方面发挥了巨大作用。

赵椿煦赴日留学的同窗校友中，何止开国大典上美髯齐胸的国家副主席张澜？还有举不胜举的精英才俊：陈天华（辛亥时期革命家、《警世钟》著者）、黄兴（辛亥革命先驱、广州起义领袖）、杨度（维新思想追随者、中共早期秘密党员）、杨昌济（毛泽东恩师、杨开慧之父）、许寿裳（著名传记作家、教育家）及鲁迅（中国近代文学先驱、思想家）、沈心工（音乐教育家、学堂乐歌重要代表人物）、陈寅恪（前辈史学四大家之一、国学大师）、林伯渠（革命家、教育家）、李四光（中科院院士、地质学家），等等。

我国近代众多精英人才皆与日本东京弘文学院有关，这所日本最早专门接受中国公派留学生的学校，初创于1896年，1902年1月正式成立，至1909年7月，因中国留学生潮退而关闭。弘文为避乾隆帝御讳弘历后改为宏文，该院创办者嘉纳治五郎，通过长期探索实践，形成一套独特的近代教育理念。在中国教育考察期间多次会见湖广总督张之洞，这对该院发展起到关键的推动作用。在清末特殊的历史背景之下，绝大多数留日学生将求学志向和救国思想紧密相连，在宏文学院虽然可获取新的教育理念，但也不可避免遭受歧视深感屈辱，从而催生强烈的爱国心并迅速觉醒。

1905年夏孙中山在东京创建中国同盟会，众多留日学生积极响应，立志为中华民族之崛起、中国未来之光明竭尽全力，因四川留日学生人数众多而成立同盟会四川支部。全国各地以中山先生为领袖旗帜，号召革命推翻清王朝。张澜和赵椿煦等迅速成为这场革命运动的急先锋。张澜发起组织四川保路同志会，迅即成为"标志民族觉醒"的导火索，引爆辛亥革命，深得孙中山褒赞。四川都督尹昌衡随即聘请张澜和赵椿煦等任军政府参赞辅助政务。"董修武出任总政处总理，李培甫则与张澜、王铭新、赵椿煦、蔡文铨等分任参赞。"——见《李培甫半生成都缘》。中华民国二年（1913）4月，赵椿煦和张澜等当选中华民国国会众议院议员并结识蔡锷。蔡将军在滇起义，反对袁世凯复辟帝制，张澜联络川军钟体道师长全川群起声援举义护国，袁世凯龙袍加身一枕黄粱。赵椿煦于1916年就职直隶省府教育厅，张澜翌年升任四川省省长。

从直隶省府教育厅成教科科长升任井陉县知事（县长），赵椿煦在1920年—1923年任期内为当地老百姓办了很多的实事、好事。从《井陉县志——大事记（1920—1946）》可见如下记载："一九二○年，直皖战后，溃兵散入井陉南区骚乱居民。是年，北方 5 省大旱。井陉境内，从 5 月至 9 月滴雨未降，秋禾未播，是历史上罕见的大旱灾……县长赵椿煦组建县办职业学校，开设了织布传习所。每村选派一至二名参加。之后，各村都建立了织布传习所。是年，创办县立职业所，校址在北关显圣寺内。一九二二年创办县立简易师范学校一所，校址在城内明伦堂内。"这段文字真实记录了香畹在河北井陉县任知事（县长）三年的工作业绩。他不仅积极奔走赈灾，开办该县有史以来第一所职业学校，教化乡民种棉织布、植桑养蚕；还亲自颁令戒早婚、禁缠足，鼓励妇女走出家门自食其力。

"爹爹为人刚正不阿公道正义，从不谄媚巴结趋炎附势"，因坚决抵制曹锟贿选，得罪上峰愤而辞官，民国十二年（1923）离开河北返回四川。井陉百姓感念赵知县清廉守正亲民仁善，长街拦轿呈献万民伞，意喻这位父母官像伞一样庇护一方百姓。香畹则以《癸亥罢官归蜀留别井陉父老十首》诗文回赠井陉绅民。

赵椿煦生于斯长于斯的故里素以他为荣，将其排在阆州历代著名诗人之列。2013 年阆中古城入选国家 5A 级旅游景区，中国四大古城之一。在古城八大全国重点文物保护单位中，清代阆中考棚俗称川北贡院，也称阆中贡院、四川贡院。这里即为赵椿煦"学而优则仕"的起点，今阆中贡院内贡生院展室贡生名册上，清晰可见"赵椿煦"字样。贡院大门东南侧学道街 13 号（现编 93 号）赵府老宅，仰望门楣悬挂大匾额上书"赵庐（原为繁体'廬'，简陋居室之意）"，落款"香畹"。两侧木质楹联，上联"古俗长留灯火家家闻夜读"，下联"人文蔚起衿庠济济尽英才"（选自香畹诗作）。

因曾留学日本，赵椿煦思想观念也算新派，坚决不按老规矩三妻四妾姨太太，一生娶妻三人分为三个阶段。有名无实的第一任太太李氏未留下子女。椿煦单身在省城任职高等学堂教务长时，同文体教习沈鄂生两人过从甚密。后者有心将其堂妹沈五小姐（芳名不详）嫁与香畹为妻，从此，举案齐眉相敬如宾，一双儿女天真可爱。天有不测风云，沈五小姐一病不起，临终留下遗言，两个娃娃尚未成年，万望丈夫续弦迎娶同父同母的胞妹沈祖静。"姐死妹填房"，一乘小轿把正在读成都女师的沈七小姐抬进了赵家大院。十六岁花季少女一过门便做了两个孩子的继母，在婚姻生活的二十八年里，沈祖静亲生四男四女八个孩子，于四十四岁那年突然病故，香畹再次痛失爱妻，已无心思续弦，两年后追随亡妻而去。

　　沈氏姐妹两位亡妻，沈氏为何方人氏、何等家庭？

柽园
——沈氏公馆的兴衰

如果说阆中古城"赵庐"无非是一座普通民宅，那清代中后期成都老玉沙街（今玉沙路）沈家大公馆"柽园"，绝对称得上高门豪宅。赵淯小时候去母亲的娘家玩过多次，但印象却有些模糊，肯定已非早先的富丽堂皇。柽园的主人——赵淯的曾外祖父沈宝锟号吟樵，相关资料有案可查：沈宝锟，皖（安徽）人，官蜀（在四川做官），"工书法，精鉴赏，藏书尤富"。沈吟樵别号渊公、渊吾，斋号无定云庵主。道光癸卯年得中举人后，改尚刑名之学自谓"隐于举人"，曾任四川总督骆秉章、吴棠礼宾幕僚长。

沈，虽排名于《百家姓》三十位之后，但却是个大姓，国内外沈姓分布广远族人众多。在原有的《沈氏家谱》中，曾记录了浙江吴兴、安徽石埭族系，"吴兴沈氏"与"汝南周氏""会稽顾氏""陇西李氏""东海陈氏""中山张氏"并列"中国六大世家"，相互印证追本溯源。根据石埭（今安徽省石台县）县志记载：唐朝咸通年间（860—874），浙江吴兴人沈辂中进士授长林令，举家赴任石埭县令职。从此落地生根为七都沈氏奠基始祖，开启繁衍千年大族。

赵淯的太祖、清代名将沈澹园即出生于石台七都村，曾应朝廷钦命率部前往西北平定噶尔丹叛乱，因战功显赫赏花翎驻守西域。乾隆二十九年（1764）奉旨赴任南充知府，后人尊其为安徽石埭七都沈氏迁徙入川一支家族始祖。沈澹园之子沈在光，曾为清嘉庆京城文史，后议叙以平凉隆德典史赴任，历署皋兰主簿、红水县丞、张掖知县、平凉盐茶厅同知。沈在光同夫人陈氏育有三子二女：长子沈宝林号松樵、次子沈宝锟号吟樵、三子沈宝昌号鹤樵。松樵是国子监生员，历任崇州、夔州（今重庆奉节）知州。鹤樵为道光甲辰举人，历任国子监学正，石柱、广安、涪州、打箭炉（今甘孜州州府康定）知州、同知，成都防剿局、厘金局提调。经查《大清实录》佐证：咸丰十一年（1860）沈宝昌（松樵）赏花翎并宁远知府，同当时"官蜀"的二弟沈宝锟（吟樵）携三弟宝昌（鹤樵），举家宦游西南入川。清宁远府辖西昌、盐源、冕宁、越西四县及会理州，因府署设于荒凉边远之地，沈氏家族随宦眷属，择锦官城北安居。

曾经的桎园沈家大公馆乃吟樵公得意之作。同治初年（1862）置地百亩，亲自监理开工修造，栽植桎花百余株，故名桎园。老辈人都记得，老玉沙街及周边四条街一片区域，全部为沈家大公馆所有（仅街尾一户除外），大门面朝马王庙街。园内绿树葱茏四季花香，清泓溪流亭台楼阁。一条主干通道两侧坐落着大小十六个公馆，一门关尽互不干扰。最多时老少百余口餐食统一管理，开膳以敲钟为号，管家婆率丫头轮班排队领取餐食，如此阵仗蔚为壮观。

农历除夕之夜，沈氏公馆一条街长的甬道两边木架悬挂大红灯笼，一盏红灯笼下站立一个男家人，统一着青色长袍。祖宗堂外廊檐下，一排大红袄翠绿裤的丫环。正厅大长案桌，满铺金色花纹大红桌帔，大堂正中四个杠炭火盆烧得通红，男女老少列队静候祭祖仪式开始。零时一到，总司仪高声号令"参拜祖宗——"，全场肃静鸦雀无声，尊卑长幼一房接一房依次向祖宗神位三叩首，一个时辰仪式方能结束。大年初一，耍狮子舞龙灯，踩高跷跑旱船，从早到晚十分热闹。沈府内外高朋满座迎来送往，花费银两无计其数。所收到的贺礼堆满库房，元宵灯节之后分发各房……

这些讲述记录，是否再现了晚清题材影视作品的某些情景画面？

所谓"学而优则仕"可类比现代语言"知识改变命运"。在古代科举制度下，朝廷命官多为读书之人。"万般皆下品，惟有读书高"，同在清廷为官的"沈氏三樵",同辈同道渊源复杂盘根错节:三兄弟的大姐为云南布政使唐炯继室夫人,她的小姑子是张之洞的夫人,于是"三樵"和张之洞成了"倒拐"姻亲,过从甚密。沈吟樵和张之洞曾同为觉罗学(清代专为教授皇族觉罗子弟的官办学堂)教习,后者任四川学政(同治二年至五年)期间与"三樵"更是深交频繁。还有一层,沈鹤樵与李鸿章是甲辰同科举人,李鸿章和沈吟樵互为笔友知己,同为安徽籍的中堂大人亲笔题赠为沈氏所藏"复礼思泰,五世其昌"字幅;沈吟樵曾任四川总督骆秉章的幕僚长,骆秉章的独生女儿又嫁与李鸿章的长子李经方。

沈吟樵有数百首诗词精品汇编成册《无定云庵诗集》《无定云庵词集》,更有其撰写的至少四卷以上经史著作《春秋集说》(清咸丰三年刊本)、《蜀宫瓦》诗稿、《益州书画录续编》等,备受天下文士推崇。上饶信江书院文启楼楹联:酒仙诗佛同千古/月色江声共一楼。上联集沈宝锟诗句,下联集陶雍诗句。国家图书馆所藏《婚礼新编》(南宋福建人丁升之集),全书所钤印章包括:"吴兴沈氏公收藏书之印"(清沈宝锟,第一册衬页,篆文竖行)。沈宝锟任四川总督幕僚长时,正值完颜崇实、骆秉章、吴棠三任总督在川履职政声卓著,他作为礼聘幕宾倾心辅佐有所贡献。幕僚长,用现代白话说就是总督聘请的高参顾问,两者并非上下级而是主宾关系。但凡要做重大决策,骆秉章都会亲自和沈吟樵商讨研究。平日骆氏常与沈公一起品茶吟诗,沈家大公馆内,曾专设一间布置讲究的花厅接待总督。

在桎园栖居生息振兴家门的"沈氏三樵"(俗称大三房)子嗣众多人丁兴旺,"我们这辈人,上头有二十九房外公、六十四个舅舅、五十一个姨妈……"赵淯风轻云淡一句话,紫茵晕头转向一脸蒙。扳着手指算,天呀,二十九个外公养了一百一十五个子女!赵淯的外公沈澂(叔眉)为吟樵第三子,他和几个夫人共同生养了十个儿子十个女儿。沈家如此渊源深厚根系复杂,何以理得清说得明?

新版《沈氏家谱》(2007)根据家族健在的长辈,二十九房之子沈其標(音"秒",号克隽)、沈其禾(号有年)与十九房孙女沈洪霖口述,十三房之孙沈显曾、十七房之孙沈运曾搜集记录,二十六房之孙沈载泽汇集编纂，总汇沈氏上下五六代乃至七八代名录。紫茵认真研读这份宗谱，分属"三樵"门下共二十六房在册，第十、二十三、二十七子（房）则不知所终。赵凊粗读浏览深感失望，她对亲自登门送"谱"的大表哥沈载泽直言不讳："沈氏家族的人和事，这里面仅有凤毛麟角！我看恐怕连'毛'和'角'都不够。"

经数次增补反复修订，2007 版《沈氏家谱》遗漏疏漏仍在所难免。讲述者之一沈克隽曾表示，愿意回忆口述沈氏家族仅存的一段历史，但非常遗憾，他还没来得及口述民国时期沈家史事便匆匆离世。编纂者沈载泽 2008 年为赵凊送去《沈氏家谱》，从此断了联系，前些年听说也病故了。可以想见，如若没有这本家谱，沈氏雪泥鸿爪凤毛麟角的家史，经年以后可能也会湮灭在历史长河中。我们寄希望于有一天能够找到尘封的失落的《沈氏家谱》原版，再一房一房清点梳理，恐怕这样才能拾漏补缺，解答大家心中的困惑并弥补遗憾。

在 2007 版《沈氏家谱》中可见沈氏名人层出不穷：从唐朝诗人沈佺期、宋代科学家沈括，到清代名臣沈葆桢、新中国第一任最高人民法院院长沈钧儒；沈有年撰写的《家族史》特别提及，中国近代文化科技领域不乏沈氏才俊，如吴兴沈尹默、桐乡沈雁冰（茅盾）；还有音乐教育家、学堂乐歌旗帜人物沈心工（原名沈庆鸿）和百岁教授沈百英、文献学者沈迈士、经济学家沈志远、逻辑学家沈有鼎、电影戏剧作家沈乃熙（笔名夏衍，字端先），等等。

《沈氏家谱》记录众多沈氏名人，"沈氏三樵"之子二十九房却是基本无名、字、号记录。沈宝锟（吟樵）第三子、赵凊外公沈澂（叔眉）仅有"十四爷"下括号标注（十男十女）。赵凊想不通某几房"世系"详尽至本家儿孙辈下"末末""灰灰"，沈吟樵嫡亲孙女、沈澂的女儿、赵凊的母亲沈祖静，竟未能留住芳名！所幸沈祖静同父异母的毛弟、赵凊的毛舅沈祖寰还保留在册。

曾经的桱园，最终被深不可测的历史长河冲刷沉没于底。自乾隆二十九年（1764）太祖沈澹园任职四川南充知府至辛亥革命改朝换代，沈氏家族在清廷的官宦历史结束了。"沈氏三樵"大哥松樵同治四年（1865）卒于夔州；吟、鹤二樵均卒于光绪六年（1880）。曾经的高门豪门朱门、威震成都显赫一方的沈氏一族家道中落。沈吟樵的三儿子十爷沈澄（字叔眉，生于1845年，曾任苍溪县令，后任职成都课税局），两个女儿先后嫁于赵香畹为妻。

赵香畹可能做梦也不曾想到，他的掌上明珠、赵二小姐竟会下嫁黄河岸边贫苦农民的儿子。赵淯和陈光发，本无交集的两个男女，相识相恋走到一起。两人的家庭背景、成长环境、专业学历，无不为天壤之别云泥之分。开初所有人都不看好的一段姻缘，经历纸婚、木婚、水晶婚，又度过银婚、金婚、钻石婚！2021年他们已然相伴相守六十八年，还将继续朝前走……

磨涧
——陈家迁徙的落点

黄河流域，中华文明重要的发祥地。远古时期，我们的母亲河两岸曾有过丛林苍翠花香鸟语的胜景，宋元以后河水泛滥却成为北方地区历代王朝闻之色变的噩梦。清康乾盛世朝廷治理不力，导致黄河如一头猛兽肆虐。清宣统三年（1911）特大水灾，将陈光发祖辈栖居的家园冲毁殆尽，陈光发的父亲陈文智，带着一家老小裹挟在逃难的灾民人群中，他肩上挑着重担，一头是柳条筐里装有老父亲（陈光发的祖父）骨骸的陶土罐，一头是从洪水中抢捞出来的破棉被，身边走着他瘦弱的妻子陈侯氏，她一手搀着婆母，一手牵着儿子。一路奔西进入陕西潼关，渡过黄河到了山西界内风陵渡，在永济县大王镇磨涧村停下脚步。

陈光发祖籍在河南开封蔚县洧川，平生却从未回过父母兄长魂牵梦绕的故乡。洧川战国时分属郑、韩、魏三国，新中国成立初期设为县，现为尉氏县下属镇，目前该镇共辖三十七个行政村、五十五个自然村，其中与"陈"相关的有枣陈和陈庄，陈文智一家原属哪个村？不知道！奇怪的是在洧川大约五十二个姓氏中，竟然有东三赵、大三赵、西三赵！难道冥冥之中已注定了陈光发和赵淯这一世姻缘吗？

因出生在山西境内黄河岸边，陈光发所有的记忆无不始于河东那个小山村。磨涧村，北去十九里是中条山，南行十五里是永乐镇。这是司马迁

《史记》里的"天下之中"、晋秦豫"黄河金三角"，古称蒲坂。春秋属晋国，秦属河东郡，唐朝两建中都，蒲州成为六大雄城之一。清雍正年间设永济县，1994 年 1 月撤县设市。永济人文荟萃，唐多文士，宋多画家，明多官员，清多艺人；有五老峰之奇，王官谷之幽，唐开元铁牛，鹳雀楼等古迹名胜，"舜都蒲坂、大唐蒲州、爱情圣地、旅游名城"是永济的城市名片。

全国重点文物保护单位永乐宫原址在黄河北岸永乐镇。因二十世纪五十年代末修建三门峡水库，永乐宫位于设计规划的水库淹没区，自彩霞村整体搬迁至约二十公里外的龙泉村。二十世纪四十年代以前，永乐镇所在的永济县，原属山西省运城。运城古称"河东"，因"盐运之城"得名，华夏民族始祖黄帝、炎帝、蚩尤，尧、舜、禹相继在河东大地生息活动。中国第一个奴隶制王朝夏朝在此诞生。这里位于晋、秦、豫三省交界处，隔黄河相望与陕西潼关和河南灵宝为邻。从风陵渡前往芮城的乡路上，大王镇是必经之地。磨涧村距离镇上只有七里路。

"磨涧村当时有二十七户人家，我现在就可以画一张图，磨涧村三维立体全景图。"早年间，磨涧村是个山清水秀竹篁茂盛的地方。从中条山间流下来一股水，穿过村里一大片茂盛的竹林。这片竹林以水为界，涧东属于郭春发，涧西属于刘根子。这条溪水顺南北方向的沟壑汇入黄河，黄河在潼关拐了个大弯向东奔流。"那时磨涧村的溪水好大好宽，我们都叫它后沟。从后沟流到村里分成了两股水：一边西涧，一边东涧。两个水打磨坊为村里两户富人家所有，西涧磨坊主姓刘，东涧磨坊主姓郭。"

磨涧村在东涧水渠旁，有三条横贯东西的巷子，从南往北是前巷、槐树巷、后巷。郭姓在磨涧村是大姓。前巷有五家姓郭，陈光发的堂姐、亲叔陈文胜的女儿后来嫁给郭谦谊，他有个兄弟郭谦让。"我总感觉磨涧村很有文化底蕴，听说早先出过文化名人。"村口有座魁星楼，大门朝东砖木结构，门楼砖雕上书四个大字"紫气东来"，这是磨涧村一个重要的标记。槐树巷是磨涧村的主要通道。巷西头的土地庙香火很旺，很多乡亲逢年节都会烧香拜土地爷爷和土地奶奶。土地庙旁修了个拱门牌坊，上书四个大字"高山仰止"，陈光发上村小开始认字就记住了且印象很深。槐树巷第二户郭姓，"我们那儿谁没生儿子就算无后。"那家只有个女儿郭春莲，"可春天哪有莲花？"老人走了，春莲一个女人顶着一门，全靠雇工安子打理田地家业，光发管安子的儿子叫随群哥。第三家主人叫郭有油，"有油！小时候我觉得好奇怪呢。我叫他有油叔（"叔"方言音同"服"）。"郭有油是村里的富户人家，有好几座四合院。从郭有油家上个坡坡，上面住着当时的村长郭举成。"我发现磨涧村里的人名，好像个个透着文化。郭举成家儿子多，郭忠贤是我的同学，和我年纪差不多，他有个弟弟傻乎乎的。"过大年，郭家把锣鼓镲响器搬出来，村里后生敲敲打打欢天喜地闹红火。槐树巷还有一家郭姓比较富裕，"住着大瓦房大院子。两个男娃郭春发、郭兴发都是我的同辈人。"后来日本人打过来，郭春发和陈光发等同村孩子被送进难童教养院，此为后话。

后巷人家也多姓郭。第一家男主人郭乙卯，有个儿子郭永福；第二家男人郭德卯，他的儿子郭永宽是陈光发的小学同学，还有个娃娃郭天镇和他也是同辈人。"日本人打过来时，郭德卯在张村被鬼子用刺刀挑死了，可惨！"

前巷最西头最偏僻的地方，有个小破院住着全村最穷的一家外来户、外姓人孙栋梁。"栋梁，这名字多厉害！可孙家实在太穷了，他有个老妈妈，没有田地，没有牲口。但孙栋梁有门好手艺，他会烧制瓦盆，洗碗、洗脚、和面的盆儿他都会做。"陈家和孙家，两家人都是磨涧村的外来户、外姓人，在这儿都没有自家亲戚，孙栋梁的妈妈和陈光发的妈妈，两个妈妈认了干亲姊妹，两家人拜了干亲。"孙栋梁后来娶了大王镇边一个穷户的闺女，我陪着他去迎亲接新娘。"前巷往东过了郭谦谊、郭谦让兄弟家，再往东走南北对门住着郭老虎。第二家姓刘叫天明，土改时好像划成了贫农。"因为家里穷，娶了个逃难的女子……"刘家隔壁是郭家祠堂，"我记事时已经破败了，前面只有一个门楼，满院子长着荒草……"

郭家祠堂紧挨郭长老家，郭长老大号郭应考，"应考！可见我们磨涧是个有文化的村子，呵呵……"郭长老是最早收留陈家的本村人，他租给外来户田地和牲口。郭家四孔窑洞没盖瓦房，其中一个窑洞专门让雇工住，还放置些农具。"他家牲口多，骡子、黄牛、黑马、山羊……"巷子中间叫腰巷，村里娃娃都管郭长老夫妇叫腰巷爷（读 ya）、腰巷奶（读 nio）。

西涧的刘家祠堂大门朝北面向中条山。顶南头刘根子家大门朝东，院里三面瓦房一面窑洞。刘根子的邻居叫刘俊要，刘俊要是谁呢？陈光发前妻刘川枝的父亲，他有个儿子叫刘虎子，"老二是个闺女，她叫个啥名儿？只记得嫁到古仁村，她那个丈夫是个怪人，好像没脖子，大脑袋直接杵到肩膀。看人扭不过头，身子跟着转。"这个怪人家里却相当富有，走亲戚骑毛驴。"刘家数二闺女长得标致，惹眼得很！"小媳妇骑着毛驴回娘家、回婆家，惹得一路村子的后生直眉瞪眼目不转睛，傻看。刘家三姑娘后来嫁给陈光发为妻，晋南出生偏取名川枝。她无论如何想不到，自家男人后来跑到四川，真就娶了个金枝玉叶赵二小姐。

刘川枝娘家往北第三家刘发子，田地比较多却是个瘫子，他下不了地，干不了活儿，只能雇几个长工帮着种地。"土改"时刘发子被划成地主，田地全都分给了穷人家。再往北走那家人既不姓郭也不姓刘，姓吉名赵，他的名字就是《百家姓》之首的赵。吉赵弟弟吉根林在陈光发参加革命、参军离乡后也离开磨涧村，在芮城县里当上了干部。"那年我回山西，吉根林请我吃饭，我记得桌上有道菜：洋葱炒肉皮……"最北头住着秦茂才一家，他的儿子也是陈光发在村小的同学，"但名字我忘了，只记得他那年结婚，我还跑过去闹新房。"从秦家下个坡坡到了龙王庙，大殿供着龙王爷和龙王奶奶彩绘镏金的塑像。这个龙王庙就是磨涧村小所在地，"我们在厢房上课。院里有一棵树又高又大，我们叫钻天杨，枝丫上有鸟窝。太阳落山时，鸟儿从四面八方飞回窝，呼啦啦闹喳喳遮天蔽日。"

在磨涧村最南头有个小庙供着神龛。小庙背面坡上山坳里，有一些破旧窑洞，那里就是安家沟。"安家沟，我父亲或是大哥取下的名字。"陈文智拖家带口从河南逃荒过来，一路给人扛活打短工维持生计。最后来到磨涧村，郭长老租给陈家几亩田地，陈家在沟里安了家，安家沟。"我记得我家三孔窑，背靠南，门朝北。有个小场院，安放着磨盘碾子。"安家沟不单住着陈文智一家人，他的胞弟、陈光发亲叔陈文胜家在坡下头，那个院文胜占住两孔窑，另外两孔窑还归兄长。

安家沟并非陈家沟，后面又来了一家姓田，也是从河南逃难过来，哥哥田广恩家穷得还不如陈家兄弟。田家住着磨涧本村王广勤的窑洞，王氏膝下无子，有一面坡三孔窑。田广恩兄弟田兴恩会做豆腐，有这门好手艺，很快发家致富。"田兴恩的儿子后来也参军南下驻在成都，还跑到川音来找过我，我请他吃的饭……"

陈光发，一个贫苦农民的儿子，放羊娃、小学徒、中学生，何德何能娶了香畹之女赵湑，并在四川音乐学院任党委副书记、纪委书记兼副院长，这难道不是一段旷世传奇？

第 1 章

正值秋风起白萍

（1926 年—1935 年）

在国内影视作品中，但凡涉及农村出身的革命干部和城市生长的富家小姐的婚恋题材，老夫少妻模式占绝大多数。赵淯和陈光发的结合属于一个特例，女方比男方大一岁，用今天的时髦话说就是姐弟恋。两个完全不同世界的人，虽有天壤之别云泥之分，但也有诸般相近之处。他们都出生在河岸水边：一个在锦官城内的金河南岸，一个在黄土地上的黄河东岸；相识相恋之初，两个单身大龄青年父母双亲皆已亡故，赵淯无公公婆婆，陈光发无岳父岳母。只是，赵淯出生的成都少城、陈光发出生的蒲州芮城，两个城，绝非一回事。

蕙兰初放庭院暗香

在中国历史上，似成都这般不曾"更名换姓"的千年城市甚为少见。据《太平寰宇记》载文，借西周建都经历，成都取周王迁岐所居"一年成聚，二年成邑，三年成都"而得名。

秦末汉初成都经济文化发达，声名远播，谓之"天府"。西汉时期成都织锦业繁荣，素有"锦官"与"锦城"之称，三国时期成都为蜀汉国都，唐代李白、杜甫、王勃、卢照邻、薛涛、李商隐等大诗人都曾客居享有"蜀中江南""蜀中苏杭"美称的成都。元军攻占成都设"四川等处行中书省"，简称"四川省"。明末崇祯十七年（1644）张献忠率部攻陷成都，自立为王，国号大西，成都称为西京。清初康熙年间"湖广填四川"大移民，朝廷派遣四川总督镇守成都，清朝文武官员则聚居少城。这是清王朝平定三藩之乱后，在成都城西一带专为八旗官兵及其家属修建的"城中城"，北起小北街和八宝街，南抵小南街和君平街，东至东城根街，西达同仁路。清朝少城有五座城门，最多时八旗屯兵超过两万人，带家眷约三四万之众，可谓一个独立自治的小王国。

公元 1281 年前后，马可·波罗曾远足天府之国。在这位意大利旅行家眼中，成都可谓名副其实的"东方威尼斯"，有府河、南河、金河、解玉渠贯穿东南西北。《马可波罗游记·成都府》记载："有一座大桥横跨其中的一条河上。从桥的一端到另一端，两边各有一排大理石桥柱，支撑着桥顶……"他所提到的"桥"就是现今的安顺廊桥。

根据明代成都知府刘侃《重开金水河》描述:"金水之漪,洋然流贯阛阓(街市),蜀人奔走聚观,诧其神异。"金河,本为成都地理坐标和历史文化的象征。唐宣宗大中七年(853)剑南西川节度使白敏中主持开凿,金河流域,曾是百业发达和百姓聚居的重要区域。早先可以通行小船木筏,从西向东穿过少城,经通顺桥流过祠堂街,穿过半边桥西御街流过三桥正街三座桥梁,经染房街流过锦江桥、古卧龙桥、青石桥,再流过光大巷、龙王庙,入兵工厂、造币厂、王家巷,最后从大安桥汇入府河。二十世纪六十年代后期至七十年代初期,因成都市政改建废弃填埋彻底消失,金河实际存在长达千年。

如今天府广场蜀都大道以西,从将军衙门至通惠门,那一段就是半个多世纪前的金河街。二十世纪二十年代初,赵香畹花费白银千余两,在富贵官宦聚居的少城内修建一处府邸。曾经的金河街88号(原104号)赵家公馆,面向金河大门朝北坐落于金河南岸。大院东墙外是鲍家巷北口,南墙外正对方池街,西墙则与敖姓人家毗邻。赵家公馆虽不比沈大公馆富丽堂皇,但在那个年代也还算得讲究。二十世纪七八十年代两度遭到征用拆迁,早已灰飞烟灭了无踪迹。原赵氏私宅故址代之以四川化工院宿舍大楼,曾经的欢声笑语悲泣哀鸣被高耸冷硬的钢筋水泥建筑覆盖遮蔽得无处寻觅。

赵淯,在金河街88号赵家公馆出生长大。她记得老宅很大、很宽,三进院,"大门进去是门道,二门有个高门槛,开了个小侧门,那有两间大房子,一间住着看门人,一间堆放杂物。"再进去一条青石甬道,花径两边是花园,左边栽植桂花树、柚子树、石榴树……一个长方形大石墩上,全部是盆栽的花草,绣球花、杜鹃花,还是一些品种名贵的兰草花。高高的花架,枝繁叶茂苍翠葱茏,爬满七里香、常春藤、金银花……花径甬道正中对花厅,那是赵椿煦日常接待宾客的地方,厅内布置十分讲究。花厅右边一间大客房,左边两小间分作书房和客房。"抗战时期,二哥赵淞带着家眷躲日本侵略者,从北平经香港绕道回到成都,爹爹让他们一家人住在这套房子里。"

从花厅进正房，有楼梯通向二层楼。正房堂屋大厅门前，一条路通向东墙根的厨房。一蓬茂密的竹林旁边一口清水井，井台边栽着高大的麻柳树。正房的堂屋摆放着宽大的供案，"整整齐齐摆放着灵牌子，本家作古的老辈子李家妈妈、前头妈妈（注：他们兄弟姐妹都这样称呼，以示区别）……"堂屋两侧是南北相连前后成套的主卧室，"左边主卧前间爹爹带我和幺弟，后间母亲带四妹；右边主卧前间是七哥七嫂的婚房带着侄子娃，后间曾妈带三妹。"正房二楼和一层面积一样大，有前后走廊和中间围栏。"最早二楼上头并未住人。后来阆中大伯（爹爹大哥）的三儿子为避难跑到成都来，一家人住在楼上右间。再后来我和三妹都大了，两姊妹搬到二楼左边那间屋子……"

在赵氏家族同辈中，赵椿煦堪称光宗耀祖功成名就之仅有的翘楚。两门八子单这一个"学而优则仕"奔出头的香畹，"爹爹一人独撑赵氏两门，余皆无更高声誉更大造化。"赵浒如是说，赵家老规矩：尊称年长的伯伯为"爹"，敬谓年少的叔叔为"爸"（加儿化音）。父辈七个叔伯兄弟，有的云游他乡，有的守家宅居，大多继承祖业小本经商为生。大房行一二四五的兄弟子女，互为帮衬形同一家，二房排三六七八的兄弟子女，亦多依仗香畹全力扶助。

早年香畹远离故土求取功名走上仕途，有个重要因素：逃婚。旧时男女婚恋大多不能自主，父母之命媒妁之言给他订了一门亲：远房表姐李氏。女方家境殷实年长椿煦三岁，而椿煦无法接受表姐喜抽大烟，所以选择逃婚。第一任妻室，只有夫妻之名而无婚姻之实，自然也未留下一男半女。李氏因病去世，需要有个为其"端灵牌子"的娃娃。椿煦长兄的二儿子赵淞便过继于他，在名义上作为李氏后嗣为其送终。

赵淞，赵浒称作二哥。若跟其亲爹留守阆州，很可能一辈子过着普通人家的小日子，但过继给二爹椿煦之后随之时来运转。椿煦非常注重现代教育，因曾作为拔贡生员朝考殿试却未能留在京师做官，于是寄希望于后辈重振赵氏家门，早早将养子送入京城求学。赵淞确实相当争气，一路升读至燕京大学数学系。抗战时期北平沦陷，赵淞携妻儿回到成都，后任教于四川大学数学系，同柯召、吴大任、张鼎铭等并列该校著名一级教授，高足门生桃李天下。

继阆中李氏过世之后，香畹再婚两任沈氏之妻，实为同父同母同胞姐妹。前文提及前头妈妈本为赵淯不曾谋面的五姨妈、亲姨妈。"爹爹硬是怪了！新旧社会普通家庭大多喜欢男娃子，谁家添了男丁皆大欢喜。爹爹却偏偏最爱女娃儿。"前头妈妈病故，长子鸿仅两岁，长女泠约八九岁，已懂人事。因从小独得爹爹宠爱，泠姐性情不免有些乖张。自己的七姨妈、亲姨妈一夜之间变成了继母、后妈，小姑娘拒绝接受。从此郁郁寡欢肝火旺盛，怄些闲气找些别扭，最后患干血痨尚未成年不治而亡。

在《沈氏家谱》（2007 年版）里，前辈女性均无记载，沈宝锟嫡亲孙女、沈澂之女祖静自是了无踪迹。在《赵氏家谱》（2016 丙申年修订版）里，沈祖静生年"不详"。在赵淯记忆中有"爹爹比妈妈年长二十二岁"之说，德哥赵涵 1990 年 6 月编撰的《赵氏家庭通讯录》记载了香畹和祖静生卒之年，他们夫妻生辰皆在腊月，夫生于壬申猴年腊月二十三（1872 年而非 1871 年辛未？不知道），妻生于壬辰龙年腊月二十九（1893 年 1 月 31 日）。如果说"妈妈十六岁嫁给爹爹，翌年生下八哥（祖静的长子）"，赵香畹迎娶沈祖静，应该是在 1912 年前后。《赵氏家谱》可以证实：前头妈妈（沈五小姐）的长子赵鸿生于 1910 年 7 月，亲生妈妈（沈七小姐）的长子赵源生于 1913 年 1 月。新派的赵老爷不遵循老谱排行为下辈人取名。但为何儿女均为单名且一律选用三点水偏旁字？无非尊崇沈宝锟为其子取名：澂（chéng 意为水清而净，后亦写作"澄"）再续衍生？香畹的长女名泠、长子名鸿（字抟秋），自第三任妻子头生子源儿开始，均以三点水偏旁字取名。

赵椿煦 1916 年任河北直隶省教育厅成教科科长，开春娇妻诞下次子赵溥（字子博），可谓双喜临门。1920 年椿煦升迁井陉县知事（县长），1923 年因抗逆曹锟贿选愤而请辞罢官。在宦游他乡期间，香畹家眷均留守西蜀，一是夫人怀孕分娩，次子尚在襁褓嗷嗷待哺；二是赵家上上下下大大小小需要操心照拂。很可能一段时间，香畹将妻子和孩子都安置在老家阆中宅居？河北距离四川将近两千公里（约四千华里）。那时出入蜀地既无火车也无舟船更无飞机，可以想象一路辗转诸多不便，往返一趟何其艰难。香畹祖静夫妻分居日久经年，鸿雁传书互诉相思。"妈妈和爹爹，两个人的通信，大多是你写一首我和一首的诗篇。"可惜那些文采斐然缠绵悱恻的"情诗"，竟然一篇也没留下来，哪怕只言片语！

赵淯上有前头妈妈的长子七哥赵鸿（1910.7—1991.12），亲生妈妈的长子八哥赵源（字不详，1913.1—1935.7）、九哥赵溥（字子博，1916.3—1988.7）。赵香畹1923年回川后，在四川省政府履职十六年。1925年春天，沈祖静又生下一个儿子，十哥赵涵（字雁秋，1925.3—1997.8）。这是香畹返川之后，太太生下的第一个孩子，理应特别欢喜才是。谁知香畹嘴角弯弯，只笑给爱妻看了一看，便侧转头双眉紧蹙暗生愁烦，唉——咋还不给我生个女儿呢？

1926年，赵椿煦五十五岁。夏天庭院石台上几盆蕙兰开了花，一朵一朵、一串一串，似比往年繁盛娇艳。香畹看着暗自欢喜，夜里轻轻抚摸娇妻日渐隆起的腹部，满怀希冀喃喃低语："静，你看那几株蕙兰，开得多好看！赶紧给我生个女儿吧！她一定是蕙心兰质貌美如花。"前头已有四个公子，赵府上下都盼着，早日来个千金。

终于等到金秋时节，沈祖静怀胎十月一朝分娩，"哇——"新生婴儿初啼响亮，香畹如闻天籁悦耳入心，这个娃娃，哭声如此美妙动听宛若歌声。更让他喜出望外的是，接生婆掀帘道喜：老爷，太太硬是生了个女娃子，乖得很！自从大姑娘泠追随其母而去，香畹眼看着静夫人一个接一个连生三子，天天祈求观音菩萨保佑，这一胎如他所愿，总算盼来一个宝贝千金。

赵家女子，香畹之爱，注定与兰桂芬芳一类花花草草的名字无缘。他为自己期盼已久的女儿欣然取名：淯，字蕙祥。这个名字寄托美意，淯，水边云月；蕙祥，寓意赵家公馆夏日盛放的蕙兰，香馥余韵如意吉祥。赵二小姐出生，带给赵府上下一片欢腾，从此，她成了老太爷的掌上明珠打心揣揣儿，真是捧在手里怕丢了，顶在头上怕摔了，简直宠成了公主。赵老爷偏爱独宠二小姐，赵沈两边大家族上下皆知，很多年间传为笑谈。

赵湑1926年10月22日生于金河街88号，这件事毫无疑问。问题是，前面的大姐和哥哥，他们都是在哪儿出生的？阆中？成都？全无概念。按照七嫂模糊的说法，其时赵椿煦人还在河北为官，因为要修这座府邸宅院，于是将其大哥，也就是过继给李家妈妈的赵淞生父，从阆中请到省城来专事监理修建赵府——金河街88号院。所有工程款项包括建筑材料、用工薪酬等，全部交由他掌管。沈祖静既要全心抚育自己的三个年幼孩子，还要照顾姐姐留下的一双儿女，肩负一大家人的大事小情。香皖十分心疼夫人，他不愿为她增添负担，所有的银子全部直接交予大哥。谁都没想到，香皖如此信任的大哥却是个心机之人，在中间到底"吃"了多少银两？天知道！最后携款自顾回归阆中老家。

"我听七嫂说过，那一次工头带话催促妈妈去工地付款，妈妈赫然发现工程尚未完成，满目砖瓦木料乱七八糟，工人已走掉大半，只剩一群莽汉团团围住妈妈索要工钱。"一个养尊处优识文断字的青年女子，一时被这些粗野之人吓得浑身哆嗦话不成句，你们要银子？我大伯子没把银子发给你们？差起八九十丈远，真的没给哈！啊？我哪儿来的银子！怎么办？毫无应对之道的赵太太，简直不晓得该如何是好！她，晕晕乎乎跌跌撞撞冲出大门，一头栽到金河里，只想死了算了、一了百了，差点闹出人命案！

金河不宽也不深，枯水季节娃娃些会跳下河，捞小鱼小虾戏水玩耍。"我妈妈跳下去，还是呛了很多水，其状惨矣！"工人吓坏了，大家七手八脚把赵太太捞出金河，控出腹内脏水，在鬼门关走了一遭的沈祖静，终于呼出一口长气，醒了过来。她，怎么能走？如何走得？如果真的走了，丢下那一堆孩子，于心何忍?!沈五小姐临终尚有七妹可托，七小姐却再无胞妹拿给夫君续弦。想明白了的沈祖静，强撑病体给夫君传书写信，工程"尾款"如数到账，金河街88号宅院，总算拖拖拉拉勉勉强强盖起来了。

那些年，赵家公馆一带风光秀丽景色宜人。大门前金河两岸，绿柳成荫花团锦簇，树上挂着鸟笼子，黄莺、百灵、画眉、八哥、鹦鹉、金丝雀。"鸟儿的鸣叫就像唱歌一样，好听得很。"但她所看到的赵公馆，好像已然那般破旧朽烂。"爹爹花了那么多真金白银，妈妈为此还差点丢掉性命，好不容易修建起来的府邸宅院就是这个样子……"那年赵家公馆遭了贼！因二门那门槛很高，下面挡板稀牙裂缝，贼娃子拆卸两块一头钻进老院子，"好多值钱的东西，堂屋供桌上摆放的那些瓷器、贡品，还有古董、字画……遭洗劫一空。"

幸好贼娃子没敢溜进书房撬开老爷珍藏宝贝的柜子，沈氏姐妹的陪嫁妆奁相当丰厚。香畹也一定为此捶胸顿足痛惜不已，古董、字画、名贵瓷器，那是他省吃俭用花费大把银子，精心挑选四处淘换回来的稀世珍品。"爹爹收藏着一幅《清明上河图》，非常珍贵，这幅古画被虫蛀了一个一个小眼儿。郑板桥的'兰竹'，唐伯虎的《临水芙蓉图》《王蜀宫妓图》……宋代的钧瓷、乾隆年或更早的精美瓷器。"赵湝说，古董瓷器字画名作，平日大多收在二楼爹爹的书房里。只有逢年过节，大多在腊月正月间才会张挂摆放出来，供客人们观赏，正月十五元宵灯节过后才收归——捡回去。

赵椿煦早年深受儒家思想熏陶，后留学东洋受民主思想感化，既有文人士子的气度风范，又有求索革新的叛逆精神。回川之后曾任代省长、省府秘书、秘书长、主任秘书等政府官员，但他葆有一介布衣书生本色，从未沾染丝毫官场污秽。"爹爹薪酬优厚，如果我没记错，一个月大概可以收入千儿八百块大洋？但他从不喜欢买田置地。"幸好不喜欢，否则1950年以后，赵氏兄妹参加工作填报家庭出身，还不得再加上个"地主"？官僚＋地主，背的"包袱"岂不更沉重？虽不买田置地，香畹却有自己一生的雅好，喜欢收藏古董文玩字画。

沈祖静毛弟沈祖寯的长女沈珏在其祭文《风木之思》中，写了一段关于沈氏家族"收藏"的文字："沈氏三樵"政余之时，多以诗书画自娱，兼课子孙，则柽园后起者多以诗文行世。"沈宝锟，工书法，精鉴赏，藏书尤富，托兴风雅博识精见，独具只眼为时之冠。"蜀中后髦莫不相与纳交，凡高艺名流，皆为桤园之客……"该文特别提及：鹤樵公之子沈贤修（别号鹤子，禅和子）也是晚清书画家，"真草隶篆无一不精"的篆刻家，在《锦里篆刻徵存》中位列第一。光绪二年清明，两江总督、南洋通商大臣张之洞为《沈贤修印谱》题跋："鹤子大使（沈鹤子时任四川盐政大使）文学通博，善为小篆，家藏多汉魏六朝金石刻，故刻印无师，而自工不名一家……是真通六书，真得汉人规矩，不减赵次闲（名之琛，"西泠八家"之一）得意之作。"而沈贤修（鹤子）之孙沈阴曾（仰放），则早于二十世纪二十年代做了北京大学学监。新中国成立后被毛泽东委任为古典书籍编审、北京市文史馆馆员，有《养性轩诗集》《龙岩诗词合抄》等存世。

可见"收藏"实乃沈氏族人共同爱好，他们常不惜血本斥巨资求购文物书画。"沈松樵曾与同里丁辅之筹款以八千金购得《汉王稚子左阙》碑；沈吟樵曾耗'吾半生精力所聚'购得渐江僧弘仁之《长松羽士图》（此画后为巴金的祖父李镛一树冬青馆递藏）——沈珏《风木之思》。"百度百科词条：此画右下角有收藏印二方，均为白文，一为"桤园所藏"，一为"渊吾半生精力所聚"，左下角又有"渊公眼福"朱白合文方形印。"渊吾""桤园"即为收藏过此画者的沈氏大公馆主人沈宝锟之别号。该词条中还有如下文字表达：在清代初期的著名山水画家中，有梅清字渊公……但将这方朱白文合印与梅氏所用印章相对照，无论印文抑或刀法，皆相去甚远。故徐邦达（注：参与重建故宫博物院书画馆的古书画鉴定权威专家）先生见此印时，即断言"左下渊公印非梅渊公印"，此人并非梅清。现在我们可以负责任地说，所谓"此人"正是赵洧的曾外公沈宝锟，清末沈渊公而非清初梅渊公。沈珏还有记录：民国期间，沈氏族人曾集资四万大洋并一册宋代册页欲换回流散在外的家族藏品——黄公望山水画。至 2016 年 4 月，台北珍宇国际艺术有限公司春季拍卖会，仍在拍卖桤园沈宝锟曾经的藏品——冷枚画作《柳浪闻莺》。

"沈氏三樵"之松、吟兄弟相继病故后，清末名士经学大家王闿运痛心疾首仰天长叹："四川风雅之都，绝矣！"如此高度评价二樵公，实为知音至交肺腑之言！

张之洞任四川学政时，曾开办尊经学院亲自授课，门下最为器重的"蜀中五少年"之一的廖平（1852—1932，原名廖登廷，字季平，祖籍与赵椿煦同为湖北省孝感），后为中国古典经学最后一位大师。1932年端午节后廖平以八十一岁高龄染病去世，蔡元培等提议公葬，全国军政文教人士纷纷题写挽联，蒋介石诔文称廖公"旷代经师"。于右任、孙科、吴佩孚、陈立夫、宋子文、刘湘、刘文辉等均撰诗联悼念。在"汉庑一经，蔚然名世；蜀江千里，郁为宗师（于右任）""大名遍西川，孔刘之间成净友；私淑有南海，魏晋而后此传人（吴佩孚）"等名联中，赵椿煦与其同仁解重持合挽廖平的诗联备受关注与赞誉："说经自辟畦町，直欲前无古人，后无来者；著书迄于老耄，可以悬诸国门，藏诸名山。"

2014年河北省石家庄市《燕赵晚报》首席记者李梓采写报道，因文章内容与赵椿煦相关而引起紫茵格外关注。在纪念正太铁路修建一百一十周年之际，历史学者王律解读法文版《正太铁路》影集中关于井陉县的五幅珍贵文物照片，石家庄市社科院研究员，人文学者梁勇附加点评。井陉县河东村明代凌霄塔曾为井陉历史八大景之一。经历1966年邢台大地震、1971年破旧拆毁，如今只能从《正太铁路》影集第47页法国人拍摄的镜头中回味其雄伟风姿。"在历代《井陉县志》中，收录了很多关于登凌霄塔的诗文，其中有井陉县长赵椿煦（四川人）在民国十年（1921）写下的《重阳凌霄塔登高》七律二首及井邑文人诗友吴郡三、蔡承泽的《和香畹县长重九凌霄塔登高》之和诗。"自古文人雅士喜重阳节登高赋诗，在法国人拍摄凌霄塔照片后，赵椿煦即兴抒写诗篇留下名句："凭高西望暮云遮，绵水屏山各一涯……"

赵椿煦1916—1923年在河北直隶履职七年间，从政府主管的教育厅（成人教育）科长到一任知事（县长），其间他的所作所为，只有留居成都的夫人沈祖静略知一二，子女焉能获悉？从赵椿煦《癸亥罢官归蜀留别井陉父老十首》这组诗文中，依稀可辨某些蛛丝马迹。"马蹄踏遍万山苍，乘兴西来看太行。"在第二首中有一句"我爱唐风本勤俭"，意为直隶井陉与山西平定毗邻，两县东西由娘子关划界，所谓以关为"界"，无非行政划界而已，实则乡土民风"纯为晋俗"。井陉县志记载，赵知县庚申年（1920）七月走马上任，时年北方五省大旱，他举力赈灾为民请愿，亲自到天津面陈上书。"十首"之三中即可重温其相关诗句："敢追董令称强项，夙爱鲁连有侠心。"这些诗文，又岂为附庸风雅之作？

历史上阆中本土诗人辈出，唐代张士环、滕迈腾倪父子；宋代陈尧叟陈尧佐兄弟、鲜于侁、李处纳；明代任仪任惟贤父子、陈宗虞；清代张柱庆、严瑞龙、王应诏王承谟祖孙、才女王淑昭、金玉麟……阆州诗界后辈将赵椿煦与何腾霄、梁清芬等同列于"民国时期诗名远播"、佳篇世代相传的前辈而不胜感佩："这些诗作是阆中的一笔宝贵财富。是爱国亲民惩恶扬善的思想教育长廊，是学习继承中华诗词精粹内涵的艺术长廊。"

无论香畹撰写过多少锦绣诗篇、收藏过多少古董文玩，他平生最爱两个女子，一个沈七小姐祖静，一个赵二小姐蕙祥。赵淯满周岁后不足一月，在晋南黄河滩地上，一个农妇生下一个男婴。正在蹒跚学步牙牙学语的她又如何预知，那个苦孩子，后来竟然会成为自己的夫君？香畹的掌上明珠心肝宝贝，怎会嫁给一个远在天边的男人？

安家沟里悲欢苦乐

　　宣统三年（1911）大水灾，黄河之水天上来，冲毁了田地，淹没了家园。陈光发的父亲陈文智带着一家老小，从河南省开封府蔚县洧川镇一个小村，一路向西逃荒而去。陈家和赵家一样均无族谱传承。祖居的村落，陈光发也是搞不清。他曾经以为，老陈家和"三藏法师"玄奘是一个村子里的同乡，"我们都是小陈庄的人，呵呵。"这个说法，很快被其女陈志音否定，您别乱说啊，玄奘陈祎是河南人没错。但人家是东汉名臣陈寔后代，原籍周南（洛阳），而非你们开封府哈。哦哦！那我爷爷的村子叫个啥名？不知道！那您的爷爷叫啥名？不知道！您的爷爷哪年出生哪年去世？不知道！好嘛，一问三不知！

　　很长一段时间，陈光发甚至都不晓得，洧川古镇至今仍在原地。"我还一直以为，宣统三年那场大水把它冲到黄河里去了！"通过网上查阅，陈志音终于看到了洧川，那里是陈光发父母兄长的原生故园。洧川的地方特产享誉全国，只听爹娘说过，他却从未吃过。那里的风味小吃堪称一绝：洧川锅魁，上下十八层，正面松软可口，背面黄焦酥脆，可长年放置不坏；洧川豆腐，香醇细嫩筋道爽滑，可用麻绳穿起来用秤钩挂着上称，烹炸煎炒风味各异。开封府除灌汤包声名在外，洧川羊肉烩豆腐也是名吃之一，羊肉浓香配以豆腐滑嫩，在开封方圆数百里都是官家百姓迎宾待客的正餐主菜。

洧川物华天宝人杰地灵文风雅韵值得称道：这里先后出过吕蒙正、刘理顺两名状元，还有司马懿、魏征、阮籍、阮咸、钟繇等名臣名仕，著名当代画家石泊夫、王成喜，著名豫剧艺术家唐喜成、牛得草等。古镇北有周灵王故陵、柏岗寨、韩国鸿台宫故址，南有司马墓、陈里故里等，西有隐山冈、魏征庙，东有桐子产故居、竹林七贤之一阮籍故里。曾存有汉代碑刻"尹宙碑"，还有明代建筑城隍庙、洧阳书院、培风书院、奎文书院等。洧川县城垛为柿花形状，传说只有出过状元的县才允许建柿花形的城垛，"八堡小洧川，拾了个状元郎"，吕蒙正的故事妇孺皆知家喻户晓。他原籍洛阳，在洧川开蒙读书，金榜题名，高中状元，三朝为相。元代剧作家写了不少关于他的剧本，原来老戏文《吕蒙正赶斋》里的苦主和洧川还有勾连。

古镇中心城隍庙规格不是一般的高，朱元璋在此打仗转败为胜，登基后亲自御封正五品。新中国成立后洧川县人民政府设在这里，尉、洧合县后成了尉氏县文化馆洧川分馆。现存大门三间、拜殿五间，硬山顶花叠脊（原为琉璃脊剪边）梁架结构独特，殿中横排四根内柱直达屋脊，大小额枋施以彩绘。檐下八根方形明石柱上刻有楷书对联："赫赫明明赏罚世间善恶，昭昭耿耿扶持宇内人民。"拜殿内第一架横梁置通透雕木格棱，正中三间分别置隶书匾额，中为"公正堂"，右为"负责任"，左为"守纪律"。

在三河饶镇的双洎河畔，有个美丽的小村落名为古贤村。村里有一座古朴典雅的建筑称为"陈里学馆"。早年有一位私塾先生姓陈名里，他是明崇祯年间洧川状元刘理顺少年读私塾时的同窗好友。陈里博古通今学富五车，但却无意仕途，只专心于学问教化弟子。曾有一"梁上君子"受其感化改邪归正，数百年间人们以此为戒训化子弟恪守节操，古贤村成了一方道德净土，"陈里学馆"也成了洧川八景之一。

洧川典故还有许多容不赘述。

总之，陈光发祖辈为洧川人氏。父亲陈文智，"我爷爷给他取了个好名字，有文化有智慧，可他就是典型的睁眼瞎，一个大字不识！"正因为陈文智深深感受到不识字、两眼一抹黑总会吃大亏，所以他最大的心愿就是让自家孩子读书上学识文断字。可是，陈家在老家境况并不富裕，要实现心愿难度很大。陈光发两个兄长都在老家出生。他们分别出生于哪一年？

"我哪会知道！"听母亲说，大哥陈光霖是个狠人，上面蹬走一个，下面踹掉一个，实际上大哥是父母的第二个孩子，从小显得和同龄人不一样，他早慧早熟聪明灵巧。陈庄附近岗李村有家姓李的富户，掌门人喜欢大哥的与众不同，愿意出钱供他上学，将来长大出息了，必须娶李家闺女为妻。这个性质有点类似童养媳，但应该算是童养婿。李家老丈人不让爱婿干活儿使力气，要让光霖"一心只读圣贤书"。这不是天上掉馅饼的好事？二哥陈光兴则为老四，因出生时找人看过八字，五行缺水，又名清泉。

在逃难的灾民中被父亲塞进柳筐挑着走的二哥，那时大概不过三四岁。全家人一边向西奔走，一边打短工糊口讨生活。"谁知道我爹娘我奶奶他们这一路到底走了多久？"从河南洧川的小村庄逃出来，最后到了山西蒲州磨涧村。应该是投亲靠友？那倒不是，哪来亲友？举目无亲！所幸父亲一条精壮汉子正当年，又称得上大田里干农活儿的好把式，土老财们谁不愿意用这样的劳力？

陈家落户磨涧村，究竟是在哪一年，已无从查证。在磨涧村，第一个出来帮扶陈文智一家老小的是郭应考郭长老，他租给陈家五亩好地，还有一条大牤牛。陈家成了郭家的租户或叫佃农，因为大当家的勤劳不怕苦，干活儿下力气。后来，竟也盘下属于自己的耕地和牲口。"我家有了五亩地，这是全家主要的生活来源。冬天种小麦，秋天收棉花。"陈光发的母亲姓侯，她是贫苦出身的女子，别说读过书，她连个名字都没有，嫁给陈家唤作陈侯氏。"妈妈主要操持家务，还自己纺线织布。农忙时也帮着父兄下地干活儿，真是苦了她一辈子（哽咽）……"

大哥陈光霖在李岗村富户供养下，上了完小又上师范，在河南老家娶了李家姑娘，带着新媳妇也来到磨涧村投靠父母。他先是在李涧村小学当老师，每天穿得干干净净去学堂教书。那时在这一带乡村小学，教书先生相对体面，学生家里轮流提供餐食，而且还不是很差的凑合的，总是有干有稀还有菜，一般主食都有白面馍馍小米粥，还有一些时令蔬菜和小咸菜。很快陈光霖受聘到永济县福音堂小学任教，他把名字改成了陈光临。

陈文智因不能识文断字深受其害，他从心里希望孩子们别再像他一样睁眼瞎，大儿子有李家供养读书，已减轻了他的一部分负担。在磨涧村他拼命干活儿，想送二儿子清泉读书，无奈这娃娃天生不是块读书的料，打也打了，骂也骂了，他就闷声不吭执拗着倔强着，只要不上学，干啥都行。父亲一转身，他赶着牲口自己下地干活儿去了。很快二哥成了父亲的好帮手，什么活儿交给他，干得那叫一个漂亮。大哥和二哥，虽模样相像，一个教书先生成天价在室内，躲着太阳白净面相儒雅斯文；一个庄稼汉子整日价在地里，顶着阳婆黑红脸庞五大三粗。在陈光发的印象中，两个哥哥长得都很周正，那种典型的中原人圆头宽额国字方脸盘，五官端正浓眉大眼，鼻梁挺直嘴唇丰润。"大哥心眼多，二哥人厚道。"

1918 年冬天，大姐在磨涧村初放啼声，父亲给自己属马的女儿，取了个漂亮的芳名：金花。陈金花是陈光发大姐的名字。"长姐亲如母"，在五个兄弟姊妹中，陈光发和陈金花关系最亲近，相处最密切。金花三岁那年，有了个属鸡的妹妹陈银花。金花八岁、银花五岁时，母亲又大腹便便即将临盆。"听说，我爹、我们叫 diá（同'嗲'，二声），看着我娘肚子一天比一天大，他不是高兴而是犯愁，从早到黑长吁短叹，根本见不到一个笑脸！"他们夫妻已经商量，其实也不是商量，"男人是一家之主，我爹说了算，他都想好了，如果生下还是女孩，那就不要了！"老天爷收走了他的两个孩子，终归大发慈悲给这对贫困夫妇留下了两儿两女，"这就足够了！再多，咋养活？日子过得实在太苦了！"

1927 年农历丁卯兔年，曾发生过一系列大事件：南昌起义、"四·一二"政变、南京国民政府成立、"八一南昌起义"、萧友梅在上海创办国立音乐学院……从辛亥革命到北伐战争，阎锡山频繁"易帜"三晋一统，他所管辖治理的小山村，偏安一隅平静如常。

阴历十月二十三（11 月 16 日，周三）清晨，身子已经相当笨重的陈侯氏，照例起早做好了饭。陈文智一抹嘴，带着二儿子下地干活儿去了。即将临盆的妇人，似乎毫无征兆，做完家里洗洗涮涮的杂活儿，她也照常拖着把镢头，一步一步慢慢走到河滩地里刨花生。正午时分，陈侯氏突然腹痛难忍，一下倒在地上，满头冷汗浑身湿透。她，一点一点挪动身子，好不容易爬进破烂的窝棚，胎儿已然冲向产门！妇人弯下身子，费尽力气从破旧的针线笸箩里操起剪刀，吐了几口唾沫算是消毒，剪断脐带，她脱下罩衣裹住新生婴儿，我的儿啊！一个带把儿的娃！！娘顾不上伤口巨大的疼痛与身体极度的疲惫，满心欢喜一抹苦涩地对着小宝贝绽放笑颜，这个娃，我不用、我不能、我不愿，丢进黄河水里冲走……

那个初冬寒意深浓的傍晚，在地里劳累了一天的陈文智步履沉重拖沓地回到窑洞里，看到炕上女人怀里婴儿的那一刻，他多日紧蹙的双眉瞬间舒展，这娃，满月般的脸蛋，光洁的宽额，细嫩的皮肤，安安静静不哭不闹，只顾吮吸着母亲干瘪的乳头。实在太可人疼，即便是个丫头，这会儿他怕也舍不得了。原本没想留下这个娃娃，如果是个女子，这会儿没准儿已经被黄河水冲到河南老家去了。幸好是个带把儿的男娃娃，老天爷叫俺留下他！好吧，他就叫，陈光发（广法）。

"太苦了！太惨了！"母亲自己从来没有吃过饱饭，更谈不上有什么营养。黄河边陈侯氏和金河岸的赵沈氏，两个人过的日子，简直就是天壤之别云泥之分。陈光发和赵淯，从出生伊始，一个险遭遗弃扔进河里，一个口含金匙掉入福窝。

从陈光发记事起，最爱他的自然就是亲娘、老娘。"皇帝爱长子，百姓爱幺儿，这句话，我娘经常在我耳边念叨。"陈家老幺儿，这个幸运儿，果然生得不凡，单从容貌上看，虽然和他的两个兄长也有几分相像，但神采风姿却迥然相异。他的早慧、聪敏和灵性、温厚，在同龄人中尤为突出。陈文智内心特别喜爱这个孩子，但他从不喜形于色，只是暗下决心，将来一定要让光发读书、读书、读书，学好本事，再不要像自己这辈子扛长活打短工吃苦受累活得这么悲惨。陈文智十分看好小儿光发，将来，他，一定会有大出息。老话说："十月二十三，长大好当官。"这话他从小听两个姐姐念叨，果然后来也不大不小算是当了个官。

两个姐姐分别年长光发九岁和六岁，非常喜欢小弟娃，天天争着抢着要背他抱他。那年夏天，还在蹒跚学步的光发，只系着一块红兜肚，"浑身光溜溜的像条泥鳅，两个姐姐抢着抱我，一下又都没抱住，我出溜——一下滑到地上，哇的一声大哭起来。"两个姐姐吓傻了，也不晓得拿什么哄他，最怕的是老爹发火挨揍，只得分头逃窜不敢回家。果然，陈文智听说这件事气得直跳脚，两个死女子还敢跑，还想躲？躲得了初一你躲得了十五？天色已晚，大姐二姐不敢回家吃饭，爹的火气也渐渐熄灭，死女子死哪儿去了?! 两个女娃跑了大半天，又累又乏，很晚才偷偷溜回窑洞悄悄上炕困觉。一顿暴揍总算躲过去了，但一顿清粥还是没能喝上，夜里又饿又怕，翻来覆去睡不着。

第二天一大早，陈文智和陈光兴照常下地去干活。两个姐姐又叽叽喳喳逗弄弟弟玩耍，"母亲永远是温和、仁慈的，她从不责怪任何人，实在很生气也听不到她会骂谁，只会一个人躲在一边唉声叹气……"陈侯氏挤不出丰足的奶水，却有加倍的慈母爱心。"我现在都记得很清楚，我家窑里有一台织布机，很老很旧。农闲时妈妈不用下地，她成天价坐在织布机前，'咔嗒咔嗒'织布。"那个印象实在太深了，很多年都会出现在陈光发的梦境里。"老戏台上《三娘教子》的织布机那都是假的，我娘的织布机，那可是真的，她手里的梭子磨得光溜溜的，一下梭到这边，一下穿到那边，吱呀吱呀像小曲儿、像哼歌儿，真好听！"

听说家里这台老织布机，还是陈文智的父亲、陈光发的爷爷，早年间在洧川老家亲手做下的，"我的爷爷是村里的木匠，农闲时背着一个大工具箱，什么锛子刨子、锯子凿子，都相当齐全。重要的是，我爹说他爹，有一身很好的木匠手艺，总有干不完的活计。"爷爷做的这台织布机，爸爸硬是从河南老家搬到了山西，"怎么搬过来的？这得多费力气！"很可能是在安家沟里安了家，后来才托人捎过来的。怎么可能？谁会给人捎这么麻烦的大物件？好吧，总之陈光发打小就看到这个织布机，还有织布机前永远带着一副病容的慈爱母亲。陈侯氏特别疼爱自己这个最小的孩子，平时脸上的笑容十分稀少难得，好像也只对光发大方地绽开。

打小陈光发也没怎么挨过饿，但他家大多吃的是粗粮、杂粮，所有细粮都交了租子，好年成能吃饱就算不错。"我家院子里养猪、养鸡。我大一点能下地跑了，最喜欢抢着'承包'喂鸡这件事。看着小鸡娃一点一点啄食，我觉得很有趣、很开心。"春节前杀年猪，听着嗷嗷的声声惨叫，小光发心里直发颤。"我家的猪肉大部分都卖了，自家只留一小点，非常穷困啊！"

大哥在河南老家完婚典礼，何等光景无从知晓。"我大嫂本名叫个啥？反正成了我大哥的媳妇儿，大哥给她取名儿叫李光荣。"光，合了陈家同辈的字。二哥在山西娶妻，有无仪式无从寻觅。二嫂也是一朵"花"，袁梅花。她也是逃难人家养不活的女子，陈文智看着她可怜兮兮饿得就剩一口气，穷帮更穷地带回家来给陈清泉做了童养媳。二嫂从来没吃过饱饭，大了却长得高高挑挑瘦瘦长长。容貌不算出众却也还周正，浓眉大眼，高鼻梁厚嘴唇，"她嘴巴太大了，嘴大吃八方。她，上哪儿吃去？"后来为二哥生下一儿一女，苦人儿也算儿女双全。

在中国，两妯娌一般很难相处和谐，这种关系在旧时农村表现更为突出，而在陈文智家，简直水火不相容。大嫂生于乡村富贵人家，从小养尊处优，优越感特别强；二嫂本为逃荒落难之女，自幼贫穷困苦，自卑心非常重。何况，同为陈家媳妇，大嫂陈李氏，绝对是个美人坯子，樱桃小口明眸皓齿细皮嫩肉，守在家里盘腿上炕做女红；二嫂跟着公公丈夫下地干粗活。袁梅花始终心存怨气愤懑不平，这口气憋了几十年，从来没有出匀出透的时候。二十世纪六十年代初期的灾荒年间，陈光发的两个哥哥先后恩病不治而亡，两个寡嫂竟然也没想着请个人，写封信给离开磨涧村"进城干大事"的弟弟报丧。陈光临和陈光兴，两兄弟均死于四十七周岁。所以，1974年陈光发四十七岁这一年，非常紧张不安，赵淯也忧心忡忡。谁又会想到，这个差一点丢进黄河冲走的小生命，竟然在风雨乱世中顽强地生存下来了！

一家人里，陈光发最依恋也最心疼的就是他的娘。在他的记忆中，两个姐姐嫁了人，两个嫂嫂和婆婆娘的关系，好像并不是太亲。这种现象在农村非常普遍。"我娘一生劳累辛苦，从来没有享过福。她农忙时要下地干活儿，农闲她也闲不住，纺线织布做衣裳。从奶奶、爸爸到哥哥嫂嫂（二嫂只会干农活，不会针线活），我们一家人里里外外、单的夹的棉的四季穿戴，全都是母亲一针一线缝制的。"那时，家里根本不可能有钱买布料，好像也没见过什么染料。陈侯氏就只能打井水和着灶灰、锅灰，自己织土布浸泡一阵，揉搓一阵，上的就是一种灰不拉唧的颜色，深深浅浅也不均匀，剪裁好缝好就穿在身上。"大一点的我，总是乖乖地站在织布机前，看着母亲手里的梭子一边一下很熟练地织布。好像她脑后还长着一双眼睛，偶尔会扭过身子给我擦一把鼻涕，还会摸摸我的脸，拍拍我的头，满脸全是温柔的慈爱的表情。"

想起他再小的时候，还是个不会走路的小娃娃，围着织布机满地爬呀爬，织布机旁边放着个笸箩，装着梭子啊、线轴啊，还有干馍馍。有时母亲掰一块放在嘴里嚼吧嚼吧，用手指头抹到娃娃嘴里喂他吃。"那时家里穷得很，根本没啥好吃的。什么糖果、饼干、点心啊想都别想啦。我就吧唧吧唧噙着母亲嚼过的馍，香香的哩。"陈家窑洞口的牛圈上有个燕子窝，"真就像歌里唱的'小燕子穿花衣 / 年年春天来这里……'老燕子喂小燕子，小燕子张着小嘴。那个情景非常像我，仰望母亲张着小嘴。她，一口一口往我嘴里喂食。"

少城公园父爱如山

　　天呀！妈妈嘴里嚼烂的馍馍，用手指头一抹喂进娃娃嘴里抿抿就吞咽了，这得多么不卫生啊！"这个有啥子嘛？旧社会的人，哪有现在那么讲究？"这话可不是陈光发说的，而是赵二小姐冲口而出。

　　原来，在锦官城里堂堂赵家公馆的香畹太太沈七小姐，也同样对待过自己的女儿。前面生下三个儿子，好不容易诞下一个千金，祖静在月子里头患上了疟疾，成都人管这病叫打摆子，管产妇叫月姆子。月姆子打摆子，还有奶水吗？那时无处可订牛奶，更没盒装奶，也没奶粉卖。怎么办？"妈妈就把点心嚼巴嚼巴，再用小调羹舀着喂到我嘴里，我还不是'吧唧吧唧'吃得很香甜？"呵呵，点心和干馍，那能是一回事？顺便问一句，你妈喂你吃的什么点心？"我咋个晓得？奶娃儿得嘛，要晓得点心叫啥子，那不成了怪物？"后来赵淯听她七嫂说，在妈妈月子里她就开始吃桃酥、蛋糕、萨其马这类甜食，"后来长大了，现在变老了，好像还特别喜欢这些糕点，恐怕就是月子里头带来的口味？"

　　在赵淯仅有的残存记忆中，"我妈妈虽算不上天姿国色大美人，但，她容长脸盘清眉秀目皮肤白皙，戴着一副深度近视眼镜，有这么厚（用手势比划），像酒瓶底子。"从早到晚捧着一本书读的形象，最是清晰永远难忘。用现代话说，沈祖静非常知性。虽贵为官太太，但却毫无官太太的脂粉气，且从不对人趾高气扬颐指气使。"妈妈性格比较严肃内向，有点寡言少语。从小到大我没听过妈妈大声武气地说过话、骂过人，总是轻言细语慢条斯理。"香畹早年接受传统儒家教育国学根底深厚，后留学东洋接受新思想新文化，他睿智敏慧文采斐然，文人士子风度雅好，深得沈氏家门赏识，同样也渐渐俘获了祖静的芳心。沈氏与赵门结缘联姻，同好诗书文玩字画，必为其中十分重要的一条"红线"。沈氏家道中落，书香余韵犹存。沈祖静，大家闺秀书香门第，十六岁被迫中断女子师范学业嫁给自己的姐夫。即便做了赵太太，仍旧保留着读书习文的学养家风。

沈祖静的父亲沈澂，究竟前后娶过几房太太？"这我不太清楚，估计至少三四个。我知道六姨妈是正房太太嫡出的女儿，长得非常漂亮。五姨妈（七哥的母亲）和我的妈妈（沈七小姐）同母，都为大姨太太所生。我的毛舅沈祖寔，他的母亲是我妈妈的母亲下面的小姨太太。"虽然同父异母，但因沈澂1919年病故，两个妈妈也都走得早，"长姐如母"，七小姐比毛弟娃年长十八岁，对他疼爱怜惜有加。"我妈最爱她这个毛弟，我也最爱我这个毛舅！可能我毛舅比我七哥还小两岁，应该比八哥大一岁。"九秩老人，果真没有记错。他们甥舅三人，赵鸿生于1910年，沈祖寔生于1912年，赵源生于1913年。毛舅比八哥大一岁，从生日看两人仅差两个月。"幺房出老辈子"这句话，用于沈赵辈分之混乱，再恰当不过了。

爹爹偏爱如命、妈妈欢喜入心的赵二小姐呱呱坠地时，她的毛舅沈祖寔不过是十四岁上下的懵懂少年。他从小喜欢跟前跟后黏着七小姐祖静，经常跑到金河街88号院，探望姐姐玩耍一回。有了好几个外甥后，突然看到姐姐怀里多了个小外甥女，细眉细眼那么乖！祖寔硬是看得目不转睛舍不得走。毛弟如此喜爱小女，祖静暗自洋洋得意，于是半开玩笑半认真说：你那么喜欢阿蕙，我把她抱给你做干女儿吧？懵懂少年啥也不懂，红着脸不由自主点点头。从此，只要祖寔过来，祖静就抱着女儿冲他笑说：蕙儿，看，毛舅来了！哦不，干爹来了！喊人，喊，毛舅干爹。开始牙牙学语的赵二小姐，果然脆生生喊他"毛舅"，又唤他"干爹"。听着小外甥女奶声奶气莺声燕语，少年祖寔满面溅朱十分羞涩。哈哈，自个儿还是个半大娃娃，现在成了干爹！你不愿意？那好，她就不给你抱。啊？哦，嗯、嗯……"我从小就很'巴'(方言'黏'之意)他，我的毛舅又是我的干爹，他长得特别帅。大双眼皮又黑又亮，鼻子像外国人一样'棱'(方言：高挺直)，后来个子也长得高高的，非常抻透(英俊帅气之意)……"沈祖寰是赵涓兄弟姊妹的毛舅，但却只是赵涓一个人的干爹。

赵二小姐在家里的地位相当不一般，高高在上独得其宠。四个哥哥不能上主桌用餐，她却可以随便坐在爹爹身边吃饭。"家里人都说，老爷惯势(娇宠)二小姐得莫法，只差没拿根杆杆，把天上的星星月亮掇(摘取之意)下来拿给二小姐玩耍。"香畹每天给娃娃发放零用钱，别的孩子一人一个铜板，蕙儿一人两个铜板。"这些零用钱，我拿来可以买两包花生米或者两个锅盔。"爹爹天天坐着私包车上下班，路过祠堂街口的稻香村点心铺，他都会买一包带回家给娃儿些解馋。一到周末，爹爹还会在祠堂街的"利和森"卤肉店，买些夫人喜欢孩子垂涎的猪头肉、猪心舌改善伙食。新年过节之前，全家人量体裁衣，爹爹精心挑选的面料，二小姐和太太必须是同个等级，哥哥妹妹则比她低一二等。"我们女娃娃是一身旗袍，单的、夹的、棉的，还有外套罩衣。全是爹爹买料子，请裁缝师傅来做。"这些事大部分都是香畹在操心，"包括我妈妈的衣装，春夏秋冬从里到外，用什么料子，选什么款式，爹爹都会到服装店去定制。"

赵涓上面的十哥赵涵——雁秋，小名唤作德光，下面的妹妹弟弟都称他德哥(音同"锅")。德哥，面容很像爹爹，天性开朗活泼，从小特别淘气，"他胆子特别大，那种毛胆大的费头子(意同淘气包)，最喜欢做的事，爬树！"院子里的石榴树结了果子，他一天到晚像只猴子，不知会蹿上去多少回。只要听到谁在树下说一声，哎，石榴红啦！马上兴冲冲地冲到人面前，自告奋勇跃跃欲试拍着小胸脯，要不要吗？我去给你摘哈！"蹭"一下就蹿上树了。"有一回不小心掉下来，绊腾(厉害)了，好半天莫得气出，吓死个人！"德哥 1925 年 3 月早春出生，他比 1926 年 10 月暮秋出生的二小姐，只大不到两岁。他挨爹爹的打却最多，但凡和别的孩子淘气犯了小错，经常会挨骂甚至要被打手板心。二小姐则永远不会有这些惩罚，哪怕她闯了祸事，爹爹也只当没看见没听见，装聋作哑哼哼哈哈放她一马。如此一来，几个哥哥也跟爹爹一样，非常宠着特别爱着头个妹妹。可是蕙祥下面的三妹，她岂能甘心？怎会服气？

赵二小姐独得其宠的日子，从1928年阳春三月开始大打折扣，因为三小姐出生了。赵溶，字桐萱。赵氏公馆里又多了个女娃子，香畹祖静有了俩女儿。二小姐属虎，三小姐属龙，按中国老话说，两姐妹"龙虎斗"。何况，两姐妹年龄又接得比较近，妹妹只比她小不到两岁。但凡爹爹有一点偏袒之心偏爱之意，第一个感到委屈、表达不满的就是三妹赵溶。凭什么？她只比我大一岁多！很长一段时间，二姐也不习惯让着三妹，凭什么？她只比我小一岁多！长大一点，兄弟姊妹一周两吊零花钱，二小姐翻倍！"三妹一句闲话说了几十年不歇气。"这对年龄最为接近"龙虎斗"的姐妹花，一辈子的交集却最多。再亲密的关系，也是少不了争执、吵闹，用四川话说就是扯筋角（音"go"）逆（音"孽"），但永远都是割舍不下情谊深厚相扶相助的同胞手足嫡亲姐妹。

赵淯多了一个三妹，1930年9月三妹下面又添了个弟弟，这是姐妹俩唯一的弟弟：赵江，字子长，属马。赵江下面有了四妹赵洵，"从四妹以下都只有名莫得'字'……"赵洵属猴，生于1932年10月，她是赵淯唯一带入音乐之门、读了大学本科的妹妹。"从德哥开始，我、三妹、幺弟、四妹，我妈妈生孩子特别密，基本不到两年就生一个，好像肚子从来没空过！"从那时候开始，赵淯内心特别"烦"大家庭，大家庭人多事多，既复杂又繁琐。"我妈妈从沈家那个超大家族嫁入赵家，赵家不如沈家曾经那么显赫，但也并不清净更不省心。"

照理说，香畹的同胞和叔伯八个兄弟两个姐妹，只有他一个人在成都工作安家，兄弟姐妹都在阆中，应该不会有太多交集。那个年代，从阆中到成都数百里，长途交通并不便捷。可是，怎么也架不住兄弟姐妹拖儿带女，山高水远跑到成都，倚仗投靠香畹。"我的四爸后来一直住在我们家，父亲帮他找了份小职员的工作，他再未离开过金河街。"四妈去世后，他也未另娶，一直住到死。"四爸四妈两口子长年烧鸦片，爹爹怎么能够容忍？我想不通！"香畹这房最小的五弟、赵淯的五爸是赵世珂（后在北京）

的爷爷；香畹叔父的长子、赵淯的三爸，经香畹介绍，后来在一家私人服装公司当管事，他是赵世琇和赵世琨的爷爷，"他们那一房，还有六爸（二姐赵涪的父亲）、七爸（赵澧、赵湜、赵治的父亲）我都见过。那一房的老幺我喊八爹，好像没啥印象……"

这些"爸"呀和"爹"呀带着家眷子女，一年到头一拨一拨像走马灯一样，从阆中老家轮番上省城走亲串戚或是避难，经常一住数月半年甚至更长。

1935 年 1 月中共中央电令红四方面军和中央红军共同北上抗日，红四方面军一路招兵买马踏上艰苦卓绝的漫漫长征。有个二十八岁的青年农民赤卫队员叫李春福，听从红色宣传鼓动，毅然告别妻女离开阆中乡村，一路向北赶到南江县，坚决报名参加红军。很多年以后，如花似玉芳华正茂的赵三小姐，满怀崇敬一往情深嫁给了年长自己二十多岁、已近中年的李春福老红军。春福成了香畹的女婿、赵淯的妹夫、陈光发的连襟。此为后话暂且不表。

总之，那个时候赵家公馆经常客来客往，一个家经年累月上上下下全是人。在这样一个大家庭里，沈祖静的心，该有多烦乱？她，何曾有过安静的时候？在省府官居要职的赵椿煦，尽管薪酬不低，但同时家庭负担也相当沉重。成都这边家里子女很多，阆中老家还有兄弟包括出嫁的姐姐，都要赵椿煦一个人照管起来。在赵淯记忆中，爹爹开朗直率脾气火爆声音大，他出钱让哥哥们陪他打麻将，假如手气不顺老不和牌就鬼火戳。即便儿子成人成家，惹了哪个长辈那也不得行，马上弄到院坝头跪起不准吃饭！一家人全都怕他。"但是怪了，爹爹很怕妈妈！"只要沈祖静脸一沉，正在哇啦哇啦吼天吼地的赵椿煦立马不敢开腔。"我妈妈以柔克刚以静制动，爹爹拿她莫法。他太宠溺她了！"香畹对祖静充满疼惜怜爱，他不愿让她劳累做任何家务事。"我妈妈从未下厨煮饭烧菜，从不干端茶倒水、洗洗涮涮的事儿。"无论香畹怎么疼爱珍惜祖静，他们夫妻毕竟年龄相差二十二三岁。高门、豪门、官门，有多少繁文缛节礼尚往来。祖静一进门就成了三个孩子的继母、后妈，还是一大堆小叔子的嫂子。再加上娘家沈氏往来走动的亲戚,她真的是太累了、太烦了。"我从来没听过我妈妈说出这个'烦'字,但我想象得到她的隐忍,内心有多烦、有多苦!"因性格内向,又是老夫少妻。"好像我妈妈始终都不很快乐。"

在一群官太太里,沈祖静可能是非常特别的一个。她不喜欢交际,不喜欢活动,不喜欢热闹,还不喜欢涂脂抹粉花枝招展珠光宝气;她特别安静,特别素净,喜欢宅在家里。"我妈妈不是个小脚女人,听说小时候刚刚缠足,她疼得半夜大哭大叫,爹妈听不得惨叫声就给放了,所以她长成一双天足。"她接二连三怀孕,大肚子、生孩子、坐月子、养孩子,真是要多烦有多烦。因为孩子生得密又生得多,身体一直不太好。"平时在家里,最多偶尔打打麻将,抽抽水烟。"基本不问家务的沈祖静,心灵手巧女工不错,"她会给娃娃些做衣服、鞋子啊,漂亮得很。"更多的时候,她喜欢一个人躲在一边看书,"只要是书,妈妈都喜欢,古今中外新旧长短,不挑。我从小那么爱看书,应该就是遗传了妈妈。"在孩子们眼里心里,沈祖静总是一副严肃、高冷、矜持的形象,"好像不是那么亲切随和活泛热情。妈妈很有尊严,孩子们都很敬重甚至敬畏她。"如果祖静要走亲戚,身边经常只带赵湆、赵洵去堂兄沈鄂生的家。沈鄂生是赵香畹的媒人和大舅子,赵湆兄妹称他五舅,"妈妈和堂兄走得近,我们和沈家的其他人,好像基本也没有什么来往。"

金河街一带,早先为有钱有势富贵人家集居的区域。赵家公馆出大门右拐往东,走过包家巷口同在南岸的大公馆"一座小洋楼,非常豪华美观"。这是国军陈师长的府邸。"我家金河对面是四川省主席王瓒绪的公馆,他家两个公子都是我在市立一小(高小)的同班同学。"从王瓒绪公馆往西再走一点,那儿有最早的日本领事馆。"赵椿煦作为中国公派留日学生,很长一段时间每月都会去日本领事馆领取一些香皂啊、毛巾啊等生活日用品。在柿子巷里藏着抗日名将王泽浚的故居,王泽浚本人战败被俘,这里也就托他父亲王瓒绪将军的名仍叫王公馆。

平时赵椿煦工作很忙,早出晚归按时上班。他备有自己的专车,可谓私包车里的"劳斯莱斯",黄铜灯铃装饰讲究,舒适豪华十分气派。请了一个车夫陶青云，他个头矮小瘦骨伶仃，弓腰驼背形象猥琐，最不堪的是邋里邋遢，还患有严重的沙眼，用成都话说就是"红丝线锁的眼睛边边"。别人都劝说，赵老爷，何必呢？咋不换个车夫？身高腿长体强力壮跑得快又稳，还能给您老撑个门面。赵大秘书长却说，他这个样子，我不用他，还会有谁用他？他又咋个挣钱吃饭养家糊口？善良仁慈的老爷身边，还配有一名勤务兵姓唐，唐树成。家里边雇着一个看门头老曾、厨娘罗罗，老妈子王嫂主要是做清洁和管理花园，丫头珍珍很小就被人卖到赵公馆，"她主要是经佑（伺候）我妈妈，帮她清洗水烟筒，端茶倒水这些事。"后来祖静年纪越来越大，奶水越来越少。从赵淯的三妹开始，下面的弟弟妹妹出生满月后，基本都会交给奶妈喂养。在金河街 88 号院，主仆只有分工不同，并无贵贱之别，在人格上绝对尊重。"爹爹妈妈是老爷太太，兄弟姐妹是少爷小姐，但对谁都不能态度轻慢随便没礼貌，赵家的佣人完全就像自己的家人。"

那些年成都这边偏安一隅，日子过得相对平静。赵家公馆里，虽只有赵椿煦一个人上班挣钱，养活一大家子，还包括几个兄弟，但一家人男女老少生活富裕衣食无忧。赵椿煦生性节俭，平时不喜欢大鱼大肉八盘九碗开席摆宴讲排场，他坚决不准任何人在饭桌上抛撒浪费。"我们的早餐比较简单，稀饭包子之类。平时爹爹上班娃娃上学就吃三餐，假期都吃两顿。"基本都是普通百姓家常饭菜，但顿顿要有荤菜、素菜、小菜、咸菜、凉拌菜，还有至少一两个汤菜，"一家人最离不得的就是泡菜！红红绿绿的、香鲜脆嫩的，上面淋两勺红油辣子，看着就有食欲！"厨房阶沿边几个大泡菜坛子，全都泡满了四季鲜蔬。夜深人静时，可以听得见那几个泡菜坛子"啵儿——啵儿——啵儿——"地在"打屁"。所谓泡菜坛子打屁，实际就是陶土罐上穿了件衣服"釉"，经盐水浸泡发酵产生气体。老人说，打屁的坛子泡出来的菜又脆又香，坛子不打屁就容易"生花"（水面上长一层白膜）。厨娘罗罗厨艺不错，煎炒蒸炸炖样样好吃。最家常最喜欢的是麻婆豆腐、芹菜肉渣渣、豆腐干肉渣渣、太和豆豉炒青辣椒肉渣渣，还有回锅肉、炒黄豆芽，香得很！

香畹不让爱妻下厨，但他自己很喜欢烹饪。经常下班回家，公文包往堂屋椅子上一丢，马上换身旧的蓝布长褂，下厨，颠勺。"爹爹最爱做、我们最爱吃的三样菜：韭菜豆干肉丝，但不像饭馆炒的那种，阆中做法是韭菜不油炒，只用开水汆一下，晾凉；豆干和肉丝要炒熟，再用保宁醋和熟油辣子一起凉拌，太好吃了！白切，红皮白心萝卜和煮熟的白肉，全都切成小薄片，用酱油糖醋辣椒油和葱花蒜泥凉拌，呀！我都流口水了；油炸骨头，小排骨裹上鸡蛋面粉糊糊，放在锅里炸，吱吱吱吱冒油，香得来……"春节前后，肯定连着打牙祭，满桌古董瓷器盛上美味佳肴，还要做一盆油炸馃子，咸的、甜的撒上芝麻，翻出不一样的花。如果有人过生日，一定会做一桌阆中老家的特色菜，还有阆中名吃牛肉热臊子凉面，一定要配清水汆出来的韭菜和绿豆芽。

1933 年秋后，赵二小姐上学了。初小在金河北岸现今金河宾馆弯过去西胜街东口的少城小学。同学大多是附近公馆里的子女，最近的是隔壁敖家公子敖锡福，"我和他是同班同学，但和他的姐姐敖育华要得好，他父亲在公路局有一份好工作，所以敖家生活富裕。"赵家后墙接着方池街第一家也姓赵，但此赵家非彼赵家，"她家是正宗满族旗人，我们背后喊她们'满板儿'。她家有几个姐妹，我和赵舜琴同学，她有个妹妹赵绮琴和我三妹赵溶要得最好。"

在少城小学读书时，有件事让赵淯刻骨铭心无法释怀。那时学校的老师大多是满族旗人，她的班主任姓包，长得高高挑挑皮肤很白净，小姑娘都觉得包老师好英俊呀！那天下课，有个女同学突然冲过来撞了赵淯一跟斗，赵淯摔倒还没回过神，那个女生却吓得哇哇大哭！"我觉得很不好意思，赶紧爬起来，还没站稳就听包老师在办公室门口喊，赵淯，你过来。我走过去，他不问青红皂白喊我把手伸出来，举起戒尺打了我四个手板心！痛死我了！我太委屈了！别个把我撞到地上，挨打的却是我?！"赵二小姐，爹爹妈妈舍不得动她一个手指头，你个包老师戒尺打手板心，还得了！哭得抽冷气，怎么都不行。爹爹爹爹，那个破学校，我不得再去了！你给我找个好学校，我不能再受那个冤枉气！爹爹心疼惨了，赶紧联系少城公园里的市立一小。香畹没去找姓包的理论？没有，爹爹从不仗势欺人，更不会跟那种人一般见识。

香畹特别重视子女教育，要上新式学堂，同时给孩子们订阅《小朋友》杂志，"我们好喜欢上面连载的丰子恺的画……我们兄妹养成的文艺爱好，可能也大多来自这本杂志。"那时有《小朋友》吗？有啊！原来，中华书局出版的《小朋友》诞生于 1922 年 4 月 6 日，比赵淯出生还早四年。黎锦晖创办并任主编的这本儿童读物，在其回忆录中记载着："有好几百期连载着我编写的《麻雀与小孩》《葡萄仙子》《月明之夜》《小小画家》《最后的胜利》等十二部儿童歌舞剧，适应了全国不少的中小学师生的需要。"还有"小兔儿乖乖，把门儿开开""排排坐，吃果子（果）""摇啊摇，摇到石头桥（外婆桥）"等历久弥新的儿歌及《总理纪念歌》《五卅烈士歌》《热血歌》等爱国歌曲及无数诗作。黎锦晖用勤奋的笔为小朋友不断增添爱国修身、益智畅怀的养分，希望他们认真读书，做好人，办好事，提出儿童要做清洁、聪明、有礼、诚实、强健、快活、博爱、俭朴等兼备的人。许多当年的小朋友就是因为《小朋友》，从此走上了文学艺术道路，有的成了革命文艺工作者，可见《小朋友》当时的影响力多么深远。

"那时不兴双休日，只有一个礼拜天大家休息。"香畹非常体贴祖静，他为了让平日辛劳的娇妻难得清静一日，总是自己带着娃娃些出门玩耍。"大多数时间是德哥、我和三妹，后来也带着江弟和四妹。"上了一周学，天天盼着星期天，爹爹起早带着一群孩子，前呼后拥直奔少城公园。可以说，成都昔日的少城公园，便是赵淯兄妹童年的最大乐园。今天的人民公园，那是离金河街 88 号赵家公馆最近的公园。

始建于辛亥民国元年（1912）的少城公园，经民国二年（1913）尹仲锡策划扩建，张澜、颜楷、赵椿煦等参赞联名提议，在公园里修造一座"辛亥秋保路死事纪念碑"（现为全国重点文物保护单位），纪念辛亥革命前夕四川爱国志士保路运动死难者。同时自通顺桥凿渠引金水河入园，绕鹤鸣茶社、荷花亭（今湖心岛）东流入半边桥。五四运动至抗日战争时期，这里既是社会名流、袍哥大爷、市井百姓聚集的场所，也是成都各种团体演讲、演出的首选之地。

"星期天家里安排两顿饭。爹爹经常带着我们几个娃娃，在公园内的静宁饭庄早餐，在园外的邱胡子饭庄午餐。我们在公园嬉戏追逐，很开心！"有时还会在公园里的大光明电影院看电影，早期默片时代很多无声电影，后来有了王人美主演的《渔光曲》，还有《兄弟行》《大路》《十字街头》《神女》《马路天使》……在家清静了一整天的祖静，看着夫君带着孩儿们玩耍回来。夕阳的余晖映照着她清秀白净的脸庞，沈祖静难得一见的微笑，温暖着香晼也安抚着孩子。

赵浩年满十岁就和三妹赵溶搬到二楼住在左边卧室前间，后间是五爸一家五口（五爸五婶、儿子儿媳带着孙子），右边卧室前间四爸带着德哥住。大家族人口多亲戚多，沈赵两家又是亲上加亲，简直扯不清。在沈宝锟两个亲生儿子中，十四爷之女沈祖静和十九爷之子沈鄂生，关系最亲近。同祖父的堂兄妹，后来又成了儿女亲家，沈鄂生的长女沈洪霖嫁给沈祖静的继子、香晼的长子赵鸿，赵浩的大表姐成了七哥的夫人七嫂。很多年间，沈祖静和沈鄂生，两家往来也最勤，"可能每个月总有三四次聚会。"如果不是月老把一根红线拴上陈光发的脚腕，赵浩，很可能顺理成章嫁给了沈鄂生的亲儿子、七嫂的亲弟弟沈麟曾为妻了。

福音堂里书声琅琅

　　春天来了，满眼苍翠绿影婆娑，磨涧村美得真像一幅画。

　　"小时候，我经常提着小篮子跟着两个姐姐，在村边头、苇坑旁、竹林间割牛草，这是我最喜欢做的事。"有时，同小伙伴们跳进水沟里摸小鱼，捞小虾，抓螃蟹，很开心，很快活，还可以拿回家交给妈妈改善伙食饱个口福。小小子儿心灵手巧会自己做弹弓打鸟，在柴火上烤着、灶灰里埋着，熟了的那个味儿，嗯，香喷喷的哩。总之，村里娃娃能够玩儿、喜欢玩儿的光发都玩儿过，"有个电影《小兵张嘎》里嘎子做过的事，我也都经历过。"五六岁、七八岁的童年时光，他就是这么玩儿过来的。

　　在陈光发记忆里，他家院里那个大窑洞，走进门右边摆着一张桌子两把椅子，非常简陋的家具，已经陈旧斑驳看不出原来的漆色。那张桌子上胡乱堆着很多小字条，原来都是村里派粮交租和苛捐杂税的条子。"父亲一字不识，大哥看了说要交多少多少，那就老老实实交吧。"桌椅对着一铺大土炕，土炕往里有一盘大石磨。"我家在冬闲时做豆腐，可能还带着河南洧川老家做豆腐的传统吧！"大石磨往里，竟然就是牲口圈，"有一头牛，有一头驴，再往里堆放着麦草、豆秆，全是牲口饲料。"可是牲口为啥在窑洞里？谁敢放外面？强盗小偷那么多！北方冬天那么寒冷，牲口在外面还不冻死。全家主要劳动力是父亲陈文智和二哥陈光兴父子。"我二哥庄稼活儿很能做，夜黑回家也不闲着，用大铡刀铡碎草料喂牲口，那个场景，我经常都会梦到。"

郭长老作为涧东水打磨坊的主人，如果谁家过去一榨油二十斤，郭长老家需要抽头二斤，大概算十分之一。郭长老的儿子不在村子里，"他常年居住西安，具体做什么营生，我不清楚。听大人说，他是在给教堂里的洋人打工，反正很有钱，很富有。"郭家五口人在磨涧村过日子，老夫妇和儿媳妇带两个女儿，大女儿西彩可能生于西安，小女儿叫彩贤。郭长老人缘好，那一年他儿子从西安往老家搬运家具，装船渡过黄河。村里人闻讯都跑去河边帮忙搬运，大大小小一堆油漆柜子桌子床，油亮油亮都能照出人影影儿。那时永乐镇还没被水淹没，永乐宫没搬迁。从渡口步行回村大约十五里路。别人都是两个人抬、三四个人搬，"我二哥力气最大，他跟牛犊子似的，一个人用绳子绑上个大柜子背上，一口气走回村里。"

郭家曾经是磨涧村里唯一信基督教的人家，也是最早收留陈文智一家的恩家。郭应考当了长老，他让全村人礼拜日休息，雇工全歇着，谁都不用下地不要干活儿。最早磨涧村里只有郭应考郭长老家和陈文智陈佃户家，他们是全部受洗信基督的两家人。"两家人上午一起做礼拜。大人在炕上打盘腿儿，小孩在地上坐着小板凳，郭长老的大孙女西彩总愿挨着我坐。"礼拜结束，小西彩又蹦又跳笑嘻嘻说："我长大要嫁给广法哥！"大人们全都笑了，很惊讶！这个小女娃子，咋就能说出这样的话哩？"我很羞涩，非常不好意思，大红脸低着头不敢应声，心里美着呢，美得很！"

小时候陈光发特别喜欢过礼拜天、过感恩节、过圣诞节，大人不用下地干活儿，大家都聚在郭长老的家里，"好漂亮、好快乐的圣诞节呀，张灯结彩琳琅满目，我的印象特别深。"陈光发至今记得，郭长老用他浑厚低沉的嗓音唱赞美诗，领头诵读福音书。他老伴盘腿坐在炕上，一边翻着《圣经》，一边也跟着诵读。那时的光发，大概四五岁。"《圣经》里的故事，我一个一个记得特清楚。耶稣诞生在马槽，约翰责备希律被斩首，七个饼让四千人吃饱，犹大三十个银币出卖耶稣……这些故事我可以从头到尾讲给你们听……"

那天不是礼拜日，陈光发跟着父亲兄长下地，小娃娃还干不了活儿，一个人只顾蹲在地边玩儿。一只藏在土坷垃下的蝎子突然发飙，尾巴尖毒刺蜇入娃娃手指尖，他顿时疼得一蹦老高，跳着脚扯开喉咙又哭又喊："爹啊爹啊……"咦？疼得要了命咋不喊妈哩？"早听人家说（学）哩，遭蝎子蜇了，千万别叫妈，越喊妈越疼。只能喊爹才不那么疼。其实，我还是疼得受不了！"爹有啥法儿？还是娘跑过来揪着又哭又跳的娃娃，上人家里讨了点羊奶抹上，那种无法言说的锥心奇痛，这才慢慢慢慢缓解了。

早先磨涧村里没有私塾也没有先生。后来，从永乐镇彩霞村来了个杨老师。村长通知各家各户送娃娃上学识字读书。"我记得那年大概麦收之后，阴历五月、阳历6月？大人正在场院碾麦子，我扭着小屁股跟在后头转圈儿玩儿。我爹突然说了一句，光发，你去上学吧。我一歪脑袋：不去！我要跟姐姐割牛草。"陈文智顿时火冒三丈，手里的牛鞭子，"啪——"一下抽在小儿子屁股上，娃娃疼得跳着脚大声哭叫。只听老爹粗着喉咙吼起来，老子一辈子睁眼瞎，你不上学，想学我吗？一辈子出不了头！母亲在一边皱着眉头苦着脸，疼儿子疼得直叹气。"看着凶神一样的爹，很少冒那么大火、生那么大气，我很识趣，很乖觉地低头服从爹的旨意，一边抹着眼泪抽抽搭搭哭着答应去上学了。"

从此，十五岁的大姐陈金花陪着满过六岁的小弟陈光发去上磨涧村小学。"我们的村小就在龙王庙，那几间厢房做教室。"陈光发和同村的娃娃郭永宽、刘发子等七八个娃一起上学，"我们第一批上学的娃娃，还举行了拜师仪式，拜天地，拜君亲，拜宗师（孔子），我们五体投地跪着磕头，拜。"大姐陈金花在旁边说，光发你可不能跪下拜，这个违背了"十诫"。陈光发说，在小学里学到的知识，他一辈子都忘不了。磨涧村有点文化的人都这样说话："我的天出头（夫），借你的午出头（牛）；门木不门木（闲）？叫我麻石麻石（磨）。"还说要练好字，多读书，因为"字是人的脸，书是人的胆"。

在磨涧村小上了小半年学，大哥带着大嫂从河南老家也来到山西。"他可能比我大一轮还多吧？大十多岁肯定有。"很快，陈光霖应聘永济县基督教福音堂小学，陈老师的名字也改成了光临，"家里人、村里人都觉得他了不起，知书达理识文断字，还在县城里当先生。"陈文智就想着，应该让光发跟着大哥去永济上福音堂小学，总比村小更好吧？可以学更多的知识。重要的是，基督教福音堂小学，可以不交学费只交伙食。那时光发快满七岁了。"大哥带着我去了永济县城里上学。从那时开始，我不知翻过多少回中条山！"

中条山，横跨山西省临汾、运城、晋城三市，居太行山与华山、黄河之间。因山势狭长而得名，主峰雪花山海拔一千九百九十四米，位于山西省永济市东南。"从我们磨涧村去永济县城，一路向西北翻越中条山。"北魏郦道元《水经注》形容中条山："奇峰霞举，孤峰标出，罩络群泉之表，翠柏荫峰，清泉灌顶。"陈光发说小时候自己经常眼观六路，山野美景美轮美奂，真是有说不出来的诗情画意啊！二十世纪九十年代初，这里发现了两万多公顷原始森林，包括连香树、山白树、牛鼻酸、红石极、青檀等珍贵树种，还有金猫、金雕、金钱豹、猕猴、大鲵等稀有动物。

还未年满七岁，陈光发便走出磨涧村。第一次走进永济县城，一双眼睛都不够使唤，这县城，岂是大王镇子可以与之相比的？"从磨涧村到永济县，这就是到了另外一个世界。我吃住学习全在学校。那磨涧村龙王庙的破厢房咋比？这里的校舍、教室非常漂亮。"在福音堂小学，天天早餐有馒头、粥和菜，在家什么时候有白面馍馍吃？"我们每顿饭前一起唱《谢饭歌》：'（唱）诚心谢天父，赐饮食养我身体；慈悲神、主耶和华当称颂。哈利路亚！（白）阿门！'"哎呀爸爸，您记得这么清楚，您唱得太好听了！

现如今永济县老城，已全部淹没在水底下几无踪迹。陈光发做梦都记得，永济县老城很壮观，城墙垛子、箭楼门子连绵巍峨。那时大姐也和小弟同学，"我大姐已定了婆家，中条山下营子庄李家。他们比我们陈家富裕，婆家答应我父亲，供我大姐读三年书，再过门。"那个年代，在农村，女孩子读书，根本就像天方夜谭。但大老粗睁眼瞎陈文智，他不仅希望儿子能上学，也希望女儿能识字，总比全家文盲强，可以少受人欺负。那个年代，在山西农村女子中，陈金花绝对是罕有的读书女。按照陈家和李家的约定，她读了一年磨涧村小，又在永济县福音堂小学，读满两年书才出嫁，这在当时当地算是比较晚了。"我记得已过门的大嫂李光荣也在大哥任教的这个学校，我们一起读书。虽然是基督教小学，但也入乡随俗分成男院和女院。"

大姐出嫁的情景，陈光发记得可清楚。1935 年秋天他八岁，大姐十七岁。"按照我们那儿的老规矩，小舅子要'把轿门儿'。"营子庄李家迎娶新娘的日子，请了两班乐人，一路吹吹打打喜乐喧天，全村大人娃娃都跑出来看热闹。从磨涧村向西北十五里过了小池村，花轿颤颤悠悠再走两里路，送到了营子庄。小舅子陈光发一身新衣服"戳"在大姐的轿子门前。陈家五兄妹，小弟和大姐最亲，他心里空空荡荡的说不出是啥滋味。"大姐有了自家的男人，谁带我上学？谁陪我读书？还挺难过了一阵子！"大姐婆家的喜娘塞给光发一个"袁大头"，喜娘这才撩开轿帘，大姐脚上穿着一双大红绣花鞋款款下了轿。三寸金莲吗？不是。"我大姐缠过足，但我娘听不得她惨叫哭闹。后来一家都信主了，更不能让女儿受这种非人的折磨。"

但陈侯氏却是被她的亲娘狠着心肠，硬把一双脚缠裹成了两个"肉粽子"！可惨啦，所谓"三寸金莲"穿着袜子鞋子，有人觉着好看，实际惨不忍睹。大脚趾就是那个'尖'，后面几个脚趾都窝在脚底，有些缠足女子的小脚趾，已经完全齐根断掉，那个小脚趾头，已经长在脚底心，孤零零一个……缠足，真的是旧中国历史上一个陋习。据现代学者考证，缠足始于北宋后期兴起于南宋，元代继续向纤小方向发展，明代兴盛期出现"三寸金莲"，清代则至登峰造极。缠足之风蔓延至社会各阶层的女子，但拒绝缠足者也不在少数。陈光发未曾见过的岳母、赵淯的亲妈沈祖静，就是一双天足，因为她的母亲也听不得女儿夜夜哭闹，下不了狠心便由她去。而陈金花和大多数缠足女孩一样，从四五岁起开始经受痛不欲生的"酷刑"，慈悲为怀善良悲悯的陈侯氏，实在不愿两个女儿重蹈覆辙。她宁愿受人指责，也不愿女儿为一双畸形"三寸金莲"受罪。大姐还缠过几天足，二姐干脆一天没受罪。

清王朝被推翻后，孙中山正式下令禁止缠足。他的追随者"同盟会员"

赵香畹在河北（直隶）井陉县任县长，他留在在井陉县志上的一大功绩记录，正是"禁缠足"。陈独秀、李大钊等五四以后的革命领袖也都曾撰文痛斥缠足对妇女的摧残和压迫。中国共产党执掌政权，彻底消灭了缠足陋习，新中国的妇女才彻底得到解放。二十一世纪山西籍军旅艺术家张继刚的作品《解放》，围绕中国旧时妇女缠足的习俗，讲述了一段凄美动人的爱情故事。该剧中所有舞段皆未离开"足"这个主题，开场的"天足"表演尤为精彩令人叹为观止，而"凤冠小脚"女子群舞，则艺术化地模拟"三寸金莲"特有的步态姿态，可谓惟妙惟肖。

回头说，从磨涧村向北十五里是小池村，小池村前行两里是大姐的婆家营子庄。"天足"美人陈金花为她娘家"挣"下的聘礼可观，"一百二十个大洋！真的不少啊。我们陈家用大姐这份聘礼买地，添牲口。"因为轿门守得严把得好，大姐婆家给这个小舅子一块银元，"用红纸包着，一块大洋哦！我连看都没看到过。回家以后交给妈妈，后来，这块银元还真派上了大用场，它救了我的命，不止一条命，还有我们一起的好几个娃娃哩……"。在光发眼里，大姐就是个美人，唇红齿白眉清目秀，"很像是画上的观音菩萨！她后来却做了基督教的执事……"

从磨涧村往南十五里是永乐镇。永乐镇里著名的永乐宫，那是陈光发儿时嬉戏游玩的乐园。小时候陈光发经常跟着他爹去镇上赶集，看庙会。永乐宫，又称大纯阳万寿宫，因原址在永乐镇而得名。"从小我就知道，八仙过海各显神通，其中，要数那个吕洞宾最有名，他是我们山西老乡蒲州永乐（今芮城）人。"在我国民间文化中，吕洞宾和观世音菩萨、关圣帝君同为最具影响力、最受尊崇的三大神明。永乐宫，正是在宋代吕祖祠基础上，始建于元朝，自公元1247年动工至公元1358年竣工长达一百一十多年。现属全国重点文物保护单位，原址在山西芮城县永乐镇招贤村，现址在芮城县城北龙泉村东侧。

小时候，陈光发和伙伴们，经常钻进永乐宫，在院子里嬉戏玩耍捉迷藏。大殿里布满了精妙的彩色壁画。"我记得那些壁画上的人物，好像都是道教信奉的神仙，雷公、电母，还有王母娘娘……一幅一幅千姿百态神采奕奕！"孩童时代的陈光发并不知道，这幅有名的壁画叫《朝元图》，画上有近三百个神仙，青龙、白虎，长寿仙翁、文臣武将、仕女随从，还有龙、蛇、猴等诸位神君，形成朝圣的阵容，非常震撼蔚为壮观。"那时这个院子已经非常荒芜残败了，破砖烂瓦杂草丛生。"现存的永乐宫，主要建筑为一门（无极门）三殿（三清殿、纯阳殿、重阳殿），"那还可能原封原样吗？"

　　山西是我国的民歌大省，陈光发却不记得，在村里是否听过民歌，一点印象都没有。但他一辈子都忘不了、老了也会随口哼唱的是山西梆子。"我太喜欢我们的蒲州梆子了！"虽然祖籍河南，但他生于山西，所以河南梆子相对陌生，山西梆子更感亲切。最早接触这门传统地方戏曲，应该是父亲陈文智带着小儿子，赶庙会听蒲州梆子，那就像过年节一样高兴。张村南边的玉皇庙有两个戏台子，有时真就在唱"对台戏"。"现在我都记得，那时看野台子上演的老戏。正式开演之前，总是最先跳出来个小花脸，满脸涂着大白，单手握着个卷轴，且舞且念，边跳边说……"还记得说什么？"这个我一句都莫忘，他说：'天子重英豪，文章教尔曹；万般皆下品，惟有读书高！'舞台边上锣鼓响器敲敲打打伴着他长长短短的声调拖腔，那个印象实在太深了！"

　　中国戏曲自来最擅长"以歌舞演故事"。蒲剧，因兴起于山西南部蒲州（今永济一带），亦称蒲州梆子或南路梆子，这是晋南地区的主要剧种，形成于明代嘉靖年间，在清代乾隆时期称"乱弹""晋腔""山陕梆子腔"等。蒲剧长于表现慷慨激情、悲壮凄楚的英雄史剧，又善于刻画抒情剧的人物性格和情绪。蒲剧唱起来字正腔圆高亢激烈、朴实奔放引人入胜，它是中国传统戏曲一大瑰宝。康熙四十七年（1708）孔尚任《平阳竹枝词》记述："乱弹曾博翠花看，不到歌筵信亦难，最爱葵娃行小步，氍毹一片是邯郸。"清嘉庆、道光以后，蒲州一带的乱弹逐渐分为南路和西路两大派。南路戏以芮城为中心，声腔表演相对清雅婉约；西路戏以蒲州（今永济）为中心，声腔表演相对粗犷豪放。清末至民国初年，在蒲州、平阳地区，梆子戏已成为迎神祭祀、喜庆寿典、集市庙会中不可或缺的内容。从传统老戏里，普通民众可汲取一些人生观、道德观及忠孝仁义、人情世故等精神层面的营养教化。

早年间，只要请来戏班子，四乡八里男男女女老老少少纷纷倾巢出动，戏台周围挤得人山人海水泄不通。听着锣鼓响器嘁哩哐啷，陈光发又矮又小急得直蹦，陈文智伸手一拽把么儿甩过肩，娃娃骑着爹爹的粗脖子宽肩膀，"这下我高高在上，看得真听得清，谁能挡下我？"陈光发印象最深的扳着指头数的几出戏，有《西厢记》《窦娥冤》《麟骨床》，还有《三岔口》《三家店》《三上轿》《八件衣》，还有《赵氏孤儿》《薛刚反朝》《三娘教子》，等等。陈光发喜欢看"群才《挂画》，那个主要演员叫群才，硬是红得很，红透天哩！他是个男旦，演戏要踩上小跷，装成女人的小脚；好像那时还没见过女演员，坤旦……"。爸爸，我查了，那个三十年代红极一时的蒲剧艺术家叫王存才。可能是大人的方言口音，您记成了群才。哦？存才！晋南一带老乡喜欢这一人一戏到什么地步？"宁看存才《挂画》，不坐民国天下""误了秋收大夏，不误存才《挂画》，从这些口口传颂的顺口溜可见一斑。蒲州梆子有很多奇妙的绝活儿，看得人目不暇接眼花缭乱。"好啊——下面一片喝彩！我的嗓门又亮又高，惹得周围一片人仰着脖颈直眉瞪眼瞧我。"爹带娃看戏，有时心情不错还会哼上两句蒲剧，偶尔也会"窜"起哼上几声豫剧。

张村玉皇庙的大集可热闹了！街面上卖啥的都有，炒凉粉、小玩意儿。耍猴戏，耍把式，上刀山下火海，舞棍弄枪拍砖扎喉喷火的，高级一点的围起场子表演马戏，需要买票才能进去看，人在马背上翻来翻去跳上跳下很吃功夫。还有拉洋片的"西洋镜""西湖景"敲锣打鼓，一两个铜钱看一回。穷苦人家的孩子心里想看却不敢张口，娃这么懂事，陈文智也难得狠狠心，忍着肝儿疼满足娃的小心愿，去吧，看回"西洋镜"！儿子欢天喜地，老子笑逐颜开。

那一次，小光发又跟着父亲去赶集。陈文智卖完鸡蛋，想着花几个铜板给乖儿买个锅盔吃，要那种有肉的肉夹馍。好久没沾荤腥的娃娃，摇摇小脑袋，爹呀，我不饿。咋会不饿？一大早走了那么远的路，在集上又转了大半天，你不想吃个肉夹馍？我不想吃馍，我想买张画！画儿？那能当饭吃？光发闷声不开腔，牵着父亲长满硬茧的手，在一个地摊前蹲着不走。你想买个啥？我想买个《二十四孝图》！小儿脆生生一句话，老父感动得老泪纵横！"这《二十四孝图》每张都有个好故事，我记得最清楚的就是董永《卖身葬父》、王祥《卧冰求鲤》、孟宗《哭竹生笋》……那个讲大孝子王裒《闻雷泣墓》的故事，我心里感觉最震撼，印象也特深。"于是，陈光发在九十二岁这年，又给他那永远背不全"二十四孝"的女儿陈志音，从头讲了一遍这个故事：西晋学者王裒的母亲在世时，非常胆小畏惧打雷，母亲死后葬于山林。只要听到风雨夹杂雷声，王裒就会跑到母亲墓前，一边跪拜一边哭泣："裒儿在此，母亲不要害怕！"一个村娃小小年纪，默默地敬着父亲，深深爱着母亲，陈光发一心想着，自己长大定要效仿二十四孝子。陈文智内心备感欣慰，这钱还能舍不得花？毫不犹豫给小儿买下《二十四孝图》。长满硬茧的大手牵着细皮嫩肉的小手，走到烧饼摊，喏，一个肉夹馍，绝对不能少！

那年开春，陈文智和陈侯氏，老两口相跟着进了一趟永济县城，探望在福音堂小学教书和念书的儿女。"在县城照相馆拍了一张全家福，这是我平生跟父母一起拍的唯一一张珍贵合影。照片上，右侧的父亲身边站着大哥大嫂，左侧的母亲这边挨着大姐和我。我们六个人表情很严肃，谁都没想着应该笑一笑……"那张合影没有陈光发的二哥二嫂和二姐。而让他至今无法释怀的是，大哥不知什么时候、出于什么动机，竟然把这张唯一的全家福裁掉了，"简直不像话！我不知道他到底是怎么想的这件事！"大哥大嫂、大姐小弟，全被陈光临两剪子裁没了，照片上只留着父亲和母亲。两个老人穿戴齐整，那都是照相馆提供的衣帽，现租借的行头现装扮，看上去体面风光活像一对地主老财。那时陈家小儿子约莫七八岁？长得可精神，一双乌溜溜的大眼睛，鼻梁挺直宽额方口国字脸，小脑袋瓜上一顶童子军的大檐帽，"那也是临时借来的福音堂薛长老儿子的帽子。我戴上正合适！"陈光发突然想起，哦，可能就是那顶帽子惹的祸？好像帽檐上有颗青天白日徽章，大哥害怕才动的剪子？

在永济县上小学，娃娃一去几个月。寒暑假从永济县（现永济市）回到磨涧村。只要见到幺儿回家，陈侯氏好像每条皱纹都在笑，马上从窑洞里端出个笸箩，"装着她特意为我留着的好吃食，两个石榴啊，一把红枣啊，几个核桃啊，发儿，拿着，你吃！"娘总觉得光发上学很辛苦，想要犒劳犒劳儿子补补身体。那穷乡僻壤能有啥好东西？"可怜我的娘啊！她的心思，我最懂！（哽咽）"

第 2 章

干戈满地痛苍生

（1936 年—1945 年）

这十年，可能是中华民族集体记忆中，最苦难、最悲哀的十年。

在不到两年间（1937 年 11 月—1939 年 8 月）赵淯先后失去双亲。清政府第一批官费留日学子赵椿煦，在躲避日本飞机大轰炸中，不幸罹患急症不治而亡。"从天上云端一下掉到地下尘埃"，千金小姐成了落魄孤女。经前辈叶氏父女提点，赵淯十六岁正式步入艺术殿堂，在两位兄长倾力支持下专业学习声乐。

经历了日军占领家乡，陈光发在难童教养院度过噩梦般的暗夜，同两个小伙伴逃出生天。他十三岁开始一段没有爱情的婚姻；在运城一间缫丝小铺被掌柜收入门下当学徒，正当长身体的阶段，少年却被沉重的担子压得喘不过气。英俊健朗的男娃很难往上再蹿一头，这段学徒生活让他学到很多也懂得更多。

2.1

大院喜事母子之殇

成都通惠门外有座青羊宫。老人说农历二月十五是太上老君的诞辰，天上人间各路神仙都要到青羊宫朝拜贺寿。从城里过去的人成群结队车水马龙，金河街是一条必经之路。街边一溜卖风车、糖画儿，削甘蔗，吆喝狗皮膏药的小摊儿，还有打花鼓，唱清音、竹琴、金钱板的民间艺人。"我们这些娃儿，只管看热闹，买小玩意儿，有好多好吃的、好玩儿的就够了。"金河街88号赵家公馆的少爷小姐，结伴打堆夹杂在赶花会的人群中，一路耍起走、吃起走，开心得很。

金河街88号赵家公馆第一个婚礼——赵椿煦长子、沈五小姐遗孤、沈七小姐继子、赵淯的七哥赵鸿迎娶沈洪霖。1930年春天那场婚礼，再度上演沈氏小姐嫁给赵门公子的喜事。那些日子堂屋里院子里，从早到晚道喜贺礼人来人往非常热闹！赵老爷娶儿媳妇，谁不上赶着巴结？锦缎被面、狐皮大衣、铺笼罩盖、精美瓷器，一堆一堆、一摞一摞摆满了厅堂……赵鸿像爹爹眼睛又大又亮，人特别聪明脑子灵光得很，还在读华西协和大学文学院。七嫂是五舅的女儿、赵淯的表姐！二十世纪二三十年代，表亲之间亲上加亲的婚事并不稀奇。《红楼梦》中"木石前盟"也好，"金玉良缘"也罢，宝玉的对象不是姑表妹就是姨表姐。七哥和七嫂却像老戏演的剧情，表哥表妹自由恋爱水到渠成。

沈鄂生的长女降生时赶上天降大雨，取名洪霖字伯洪。洪霖未上过公学但读过私塾，聪慧灵性识文断字还善写诗。从小洪霖和赵鸿青梅竹马嬉戏玩耍。赵鸿大洪霖三岁，看表妹长得漂亮便动了心思。一封情书趁爹妈不注意，偷偷塞给弟娃儿赵涵（德光），嘿，要亲手交给本人哈。德光起床晚了着急忙慌冲出门，一头蹿进栅子街五舅家，将情书塞给五舅母吴氏掉头跑远了。德娃子，哪个的信？七哥说拿给大表姐！吴氏大字不识，但凭母亲本能：耶——两家这么近，啥话不能当面说？两个娃娃怕是有了"儿女私情"？从来轻言细语的夫人拍着桌子骂：伯洪，你个小女子成何体统！？瞒着爹妈私定终身？伯洪又羞又怨好难为情！鄂生得知此事并无夫人那般过激反应，两家大人心照不宣认了也定了这门亲。因沈鄂生即将去嘉州（乐山）履职赴任，于是提前让孩子完婚。沈鄂生如赵香畹般疼女儿，洪霖的陪嫁妆奁相当厚重，黄金饰品都不止十六两（旧时一斤）。

开初夫妻感情非常和谐。赵大少爷风流倜傥衣冠楚楚，平日喜欢一身浅色尤其奶白西装。贤妻洪霖偷偷拿出私房钱或典当变卖金银首饰，满足丈夫喜好偏爱。她作为赵家公馆长媳长嫂，上孝公婆下慈弟妹。赵渭打心眼儿喜欢大表姐兼七嫂，"她能说会道勤劳能干，家务事样样得行。"夏天吃完夜饭，丫环珍珍打桶井水冲洗堂屋外阶沿石板，甩两床竹篾席子在地上，一家老小啃着水果、嗑着瓜子、剥着花生摆龙门阵。洪霖帮罗罗收拾完厨房坐下来，一本一本给小娃娃讲故事，《七侠五义》《水浒传》《三国演义》……讲得最多的是《聊斋志异》，狐仙啊妖精啊，吓死人！害怕听又想听，夜里尽做噩梦……"

沈祖静夏末9月生下赵江，赵江属马字子长。翌年夏初7月，香畹幺儿未满周岁，长孙呱呱坠地，赵家公馆一派洋洋喜气。"你说我七嫂多争气，头生是个儿子！"香畹虽违逆祖训给儿女取单名且皆为三点水旁，但从长孙回归宗谱谨守规矩按"世"字辈，取双名均为斜玉偏旁。赵鸿一门三男一女世琦、世瑛、世琮、世琚（后改名沈琚，原因后叙），平安诞生长大成人。大家族"幺房出老辈子"不稀奇，婆婆和儿媳比着生孩子也算平常事。早先香畹这边沈五小姐诞下麟儿赵鸿，两年后沈家姨娘生下毛弟沈祖寔，外甥反倒比毛舅大两岁。现今沈七小姐的幺儿，只比侄儿大一岁。

女儿赵洧出生时，侄子娃世琦已蹒跚学步会喊人了！奶声奶气唤奶奶怀中婴儿：四孃（川人称姑叫孃）。

西南地区文化中心的成都，二十世纪前半叶相对偏远闭塞，看场电影是相当"洋盘"（摩登）的一件事。1924 年成都开办第一家专业电影院——新明电影院，只有上等阶层达官贵人出入。1926 年 4 月 15 日一座中西结合古典风格的影院，在成都最繁华的总府街原"群仙茶园"旧址落成。大门横额"智育电影院"十分醒目，两副楹联分别书写"启迪民智""辅助教育"，结尾二字构成"智育"，既是办院宗旨，也是名号由来。智育电影院创办者程子健、卢丕模等皆为法国勤工俭学回国志士，开明豪绅罗仲麒牵头组成电影股份公司，凡入股者按每股一百大洋除分红外皆可免费观影，成都社会名流纷纷出资入股。

赵香畹即为智育电影院最早却非最大的股东，"爹爹持有定期分红的小本本，还有个免费观影的圆牌牌。"要说香畹浪漫，所持股份从爱妻和爱女芳名各取一字称作"静蕙堂"。自己是股东却非影迷观众，赵洧很小跟着妈妈和哥哥坐着东洋车或马拉车去看电影。"穿着漂亮的小旗袍，举着爹爹那块圆牌牌亮一下，入场，很跩很得意。"旧时影院男女分席就座，服务员随时添茶倒水，还可以吃零食：花生米啊、薛涛干儿啊、沙胡豆啊。"有时散场晚了，我们在附近下馆子，那种感觉相当安逸。"

俄国大文豪托尔斯泰有句名言：幸福只有一种，不幸千差万别。或译为：幸福是寓言，不幸是故事。

赵二小姐锦衣玉食无忧无虑，在少城小学读了三年，高小转到少城公园内市立一小，在新学校结识更多新朋友，要得最好关系最亲密的一个叫李远山、一个叫陈淑娴，陈淑娴姨表妹蔡幼珠后来也加入了闺蜜小圈圈。

李远山父亲不是一般人，他是中国现代文学家、杰出的留法翻译家、文化实业家李劼人。"李家租住桂花巷 64 号，隔金河街不远，我俩要得最好，经常放学她来我家、我去她家。李家在指挥街开了个'小雅餐馆'，生意好得很！所以才被歹人盯上，远山弟弟远岑遭绑票，她爸托了黑白两道好多人，花大银子才赎回来。"赵淯眼里的李伯父，一天到黑坐在家里写写写，眉毛皱起很严肃的样子。后来晓得李劼人留法回国曾任《四川群报》《川报》主笔总编辑。写过《死水微澜》《暴风雨前》等小说，还发过几百万字译著作品。"远山非常低调，同学一般不知道她爸爸多了不起。抗战时期中小学课本书本练习本，全都用的是李家（创办的四川首家机制造纸厂）的'嘉乐纸'。"

那时赵淯不知道蔡幼珠生父也了不起。党史资料可查：李卓然（1899—1989），无产阶级革命家、原中共中央顾委委员、全国政协常委、中宣部副部长。早先小幼珠对其生父从不谈及讳莫如深，"我们只知道她们两姐妹可怜，没有爸爸，母亲另嫁，带着姐姐随继父姓陈，丢下幼珠跟外公舅舅姓，就是随母姓蔡。"很多年以后真相大白，此处暂且不表。

1936年农历新年（春节）后某日，赵椿煦照例在省府上班，一位不速之客登门拜访。谁？霍济光——著名美籍华裔学者教育家，原籍河北井陉县。赵椿煦履职河北井陉知事期间，同原籍井陉的高僧密悟法师（俗名霍履庸）交往甚密友情至深。霍济光（原名履谦）即为霍履庸之胞弟。紫茵在孔夫子旧书网购买《澹泊宁静——霍济光回忆录》，原书原注：赵香老是前清拔贡，与先父（霍堃，曾留日）同年。香老曾任我井陉县县知事。我都拜他们为师，他们给我改文章。这是目前所见唯一真实记录过香畹往事的个人专著，十分稀罕弥足珍贵！霍济光记载他本人同赵椿煦的一段往事：民国二十五年（1936）过了阴历年，他由北平动身到汉口，乘江轮辗转宜昌、重庆，再坐滑竿走了十天到成都，住在成都东大街交通旅馆。原文："紧接着雇车到省政府，传达室递了名片，香（畹）老很快接见我，首先问我：'这十几年没有来信联络，你现在做什么事？'我说：'现在主持北平《益世报》。华北的情形，日本人这种步步侵略的局势非常紧张，中日战争恐怕难免……'香老听了，他很同意我的看法……"

抗战时期，霍济光作为北京《益世报》记者最早赴延安采访毛泽东。1998年1月23日霍老九十三岁高龄病逝于旧金山斯坦福医院。他无偿捐赠河北省图书馆与博物馆数十箱书画并设立"霍济光奖学基金"资助祖国大陆留美清寒子弟。霍老生前尊称香畹"一字之师""改文之师"，但他或许并不了解 1936 年成都面见的赵香（畹）老的最后死因。

香畹家门所有不幸，1935 年夏天已埋下伏笔。

开春二三月间突然风闻红军（长征）将路经成都！四川省府紧急迁往重庆，香畹作为省府秘书长、主任秘书，焉有不去之理？他随机关匆匆离蓉，在重庆找好房舍才让妻儿前往山城。"妈妈带着德哥、我和三妹四妹，还有七嫂带着侄子娃世琦，我们七个人住进爹爹租的公寓。"那时七哥去了外县，九哥还在北京，八哥赵源独自留在成都。结果出了一件谁都想不到的天大的事！八哥在华西协和大学读牙科专业，因女友突然另嫁，他想不通看不开、丢不下舍不得，竟然吞食鸦片自杀身亡。

赵渭见过赵源的女友，"实在不能算是漂亮，我觉得她配不上我八哥。"本为华西同学，女方黑不提白不说突然嫁给国民党军官做填房！八哥咋会想得通?! 他的绝望痛苦，他的无奈选择，谁都不知道！一个人回到空空荡荡的金河街 88 号院，在二楼翻出四爸四妈抽剩的一包烟土吞食下咽……"我无论如何想不通，一个前途无量才华横溢的未来牙医，竟然蠢到为一个女子去死，太不幸了！"

1937 年夏天"七七事变""八一三事变"，在民族危亡的关键时刻，赵椿煦深入血脉发乎内心的爱国精神，体现得尤为充分，他和四万万同胞义愤填膺同仇敌忾，已然断绝和日本领事馆的所有往来。"我听爹爹说，中国人要有骨气，你们跑来打我们，那你们就是我们的敌人！爹爹每天读报纸，关心国家大事，关注前线战事……"抗战全面爆发，川军壮士出川，英勇抗敌建立功勋，悲壮牺牲举国致敬。"爹爹毫不犹豫最先捐出很多很多大洋，还说服妈妈把唯一一只又粗又重沉甸甸的金镯子捐了，用来买飞机打日本鬼子。"这件事，成都好几家报纸争相报道。

那年夏天祖静身怀六甲。这个娃儿来得真不是时候，她已无心力和体力再做一次母亲。长子的意外亡故对她无疑是致命打击！在赵渭印象中，那段时间妈妈总是一个人喝闷酒，"我们赵家男孩中八哥最漂亮，他个子比九哥还高，宽肩长腿西服笔挺，简直帅得不像话！他大我十三岁，温顺儒雅，从不发火骂脏话。结果二十二岁就走了，别说妈妈，一大家人谁不伤心难过（哽咽）……"

1937年，中华民族蒙难之年，赵氏家门不幸之年。

这一年，赵椿煦六十六岁，沈祖静四十四岁。夏天，远方的炮火声声硝烟阵阵，秋天，耳边初啼声声哭喊阵阵。"听七哥七嫂说，妈妈生五妹非常艰难特别不顺，弄得接生婆莫得抓拿（意为乱了方寸手足无措）！"高龄产妇奶水少得可怜，满月后请了个奶妈，她丰腴甚至肥胖以为奶水充足，结果恰恰相反！"她说是从乡坝上成都'回奶'，要喝猪油下奶！结果熬了一大钵，一碗接一碗喝了好多碗，她的奶水一点不见多！"那时夜里奶妈带着五妹睡在二楼，那间屋正对楼下祖静卧房。"妈妈咋会听不见？奶妈没奶喂，五妹饿得哭！她肯定心里焦灼忧虑烦躁不安。七哥跑到青羊宫请了一道符。"十一岁小学生已认得全上面的字：天皇皇地皇皇/我家有个夜哭郎/过路君子念三遍/一觉睡到大天亮。从赵家公馆大门墙外，金河街两头、南岸包家巷、北岸桂花巷，周边东西南北贴遍了，这道符不管用！

赵淯一辈子都忘不了，五妹夜夜哭，到第五天，那天半夜只听"咚"一声响，她被猛然吓醒心惊肉跳，"简直回不过神！我听到楼下妈妈在呻唤'我绊倒了……我绊倒了……'可能当时已有点神志不清？她气息微弱口齿含混……"爹爹翻身起床和七哥赵鸿前后脚冲进房间，只见沈祖静侧卧伏地，四肢僵硬口眼歪斜：脑溢血典型症状！假如及时送到隔壁医院抢救，可能祖静还有缓有救。但香晚完全蒙了，他以为自己能施救。只管七手八脚将病人抬上床，第二天一大早派勤务兵老唐等在中药房门口，开门就冲进去照方抓药，"还是服用中药，可能想通经活络化瘀吧？妈妈躺在床上吊着一口气，她脸色煞白但并不吓人。"赵淯上学放学都会跑到床跟前喊：妈妈！妈妈！"妈妈不能说话也不认人！她眼角流出一行浊泪，我根本没想到，妈妈会死……"

隔天放学，赵淯和蔡幼珠一路嘻哈打笑摆龙门阵。还没走到包家巷口，只听隔壁男孩敖锡福远远冲她大声武气吼：赵淯，还在这儿耍？赶紧回家，你妈死了！赵渭一下腿软，紧跑起往回冲，在二道门突然遭高门槛绊倒，一个跟斗摔过去，膝头摔得稀巴烂！痛得号啕大哭！"只觉得心都痛得来缩成一坨！我的妈妈呀！您咋个不等等我呀！"祖静昏迷三天刚咽气，已停放在堂屋中间的木板上，一个院子哭声一片……赵渭的五舅、祖静的堂兄、七嫂的父亲沈鄂生，从栅子街赶到金河街，悲恸难耐泣不成声："幺姑太，你走得太早咯！这么多娃娃丢给哪个嘛？！"哭得最伤心的还有一个人：沈祖寰，祖静疼爱照顾的毛弟，还没来得及报恩，姐竟自一命归西。

因祖静突然病故，次日棺木才抬进院门。这场丧事相当风光排场，上峰体恤下级恭敬，八竿子打不着的人也趁机巴结省府赵秘书长。赵家公馆吊唁祭奠的党政军文教各界重要人物头头脑脑，刘湘、刘文辉、邓锡侯、省长、市长全都送了花圈、挽联、祭帐，金河街、包家巷、长顺街两头摆满望不到头。"我记得办完丧事，七嫂和珍珍、罗罗她们忙着收捡祭帐，装满几大柜子，全是最高级的上等锦缎精品丝绸毛呢洋布……"

妈妈去世那日（阴历十月廿三，公历 11 月 25 日），五妹赵沚刚满月十多天，还有比失去妈妈的婴儿更命苦的吗？赵渭天天放学回家要进二道门，总习惯性地高声喊：妈妈，我回来了！莫得人应得嘛（哽咽），妈妈在哪儿？妈妈在天上……十一岁的小姑娘，经常做梦见到妈妈摸头发挨脸蛋儿爱抚她，"妈妈给我洗头梳头，洗脸涂雪花膏。天天要督促娃娃认真做作业，关心我们的成绩。我记得五妹刚生下来，我在金花桥那边专门买了包生花生米，妈妈，我送给你拿来炖猪蹄子，好下奶嘛，五妹就不得遭饿哭了！妈妈夸我，二女子好乖好懂事……"

有时放学回家偷偷溜进祖静卧室，虽是死过人的屋子，二小姐一点不害怕。妈妈睡过的雕花床、妈妈梳妆的菱花镜，仿佛还留存着妈妈的呼吸、妈妈的温度。大立柜里码放着妈妈喜欢的《红楼梦》《水浒传》《三国演义》，徐枕亚的《双鬟记》《雪鸿泪史》《刻骨相思记》、张恨水的《啼笑因缘》《金粉世家》《燕归来》……妈妈爱看书，深受妈妈影响的二小姐也是个"小书虫"。这些书里藏着妈妈凝注的目光、摩挲的指纹，这些都是妈妈留下的宝物。柜子里还保留着好几大札古诗词体的信，祖静和香畹天各一方时的情书，所有古董书画珍贵书信，最后究竟都去哪儿了？"妈妈和爹爹年纪虽差很远，但从这些诗体书信中，可见老夫少妻之间多有共同语言，相爱相知且不乏浪漫。"

2.2

空袭罹难香畹归天

正如霍济光和香畹那次见面所预言：中日开战，川康地区将成为抗敌大后方。1939年春夏，日军飞机对成渝两地狂轰滥炸愈演愈烈。

沈祖静溘然辞世，全家老小痛苦悲伤。虽有顶梁柱香畹撑着门面，赵家公馆毕竟少了位总管。这么大一家人，平日生活不会太受影响，开销用度还和从前一样。可是娃娃些怎么办？"原先妈妈天天帮我洗脸，妈妈走了，我早上胡乱抹几把，又不晓得讲卫生乱揉眼睛，结果像爹爹的私包车夫陶青云一样患了沙眼，很严重！"香畹似已全无心思开方抓药，他带着二小姐去找祖静毛弟祖寔看西医，"我毛舅医术高明，很快治好我的重度沙眼。他好怪哦，从不当面喊我干女儿，我心里却一直拿他当干爹！"

关于干爹毛舅沈祖寔的身世，赵淯更愿重点讲述。好像旧社会的人都不长寿。沈祖寔自幼父母双亡，只能辗转寄居于叔伯兄嫂家，最终被其长兄之子沈眉荪收养。沈祖寔为沈眉荪的小叔叔，大侄子比小叔叔年长二十多岁，大侄子承担起抚养小叔叔的责任。沈眉荪早期即为军界精英，同刘文辉五兄刘文彩过从甚密，在川南叙府一带赫赫有名。最终成了一个罪人，1950年在宜宾伏法。他在外面做的事情家人并不知情，大院里的女人管不了男人，娃娃搞不懂大人。他们内心只会感念亲人本性的宽厚仁慈。祖寔日常生活饮食起居皆由眉荪之妻玉帛照管，玉帛尊称祖寔"毛叔"，经年靠变卖遗产古董字画供养祖寔。经济拮据艰难维持，祖寔考取华西协和大学医科，寒暑假到城内医院诊所做助理，打工积攒学费，后以优异成绩获取华西协和大学医学博士暨纽约州立大学医学博士学位留校任教。

1937 年"七七事变"不久，在北大教书的二哥赵淞全家绕道香港，走了一两个月回到成都。金河街 88 号一下多了六口人，父亲把一家人分成两锅灶，二道门杂物间给二哥家当厨房。老厨房这边七嫂牵头，"她负责管我、江弟、四妹洵和五妹沚；二嫂管德哥涵和三妹溶。"全家日常开销伙食费由爹爹发放，二嫂和七嫂分管。日子一天一天过下去，赵二小姐仍在读市立一小，好闺蜜李远山、陈淑娴、蔡幼珠天天陪她上学放学，小姑娘渐渐恢复天真开朗的本性。

抗战开始，北京上海的电影明星都跑到大后方。"我记得很清楚，全国有名的白杨、施超、杨璐茜，还有赵丹、叶露茜、顾而已他们都到成都来演过话剧。"1937 年 9 月上海影人剧团一行离开即将沦陷的上海，历经艰难险阻安抵重庆。他们入川肩负宣传抗日救亡使命，从山城转场蓉城演出，12 月 3 日在成都牛市口汽车站受到文艺界新闻界和市民的热烈欢迎。"成都《新新新闻》发文章题为《万水千山到益州，沪上影星耀锦城》，白杨等明星照片都登在报纸上，好醒目啊！"因主演《十字街头》等影片的白杨正红得发紫，市内多家影院正在上映她主演的《神秘之花》。

赵淯满脑子转的都是看戏看电影，上课都在打梦觉（走神之意）。智育电影院舞台改装后，电影一部接一部，话剧一场接一场。"简直入迷、痴迷！赵丹的《故乡》演得真好！《清宫秘史》杨璐茜演慈禧太后，施超演大太监李莲英，棒！好像还演过一部《太平天国》？"赵淯最喜欢白杨主演的曹禺话剧《日出》，"陈白露漂亮风情，仪态万方，真好！要自杀之前，纤纤玉手捏个小瓶瓶往手板心倒安眠药：'一片、两片……'（模仿白杨的语气、声调、表情）简直绝了！我哭得喘不过气。"您记得白杨和谁搭戏？"方达生？男演员我记得的叫杨琛（应为江村）？很英俊！"

那时赵淯不过十二三岁，跟着德哥，带着三妹，从金河街坐马车到总府街，紧追着明星看戏，"简直上瘾！哦对了，我们还看过《雷雨》《武则天》。有莫得陶金？我忘了！应该有舒适？他后来在电影《清宫秘史》里演光绪皇帝……"上海影人剧团为生存与使命坚持演出，曾一度改名为成都剧社。"张瑞芳不是和'影人'一起的演员，她来四川比较晚，大概 1940 年？我后来看过她演婵娟（《屈原》），还演过《牛郎织女》。这个，后面再说！"小姑娘追剧追电影追明星追得忘乎所以。"反正爹爹不管我们，回家只管念经，我们有啥好耍的？只有跑到剧场影院才觉得有意思。"

有一次德哥赵涵的同学找了两张票，他们有事莫法去看。赵湝带着赵溶，在商业街沙利文剧场（后改为省政协礼堂）看曹禺的《原野》，吴玲子主演。这部话剧比一般夜场电影长，"我们没敢看完，偷偷溜出剧场回家。"老远看见昏暗的路灯下几个影子在晃，原来是香畹守在大门口，四爸和七哥陪着他。"爹爹黑着一张脸，从没见过爹爹这个样子！我晓得他心头好着急。两个小女子，深更半夜不落屋……"两姐妹低着头缩着脖子往院里梭（溜），爹爹作势要胖揍一顿。偏偏找不到顺手的家伙，侧起身子从二门边扯出两根芭茅秆，高高举起轻轻落下。南方水塘边的芭茅秆，空心纤细飘轻松软，隔着厚衣服不得触及皮肉，两根芭茅秆一下折了。赵湝心头很内疚，爹爹对不起，我错了，下回不敢了。还有下回？看我不把你捆来吊起，三天三夜不准吃饭，你不晓得马王爷有三只眼！第二天赵湝在阶沿边漱口，勤务兵老唐冲她做鬼脸，二小姐，昨晚黑挨老爷打了哇？拷芭茅秆打哩嘎？呵呵……赵老爷用芭茅秆抽打二小姐的笑话传到沈家，"大家都在笑！老太爷宠二小姐，宠得不像话！"

自从爱妻走了，香畹就像变了一个人。"爹爹性格和原来完全不一样！那个爱说爱笑动辄冒火发脾气的赵椿煦，好像不在了……他上班啥样我们不知道，回到家十分沉闷不说话，懒得做事也不咋理人，很少走亲串戚外出应酬。"前文提及在井陉当县官时，香畹同高僧大德密悟格西（法师之称）走得很近。可能受其影响对密宗佛法也深信不疑。"妈妈去世，爹爹请了和尚喇嘛超度亡灵。后来他天天一个人关在屋里念经。上班很早起身，我迷迷糊糊听见他早课念经。夜里念到很晚，有时我们睡醒一觉，他还在念啊念……"

1939 年春夏之交，大后方频遭日军飞机轰炸。早先都跑到少城公园防空洞，后来少城公园成了轰炸的主要目标。"我们沈家有位舅婆很老了，武将之后很胆大。有天警报解除，她拄着龙头拐杖在少城公园溜达，用拐杖头颤颤巍巍扒拉死者流在腹腔外的肠子，咿——恶心死了！"

赵淯读高小最后阶段，在少城公园内市立一小已无法正常上课，只能跟着二哥赵淞的长女蓉初去了犀浦。"我是蓉初的姑姑，但年龄可能小她七八岁？蓉初当时已二十岁左右，回成都后在北城小学教国文。"因空袭太过频繁，学校迁往犀浦，赵淯跟着蓉初去了犀浦，在那儿完成高小学业。四川省府迁往灌县（今都江堰市）青城山，香畹身边带着么弟赵江。暑假小学毕业，赵淯跟着二嫂一家疏散到土桥雍家渡，七嫂则跟随其父沈鄂生一家去了茶店子。

空袭有所缓解，一大家人纷纷回到金河街。还没清静两天，空袭警报嘶鸣又越来越频繁。大轰炸集中在这个夏天，紫茵查阅资料：1939 年 6 月 11 日，日本海军第二联合航空队，总共出动五十四架飞机分别飞往成都和重庆进行轰炸。在成都投弹一百一十一枚轰炸盐市口、东大街、东御街、提督街、顺城街一带，无辜百姓二百二十六人被炸死、六百余人被炸伤，损坏房屋六千余间……警报一响，香畹全家妇孺老小，赶紧朝通惠门外乡坝头拼命跑。繁叶遮蔽的林盘农舍也不安全，只能坐在稀泥田坎，下雨积水天晴潮热。"爹爹是典型的旧文人老夫子，他咋好意思在坝坝头出恭？只能憋，憋出了大毛病！"在潮湿的田坎上连续坐了五天五夜。第六天早上爹爹开始腹泻不止，七哥急着要送爹爹去医院，爹爹拒绝了，又是自己开方抓药，大小儿子惧怕爹爹威严只能唯命是从。爹爹光拉稀却一滴尿都没有，最后拉稀都拉不出来，好像就病入膏肓无药可救！赵淞二哥和赵鸿七哥，大眼瞪小眼感觉束手无策，"经佑病重的爹爹负担很重，咋个还顾得上照顾几个小娃娃？只好又把我们分别'轰'到土桥、茶店子去了。"

这边刚拢土桥，第二天爹爹的勤务兵唐树成就跑来说：老爷不行了，你们快回去吧！赶着把几个娃娃接到金河街。"那天下午，爹爹咽下最后一口气（哭出声来），我，还没过十三岁生日！"干爹祖寔闻讯过来痛哭失声，他实在想不通，姐夫受了湿热，如果及时送到医院，马上打针吃药尚可挽救一条命。原来按西医说法，爹爹死于肾衰竭引起的尿毒症，六十八岁未及古稀一命呜呼。这是 1939 年 6 月大轰炸之后的一个悲剧，"我们一家人，咋会不恨日本侵略者？"如果不是日机大轰炸，依赵椿煦武举人出身的强壮体格健康体质，长年打太极拳舞太极剑，礼佛诵经练气功，怎么也能活到七八十岁乃至百岁天寿。"爹爹去世，我感觉，天都塌下来了！这个家，完了！"

正值盛夏，香畹遗体在家不能久停。"七哥忙着订好棺材，爹爹寿衣入殓送往东郊下葬。"那块墓地早在香畹生前购置，两年前祖静已先在那儿入土为安。又是五天五夜！沈祖静听着女儿啼哭，五天五夜倒下走了；赵椿煦听着飞机轰炸，五天五夜病重也跟着走了。"爹爹的丧事，刘家（刘文辉、刘文彩）、王（瓒绪）家、邓（锡侯）家都过来送花圈祭帐，前来祭奠吊唁的人们也不能算少，但莫法和妈妈的丧事相比。好像一下子清冷了很多！因战争时期，大家跑警报躲空袭，谁还有心思？再说妈妈走时父亲还在，赵秘书长有份儿有面儿。父亲一走，这个家大梁塌了！谁还顾得上这些娃娃？"实际刘家上下仍旧非常顾念和赵椿煦的多年交情，从此对香畹家人后人多有安抚照料。

香畹去世之前，赵淯刚参加初中会考。香畹去世之后，成都县立女中（后合并成成都市七中）录取新生，赵淯榜上有名。"可惜爹爹都不知道，他的蕙祥考上了好中学！"香畹下葬之后，二小姐跟随哥嫂回到土桥。从天堂坠落尘埃的赵二小姐，总也忘不掉爹爹给予她的所有幸福与欢乐，一夜之间灰飞烟灭消失殆尽。"爹爹那么偏爱宠爱、疼爱溺爱我！他给予我的爱最多，我失去的这份爱最多。从我记事到他去世，父女相处的日日夜夜、点点滴滴，那些往事，如何忘得了？一个镜头一个镜头像放电影一样，在我眼前过了一遍又一遍……现在倒想被爹爹打一顿，爹爹又在哪儿？爹爹跑到天堂陪妈妈去了。"

一个未满十三岁的小女孩，两年之间双亲皆失，赵淯心里凄苦悲伤，其他事浑然不知。"基本由金河街家里的两房哥嫂负责料理后事，两家商量决定如何分配遗产。"香畹大哥之子、第一任名义夫人李氏继子赵淞和夫人孔氏，香畹和第二任夫人嫡出长子赵鸿和夫人沈氏，下面是第三任夫人沈祖静亲生八个孩子，赵源已逝，赵溥未归。大院内六个未成年子女依次为行十的赵涵、二女赵凊、三女赵溶、四女赵洵、行十一的赵江和五女赵沚。那晚哥哥正式宣布：未成年子女，平均每人可大约分得七百块大洋作为今后的生活费；涵、凊、沚归二哥二嫂管，溶、江、洵归七哥七嫂管。

"我从头到尾一直哭，晕头涨脑啥话都说不出来。我情愿分给七哥七嫂，在金河街一起住了十多年。想着从此跟着二嫂，真的有点害怕甚至有些恐惧……"

正在上学的娃娃寒暑假各回各家，二哥二嫂在土桥，七哥七嫂在茶店子。"金河街老宅只有个老家人罗嫂留守。哦，我想起来了，我妈妈沈氏娘家姐姐、我们的姨妈两口子走得早，有个儿子是我们的表哥万伯良，爹爹经常给他拿零花钱。我们分散到郊区躲飞机，万伯良过来帮罗嫂看家护院。"万伯良是个抽大烟的无业游民。"后来七哥回家偶然发现，父亲卧室大柜子里收藏的古代字画丢失了很多，郑板桥的竹子、朱子治家格言很多幅、赵熙书法作品很多张，全都是真迹，还有那幅《清明上河图》，等等，今天少一样，明天少一样，一样一样都没了。七哥非常生气，他把万伯良赶走了。"

2.3

暗夜地狱花烛洞房

赵淯童年的不幸始于1937年11月母亲病逝。那年那月陈光发刚满过十岁，他则亲身经历了山西沦陷的深重苦难。

陈光发初小成绩优秀，保送运城读高小。还没上几天学，突然得了痢疾。"我翻肠搅肚疼得要死，躺在炕上不能睡觉不停地上茅房，快要不行了。"有个乡村青年王德恩，正在运城拜师学医，赶紧跑来瞧。"王德恩，我的恩公！他家住柏树村，父亲在基督教会人称王执事。"王德恩采用自制偏方：二两山楂、二两焦楂（焙过、制过的山楂）和二两砂糖、二两红糖，四样东西放入砂锅熬煮，一碗浓酽的汤汁灌下去，"那个夜里我睡着了，特香！肚子不痛也不起来找茅房，第二天起床一切正常。你说稀奇不稀奇？"

大病初愈重返课堂。"那天老师带着我们去参观新修投产不久的一个面粉厂。第一次看见机械化、自动化生产，我们都很惊奇！"他们刚回到学校，日本飞机就炸毁了面粉厂！太痛心了，怎能不恨日本鬼子?！山西地界同蒲线被日本人控制，晋南这一带还有中央军驻守抗敌。"我心里很害怕，那个面粉厂前一刻机器轰鸣，下一刻成了瓦砾废墟！"他决定马上回家，"磨涧村也是人心惶惶，看见我回来，接下来怎么办？父亲、哥嫂、姐姐全都没主意……"

大王镇来了些外乡人，听说是宋庆龄儿童慈善基金会下属的"战时运输队"，抢救疏散收留沦陷区的难童，正在招募十五岁以下的娃娃。"听说管吃管住可以上学，我爹一下动了心，上学读书是第一位的事情。"我们娃娃报个名！磨涧村的陈光发和郭春发，同邻村十多个娃娃走到永乐镇上集合，从风陵渡坐木船渡过黄河；再过潼关坐火车到西安，从西安拉到宝鸡下火车，走夜路到了目的地。"这地方叫啥名，柳林镇？那天正好是八月十五中秋节，月亮特别大、特别圆！我们十几个山西的男娃娃，挤在陌生的山沟里咋睡得着嘛，看着窗外的月亮思念家乡的爹娘，这就叫'每逢佳节倍思亲'！"

第二天早晨起床后，看到院门口挂着块牌子"凤翔县难童教养院"。听说属于中华慈幼协会还有经费拨款。但这只有一排房子，打一屋地铺，天天吃发霉的高粱米，不见油也没菜，你不吃你饿着。"那屋檐下隔离区躺着一排病娃娃，有个男娃眼睛肿成一条缝，可怜见的。天天有人生病，天天有人病死。"死了的孩子让活着的孩子抬到南边荒地埋了，只插个木牌牌写着名字，从哪儿来的，河南、山东……"我们亲眼看到逃跑的娃娃被抓回来棒棒打死……太惨了！"

一本书没发，一个字没教，根本没学上！只学会唱一首《难童歌》："日本鬼子的大炮/轰毁了我们的家/抢走了爸爸又拉走了亲爱的妈妈……我们没有了亲人/怎能不恨那些敌人！"陈光发和赵得恩、侯科廷小哥儿仨关系最好："我们同乡又都信基督。侯科廷十二岁，赵得恩十四岁，我将满十岁，学桃园三结义拜了把兄弟，赵得恩——刘备，侯科廷——关羽，我成了翼德三弟。"小哥儿仨悄悄商量，这地儿可不能再留了，再留怕小命都得玩儿完！

已是临近圣诞节，"我们说今晚非跑不可，天再冷更跑不掉。白天看好围墙脚有一块塌陷可以翻过去！"北风凛冽夜深人静，三个娃娃一个踩着一个肩，一人拉着一只手，翻墙跳出去。四周漆黑静得瘆人，"我们仨并排跪在墙根儿下，双手合十默默祷告：主啊！请你指引我们，保佑我们，照亮前路……愿得主赐平安喜乐，阿门！"在胸前划着十字，举头仰望夜空，天像涂了墨漆一般。"我们不敢进村害怕惹来狗吠，只能绕着村边走野路往南跑，南边有火车！"深一脚浅一脚跑进小站，虎镇（店）？有挂煤车往东开，赶紧手脚并用爬上去，脚丫伸进煤堆，三人抱成一团互相取暖。

开到西安跳下煤车，肚子饿了顾不上找吃的。听说有趟客车朝东开，赶紧跑过去，列车员拦着问，什么人？"我们大着胆子说，公干！从兜里掏出个信封，盖着红章子印有'凤翔难童教养院'字样。"列车员睁眼闭眼让娃娃上车躲进厕所或座位下面，若遇查票肯定能发现是从难童教养院里逃出来的。想起妈妈缝在衣服夹层里的袁大头，光发抠出来塞给列车员求他帮人帮到底，终于顺利逃过查票。"天亮开到盘龙镇，我去邮电所趴在柜台上，用免费信封信纸给家写信（泣不成声！）：'爸爸妈妈：二老安好！……儿子我恨不能马上飞过黄河，飞到你们身边……'"

走到黄河边根本过不去！三个娃娃望河兴叹一筹莫展。

这里属河南陕州地界（现属三门峡市）。山西运城有个大盐池，赵得恩的姐夫在芮城县分管盐务，"他得知我们的下落，带信来让我们去陕州福音堂暂时躲避，安心等运盐的船过来。"又是一个黑咕隆咚的深夜，三个娃娃悄悄爬上运盐的船。这一段河面很窄，很快到了黄河北岸。"顺着河滩往西走，感觉北风刺骨把衣服都打透了，我们穿着单薄，真是锥心得冷啊！哥仨手拉着手一路狂奔。"天快亮跑到芮城跑进赵得恩姐姐家，姐姐抱着弟弟哭成一团，"我们在旁边默默垂泪。这几个月来，终于吃上了一顿好饭饱饭热饭。"

三个患难小兄弟到了说告别的时刻。侯科廷端端往西回营子村，光发仨西南直奔磨涧村。听说光发从难童教养院跑回来了，大姐陈金花从营子庄赶回了娘家。"她上前一把搂住我又哭又笑说，你的信都到了，人咋这个时候才回哩？你这信咋会写恁好哩？她边哭边笑念我的信，一直念一直念。我说大姐你不要再念了，我这不是'飞'回来了吗？我飞到爹妈身边、姐的身边了！"

回到磨涧村，光发父子一门心思还琢磨一件事：如何继续上学读书？

要讲讲张荣昌办义学的事："张老师是高崖村人，这间义学办在张村南边玉皇庙里，方圆几十里的娃娃自愿免费入学。"总算可以继续读书了。开始学校挂的牌子"民族革命义务小学"，前后招收了三四十个学生，张荣昌自任校长。请杜庄的杜老师教语文，古仁村的杨老师教常识，"在我印象中，杨杰老师思想很进步、行为很正义，全义务上课，教学相当好。"张校长带学生到中条山南边慰问抗日军队，"黄河水哟黄又黄，日本鬼子太猖狂！今天烧了张家寨，明天又烧王家庄。"孩子们高唱抗日歌曲，官兵给他们讲抗日的道理和英雄的事迹。陈光发记得那儿有一支杨子良带领的队伍，驻扎在中条山的制高点雪花山上，"雪花山终年积雪不化。我们一起唱着一首歌：（唱）'中条山高又高，飞机轰不动，大炮打不到；敌人当它是盲肠，我们拿它做城堡……'我最喜欢参加这种活动，情绪很亢奋，精神很振作。"

后来"民主革命义务小学"牌子换成了"昌立义务小学"，可能"民主""革命"这些名词让某些人不喜欢？"日本人来了，我们赶紧跑散了回家躲藏；日本人走了，我们接着回玉皇庙上课。"杜老师国文课讲得特别好，诗词歌赋深入浅出。杜老师说，写诗其实没那么神秘，你们也可以写啊。光发马上即兴写了一首："秋雨连绵四五天／檐流叮咚惹愁烦／路少人稀无买卖／我校生活不安全。"杜老师说，不安全换成不周全也可以，你怎么想就怎么写。教数学的张老师兼任史地课，"他给我们讲中国的民族分布、地理概况，东夷西戎、南蛮北狄。雁门关外大同是同蒲铁路的北端，用一首诗告诉我们'雁门关外野人家，朝穿皮袄午穿纱；还有一件稀罕事，抱着火炉吃西瓜'。我觉得很有意思。"杨杰老师讲太平天国农民起义，洪秀全、杨秀清、石达开等，南京为啥要叫金陵石头城……"我的笔记写得认真齐全工整，杨老师大为赞赏说，你这笔记就是一本书啊！"

1939年暑天高小学习结束，优秀学生推选参加全县会考。"我记得有道题要求回答世界四大名人（元首），我全答对了：杜鲁门、丘吉尔、墨索里尼、蒋介石；别的考题也全答对了。"因会考成绩突出，县教育部门长官给他颁发奖品，"一打铅笔对于我这个穷孩子，真是件大礼物！学校到村里报喜，走到我家门口'嗵、嗵、嗵'放了三响铳子！"陈光发是磨涧村出的第一个高小毕业生。父亲心里别提多高兴！娃娃给他争了气，腰杆都比平时挺得直。张荣昌校长挑选光发等十多个优秀学生，在高崖村后沟办了个师训班，"他想让我们多学些知识，将来去各个村小当老师。"

那天中央军 177 师一个机枪班开进磨涧村。番号您记得这么清楚？查阅史料：国民党第 4 集团军第 96 军 177 师，师长李振西。"你看，我说有吧？这个不会记错。村长派饭呢嘛，带着那班军人到我家，正好新磨了麦子，妈妈挽起袖子和了一大盆面，擀了好多面片，还把我喂的鸡下的蛋翻出来，做了一大锅鸡蛋汤面。"当兵的吃得高兴，好香哦，安逸得很！原来是川军！有个机枪手很喜欢光发，这娃儿长得硬是乖，好像我的弟娃儿哟！光发大着胆子摸摸他的枪问，日本鬼子来了，你怕不怕？老子怕他做啥，机关枪架在山高头，打死他龟儿子！正说话间，听到一阵噼噼啪啪的枪声，日本鬼子！机枪班赶紧修筑工事。小鬼子刚一露头，马上开仗。"机关枪噼哩啪啦像过年放鞭炮，从中午打响枪声持续了几个小时，鬼子就撤了。他们白天出来扫荡，天黑缩回县城。"

日本人在娘娘庙这一战吃了亏，三天之后跑来报复，大扫荡，"真是血洗磨涧村！村长满村转着跑，一边敲锣一边喊：鬼子来了，别在家待了！大家出去躲一躲！"陈家在院子那口井壁挖了个藏身洞，陈文智赶紧让侯氏带着光发躲进洞里，自己在窑洞深处的拐窑藏身，用立柜遮挡洞口。"很快听到枪声啪啪啪响。从早上到晌午，大概过了两个时辰，爹在井口喊：光发，他娘，上来吧，鬼子走了！我和妈妈爬出洞口，村子里一片死寂像个无人村……"

光发大着胆子走到前巷，从南边抬过一副担架，女人遭鬼子轮奸还被刺刀捅穿肚子，流在外面的肠子搅作一团！"听她微弱地呼喊：水，水，我扭头要去给她找水。大人说开了膛受重伤的人，可不能给她喝！"再往前在槐树巷口听到一阵哭声，可惨！郭永宽的父亲郭德卯被鬼子用刺刀扎死在路边，爹啊！叔啊！光发陪着一起哭！"那一次磨涧村被鬼子抓走两个青年，德娃家只有个老妈妈，儿子走了他娘成天哭，两眼全瞎啦！还有发子家的雇工，鬼子连人带牲口全拉走了！"他们去哪儿了？有说被拉到日本做劳工，有说被拉到北边下了煤窑，有去无回！"最惨的是玉石婶家，两个姑娘遭日本鬼子轮奸，后来再没见过她们。"

1940年深秋，光发的二姐陈银花出嫁。按照当时当地风俗，孩子结婚都早，差不多十二三岁上下。二姐头嫁富户侯家，后来丈夫遭土匪绑票撕票，又改嫁赵家发娃儿。"我们农村说过日子节俭是'细法'，有个顺口溜：朝南看，赵西番（公公）/ 顿顿吃饭把门关 / 蝇蒙儿（苍蝇）叼走一颗米 / 有财（大伯）撵了四十里！这不就是讽刺她婆家呢嘛。"

村长郭举成负责派粮款收捐税，鬼子来了敲锣传话，他儿子郭忠贤是陈光发的同学，还认了陈文智做干爸（张荣昌的立碑人也有郭忠贤）。那日郭村长满面春风踱着方步走进陈家，文智啊，我来给光发保媒提个亲！保的何人提的哪家？涧西刘俊要家三姑娘刘川枝。前面说过刘家二姑娘嫁了个富户，三姑娘刘川枝？光发没啥印象，那年月未出阁的女子，很少在人前抛头露面。"大姐金花听说郭村长来提亲，从营子庄跑回来和爸妈商议。姐问我，愿不愿意？我想，如果是西彩保准愿意。她小时候说长大要嫁光发哥的话，我心里记着哩。"陈文智说，村长保媒提亲，我们陈家扛长活打短工的外来户，还挑啥？光发闷声不响，"刘家是有几个钱，她爹抽大烟哩。"

这说话要办喜事，新郎官的行头呢？"我的同学郭永宽头年刚娶新媳妇，那身长袍马褂里外三新，全套借我穿上正好。"老陈家在院里搭棚子办酒席，全村二十七户人家全都请到了，"郭长老（西彩的爷爷）当主婚人。这下磨涧村里人都看得起我们陈家了。"全村第一也是唯一的高小毕业生，还上了师训班，村长亲自做媒。爹娘很高兴，哥哥嫂嫂、姐姐姐夫送了大礼。"我还不满十三岁，刘川枝比我大三岁，我对新娘子没啥感觉，她一副不情不愿的委屈表情，我猜她看不上我们陈家。"

新婚当晚闹洞房，刘川枝耍起小性子，"看也不看，理也不理，一句话不说抱上新被子跑去那面窑和我大姐、母亲一炕睡！我也无所谓，在新房新炕上和郭忠贤（爹的干儿）、郭家雇工安子的儿子随群哥，三个男娃子有说有笑嘻哈打闹了一宿。摆了些啥？好像说到人生四大喜事：久旱逢甘霖、他乡遇故知，洞房花烛夜、金榜题名时。我冒了句：狗屁！洞房花烛夜，喜从何来？一点莫觉得幸福，哈哈哈！"新婚的日子是哪天？1940年农历八月十五，月圆之夜没圆房。"那种事情咱还啥都不懂呢，刘川枝在我家待不住，三天两头跑回娘家。我俩还算不上夫妻！"

那时中条山里水峪村有座基督教堂，听说要在那儿办个抗日救国中学，"爹支持我，借来一头毛驴驮上我去报名，马上通知我三天以后正式入学。"陈文智又送陈光发去报到。经过杜家庄，在杜老师家吃过晌午饭，爷俩正说道谢告别接着赶路，忽听远处炮火连天。"你能想得到？日本飞机一通狂轰滥炸，那座教堂是我正要赶去报到的中学，顷刻之间化为废墟！"光发的中学梦瞬间破灭，"爹说，这是命！看来中学读不成，你就算了吧！"

日机轰炸再次粉碎了陈光发的读书梦，日本鬼子扫荡又让陈金花差点成了寡妇。那天日本人摸到中条山下，全村老少逃到山沟沟躲进土洞。那边鬼子悄悄埋伏下来，大姐夫黑子哥忍不住一探头，"啪"中弹了！"呐，从这儿（右鼻翼）穿进去，从这儿（左颈窝）穿出来，满头满脸浑身鲜血！谁都说黑子哥不得活！又是他，救命恩人王德恩来了！"在运城拜师学医后，王德恩回柏树村开了个小诊所附带小药店。听说光发大姐夫被鬼子打成重伤，很快赶到营子庄。"严重的贯穿性枪伤，一点也没感染！一个多月后奇迹般愈合，黑哥生生捡回一条命。"可谁会想到，医术精良仁心善举的青年郎中，最后亲手要了自个儿的命？

前面说过乡村风俗，王德恩也是小小年纪娶了亲。从少不更事到情窦初开，十八九岁有了可心的人儿侯魁英，村里首富侯老三的女儿。她爹娘却将她许给运城首富常家，这叫门当户对。那天魁英出阁，吹鼓手逢村过店更起劲。王德恩立在街门口，迎亲队伍牵红挂绿从门前路过，走远了，不见了……他转身回屋，一瓶红汞药水全喝下肚，躺在炕上盖上被子……可能没到二十岁？殁了！"所以说封建婚姻害死人，男女之恋毫无自由，幸福在哪里？"

著名乡土作家赵树理写的《小二黑结婚》，陈光发看过，"很真实，讲的就是我们农村的人和事。我和刘川枝没有一点感情，她对我既不温柔也不顺从，我心里感觉川枝确实不如西彩好！那个好的她也嫁给了别人，但我不会傻到要自杀！我不明不白死了，我娘还不得疼死？孝子得给父母尽孝，我死了谁管他们？"打小听说"好男不吃分家饭，好女不穿陪嫁衣"，陈家为甚还要分？"我爹请观后村的远房舅舅来主持分家。穷苦人家有啥家产？西边两个小窑分给大哥；叔父院里原属我爹的两孔小窑分给二哥。"陈光发对分家不感兴趣，带着忧伤的情绪一言不发。陈家三头牲口——小毛驴、老母牛、老母牛生的一条小公牛，长大是条耕牛，很壮实。大哥要走了毛驴，二哥要了耕牛，老母牛留给光发。农具工具杈头笤帚，撮成三堆，抓阄左中右各自归属。"从此一大家人分成了三家，爹妈跟着我，我必须为父母养老送终。"

2.4

红烛明灯兄妹同窗

赵淯高小毕业之前闺蜜已各奔东西。李远山成绩拔尖门门功课好，"她跟我说，赵淯，努把力！我们一起去读树德（现成都九中）哈。我后来考上成都县立女中（后合为七中）。"因躲日本飞机，成县女中临时搬到成都土桥雍家渡，赵淯有幸遇见影响她一生的叶氏父女。

叶氏家族在当地可谓名门望族。新音乐在四川以至西南的启蒙者与奠基人叶伯和，曾东渡日本入读东京音乐学院，回国后在高师执教，兼任成都女师、岷江大学等校音乐课。1927 年他联袂成都音乐界知名人士举办"纪念世界音乐大师贝多芬逝世百年音乐会"……赵淯考入成县女中搬到雍家渡，校方租用叶家房产做办公室，还租用叶家地产做操场。叶老的长女叶胜男在该校执教，他也常到校指导学生课外音乐活动。同叶伯和父女相识，正是在赵淯读成县女中三年间。音乐科任叶老师很快注意到，赵淯独具音乐天赋歌声不同凡响，"她说我嗓子很不错音域很宽，将来可以专业学音乐"，课上课下便多了一份重视与关照。那天放学路过叶家大院，叶伯父坐在大门口笑眯眯说：赵淯，你喜欢唱歌，又唱得那么好，可以去考艺专嘛。这番鼓励让小姑娘心里感到格外温暖。

"回想，初中是我最倒霉最艰难的三年。"二哥赵淞是个书呆子，家务事概不过问，全由二嫂孔氏做主。最让赵淯难过的是五妹赵沚那么小、那么柔弱，经常放学回家，远远看到个小小的人儿坐在小板凳上，周围莫得小朋友跟她玩耍，更莫得大人陪伴照拂，"孤苦伶仃说的就是她！两个孤女，她比我更可怜。"小时候赵沚闹蛔虫痛得在床上打滚，二嫂孔氏在一边抱着本《红楼梦》只管看书。实在听不下去走到门口，喊保姆去药铺找点鹧鸪草来塞给娃娃吞。"她是有多冷漠？简直不可思议！"

赵淯对孔氏有些心存怨气，"我不能说二嫂人不好，后来知道她的身世，原来也是个不幸的苦人儿。"孔氏幼年丧母，继母对孩子特别寡孽（刻薄之意），养成二嫂这种性格。但有一点，虽为全职太太，二嫂和七嫂一样喜欢看小说读诗文。二哥全家从北京搬回成都几大箱书籍，其中一箱全是中外小说，大仲马、小仲马、屠格涅夫、托尔斯泰、鲁迅、巴金、茅盾、老舍……"我尽管不喜欢二嫂的待人方式，但太喜欢她那么多的藏书了！"

在成县女中赵淯非常喜欢上国文课，"我一辈子喜欢李清照的词，还不就是因为周老师的课讲得太好了！我能把易安词作一首一首都背下来。你看，那时候四川大学国文系高材生毕业最好的出路也就是教个中学。那时我也不会想到，周菊吾老师新中国成立后很快回川大教书，他改了个名字叫周浩然。"周先生本名旭，字菊吾，唐宋文学精研专家。曾作《祠堂街邱胡子餐馆》《八宝街夏家豆花饭店》《守经街洗沙包子》等"咏少城名小吃"十首。可贵其说俗事而不"俗"，写得生动活泼雅俗共赏。仅举两例，《黄瓦街口治德号蒸牛肉》：小笼蒸肉气腾腾，椒末芫须美绝伦。黄瓦街头绵竹酒，夜深犹有醉归人。又如《红墙巷口素面》：不须滋味借天厨，汤饼千丝一世无。后客紧随前客坐，红墙巷口上灯初。一个老派文化人的本色、情怀跃然纸上，可视为家乡美食的绝妙"竹枝词"推介广告。

初中生赵淯寒暑假大多会自带伙食费搬到七嫂家，"她不会在饭桌上做脸做色让我不敢下筷子……"1940年9月刚升二年级，赵淯突发疟疾又染上疥疮，"开始打摆子忽冷忽热，浑身长满干疮子又疼又痒整夜睡不了觉。我以为我要死了！"因为三妹溶住在七嫂家生疥疮，浑身抠得稀巴烂。"从小她体质比我好，两个人睡一张床，她传染给我。结果她好了，我却拖了很久。"因为生病，休学一学期。1941年春季重读初二，"你说我有好倒霉？"

现在讲讲赵淯的九哥赵溥（子博）。青年时代的九哥高挑修长且内向稳重，很像妈妈的性格。"从小抱给四爸，爹爹一直供养。"初中被送到北京跟二哥赵淞一家生活，后考入辅仁大学化学系。"潇洒风光的公子哥儿当过辅仁校足球队前锋。他的学长胡绩伟（后来担任《人民日报》总编辑、社长）也是四川人，与他关系很亲密。估计那时他就接触或加入共产党？我们很长一段时间都没见过他！"那天放学回来，一个儒雅英俊的青年站在门口，简直不敢相信！九哥！从土桥镇到雍家渡五里路，九哥就是这样走过来的！赵涵和赵淯乐疯了！"最开心的是九哥还带来了我最爱吃、好久没吃的五香花、生、米！（哽咽）"第一个冲动想扑到九哥怀里痛哭一场！这么多的委屈、这么久的压抑……但她定定站在原地一动不动，"那个年代女孩儿很封建！我咋好意思？"

好多年前，九哥跟着二哥回成都探望父母，他没再跟着回北京，可能也是受不了二嫂？继续在成都高级工业学院读化学系。那次做了一钵钵雪花膏，茉莉花香，妹妹些每人拿个小瓶瓶装回去抹脸搽手。妈妈特别高兴，这个儿子硬是能干得很！"那时未必九哥就在秘密从事地下党活动？"赵淯觉得九哥喜欢独来独往，有些神秘又有些威严。回到金河街，教弟弟妹妹学唱苏俄歌曲、救亡歌曲。他不喜欢热闹，也不爱跟人摆龙门阵。"我们兄妹之间早先不算亲密，但我很崇拜九哥，他和德哥、江弟嗓子都好听！"

赵溥到雍家渡当晚直接把赵涵和赵淯带回金河街。"他根本不可能留到二嫂家住宿。我们三兄妹住在爹爹的卧室里，雕花大床好宽，一边吃着喷香的花生米，一边摆着亲热的龙门阵。太巴适很了！"哦？那您不算太封建，可以和两个哥哥睡一间屋一张床？"咋敢一个人睡？大院子空空荡荡好吓人嘛。"天渐渐亮了，"正好是个礼拜天，九哥带我们上街，好吃好耍还看了场电影，安逸惨了！好久没这么开心过！爹爹走了以后，这是我最高兴的一天！"

1943 年寒假赵淯初中毕业，考哪个学校才好呢？

四川省立艺术专科学校第一次春季招生，赵淯初二病休延迟半年毕业，正好赶上了！

省立艺术专科学校是四川音乐学院的前身，前身的前身可追溯到1939年初冬由著名戏剧教育家熊佛西先生，在成都创办四川省立戏剧教育实验学校增设的音乐科，后更名为四川省立戏剧音乐实验学校，写下了中国艺术教育史上的光辉一页。开初五位科任教师：声乐朱枫林、民乐陈子良、小提琴尤宝珊、理论姜希、钢琴王云阶。该校翌年即被当局查封，音乐科师生带着有限的简陋设备，同四川省立技艺专科学校合并，1941年更名为四川省立艺术专科学校，简称省艺专，"这件事得到了四川省教育厅长郭有守的大力支持，他是张大千的表弟，在巴黎和徐悲鸿、张道藩他们关系都很好。"

德哥赵涵正是合校那年考上省艺专建筑科，"他的专业不错，绘图特别好。他鼓励我，赵淯你爱唱歌，要不就来考一下？我没认真考虑过，要不要学音乐。德哥帮着找来一本乐理书，中国人编的教材，李叔同吗？我的背功特别好，赶紧'临时抱佛脚'死记硬背。"又拜托音乐科高年级同学李先锐，"李先锐钢琴特别好，请他给我补课、弹伴奏。"那天懵里懵懂跑去参加考试，面对主考官，赵淯演唱了《送别》和《可爱的家》。"我唱歌不怵，基本乐理、视唱练耳'现炒现卖'毫无把握。答题闹个小笑话，问：D–E、E–F 哪个是半音，我懵里懵懂答成前题了，错！"

那时省立艺专的大门位于现川音本部大门西侧琴行位置，面朝西北方向。新生发榜贴在大门里照壁上，还是手写那种。重点是省艺专学费不贵，赵淯特别高兴可以和德哥同校读书！1943年春季录取新生二十多名，应该是该校当时招收新生最多的一届。赵淯成绩名列第三，第一名蔡幼珠，第二名陈淑娴。两个华美教会学校的女生会识五线谱，还能弹些浅易钢琴曲。"她们家那么有钱，早买了钢琴，请了私教，我呢？根本莫法跟她们比。"

四川省立艺专五年专科不分系只分科，音乐科、美术科、建筑科和运用艺术科。"我记得入学第一天，德哥陪我坐着黄包车。我抱个包袱，里面几件换洗衣服，脚下放着洗脸洗脚盆、毛巾漱口盅……"从通惠门内金河街，穿皇城坝出新南门。"这片人烟稀少清静又荒凉，现在的十二中街、南街西侧有几个公馆——乐家大院、博济医院；东侧一片菜地边搭了几间草棚棚，卖煮凉粉、担担面、醪糟汤圆。"

　　老艺专旧大门进去一条路对着工字房，南北一竖短、东西两横长，工字房那一"竖"是照壁和办公室。两边小院坝有简陋的瓦房和草房，一边男生宿舍和饭堂，一边女生宿舍只有五六间条件很差，八人一间四上四下。赵渭住第一间进门左边的下铺，"上铺蔡幼珠，门右边下铺是陈淑娴。她俩后来相继离校，我一直睡到五年毕业。"开始感觉校园环境十分陌生，幸好哥哥赵涵在身边，他读建筑科三年级。"下了课我随时跟着德哥，他走哪儿我走哪儿，像个跟屁虫。他们建筑科同学很快都知道了，赵涵有个妹儿来读音乐科。"

　　赵渭入学时校长为李有行先生，他早年毕业于国立北平艺专，赴法国里昂美专留学，回国后受聘国立北平艺专教授。抗战时期随校南迁，可谓近代四川艺术教育的开拓者、奠基人。他是赵渭入学前的主考官，赵渭保存至今的毕业证上，清晰印着"李有行"的签字手迹。音乐科主任许可经，曾入读北京大学音乐传习所和中国大学国文系，师承肖友梅等。后留学法国入里昂音乐学院、巴黎高等音乐师范学院，回国后先后任教于上海大夏大学、国立重庆女子师范学院等。许可经出版过《救亡歌曲集》，他写的《抗战到底》《黄河难童船夫曲》在成渝等地多次演出，还有管弦乐、钢琴曲、小提琴曲、合唱曲等。

　　抗战时期大后方，聚集了流亡入川的文化精英、大学教授。四川省立艺专师资队伍迅速增加。从杭州艺术专科学校聘请了一批刚毕业的优秀人才，"俞鹏先生、蒋（樵生）先生等，还有罗忠镕的小提琴老师费曼尔，她本已考取英国皇家音乐学院，结果打仗就没去成。重庆国立音乐院毕业的作曲老师刘文晋，祖父是成都赫赫有名的'五老七贤'之一刘咸荣。"

　　王云阶先生当时在金陵女大、省立艺专、南虹艺专三校兼职任课，但薪酬微薄贫病交加。赵渭和蔡幼珠冲到王老师家，在哪儿？"锦江河边那片废弃房，用席子隔出半间屋，好惨！锅碗瓢盆堆在床上，娃娃爬来爬去……我泪水流了一脸！"两个女学生又冒冒失失闯到陈离市长办公室，陈市长不仅本人捐款，还动员同僚施以援手。王云阶获成都各界声援资助，成功举办作品音乐会。很多年后赵淯才得知陈离市长曾为军人出川抗敌，很早接触共产党积极策反川军，他是个功臣！

音乐科当时有四个年级，"我想一下哈，最高班是音乐科第一班，只留下李先锐、方仲（女）、江隆浩三个学生；第二班有后来跟我要得好的周杏蓉、邓绍琪（曾为中央歌剧院主演）、韩德章（后在中央乐团）等七八个学生；二年级有罗忠镕、周淑芬（周静、三妹养老院的朋友）、郑兴丽、梁韵嶺、郑孝玉等十二个学生。"赵淯同届二十多个新生，坚持到五年毕业的只有五个同学。

普通初中生考入艺专，开始专业学习比较艰难，"我的性格就是不甘落后不服输，我会特别努力非常用功。"一二年级课程包括国文、英文、基本乐理、视唱练耳、钢琴，声乐主科师从文云坤老师，"她和我的钢琴老师朱惠华都是金（陵）女大留校的年轻教师，在省艺专兼课。我每周钢琴、声乐各上一节小课。"钢琴从《拜厄练习曲》弹起，一年级差不多弹了四五十条；第二年开始弹《布格缪勒钢琴进阶练习25首》（中华乐社民国二十年出版）、《车尔尼599》。"我头两年成绩中等偏上。全校只有六部钢琴，高年级的李先锐有私人钢琴占了一间琴房。因德哥这层关系，偶尔求他让给我点时间。练声用风琴，经常请人帮忙搬到照壁后面。"声乐教材主要是艺术歌曲，黄自、刘雪庵的《花非花》《踏雪寻梅》，聂耳的《梅娘》，任光的《渔光曲》，后来学唱一些外国歌曲，中华乐社民国十九年出版的《世界名歌选粹》1—5卷的《小夜曲》《鸽子》《夜莺》……

赵淯完全没想到，刚升二年级上学期，二嫂突然宣布，父亲留给她的七百块大洋全部用光了！"还不到五年啊，袁大头贬值？二嫂冷着脸问我怎么办？我不知道怎么办，大哭一场！德哥也在上学，他肯定管不了我。我刚十七岁，总不能中断学业，怎么甘心随便找个人嫁了？想来想去只能求助九哥。"赵溥常年一个人在西康，他没结婚，连对象都没谈。赵淯流着泪给九哥写了封信，很悲伤的情绪……正好九哥不久后回到成都，马上表示他会支持二妹继续完成学业。"但有一条，必须认真努力学习，在艺专阶段不准打梦觉，不要分心，不能谈恋爱。"听从九哥安排，赵淯暑假不再回金河街，她搬到了孔三姐家。

孔三姐淑婉是二嫂孔氏同父异母的妹妹，两人性格迥异，二嫂像块冰，三姐像团火。很多年后赵淯才知道，孔三姐和九哥都是中共地下党员。在延安她担任过林彪办公室的机要秘书，1938 年冬林彪因伤痛赴苏联医治，孔三姐随即回到成都。她怀孕了，陕北生活艰苦，只能暂离根据地。孔三姐的丈夫赖世平也是地下党员，公开身份是市府文员。他们在蜀华街买了个小院，单独腾给赵淯一间房。赵溥负担赵淯的学费生活费直接寄给孔三姐，"前些年寄人篱下的生活苦不堪言，现在好像重新找到家的感觉。"孔三姐对赵淯像自家亲妹妹，她随时发点零花钱，大姑娘手头宽裕了，心情从压抑变得开朗。"大概是 1944 年暑假前后？著名舞蹈家吴晓邦和盛婕（后来成了夫妇）在成都南虹艺专演出，三姐支持我去买票观演，还让家里的私包车夫接送我。"孔三姐家后来搬到守经街，再后来到东马棚街租房住。有九哥支持、孔三姐关照，赵淯毫无后顾之忧特别勤奋上进。

中国合唱界泰斗马革顺夫妇抗战时期辗转来到大后方，在省艺专先兼职后专职，从每周两小时音乐欣赏到视唱练耳课。在赵淯记忆深处，马先生对她影响最深的并非学校授课，而是他在陕西街英美会礼拜堂担任音乐执事的引领。礼拜日他会带着赵淯、罗忠镕和郑孝玉去教堂唱赞美诗，这也成了赵淯课外最大兴趣所在，她对西方文化和宗教因此有了越来越深入的了解。

1945 年开春升读三年级，赵淯专业学习有了新的转机，从中等向优等不断跃升。重点是她的声乐主科老师换成了叶冷竹琴教授。那个年代女子婚后，在娘家姓前冠以夫姓，今我国港台地区亦如是。因丈夫是金陵大学外语系主任叶教授，冷竹琴也被称为叶冷竹琴（她妹妹则为宋冷兰琴）。叶冷教授夫妇皆为留美回国权威专家，中国早期艺人葛兰、石慧等都曾师从叶夫人。她是金陵女大音乐系主任，只教高年级主科。在她亲自授课下，赵渖取得明显进步。"关键是她确定我的声部为 Alto，这种介于女低音和女中音之间的声部很少见。"

赵渖好像突然之间开窍了！叶夫人特别强调"呼吸为基础和整体共鸣"，教授让她用英语原文演唱《老黑奴》《甜蜜的家》；同时用意大利原文学唱《我亲爱的》等。经常带她到华西坝家里去上课，"有一次叶教授在书房备课，叶夫人请他出来听我唱《老黑奴》，叶教授说我声音很不错，英文发音标准吐字清楚，我大受鼓舞，暗自欢喜了半天。"赵渖以前只是喜爱唱歌，现在接触到这么多外国作品，开始萌生出国留学的愿望。她开始省吃俭用，把做衣服买零食的钱攒起来，自费报了英语补习班，"金陵大学英语先修班，在华西坝上课，一周二次。"

赵渖记得有个男同学马稚甫，原在读西南联大外语系，因从小喜欢音乐，马稚甫和马瑞图兄妹一起考入艺专。"马瑞图和我同班，从青木关国立音乐院直接转学过来。马家是穆斯林，父亲已逝，家境富足优裕。"原本由音乐科主任许可经给三年级上音乐欣赏课，后来基本交由马稚甫，他把家里的唱机和密纹唱片全搬到学校，用毛笔把上课内容简介写在大纸上，"我们大多从那时开始听莫扎特、舒曼、门德尔松。同学都喜欢上马稚甫的课！听了很多外国作品，包括歌剧《卡门》《蝴蝶夫人》都是第一次。"马稚甫后调入中央音乐学院，曾翻译过很多国外教材书籍资料。

1945 年暑期"8.15"抗战胜利，叶夫人继续坚持给赵渖上了两个月的课。金陵女大迁返南京，叶夫人随之离开成都。"我怅然若失了好久，真是太遗憾了！"叶冷竹琴的学生、青年教师黄静宜接手教她声乐主科，"黄老师教我学唱马斯涅的《悲歌》，我记得中文歌词：明媚的春光一去不返，再不见蔚蓝的天空，再听不到小鸟欢唱；你走了，幸福和春天和你一起消失，幸福远去，我心冰凉，永远哀痛，永远悲伤。"赵渖非常喜欢这首歌曲，音乐与文辞特别符合她当时内心的情绪。"我越来越坚定信念，只有出国深造，可能才会学成真正的歌唱家。"

2.5

学徒生涯圆梦之路

陈光发的中学梦破碎后，怎么办？很迷惘。1940年秋后，日本人已占领永济县城，世道混乱民不聊生。"大哥说，你应该到外面去寻求一条谋生之路。他介绍我去中条山北水峪口村找他的朋友党向道……"那天下半晌，党向道转身出门去找什么人帮忙。陈光发随即把他家场院里的麦秸秆、大豆秆收拾码放得整整齐齐。党向道回来一看可高兴，这娃勤劳能干又懂事。"我说我很想学医，农村缺医少药大人娃娃得病可惨。他说本来有人招学徒，你来晚一步机会给了别人。"别人？正是陈光发难童教养院结拜的"二哥关羽"侯科廷。真是命中注定！侯科廷先陈光发一步拜师学医，后来他也救过陈光发一命。

党向道说还有两条路：要么你去东边，那里需要识字有文化的青年，"我知道东边是彭德怀的太行山根据地，党叔劝我别去冒险"；要么拜永济丝线铺申掌柜为师，将来有门手艺饿不着。"我只能走好第二条路。"党向道领着陈光发去见申掌柜，"原来是老乡、河南人，虔诚的基督徒，这让我特别心安。"照规矩学徒三年谢师一年，四年出师自立门户；如违约一年罚一石麦子。"党向道算中保人，在契约书上签字画押。我新婚刚一个月丢下媳妇，那天大哥赶着牲口车送我，带着行李正式进了申掌柜的门。"

申掌柜的字号：祥兴永丝铺，在永济县城东关的小南街，一家规模很小的作坊，手工生产彩色丝线。"新学徒进门哪能让你学手艺？干活儿吧，所有家务杂活儿全包在我身上。"这个四合院可不小，上房中间是堂屋，有个梯子通向小阁楼，"真是小地方直不起腰，我和师兄爬上去挪到铺上。大北房住申掌柜夫妇，南边归他新婚的侄子申福臣。申掌柜没有亲生娃娃，养子申福堂傻乎乎地拖着鼻涕不知道擦。"虽说爹娘尽量不让光发饿肚子，但粮荒时掺榆树叶和面，一年四季没见过新鲜蔬菜，"只有大盐腌香椿叶，咸死个人！"在掌柜家比家里吃得好。

陈光发起早贪黑地干活儿，天不亮就起身给掌柜娘子倒尿盆，再一起做早饭。"我给申掌柜做的蛋花汤他可爱喝。我眼里有活儿，洗洗涮涮，打扫院坝……"新学徒生活苦吧？经常挨揍？"申掌柜是基督徒，从不打骂学徒。再忙礼拜天也不干活，一定要去教堂做礼拜。"隔壁住着一位瑞典牧师，中文名字郝该伦。光发上永济县福音堂小学时，郝牧师在福音堂布道。那座福音堂特美特壮观，"大窗户镶嵌着五颜六色的玻璃，满墙画着圣经故事。叔父陈文胜在教堂打杂敲钟，那钟楼好高啊，'当——当——'像音乐一样美妙，全县城都能听见。"

1940年秋后拜师入门，冬闲季节小徒弟娃儿不得闲。转眼间到了来年春天，农人忙着春耕，丝线铺忙什么？春蚕到死丝方尽，背着褡裢挑着筐，走村串户十里八乡，永济县城周围一带蚕农都知道，申掌柜要来收蚕茧。"我们收了蚕茧一刻不敢耽搁，马上架大锅烧柴火煮蚕茧。若是让蚕蛹咬破茧子变成蛾子，蚕丝就要不成哩。我好像从没这么累过苦过……"黄河岸边井水大多含碱量特高，缫丝不能用。从东关丁字街口出南门往东，有一口饮用甜水井，用那口井的水才能缫出好丝。小徒弟天天挑水、挑水、挑水，"一个来回好几里，一担水几十斤，一天要走几十里路挑几十担水，我再也长不高了！"小徒弟没挨饿不挨打，但申家活路不轻松！

终于可以跟着师兄学络纱了，大轮换（缠）小轮"噔儿噜噜噜、噔儿噜噜噜、噔儿噜噜噜"转得飞快。络完纱还要几股合成一股线，这是手艺，合不好会扭结起疙瘩。光发一边学手艺，一边杂活儿也不少干。想着要干四年，熬吧。"原丝有点泛黄，要用竹竿挑着使硫黄熏，用棉被捂着盖严，一个时辰后熏得雪白雪白。"染色，这道工序申掌柜亲自掌握，用的好染料全是日本货，"我喜欢那种洋红特漂亮。大缸里浸泡丝线，头道深红、二道粉红、第三道水红。绿色、黄色从深到浅……"五颜六色的丝线阴干后，再分成大绺小绺拿到集市上售卖。

申家没铺面。光发提着包袱跟掌柜娘子去赶韩阳镇，申掌柜骑车去远一点的赵伊镇。满眼都是人挤人！"日本姑娘、朝鲜姑娘多是随军妓女，涂脂抹粉很妖艳，喜欢到我们小摊上看看丝线，要这要那叽喳叽喳像麻雀。嘿，最后拿走不给钱！"掌柜娘子应付不了，小徒弟聪敏机灵上手帮忙。一两线大概几支？他手眼准头儿好越来越熟练，好几斤花线一会儿全卖光，正午散场就剩下数钱。"掌柜娘子去给我买些炒热凉粉，锅盔夹凉粉，香着哩，想起那个味道流口水。那会儿没啥可吃，走路卖货也饿得慌。"

那天早起申掌柜要去赵伊镇谈生意，小徒弟擦车很卖力，很快擦得锃亮。"还不到掌柜出门时辰，我刚想在后院骑两圈，'哗啊叽'一下摔倒了，顾不上膝盖渗血赶紧爬起身，哎呀坏了！自行车大轴断裂、链条也掉了，吓出一身冷汗，这咋赔得起！"看徒弟蔫头耷脑的样儿，掌柜重话没说掏出块银元，快去，修车。换了中轴上好链条还找回半块银元，掌柜骑上出门了。"我干活一向小心翼翼，从没闯过大祸。掌柜晚上回家，我偷偷瞄他脸色，没事儿啦！"

有时在后院合线，铜坠子搓得飞快打转"嗡——嗡"响。隔壁女娃子趴墙头，师兄问，你咋不跟女娃子说话哩？礼拜天看见也低头不理人家？"我是结了婚的人，本来生性内向害羞嘛。"爬墙头的女娃是谁？教堂里薛长老的女儿薛春莲，春天有莲花？那俩是常执事的妹妹常宝珍和他闺女彩点儿，姑侄年龄相差不大。有时听她们在隔壁院打打闹闹嘻嘻哈哈，有时爬墙头指指点点说说笑笑。"如果有个照相机，我一定把她们都拍下来，那么好看却不敢看，我从不主动跟女娃子说话。"

那天出门挑水，街上的杀猪匠不小心切断手指头，疼得脸煞白，血咕咚咚往外淌。光发放下水桶陪他去敲郝家大门。郝牧师赶紧给伤口消毒、止血、包扎，小徒弟娃儿一边帮忙递这递那，杀猪匠连声感谢他。"这件事让郝牧师对我产生了特殊的感情，偶尔会让我过去聊聊天。我在福音堂小学读书时，他还年轻。现在结了婚，夫人十分美丽，有个小天使般的女儿。郝牧师拿出他亲手烤制的小甜点、小饼干让我尝，从来没吃过的美食啊！"陈光发八十四岁那年学校组织离休干部北欧四国游，第一次游到郝牧师的祖国。"导游是个瑞典姑娘，青春美貌中文顺溜，我心里特想问问她，早年间家族里可曾有位老人去中国传道？还是忍住没问……"

1942年秋天，陈光发做学徒已两年。"赶场买回一大堆年货，我和福臣媳妇我叫嫂子的女人，在后院磨面蒸花馍，做了香喷喷的臊子面，油锅里炸圆子、馓子。这么多美食，想着过年可要好好吃他几顿。"腊月廿五扫尘土，小徒弟腾出手打扫院子，掌柜过来说：光发，先别干活儿，你叔父来了。啊？磨涧村到永济县八十里路，想着叔父一路太辛苦，他扭头进厨房下了碗面条加了个荷包蛋。叔父吸溜吸溜只顾埋头吃面，看不见脸上的表情。掌柜又说，叔父来接你回去过年吧？那敢情好！"想着要回家，睡觉不踏实，很早醒来天刚蒙蒙亮。"叔侄相跟走了两里路，前边快到党向道住的水峪口村，从那儿穿过去一条直路通向磨涧村。突然远处浓烟滚滚枪声连天，远远见一个人慌慌张张满嘴嚷嚷：鬼子杀人放火！千万不能打村里过！只能绕道往风陵渡走，经过东窑村、西窑村正问路打听道，正巧问到光发的小学同学姚福窝，"天快黑了，姚家留咱歇一宿。马上年关，家里都备着好饭菜，特别热情招待我们。"

第二天忙着起身赶路，"腊月间天寒地冻，还有五六十里，我们心急害怕，上坡下沟浑身出汗。"终于看见磨涧村了，走到前巷、槐树巷，安子的儿子随群哥说，光发，咋才回来？走到叔父家门口，他不走了！一边回屋一边摆手：光发快回家，你妈妈，死啦！晴天霹雳炸得满眼金星，光发腿发软差点瘫倒在雪地上！两个姐姐已回娘家，嫂嫂也披麻戴孝。"我像个傻子任人摆布，娘停在我结婚的窑洞里，她才五十四岁，竟丢下我离开人世！（痛哭失声！）"

陈侯氏咋死的？她生了什么病？谁也不知道！腊月廿七八，年关年关穷人的鬼门关，"所以我参军后都不能看《白毛女》！杨白劳和陈文智，太像了。"爹交不起租子躲在女儿金花家。"我的媳妇，什么媳妇？她家日子好过经常跑回娘家。那天也是不管我娘，我娘端着笸箩去喂牛，突然倒在牛圈旁，身边没有一个人……"可能是心梗或脑溢血？"妈妈啊，咋会不心梗？她最疼爱的幺儿在日本人眼皮底下讨生活，丈夫跑出去躲债……太惨了啊！（呜咽）"陈文智似有心理感应，在金花家咬着一口馍还没咽，突然站起身，我要回了！冒着漫天大雪赶回磨涧村，老伴就横躺在牛圈旁。"这窑里有口柏木棺材，父亲油了好多遍漆，说是谁先走谁先用。妈妈入殓了，再是痛彻心扉也无力回天。"要杀年猪那就杀了吧，披麻戴孝见人磕头，全村挨家挨户报丧请客。郭长老给逝者念圣经，圣经上说：尘归尘，土归土，天国安息，阿门。"我们在胸前画十字，送母亲回归天家，安息吧！妈妈葬在地里头。1942 年我十五岁（未满）的春节，痛得都不知道痛了！"

自打母亲过世光发越发沉默，他又默默干了大半年。听说永济县要开办中学？"我的梦又被唤醒了！可那就得赔给申家两石麦子，咋办？"师兄和福臣哥给他出主意，你先去考，考上就读嘛，考不上再回来。"我没想到申掌柜答应得很痛快。他兴许希望徒弟奔个好前程？或许另有原因？"那天在韩阳镇赶集，掌柜娘子转头不见。光发称线收钱紧忙活，原来掌柜娘子在街对面！正和几个妇女往这边指指点点。"丝线卖完钱也点清，老板娘递给我一个锅盔，夹的不是凉粉是卤肉！"原来这趟带光发到集上是为帮她养子相亲，掌柜娘子回家冲院儿里喊了声，成了啊！"申家打算过完年给傻儿子成亲，新娘子过门儿，那不就露馅了？"

永济中学第一批入校新生发榜成了永济全县的大事情，陈光发，一个小徒弟娃儿，竟然考上中学还进了前三名！"我记得丝线铺最忙的季节已过去了。永济中学大榜发出来，第一名王来友，我为什么记得清？他是榜首，我老三要向榜样楷模看齐，追上去！"

终于要上中学了！拜别申掌柜，他也没更多话：上学是好事情，你去吧，好好学！光发很懂事地说，福堂兄弟结婚，我一定回来帮忙。"掌柜大恩大德没逼我还他两年违约两石麦子，我还敢提啥？学徒干了两年，背着铺盖卷回家。"

永济中学发大榜之前，陈光发不敢跟家人说。现在考上第三名，父亲陈文智可欢喜可舒心，正好家里收了新麦子，带上！永济中学一年交五斗麦子磨出的八十斤面粉，我挑着父兄打下的血汗粮，走出磨涧村，过了大王镇，一路十多里去永济中学报到。"校长姓杨，齐胸一把大胡子，骑着高头大马，从城里到学校，很威风也很神秘。"永济中学是庙产也是公产，已盖好一排教室、一排宿舍，一铺大炕睡八个。杨大胡子校长第一次训话：永济县第一所中学，要靠大家用双手劳动建起来。

第一届招收新生两班，一间教室六座八排五十人。"别班没有女生。全校只有我们班六个女生坐第一排，教会薛长老、常执事家的女娃子。上课之前，男生先坐好，六个女生排队进来依次入座；下课了，第一排六个女生先走，男生再出教室。有些调皮男生悄悄说怪话，不敢让老师和女生听见。"同班同学有光发在难童教养院的拜把子兄弟、学医的侯科廷。永乐镇彩霞村来了个王杖阶，咋会取下个这名字？他爷爷拄着手杖上门前台阶时，娃娃初啼响亮故取名杖阶。读上永济中学的陈光发性格开朗了很多，他不像当学徒时那么闷。永济中学不收学费，要交伙食费。"礼拜天放假休息，同学结伴出去玩儿。我没钱，一个人到山里拾柴火，背个七八十斤交到伙房抵菜钱。"

教国文的李崑山老师非常喜欢陈光发，"他课讲得很好我特有收获，最深印象是《古文观止》里的文章，杜甫的'三吏''三别'，苏东坡的《水调歌头·丙辰中秋》……"陈光发语文成绩突出，他喜欢作文，经常受到表扬。"想不通的是学期考试发榜，第一王来友而非陈光发，硬是追不上他！"一年过后又一年，陈光发还是挑着五斗麦子磨成八十斤面粉，照例每个礼拜天进山砍柴火交伙房当菜钱。"礼拜天没时间做礼拜，想去看望申掌柜，总也挤不出时间。"

可能是学习负担重，可能是上进心太强，可能是麦收太辛苦，1943年麦收之后，陈光发回到学校就病倒了。附近没医院也没药店，熬着几天不吃不喝昏迷不醒。杜老师看了看说，通知家人赶紧抬走，一怕人死在学校，二怕这病传染。"同学马洪文把我背到自己家，他父亲在街门口摆摊卖杂货小本生意不算富裕。马洪文让我睡在他新婚的炕上，盖着他新婚的红花被褥。看我昏沉沉病得很重，他母亲让我翻过身趴在炕上，用梳子蘸着油给我刮痧；刮着刮着我睡着了，他们母子守了我一宿！真是大好人大善人！"

第二天大早，马洪文的妈妈熬了一锅香喷喷的小米粥，光发喝下去感觉有胃口，身体也舒服多了。天亮时分大姐夫黑哥来了，"两根扁担绷上床单做了副担架，黑哥一人抬重头，学校派王杖阶和侯科廷两个同学抬脚头，三个人抬着我翻越中条山回磨涧村。"中条山最高处山高水也高，他们仨坐下休息，听到泉水响，他们喝一口泉水，吃一口硬馍。"我知道饿了，说，给我一口馍，黑哥掰下一小块，用手捧着泉水，一口一口喂我。"

已昏睡几天的光发感觉脑子清醒了，想起《圣经》故事：亚伯拉罕百岁得子爱如心头肉，但还接受耶和华考验，献祭独生儿子以撒。正当他举起刀，天上忽然传来一个声音：亚伯拉罕！亚伯拉罕！不要伤害这孩子！现在我知道你是真心敬畏耶和华的……"我脑子一转就是这个故事，所有细节清清楚楚（泣不成声），我默默祈祷：上帝啊！我太痛苦了，请你把我接走吧！请让我升入天国吧，人间真是苦海无边苦不堪言！"

翻过中条山不远看到营子庄。在村子北口大树下，大姐金花不知已站了多久，她在为弟弟默默祈祷。"我平躺着像个死人，听大姐哇哇哭喊就蜷缩着弯腿，还活着哩！光发，你是咋啦？你二哥来接你哩。"黑哥和同学放下光发没往大姐家里抬，二哥和村民抬上继续奔往磨涧村。再翻中条山当天赶不回学校，王杖阶和侯科廷各自回家住一宿，顺道看看家人，"我们同学差不多十四五岁前都结了婚，谁家炕上没个媳妇儿？"

回家进门看见爹，光发立马精神了。天天吃着大姐带来的鸡蛋白面，很快就养好了身体，翻过中条山回到永济，"同学们围着我都很高兴。"学校组织参观中条山里的万谷寺，听说是有钱人捐万石谷子修建寺庙取名万谷寺？网上资料却显示隋代修复取万年稳固之意得名万固寺，最早一座多宝塔和普救寺莺莺塔遥相呼应。陈光发写了篇作文《游万谷寺有感》，李老师特别赞赏。新中国成立后李老师在运城师范学校教语文，陈光发那年去北京出差，曾专门下车看望李老师，容后再叙。

那些年间，上学读书，学徒学艺，陈光发不知道翻越过多少次中条山。"那山路上留下过我的多少脚印、泪水、汗水甚至血水！我往返都要路过营子庄，在大姐家歇脚留宿一夜。大姐总是尽其所有给我做好吃的饭食。"陈光发说他这辈子吃过最香的饺子不是肉馅、虾馅、三鲜馅，而是大姐包的萝卜芝麻馅饺子。"大姐家境比我家强，但也不是经常有肉。她家地窖存着萝卜，要三弟去了才舍得捞上来擦丝剁茸，在圆铁勺里焙芝麻噼吧噼吧爆香，再拌到萝卜馅里包饺子，那叫一个香！"

在永济中学上到三年级，还有半年光发就将毕业。麦收之后开学不久，一件大事发生：1945 年 8 月日本宣布投降，抗战胜利了！全校师生兴高采烈又唱又跳。

2.6

初恋无果梦断廊桥

　　陈光发在山西农村结婚五年后，赵湑在成都校园开始一段疑似初恋的感情。因她向九哥下过保证，在艺专学习期间，严格自觉勤奋上进，绝不跟任何人谈感情。有位高年级学长非常喜欢她，校里校外紧追不舍。"平时大家经常一起玩，我不想伤他，但也不能给他希望。那时我十六七岁懂什么爱情?!"赵湑芳心不动态度决绝，学长痛不欲生大哭一场，终于断了念想彻底放手。

　　少女时代的赵湑不算大美人，她单眼皮细眉毛鹅蛋脸，清秀苗条身材匀称，因从小喜欢看文艺小说，可谓气质风度出类拔萃。在艺专不单音乐科，美术科建筑科男生也会高看、多看、偷看她一眼。"我们赵家怪了，男孩都比女孩漂亮。八哥最是英俊帅气顶尖，九哥长腿瘦高个儿也是一表人才。七哥、德哥和江弟个子没他俩高，但也都是浓眉大眼鼻梁挺直，中等身材十分匀称。"在赵湑心目中，爹爹香畹虽不高大魁梧却是仪表堂堂，形神风采超凡脱俗，绝对称得上美男子。"两道剑眉一双明眸，那才叫亮得摄人心魄!"一般来说女儿大多像父亲，赵湑认为本家四个姐妹都不算难看，只是不如哥哥弟弟好看。三妹溶健美，圆脸薄唇五官周正；四妹洵丰美，高挑洋气乖巧讨喜；五妹泚秀美，娇小玲珑灵慧可人。"只有我，长得最像妈妈!爹爹那么爱我，我却一点不像他，嗯嗯，除了坏脾气!"

　　那年国立剧专在成都招生，正在读省立艺专建筑科的赵涵"鬼冲起"

跑去参加考试。从小性格开朗率真的他考上音乐戏剧科去了江安。这是中国第一所高等戏剧院校，1935年秋成立于南京，抗战期间历迁长沙、重庆，1939年4月转迁江安，在江安办学六年。谢晋、凌子风、王永梭等国内前辈戏剧大师均出自江安国立剧专，因此它被誉为"中国戏剧的摇篮"。抗战胜利再迁重庆，复迁南京，新中国成立后并入中央戏剧学院。第二年暑期，赵涵从江安回到成都，带着剧专同学方松甫（后在中央乐团工作）和陈乐天（后就职重庆歌舞团），三个人关系亲密形影不离。陈家住华西坝，方家是北京人，抗战时期也住华西坝。"德哥经常带我去华西坝找他们玩儿。"

在国立剧专，德哥和艾琳斐交往，成了男女朋友。"我们小时候都认识她，艾家是满族也住金河街。她比德哥早读剧专，德哥是插班进校直接上的二年级。"赵涵还结识了一位剧专同学陈铮，"陈铮后来娶妻，山东来的女演员李恩琪。"二十世纪三四十年代李恩琪同白杨、舒绣文、张瑞芳等齐名，早期主演过无数话剧，曾现身《霓虹灯下的哨兵》（林乃娴）、《东进序曲》（九姨太）、《西游记》（黎山老母）等影视作品，同陈铮合作编著《成都话剧史料钩沉》《历尽沧桑未改容》等文集。李恩琪的妹妹李恩乐，嫁给拉小提琴的毕受明，"毕受明啊，后来在川音成了我们的同事。"

1944年初夏，突然听德哥说他已报名体检，要参加"中国赴缅远征军"，《赵椿煦家谱》里记载的却是1942年。赵涓1943年春报考四川省立艺专前后有赵涵陪同，这个时间有误差？2007年12月4日《成都日报》记者蒲兰报道，成都档案馆发现珍贵史料：1944年成都大中学生及公教人员参加赴缅远征军花名册。有位刘庭沛老人回忆，他们到达缅甸第二天是1945年元旦……2014年4月4日《四川日报》载文：中国远征军三位老兵阔别七十年成都再聚首，高唱远征军歌曲"远征的队伍真雄壮，抛下笔杆上战场"，他们作为成都最后一批远征军人1944年走向抗日前线。其中丁方尧和赵涵同为1925年生人，参加远征军时均十九岁，是否可能彼此相识？

赵涓当时感觉，赵涵去参军心情不可能轻松，他也没有生活费，总要为自己前途考虑。"我更相信德哥是出于热血青年的爱国精神，爹爹躲日本飞机染病身亡，国恨家仇一起算，太恨日本人了！何况德哥做事一向很冲动。"很多青年瞒着家里自己报名，父母拼死哭活阻拦自家孩子当兵。赵涵没有父母，哥嫂家人谁也无法拦他。最舍不得赵涵的应该是他的恋人艾琳斐，她原名艾文凤，曾参加四川妇女战地服务团、上海职业青年战地服务团抗敌演剧七队等。1942 年入国立剧专，1946 年参加新中国剧社、南京演剧七队、昆明演剧十八队等，曾主演《放下你的鞭子》《天国春秋》《牛郎织女》和《大雷雨》《曙光照在莫斯科》等；1950 年后就职云南省话剧团，"她应该是个离休干部。"

赵凊记得德哥临走之前和艾琳斐在少城公园鹤鸣茶社话别。"艾琳斐痛哭流涕梨花带雨，她真的很喜欢德哥，非常舍不得德哥，哭得好惨呀！"但赵涵已无法回头了，经过集训很快就离开成都去了云南腾冲，开赴缅甸战场。"听说德哥在前线做战地记者，他的笔杆子很得行，写过很多文章。"中国赴缅远征军伤亡六七万人，很多青年牺牲在异国战场。"德哥万幸，从缅甸平安回到云南，后方民众眼里荣归的英雄，女大学生都非常崇拜。再后来德哥调防去了印度加尔各答……"

德哥不在身边，赵凊大部分时间泡在琴房和图书馆。那时艺专图书馆藏书少得可怜，借阅专业歌谱琴谱之外，她最喜欢借阅小说。"喜欢翻译小说胜于古典文学，大量阅读《苔丝》《复活》，莫泊桑、狄更斯……最喜欢巴尔扎克，还读过《约翰·克里斯朵夫》！"但已不会因为沉迷小说而耽误功课，"我不能让九哥失望啊，最不能辜负的人就是他！何况叶冷教授对我非常严格，根本不敢懈怠。"

女同学蔡梅茵喜欢交际，经常跑出去跳舞。"那天要去跳舞借我的领花，结果回来跟我说对不起，弄丢了！我妈妈留给我的非常珍贵也相当昂贵的翡翠镶钻领花……"蔡梅茵还不高兴，嘿赵凊你咋那么小气呢？我去买一个赔你？"哼，上哪儿买？算了，哪个要你赔？果真她'猫儿起'当没这回事。我们关系也淡漠疏远了。这个外省人心眼儿多，我估计领花没丢，她藏起来了。"

二年级下期或三年级上期，赵浕乱掏耳朵出血，礼拜天到栅子街五舅家玩儿，五舅妈说普洱草治耳朵。用水冲了冲在手板心搓出汁液，滴进耳朵里凉凉的很舒服。结果感染灌脓半夜痛得死去活来！"美术科女同学范德堃实在听不下去，帮我去找毛舅沈祖宽，他已在陕西街存仁医院当院长。他是眼科专家，五官科都得行。第二天去医院，毛舅亲自为我诊治，冲洗消毒，还拿了一小瓶药，很快就好了。"又是沙眼又是耳朵，五官您两官出问题，硬要把干爹马干（麻烦之意）！

1944年深秋的一天，赵浕在操场活动腿脚，突然听到一个女子高声呼喊：赵浕，赵浕！回头一看，原来是少城小学同班同学卢芳。"卢芳说她结婚了，家在艺专背后的院子里，后来川音怀园宿舍隔壁川大宿舍。她热情邀约我去她家玩，我答应得很爽快，因为除了蔡幼珠陈淑娴，我交往的朋友不多。"卢芳的丈夫是个留美空军叫魏家德（14期魏成德？），一个院子有三对留美空军夫妇租住，一家姓袁（凤麟），一家姓欧阳（倬）。他们都是陈纳德（宋美龄1936年聘其为中国空军顾问、美国空军飞虎队准将司令）招收的、曾赴美国高级飞行学校接受培训的国军空军军官。

后来在卢芳家，赵浕和蔡幼珠遇到了一位客人，1944年冬刚从印度回国的沈世良（昌德）；沈世良和魏先生是黄埔军校同学，又是同期留美空军，关系相当不错。看见高挑美貌的蔡幼珠，沈世良迅速发动爱情攻势。"可能他开始希望通过我帮他和幼珠牵线搭桥，于是很热情主动为我当启蒙老师教跳舞。蔡幼珠的姨夫在华西坝经常办家庭舞会，所以她早就会跳舞不用沈先生教。"赵浕很快学会了跳舞，有时就和艺专同学郑育才、范正泰、陈兰洁、蔡幼珠、范德堃等约着周末一起去南郊太平园（今双流国际机场）参加舞会。

蔡幼珠和沈世良成为恋人，她的姨夫坚决不同意并停止提供学费，她只能借住在同学陈兰洁家。沈世良当即明确表态：我们结婚吧，我来供你上大学。于是很快在1945年春天，借成都沙利文饭店举行大婚典礼。沙利文位于东胜街，有剧场、客房、餐厅，在当时的成都很有名、很气派，既然嫁给留美空军，蔡幼珠自当"洋盘"（显摆之意）一回啰。她的决绝态度让她姨夫非常生气，"在成都有名的《新新新闻》登报和她脱离亲属关系。这则声明旁边，正巧排版蔡幼珠和沈世良登报结婚的消息，很戏剧吧？"

某日卢芳家来了位新客人王绳元，原籍湖南醴陵，正儿八经大学生考进空军去的美国，同卢芳邻居袁先生同为第三批 13 期。他学历军衔最高，长得也最英武帅气。"我发现这群人里，王绳元性格内向沉静稳重，他不像沈世良醒二活三嘻哈打笑，更不像某些人油头滑脑轻浮张扬。"通过一次次邀约跳舞，王绳元对赵淯产生了好感，他请袁先生帮忙转达爱慕之情、希望交男女朋友的意愿。"我当时太年轻，可能心智情商比幼珠她们晚熟，还不懂这些事。"王绳元文化层次高、英语特别好，赵淯心里对他不讨厌、不反感，还是有点喜欢他。"我少女懵懂时好像想过一下，将来最好找个大八岁的丈夫。好巧啊他就是！"

通过交往接触，赵淯对王绳元也产生了朦胧的感情，竟然淡忘了与九哥的约法三章。王绳元周三、周六接女友出去吃饭、看电影，周日陪她逛街、逛公园。白杨等影星去了重庆中电制片厂，成都又来了阳翰笙、金淑芝等演出《阿 Q 正传》，石挥这些名演员在春熙北段左拐那条巷子里的剧场演戏。"还有很多外国电影。美国彩片《出水芙蓉》《战地钟声》（用了柴可夫斯基的音乐），费雯丽和盖博主演的《乱世佳人》……我特别喜欢英格丽·褒曼演的《爱德华医生》，意译中文字幕也特别带劲。"

那个阶段周末假期，赵淯基本不回金河街。正好九哥赵溥从西昌回成都也在孔三姐家落脚。抗战刚刚胜利，孔三姐去重庆曾家岩意图重新接上组织关系。那天她不在家，赵溥坐在正对大门的廊檐下喝茶，赵淯在闺房梳妆打扮。王绳元来接她出去玩。女佣邓嫂大声武气喊：二小姐，王先生来了哟！她还没来得及应声，只听九哥对着大门粗声大吼："喊他滚起走！"二小姐吓坏了，赶紧撵出去，王绳元快走到街口了。"我感觉这下可能会伤害他？他看着情绪非常沮丧，我赶紧解释，我哥不了解，你别怄气哈……"中共地下党员赵子博，肯定不希望自家妹妹和国民党空军走那么近，"九哥当然生气，我不听他的话，还没毕业就在交男朋友。"

自从被赵溥吼出去，王绳元对赵淯的态度有了些微妙变化。"他一直叫我 Honey，突然之间好像生疏了些？似不如之前那么亲热。"所谓亲热仅停留在拉拉手、搂搂肩。在艺专女生里，赵淯相对保守矜持。"我记得七哥经常跟我们说，女娃子一定要稳重矜持，千万不能轻浮随便。要不然会吃大亏，莫得哪个看得起！"王绳元比赵淯年长八岁，在热恋中，有时难免情不自禁，赵淯马上断然拒绝不依从。"真正 kiss 都没有过，这样也许让他心里不太舒服。男人嘛，又去过美国，他都二十七八岁了！"那个夏天成都非常闷热，王绳元接赵淯去参加某个朋友的订婚礼。看她香汗淋漓，随即带回自己的单身宿舍，打了盆温水，用新毛巾新香皂让她洁面、补妆。

"他在楼下走廊等着我，非常绅士也非常自尊。在交往中他从来不会勉强我，总是对我很温柔，体贴入微！"

庆祝"8.15"抗战胜利活动，王绳元非常例外未亲自去接赵淯，另请一位军官孔俊杰带车接女友参加舞会。"我记得，第一天在空军基地礼堂，第二天在陈离市长官邸大客厅（后来这个院落成了川音新园宿舍）。王绳元一直在负责接待工作，迎来送往事情多而杂……我留意到他情绪灰暗，似乎刻意在回避我。两场舞会从头到尾，他一支曲子都没请我跳。"蔡幼珠已经怀孕，沈世良基本陪着赵淯共舞。"我确实比较单纯毫无心机，我不想瞎琢磨。但我确实有感觉，学艺术的人，这方面很敏感，单纯却也不傻……"

这之后，赵淯和王绳元每周两晚一天雷打不动的约会，开始渐次递减。最后那次是某个周六晚间，因参加留美空军孔德伦的婚礼。"别人并不知道我们之间出了问题，所以邀请我们两人出席。王绳元提前过来见了我一面，通知婚礼的时间地点，说完就走，很短暂。正式婚礼当天他也没来带我去参加……如果说我不难过，肯定是假话。现在出现裂痕，这不是我想要的结果。"王绳元是个自尊心特别强的人，赵淯从来也不是个会哄男人、会撒娇邀宠的女孩。后来他从成都调往重庆空运大队，竟也没告诉她！"一声招呼都没有，他就离开成都离开了我……差不多时间沈世良也调防了，他在西郊租房安排蔡幼珠住下来，这个家离我们金河街很近。"

赵淯想啊想啊想不明白，他干吗这么绝情？有一天终于想明白了，赵薄轰走王绳元，或许是感情裂痕的起因。但王绳元调往重庆，还不是为了她？因赵沨曾动过心思，想投考青木关国立音乐院，她准备和同学苏克让一起过去插班。这之前，高班的罗忠镕、韩德章、郑兴丽等都已在那边读。"我很羡慕，想着国立音乐院肯定比省立艺专强。趁着国立音专（上音）还没搬迁，赶紧！"所有衣物、谱本、洗漱用品装进箱子，一切都准备完毕，已经约好第二天在牛市口坐长途汽车去重庆。"谁知当晚例假来了，小腹剧痛难忍气都出不匀。通宵翻来覆去折腾，第二天一早无法起身。那会儿哪有电话手机？我没法通知她们，她们也不知道我怎么回事……"赵沨相信，如果去重庆，应该能考上。"本来 Alto 不多，好的 Alto 更少。唉——这就是命！"这就是命，人的一生，偶然一个拐点偏离轨迹，再也拐不过去了。

赵沨错过报考国立音乐院的机会，似也没有想象那般痛苦。"只是心里有些遗憾，本来可以和罗菩萨（忠镕）、郑兴丽、邓绍祺他们继续做同学，结果做不成啦。"假若 1945 年考上国立音专，后来完全就是另外一条人生之路：赵沨和王绳元，可能在重庆冰释前嫌。国立音专迁回上海，王绳元也从重庆调往上海，上海解放前夕飞往台湾……"这件事本来是我出的问题，我想离开省艺专去读音乐院，王绳元才会提出申请调往重庆。我没去重庆，他的调令却下来了。一个中尉军官，岂能出尔反尔违抗军令？"

抗战迎来胜利，局势逐渐稳定。1945 年秋天七嫂全家回到金河街。"我周末也不再去住孔三姐家。金河街离蔡幼珠新居比较近，可以经常过去陪伴怀孕的她。九哥又把我的伙食费交给七嫂，我和三妹、四妹一起住进父亲生前那间主卧室。"

在这个萧瑟的深秋，曾谱写出旷世大作《黄河大合唱》的留法作曲家冼星海，10 月 30 日在莫斯科病逝！11 月 14 日延安各界为冼星海举行追悼会。中共地下党在大后方组织"海星合唱团"，在成都也举办纪念星海音乐会，赵沨应邀参加演出并担任独唱，"我记得当时在读艺专三年级，演唱了两首星海作品，嗯……《黄水谣》（光未然词）和《莫提起》（田汉词）。（马上顺口唱起来）'莫提起，一九三一年九一八，那会使铁人泪下'……

嗯，'我们被禁止说自己的话，我们被赶出了自己的家'……"厉害呀妈妈！

1945 年冬沈世良调回成都市区，经常陪着蔡幼珠到金河街赵家来玩。"我完全没有王绳元的消息！沈世良马上告诉我他在重庆空运大队的地址。我给他写了一封信，忍着不倾诉相思之苦。"赵二小姐性格比较刚烈，自尊心强到没话说，"虽然主动写了封信，但也只是一般礼节性的问候。"赵涓放下身段，王绳元很快给她回音，两人重新开始通信。

赵涓的男友和女友都离她远了。"陈淑娴转学去了金（陵）女大，蔡幼珠怀着娃娃，沈世良说好要供她上学，上个鬼！在家安心养胎吧。我和王绳元异地没有约会，通信客客气气，恋人之间那种亲热、亲密，好像淡了许多。我终于知道什么叫'补起也是个疤疤'！"

第 3 章

乡思已共花争发

（1946 年—1955 年）

赵淯和陈光发，从童真少年到青春韶华，皆已长大成人。他们张开双臂迎接中华人民共和国诞生！新旧社会两重天，从陌生遥远到相识相恋，两个人成了一家人。

　　从四川省立艺术专科学校毕业后，赵淯任教省立女师（内江）。成都举办亨德尔《弥赛亚》公演，她担任独唱崭露头角；成都解放前夕参加民盟活动，排演进步歌曲；成都解放之初，参加成都军管会文工二队；在重庆成为西南人民艺术学院首批音乐教员，回成都担任西南音专首批声乐老师。

　　陈光发从村小教师、校长，参军入读西北人民艺术学院；在西安驻防时加入中国共产党，1949年深冬随贺龙所率华北野战军第18兵团等部南下；从重庆的西南人民艺术学院音乐系首任人事干事，到成都的西南音专首任人事科长，陈光发在四川、在成都深深扎根，这里是他的第二故乡。

艺术殿堂志存高远

　　那年冬天音乐科主任许可经调往西师，何惠仙接任主任并兼任赵浩的钢琴主科老师。"我在声乐专业学生里钢琴成绩名列前茅，何主任的鼓励让我更有信心。"蔡幼珠 1946 年初诞下大儿子沈海涵，暮春随丈夫沈世良离开成都调往北平。参加远征军的几位艺专男生相继回到成都，继续复学跟原班上课。在赵浩记忆中，全艺专数江隆浩大提琴专业最棒，1947 年春天开毕业音乐会，纪念恩师俞鹏先生。

　　俞鹏先生毕业于杭州艺专，既为二胡泰斗储师竹的门徒，又是俄国大提琴家舍甫诺夫的弟子。"他自己编教材，自己做乐器，大才子一个！江隆浩家境清寒，俞先生对他特别关照，买吃的送穿的，节衣缩食攒钱买下外国人带不走的大提琴送给他，简直无微不至！"吴祖光编剧、张瑞芳和耿震主演的话剧《牛郎织女》，俞鹏作曲指挥兼二胡领奏，带着学生小乐队现场伴奏。"有时俞先生坐在宿舍门口，看见我就喊，赵浩，你过来唱一段？他拉二胡我唱：'谁知道九天云有多么高 / 谁知道九霄云外多寂寥……'他写的音乐特别好听！"九十三岁的人还记得十六岁唱过的旋律歌词，了不起！日本投降后，俞先生决定回杭州看看，争取尽快返回艺专辅导和参加门生江隆浩的毕业音乐会。他临行时脱下大衣送给江隆浩，"我们去送别，他那悲伤忧郁的眼神，真是刻骨铭心！'我还要回四川来！'这句话大家都没忘，他却永远回不来了！"1946 年 12 月 24 日平安夜，俞鹏先生全家乘坐的飞机失事，一代大师如流星陨落，"他才二十九岁！如果活着，肯定非常了不起……"

在成都听音乐会很难，开音乐会更是难上加难。"中华交响乐团从重庆过来演出，我们才第一次现场听到交响乐。那个指挥家叫林声歙，他是香港出生的广东人，也在国立音乐院当过教授，入选英美《世界名人辞典（录）》；女高音辛素应该是他的妻子。"从省艺专考入青木关国立音乐院的学长韩德章，1946年暑期回到成都，"他约我们几个人在暑袜街礼拜堂开独唱独奏音乐会，石中强的钢琴，蓝树椿的小提琴，韩德章和我两个声乐。"那场音乐会是赵淯专业学习声乐后，第一次面对学校之外的听众，下面的掌声和鲜花让她格外兴奋。"在舞台上歌唱是一件多么美好的事情！第一次找到这种奇妙的感觉，如果将来我能成为歌唱家……"

1946年开春，蒋樵生教授带着学生，参加四圣祠礼拜堂音乐崇拜。"他希望专业学生带一带唱诗班的水平，我和苏克让、江隆浩坚持得最好，蒋先生好喜欢。"蒋樵生创意策划亨德尔大型清唱剧《弥赛亚》演出，从10月开始负责艺专合唱课，排练这部经典。声乐老师黄宜君向蒋先生推荐赵淯，蒋先生欣然应允她来担任 Alto Solo（女中音独唱）。Soprano Solo（女高音独唱）是谁？杜枝先生。1946年暑期刚从国立音乐院毕业，她和丈夫张季时（小提琴）是同学，同来艺专任教。Tenor Solo（男高音独唱）是高班学长韩德章，男低音是华西坝一个外国人。

1946年秋冬之交，九哥赵溥从康定回成都，身边带着未婚妻叶安丽。"她长得十分高大体面，非常漂亮！这朵'康定之花'九哥是怎么摘到手的？"原来叶伯父非常欣赏子溥年轻有为成熟稳重。赵淯知道五舅的幺女、她的五表姐早先喜欢九哥，这段往事，还得先从沈鄂生的故事讲，七哥赵鸿的老丈人，差点成了赵溥的岳父、赵淯的公公，关系纵横交错扯不断理还乱。香晼任通省高等师范学院教务长时，鄂生为文体教习。他多才多艺琴棋书画无不擅长，还是射箭高手无人堪比。小时候赵淯跟爹爹去少城公园玩耍，亲睹射箭场上五舅英武的身姿，那枚清朝皇族贵族佩戴的和田羊脂玉扳指，又大又厚极其昂贵。沈氏家族日渐败落，沈鄂生则出类拔萃非常能干。一边做官一边做生意，在成都栅子街置买豪华公馆，赵淯小时候经常跟妈妈去五舅家，满园花草楼台亭阁一池清泓……好似怪园的微缩版。

沈（叔）敏有个女同学亦如卢芳、蔡幼珠嫁给留美空军，她想为沈敏介绍男友。沈敏心中已有如意郎君赵溥，她不拒绝女同学带丈夫和朋友参加沈公馆的舞会。赵溥是正人君子又是进步青年地下党员，赵淯结识王绳元已让他非常生气，岂可容忍未婚妻和留美空军搂肩搭背跳舞？她两个都是自尊心强到爆的人，互不退让持续冷战。做梦都没想到，赵溥径自带回"康定之花"！沈敏哭得几近晕厥，大病数月卧床不起。"我九哥不可能再做五舅的乘龙快婿。他很快要去会理赴任当县长……"

有个说法在赵氏家族流传多年：如若九哥不供二小姐读艺专，早在延安坐上高官之位。赵淯无心解释有口莫辩。早先九哥确实瞒过家人奔赴延安，香畹找军队朋友将他堵在西安，生拉活拽硬拖回来。赵淯刚十二岁，何谈九哥供读艺专？"想想啊，后来九哥确实一直在供我读书，那个阶段或许党派他去延安，淯妹学业生活咋办？所以他才犹豫没按约定时间地点集合……"这个说法，成立。那些年九哥经常跑回成都，应该是联络组织开展工作？没错！他冒着生命危险从成都往西康、西昌运送药品弹药枪支。这些事，兄嫂弟妹全然不知。

1946年圣诞节，成都四圣祠礼拜堂演出亨德尔大型清唱剧《弥赛亚》，赵淯和老师同台领衔，身后是艺专学生教堂唱诗班。"两场演出相当轰动，蒋先生指挥，他的学生助教石中强钢琴伴奏。这个作品要求全部英文演唱，'喔，大家听见，传来了福音来了……'我下了很大功夫，有人半开玩笑说，你的演唱比洋人还好听。"因《弥赛亚》崭露头角风头渐劲，从此赵淯学业越加努力。

1947年春天来了，叶安丽辗转到会理和九哥团圆。赵淯想起自己那段疑似初恋的感情，百感交集难忍唏嘘！她心有不甘又不想违逆九哥意愿，藕丝牵线若即若离地通信，前后持续将近两年。那天在食堂排队打饭，刘梅芳（低班同学）问赵淯看不看电影，她有张票下午上课去不了。"我们五年级毕业班课少，正好下午空闲，原打算去图书馆借两本小说，或睡个午觉起来练琴练声。听说是美国彩色新电影！白送票焉有不去之理？"紧忙刨了几口饭，在宿舍匆匆化了淡妆换了衣裳，喊了个三轮冲到新明电影院（后青年宫电影院）。

那个午后，看了场电影逛了趟街，赵渭干了件一辈子追悔莫及的事情！

已是暮色苍茫乱云飞，她捧着包花生米边吃边走溜达回校。那苗条身影闪过传达室，看门头王大爷喊，赵渭！你去哪儿了？下午有个人找你，军官儿！啊？啊！王绳元!!!"他写信说已离开重庆调防上海。要来成都看我？根本没得说嘛！"王大爷说，军官不好意思去女生宿舍，在这儿（传达室）等了一两个小时，还给你带了好多香蕉。"糟了糟了糟了！他肯定生气也误会我了！看电影两个小时，从春熙路城守街一路要起走回来……哎呀，我好想哭却不能当着王大爷哭！"两腿发软像踩着棉花般，回到宿舍往床上一躺背过身痛哭。"我们快两年没见过面！莫非他猜我和男朋友看电影？"两年间赵渭多么希望和王绳元面对面解开误会，可他突如其来又决然离去。她如同丢了魂儿似的精神恍惚情绪颓丧，"刘梅芳送我电影票说她忍痛割爱，我这才真的是忍、痛、割'爱'啊！"赵渭再次主动给王绳元写信解释道歉，寄发上海龙华机场空运大队地址。王绳元却好像人间蒸发一般，从此再没回过信，"一封也没有，一个字也没有！他不给我解释和道歉的机会，彻底断绝所有联系。"

很多年后赵渭赴美探亲，在旧金山和艺专老同学卢芳、周杏蓉等会面，听她们说，王绳元离开赵渭后很痛苦，上海龙华机场空运大队小卖部有个女店员拼命追求他，王绳元也需要慰藉疗伤。赵渭反省："父母早逝，我缺少爱也不懂爱，本为认真交往的恋人，我却一直抗拒他的亲昵爱抚……他希望和我早点结婚，我却表示至少要等艺专毕业。那次他来成都就为跟我摊牌，想让我跟他去上海……我会跟他走吗？现在说这些还有啥意思。"上海解放前夕，王绳元携夫人飞往台湾定居，后随子女移民美国。卢芳、周杏蓉竭力劝说赵渭和王绳元在旧金山见一面，赵渭坚决拒绝老同学的好意，"何必？我情愿保留青春年少时的美好记忆……"

　　1947 年暑期后，赵淯的声乐主科老师黄宜君同丈夫去了武汉，蔡绍序先生接任教学。"蔡先生让我首次接触西洋歌剧咏叹调，演唱比才《卡门》中《爱情像一只自由的鸟儿》、圣 – 桑《参孙与达丽拉》中《我心花怒放》，还有古诺、舒伯特艺术歌曲，两位作曲家的《圣母颂》都用原文演唱。我特别感谢蔡先生，他经常主动加课，还大大扩展了我的歌唱音域。原本我唱到 f2 就有些困难，达丽拉咏叹调上面到 g2，下面到小字组的 f，超过两个八度。最后一学期，我在班上成绩突飞猛进。"那个冬天艺专同学结婚的结婚、退学的退学，同班二十多人陆续离散，最后只剩下五个人：声乐赵淯和周仕夫、罗丽舒，小提琴蓝树椿，作曲范正泰。"我们各自准备毕业音乐会，两人合办一场，我与蓝树椿组合，周仕夫和罗丽舒联袂。"

　　赵淯和蓝树椿毕业音乐会曲目分为三组，前后 Alto 独唱，中间 Violin 独奏。"蔡先生为我准备的中国作品有陆华柏的《故乡》，这比夏之秋的《思乡曲》高难很多，我还是有点害怕上 g2。"还有《黄水谣》（冼星海）、《嘉陵江上》（贺绿汀）、《我住长江头》（青主）；外国作品有舒伯特的《圣母颂》、亨德尔 Largo（广板）、圣 – 桑达丽拉咏叹调《我心花怒放》。音乐会在工字房小礼堂演出，全体艺专同学包括美术科、建筑科的都跑来捧场。"我特意邀请石中强先生弹伴奏，他给郎毓秀先生、蔡绍序先生成功合作过音乐会。何惠仙主任亲自坐镇，和蔡绍序先生坐在一起，蔡先生边听边问何主任，怎么样？赵淯值不值得夸奖？何主任表示很满意。"音乐会结束她特意请蔡绍序和赵淯到小天竺 Tip Top 西餐厅夜宵。

　　1948 年春，赵淯从四川省立艺专毕业，她回金河街同七哥全家一起过旧历年。赵鸿在华西大学中文系毕业后，曾任四川省教育厅科员、简阳县督学。因其父赵椿煦和岳父沈鄂生皆与刘文辉兄弟关系特殊，他先后任职高县、仪陇、郫县和三台县田粮处长，社会关系网比较宽。赵鸿跟赵淯说，二女子不用为工作发愁哈，这件事包在七哥身上。

　　民国时期阴历六月和腊月，大中小学寒暑假期，是关系到教员是否解聘、续聘的关键期，要为保住饭碗血拼一场，所谓"六腊之战"。1949 年以前中国内地城市，既无艺术表演团体也很少艺术专业院校。赵椿煦的女儿，一个省立艺专的高材生、尖子生毕业之后，同样面临就业问题。既然赵鸿打了保票，赵淯也不必过于焦虑。"七哥华大中文系有位女同学，在涪江女中当校长。教会学校比较重视音乐课，听说我是省艺专高材生，'嗯顿'（磕巴）都没打一个就表示欢迎。"正月间家里来了个陌生中年女性自报家门：内江省立女子师范学校曾校长。原来德哥建筑科同学留校任教的曾少魁是她表侄，推荐专业非常优秀的赵淯。赵淯考虑，如果去涪江女中，要在乐至县城住宿一夜，孤身前往无人陪伴。而内江当天走拢无需住店，且女师更重视音乐课，要得哇去内江！

那天到牛市口汽车站和曾校长一起前往内江。曾校长带赵淯回到省立女师。"形容一下我的寝室，一张床、一个书桌。曾校长和她女儿住对门，她丈夫已去世，隔着小天井有个姑娘帮她照顾孩子。小院大门正对着这间住着谁？林嘉秀！"林嘉秀西师（1950年前四川省立教育学院）教育心理学专业，1947年暑期毕业就职。赵淯1948年1月春季毕业，3月正式上班，两个单身女教师，很快相识熟悉成了真正的闺蜜。

从未曾单身离开过成都，赵淯刚到内江时，心头多少有点紧张。还没正式开学上课，第二天赵淯赶紧给九哥九嫂、七哥七嫂和德哥报平安。又写了一封信寄给谁？小表哥沈麟曾——五舅鄂生之子、七嫂胞弟，"表兄妹一般通信关系，我们并未谈婚论嫁。"五舅夫妇对赵淯特别关爱，有点那个意思。小表哥对蕙表妹更是抱有特殊好感，"在艺专读二年级时，小表哥给我写过信。我只觉好笑，经常见面看电影、听音乐，写啥信？"赵淯记忆中的小表哥内向内秀，英俊高大成熟稳重，喜欢音乐和体育，还拉得一手好小提琴。赵淯周末回金河街或栅子街耍，还要赶抄五线谱。小表哥送她个小礼物，用手帕包着悄悄塞到蕙表妹手包里。回宿舍打开看，好精巧的木雕"豆芽儿瓣瓣儿"（音符），从此不再用钢笔画符头，只需蘸上墨水往五线谱上一杵，盖图章一样方便。沈麟曾高中毕业前，大家给他出了好多主意，应该考川大，应该考华大……赵淯说了句，要学土木工程应该考交大。沈麟曾硬是考上了国立交通大学唐山工程学院土木工程系。"我没想到他会听从我的建议，我有点惊讶也有点得意哈。"

　　抗战时期唐山交大迁址重庆，抗战胜利复又迁回唐山。1946 年暑期回蓉城度假，表兄妹重逢见面来往密切，那个夏天留下很多美好记忆。"沈麟曾喜欢音乐，他会拉小提琴，我和韩德章、石钟强、蓝树椿那场独奏独唱音乐会也来听了，还夸我唱得很不错前途无量，又对蓝树椿小提琴演奏点评一番。"暑假结束前，表哥陪表妹去新明电影院看美国电影《战地钟声》。"还有德哥、三妹？或是侄子娃世琦？四个人在祠堂街口坐马车，小表哥牵上牵下体贴照顾特别好……"赵淯到内江工作，写信告知新地址，"虽未涉及太多感情，但也心照不宣吧。"

　　早先音乐课都是唱歌课，女师学生从未接触五线谱，新来的赵老师先教入门初级知识。"全校只有两架脚踏风琴，女孩子绺到（纠缠之意）要我教，抢到排队练琴。"女师学生音乐课不可能学得太专业，还是用简谱教唱歌，简单浅易的《花非花》《踏雪寻梅》和电影插曲《渔光曲》《四季歌》《梅娘曲》，等等。女孩一般比较温顺听话，赵淯工作得心应手并不感觉负担沉重。

　　女师音乐科考试结束比较早，赵淯可以提前几天走。那之前九哥赵溥已辞去会理县长之职，带着即将临盆的九嫂安丽回到成都，头生女儿赵绛 3 月间呱呱坠地，赵淯放暑假正好帮九嫂带娃娃、洗娃娃。暑假结束又回内江女师继续教书，平时除了给小表哥写写信，还和闺蜜蔡幼珠保持联系。"她曾写信要我艺专毕业不要忙着找工作，可以去北平继续求学甚至出国深造。"赵淯却不能不面对现实，九哥结婚了，九嫂生孩子，怎么可能再厚着脸皮，请他们继续供她读书？第二年 1949 年 1 月北平和平解放，沈世良带着蔡幼珠和孩子去了台湾……

　　赵淯任教女师的第二学期，艺专同学曾繁柯写信说，蒋樵生教授又要非演《弥赛亚》，希望她回去担任 Alto Solo（女低独唱）。曾校长同意赵淯寒假提前走，第二天到省立艺专小礼堂参加排练合乐。赵淯至今保留着一张珍贵的老照片标注："成都市音乐界弥赛亚演唱会联合摄影 – 卅八年（1949年）元月九日暑袜街礼拜堂。"《弥赛亚》正式演出，赵淯被大家推到第一排正中间，她身边坐着郎毓秀（女高音）、蔡绍序（男高音），"我两位恩师

（蔡先生和郎先生）二重唱《满园春色》灌过唱片的。"第一排还有指挥蒋樵生、石中强，郎毓秀胞妹郎毓贤；男低音？不记得。后面三排合唱队员全是我们艺专同学，还能清楚认出黄家玥、陈光煜、李千、曹镜涛……

"老同学一个一个走了，俞鹏先生的高足段启诚（二胡）和江隆浩（大提琴）也参加演唱《弥赛亚》。"

翻出一张旧的油印节目单，繁体文字依稀可辨：（封面）海星合唱团（以成都市中华基督教青年会做掩护，实则为中共地下党领导的民盟四川省委组织），为筹募音乐设备敦请/本市音乐名流参加演出；日期：三十七年十一月二十九日，时间：准午后六时，地点：暑袜街礼拜堂；（封底）名誉团长任子立，团长刘文晋，副团长殷石萍，指挥刘文晋、彭维纲；音乐顾问：萧郎毓秀夫人、卓伟夫人、蔡绍序先生、蒋樵生先生、何惠仙先生、郑爱斐先生、丁孚祥先生、李兆鸿先生、姚以让先生、张季时先生、杜枝先生、敖学祺先生、石中强先生、刘亚琴先生、刘鹤云先生、雷识律先生。内页是演员和曲目：开场与下半场为海星合唱，既有冼星海的《黄水谣》《赞美新中国》，也有张锐作曲的《播种之歌》等作品；其间穿插女中音赵渧独唱《相见散》《请告诉我》一中一外两首作品，她的恩师蔡绍序亲自弹钢琴伴奏；郎毓秀先生则为彭维纲伴奏《上山》（赵元任谱）等男高音独唱曲；还有段启诚南胡独奏《汉宫秋月》《空山鸟语》（刘天华谱）、石中强等联袂海顿钢琴三重奏等。这是紫茵目前所见1949年前唯一和母亲赵渧相关的演出节目单，音乐会十六位顾问中的十一位，在新中国大西南音乐摇篮四川音乐学院就职任教；郑爱斐和丁孚祥、杜枝和张季时、刘亚琴和刘鹤云三对夫妻相伴终老。四川音乐界这么多、这么全的前辈先贤（大多已逝）同在一张节目单！弥足珍贵。

往回说，赵渧在金河街和一大家人共度1949年春节，照常回到女师上课。夏天到了，九嫂安丽大腹便便即将再次临盆。"我不知道为啥九哥全家搬回金河街，七嫂把爹爹主卧房间腾出来。赵绛一岁半，我还是帮到给娃儿洗澡澡。"赵溥跟赵渧说，你过了暑假不要再回内江，打起仗来肯定要乱，单身女娃子跑都跑不赢非常危险。"我很焦虑，那咋办？九哥说他朋友在培英中学当校长，学校离家很近……"

　　暑假过后要去培英中学教书，赵渻格外重视，她希望自己在声乐上能有所提高。这个夏天没闲着，自费师从郎毓秀教授学习，正式跟郎先生上课。郎毓秀 1937 年 8 月乘坐威尔第伯爵号海轮赴欧洲主修声乐；1941 年以优异成绩毕业回国，在上海、天津、北平等地举办独唱音乐会；1944 年任四川省立艺专声乐教授，只教三年级以上的学生，赵渻还没轮到资格，郎先生又随丈夫萧济赴美深造；1948 年伉俪回国，在成都平安桥天主教会医院对门小院安家定居。

　　赵渻开始到郎先生家上课，"早先演唱《参孙与达丽拉》都用英语拼音学唱，郎先生第一次教我正儿八经拼读法语。她告诉我法语跟意大利语发音不同，要求弹舌音必须达到标准，这个很难。郎先生在声音上要求并不太多，但非常注意音乐的表现、感情的表达。虽只上了两个多月课，我觉得自己特别受益！"

　　开学以后到培英中学正式上班，"这些半大娃娃经常在课堂上嬉皮笑脸，内江女师学生要比培英中学这些费头子娃儿乖得多。"看过电影就想学唱插曲，要求赵老师教他们《马路天使》中周璇的《天涯歌女》《四季歌》；再早《古塔奇案》那首《秋水伊人》（贺绿汀词曲，龚秋霞原唱）："望断秋水／不见伊人的情影……"；蓝马和路明演的《天堂春梦》（1947 年汤晓丹导演）"孩子睡吧你乖乖地睡吧……"（黄元之曲）。赵渻在培英的学生，后来从事音乐专业工作的有四川音乐学院民乐系琵琶教授韩淑德，有首唱《毛主席派人来》一曲成名的战旗歌舞团男高音歌唱家谢忆生，"他当时最喜欢带头起哄：赵老师唱个《青青河边草》（1947 年老电影，王丹凤主演）嘛！赵老师的音乐课，哪个不喜欢？"

3.2

河津渡口顺流南下

原应 1947 年夏季中学毕业，早春时节家里已没粮食给光发交伙食费。陈文智陪着儿子挨家挨户求告，走了十几里路找到高崖村张荣昌张校长，他家也没余粮。看爷儿俩满面愁容，张校长领着去了后沟，有位老太太靠收粮放高利贷，春荒借走五斗，麦收还回一石！背着麦面翻过中条山交学校伙房。最后一学期，陈光发吃着高利贷借来的粮，学习格外用功努力。

回头再说点家事。陈光发十三岁婚后去县城当学徒，只在母亲去世时回过磨涧村，悲痛之中连媳妇都没多看一眼。啥时有了夫妻之实？媳妇啥时有了身孕？头生儿子何时来何时走的？记不得说不清。二嫂袁梅花紧怪光发太讲卫生，老给娃娃洗澡洗澡洗澡，结果洗没了。"夏天炎热，我俩抱着奄奄一息的娃娃，打听到柏树村有个老婆婆会看病。老婆婆看了没说啥，用瓷碗碎片在娃娃尾椎骨尖划了个口子，挤了点黑糊糊的血沫。我们付过钱抱着娃娃往回走，还没到家他就咽了气，在我人生中只晃了这么一下……"

永济中学即将毕业，学校张贴告示，"上面不明说共产党要来，只说'因紧急情况'永济中学即将搬往河西（陕西）。简单两行字，我的心像黄河发水似的一团混沌。"前面提及班级主任国文老师李崑山老师，高高个子长方脸盘非常和蔼亲切，光发和李老师无话不说，"我悄悄问李老师咋办，听从他的建议决定回家！因没随学校西迁，结果毕业证书没拿到手，我心里空落落的，感觉特别遗憾！"

正是初夏时节，庄稼地里年景不错。"我记得回家一路两边，金黄色麦田长势喜人丰收在望，风吹麦浪一波一波如画卷般好看。听着树枝上布谷鸟叫声清脆悦耳心情特别好，因没能拿到毕业证书的低落情绪一扫而光……"这一路光发想着，麦收之后，要还给后沟老太太一石麦子。他进了村往家走，爸爸正在院里磨镰刀，"爹非常高兴，磨涧村出了中学生，头一个！老陈家的儿子。"

1947 年麦收开镰之前，永济县解放了！磨涧村来了个区干部庞汉元，陈光发一辈子忘不了的引路人。"如果没有他，我不会有今天！"庞汉元听说磨涧村第一个中学毕业生是陈光发，马上就来找他谈话，"老庞跟我说，麦收以后你来办个小学吧。"早先磨涧村村小在龙王庙，龙王庙旁边有块公产地，"我找来村里的木工泥瓦匠，平整出来一块小操场，两间房子收拾好，小的我做书房兼办公室，大的当作教室。大门口挂了块新牌子：磨涧村小学。"庞汉元说，我们不要分什么贫下中农富农地主，谁家的孩子都应该上学读书。陈光发校长兼任老师，他要求学生练习写毛笔字，所以家家都得准备笔墨纸砚。走村串乡的小货郎一来，大家围上去买文具。陈校长经常教娃娃唱歌，可带劲儿了，《东方红》《苏武牧羊》《左权将军》。"左权将军家住湖南醴陵县 / 他是中国共产党的优秀党员……"这首歌颂革命先烈的红色歌谣套用的是山西民歌《交城的山》曲调，原词很多段，陈光发只记得住"交城的山里没有那好茶饭 / 只有莜面栲栳栳还有那山药蛋……"，庞汉元到村小来视察，听了特高兴。"他是晋城人，后来也南下入川，曾在成都附近灌县（现都江堰市）任县委书记。"

永济县三区区政府在杜庄村开大会，办展览，"通知各村组织村民参观土地改革成果展，摆着好多地主家的银元、家具、珠宝、衣物……"庞汉元让磨涧村小学生表演节目，陈光发领着唱《东方红》《共产党好》。他从小干活不怕累，参加革命更带干劲儿，《晋南日报》上登出一幅毛泽东像，我用画格子放大的办法，在磨涧村魁星楼大墙上，画了好大一幅毛主席像。这是全区第一幅上大墙的毛泽东画像。庞汉元和村里人赞不绝口，啧啧，光发你咋能画得这么像呢？"

全区近百名村小教师集中学习形势，安排陈光发大会发言，谈谈新中国成立后的感受，介绍办村小的经验。"我们住在残破的永乐宫，我谈了庞汉元到村里动员土地改革，我说我相信共产党是为老百姓办事的政府。我们有了土地和耕牛，农民翻身的喜悦。我是怎么把磨涧村小学办起来，怎么安排，上些什么课……"这次学习之后，上面调陈光发到区政府所在地。磨涧村只有二十七户人，杜庄村有七八十户。"磨涧村小学另派去一个老师，我在杜庄村小学当老师，还担任基点村联合小学副校长。谁是正校长？庞汉元。"

陈光发在这儿做了两件事很有影响：第一，杜庄村口有个大影壁墙，他比照报纸又画了一幅毛主席像。"老百姓谁见过毛泽东？我画这幅毛主席像很轰动，十里八乡的村民围着看，他就是毛主席？"第二，杜庄村小学在一户地主家四合院，门外大墙刷白打格，一个字一个字把《土地法大纲》抄写在这面墙上，字体端正隽秀，引得众人交口称赞。"这部'大纲'才登在报上，村里开了识字班，农民学会识字都能慢慢对照读了。"那会儿政府给老师发月饷，两口袋麦子，一袋五斗两袋一石，用骡子驮上直接送到磨涧村陈家，"爹笑得合不上嘴，光发从没挣下这么多粮食，从没往家搬过这么多麦子！"

舒心开心的日子没过多久，1948年阴历四月间，有人捎信说陈光发的父亲病重快不行了！陈文智一辈子受苦没享过福，好日子刚开了头就倒下了。"爹病情很重，卧床多日粒米未进。大姐已回娘家照顾父亲，爹说光发在外面干大事不要打扰他。"看见小儿子回家，爹哗哗哗老泪纵横，"我哭得说不出话，忍着问爹，您想吃点啥嘛？菠菜！天，我上哪儿找菠菜？"村里的菜园子只有韭菜、大葱，又不逢场不赶集没人卖菜。光发昏昏沉沉跑出家门，大半天一棵菠菜没找来。爹呀，苦了一辈子，想吃口菠菜愣没有！回到家父亲咽下最后一口气……小儿子大孝子找人做好一副柏木棺材，父亲穿戴齐整入了殓，挖坟垒墓交给随群哥打理张罗。"我披麻戴孝挨家逐户报丧，请了下方寺村高贤哥主厨掌勺，在院子里请客吃饭五大桌，全村二十七户人入席，两班乐人吹吹打打闹了一天。送别了父亲，我的心空空的没着没落。"

回到杜庄村学校也该放麦收假了。全县老师选派两名到运城十一地委干校参加培训，那里集中了晋南十几个县的优秀教师，两个月学习结束后，基本都要派到基层当干部。光发脚上还穿着爹爹去世的一双孝鞋没换。"有个区干部叫白锋负责管理这个班，那天我看他办公桌上有张《晋南日报》：西北军政大学招生启事，贺龙将军是校长！脑子里一下冒出一首歌'贺龙的名字哪个不知道？他为咱中国人民立下了大功劳……'我是多么渴望学习的人！马上急切地问，我可以报名吗？白锋笑着说，可以啊，这是好事情！"按报纸启事顺利报名，马上通知三天以后报到。您被录取家里人没意见？"女人管不了男人的事！我记得1948年阳历8月回了趟家，先路过营子庄去大姐家告别。大姐劝说了几句，你现在当小学教师，生活无忧日子安稳，干吗又要去上学？她是舍不得我这个弟弟。"三天以后，陈光发从磨涧村步行到运城，大队人马集合从运城步行到临汾集训。"我们驻扎在城外北营盘。我被编入第三大队，大家伙儿铺好床，很兴奋睡不着。"

第二天早饭后，陈光发溜溜达达看路边支了张桌子坐着个人——艺训队报名处。"这张桌子是我走上艺术之路的起点；这个人马惠文马教员是我的领路人。马教员笑眯眯问，同志，你想参加艺训队？啥是艺术训练队？唱歌跳舞搞宣传。"搞宣传？想着教的歌、写的字、画的画……你会吹笛子吗？"我吹了支《小放牛》，哆来咪来—哆来咪来—哆来哆啦嗦啦嗦……马教员夸我吹得好。还会唱歌吗？这个更容易，顺口唱几首，马教员说你嗓音很不错，一点都没跑调。"赶紧回宿舍打背包，一会儿跟他回城里。那院里已有二三十个人，"最记得清张庆华，军装很肥大，他个子小穿上像个大袍。我一手针线活儿细，军装剪短缝纫上身很合体倍儿精神。两个人跑到照相馆合影留念。"

艺训队第一课：要让破烂不堪的旧军营焕然一新，天天到塌陷的城墙堆背砖！早上集合点名，王道一王指导员（南下入川后曾任攀枝花市文化局局长）在队列前讲话，经常表扬一个人，谁？陈光发。"今天说我劳动积极，明天说我干活认真，全是优点！"陈光发是农村兵又当过学徒，背砖弄瓦登高爬上，干什么都不怕苦不怕累。有天晚上张庆华肚子痛，艺训队没有队医。"我用土办法按穴位，大概几分钟，他肚子不痛了。第二天王指导员又在队前表扬，陈光发帮助同志解除病痛。所以，从艺训队起我和张庆华两个一直保持亲密关系。"

1948年11月10日《晋绥日报》登载署名李兴文的消息："十月十九日，边区文化界纪念鲁迅先生逝世十二周年会后，遵照贺龙司令员的指示，复将该校范围扩大。……校名定为'西北艺术学校'，校址设兴县（一部），并在晋南临汾设二部。……校理事会由贺龙、李卓然……亚马、常苏民、朱丹等十五位同志组成，并由亚马同志担任该校校长，常苏民同志担任教务长，朱丹同志担任二部主任……"注意李卓然这个名字，他就是赵淯闺蜜蔡幼珠的生父！我们后面会说他。

西北艺术学校二部，嗬，大牌子挂出来了。"西北军政大学统一管理、统一供给，但不按连排班编制而分大队长、区队长、小队长。我任区队长，一个区队百人左右。"校长亚马是山西（平定）人；主任朱丹因重名改为朱丹西，另一位南下干部则改为朱丹南。"朱丹（西）是贺龙一二〇师战斗剧社的社长，他的爱人肖孟任人事干事，后来是我的入党介绍人。"

从战斗剧社还调来安春振到运城负责招生工作。"我记得毕兴、陈冰、邢学智还有王明都是他招来的学员，1949年腊月间二部师生排演节目闹新春。"按照延安鲁艺的规格，西北军艺二部设文学（石丁主任）、戏剧（刘莲池主任）、音乐（安春振主任）、美术（吕琳主任），文学部石丁主任"光杆司令"。音乐部和美术部算二部的"大户"，美术部吕琳从临汾师范挑来十多个学生，人称吕家班，学员名字全带斜玉旁，同班的范璞和周琳后来结为夫妻。音乐部开初只有安春振主任和马惠文马教员、董起董教员。因得贺龙校长大力支持，马教员用毛驴驮着"边币"去天津买乐器和教具，委派教务主任肖秦同行。那时淮海战役胜利了，天津解放了。"我记得他俩买回一堆乐器，摆满教室！谁学什么、谁学什么，一边分类一边盘算。"

学员们挤在门口好奇地张望。"我和张正平窃窃私语，想学啥？马教员特意选了把小提琴递给我，陈光发，你学它吧！古旧的意大利名琴，瓜奈利？阿玛蒂？我听话地小心翼翼接过来……"

那个年代国内没有专业工厂制造西洋乐器，这些大部分是从旧货市场、寄卖行一件一件挑选来的乐器。"我跟董教员学小提琴；马教员是全能型教员，二胡、笛子，还会拉小提琴。"马教员上课拿着本册子教《乐理初步》，二拍子一上一下，可以直着打也可以斜着划；三拍子画三角形，"四拍子咋个打？下、斜、横、上，《国际歌》拍子就这样打。"单为小娃娃成立了一个普通部，"栗茂章当主任，他爱人徐琪是戏剧部的教员，徐琪和肖孟都是我的入党介绍人。"

第一期总共招了五百多名学员。"我记得 1949 年的'红五月'我们二部联合临汾师范、临汾中学师生在大广场纪念'五四'青年节。现在想起那个情景，凡有大活动，我都在前面指挥全体学员唱歌。那都不叫唱，扯着嗓子，吼！"五个多月学校生活，所有学员都很用功，"早晚练声练乐器，半天上专业课，半天学习讨论，开大会听报告。'团结、紧张、严肃、活泼'生活很充实，我觉得很开心、很舒心。"第一期学员结束培训，一张印有校长"亚马"蓝色签名手迹的证书捧在手心：西北人民艺术学校第二部毕业证书——本校第壹期学员，校长亚马，音乐部主任朱丹（西），副主任陈播，一九四九年五月十一日。将满二十二周岁的陈光发有些小激动，在西北艺术学校二部大门口照了张集体合影。"正是青春年代啊！这批学员有的报名上前线，在部队搞美术、做宣传。我们区队长这一级留校待命，准备前往西安。"

西安解放了，那日大部队行军到河津渡准备坐木船过黄河，"要说真的很巧，在山西这头黄河岸，我们遇到了贺龙校长！肖孟、徐琪、栗茂章原先都是战斗剧社骨干演员，围着贺校长亲亲热热说话，我在人堆外面歪着脑袋悄悄瞅，他就是传说中的贺师长？我们的贺校长！这么近距离，我像在做梦……"贺龙跟肖孟说，希望你们很好地办学校，西北艺校要多为我们部队培养艺术人才。陈光发傻乎乎地站在贺龙身边，好想冲过去跟神一般的贺校长握握手，但怯生生地不敢上前。

从山西渡黄河进入陕西步行到了蒲城，"一个空空荡荡的破旧学校，大家很疲累，需要马上休息原地待命。"美术部学员提着颜料桶四处刷标语，"军民一家人""跟着共产党走""人民军队严守纪律""解放军爱护老百姓"……音乐部和戏剧部创排秧歌剧《担水前后》，两个战士给大娘担水，想办法取得老乡的信任，搞好军民关系。"我和任思明饰演战士甲乙，哪个演的农家大娘？徐琪。三人一台戏，我只有台词没有唱段。"这部小戏演出以后，老百姓反响强烈，军民关系越来越亲密。

因为合演《担水前后》，音乐部的陈光发引起戏剧部两个教员的注意，一个是演戏的徐琪，一个是排戏的苏玲。她俩都很好奇，陈光发你在台上担水的身姿啊台步啊感觉那么好，你过去在干什么呀？"我说过去的事情不能说、不想说。啊？我当学徒整整担了两年水。我们就是摆摆龙门阵，她俩非常感兴趣。又问，你想没想过入党问题？"陈光发说在临汾"五四"大会光荣入团，介绍人是马教员和肖孟（朱丹西的爱人）。自己早有入党愿望，申请书写好装在口袋里，觉得自己还不够格……苏玲和徐琪当时就让陈光发把入党申请书交给她俩，"在蒲城休整期间，我印象最深就这件事。"

打前站的同志进入西安负责选择校址，西安城南十来里路的王曲镇，现在属于西安市长安区。黄埔军校第七分校旧址，校园空空荡荡。"西北军政大学校长还是贺龙同志，下设军政学院、财经学院、艺术学院，因我党和苏俄的关系，还有个俄语训练班。我们驻地在兴国寺，大门上挂牌'西北军政大学艺术学院'。马上登报开始招生，青年报名非常踊跃，贺龙校长名扬四方！"

西北军政大学艺术学院同设音乐、戏剧、文学、美术四个部，原西北人民艺术学校二部的四个分部主任和区队长以上所有干部全部到岗。第一期招生大概五百人左右。陈光发从音乐部区队长转任音乐部干事，一孔窑洞、几张桌子、几个凳子，还有个干事李成业搭档，工作好多了。在胜利的歌声中进军西安，安春振写了首《欢庆胜利》，全校师生都会唱、都爱唱："秋风扫落叶 / 胜利接胜利。全国人民都欢喜 / 你欢喜我欢喜。"1949

年夏天全国很多大城市已解放，好多新歌红歌师生集合唱、行军唱，开会相互拉歌也在唱。

这所大学 4+1 普通部的小学员每天在操场坝，一手叉腰一手舞着杆杆儿，敲手敲脚跳霸王鞭、扭秧歌打腰鼓。"我们干什么？天天上课练琴，音阶、琶音，学着拉一些简单的歌曲乐曲。"安春振又写了首《西北军政大学校歌》，"前进，前进，新时代的青年……我们是西北军大的学员……毛泽东的光辉照耀我们，贺龙将军指引我们向前，为了和平、为了人民的解放……"九十三岁的陈光发记得住这首老歌，挥手打拍子，歌词音调基本靠谱。

开始准备迎接 10 月 1 号共和国成立，西北军政大学全体师生步行到西安城里参加庆典大会。艺术学院五百人的队伍引人瞩目格外抢眼，那天指导员王道一委派陈光发身披值星绶带，很神气地行走在音乐部方阵前。"我们一路上边唱边走、边走边唱，前面抬着毛泽东、朱总司令巨幅画像……"从兴国寺走到城里已近中午时分，开国大典在 1949 年 10 月 1 日下午 3 点钟大会主席台两侧高音喇叭里传来北京的声音，"毛泽东宣告：'中华人民共和国、中央人民政府，成立了！'我们听得热血沸腾激情奔涌，使劲鼓掌欢声雷动！"

大会结束返校途中，天气骤变"哗哗哗"下起雨。"简直瓢泼大雨！关中的秋天，很冷啊，我们穿得单薄还没换冬装，淋得像落汤鸡一样！"后勤主任祁云初（红四方面老红军，后曾任四川美术学院院长）怕学生淋雨感冒，用十斤红糖十斤生姜熬了一大锅姜糖水。五百多号人端着口盅到食堂大锅里舀滚烫的姜糖水喝，浑身立马暖和了。老祁用自己的口盅舀了满满一盅递给陈光发，"这个印象太深太深了！他悄悄跟我说，光发，好消息！你入党了！肖孟要找你谈话哩，我心里特别感动。"正是中华人民共和国成立之日，肖孟站在窑洞门口笑着说，党组织批准了你的入党申请！徐琪和苏玲两个同志是你的入党介绍人。你的入党时间，很好记，从今天、从 10 月 1 号开始吧！"她说了这么多，我只会说，谢谢！那一晚我脑子里翻江倒海想得特别多，想到受苦的日子，躲日本鬼子，逃出难童教养院，在丝线坊当学徒……10月1日是我获得新生的开始。这是值得记忆的一件重要事情。"

1949年"十一"之后学习时事，读的文件，念的报纸，基本内容都围绕毛泽东、朱德发布的命令：向一切蒋管区进军，宣告：解放全中国！请了个教员来讲地理知识。"我们都在准备着，两个方向：进军西北，进军西南。教员重点讲到四川，这个地方文化怎么深厚，有什么风俗习惯风土人情，地方土特物产怎么丰富……我印象特别深。"全校都传开了：贺龙校长要来作动员报告！那天，王指导员又特别让陈光发佩戴值星官绶带，带领艺术学院队伍走进大会场。照例又是互相拉歌，"我尽量发挥自己学到的一点所谓指挥专长，在队伍前面定调起音先唱校歌，又唱《义勇军进行曲》《解放区的天》《三大纪律八项注意》，《团结就是力量》分成两个声部轮唱。我指挥得胳膊都酸了，大家都冲我直竖大拇哥！"

1949年11月28日，贺龙校长在西安王曲西北军政大学作进军大西南的动员报告，"我们一激动，全都站起来了。贺龙讲话休息时，有个学员突然跳上台，请求校长题字签名！贺龙拿起钢笔唰唰龙飞凤舞四个字：革命到底。"这个胆大冒失之人是音乐部学小号的田书圣，陈光发作为值星领队有点害怕，你真不守纪律！"我记得最清楚的是贺龙讲的那句话：我们这一辈子要把仗全都打完！要让我们的子孙后代过上和平安宁的幸福生活。这在我的笔记中是非常重要的一点。"

贺龙讲话动员后全校顿时沸腾起来。写申请、打报告、交请战书，"干吗选择南下？可能我当时希望走得越远越好，何况教员又把四川那地方形容得特别好！"1949年11月9号接到命令宣布名单，艺术学院从临汾二部过来的区队长以上的骨干基本都编进了花名册，音乐部有陈冰、邢学智等一百二十人。实验剧团选了几个戏剧系的尖子学生，"演刘胡兰的叫啥名？翟秋芳！还有吹笛拉板胡的王庚戌，后来去重庆歌舞团那些人，哎呀——好多人名字都记不清了！"

12月9日从西安坐火车到宝鸡，"我除了行装干粮，还背着我的小提琴，大多数人配了长枪，我腰里别着一把'连枪'（连级干部标配手枪）。"

从宝鸡下车步行到秦岭脚下，紧跟着开始爬秦岭。"那晚漫天飞雪没膝，原地休息夜宿秦岭！"陈光发写过一篇文章《风雪过秦岭》讲述当年的情景，"大家背靠背坐在背包上打盹儿。肚子饿了啃一口干粮；嗓子渴了，吞一把白雪，冷炒面就着冰雪，还要轮班放哨，在秦岭上度过了一个难忘的不眠之夜。"

第二天翻越秦岭下山后路过张良庙，这座古建筑坐落于秦岭南坡的紫柏山麓，位于汉中留坝县城外庙台子街。在张良庙原地待命，吃上一顿热乎乎的馒头稀汤粥。休息一天继续前进，又到了一个地方，"那巨石上写着'萧何追韩信到此'！我很惊讶，这一带很多三国古（遗）迹，根本没时间细看。穿过剑门关，这下算是入川了。"上面命令轻装前进，大家换上布鞋，把毛皮鞋全甩了。"我们跟在大名鼎鼎的 18 军团后头，这一路没遭遇伏击阻截，没有敌我双方交火打仗。国民党残部可能跑到成都以南最远的西昌去了。"

入城典礼初识吉祥

　　1949 年冬天的成都，白色恐怖非常严重。国民党政权在大陆接连崩溃，保密局秉承最高密令，将西南各地逮捕囚禁的共产党员、民主党派成员、革命青年和爱国志士全部秘密处死。继 11 月重庆渣滓洞白公馆疯狂大屠杀之后，又在成都制造了震惊全国的"十二桥大惨案"（又称一二·七大屠杀），这个黑夜距成都和平解放，只有二十天！

　　赵溥（子博）头年突然辞官不做会理县长，实际就为准备迎接成都解放。那时他的地下党身份还未暴露，经常要去祠堂街《星芒社》开会。那天谈完事正往外走，只见院里几个人探头探脑，有个戴鸭舌帽的冲他恶声恶气问，赵溥在哪儿？啊？哦！他刚刚还在"利合森"吃面……赵溥灵机一动指指那边，便衣特务紧着朝外扑。"我记得那天九哥跑回金河街，神色紧张不安满脸煞白，那口气还没喘匀。"第二天报纸登出《星芒社》被查抄的消息，"如果不是九哥反应快，遭特务堵在院子里没跑脱，他可能也成了'十二桥烈士'之一。国民党都疯了！有个（川大）女学生并不是共产党员，只不过手头拿着一本艾思奇的《大众哲学》，结果被抓进去在十二桥杀了！白色恐怖真的好恐怖！九哥天天叮嘱我们，一定要把细，一定要小心！"

　　赵溶高中毕业连考三年没上大学闲在家，她和孔三姐的小姑子赖瑞丰是同学，经常住在孔三姐家。有天赵溶正要出门，赵淯好奇地问，你一天到晚神神秘秘跑进跑出干啥？三妹悄悄问二姐，你想不想参加进步组织？

"我想都没想马上表示，我愿意！"那个夏天暑假期间，赵湝和赵溶、赖瑞丰秘密参加民盟活动。"经常换地方，有时在吉祥街向家公馆，看家的是个银行职员纪先生，他是留守成都的民盟成员。"1949 年 11 月以后，全国形势、西南时局已非常明朗。成都民盟负责人之一刘诗白（他夫人柴咏是赵湝在成县女中的高班同学）提出要搞些活动准备迎接成都解放。赵湝自觉参加民盟秘密组织合唱团排练，"有很多进步歌曲，'你是灯塔……'、《团结就是力量》；还有我的艺专同学罗忠镕写的《山那边哟好地方》，我和邹鲁负责排练，我当时还不知道他是地下党员，党派他到民盟组织活动。"

在我党正确政策的影响和我军的强大攻势下，国民党高级将领刘文辉、邓锡侯、潘文华等宣布起义，12 月 27 日成都和平解放。12 月 30 日在成都市民的热烈欢呼声中，贺龙亲率人民解放军一野 18 兵团举行盛大的入城式。

陈光发和赵湝，亲身经历了成都和平解放前后的重大历史时刻。

陈光发清楚记得，他们步行秦岭南北通过剑门关，真是冷暖两重天！"我们贺龙校长发出命令：马上进成都参加入城式，美式十轮卡车把艺术学院这批人送过去。我们开心又得意，从广元风驰电掣般拉到新都，解放大军总部设在桂湖公园里，艺术学院被安排进驻三河场。"马惠文教员负责乐队排练，这支临时拼凑非正式编制的军乐队，只是一个中西混编的管弦乐队。铜管木管、大号小号、大提小提、二胡板胡、长笛短笛竹笛，一起上，很带劲儿。

1949 年 12 月 30 日成都解放，欢迎解放军入城式，太壮观太震撼了。"平生第一次参加这么大型的庆典活动。那天临出发之前，我们集合列队在坝坝头先演奏了《解放军进行曲》和《三大纪律八项注意》两首曲子，贺龙校长听了特别高兴，冲我们比大拇哥。他亲自率领部队，乘坐第一辆吉普车，紧接着我们艺术学院仪仗队大卡车浩浩荡荡出发了。我在第一辆卡车上，前面有毛泽东画像。"同一辆车上有吹黑管（单簧管）的邢学智、任耀先，吹拉管（长号）的李自元，吹小号的田书圣，吹（长）短笛的王庚戌，还有拉大提琴的任思明，我和张正平拉小提琴……网上可查到珍贵老照片：毛泽东画像打头的卡车上，在驾驶室门边的脚踏板上，有位青年军人欢颜绽放笑容灿烂。"我一眼认出他就是董起嘛，我们的小提琴教员！"

陈光发曾看到报刊登载马识途老的回忆文章，"他说那天欢迎解放军入城式，用的国民党留下的军乐队。这个说法有误，应该予以纠正。我是亲身经历、亲眼见证，还有当时的照片当时的人，我们乐队起码有一二十个人在卡车上演奏……"可以十分肯定，解放军入城仪仗队车头上方的毛泽东像和朱德像，那是西北军政大学艺术学院美术系师生在新都驻地临时赶工绘制。"我们艺术学院仪仗车队后面，紧跟着十八军团大部队步行。只听马路两边人山人海欢呼声声：欢迎解放军。在乐队演奏停歇间隙，下面成都市民的歌声钻进了我的耳朵，有一首唱的是'八十万人民喜洋洋'。成都只有八十万人？这是我当时听到的歌词。"

从北门驷马桥一路往南进入城区北大街、后子门、现在的人民南路，拐向东又去了盐市口、城守上东大街到了走马街、督院街，解放军入场仪仗队行进至省府大门口全部停下来，新牌子"成都军事管制委员会"十分醒目。很多老成都人至今念叨，中华人民共和国成立之初，这是成都"补办"的一场盛大的国庆典礼！"打前站的同志安排我们进驻吉祥街一个大院，我们赶着排练小节目。两天之后1950年新年第一天，我们在街头宣传演出，打着'成都军事管制委员会文工二队'大旗，军装、胸章、臂章上是'中国人民解放军'，引来市民群众围观……"

陈光发记得在成都市商业街励志社大楼隆重举办的"庆祝元旦联欢会"，贺龙代表军方和四川成都地下党负责人正式会面。同马识途一起陪同贺龙同志的中共川康省委主要成员中，有一位特殊人物：赵溥（子博）。他无论如何想不到，在舞台角落那个作古正经拉小提琴的青年，后来会成为自己的二妹夫；陈光发也无论如何想不到，在贵宾专座里那位严肃冷峻面无表情的首长，后来会成自己的大舅子。赵淯后来听七嫂说，那天两个解放军进了金河街88号院，她遭吓得心慌，还默到（以为）赵溥要遭？结果听到他们在屋头有说有笑，一起坐着吉普车走了。"原来九哥不是被逮而是被邀请参加元旦晚会！"

这个元旦晚会等同四川地下党和入川解放军的联谊大会、会师大会。"我们演出小秧歌剧《华阴桥》，讲解放军侦察员在延安华阴桥抓舌头的小故事。还闹了个笑话，演员一不留神把手榴弹扔下舞台！滚滚滚，滚到前排主座首长面前。演员在台上吓傻了，我们的心也提到嗓子眼儿！结果贺龙校长一弯腰捡起手榴弹，假的嘛，他轻轻一抬手丢回舞台，笑呵呵说了句，继续演吧。"

成都和平解放，吉祥街刘家大院的民盟合唱团大张旗鼓公开排练。赵渭正式宣誓，入盟介绍人是张松涛。那天她正在院坝头指挥排练《八路军进行曲》，一群解放军前呼后拥走进大门。"我马上做出手势：停。走过去打招呼，大家鼓掌欢迎解放军同志。"这群不速之客里有陈光发吗？应该不在吧？那都是打前站的同志。毕兴教授至今记忆深刻，头一次见到这位女指挥，可了不得！那天赵渭披着齐肩大波浪卷发，深咖色毛呢大衣配米色短靴，太耀眼、太妖娆、太洋范儿。可能因为第一次见到解放军，她有些羞怯，有些激动，满脸绯红两眼放光显得格外美丽动人！

中国人民解放军成都军事管制委员会文工二队，简称成都军管会文工二队，主要成员为西北军政大学艺术学院南下入川人员，还有原自由剧社演职人员。1949 年 12 月 30 日—1950 年 7 月中旬驻成都吉祥街西口与同仁路相邻的大院，今吉祥大厦位置。隔壁大院是战斗剧社，贺龙直系亲信文艺兵。"我们开始招兵买马壮大队伍，成都当地青年十分踊跃。黄虎威，我记得最清楚的是他，本已考上四川大学，喜欢音乐跑来参军。还有两个川大学生，一个莫沙，一个柯斧，我都记得呢。还有省立艺专美术科刘国枢，后任教四川美院，他是大型泥塑《收租院》作者之一。"

那天报名处叽叽喳喳来了一群女娃子，成都女子职业学校的韩立文、刘琼芳、洪子莲（后来嫁给戏剧部著名演员孙斌），她们热情推荐该校音乐老师。谁？江隆浩，"我的艺专老同学，后任川音教务主任。他已结婚生子家庭拖累比较重，所以选择不到文工二队，结果他又推荐了我。"江隆浩最了解老同学，赵淯喜欢演唱不喜欢教学。他告诉她解放军文工二队招人的消息。啊？太好了！他带她去吉祥街，马惠文热情接待。马教员正在和王泰兰恋爱。马惠文曾任川音副院长，王泰兰又是赵淯最早的声乐学生，她们师生友情持续半个多世纪一直到现在。

赵淯当时还在培英中学教书，已接到下学年的聘书，同时树德中学、成县男女中学、省立中学（幺弟赵江、小表哥沈麟曾都曾就读该校），成都最好的几个学校也都给她下了聘书，所以内心非常矛盾。参军到文工二队是供给制，继续教书有薪酬收入，省立中学比培英中学工资还高，好纠结！那时全中国歌舞表演艺术专业团体，北京上海少有。何况四川这种地方，即便省立艺专毕业的高材生也只能当个"叫咕咕"（本意"蛐蛐儿"转"教师"之意），赵淯是有多么不甘心啊！

前思后想考虑再三，还是参加革命好吧？有机会上台演出，"我九哥已公开共产党员身份，他鼓励我，在艺专学音乐，参加文工二队是很好的选择。本来我最听九哥的话嘛，他的意见很重要。"那时七嫂对赵淯说，她没能力再管赵洵，你要走就把妹妹也带走吧。赵淯向安主任表示愿意到文工二队来，但要带个妹妹，可以吗？其时，经中共川康省委重要成员赵溥的关系推荐，已连续三年没考上大学的三妹赵溶入读革命大学。五妹正在上小学，仍归二哥二嫂管。"你说妹妹（四妹）好遭孽（方言"可怜"之意），我不管她咋办？"

安主任满口答应说没问题，文工二队接收了很多小姑娘，可以放心大胆带上四妹住进吉祥街，"大家都打地铺。在山西参军的小姑娘刘芳担任这批新参加人员的组长。我们这组有戴世清、罗念云（笈小娴之母）、袁开勲、刘琼芳、韩立文等。"文工二队吸收民办的自由剧社，导演高伯功小有名气，自由剧社演员非常棒，李沛、孙斌（后来非常出名），还有王啟东和其同父异母的大哥王恒，"王恒在自由剧社很厉害，王氏兄弟的小妹妹王晓东后来主演过民族歌剧《白毛女》。"

开始参加文工二队要求填表入伍，赵淯想爹爹已走了十年，他生前不过当了个省府的秘书长，那就填写"官吏"？安主任说，这么大官咋会是官吏哦，要填"官僚"才得行。赵渮很心不甘情不愿，我们兄弟姊妹这十多年过的啥日子？官僚子女？这么惨?！"幸好爹爹从不买房置地办产业，否则还得写'官僚加地主加买办'，我的家庭包袱岂不背得更重？"上面并未宣布赵渮具体担任什么职务，只说大学毕业生享受排级待遇，这些新兵当时都穿着自己带来的夹旗袍啊、呢大衣啊，大概 3 月以后才统一发服装。文工二队改为地方待遇，原先那种军服全部换成蓝灰色列宁装。

赵渮换上统一制服有些不适应。"那天正朝门外走，迎面遇上战斗剧社的罗宗贤，他过来找熟人，看到我忍不住夸了几句，你们这个服装很漂亮，赵渮你穿上这身很精神！"在文工二队新招人员中，赵渮可能是唯一的音乐专业科班出身的女大学生。她性格单纯开朗直率热情，二十三岁的女教师已然是成熟女性。很多南下干部对赵渮都抱有相当的好感，她和北方来的女干部，实在太不一样了。从解放区过来的女演员嗓音清脆明亮，赵渮学的西洋唱法又是个正统 Alto，怎么唱刘胡兰、白毛女？"教务主任肖秦一个劲儿劝我改嗓子，别再唱'口含橄榄混沌不清'的声音。肖秦把赵渮带到隔壁院里找罗宗贤，他那儿有很多新唱片，李群唱的《翻身道情》、郭兰英的《妇女自由歌》……希望我好好向她们学习。"

因为肖秦要求赵渮改唱法，带她去罗宗贤那儿听了很多唱片，两个人才互相认识互生好感，这种纯洁的友谊后来并未进一步发展。罗宗贤非常欣赏赵渮，他专门为她写了一首歌："豆藤串蔓……"歌颂共产党和老百姓的亲密关系，这首歌并未流传开。"我感觉他是非常有才华的，《刘胡兰》唱的'数九（那个）寒天下大雪'多好听！还有他后来写的《岩石滴水》《桂花开放幸福来》，歌剧《草原之歌》等，哪个不是高水平?！"罗宗贤当时已有未婚妻，他一门心思想把赵渮"塞"给老乡李桐树。他们这拨从河北参军的还有后来演电影的田华、高保成和栗茂章、徐琪夫妇。李桐树学过大提琴，他性格开朗非常热情，赵渮不想再找个"赞翎子"（"风头"之意）。李桐树后来写过很多军乐名曲，还有电影音乐《地雷战》，曾任总政军乐团（副）团长。如果当初赵渮嫁给他，早就到了北京。又是命！提到听唱片的事，马上想起另一件事，"德哥从印度回国给我带了个英国老式留声机和一摞唱片，全是外国歌剧艺术歌曲。文工二队一穷二白，我就捐出来嘛，安主任在大会上专门表扬了我。"

那天文工二队发服装，肖秦主任上台讲话，你们参加革命队伍，思想必须转变，形象也要转变，要变得像个革命军人。"我都记得很清楚，他说，服装也能体现革命精神，所以希望我们艰苦朴素穿着简单；还说，你们不要再搞资产阶级小姐那一套'烧焦的头发（烫发）过河的腿（穿裙子），捞鱼的胳膊（短袖）吃死娃娃的嘴（口红）'。"这通训人还合辙押韵？好吧，从此不穿旗袍连衣裙，只穿统一制服。赵淯又被喊去量体裁衣，排级待遇多了一件合身的衬衣，"我的爱美之心焉能说灭就灭？清一色灰蓝列宁装，还要把花衬衫领子翻出来，好看……"

赵淯这把嗓子莫法上台独唱，领导让她担任合唱指挥，"马教员让我排练革命歌曲，好多也是民盟合唱团都排演过的'你是灯塔……'。还有刘炽的《工人大合唱》，陈光发担任男高音领唱，'我们是工人阶级，是劳动人民的主力'。有个民盟朋友说，看你指挥特别精神，好像比听你唱歌还带劲、还过瘾。在艺专我并未正式学过指挥，但学声乐的指挥上手很顺。"

成都军管会文工二队正式排练公演的第一部歌剧《刘胡兰》，女一号翟秋芳，男主角李鸿文（后同赵淯四妹夫王启东胞妹王晓东结为夫妻），张嘉一演石头，刘莲池担任导演。陈光发当时任学员队队长和支部书记，他在乐队拉小提琴，刘莲池看他模样周正嗓音清润，虽个头不高却十分匀称，便让他饰演民兵队长。他的表演似不如在秧歌剧《担水前后》那般活络自然，"打狼！打狼！"一遍一遍举枪冲上台，一遍一遍遭刘导吼转去。大家在边上围观，赵淯也在人堆里捂嘴偷笑，陈光发感觉狼狈得很！

1950年2月民族歌剧《刘胡兰》在成都东丁字街华瀛大舞台演出多场。赵淯在舞台下面参加合唱。"老实说，他们在根据地演歌剧，哪有这么好的舞美装置？演出效果相当不错哦，观众之踊跃、之热情，可以说场场爆满，所有过道都坐满了人！我最喜欢剧里那段'同志们别流泪！'……"

双城办学双喜临门

1950 年 7 月文工二队接到通知：遵照贺龙同志指示，开赴重庆创办西南人民艺术学院，办学宗旨是为部队文工队、宣传队培养有文化有水平的成员。夏天，赵淯姐妹随队离开成都。全川未通铁路，大队人马分乘军用卡车，从蓉城前往山城，中途在内江歇了一晚。"我记得有个人叫姜格礼，他私人有辆美式十轮卡车，带着这辆车参加文工二队。我们在温江演歌剧《刘胡兰》，他用这辆车拉过道具。开着这辆车，他带着全家人跟我们去了重庆。"

第二天大队人马到了重庆，开初暂驻求精中学。正是放暑假期间，校园空空荡荡很清静。"大门出去下个坡是嘉陵江，大家闲来无事在江边散散步，看看风景。山城果然和蓉城全然不同，爬坡上坎曲里拐弯。"那天美术（部）系教员吕琳端着照相机四处晃悠，看见陈光发在操场溜达，说，天气这么好，我给你拍张照片？陈光发马上乐呵呵对着镜头摆 pose，留下非常珍贵也很有纪念意义的一张照片。在求精中学时还有一件事，"马教员督促我练好一首山西民歌独唱，他总觉得我应该在声乐上有发展。如果按他的想法，送我去中央音乐学院进修，大概可以和孟贵彬（著名前辈男高音歌唱家）两个拼一拼。"

西南军政委员会为西南人民艺术学院举力拨款，贺龙和刘伯承、邓小平共同"掌权"，一言九鼎说话算话。从求精中学搬到九龙坡黄桷坪，"西南人民艺术学院"大牌子就张挂出来了。原西北军政大学艺术学院音乐、美术、文学、戏剧四个部主任，原班人马继续担任西南人民艺术学院四个系主任：音乐系——安春振、戏剧系——刘莲池、美术系——吕琳、文学系——石丁。实验剧团以自由剧社为主，马惠文担任团长。早先负责后勤的祁云初负责基建工作，教室、伙房、学生宿舍等都是过去的旧房子。北坡正施工新建一个行政办公楼，打算把教务处、人事处、政治处、辅导处都集中在一个楼里。

前半年都在做开学前的准备工作。院里抓紧时间派人到上海，采购教学用具和乐器，马惠文带队。"我们还是称他马教员，我代表音乐系，美术系是文进魁，李沛代表戏剧系和实验剧团，还要代买文学系的图书资料。"四个人带了一箱子钱币，陈光发负责保管并负责公款开支。从重庆坐轮船到了上海。"我们住进四川饭店，上海文教部门一位同志负责接待我们。2019 年去北京，我才知道当时接待我们的同志，竟然就是罗忠镕！赵沨的老同学嘛。"罗忠镕主动兼任"高级参谋"，带着他们跑遍上海文化用品商店和旧货寄卖行，"我们需要买的全都买到了。铜管乐器大号（土巴）、长号、圆号、小号，还有大中小提琴、贝斯（倍大提琴），还有定音鼓、小军鼓等打击乐器也买全了；十二台立式钢琴全是外国货。音乐系买得最多，我说这下可以装备几个交响乐队了！"美术系主要买画笔、画板、国画油画颜料，大大小小的石膏像……全部清点、验货、开发票。所有物品装箱运到港口装上轮船，"一个小货轮，从上海运往重庆。还有些住店手续结账等杂务，文进魁留下来晚走两天。我和马惠文、李沛三个人跟着货轮离开上海，一路沿江往上走。"船行临近武汉，马惠文突然想起来，还没买到单簧管（clarinet）和双簧管（oboe）两种木管乐器。上海经销乐器的商人推荐介绍，广州有印度人开的乐器店比较全，马惠文决定让陈光发在武汉下船坐火车去广州。

11 月初冬的武汉，天气寒冷开始飘雪花。陈光发到了广州，"那个地方好热啊！走在大街上，别人都那样看着我，这个人疯疯癫癫很奇怪呀，咋还穿着棉大衣？"棉大衣脱掉里面还有棉裤棉袄！在广州大街上走得浑身冒汗，打听打听，总算找到那家印度人开的乐器店，"德国货，原产单簧管、双簧管，贵得很啊，一支管管就是一部钢琴的钱！买不买？买！总不能缺了这两样。"赶着坐上火车回到武汉，搭上回重庆的轮船。基本上和前头马教员带的货同时赶到重庆。在朝天门码头，西艺派出的车子和搬运工已在等候，大家一起搬运、装车回学校。"这趟花的钱，所有账目手续一清二楚，我们没乱花一毛钱，也没一点差错亏空。"开办西艺初期，陈光发跟着马惠文几个人跑了趟上海为建校做了这么一件事。

这件事圆满结束。一个震惊全校的事件发生了！音乐系教员董起因恋爱问题，在冲动的魔鬼驱使下，做了一个革命军人不该做的事情，开枪打伤人事科长肖孟。最后跑到学校后头站在高岩上大喊一声：再见了！朝自己开了一枪栽下去……陈光发又惊恐又愕然，赶到医院看望肖孟同志，"她刚动过手术，子弹没伤到心肺没生命危险。"从此西南人民艺术学院再无董教员！"真可惜，他那么有才华，小提琴拉得特别棒！我最喜欢的歌剧《刘胡兰》'同志们，别流泪！'就是董起作曲。"九十三岁的赵湑提到董教员，忍不住感叹唏嘘。

1950 年冬天，西南人民艺术学院上上下下忙着筹备来年春天开学，需要请教员聘老师。"安春振安主任叫上我说，咱去听听这几个老师演奏吧！结果去到一个看守所，陈济略被关押在里面。"陈济略，曾任重庆伪电台音乐组组长、代理台长。可能是国立音专作曲系毕业的徐杰推荐他，"原电台有个民乐社，我记得陈济略又约了二胡专家张孟虚、笛子专家沈文毅，他们三个人在一个屋里演奏。"开始的曲子已经忘了，但后面演奏的《春江花月夜》记得很清楚，陈济略琵琶独奏《十面埋伏》《霸王卸甲》。"这些曲子我都是第一次听，感觉特别好。安主任悄悄跟我说，三个人我们都要了吧？请到艺术学院来！所有手续交由我负责办理。"

原西师教授罗宪君和李滨荪夫妇家在九龙坡没搬到北碚。有人又给安主任推荐穆志清先生，可能就是罗忠镕？穆志清，中国第一代西洋管乐演奏家教育家，曾在北京大学音乐传习所任管乐导师，在两个外国人组成的管弦乐团及马思聪组织的中华交响乐团任管乐首席。安春振非常信任陈光发，认为他待人接物细心周到，于是又派他带上一笔数目不小的路费，"这趟专门去上海接穆志清家眷坐船到重庆，新年前后枯水季节，江轮走到三峡，有一段路要靠岸边纤夫拉纤。"西艺特聘穆老去当教授，他高兴得很，一路上尽跟陈光发摆龙门阵，"他和两个老婆四个娃娃七个人，我给一家老小安排得很好，照顾他们睡二等舱。客船伙食不错，有鱼有肉有蔬菜水果，很丰富。穆先生当时已年过花甲。高兴起来顾不得看三峡沿岸风景，回舱房拿上他的黑管，在甲板上就吹开了，一串一串欢快的跳音，真好听！乘客都围过来给他鼓掌。"

在陈光发印象中，穆先生相当幽默也很健谈，"他跟我说，想起来当年的事情，慈禧太后招待驻华大使，他们乐队应邀参加聚会。在宫里吹个乐曲还得跪着，根本抬不起头，你想抬头，可能就要被杀头。实在是不像人、不当人！现在毛主席登上天安门上说，中国人民站起来了！我以后不光是当教授，我也可以站起来，好好培养几个学生。"穆老的三女儿穆南平对一身戎装腰别手枪的青年陈光发印象深刻，她记得陈叔叔在江轮上领着穆家孩子唱"解放区的天是明朗的天……"，欢歌笑语恍然如昨。

那条客轮在长江上整整走了一个礼拜，穆先生向陈光发敞开心扉畅所欲言，很多故事非常传奇，可以编写一本小书。"我当时是那样想啊，后来工作忙起来，哪有时间精力？现在更不可能做这件事，很遗憾！"终于从上海到了重庆，陈光发一直陪着穆老先生安顿好家。"我领着穆老走到西艺大门，他站在大牌子前看了很久。大门对面南坪的教授小洋房，那就是他的家。"安春振要求陈光发晚上陪他到穆家看看穆老先生一家人。"安老头儿刚一进门，穆先生几步上前紧紧握住他的手，激动得话都说不出来。我总算有了一个自己的家。他跟安主任介绍：这是我的两个娇妻。我心头暗笑，娇妻？两个小老太婆！我们有说有笑摆龙门阵，穆先生很幽默说，我把自己的身家性命，全交给西南人民艺术学院，我要为这个事业做贡献。"这是陈光发接穆志清一家人到学校的一段难忘经历。

1951 年山城的春天，花红柳绿生机勃勃。西南人民艺术学院开学前所有准备工作，应该说基本都齐全了。入学通知分发到各大军区野战军，

"刘邓贺部队文工团、宣传队文艺骨干。要求排级干部以上才能送进来。"从临汾、西安、成都新招的学员，全都编入第一期专科班，音乐系大概二三十人。赵淯的妹妹赵洵和成都参军的黄虎威、王啟东，陈光发的山西老乡张庆华，陈冰、邢学智等这拨人到了重庆，从头年10月开始上课，他们都在本科班。"李兴文在文学系当干事，毕兴和韩立文在院部教务处辅助工作。这批学员后来大多留在西南地区工作，基本作为成渝两市文艺团体骨干。"

赵淯和欧阳琦琛、杨雪帆都是音乐系研究员。"欧琦琛个子高挑，身材特别好；杨雪帆皮肤雪白，大眼睛圆圆脸，很漂亮。她是省立艺专我的低班同学。"陈光发也早认识杨雪帆。成都和平解放文工二队准备招人，那个礼拜天，他一路散步从吉祥街到新南门外，省立艺专校园很清静。突然工字房传来优美的琴声，陈光发觉得稀奇，走近一看，有个女学生在教室里弹琴。可能发现外面有人，琴声停了，陈光发说我们不影响你，再弹一首曲子好吗？"第一次听《渔光曲》，好优美的音乐！我竖起大拇指，谢谢你，打扰了。她就是杨雪帆，老师是音乐科主任何惠仙。"杨雪帆来到重庆，原来那个听她弹琴的解放军同志也在音乐系。

音乐系聘请了国立音专毕业的陈世华（声乐）、邹家驹和赵玉华（基本乐科、视唱练耳）、徐杰（作曲）、毕受明（小提琴）等教师。1951年春节过后，新招的军队干部专科班正式开课。"开始我没教声乐专业课，跟赵玉华一样教视唱练耳。"安春振主任把赵淯调到音乐系干事室，如下分工：政治干事陈光发，管思想教育；教务干事赵淯，管安排课程、教室琴房；生活干事李自元，管学生伙食、分发生活用品。"我们三个干事关系非常融洽，互相之间的情况也都彼此了解。"西北过来那批人员和本科班学员保留供给制。所有专业任课老师改成薪金制。赵淯从每月五块钱卫生费变成工资四十八块钱。从此她开始月月往成都给七嫂沈洪霖寄十二元（1951—1954），一直寄到妹妹赵洵本科毕业的夏天。

陈光发的大哥陈光临写信说，自他离开磨涧村，原配妻子刘川枝生活不检点……这桩包办婚姻，陈光发原本十分反感抵触。想到母亲去世，这是陈光发最不能容忍也无法原谅的事。他写了封信向永济县法院申请离婚，很快那边回信同意判决离婚。前妻带着女儿另嫁他人，从此娃娃连名带姓彻底变更，陈民彩成了黄引引。陈光发要求离婚的信和法院回函，赵淯全文通读。"我们私信须经组织审查，我和小表哥沈麟曾的'情书'，陈光发哪封没看过？"

音乐系安春振主任十分信任陈光发，认为他是左膀右臂鞍前马后，老实忠厚好品格好脾气，"重要的是对领导言听计从，从来不说个'不'。但从不阿谀奉承溜须拍马，安主任咋会不喜欢他？所以才会派陈光发作为西艺唯一的党代表，进城参加党代会，听邓小平同志讲话。"安主任也欣赏赵淯高学历、懂业务、能力强，开朗爽快从不端架子，积极主动要求上进。重庆市召开西南文联第一届代表大会，音乐系只派安春振安主任和赵淯两名代表。"我记得报到那天，看见了我的小学同学、李劼人的女儿李远山！现在改名李眉，她负责接待各路代表，正忙得不下台。她问，你咋跑到重庆来了？我说先在成都军管会文工二队，然后到重庆在西南人民艺术学院。她说她和川大同学结婚了。我没结婚，男朋友都谈不上……"

1951年12月—1952年10月全国"三反""五反"运动波及学校。领导要求大家坐下来学习，音乐系却把赵淯赵干事当成批判对象。"你说好荒谬！我对看不惯的人和事直言不讳，我不满足只穿白衬衣，做了件苏联进口花布衬衣，那些部队干部学员看不惯，他们认为我是资产阶级小姐作风……"有个贵州军区过来的学员，经常跑到干事办公室找赵淯，还纠缠不休摆龙门阵，"我特别讨厌他，经常爱搭不理，可能得罪了他吧？在'三反'学习座谈会上，他对我大肆进行人身攻击……"立刻引起枫波同志的强烈反感和坚决反对，他也是河北参军南下部队来的学员，本名赵万堂。"他叫我赵大姐，我经常辅导他学乐理。何国文教他们作曲，他的主科是大提琴，我还给他推荐江隆浩老师。他是一个很正直很仗义的同志，忍不住站起来代表党支部（他是支委）发言，帮助同志可以，但你要这样进行人身攻击，不行！我反对！很多正义的学员纷纷站起来响应枫波同志，这个批判会，开不下去了！"

赵渝从未受过如此严重的伤害与打击，"音乐系支委张淑华（西康省军区送来的调干学员）下来安慰我、开导我，她说你不要和这种公报私仇、不懂政策的人计较，也不要伤心压抑……她完全懂那个龟儿子为啥要这样攻击我。"陈光发和李自元在会上都未响应那帮别有用心的人。平时赵渝和光发走得比较近，那个人在会上点名鼓动陈光发站出来揭发赵渝，陈光发根本不听、不理，只坐在一边冷笑。第二天本来还要继续开会批判赵渝。但院里已知道音乐系的事，朱丹（西）院长亲自到会场说"三反"运动不要搞偏了，这样的批判没有必要再继续。

有句老话叫棒打鸳鸯，赵渝和陈光发，原本不是鸳鸯，一顿棒打结果打成了一对鸳鸯。两个人初识吉祥街，在重庆西艺成了办公室同事。音乐系学习会开成批判会，赵干事情绪一度颓丧低落缓不过气儿，陈干事的表现带给她温暖和感动，他们在感情上发生了质的飞跃与变化。

暑期后西艺脱开西南军委管辖，正式划归文化部，参加全国大专院校的统一招生考试。面向西南地区，正式招收第二届本科生并纳入正规的四年学制，音乐系又聘请了冯荣中、刘安煌两位声乐老师。"我们 1952 年秋季招收的四年制本科生有毛继增（徐杰的学生），高力建、赵蜀中（大提琴），胡惟民、汪善修（小提琴），刘淑芳（钢琴），声乐有陈光远、周才佐等，还有跟着陈世华老师早半年来的唐美秀。我的第一名声乐学生也是我的得意高足霍爱华。"还有省歌保送的童兴华、贾中秀、黄怀仁（长笛）都是山西老乡来读四年制正规本科。

音乐系有琵琶教授陈济略，陈世华、邹家驹、赵玉华、徐杰是讲师，赵渝、欧琦琛和杨雪帆是助教。赵渝继续担任系干事，同时兼两届本科生视唱练耳课教学。开学不久，她把所有新生课表排好，琴房时间排好，安春振突然通知，在各系抽调人员到一〇一钢铁厂。"我感觉安主任使了个'调虎离山计'（赵渝本人属虎），原因嘛所有人心知肚明。我不想多说……"陈光发督促她，应该写入党申请书。赵渝 1950 年春天入团，早已超龄。在重庆参加工作的教师好几个相继入党，"我当时心头很'灰'，你们开我的批判会，我还来入党？他鼓励我说，这是态度问题。"

1952 年 10 月到 1953 年 4 月，赵渢在重庆一〇一厂（后为重庆钢铁厂，简称重钢）体验生活，向工人学习。美术系刘国枢等同行，总共六个人。"我们和重庆歌舞团下厂体验生活的创作人员、演员一起住在专门接待领导、记者、外宾的招待所。"赵渢被安排在该厂最重要的钢轨车间，天天下车间了解工人劳动情况。一〇一厂当时主要为修筑成渝铁路大量生产优质钢轨。因为没有最先进的机器设备，全部靠工人拼力气用手工把钢条放入轨道送入轧钢车间。高炉熔冶温度极高，工人在这种环境里工作非常不容易。一〇一厂办了份《钢铁报》，赵渢及时写报道，有些稿件送到厂里广播室。大喇叭一响，全厂都能听到，工人们大受鼓舞特别高兴。"老师傅一般谈不出啥东西，我专门采写了钢轨车间吊车组的奚组长，他年轻又健谈。青年轧钢工人李超跟我关系特别亲近，我们后来成了好朋友。我写了车间工人怎么工作、怎么辛苦、怎么做贡献……，他们为全川第一条正规铁路——成渝铁路早日建成付出了非常艰苦的劳动，我心里确实特别感动！"

前段时间赵渢低落的情绪，在紧张而充实的下厂生活中得到缓解。"工人对我特别真诚热情，我那些苦恼烦乱在这儿一天天消除了。"李超同志的爱人也在厂里当清洁工，他们夫妻住在新修的工人宿舍，"经常邀请我去宿舍品尝他们炒的回锅肉啊、青椒肉丝啊、家常豆腐啊。他们说，现在工人有吃有住，娃儿又在厂办子弟学校读书，这种生活在新中国成立前想都不敢想。他们对共产党是真心感恩！"于是，赵渢又把工人们的幸福生活、新中国成立前的苦难、新中国成立后的变化和感恩情怀写成报道，又登厂报又广播。"我要离开时，工人都很舍不得，两只手拉着我说，赵老师你要常来一〇一看我们哦！"

1953 年春天赵渢回到西艺。曾遭董起教员枪击的肖孟同志已调往北京舞蹈学校，陈光发从音乐系调至人事科接替她的工作。赵渢和欧琦琛、杨雪帆在新办公楼里系办公室工作，继续分担行政管理并兼视唱练耳课程教学。暑假之前正式通知：全国高等院校调整，西艺音乐系合并到成都艺专（原省立艺专），成艺美术系合并到重庆。暑期之后西南人民艺术学院将一分为二，这块牌子也将不复存在。重庆成立西南美专（1959 年更名四川美术学院，简称川美）；成都成立西南音专（1959 年更名四川音乐学院，简称川音）。

这段时间，赵沨个人完成了两件大事：一件是组织问题，她入党了；一件是家庭问题，她结婚了。

3.5

天成佳偶重归省城

从一〇一厂返校以后，小表哥沈麟曾正式向赵㴑提出结婚。"从我1948年春天艺专毕业到内江女师工作开始，我们两个保持通信关系差不多五年时间，终于开始谈婚论嫁。我内心很矛盾，小表哥从唐山交大毕业分到兰新铁路局，正在修建西安到新疆的铁路，已经到了甘肃天水，后来又修到兰州。那些地方没有音乐院校，我的专业、我的工作怎么办？"更重要的原因不是异地恋。沈麟曾有封信谈及：他的胞姐沈（叔）敏，希望他和邻居张五妹建立恋爱关系。他承认，在赵㴑未做出感情回应时，自己曾转而向张五妹求爱，写过若干封信，如石沉大海……赵㴑非常意外也深受打击："五年时间、亲戚之间，所有人默认我们的关系，你突然跟我说还给张五妹写过信，人家根本不理！太伤我自尊心了！"

赵㴑承认自己这边也有问题，同一个干事室天天面对面工作，陈光发很关心她，彼此印象很好。"陈光发是个正直善良老实本分的好人，有点愚忠，有点软弱，但他组织观念强，嘴特别严，从不背后议论别人。"赵㴑和沈麟曾包括和七嫂洪霖的通信，全都经过组织审查，陈光发是西艺最了解赵㴑的人。陈光发1951年春天离婚，他并未死缠烂打追求赵干事。只是经常找她摆龙门阵、讲故事，"讲得最多的是小时候，他吃了好多苦，受的哪些罪，童年如何可怜，读书多么艰难，日本人来了多凶险，在难童教养院多悲惨……"陈光发讲得泣不成声，赵㴑听得泪流满面。开始她对他非常同情怜悯，同情怜悯慢慢发生变化，两个人不知不觉好像灵犀相通，有了深一层的感情。

赵淯有自己的原则，恋爱可以自由选择，婚姻是终身大事，正式组建家庭关系下一代的幸福，"我必须找一个踏实可靠的人！"曾经赵淯确实把沈麟曾看作结婚对象，五舅一家人对她非常好，姑表兄妹青梅竹马。陈光发结过婚还有个女儿。最主要是年龄问题，他比她小一岁！非常纠结非常矛盾。看她终日苦闷烦恼，陈光发内心也焦灼不安，你要不要和沈麟曾继续好下去？她说，你比他更适合我。"这是我的正式表态，光发说，你不要再摇摆下去，脚踩两只船，感情问题总要有个解决的办法。"从文化程度上说，陈光发不如沈麟曾，但组建家庭选择一生伴侣，赵淯相信自己的选择没有错！她感觉陈光发更适合自己，他成熟稳重善解人意，很会照顾人也让得人。开玩笑恶作剧，你不说啥都能忍吗？用大头针扎他，忍着说不疼，"糯米性格好脾气好，道德品质也很好，虽然离了婚却不说前妻不好。重要的是旧社会他全家都是基督徒，从小受洗内心有爱。"终于赵淯下决心给沈麟曾写了封"绝交"信明确表示，她不愿意做个候补恋人……用现在的话说就是我不愿意当"备胎"！这封信，赵淯特意交给陈光发帮忙寄发，她想让他了解自己的态度和决心。"光发肯定心里好高兴。还说，你好狡猾呀！"

因全国高校调整，1953 年暑假期间，音乐系安春振主任等领导先行去往成都，所有教职工暂留重庆原地待命。赵淯下工厂之前，听从陈光发的建议递交了入党申请书。她在工厂表现不错反映良好，回到学校正处在组织考验阶段。"我跟陈光发说，我不入党就不结婚。我不想在政治方面落后，两人差距那么大！"8 月中旬组织宣布：赵淯同志成为光荣的中国共产党预备党员，预备期一年，介绍人是安春振和邢学智。"邢学智不相信我真的会嫁给陈光发。总跟我说，陈光发是老实人，赵淯你要慎重考虑，千万不要逗他玩儿……我逗他玩儿？两个人结婚六十多年，我逗他玩儿了六十多年！"

夏天"三大火炉"之一的山城酷热难耐。那段时间有点无所事事，赵淯天天躲在宿舍看小说，偶尔顶着烈日进城看电影。陈光发跟欧琦琛、何国文、周仕夫学打麻将有点上瘾。那个礼拜六晚上约好和赵淯一起耍，竟然忘得一干二净！“我在房间等他。结果等到九十点钟，他还在何国文房间打麻将！我明明听到人家问他，有点晚了，不打了哇？他多大声吼，再打几盘！”赵淯非常生气鬼火戳，嘿，放我鸽子嗦？太不像话了！第二天礼拜天，陈光发好像什么事情都没发生一样，早饭过来喊赵淯，“无论如何不得理他！这种人，谈恋爱约会都忘了，值不值得交往？起码要他长点记性，我就说，从此不得理你！”好几天硬是不理，陈光发只能求告检讨：我错了！原谅我，坚决改正。“我一下心软了，本来也只想怄一下、吓一盘他，没想真拜拜，我们就和好了。”

这个小插曲算过去了，下一个乐章开始。

上面通知9月底迁往成都，那边工作会很繁忙，马上请婚假不太合适。“我们决定，在重庆结婚吧。”

1953年9月19日，赵淯和陈光发结婚的大日子。

上午到九龙坡街道办事处正式登记领结婚证书，照结婚合影。虽无洁白婚纱也是新人新衣，新娘上身蓝灰列宁装翻着新做的东方呢花衬衣领，配深紫色新裙，新半高跟皮鞋；新郎一身簇新中山装、新皮鞋。两个人进城去亨德利店，用各自积蓄各人买了一只新腕表：新郎英纳格，新娘瓦斯针。陈光发精心保存的结婚证，现在已有些发黄，“重庆第四区人民政府”的字样和“区长杨道南”的签字手迹仍旧清晰可辨。

那年月、那环境，结婚怎么可能大摆筵席？“我们买了些糖果、水果、坚果（花生瓜子），开了个简单朴素的Party，请大家跳舞助兴。暑期学校很清静，我们音乐系的欧阳琦琛、杨雪帆，四妹赵洵和王啟东、刘琼芳、邢学智……同事朋友、朋友的朋友，还留在学校的文学、戏剧等其他系老师，基本全都来了，宾客满座十分热闹。”在结婚仪式上，请邹家驹老师当证婚人，宣布赵淯和陈光发结为夫妻。虽说陈光发是过来人，但两个人谈恋爱仅止牵手搂抱，啥都没做也不敢做，正式结婚才搬到一起。新的办公楼给了一间新房，祁云初尽心尽力为新人安排新家，买了婚床、书桌、洗脸盆架。"新房没有大小衣柜，两个衣箱摞在凳子上，反正马上要搬成都了嘛。"

赵淯带在身边的四妹赵洵正和同学王启东热恋；三妹赵溶早于二姐结婚，这桩婚事令赵淯一直耿耿于怀，"她不像我的性格比较冷漠，她那么开朗活泼，喜欢体育身体健康，而且待人热情周到，结果跑去嫁给一个老头儿！"

大概 1952 年冬、1953 年春？赵淯接到传达室电话，有位当官的来找你。"我哪认识当官的？赶忙跑出去，大门口果然有位首长，带着警卫员牵一匹大白马。首长过来握手，我是赵溶同志的爱人李春福。"赵淯有点愣，三妹的爱人？老头儿？还不是老头儿，赵淯觉得他像个，嗯，老婆婆。李春福表情严肃地问，你是赵溶同志的二姐，是否同意我们结婚这个事？赵淯不假思索脱口而出，我觉得你们不合适！两个人年龄差距太大，二十岁！"这不就和妈妈爹爹差不多？亲眼看到老夫少妻，妈妈一辈子不快乐，我不想三妹再把妈妈的悲剧重演一遍。"

赵淯的直率表态或许让李春福心头不舒服。老干部就是老干部，既不辩解也不反驳，照样温和平静地说，要代表赵溶同志表示心意，请赵淯和赵洵跟他进趟城。"好像不便拒绝。李春福把我们接到宾馆，一大桌菜好解馋！"啥叫吃人嘴短？赵淯不好意思再跟三妹说不合适、不得行，"再说三妹我未必管得到她。"背后的故事说来话长，赵溶革大毕业分到洪雅公安分局。她年轻漂亮有文化，某领导对她特别重视青眼有加，于是夫人醋海翻波撒泼打滚，赵溶百口莫辩不胜其烦。正好有位老大姐介绍眉山公安局李春福李处长，虽明知男方年龄偏大，但考虑在这儿备受欺负，我偏要找个管得住你们的人，嫁了，走了，窝囊气也出了！于是二十四岁的大学生匆匆嫁给了四十四岁的老红军。

前文曾提过一笔，李春福也是阆中老乡。他当年赶到南江县参加红军对年二十八岁，读过私塾已结婚生女，红军的标语传单让这名赤卫队员很动心，他不单为找口饭吃，而是自觉选择光明之路。历经爬雪山过草地北上抗日，革命意志坚定顺利提干升官。同老家亲人失联，误认为妻女被当作"红属"杀害不在人世……赵溶和李春福这门婚事，带给"官僚女儿"的是幸福、幸运，还是不幸？开初确实沾了老红军的光远离是非之地，调入西南人民出版社做编辑，"三妹年轻时很招男士喜欢，有个川大中文系毕业的大学生非常喜欢她。无奈名花有主，她心头不郁闷不后悔？"那么好强要面子的一个人自己做出了选择，终日在无法言说的情绪下压抑着、憋屈着……其时，赵涓并不了解三妹这些心思、心事。

全国高校院系调整，赵涓和陈光发新婚十多天后，大队人马登上了山城开往省城的列车。陈光发挺激动又兴奋："这条线就是用你妈妈下去劳动锻炼的重庆一〇一厂生产的铁轨铺成的成渝铁路！"西南军政委员会主席邓小平在开工仪式上讲了话。1952年7月1日新中国第一条铁路全线通车，西南军政委员会副主席贺龙在庆典仪式上也讲了话！1950年7月坐军用卡车从成都到重庆，1953年9月坐成渝列车从重庆到成都，幸福！"我又回到了成都，从小和妈妈爹爹生活的金河街88号老宅院。新校旧址在我十六岁入学的省立艺专！"老校门挂出新牌子：西南音乐专科学校，简称"西南音专"，还制定了蓝底白字三角形的"西南音专"校徽，"我们教职工的校徽，好像是红底白字。"赵涓补充。西南音专正式成立，授印仪式在工字房前头的院里举行。上级任命常苏民为西南音专首任校长，安春振担任主持工作的副校长；宣布各系主任名单：器乐系（含钢琴）何惠仙，声乐系郎毓秀，作曲系刘文晋。开初并无民乐系，民乐专业归属器乐系，后来成立民乐系，常苏民校长兼主任以示重视。

西南音专办公区设在新园（成都前任市长陈离官邸），前院大门朝南开，正对学校旧大门；后院大门朝西开，正对十二南街。前院西墙内有两栋旧楼房，东侧一栋后为刘文晋、吴守义住家；西侧一栋党委办公室，亚欣曾任成都军管会接收省立艺专的军代表，现在是亚主任。亚欣调离后，这里住着葛庆福葛主任一家。党办、校办在一层，秘书科有曾公甫、李兴文两名科员；陈光发继续任职人事科副科长，正科长空缺，副科长顺位一把手。人事科办公室在校办楼上，旁边为赵涓、陈光发这对新婚夫妇安排了两间住房。"我在声乐系当系秘书，一边教学一边干行政。郎（毓秀）先生出国到朝鲜慰问志愿军，系上工作全部交给我。"

　　在西南音专第一批四十八人的教师队伍中，声乐系仅有六位：郎毓秀（主任）、陈世华、杜枝、刘亚琴、周仕夫和赵渧。郎先生作为专家经常外出开会（人大、政协）交流业务，赵渧默默站在先生后面，做好分内分外的事，很多行政事务自觉自愿一力承担。她有四个声乐主科学生：已转为五年制的三年级学生石正民（石中强的侄女）和马克蓉，西艺带过来的本科二年级学生霍爱华，还有一个王泰兰在毕业班。音专周围的私家宅院，1950 年以后大多收归国有公产。乐医生私立博济医院（其女为作曲家秦咏诚夫人乐平秋，曾回成都探问咨询老宅房产归属问题。）成了音专教工宿舍。原艺专老师大多在校外住家，刘文晋、丁孚祥等住十三街宿舍院，后来改为四川省交通机械厂（四川省客车厂）。从重庆过来的教工则基本于校内暂居。

　　1953 年国庆节过后，西南音专正式开学继续上课。学校 1953 年没有招生。原成都艺专音乐科五年制学生继续读，三年制专科生宋大能、熊骥华毕业留校任助教，宋大能在作曲系兼系秘书。在读学生是从西艺音乐系带过来的三年制专科生、西艺 1952 年正式招收的四年制本科生，胡惟民那班过来读二年级。

　　开初没有统一的教学大纲，声乐教材主要由主科老师自选教材。赵渧按照在艺专读书时的深浅程度、题材内容，再结合新时代的需要考虑。"我有这个印象，练声曲主要用的孔空；歌曲作品选用了很多苏联歌曲译作，如《喀秋莎》《小路》《红莓花儿开》，还有格林卡的作品《燕子》《夜莺》（不是花腔那首）……那时我们主科基本一周一堂。（基本是改革开放以后招生才一周两次课）"两个艺专学生基础都不是很好，在第一年的教学中，赵渧主要帮助她们打好比较坚实的呼吸基础，要求气息和喉咙松开这些基本技术，只要发声比较顺当就好。而不去太过分要求共鸣啊、位置啊，还有一些高难复杂的技术性方法。

　　1954 年夏，西艺过来的第一班四年制本科生、新中国培养的第一届本科生正式毕业，全国各地竞相争抢高等院校专业人才。赵渧的四妹赵洵和恋人王启东被分配到云南省歌舞团，昆明离成都算比较近的省会城市。他们夫妻后来成为当地最老资格的手风琴、小提琴权威专家，带了很多门徒弟子，东南亚国家（菲律宾、越南、老挝、缅甸等）都派学生来拜师学艺。赵淯的学生王泰兰分到重庆市歌舞团，她的丈夫马惠文在那儿任团长。同届毕业的声乐学生黄文宇留校任教。

重归成都对赵淯来说，那就是新娘子回娘家。父母早已过世，金河街还住着她最亲近的人：五舅全家、七嫂一家。沈鄂生是活得极为清明的智者，成都刚一解放，他就赶着把栅子街豪华公馆捐献给政府，带着全家搬到金河街，从此过着寓公居家的散淡日子。赵椿煦三十年代在东郊买下两块地租给两家佃农，赵淯记得佃农不用交租，只在腊月间提两块腊肉进城，送给赵老爷家过年。沈祖静赵香畹夫妇还有赵淯的四爸先后葬于这片墓地。五十年代开路建厂，通知七哥赵鸿去"捡金"，长辈遗骨取回葬于赵家老院竹林盘下。七十年代初金河街 88 号被强行拆迁。如今香畹后人想要祭拜，上哪儿去找墓地石碑？

自从回到成都，赵淯和光发每周或间周都要回金河街，七嫂会做一桌家乡菜款待二小姐和姑爷，谈不上丰盛却非常可口，回锅肉、红烧肉、麻婆豆腐、莴笋肉丁、鱼香肉丝，芹菜红萝卜野鸡红换着样儿地做，那都是二小姐童年的餐桌记忆。赵淯一向胃口很好，但肚子里却不见动静。咋回事？"我宫寒、痛经，做姑娘家时每月痛得死去活来，因此还耽误了去重庆考国立音乐院这件大事！七嫂说要不看看中医吃吃中药？"现成一位，李斯炽！全国著名中医大师，1915 年成都高等师范学校（现四川大学）理化系毕业留校，早年师事成都名医董稚庵，尽得真传。曾任四川医学会主席、四川国医学院院长及四川医学院中医教研组主任等职。1958 年国务院任命李斯炽为成都中医学院首任院长，他的第五个公子李克济娶了沈鄂生小女、赵淯的五表姐沈（叔）敏。哈哈，李斯炽和沈鄂生就是儿女亲家哩。

李老先生亲自问诊把脉开方，李五哥站在旁边抄方子。只看过一次病，只服了一剂药，神医回春灵丹妙药，赵淯果然有喜了！

她 1954 年 3 月怀孕，又有一喜来自北京。"周恩来总理亲自签署一纸调令，要调我去北京！"中央乐团前身中国青年文工团（1956 年正式成立中央乐团）夏季出国巡演，要从全国各地调集各声部演员组建专业合唱团，西南地区只调两人：男高音侯慎修、女中音赵淯。"我非常高兴！终于不用教书，可以上台演唱了！"谁推荐你呢？韩德章！"我们老同学一起开过音乐会，他最了解我的实力水平，希望我能离开四川到北京发展。"韩德章极力推荐优秀的 Alto 去中央乐团，安春振主任马上找她谈话，"一盆冷水泼起来！中央乐团全国调人，一个女中音还找不到？声乐系六名教师只有你一个党员，好好考虑！他哪是在商量？这是下命令。我党员预备期还有小半年，好纠结又难过。"

如果 1954 年春天调到北京，那就是另外一种命运。韩德章与中央乐团合唱艺术指导兼队长陈良同志，两个人暑假专程到成都来找学校要人，他们先找安主任，再找赵淯谈话。"夏天衣裳单薄，看到我有孕显怀了还是不死心。韩德章问，你生了小孩可不可以到北京？我只好坦白，一是系里很缺人，青年党员甩了工作自己走不太好；二是新婚夫妻，爱人不是业务干部，马上分开也不合适。他们说，中央乐团正在筹备阶段，很快就要正式成立，非常需要有经验的人事干部，你们夫妻可以一起调过去没问题。"赵淯 8 月刚从中共预备党员转为正式党员，更不可能拗着调离学校。莫法，他们只能从应届毕业生里要走一个许洪惠，顶替赵淯这个名额去了中央乐团，在合唱团女低声部。"侯慎修子女多家庭负担重，放弃调京的机会。周总理亲笔签署的西南地区调令，最后两个人都没去成北京。"

3.6

姑嫂聚首初为人母

要说赵凊和赵溶"龙虎斗"算是奇缘？两姐妹生个娃娃都要赶在同一年——1954年，一个年头、一个年尾，三妹在前、二姐在后。

1月在涪陵李渡镇，赵溶怀胎足月诞下麟儿。看着白白胖胖的儿子，李春福满脸褶皱舒展开来，取名：李渡。孰料弄璋之喜紧接一场血与泪交织的悲剧。赵溶产后大出血，突然之间精神错乱神经失常！从早到晚哭天喊地，一会儿说这个要杀她、那个要害她、谁要抢她的娃娃，一会儿说天兵天将下凡了，玉皇大帝要收她回上界去了！李春福当时担任荣军院院长，工作繁忙顾不上照顾妻子，只能求告七嫂帮忙。从涪陵坐船到重庆，警卫员贾希荣也是山西人，他负责护送院长夫人，一路上他被"疯婆子"折磨得也快要发疯了。那天在船上赵溶哭闹着要跳江，小贾情急之下一个耳光扇过去，她，终于安静下来了。"我想起都要哭！我的三妹，那么骄傲的三妹让别个打耳巴子！"

在重庆搭火车到成都，谁去接？陈光发。赵凊身怀有孕不方便，陈光发骑自行车去火车站，从车厢下来的小姨妹，神志不清直不愣登盯着他笑嘻嘻地说，嘿，你就是姐夫哇？转眼神色一变：山西老西儿！有啥了不起？我们老李，李处长、李院长，你来比哇！吓得光发腔都不敢开，赶紧和小贾把她架上三轮车拉到金河街88号，交给七嫂转身往回跑，"只有七嫂'汤倒'（接盘之意）噻。"

赵凊怀孕初期妊娠反应很大，还没走进食堂闻到油烟味就恶心发呕。买了个小煤气炉自己煮点蔬菜汤，煎个荷包蛋。西南音专曾邀请俄语老师阿金娜，她住在新园客房（后丁孚祥、石坚等搬入居家），还专门给阿金娜请了西餐厨师，安春振夫妇、亚欣主任、陈光发夫妇和毕兴夫妇，偶尔也去解馋，赵凊想让胎儿多吸收些营养……阿金娜 1955 年回国，西餐厨房随之关张。

1954 年到 1956 年，陈光发连续三年春季坐火车去北京，带着本校毕业生登记表上交文化部统一分配工作。"我记得当时主管分配的处长姓关，呵呵，老关——把关，哪些地方哪个单位需要什么专业的毕业生提前申报，还会派人蹲守要人。第一年（1954 年）留校的有同赵洵一起参军、一起入学的作曲系黄虎威，他们班大部分到了四川省歌舞团。"云南要走的四妹赵洵是邹家驹（钢琴、手风琴）老师的学生，同时又跟张孟虚老先生兼学板胡，那会儿要求学生一专多能。声乐系杜枝老师的学生杜丽华也分到云南省歌舞团。还有大提琴拉得特别好的潘思维，他和赵洵、王啟东同在歌舞团，两家楼上楼下邻居关系特别好。

陈光发第一次到北京，天安门必须去，那是毛主席宣布"中华人民共和国、中央人民政府成立"的地方。1954 年已经有了不算高的薪水四五十块钱。他跑到最繁华的王府井大街，买啥东西？赵凊肚里的娃娃不知是男是女？赵凊之前每月从四十八元薪金拿出四分之一寄给七嫂，供两个侄儿上学。1954 年暑期之后，开始把这个"专项"支出转移给四妹赵洵负担，她大学毕业挣钱了，赵凊还有三四个月生娃娃，她确实需要用钱。

1954 年是非常特殊的一年，这一年于国家、学校、家庭都有着无法忘却的记忆。"第一个五年计划"第二年，中华人民共和国第一部宪法 9 月 20 日正式颁布；西南音专送走第一批毕业生，第一次以西南音专名义招收新生，同时西南音专附属中学宣告成立，首任校长丁孚祥；后来成为全国乃至世界知名钢琴教授的但昭义，正是这一年考入附中。这一年，赵凊正式成为共产党员，她放弃前往北京发展的大好机会；冬天，头生女儿平安出世。

第一次怀孕，赵淯十分紧张，总怕胎儿会不会出问题。坚持两周一次产检，怀孕两个多月跑到川医遇上实习医生，用扩阴器捅深了，回家见红了。哎呀，好不容易怀上娃儿会不会流产？两口子吓坏了！第二天到医务室，蒋医生很有经验，别担心莫得关系，打了一周黄体酮，娃娃算保住了。暑期预备党员和新党员要去党校，参加初级党训班集中学习。她和赵玉华、章纯、黄虎威四人编成一个小组，音专和川大、川医编成一个大组，学了三四个礼拜，大家彼此关系融洽成了朋友。学习期间，赵淯认识了川医妇产科副主任杨医生。看到赵淯怀孕，杨医生对她特别关照。

1954年9月开学，赵淯没有接手新的学生，在担任系秘书的同时，继续教她前面三个学生。9月19日赵淯陈光发结婚一周年纪念日，照了一张"三人"合影。她已度过妊娠初期的强烈反应期，从吃不下到吃不够，胃口大开。下了晚自习，两个人去夜宵，新南门一带小餐馆吃遍了，三合泥、肥肠粉，油腻也不怕；感觉反常，喜欢甜食，喜欢油腻，这些都是原来不能碰的东西。赵淯专门订了一份《苏联妇女》画报，天天看彩页上的洋娃娃照片，"我想生个美丽的娃娃，最好头个是女儿……"

赵淯艺专同学曹镜涛先于赵淯怀孕，她老在提醒她，注意这个、注意那个，"她弹钢琴的教我练习深长的呼吸！我搞声乐专业的根本不觉得有啥神秘。那段时间郎先生出访东欧各国，系里行政事务特别多，我一个人撑着，感觉特别累。"那时已有外国专家到中央音乐学院开班讲课，地方音乐学院可以派人去学习。西南音专派杜枝老师去北京，她班上两名学生暂时转给赵淯，工作更繁重。

小时候的习惯改不了，周日电影总是要看的。五十年代苏联电影进口特别多，《乡村女教师》《牛虻》《列宁在十月》《列宁在一九一八》《穆索尔斯基传》《森林之歌》《钢铁是怎样炼成的》……只要上演新电影，赵淯都要抢先看。学校工会用职工会费福利买票，基本每周都有电影看。"我怀孕后特别爱吃牛肉干，青年宫电影院门口有卖一条一条熏得黢黑的那种，香得很！"那时蔬菜很相因（便宜），小白菜几分钱、豌豆尖一角多钱一斤。赵淯每周交给七嫂一元伙食费，两口子看完电影回金河街打牙祭。虽然生活比较拮据，但七嫂平日节省，总会想方设法给小姑子炖汤、烧菜。

1954 年出生的孩子带"宪"的名字，实在多到不计其数，曹镜涛头生儿子生于 7 月 7 日"七七事变"同一天取名李永宪。赵淯和光发商量，我们娃娃不一定非要个"宪"字，但要有"音"字，西艺合校在音专出生的第一个孩子。算算预产期还有半个多月，那天进城去看常香玉主演的豫剧《花木兰》，演出时间长，公共汽车已收班。走马街一带路灯停电，赵淯近视眼不戴眼镜，黑黢麻拱看不大清楚。"走到省政府门口，我一个跟斗扑爬硬是跅抻了！好像当时莫啥感觉，赶紧爬起来开玩笑说，耶，爹爹要我给他磕头哇！"本打算提前两周休息。1954 年 12 月 1 日在小灶吃晚餐，范大兴师傅给阿金娜做的俄式炸猪排、红菜汤很合赵淯口味。"应该是个星期三？我晚自习还跑到琴房、教室巡视检查，在系上又开了个会交接工作，我把自己的教学任务分配给别的教师，我的系秘书工作交由刚留校的黄文宇同志代理。"

从晚上七点忙到九点多才回家，总算可以安心休息待产了。十点多钟刚上床，突然听到腹部好像"ber"的一声响，"吓死我了！我当时毫无经验，我以为你在我肚子里爆炸了。陈光发赶紧跑到后院找医务室护士田文娟，她问我感觉怎么样，我说想小便，一站起来，白色的浆浆热乎乎地流了一地……"这是生产的前兆，赶快送医院！陈光发咚咚咚又跑去找校工李吉安、邓开发、余仲轩，他们四个人轮流抬担架，赶紧把赵淯送到华西产科住院部。已近午夜时分，值班医生说必须到待产室。赵淯阵痛难忍一直有想大便的感觉，忍不住使劲挣。护士一看，哎呀！胎儿头发都看到了！马上送到产房，凌晨两三点钟，实习医生值班，有点手忙脚乱地打麻药都来不及。虽然痛得死去活来，但头胎顺产似乎也没想象的那么困难。

早先听人说，新生儿皮翻翻皱吭吭不好看，"我看到我的女儿乖得很！早产两周多完全像个足月婴儿，小脸蛋儿圆圆的、红红的，粉粉嫩嫩光光生生像个小苹果，简直不像新生儿。可能跟我天天看《苏联妇女》画报有关？我的印象太深了！你乖乖地盯咕儿盯着我看，我特别高兴！"第二天清晨，赵淯在党校的"同学"杨主任来上班，听说她已顺利生下女儿，很高兴，教了很多围产期知识：怎么给婴儿洗头洗澡，怎么关注婴儿大小便……"你猜我在华西产科病房遇见了谁？我高小同班同学王瓒绪的儿子！他的夫人竟然和我同病房也刚生了娃娃……"

陈光发跑到医院，看到赵淯生了个女娃娃，"长得好乖哦！小脸蛋儿红通通的像个小苹果。我马上骑着自行车到金河街给七嫂报喜。"学校很多人晓得赵淯生了娃娃，大家和陈光发开玩笑，你当老汉儿了，要给我们吃红蛋。陈光发故作没好气儿，吃啥红蛋？又没生个带把儿的！他让赵淯给女儿取名字，赵淯说你是爸爸你取噻。陈光发说，从西艺合过来，在西南音专出生的头个娃娃，她就叫小音。赵淯说，我们的女儿将来会学音乐，要不叫她陈向音？好嘞，陈光发欢欢喜喜去街道办事处给女儿报户口，大名陈向音，奶名儿小音。

小音生下来没有奶奶爷爷、外婆外公，只能又打七嫂麻烦。深冬的成都非常阴冷，产妇不能受风。"好像是12月10号？那天七嫂用一床大被子把我裹得严严实实，带了条新毛巾让我包头，我有点拒绝，头包起像啥？乡坝头的老太婆！小音身上的医院婴儿服要换下来，七嫂还带来小衣服、小帽子，全是她、范姐和五舅母一针一线手工缝制，用小方被打了个'蜡烛包'。"赵淯小音母女顺利出院，陈光发骑自行车，沈洪霖和赵淯母女坐三轮车回到金河街。"你说我七嫂好不好，安排我们住她的房间、睡她的大床，自己到范姐房间打挤。婴儿穿的、戴的、用的一应俱全。"在金河街坐月子，赵淯想吃啥，七嫂、范姐就买啥做啥，天天换着花样儿做四顿饭，"这是旧社会坐月子的老规矩，红糖醪糟蛋，炖鸡汤、猪蹄汤、鲫鱼汤下奶。我的胃口好得很，奶水好得不得了，喂你饱奶吃到八个月。"

那年冬天，一个疯婆子、一个月姆子，金河街老院子住进两个小姑子。经过老中医李斯炽开方配药、七嫂范姐精心调养，三妹赵溶病情渐渐好转，开始稳定了。偶尔犯起病来，一个人抽抽搭搭哭哭啼啼念叨，他们又在骂我了！哪个又在骂你嘛？听嘛，墙外头，骂得好凶哦！骂的啥子嘛？骂的莲花白分儿半钱一斤！嗐——原来是农民挑担进城走街串巷卖菜吆喝：莲花白——分儿半钱一斤！"一般人咋会受得了？好难得经佑嘛。我一直念说，七嫂真的特别好！"冬夜漫长，赵淯睡觉特别沉，赵溶睡觉特别轻。夜半三更听三妹在喊，二姐，二姐，小音饿哭了！还不快起来给她喂奶！"我年轻总是睡不够，听她惊风火扯喊，好烦！真的醒不过来啊。"

在金河街住到满月。满月没摆酒？那哈儿没这些讲究，休产假也不像现在宽松，"本来只给四十天产假，我跟蒋医生说，我的伤口还没长好，他就批假条让我再多休息十天。"因为多了个奶娃，学校安排他们从新园办公楼搬到后院两间房，一大一小有个保姆房，田文娟搬走后有了三间房。永远依靠的七嫂帮二小姐请了个阿姨，原是乡镇小学教师的曾德先，因丈夫参加反共自卫军被枪毙，在原籍待不了，带着儿子跑到成都。"她做事很勤快，有点文化人也灵醒，帮我洗尿布、小衣服。我刚出月子，还不能用凉水太多。但我不放心她，按杨医生教我的方法，自己给娃娃洗澡。"小音满月后打开蜡烛包，长了很多肉肉，小胳膊小胖腿像藕节巴儿。从那开始，小音一直被放在婴儿床单独睡觉。赵淯的月子，七嫂经佑得好，一下长成了胖大嫂。因为奶水足，小音身体好，脸蛋红扑扑见人就笑，大家抢着抱她。

1955 年春季开学赵淯继续上班，上课接着教她的主科学生石正民、马克蓉。杜枝老师从中央音乐学院外国专家班返校，她的学生又回到她的班上，赵淯减轻了负担。小音半岁时接种牛痘，医生叮嘱别马上洗澡。有洁癖的赵淯偏不信，把女儿丢进澡盆又洗又搓，正在灌浆的痘子弄破发炎，小胳膊留下块大疤痕，很难看！姑娘家不敢穿无袖裙装！

1955 年夏季学生开始放暑假。所有教职员工被集中到刚刚修好的学生新宿舍，搞运动集中学习思想改造。凡有历史问题的被当作清查对象，第一个重点陈济略，还有胡静祥、贺应堂。"我们参加学习不能回家。曾德先只好把女儿抱到学校喂奶，女儿吃饱奶立起来拍拍背打个饱嗝儿，她又抱回去。"清查对象的历史问题交代清楚作了结论，仍然回到教学岗位。陈光发去重庆在省委党校集训三个月。四川省委党校前身为 1952 年 10 月在重庆黄花园创办的中共中央西南局党校（1957 年开始迁往成都，1958 年底全部搬完），全省干部学习一般安排在暑期。"同期成都这边有体院、川大、川医等高校中层干部。我熟识的有川医党办的夏雨，四川大学的饶用虞，蒲坂人、老乡，还有成都市文化局干部林杰也是山西人，他儿子林戈尔后来当了川音院长。"在党校主要学习党史，读《毛泽东选集》《共产党员的修养》，马列哲学、艾思奇写的书，"我经常主持小组讨论会，共产党员应该怎样做人做事？听从组织的分配，为党做贡献……"党校学习结业回到学校，领导并未提拔陈光发，他也从未想过、提过这个问题，继续当人事科副科长。这期间来了新同事徐岚和王超一起管人事档案。"哦，想起来1955年招收了泽仁雍珠、李仁蓉、杨湘澄等十几个调干生，还有曹洪武。"陈光发补充，前面提及赵淯读成县女中最尊崇的国文老师周菊吾，那会儿已为四川大学著名学者。党校同学蒲坂老乡饶用虞非常热情，帮陈光发专门要了周老先生一幅墨宝，"录王之涣《登鹳雀楼》'白日依山尽……'写我们晋南名胜古迹的诗啊！"

1955年入冬时节，保姆曾德先不经意间让赵淯备感心痛。小音生得比同龄娃娃硬轴，但还不能独立走路。那晚夫妇二人听音乐会回家，婴儿床上站着的小音，一下扑过去哭喊妈妈妈妈，好委屈呀。嘿，小脑门儿顶起个大青包！咋回事？曾德先赶紧解释，只去上了个厕所，小音从婴儿床上栽下来，"我很生气！你要干啥也要注意到娃娃不能磕着碰着，一个人站在床上，好危险嘛！曾德先架势道歉承认自己照顾不周……"

12月2日小音满一周岁。这之前她一直被大人抱着或是坐在婴儿车上，后来腰上勒条毛巾或宽布带子蹒跚学步。生日当天，陈光发在校办借了台照相机，曾德先抱着娃娃到院子里，好难得入冬阴冷潮湿的成都出着昏昏太阳。"我永远记得那一天，阿姨刚把你放到地上，你穿着五舅婆做的锦缎小棉鞋，小脚板儿刚一沾地，爸爸端着相机对着你，我在他身边逗你，小音，来，快到妈妈爸爸这儿来！我话音未落，你迈开小腿儿，噔噔噔噔跑到我们面前来啦！"三个大人乐疯了，娃娃居然不要人牵、不要人扶就开步走，还走得这么好。"满岁岁儿，吃蛋蛋儿。"女儿周岁生日当天，可以自己走路了！好开心！好欢喜！

第 4 章

教养工夫原并重

（1956 年—1965 年）

这十年，可谓新中国历史上极不寻常的一个时期。

赵淯和光发虽未置身大小"风暴"中心，亲友还是多受牵连过着不消停的日子。很好的同事因出言不慎被戴上一顶"帽子"，成了站在对面的人。他们夫妇，一个作为带队干部下放去了西昌，一个留校守着操场上的小高炉，第二个孩子差点被扼杀在母腹中。

赵淯在罗马尼亚专家班做学员兼秘书，声乐艺术上有了更多心得收获。所谓"土洋之争"却让师生风向难辨无所适从。陈光发为毕业生分配去文化部，第三次从北京回成都时，想去运城看望自己的恩师，在火车上竟意外遇见一个他并不想遇见的人……那些年，只要夫妻二人同时出差离开成都，两个孩子就只能丢给三妹赵溶帮忙照看。曾因生子发过疯的女人，永远是小音和小钢最亲近的姨妈。

风向莫辨百思不解

二十世纪五六十年代，可谓国民生育高峰期，香畹的第三代亦不例外地相对密集。例外的是七哥赵鸿四个孩子皆生于1949年以前；九哥赵溥的长女赵绛和长子赵曦也生于四十年代末期，老三赵岚及下面的弟弟赵建、幺妹赵康全是五十年代生人。"好奇怪呀！赵淞二哥在川大教书，金河街88号住着七嫂和五舅一家。我们这些兄妹呼啦啦先后离开了成都！我和四妹回成都后，1956年春天九哥、十哥、三妹包括七哥，又齐刷刷地相继回到成都！"赵溥从西康调到省民委；赵涵先在四川出版社后去省博物馆，女儿赵鸧和小音同岁差大半年，儿子赵鹏比小音小半岁；赵溶和李春福从涪陵荣军院调至四川省民政厅，两岁的李渡送进幼儿园。从此，香畹子女六个落户成都，三个安居外地，"四妹最远在外省春城，五妹和幺弟则于省内的西昌和阆中安家乐业。奇怪不奇怪？"

赵家人多在诟病七嫂后来多年对七哥的态度，他们却不知道其中的内情与隐情。"七嫂本为大家闺秀书香门第，克己守德礼数周全。我亲眼所见那阵九哥住在金河街，七嫂有事站起多远跟小叔子说话。"赵鸿自己不检点错上加错，倒把脏水泼了发妻一脸。1951年七哥东窗事发被判服刑五年，金河街一大家人吃饭穿衣，娃娃还要上学读书，虽有弟妹接济也是杯水车薪，七嫂竭尽全力尽其所有赔偿政府，只为保全丈夫性命。"我理解她内心的伤痛，深得无法愈合、无法原谅……"沈洪霖在郫县认识范惠卿结拜姊妹，两人在大院门洞支个煤球炉子，卖叶儿粑维持生计。

经 1954 年"公私合营"、1956 年"社会主义大改造"，金河街甜食摊公私合营到祠堂街甜食店、凉粉店，沈洪霖和范惠卿也成了店里的员工。两人下了班就去人民公园鹤鸣茶社喝茶摆龙门阵。1958 年扫盲运动七嫂表现积极，天天晚上到扫盲班讲课，大家尊称她沈老师，她还被推选为居委会主任。沈主任、沈老师，两个身份受人敬重。新社会让她一个家庭妇女走出家门参加工作，挣薪金养家挺直腰杆做人，再也不受家暴凌辱，所以洪霖内心由衷对共产党充满感恩。赵鸿五年刑满 1956 年回到金河街，他们夫妻恩怨早已了结，"怎么可能要求七嫂给七哥好脸？"

沈赵联姻何止七哥七嫂？十（德）哥十嫂这段婚姻说来也挺有趣。

抗战胜利后，赵涵这个远征军演剧团少尉军官从印度回成都，后来又跟着九哥赵溥去了西康。九哥娶了"康定之花"叶安丽，德哥又辗转到了西昌，曾先后在伪警备司令部机关报《宁远报》担任中尉军衔编辑。九哥作为中共地下党员回到成都之后，赵涵脱离军界又去了雅安《西康日报》。有朋友热心给他介绍女友，原本说的是沈家三女儿曼卿，相亲那天她竟然跑出去耍。大姐愚鸽在家接待贵客，端茶倒水十分热情，赵涵一眼相中大姐，三妹就算了噻。这就是缘分天注定。1949 年冬，沈愚鸽和赵涵在雅安拍了一张美美的订婚照。

沈愚鸽，沈氏大房松樵下面十七爷（子瑞）之子其丕（幼宜）的长女，少女时代手风琴拉得非常棒，参加解放军 18 军某师文工团。18 军团官兵日夜奋战修筑川藏公路，曾付出了五千名战士牺牲的代价。前辈作曲家时乐濛写了一首后来传唱四方的《歌唱二郎山》，沈愚鸽演奏的首版深得时老厚爱，那个年代，谁见过这么"冈"（出色）的手风琴女演奏员？因家庭出身问题和个人身体原因，沈愚鸽 1953 年部队转业分到四川省供销合作社，此后都在食品行业转圈圈。走到哪里，她与生俱来的文艺细胞都十分活跃。赵清喜欢德哥娶的这位表姐十嫂，"她温柔贤惠心地善良，而且量体裁衣手巧活儿好，我们母女不知穿了多少她改版或新做的漂亮衣裙！"

正是 1956 年春天，陈光发在北京开毕业生分配会，从文化部要过来上海音乐学院四个毕业生：陈家啸（声乐）、林瑞芝（钢琴）、夏敬熙（小提琴）、白天保（小号），"我们音专缺铜管，只有一位穆志清老先生。白天保从小在孤儿院长大，很可怜，四个脚趾头全冻坏了……"同届还有中央音乐学院俞抒、杨子星（作曲理论）和蓝幼青（声乐）。西南音专提琴专业也有分到北京、广州的优秀毕业生。

"这个毕业生分配工作结束，从北京转同蒲铁路线，我特意在运城下火车，想去看望我的永济中学语文老师李崑山，我当时听他的话没跟学校西迁，回了磨涧村遇见庞汉元、当了小学校长、参军南下……心里一直很感激他！"李崑山老师在运城师范学校教书，陈光发专门给他带了一包北京的糖果点心，"这是一种礼节也是我的心意，李老师非常感动也特别高兴。"

再从运城搭火车前往风陵渡，这一路发生了什么事情？列车途经永济县车站，乘客上下让坐寒暄，前排座位有个人突然扭过头问，你是哪里的？我说是大王镇磨涧村的。他一下子很激动，我是你女娃娃的大伯！原来刘川枝离婚后嫁入黄家，现在丈夫叫黄根旺，"我女儿改名黄引引，想引个弟娃。巧不巧？这就是刘川枝的大伯子黄银旺！黄家两兄弟都没娃娃，引引一女顶两门。"她大伯站起身问，你在哪儿？做啥哩？陈光发简单说说情况，北京开会要回成都。黄银旺说，你都走到山西了，一定回家看看吧？"我说时间紧，学校还有很多事情……他说你放心，女娃娃乖，上学成绩好着呢，我们肯定供她上学。我说最不放心她在农村不能上学，你这一说，我放心了（呜咽、变腔变调）。"陈光发把上衣口袋别的一支"关勒铭"金笔取下来，你把这给娃娃，叫她好好上学！网上查阅，早年广东人关崇昌旅居美国，见当地华人难觅毛笔，遂筹募资金于纽约唐人街创建公司并以其子之名命名，"关勒铭"为中国人制造的第一金笔，在当时也算名牌。"我事先没请假，咋能违反纪律？大禹治水三过家门而不入，我这算啥？从风陵渡过黄河，在西安转车回成都了。"

1956 年暑假通知，有外籍声乐专家下学期来西南音专讲学，罗马尼亚著名男中音歌唱家克里斯·德斯古主要是帮助培训师资。"有三个地方音乐学院也派学员参加专家班：西安送来女教师周本庆和男高音薛明；沈阳送来杨翌春，她是专家最喜欢的戏剧女高音；四川省歌舞团于斌算旁听生；贵州艺术学院的宋树秀也是来旁听。"

10月专家来到学校，全系只有郎毓秀、杜枝例外，所有教师包括助教都参加考试，赵凊是克里斯教授第一人选。"翻译胡法渊后来转告给我听，专家非常欣赏我的声音和演唱，总共挑选了我和陈家啸、蓝幼青、黄文宇四个人，因年龄关系没选陈世华和刘亚琴。经安主任出面说情，陈世华也参加了专家班，五个人。"有张老照片专家班合影，前排中间是克里斯教授夫妇，赵凊等穿着中式上衣，烫着卷发抹着口红，钢琴伴奏郑爱斐也在上面。赵凊担任专家工作组秘书，班上学生罗良琏、朱济明转给杜枝老师；李仁蓉坚决不走，好吧，只给她一个学生上课。赵老师负责安排专家班上课、请假、调换，还是相当琐碎，周日要安排专家参观旅游休闲、娱乐观摩演出，大多时间由赵凊和翻译陪同。因成都缺罗马尼亚语翻译，只能请省政协参事室法语翻译胡法渊。"我妈妈沈祖静号渊若，胡翻译名字也有个'渊'，我觉得有缘又亲切！"

克里斯教授住在新玉沙街外宾招待所，那里有很多援建中国的苏联专家。早上学校派车接专家，中午送回招待所。"我们沈家老公馆就在玉沙街这一片，我带着女儿小音参加过好多次外宾招待所的晚会，她总是乖乖地坐在边上看大人跳舞。"学员每人每周上两次课，周一至周六上课。自省艺专毕业前后，赵凊除两次担任亨德尔清唱剧《弥赛亚》领唱、同校友韩德章等合办独唱独奏音乐会、义演音乐会，基本没好好上台演唱。在文工二队、重庆西艺，那些大本嗓演员个个比她吃香。翟秋芳唱刘胡兰，王晓东唱白毛女，还有李小玲她们唱陕北民歌信天游……哪儿轮得上 Alto 登台？赵凊好像就唱过《山楂树》《喀秋莎》，基本没有真正得到过艺术实践的机会。在赵凊记忆中，克利斯教授不太强调练声，重点强调作品的音乐表现，"我们之前只讲'面罩、面罩'，教授留学意大利很多年，他重点要求学生做整体共鸣，在专家班我才获得 Bel canto（美声唱法）的真谛。开始上课两个月后，他让我们汇报演出。后来基本每月例行汇报演出，那是我在声乐专业提高最快、受益最深、上台演唱艺术实践最多的一个阶段。"

在专家班汇报演出唱些什么作品？"我非常喜欢冼星海的《黄河怨》，降了两个调，女中音演唱别有味道，克里斯教授非常赏识给我竖大拇指。还有老朋友罗宗贤作曲的《岩口滴水》、段平泰编配的哈萨克民歌《燕子》。"段平泰教授，原青木关国立音乐院"老人"，他妻子李桄是《燕子》的首唱者、非常优秀的女高音歌唱家，从《英雄儿女》《青松岭》等电影里可以听到她演唱的"说老李道老赵，老李老赵有功劳"和"长鞭耶那个一呀甩耶——啪啪地响哎"。赵渢后来到北京在中央院听课，同李桄关系更加熟络亲密。"可惜她七十年代过早去世了！"

专家班上课一个学期，寒假快到了，专家想去外地旅游。这之前接到文化部通知，1957 年春季将召开全国声乐教学会议。党中央提出艺术"百花齐放"、学术"百家争鸣"，声乐系开教研会讨论：如何贯彻"双百"方针、走深入民族化的道路？赵渢和周仕夫两名讲师执笔，整理总结发言作为参会的发言底稿。如此就无法陪同专家到更远的地方旅游，只能利用寒假和翻译胡法渊陪克里斯教授去了趟重庆，在嘉陵江边朝天门坐了一圈游船，看了两场川戏：《秋江》《评雪辨踪》。胡法渊把故事翻译给教授听，他觉得很有意思很喜欢。但老川剧演员的发声、音色等，可能不太符合西方人审美趣味，演员为什么都要捏着嗓子唱？克里斯表示不理解。胡法渊翻译陪专家回成都。"我从重庆坐轮船到武汉和系上老师会合，从武汉坐火车到北京。第一次'玩格'到首都，觉得很稀奇。"

春节刚过，2 月初的北京天气寒冷。郎先生是理事，她比大家先到北京，大会本应由她发言，但郎先生特别谦逊，她说自己没参与写总结，应该由执笔者赵渢来做这个报告。"我坚决不干，一个小讲师不合适……"那次安春振副校长带队，开会研究这件事，郎毓秀和赵渢推来推去他有点生气冒火。陈世华希望赶紧灭火息事宁人，那就让我来讲吧。"她是国立音专出来的老师，肯定比我够资格。大会发言都是王昆、郭兰英、刘淑芳这些大专家，中央院有重量级的喻宜萱、汤雪耕，我的同学郑兴丽回国了，她为苏联专家当翻译。"那次会议全国音乐院校优秀学生汇报教学成果。陈世华老师班上的熊盛华是声乐系最拔尖的学生，虽然作为西南音专代表有点自卑，但是音乐会演出反映出奇良好，"她为学校争了光。中央院参加汇报演出的学生是苏凤娟，上海院是谁？不记得了，反正都是各校的尖子生。"

寒假过后，开学继续跟专家上课。依旧每周两节课、每月汇报演出。克里斯教授十分重视艺术实践，经常带到校内外公演。暑假之前在学校联合举办专家班结业音乐会，全体学员都参加，一人三首作品。音乐会接着又到人民南路西侧四川剧场，赵淯演唱了《嘎俄丽泰》、歌剧《卡门》选曲《爱情像一只自由的鸟儿》和《参孙与达丽拉》咏叹调《我心花怒放》。那是最为轰动的一场音乐会，赵淯感觉自己和艺专毕业时的水平，已不可同日而语，无论声音的规范还是作品的表现都上了个高台阶。"我在本院大礼堂演唱，保姆经常抱着小音进来，有人接过娃儿，从最后一排传到最前一排，再举到台口"，清脆甜润莺声燕语一声：妈妈——抱我！引来全场一片掌声笑声。结业音乐会演出结束，欢送罗马尼亚专家回国。

大概是 1956 年暑假以后？曾德先托人找了份乡镇小学教师工作，她走了，李素芳嬢嬢跟着就来了。李嬢嬢属猪，看着不年轻，实际只比赵淯年长三岁。她提出要养家供娃娃，所以不想跟主人家吃小灶，最好伙食费连同工资一起都给她。她是个苦命人，老家在资阳丹山乡坝头。因接连生女儿，经常遭男人家暴。第三个女儿生下来，简直没活路！李素芳背着女婴，从资阳沿着铁路走到了成都。

很快开始"山雨欲来风满楼"的预示，学校必须有所呼应，经常过组织生活，开大大小小的会学习讨论。在教学中特别强调"三结合"，要跟工农兵结合，要同吃同住同劳动。虽并无明文规定，但受"左"的思潮和倾向影响，教材尽量少唱或不唱外国歌曲，必须要唱中文歌曲最好是民歌，要以革命歌曲、创作歌曲为主旋律。还在青羊宫花会开了一个舞台，要求师生轮流参加演出。

1957 年暑期，赵淯的五妹赵沚从医士学校毕业去了西昌。回头说说她吧。成都和平解放她刚满十二岁，戴着红领巾走出小学校，她很想去上树德中学，二嫂不拿钱，莫法，只能读华阳中学。三妹赵溶拜托李春福的警卫员贾希荣，帮忙照顾五妹。原来小贾离开公安系统后，在成都三医院当司机，赵沚周末去找贾叔叔，贾叔叔带她逛公园、下馆子。她留着短短的偏分头像个男娃儿，医院同事以为小贾有个弟娃儿。他俩也懒得解释。小贾一直把赵沚当妹娃儿，后来似也有点别的意思，再后来面对现实结婚生娃，突遇车祸不幸早逝。赵沚闻讯痛哭流涕，贾叔叔像大哥哥照顾自己多少年……"你说怪了，五妹从小跟着二嫂没得到过爱，长大以后却性格开朗活泼乐观热情，好像不受童年阴影的影响。"

赵沚承认自己是个赞花儿赞灵子，在群体中绝对是个活跃分子。从医士学校毕业，原本可以分到成都辖区双流县医院，她不干，硬要跑到校长办公室问，今年分配最远的地方是哪儿？西昌。那我就去西昌！十八岁的少女，单纯透明得莫法，革命青年志在四方。二嫂不管她，二姐管不住她，七嫂哭着央告她，那边天高地远一个熟人都莫得。嘿！一个熟人都莫得才好，我就要去。这一去数十年，再回成都芳华女生已成退休老太。赵沚故事多，后面再说。

1957 年初夏运动开始，校园空气也变得紧张起来。陈光发记忆中有件重要事情：某日徐杰、姚以让两位教师按照通知去市里参加座谈会。"那天到底有多少人、有哪些人，我们一概不知。后来工作组宣布，参加座谈会的两个老师都要'戴帽子'！他们到底说了些什么内容，提了些什么意见，还是一无所知。"有些大字报针对领导搞特殊化，在外国专家西餐厨房吃小灶，怎么不和大多数师生同吃同住？"我们觉得这个问题很严重，赶紧退出小灶。"最滑稽的是，小音长得人见人爱，有位作曲系青年教师也是爱得要命，可小音老远看见他就哭闹！这人居然写了张大字报说，赵浔以前是个资产阶级娇小姐，现在要把女儿也培养成资产阶级娇小姐。"你说笑不笑人？小音才两岁，资产阶级娇小姐？他怕硬莫得啥说头了！"平日赵浔和他关系亲密如姐弟，运动来了人人躲不脱。大字报写就写了，风波过去还是好同事、好朋友。

还有一些群众刷了大字报，将两位校领导的生活作风问题，暴露在光天化日之下，老革命生活不检点，群众影响极其恶劣，最后不得不调离西南音专。常苏民校长正式主持工作，新任副校长羊路由本名黄怀清，老延安老革命、秧歌剧《兄妹开荒》的作者。1937年初冬四个成都青年追求光明共赴延安，其中就有黄怀清和田家英（曾正昌），他们经历特殊尽人皆知。一条路上也是有远有近、有短有长……

4.2

高炉火红娇儿历险

　　《人民日报》1958 年元旦社论，引起全国上下高度关注。"我记得是老校长常苏民在会上宣布西南音专下放干部名单，春节之后出发前往西昌。"陈光发担任第一批领队，同行有山西老乡南下干部毕兴、刘安生，有张舒阳、王荣辉、何福琼、刘德庸等师生，还有"戴着帽子"下去的徐杰、姚以让和学生邹承瑞。"我必须要说，下放干部中的特殊人物对陈队长感恩不尽。按上头指示，应该向群众公布他们的特殊身份。我始终坚决抵制，一字不提这个事情。大家都是一样的，何况他们的所谓'错误'和'罪行'，我根本不晓得！"

　　李春福、三妹 1956 年春天回成都后，在省民政厅东昇街宿舍安了家，两姐妹两家人，基本每周都要聚一聚。姐夫要下放西昌，三妹和妹夫赶在春节前专门请陈光发和赵涓下馆子，"那次去了哪家？忘了。我记得清楚有道菜叫坛子肉，瓦罐里鸡鸭鱼各种嘎嘎，一坨一坨、一块一块相当丰富，赵溶喊姐夫你一定要吃饱，农村不像城里头随时能吃到肉菜。那时城乡确有天壤之别，但对我来说，苦就苦点吧，小时候在农村我啥苦没吃过？"陈光发如是说。

　　已提前得知下放消息的陈光发，有一桩未了心事，北方人、山西人大多重男轻女，女儿已满三岁，他想要个儿子！下放西昌猴年马月才能回家？天生性冷淡的赵涓迫不得已遂了丈夫的心愿。"从小生活在大家庭，看着妈妈一个接一个生娃娃，好苦好烦！要不是怕人背后议论：上辈子作了啥子孽？这辈子莫得娃儿！我硬是一个都不得生！"陈光发离开成都不久，赵淯开始妊娠反应。这一次比第一胎厉害，简直吃不下东西，喝口水都要呕吐。"这个娃娃还没生就折磨妈，我不喜欢！那会儿生活已经开始恼火了，经常饿得吞清口水……"赵淯生下小音长得像胖大嫂，现在却瘦得像麻秆，白天上课，晚上学习或参加劳动，有点遭不住。她脑子里慢慢有了想法：这个娃儿要来做啥？流了算啰！陈光发在西昌他也管不到。翻出抽屉里陈光发的私章，开了证明就去华西产科。

陈光发刚到西昌不久，赵淯写信说怀孕了，他心里别提多高兴。突然又接到信说，反应太大特别难受，这个娃娃她不想要了！陈光发心里咯噔一下，不好！她要乱整！简直要急疯了！你怀上娃娃是高兴的事情，咋会有这种想法？赶紧撒趟子往新村跑，那有个电信局。"我往学校打电话，哪个接的？李兴文，他在秘书科，这个电话号码我记得很清楚。"李兴文接了电话赶快跑到新园，赵淯已住进了华西医院。老天有眼啊！因为她着急忙慌到了医院却忘了带证明，医生没看到证明不敢做手术。陈光发长途电话打得及时，韩立文跑到医院见面就吼，赵淯，你给我滚回来！只好灰溜溜跟着歪人（厉害）回家。好险啊！"马惠文（马教员）写了个小歌剧《两块六》，我打紧急长途电话正好花了两块六！"很多年间韩立文经常"敲打"费头子娃娃，你是我救转来的哈，莫得韩嬢嬢哪有你？哼！

1958年有几个事情值得说。"我们第一批下放二十七个人坐一辆卡车，春节刚过就出发。那时路况很差，在泥巴山北边休息了一晚，可能是石棉。两边气候完全两回事，成都阴黢黢的，翻过泥巴山马上大太阳，暖和了。"干部下放"三同"城里人不习惯，老师学生感觉苦得很，只是不能说、不敢说。陈光发农民出身，下放农村如鱼得水。"我们都住贫困农民家，春荒季节莫得粮食吃，所以他们欢迎得很，可以跟着吃白米饭。"上山去砍柴，下地种庄稼，陈光发样样都能干。"我住缸窑村大队支书杨慎武屋里头，他有个儿子小木，老婆是个盲人，摸着做饭干家务。大队干部跟其他的农民一样，全靠我背去那点粮食。这是我亲眼所见亲身体会。毕兴住在核桃村。现在两个村都成了民俗村、旅游景点。邹承瑞他们村叫古城，刘安生还在上边。"

如果不算瞎子阿炳那类民间艺人，旧社会学音乐搞乐器的大多是有钱人家的子女。五十年代的西南音专，大军阀杨森的子女都在学校，杨毓芝小提琴，杨汉果钢琴；但懋辛的亲侄但昭义也招进来了。所有专业尖子恐怕莫得几个寒门弟子。器乐系的刘德庸还闹过笑话，下秧田扯秧子，农民问他咋个要戴手套呢？他一本正经回答，这双拉小提琴的手是我的饭碗噻，饭碗弄烂了拿啥吃饭呢？杨汉果杨公子从小弹钢琴，他哪吃过这般苦？深更半夜饿得睡不着觉，莫办法。第二天星期日放假休息跑到镇上，买啥子？根本莫啥吃的东西，提了瓶酱油回来，夜里饿了冲碗酱油水喝。有些说笑了，那却是真实生活。

1958 年夏季，大石乡的乡政府挂牌子：海南公社，邛海南面的公社。紧接着轰轰烈烈搞全民大炼钢铁运动。"石坚书记亲自带领留校的教职工，凡是金属家什包括冬天取暖的炭火盆儿都拿出来捐了，琴房楼梯上的铁栏杆也撬下来丢进小高炉……"还组织大扫除"三面光"除四害、消灭苍蝇蚊子、打耗子数尾巴儿……"我们声乐系赵淯、胡碧莹、聂洪恩三个人怀着娃娃都不能袖手旁观。作曲系主任刘文晋的夫人黄家玥也是大肚婆，干不了重活就坐在场边轰麻雀。那天站起身撵了几步，结果一不留神绊了一跤，已成形的男胎小产了！从此她再也没怀过娃娃，刘璜成了川音难得的独生子女。"

赵淯即将临产，丈夫不在身边，她怕李素芳忙不过来，咬起牙巴送女儿小音到隔壁省委党校幼儿园。"我觉得那边条件好噻，想让小音上全托，我和李嬢嬢轻松些。小音完全不适应幼儿园生活，接送都恼火。娃娃在里头哭，嬢嬢在外面哭，园长老师好为难啊！鼓捣上了一学期。寒假陈光发回来，他咋看得女儿哭死哭活嘛？赶紧转回音专幼儿园，这边全是家属娃娃，可以天天接回家。园长高泽清的先生就是我的老同学石中强。"

从海峡对岸传来的"反攻大陆"的声音甚嚣尘上，全国备战全民皆兵，陈光发所在的海南公社组建了民兵连。他除了"三同"还为公社成立、民兵成立写过文章登在《西昌日报》上。有没有过"左"的行动？"我们那里好像没太冒进也没饿死人，但农民家里凡是铁的锅碗瓢盆都要交出来，硬是连饭锅都没了，这个钢要咋炼呢？"要说人民公社好，陈光发认为海南公社做的卫生最好。第一是毕兴住的核桃村，全村牛圈猪圈都清扫得干干净净，家家户户梁上的灰尘、屋里的牌位也一尘不染。全用石灰粉刷白墙壁，再画上年画。姚以让老师美工特棒，画上大人娃娃、猪牛羊啊，写上"人民公社好！""爱清洁讲卫生"大标语。陈光发借机摘了姚以让的"右派"帽子，算不算做了件好事？还支持办《海南诗刊》，将社员写的顺口溜、打油诗登在诗刊发表，农民高兴得很。海南公社搞得热火朝天，做出了成绩也惊动了地委，"我记得宣传部长叫张润瑞，带领地委干部下来参观海南公社，我们缸窑大队受到地委表扬。"

原本以为下放干部恐无归期，做好长期打持久战的陈光发，1958年12月接到通知，他们这批人可以回家过春节！李兴文带着学校拟定的名单，带车下来接人，陈光发宣布去留人员安排。又坐着卡车经过泥巴山，西昌晴空艳阳，雅安阴雨绵绵……大家在车上摇摇晃晃昏昏欲睡，陈光发一个人兴奋得不行，终于，要看到儿子了！小钢，你爸爸回来了！网查1958年出生的娃娃，一大拨名字都带"钢"字，钢铁的钢。陈光发的儿子10月30日生下来取名小钢。他那时还在西昌，买了几大罐当地农民的纯土蜂蜜托人带回成都，赵淯兑蜂糖水喂娃娃。那天卡车开到学校大门口，陈光发顾不上给大家打招呼，提起铺盖卷就往新园跑。穿过三家巷冲进家门，"第一眼看到我的儿子，躺在李孃孃床上，满脸长水痘涂着紫药水，画得像个孙猴子，一双乌溜溜的大眼睛，还会跟我咧嘴笑哩。儿子快满还是已满'百日'？差不多就这么点大！"

1959年春节吃了团圆饭，过了团圆年，开学了，下放干部开总结座谈会。"我感觉这一年虽然生活艰苦，但干部下放锻炼也有好处……大家谈谈收获、谈谈体会。张舒阳执笔写了一篇思想汇报文章，标题四个字《向党汇报》，署名：陈光发，在西南音专校刊上刊发，我还保留着……"陈光发照旧在人事科，还是副科长。天天有做不完的事情干不完的工作，"要说我们人事科管得够宽，还要管保卫、行政方面啥子乱七八糟的事情。保卫干事是转业干部李发田，他每天晚上拿一个手电筒，东走西走巡视校园，工作很负责任。"陈光发下放之初，葛庆福同志从四川省木材公司经理职位，调任四川音乐学院党委办公室主任，两个转业干部在党办当干事，哪两个？王艾和帅明白。但凡上面派下来支援双抢农忙的任务，收麦子、割稻子，这些体力活儿，基本都由人事科长陈光发和教务科长张文俊两人带队下乡。"我们两个关系好得很，可不是一般的好，好得真诚，好得长久，从没出现过矛盾。"

这个有传统、有历史的学校，又一次迎来"更名换姓"的变化：1959年6月，西南音乐专科学校正式更名四川音乐学院。常苏民任院长，副院长羊路由，党委书记石坚（党总支改为党委）；全院在原基础上设作曲系，主任刘文晋，增设乐队指挥专业，声乐系主任郎毓秀，民乐系系主任马惠文（兼），器乐由何惠仙和附中校长丁孚祥分管。"马教员马惠文，从重庆歌舞团调过来任院办主任兼管民乐系，我们称他马主任。"冬天从水电校调来张汉卿任校党委书记。张书记很喜欢书法，东写一幅，西题一款，学生在下面给他起了个外号："题字书记"。他延安时期曾任中央保卫团政委，在毛主席身边工作多年，毛主席给他题过字"不怕困难"，他很珍惜，一直保存在身边。赵浠最高兴的是声乐系从上海院调来副教授刘振汉，"我们的师资力量更强了。他不仅教学特别好，唱得也很棒！在歌剧《柯山红日》中扮演老土司洛卡。"

1959年最重大的事：迎接新中国成立十周年。文艺界、文教界组织创作优秀作品庆祝共和国华诞。常苏民等院领导非常重视，各系师生走出校园，参加艺术实践、社会实践。羊副校长挂帅，刘文晋、丁孚祥、熊冀华联手创作组，决定以毛泽东诗词《浣溪沙》为题，写一部大型交响乐作品，这是四川音乐学院献给国庆十周年的重点作品。附中学生排演了两部童声合唱《好姑姑》（丁孚祥作曲）、《妈妈给我一张小手帕》（陈植美作曲）。"小斑鸠，咕咕咕，我家来了个好姑姑，同我吃的一锅饭，和我住的一个屋……"这首歌曲赞美下放好干部，因词曲简洁明快迅速传唱开去。听过几次排练的家属娃娃个个都会唱，天天都在唱。

国庆献礼音乐会公演以后，社会舆论褒贬之声不绝于耳。"洋大古又抬头啦！""群众听不懂交响乐！""刚改成学院就拿学院派吓人！"这些话不免让师生心头难受，辛辛苦苦创作排练演出，遭来这么多的质疑。"枪换肩"？"把黑柜柜儿（钢琴）抬下去！""洋唱法要改嗓子"口号喊连天，强调向民间学习。"我这个 Alto 咋可能学清音？随便哪个打不出哈哈腔，只有'苦恼人的笑'。"

最恼火的还有饮食，好东西越来越精贵，买不到吃不着了！早先香畹家少爷小姐锦衣玉食嘴巴挑得很，还不止成都的名小吃、家常馆子。赵湝记得清楚，那家撷英西餐厅，九哥起码带她去过三次。"他才是资深吃货，从西康回来下馆子，他的手提包里永远装着几个小瓶瓶儿，啥子？白糖、味精、胡椒粉。你说他有多讲究？再恼火在吃上也坚决不将就。"

这一年金河街 88 号院也喜事临门，正在读川师大物理系的小四赵世瑛，因成绩优秀表现突出，国防科委将她招到北京工作。虽然其父曾在伪政府做过田粮处长，后又服刑五年等历史问题多少影响到子女，但其长子赵世琦早已参加人民空军，他不能翱翔蓝天而任教空军气象学院，立功受奖荣誉满满，家庭幸福子女有成。赵世瑛也去了军事科研系统，一身军装，两条长辫，一顶无檐军帽，英姿飒爽美丽无双。

4.3

灾荒年景父女还乡

三年自然灾害经济困难时期，全国范围粮食饥荒副食品严重短缺。某院领导大会讲话：国家配给粮食定量，我们可以每人再节约两斤，够吃了。下面哄笑、苦笑！已经勒紧裤带了，营养更谈不上，好多人得了水肿病，脸上腿脚全身浮肿。有种代餐：糠麸散，打稻子、打麦子剩下的皮皮、渣渣，据说可以治水肿病。有人治好了，有人治死了。"我们有个职工雷文东负责收管体育器材。因严重营养不良全身浮肿很厉害，两条腿肿得发亮！有句话说'男怕穿靴女怕戴帽'，这样算不算'穿靴'？有一天，他坐在篮球架下站不起身，一下倒在那儿，医生也没办法，他就这样走了……这是我想起来学校发生的一件真事！"

因粮食定量不足，大家用旧罐头筒筒装着自己的那份米，送到食堂大笼屉一起蒸。"我儿子小钢好可怜，生下来没啥营养，我瘦得像根干柴棍棍儿，莫得奶水，他沥沥拉拉吊起吃了一个多月母乳。困难年生牛奶订量只有半磅，娃娃得了佝偻病，大脑壳顶起两个角角。"张文俊帮着想办法，星期天骑自行车跑回老家新都北边德阳，买了一篮子鸡蛋交给赵洧给钢钢娃儿补充营养。"这些事我都记在心头哩！"三家巷后头院坝有两块席片大的泥巴地，陈光发借把锄头刨松翻出来撒下几把菜种。长得最多也最好的是啥？厚皮菜也叫牛皮菜，白帮绿叶宽厚肥大，煮面片汤切点放进去，三家巷家家都有吃的了。有时还拿到中院前院送人家，丁孚祥、石坚、刘文晋……大家都喜欢！莫法，主食不够青菜来凑。"一人一月限量二两油，滴一滴在锅头香喷喷。我记得那天晚饭煮的面片汤，小音吸溜吸溜一小碗吃光光，悄悄问妈妈，我还可不可以添点儿汤汤？差点要掉眼泪水！"

全家半磅牛奶紧着小钢都不够，还得添加米糊糊。那天李素芳从牛奶场打回小半缸新鲜牛奶，照例放在厨房桌子下面格格里头，赶紧进屋给午睡醒来的娃娃洗澡。小音闻着奶香溜进厨房，伸手端出那小半缸牛奶，凑近鼻子闻了又闻，越闻清口水冒得越多，实在忍不住偷偷抿了一小口，妈耶，太香了！一会儿忍不住又偷偷溜进厨房再喝一口。她扒开门缝窥探李嬢嬢，还在搓过来擦过去给弟娃儿洗澡，这回索性端出奶缸一口一口，越来越明显看出少了，干脆咕咚咕咚全喝光，她仰着小细脖嗑干最后一滴鲜奶！这下好了，李嬢嬢给小钢洗完澡，端着木盆出来倒水，小音直瞪瞪地盯着她，一副"你来哇，我不怕"混不吝的样子。李嬢嬢莫名其妙没理她，一头进了厨房发现奶缸空了！小音木呆呆站那儿一动不动，李嬢嬢斜着眼睛凶巴巴说了句，你把弟娃儿的牛奶喝干净了?! 看你妈老汉儿回来不打！打就打！我不怕！

小音心里其实怕得要命，从小特别胆小，长毛的东西她都害怕，看到同院余姆姆养的鸡鸭惊声尖叫，大鹅更不得了又哭又跳！爸妈很少打骂娃娃，但小音一辈子记得某个礼拜天要去金河街玩儿，她想穿白色跳舞衣，李嬢嬢硬套上粉色连衣裙，两人僵持不下，小音噔噔噔发狠砥（跺）了几脚。赵淯侧身从五斗柜大花瓶扯出鸡毛掸子，朝小音屁股小腿抽，马上爆出青紫条条。从此长记性不能跟保姆要横，否则"笋子熬肉"（竹子片片）一顿胖揍。赵淯从小在金河街长大，爹爹妈妈对下人的态度铭记在心，最不能容忍欺负穷人、下人、可怜人的行为。

平生第一次挨打，竟只为跟李嬢嬢作对！小音在心里默默记下这件事。很多年过去李嬢嬢已过世，她在这个家十余年的所作所为，小音早已解开心结理解同情，在她心里最后只珍藏着一份感激。北方人重男轻女，南方亦无差别。原以为中国人封建迷信，类比《傲慢与偏见》等世界名著描写，西方社会黑暗时期的文化、宗教、政治不可怕吗？因大量阅读中外社科书籍，"受虐妇女综合症"这个名词让当年骄娇二气十足的小公主有所开悟。李素芳虽不至于到严重程度，但她被家暴伤害的阴影永远拂之不去。小音直觉她对小钢更多发自内心的真爱，对自己无非职责而已。

那次的偷奶事件如何结局？小音做好了豁出去挨顿打的心理准备，妈妈爸爸下班回家，李素芳一阵埋怨一通告发。陈光发沉默不语转头进了屋。赵渚呢？竟然听笑了，哦？小音喝了嗦？喝就喝了嘛！小音心头顿时备觉轻松！她眼睛珠珠儿朝上翻，斜眇了李孃孃一眼，你默到我要挨打哇？哼！赵渚又问一句，那钢钢吃的啥子呢？米糕糕噻！好噻。天阴转晴风平浪静，没事儿啦！

陈光发不仅自己种菜，还养鸡养鸭养兔子，那片菜地有很多蚯蚓（蛐蟮儿），洗菜水、淘米水、洗碗水泼到地里，早上起床挖蛐蟮喂鸭子。鸭子喂肥了，可以打牙祭，"家家都这样，想方设法要活命！政府给专家配有副食优待券，郎毓秀郎先生经常想着送我几张，买点心啊、糖果啊，还有一些副食品，相比一般教职工，我们家过得还好一点吧？"

现在的瘦身达人都不吃主食。但那会儿太缺油水，肉蛋奶更少，一天到黑痨肠寡肚饿得遭不住！1960 年秋后，赵渚又怀孕了。这一次她不顾陈光发苦苦哀求，老三，坚决不要！华西医院做完人流，医生说是个儿子！她心头一颤，深深叹了口气。大人吃不饱饿肚子，娃娃生下来不是比小钢还可怜？！小钢身体明显比小音要弱得多，他几乎每个月发烧生病，有一次高烧不退到 40.5℃！两口子吓坏了，深更半夜抱到医院去，李孃孃心疼得哭个不停。三个大人只顾照料弟弟，小音感觉自己备受冷落，暗地里郁闷不舒。小小年纪，经常胃疼，疼起来脸色煞白冷汗淋淋。送到医院反复检查，胃部未见病灶，后来诊断为神经官能性胃疼。

三家巷出巷口，总会经过丁家，丁孚祥教授和郑爱斐教授，两位德高望重的前辈待人极为和善。小音忍了好久，终于向妈妈求告：想跟郑孃孃学钢琴。"我不希望我的娃儿学音乐，虽然取名向音、小音，但那种想法早已改变。学音乐实在太苦，如果不是出类拔萃有啥意思？我只希望女儿将来学习优秀，最好能够学医，在华西坝当个医生。"看着女儿失望的眼神还是心软，第二天下班，赵渚到图书馆借了几本儿童钢琴入门教材，女儿高兴得蹦蹦跳跳抱着琴谱去了丁家。郑嬢嬢，看，我妈帮我借了这些谱子，您快教我弹琴吧！"女儿学琴太乖了，简直不用大人操心，郑老师的要求一条一条自己记在小本本儿上，写不起的字就画图……"

四川音乐学院开始大动作，要排演一部大歌剧《柯山红日》，写解放军康藏平叛的故事。"这种少数民族歌剧，我哪有份儿？从上音调来的刘振汉老师参加了演出。钱维道那时非常年轻也很英俊，形象声音都不错，他演男主角解放军杨凡杨司令；我们的学生夏宝林、陈代金和李存莲、罗良琏都担任了主要角色，黄文宇演个坏人，罗加？国民党潜伏特务。"音乐学院在春熙路大舞台公演歌剧，社会反响强烈师生大受鼓舞。

德哥赵涵的鸽儿、赵湑的音儿转眼该上小学了。哦，还有三妹的儿子李渡和小音同年，一个年头、一个年尾，一个属蛇、一个属马。小音和他的关系似胜于其他表兄弟，原因自然是赵湑和赵溶两姐妹走得近噻。

二十世纪六十年代的教育制度，小学生年满七岁方可入学，且必须生日在9月之前。小音生于12月，夏天还未满七岁，赵湑实在不想她一个人孤独地留在音专幼儿园，比同班娃娃晚一年上学。龙江路小学和实验小学并列为全市最好的小学，园长高泽清带着大班娃娃集体报考。大部分孩子临场表现不错都考取了这个学校，重点是成为龙江路小学第一届"十年一贯制"学生，1961年招收三个班，1班和2班读五年，第3班则照常读六年。小音明明不到年龄，高园长架势说情，同班娃娃留她一个不好。何况小音考试（面试）表现非常出色。好吧，提前三个月升成小学生。

陈光发突发奇想，女儿上了小学功课一紧就没时间了，何不趁这个暑假带她回趟山西老家？从1948年参军离开山西南下入川，成都重庆、重庆成都辗转十三年，这是他第一次打算回磨涧村，真不可思议也难以置信！"我父母都不在了嘛！再说那时工作太认真（认真？无情无义！）。"父女俩先坐火车到西安，再坐长途汽车到潼关，上大木船渡过黄河。只见风陵渡岸边，一群浑身半裸光溜溜、只有条裤衩遮羞的男人蹚水过来"抢人"，抓起一个甩到背上蹚着浅滩河水上岸。小音趴在男人背上吓得眼泪花花儿的，看见爸爸那么大人也被别个背着跑，她也懒得哭了。在风陵渡坐上又脏又旧的客车往东开，突然老天爷抽抽搭搭哭起来。夏季的雨哗哗哗，从观后步行到观庄大约三里路，雨越下越大，下去躲躲吧？"小音胆小得很，她怕滑摔跤不敢迈步。我一把拎起她夹在胳肢窝出溜下坡，一头钻进窑洞，老太婆吓一跳。"爸爸，我饿了！老太婆伸手从梁上挂着的柳条篮里抓出个"契合马"，实际就是包谷粑粑，全是长长的绿毛，用手擦擦满脸慈爱说，这女娃好乖呀！"那种干馍馍不好吃，又酸又硬牙碜满口钻！小音真饿了，抓起就往嘴里塞，我也没拦她。"

雨停了接着走。"陈光发十三年没回磨涧村，大家都非常激动。我们住在二嫂家窑洞，第二天上个坡去看望大嫂。"光发的大哥和二哥灾荒年相继去世！二嫂说困难时期没粮食，二哥陈光兴得了啥病？食管动脉破裂，大出血止不住，农村缺医少药治不了，死了。大哥的长子选民连哭带说，他爹还是因为没东西吃，严重缺乏营养全身浮肿，最后肚子胀得老大，死了……"早先大哥一直往成都写信，他死了，谁写？大嫂识得几个字，二嫂是个睁眼瞎，那也能找人写封信啊！从来没告诉我这些事。我的工作确实忙，写信回山西一封两封三封如石沉大海。回到磨涧村我才晓得，有这些悲伤的事情发生……"

在磨涧住了两天，陈光发带小音去毛李涧看望二姐陈银花。南崖（ai）顶南头有片瓜园，"我们进了看瓜人的草庵，他到瓜地里东挑西拣，抱回一个最好的瓜，切开，我们两个蹲在那儿吃，好甜好爽口！正要掏钱，听说是这村出去的陈光发，瓜园主人笑了，坚决不收钱。"莫说村里人，这一苕谁没听说过陈光发？小音嚷嚷，爸爸，你咋不给人家钱呢？"我就说人家叔叔不要钱！这儿有规矩，在地里吃瓜不要钱，要把瓜抱走就得过称，一斤瓜几分钱一毛钱。"

从坡上走下来不远到了毛家涧，再往南走到李家涧，两个村子合起来叫毛李涧，早先大哥在毛李涧小学当过老师。走到二姐银花家，她们一家生活比磨涧村两个嫂嫂家强。正值盛夏季节，她家地里瓜熟蒂落，香瓜、西瓜，还有各种蔬菜，小音在二姑家吃得最满意，"我二姐包的饺子不单味道香，样子还好看，那馅儿里放了鸡蛋和一点肉！二姐两个女儿要招上门女婿。大女儿成人了，十六七岁？还没正式出嫁，上门女婿叫作功，上门后要改姓赵。"陈银花二嫁丈夫赵法娃儿，在村子里喜欢帮助别人，十分热情还很仗义。新中国成立之初犯事被判刑坐了几年牢，已经回家了。看到二姐过得好，有青壮劳动力准女婿作功顶一门，既能干地里的活儿，还养着牲口家畜，一家人生活温饱不成问题。

陈光发要去营子庄大姐陈金花家，十七里山道小音咋走得拢？这一路不通车，只好留在二姑家等爸爸，还撵了一阵路又哭了一大场，二姑杀了个西瓜，好不容易安抚住娇滴滴的小姑娘。通往中条山下的路，曾经是陈光发往返县城走得最频繁也最熟悉的一条路。全家关系最亲密的大姐和小弟，终于在分别十三年后第一次见面，陈金花一把抱住陈光发哭起来，"那年离开山西，最后一次跟亲人告别就在大姐家。大姐呱啦呱啦跟我说了好多话，在最困难的时候，这个家庭是咋个挺过来的？那么多娃娃，咋能一个一个活下来？一个一个长大？"营子庄老辈人里，大姐是唯一识文断字能写会算的"文化人"，同村里的老乡亲小年轻，相处和睦互相帮助。

那次大姐还特意跟光发提到一个人，西彩。磨涧村郭长老的孙女，小时候在郭家做礼拜，西彩拉着光发的手说，长大了她要嫁给光发哥……真是往事不堪回首，光发不满十三岁娶了同村刘俊要的闺女刘川枝。这件事说来有些诡异，你明明是个山西女子却为啥要取个名字川枝？陈光发参军南下入川，果然离婚又娶了个四川女子……月老牵的红线，莫法说。前面提过，西彩嫁到富户侯家，同光发的二姐头嫁前夫侯老二，曾经做过两姊娌。侯家三兄弟最富的就是侯老二，他被歹人绑票又被撕票。二姐后来改嫁赵法娃儿，侯老二家的田产房产都归了侯老大这一房，"土改"时成分被划为地主老婆的就是郭西彩。她在地里割麦子、摘棉花，日子过得很辛苦、很悲苦。"我心里头……唉！好像说不清是个啥滋味。真是个苦命的女人！大姐跟西彩关系特别好，有时请她到家吃饭，还给她一些安慰……那一夜，我们姐弟两个摆了很长的龙门阵。"光发惦记小音在二姐家会不会哭，只在大姐家住了一宿，第二天赶回毛李涧接小音，父女又回到磨涧村。

那次给嫂嫂家送钱没有？好像也没大范围送。"我们要养两个孩子，请着保姆，经济没那么宽裕。我们家在学校还算好，那些娃娃多的家庭更恼火。声乐系当时被人戏称'生育系'，因为系主任郎毓秀'带头'生娃娃噻，'流'掉两个，还有九个，她家娃娃最多噻！侯慎修七个、程希逸六个……我们家就只生了两个。"

陈光发父女马上要回四川，磨涧村的老乡家家户户相跟上门，这家送鸡蛋，那家送红枣，东家一包柿饼，西家一袋核桃，有啥就送啥。"两个行李包塞得满满的。那么多鸡蛋，二嫂晚上放锅里煮熟都装到布口袋，我们两个一路走一路吃，汽车上剥，火车上吃……"小音吃得想发吐！吃出鸡屎味来了。好长一段时间，她不能吃甚至不能闻，煮鸡蛋的味道令人作呕！哦！还有个问题：那次回山西见到您女儿、我姐姐黄引引了吗？"我离家前，刘川枝怀孕没吱声，我从没见过这个女娃。那次在火车上见着她大伯，我转送了一支'关勒铭'金笔……"那走到山西都不见？"我不知道是不是她妈不让她来见。"

那个暑假陈光发带女儿回山西，赵淯带学生到武胜去学农。因当地水源污染严重，用农田里的水漱口洗脸。她和李友莲医生、民乐系扬琴老师陈富民（后来当过刘晓庆的主科老师）三个人，下半年相继发作传染性肝炎。赵淯还因肝炎严重影响心脏，经常突然晕厥，上课开会说倒就倒很吓人。

陈光发工作照样很忙，正常每年都是这样，暑期招生、毕业分配、人事调动，还有就是社会实践、支农、慰问部队的时候，要派人出去。"党办主任葛庆福，他和我都是河南人，我们两个特别合得来。在工字房党办和人事科两间办公室隔得很近。"葛主任跟他说，光发，你这个人事科副科长什么时候当的？西南人民艺术学院就任命了，从西南音专再到四川音乐学院，很多年人事科副职正用都由他管事儿，自己从来没想过，别人从来没提过，啊？八年啦！"葛主任就说，八年还不提科长？我来帮你提！顺理成章还有什么问题？从山西回来以后提了科长。"虽然一直被称作陈科长，现在才算名正言顺的陈科长了。

葛主任和陈科长两个大人关系好，两家娃娃也相处得非常亲密。葛家三个女儿，大女儿葛琳娜（曾更名葛玲）和陈小音，两个女孩经常在一起玩儿，关系特别好。琳娜还有两个妹妹葛敏、葛蓉。

1961 年 9 月 1 日开学，早饭后，赵淯一件湖绿色小花短袖衫，一条淡灰色薄裤，一身清清爽爽。她和小音路过中院叫上葛琳娜，一手牵一个，三人一起走到了龙江路小学。好清静啊！原来赵淯记错了入学报到时间要提前，全体学生都已进了教室。她自己上午还有课，看有间教室插着"一年级 X 班"的牌子，慌里慌张把两个娃娃塞进门。结果这是三班，陈小音和葛林娜都在一班。下了早读才被送去一班教室。啊！一班的女老师，好美丽！她脸上的笑容好温和好亲切！问清楚两个女孩的姓名，一边一个牵着女孩的手，那一刻，陈小音一辈子忘不了！她是多么有幸进了这个班：成都市龙江路小学 1961 届一年级一班，班主任兼语文老师可不是一般人，二十世纪六十年代四川全省唯一的小学语文特级教师袁丽华，"全国三八红旗手""全国人民代表"。这位优秀的教师，带给陈小音一辈子的影响，她却不幸于 1967 年三十八岁时悲惨去世……

那天袁老师将陈小音和葛琳娜送到座位上，陈小音转着脖子扭着身子转了一圈，原来同班同学里那么多音专家属娃娃，副院长羊路由的女儿黄小英（后更名黄一涓）、作曲系陈植美老师的独生子张影，新园前院施幼贻老师的三儿子施在泽，总务处处长孙铁夫的女儿孙琪……她心里高兴坏了，这下毛根儿朋友都在一个班，上学放学不怕没伴儿。下课以后，从隔壁一年二班又出来了几张熟脸貌儿。声乐系刘亚琴的女儿刘少萍、聂鸿恩的儿子杨路，作曲系邹鲁的女儿邹勤，器乐系指挥家熊冀华的女儿熊叶玲、民乐系二胡专家段启诚的女儿段婉琳、曹镜涛的大儿子李永宪……哈哈！那年音乐学院这帮上小学一年级的娃娃，大家年龄相差不大，大的 1953 年下半年，小的 1954 年上半年，小音生日最小、年纪最小，可能也是最娇气的一个。徐杰的女儿徐雯雯（后更名徐学海，立志学习欧阳海？）、邓自君的儿子邓思远、吴德芳的儿子杜小珂、张文俊的儿子张晓先……多多多，有的去了附近的胜利村小学，最近的读音乐学院旁边的太平横街小学。

正好在陈光发的女儿生日当天，四川音乐学院党委 12 月 2 日进行改选，书记张汉卿、副书记羊路由，党委成员有院长常苏民和石坚、葛庆福、毕受明、陈光发和马惠文，总共八个人。1961 初冬，寒意袭人霜露深感……

4.4

几多意外几多感伤

经历三年自然灾害，陈光发山西老家失去了两位兄长。赵淯呢？在天府之国生活的亲友是不是好一些呢？经常来往走动的亲戚并无饿死、病死之人。但香畹至交祖静堂兄亲家沈鄂生的长子、赵淯的大表哥沈伯翔却不明不白死在了省城之外的荒野山林间，好惨！

从头说，五舅沈鄂生有四个儿子：伯翔（龙曾）、仲达（凯曾）、叔凌（麟曾）、季光（耀曾）；上下两个女儿洪霖（伯洪）和叔敏，后者就是差点嫁给赵淯九哥赵溥（子博）的五表姐。现在对上号了？那年沈鄂生还在宜宾任田粮处长，那天走在街上，一个算命先生追着他说，哎呀！你印堂发黑面相不好，最近家里头怕是要损人啊！鄂生听信此言，想赶紧把妻儿老小从成都搬到宜宾，天天守着放心。一家人坐船从九眼桥下去，船行到乐山王通桥，风浪太大船侧翻！吴氏抱着襁褓中的叔敏不撒手，很快被船工七手八脚捞上岸，趴在牛背上吐出好多水，总算母女平安。可惜四岁的四姑娘在底舱玩耍，大家吓慌了没注意，后来只打捞起小小的尸体。那年沈伯翔八九岁，他趴在一块船板上在水上漂，捞上岸后人被吓得有点呆傻。"骂人傻说脑子进水，我二表哥真的脑子进水了，一直不那么灵光。"

沈鄂生痛失爱女痛不欲生，只能把四姑娘埋在宜宾，立了很大一个碑。所谓"是福不是祸，是祸躲不过"，千躲万躲还是损了口人。他痛定思痛：信则有，不信则无。如果家人不动，女儿可能不会死。从此立下家

183

规：谁都不许算命，教训太惨痛了！有点呆傻的沈伯翔生活能力低下，又不能参加工作，"我五舅走哪儿都带着他，活像个跟包。"父母之愿要给儿子订亲成婚，谁会嫁给他？经大姐洪霖撮合，从阆中到成都投亲的赵韵华（赵涪）嫁给了沈伯翔。赵韵华是香畹堂弟、赵清六爸的遗孤，赵清的堂姐，"我一直称她大二姐，而不是大表嫂。"沈伯翔天性纯良性格懦弱脾气好得很，他和表妹赵韵华结婚，无非名义上的夫妻。洪霖作为大姐又是红娘，亲弟和表妹不能生娃娃，她把幺儿赵世琚过继给伯翔和韵华当儿子，改名沈琚。伯翔对这个外甥兼养子爱得不得了，带着一拨娃娃赶青羊宫、耍百花潭。他的心智永远停留在五通桥落水时八九岁那个年龄段，这样一个人，怎会死在荒野山林呢？

真是一个悲剧！大跃进提出口号"不在城里吃闲饭"，要把社会闲散人员轰出城。沈伯翔没有工作能力，还是没能逃过风头。结果把他下放到什邡某钢铁厂"自食其力"。那个情景有点像后来的知识青年上山下乡，大卡车停在金河街88号院门口，沈伯翔呢？在！好，不由分说拉起就走。这一走，很久没有一点音讯。某日院里来了个干部模样的人，打听沈伯翔回来过没有，他在不在屋里头？沈琚和叔敏儿子继谦正在院子里玩耍，说，沈伯翔不在，他去什邡炼钢铁去了。那个干部可能觉得孩子不会撒谎，便转身离开。

大概过了十天半月，那天晚上又来了个干部模样的人。沈鄂生当时生病卧床，叔敏出去接待，有什么事在院子里谈，屋里老人受不得刺激。那人拧着非要进屋，当着老子说，他儿子死了。真不懂事！非要当面跟老人说沈伯翔从山上摔下去死了，他的遗物就是一只摔坏的手表。根据这位干部的说法，本来沈伯翔在后山工作，因条件比较艰苦，他们想把他调到条件稍好一点的前山工区。那天晚上找了个挑夫帮他担行李，沈伯翔跟在后面端着洗脸盆。后来挑夫发现这个人咋没跟着走？倒回去找没见着他。开始厂方怀疑沈伯翔跑回成都了，派人撵到成都，根本没在家。又折回去仔细找，这才发现人已死了很多天，至少二十多天，可能被山里野兽撕吃得没法看了……听说这件事，沈鄂生深受打击！再说是个瓜娃子，那也是自己的亲儿子，忍不住大恸悲号！叔敏一边流泪一边埋怨，你就不该当着病重的老人讲这些事情！全家人连伯翔尸首都没看一眼，这个人就永远消失了……

赵韵华嫁给沈伯翔，同样是表妹和表哥联姻。虽是名义上的夫妻谈不上有多深的感情，但她内心压抑痛苦了很久。虽有个名义上的养子沈琚，但娃娃大了，很粘自己的生母洪霖。经过再三考虑，韵华说自己想抱养个孩子。正好三妹赵溶和妹夫李春福在省民政厅工作能帮上忙。"这件事大二姐不想让所有人都知道，有点秘密进行时，我们也悄悄建议，您身体不好，腿脚不便，老了需要人跑腿，养个男孩吧！"那天三妹夫妇陪着赵韵华去省民政厅下面的保育院。看着这些没爹没妈的孤儿，赵韵华心疼得不行。本来说好要抱养一个男娃娃，结果旁边童椅里一个白生生、胖嘟嘟的女娃娃哭得好可怜，保育员没顾上管。韵华站起身一拐一拐走过去，抱着哭泣的女娃娃撒了泡尿。这一把、这一抱，竟莫名生出一种割舍不下的感情，我不要她谁要她？我不抱走谁抱走？那边刚抱过来个男娃娃，我不要他我要她！三妹赵溶后来说，那个男孩儿见人就笑长得特别乖。大二姐坚持要把这个哭得一脸鼻涕眼泪的女娃子抱回家，取了个好听的名字：赵丽。奶名儿就叫丽丽。丽丽出生于 1959 年，属猪，赵韵华抱养时大概两岁左右。叔敏后来悄悄说，早知她要抱养个女儿，还不如抱我家小妹儿！"大二姐或许不想过继姐姐妹妹的娃娃，她担心二天（将来）扯来扯去扯不清，干脆抱个莫得血缘关系的孩子，无牵无挂巴心巴肝。"从此母女俩相依为命，丽丽对养母非常孝顺周到，她心地善良特别勤劳。

1961 年夏天最是困难时期，陈世华带着女儿甘华娅，赵淯抱着小钢、带着小音，大人娃娃瘦得像非洲饥民一样。有一张老照片是声乐系高材生雷琼仙临近毕业，两位老师带着小娃儿，同芳华之年的美丽少女在校园的合影留念。

1962 年早春，赵淯带着青年教师邹美君到中央音乐学院听课。那时特别重视民族声乐专业，"我们希望学习三个月，中央院只同意一个月。江仪宽当时已留校，声乐系行政事务性工作，可以交给她分担一部分。"校领导和系上感觉赵淯身体状况太差，很快安排她去住疗养院，那是省里办的干部疗养院，在青羊宫附近、杜甫草堂对面。"我住了三个月，认识了很多朋友。有的是机关或高校的干部，还有工程师。"赵淯出了疗养院，有段时间和"疗友"来往频繁走得很近，周末转转会式地轮流到各家做客，有时会带着女儿小音去社科院周工程师家包饺子、打牙祭。

三年自然灾害后，经济生产和物质生活逐渐恢复正常。四川省委财贸部1962年10月把葛庆福调回省经贸局任副局长，"我很舍不得这个河南老乡，小音上学放学也少了个最好的小伙伴儿……"葛庆福一调走，党委办公室主任位置空起了，陈光发从人事科科长调去当副主任，肯定不会直接升正职，又是副职正用，干事还是王艾和帅明白那两个人。

第二学期开学，赵淯回到学校上课。1962年开春在提督街军区影剧院、劳动人民文化宫，四川音乐学院老师向社会公演独唱独奏音乐会。声乐类节目有女中音歌唱家赵淯、重庆歌舞团留法男高音歌唱家薛传义，还有侯作吾（古琴）、陈济略（琵琶）、蒋樵生（钢琴）、段启诚（二胡），等等。敖昌群的父亲敖学琪专门写了篇评论文章，那篇文章是不是第一篇也是唯一一篇，在报纸上登载的赞美赵淯演唱的评论呢？

在新园宿舍里，赵淯陈光发这家人同邻里关系相处和睦。因为一起开过音乐会，彼此了解和交流也比较多，有段时间两口子和同院的侯作吾先生过往甚密，走得相当近。"侯先生住新园前院东侧平房，他一个人没带家眷，身体不太好又吃素。好像练过气功？练得不对出了问题？脑袋总是左右两边摇晃。困难时期侯先生帮助我们最多了，他是教授有特殊供应票证，经常把福利票券送给我们。"赵淯作为回报也经常做些家常素菜趁热给侯先生端过去，有时请他到家里随便吃点东西，陈光发赶紧把家里存的好酒拿出来请他喝，"侯先生特别高兴，脖子都喝红啦。他觉得我们这家人心肠很好，小音和小钢两个娃娃也乖。他假期经常上青城山闭关修炼，说是去疗养，把名贵古琴放在我家保管，他很放心。"

赵淯管教娃娃用"变态严"形容丝毫不过分。两个娃娃特别是女娃娃，放学必须按时回家，不准在外头野；做了错事没关系，妈妈最恨撒谎！有一次，还在上幼儿园，小音夜里起来小便，枕头下露出个硬币。赵湝厉声喝问：你哪来的钱？小音吓得浑身哆嗦，黄小英拿给我耍的、五分钱。这个是二分，还有三分藏到哪儿去了？我没藏，这就是五分钱。撒谎！两口子把女儿按在床上打屁股，小音委屈死了！第二天黄小英歪起小脑袋说，赵孃孃，我给你们小音二分硬币耍哩，放学忘了喊她还给我，你们就打她？好歪哦！那天小音回家发现衣服兜里二分硬币，吓得晚饭都吃不下，藏来藏去打算第二天还给小朋友，结果不小心被发现、被冤枉，挨了一顿打。这就是二分钱硬币的小故事。

上了小学管得更严，必须按时完成作业，做不完不准耍。有一次小音打梦觉，老师说课文抄写五遍，她吭哧吭哧要抄五十遍！夜深了，赵湝有些于心不忍，还是要抄完才准许睡觉。新园的小朋友喜欢和小音、小钢一起耍，只要遇到藏猫儿、打游击等需要选边的游戏，两边都很为难。因为每到天色将晚七八点钟，李孃孃扯起喉咙在院坝头喊"小音——小钢——天黑了！回来洗脚睡觉啰！"李孃孃喊不动，赵湝就会亲自出马亮开 Alto 大嗓门儿，只喊一声，两个娃娃顿时吓得如鼠窜般飞跑回家。娃娃遭妈妈管成这样，谁还敢带她俩玩儿？"我把你们教得乖，送到三姨那儿才不得给她惹麻烦！"但凡赵湝夫妇外地出差，两个娃娃都丢给三妹管。爹妈之外，三姨就是他们姐弟最亲的亲人。

全校师生经常下基层，正常的教学秩序无法保证。郎毓秀、江隆浩、邢学智三位担任领队的演出队，熊冀华担任指挥和排练，全队五十人左右，主要是高年级学生。演出队近在乐山、犍为、夹江，远去凉山、西昌、米易、普格、昭觉等地转了一大圈，慰问解放军，演出一个多月三十多场。郎先生不仅带队，而且逢演必唱。全国人民的代表以身作则，全体师生备受鼓舞。学校决定以后每年"八一"前后都要进行慰问子弟兵的巡回演出。这年冬天，文化部主办全国独唱独奏音乐会，常苏民院长带着声乐系的两个尖子生李存莲、周亨芳参加演出。大获好评。

因上面有指示，钢琴系独立三年撤销合并回归管弦系。声乐系师生基本不敢再唱外国作品，已明确规定以民族民间唱法为主科或第二主科的必修课。"刘亚琴、周亨芳她们都在学川戏，我跟着听课，但唱不来得嘛，四川清音也学不好。"演唱清音，需要一边敲竹鼓、一边打竹板儿，赵淯学洋唱法都是钢琴或乐队伴奏，她顾着唱就忘了敲鼓，敲起鼓就忘了打板，总是手忙脚乱相当狼狈。她非常尊重声乐系聘请的京韵大鼓专家盖兰芳，听过也上过盖老师的课，还是不得要领。京韵大鼓多用原声本嗓，她却怎么都发不出那种声音。有个学生刘崇义（很多年以后成了罗良琏的亲家）跟盖兰芳学得最好，后来毕业分到省曲艺团。"我们还专门办了一个藏族声乐班，西藏派了学员还送来一些演员。"

某个星期天，三妹赵溶照例请赵淯和陈光发到东昇街家头耍，正在啃猪蹄子，突然不速之客登门！很年轻很英俊很陌生，赵溶赶紧让到那间屋摆龙门阵。后来才知他是五妹赵沚的男朋友南康，云南丽江纳西贵族世家，参加革命很早，文化水平较高，在西昌地委党校工作。关于两人的恋爱史传有各种版本。赵沚从小喜欢看书，党校图书馆有很多翻译小说，借了还、还了借，一来二去两个人就好上了。南康到成都在省委党校学习，赵沚让他给赵溶带了封信。这件事，赵淯光发记忆模糊，南康却耿耿于怀深藏于心，竟然始终记得那天二姐和姐夫对他态度冷淡，只顾啃猪蹄子。

"好笑人嘛，南康来找三妹，三妹又没介绍，哪个晓得他是五妹的男朋友？我跟生人从来莫话说，三妹热情奔放，在民政部门工作和各种人打交道，这方面我确实比不了。"

那次五妹写信带信，原意是请三姐帮她把把关。南康脑子灵活嘴巴甜，初次见面把三姐哄得团团转，很快她给五妹回信表示赞成：南康人不错，你眼光没错。在省委党校学习结束回到西昌，赵沚和南康结婚了。1962 年 4 月 23 日女儿出生，一双乌溜溜的大眼睛，长得十分可爱。因生在凌晨四周万籁俱静，取名南小静。至此，赵淯八（九）个兄弟姊妹，全都组建了自己的家庭，且都有了自己的子女。幸福不幸福？只有各家知道。赵沚和南康后来离了婚，兄弟姐妹她是独一份。这个男人最大的缺点是小心眼儿，总见不得妻子与其师兄摆龙门阵。二姐姐夫一次无意间的冷漠，南康也记了一辈子。

1963 年金秋时节迎来音乐单科大学（西南音专－四川音乐学院）十周年庆典。常苏民院长非常激动，十年前他接掌西南音专校印时，全校只有四十八位教师；十年后学校培养的尖子生，在全国受到关注和好评，全校教师已有一百三十人。这所学校正向着常院长所希望的"出人才、出作品、出理论"的目标一步一步迈进。"最早的三年制、五年制专科，后来的四年制本科；附高中、附初中，还增设了民族器乐、乐队指挥和钢琴手风琴等专业。第一批本科毕业生黄虎威已经写出《巴蜀音画》等影响广泛的高质量的作品。"十周年庆典，如何少得了新创作品？"我们声乐系最重要的任务是排练一部新歌剧。羊路由副院长牵头并改编作词、宋大能和马惠文作曲，联合管弦系、民乐系演出《李双双》。周亨芳演李双双，黄文宇演喜旺。太轰动了！满院家属娃娃都会唱'小菊小菊你睡得这样香''放点辣子春点蒜 / 今天吃碗甜水面'……"

陈光发最引以为豪的是学校完成基建项目，演奏厅啊、琴房宿舍办公室啊，相比十年前，早已不可同日而语。

1963 年附中招了一班新生，后来被通称为"初三班"，1966 年暑假之后这个班应该升读高一，因为"运动"开始停课闹革命，在初三最后一学期，基本没好好上课，稀里糊涂初中毕业了。"我为什么要专门提到这个班？这个班不一般，一帮学音乐的孩子刚进校，演过一部小话剧《警惕吧，朋友》。重点是这个班后来出了几个名人：影视大明星刘晓庆，著名作曲家敖昌群（代表作《我爱你中华》），后者还是第五任正院长。"赵㳕和敖院长的母亲刘美琳是小学同学，敖院长的父亲敖学琪就是赵㳕和侯作吾、段启诚早年合开独唱独奏音乐会后，第一个在报纸上写评论文章的人。

三妹赵溶再度怀孕，二姐赵㳕心情矛盾。按说三妹和老李只有一个独生子李渡，太孤单了，若是给他添个妹妹或弟弟玩儿，多好？想到三妹初产血崩惊风，她又心惊胆寒。别再冒险了！赵溶心里千般不舍，还是顺从地跟着二姐去了医院。回到家，越想越心疼，又是一个男孩，忍不住哇哇大哭。赵㳕不知该怎么劝，她自己也曾人流过一个男孩，有啥办法呢？

4.5

采花酿蜜甘苦自知

1964 年早春，四川音乐学院的创作演出空前活跃，作品如雨后春笋般破土而出。有一部分师生带着采风任务，南下泸州往南慰问云天化工人。赵渢和毕兴、章纯三个人则带队西行，前往藏区慰问子弟兵，"成都军区专门派了一个李指导员，他负责陪同我们坐军用卡车进藏区，一边采风，一边演出。"五十多年过去了，九十三岁的赵渢仍清晰记得那一次的所有行程，"第一站到马尔康，第二站到刷金寺军分区，在阿坝州很有名；第三站到红原军分区；第四站那个地方叫墨瓦；第五站到的松潘，那儿离九寨沟不远；第六站到的南坪……"一口气连巴儿都不打，您记性真好！

前些年赵渢在武胜农村感染急性肝炎引起心脏官能症，一个心脏病患者进入藏区，这是非常危险的事情。赵渢和毕兴，两位领队都有不同程度的"高反"（高原反应）。那天到了松潘，这座古城很有历史又叫小成都，这一级海拔只有两千多不到三千米，还可以吧。最严重的"高反"主要是在刷金寺和红原。"有高原反应的人很多，我是最不适应的一个，本来心脏功能不好。结果到了红原，打前站的同志钱维道就说，红原并不比刷金寺轻松，他连叠被子的力气都莫得，你们要做好准备。"从军分区联系工作走出来，赵渢和毕兴果然感觉特别心慌胸闷气短，走一根电线杆距离，累得要扶着电线杆子喘一会儿气，非常狼狈。

赵渢踏上这片对她来说是那么遥远模糊的土地时，不由得心生感慨却无法言说。当年管夫人喻宜萱首唱并录制《康定情歌》，从雪山流淌下来的折多河、同雪山遥遥相望的跑马山都让人充满遐想。实际上雅康地区曾是赵沨的九哥赵溥、十哥赵涵工作多年的地方，两个兄长都在这里恋爱结婚组建家庭，这里留下了他们多少不为人知的秘事往事、传奇故事？太多太多，恐怕三天三夜说不完。虽然他们两家先后回到省城，但终身背着历史问题的沉重包袱，不说也好，不提也罢，这些珍贵的记忆随着岁月蹉跎光阴流逝而淹没消散，真可惜！好痛惜！

再将思绪和话题拉回来，"红原军分区部队官兵为了搞好接待工作，提前开了动员大会，这里没有鲜肉供应，他们派战士到雪原上打野鹿，有两个战士因此得了雪盲症！那个地方不能正常煮饭，必须要用高压锅。但是他们仍然非常热情地接待我们，还专门为我们进行了一次马术表演。我们声乐系的刘亚琴老师，正在看马术表演，因为'高反'突然晕倒，她那时已提了副教授。"这一路师生大多由各军分区接待，吃住条件还可以。

墨瓦只有一个骑兵连，没有招待所只能住在军营里。"这儿离县城乡镇太远了，根本没有看到过演出。我们事先做了动员，虽只面对二三十个战士，但非常有意义。大家照样把节目从头演到尾。"基本都是独唱、重唱《逛新城》这些小节目，"我的学生肖福熙去了云天化，陈正昭和曾泰修在这边，演唱《交城的山交城的水》；周亨芳演唱《兰花花》《南泥湾》《革命人永远是年轻》，还有电影插曲《谁不说俺家乡好》，她最受欢迎。"周亨芳进附中的老师是郎毓秀，后来是刘亚琴一直在教她。军营里堆放着很多喂马的生胡豆，演出队师生一把一把抓来当零食吃。

那次采风演出，南坪本不在计划任务范围之内。甘孜州委书记兼军分区书记，坚决要求小分队去南坪。"我们也很想去南坪，《采花》这首民歌已经流传出来了。"虽说是在阿坝州九寨沟县内，当地方言更接近陇南口音。南坪民歌中土琵琶弹唱的小调《采花》，歌词从"正月里采花（哟）无花采"唱到一年之间每月盛开的代表性花种，全曲音调轻盈跳跃，运用切分节奏，纯朴平实朗朗上口。因其独特的艺术魅力而成为四川民歌中的经典。郎毓秀在音乐会上多次演唱，还曾被改编成钢琴曲，现为社会考级作品。南坪土琵琶用一块整木料雕琢成型，下半部镂空音箱，只挂三根琴弦，品相似无半音，弹起来"嘣咙嘣咙"音色比较浑厚，赵渭给女儿小音买回一把，"你猜好多钱？一块钱！太相因了！南坪县委对我们也很热情，送每人五斤核桃。我说这个不得行，有纪律、有制度，必须按价付钱。我们哪犟得过他们，只能象征性地少付一点吧。"

在藏区慰问解放军演出，赵渭印象最深，发自肺腑说：解放军是最亲的亲人！解放军确实值得我们尊敬！"我们真的建立了军民鱼水情！更重要的是通过采风，作曲系的师生搜集了很多当地民歌，写了一批优秀的新作品。毕兴诗兴大发，写了首歌谱成一曲《马尔康的姑娘》，好听得很！做了一次汇报演出，有些歌曲后来拿到省歌舞团和兄弟歌舞团演出，相当受欢迎。"还有一件事也要说，"因为我们的任务只是慰问军分区官兵，那次松潘县委书记差点发脾气，他说松潘的老百姓太想看演出了，你们必须加演一场！实际上也就是县委县政府的领导和家属的愿望吧？那一场演出我没去，心脏病发作很厉害。"

因川甘交界的文县太过偏僻，甘肃本省的兰州文工团，从来没去过这个边远地区。"听说四川音乐学院在这边演出，文县县委专门派人过来联系，希望我们能够去那边演出，老百姓太想看了！从南坪到文县根本不通公路，那边专门派马队过来接我们，半天路程可以走到。"成都军区为川音派出的军用卡车和李指导员，在南坪演出结束后就返回成都了。演出队到文县只能骑马，只有几匹马大家轮流骑。"文县县委接待非常热情，大概演了三场？老百姓高兴得很、欢迎得很。文县县委又派汽车把我们送到四川广元，我们从那边坐火车回到成都。"

1964 年春夏之交，正在住院的羊路由副院长提出，要写一部歌剧《激浪丹心》，表现川江船工感人事迹。江隆浩、宋大能、杨琦和施幼贻组成剧本创作组，羊路由挂帅抽调熊冀华、黄虎威、解君恺等集结作曲组。这部自创自演的四幕歌剧在成都、乐山等地演出大受欢迎。有个少年角色由后来火得很的刘晓庆同班同学夏洛根饰演，大院家属娃娃成天追着喊他，毛娃儿！毛娃儿！

自 1949 年岁末陈光发随军入川以来，第一个远行探亲的山西老家人是谁？大姐陈金花！带着小幺儿李廷安来到成都。三年困难时期两个哥哥皆已故去，现在山西农村的亲人，同辈人只有两个姐姐，长辈还有叔父陈文胜一家老小。现在物质生活好了很多，大姐来得正逢其时。赵涓和陈光发结婚十二年，第一次接待婆家人。大姐和小弟的故事，早在结婚之前她耳朵都听出茧子了。陈金花只比陈光发年长九岁，那天他把大姐母子从成都火车北站接回家，赵涓不觉暗暗吃惊。"从没见过大姐照片，我没想到她看上去那么'老'！身后的幺儿廷安还那么小！他比小钢小一岁。哦，对了，李廷安和赵丽同年，属猪。"

在陈光发心中，最重要的老家亲人就是陈金花。"我大姐婆家不算太穷的人家，她也不算最命苦的人，婆家供她上过三年学，在我们农村算个小文化人儿。大姐夫黑哥特别憨厚老实，像个闷葫芦，一辈子只知道干活儿。"黑哥对陈金花、对他这个家包括对光发，那是百分百地好啊！同老婆一个接一个生娃娃，山西人喜欢男娃。头生儿子取名廷选，从第二个开始一个接一个全是女娃娃，选英下面改英，改英下面没改成男娃，赶紧唤作变英；变也没变出儿子，算啦，变英下面两个妹妹淑英、福英……长子娶了儿媳，转年生了个孙子曾泰。已然升格祖父祖母的李黑子和陈金花，真心不想再要娃，可竟然又怀孕了，老天爷睁眼，最后又给了他们一个儿子！陈金花四十一岁"高龄"顺产，好了，心安了，取名廷安。小儿子比大孙子还小，"我们农村婆婆和儿媳一起坐月子，那都不算新鲜事儿。"何止农村？赵涓的母亲祖静不也和儿媳洪霖一起生孩子坐月子？赵汕幺姑比侄子世琦还小六岁多！

第一次出远门的陈金花不过四十六岁，看上去却像个老大娘，五岁的儿子像她孙子。陈光发工作很忙，但也尽量抽时间陪同大姐母子，在成都市区与附近郊区游玩，人民公园啊、武侯祠啊、文殊院啊。赵涓操心的是把伙食搞好，李嬢嬢在街道工厂上班，经常没啥活路干，帮着买买菜、做做饭。小廷安头发黄黄的、皮肤白白的，长得秀秀气气不太像个农村娃。赵涓找出小钢的衣服，深紫色提花灯芯绒外衣，穿在廷安身上特别合体很洋气。长这么大，他从来没穿过这么好的衣物，从来没吃过这么好的饭食，人都说从小的胃口，妈妈的味道，从山西农村来的孩子，倒也不太馋大鱼大肉。你问他，舅舅家什么最好吃？马上脆生生一口晋南话：鸡子儿炒大米子儿！哈哈，他嘴里天底下最美最可口的食物，竟然就是个蛋、炒、饭！

那日三家巷三家人吃过晚饭在院里聊天。听说隔壁韩孃孃一直没生孩子，有人劝她抱养一个，她说还没想好，要不要抱一个。要嘛！突然廷安在一边大声插话：舅舅，你把厄（我）给 nia（人家）！啊？你把我给人家！大人全愣住了，数秒静场反应过来，前仰后合笑弯了腰。把你给人家？你妈第一个不答应，她头个儿子生下来，足足等了二十多年才等来个么儿，多金贵！要你不是要她的命！哈哈哈哈！

陈光发在学校一大摊工作忙得要命，"我这人开不了口请假，有心想留大姐、廷安多耍些日子，大姐看我像个陀螺打转，她不忍心耽搁我，好像只住了不到一个月。营子庄家里还有一大堆人、一大堆事等着她，纵是舍不得也只好买好火车票，再给拿点盘缠，送大姐娘儿俩回山西。赵清买了很多成都这边的土特产，带给我叔叔家、二姐家、大嫂和二嫂……农村头，苦着呢。"

李素芳在小音两岁左右来家帮佣，那些年节衣缩食省吃俭用，基本上每月把工钱寄回资阳乡下，供两个女儿读书。她不想让女儿走自己的路，一定要把她们供出来，将来有份好工作，而不是在乡下随便找个人嫁了。小钢在上幼儿园，家务劳动不算太多，她在同院岔开时间，又帮刘文晋家做事，还帮前院几家人买菜，总之拼命挣钱养家。在成都干的时间长了，好像心眼儿也活泛了很多。有人给李素芳介绍成都皮革厂的陈师傅，她便硬起心肠和乡下丈夫曾俊德闹离婚。"我看她脑壳昏，想离了曾俊德和老陈组建家庭。李孃孃不识字，最早写信要我代笔。小音上小学就让她帮忙写信回资阳。"好像也不安心当保姆了，想跳槽参加街道工厂。

早在"大跃进"那几年，街道办了很多大集体小工厂，李素芳跃跃欲试。小钢出生还没满月，她第一次提出要去当工人。从来不求人的赵清，只能放下身段跟她讲道理，陈光发不在家，你不能也不该这个时候甩手走。"想想，我 10 月 30 号生儿子，她别别扭扭挨到满月，硬是拔脚就走。12 月成都阴冷潮湿，我刚出月子用冷水洗尿布、搓衣服浸到骨头。最寒的还是心，我们对她那么好，经常送衣服、送东西让她带回乡下。结果在我最困难、最需要的时候，她梗着脖子，走了！"走就走，只过了一两个月又哭起跑回来，街道大集体小工厂的活路又脏又累，经常加班加点，管得严还挣不了几个钱。她受不了。依赵淯的脾气，你自己要走，好马不吃回头草。听她哭哭啼啼，看她遭孽兮兮，赵淯心一软，好嘛，答应了。她也是非常需要她，陈光发还在西昌没回家。自那以后，李素芳安安心心干了两三年，"在新园接了那么多家活路（工作），怎么也会影响我家。啥都不说了，大家都是好邻居、老熟人，帮就帮了嘛。"

四川音乐学院接到通知下基层搞"四清"，1964 年暑假后下去又分配到西昌，"我们先在西昌师范学校培训。重庆西艺同事朋友欧琦琛在这里教书，一个人带着女儿欧小琪生活，这些年她们过得很艰难，很辛苦……"开始说至少下去半年，可以半年一轮换，实际上谁都不晓得"四清"运动到底要搞好久。"我们到了会理就分到各个公社，学校为了照顾我，把我安在会理城边果园公社果园大队。还有个学生何志莲，父亲是成都军区后勤部军官。我们两个分在鄢大妈贫困人家。要访贫问苦，看贫下中农对村干部有啥意见，有没有不端、不轨、不法行为。"实际了解到基层干部确实很辛苦，开会动员挨家挨户走。很多农民冬天穿件单衣烧一堆火，解决过冬御寒问题。已经解放十几年，农民的生活好像并未得到明显改善。咋个狠得下心把这个人弄来批、那个人弄来斗？赵淯心脏情况不好，经常说犯就犯倒在地上特别吓人。作曲系程远鹤老师不小心摔断腿打上石膏。常苏民院长是"四清"工作队副队长，看到这种情况说，赵淯和程远鹤都不适合再待在西昌，赶紧回成都吧。

赵淯跑去赵溶家接娃娃，小音和小钢，看见妈妈提前回来欢呼雀跃。1964 年寒假之后，龙江路小学迁出旧址，在新南门河南岸桥西新校址开课。这儿离赵溶东昇街的家不远，小音上下学不用接送，她从小懂事不会给赵溶添太多麻烦。小钢在党校幼儿园全托，一周接一次也很省事。"有段时间我们一家人都特别消瘦，因为工作太忙也没有及时去医院。后来我、小音、小钢三个人都检查出来肺部有结核感染钙化点。想来想去那时的人不太注意，请个保姆也没想着带去体检，是李孃孃带来的肺结核病原体，幸好我们体质都还行，三个人都没发病就钙化痊愈了。"

陈光发坚持到第二年（1965）春节以后才回家，他的记忆和讲述更清晰也更丰富。"我们和西昌地委组成'四清'工作队，常苏民担任副队长，队部设在会理县城。我是党办副主任带着蔡莺、李珩这班学生下到果园公社。常院长坚决要求到基层'三同（同吃、同住、同劳动）'，他和我背着行李住在果园公社一大队王大爷王大娘家，很贫穷。"果园公社七八个大队，他们工作队全都走了一遍。"我的感觉就一个字：穷！穷到什么程度？有家人爷爷奶奶爸爸妈妈全都饿死了，只丢下两个孤儿（哽咽……）。姐姐十一二岁，弟弟有个七八岁，生产队给他们配点粮食吊起命的。真的是家徒四壁，床上一片破棉絮，两个娃娃晚上睡在上头取暖，白天在门外墙边蹲着晒太阳取暖。"陈光发写了份报告向上级汇报，他要给两个孤儿一人做一件棉衣。工作队领导特批他扯布买棉花，自己动手剪裁缝纫。小男娃上身穿着新棉衣，下面光着两条腿杆，高兴得活蹦乱跳。姐姐披着烂布片片，傻乎乎笑着看弟弟。赶紧，再给姐姐做件新棉衣！

基层的公社干部、大队干部当时情绪都比较灰，常院长通知开会，他讲话说，现在是农忙的关键时期，种什么、收什么、吃什么，可不是小事情。有了错误不要紧，自己检查一下；如果没啥错误，你怕什么？好好干就是了。"我觉得他讲得太好了！这就是讲党的政策。我带头鼓掌，大家也跟着一起鼓掌。最后我们一大队没清理出什么贪污分子、有什么严重问题的干部，最多就是多吃两口粮食，能算不干净、四不清？这是我脑子里想的问题。"陈光发为什么要专门提到蔡莺和李珩呢？因为在他脑子里有些细节至今挥之不去。那天晚上，李珩过来看望常院长，并非汇报工作，无非摆摆龙门阵。东说西说，说着说着天已经黑了。常院长托陈光发负责把李珩送回她所在的大队，一路上两个人交谈了一些想法，他鼓励她要好好学习、认真锻炼，有条件的话，可以提出入党申请……在西昌搞"四清"生活艰苦，大家相互很团结，彼此经常关心帮助。

第二批羊路由副书记副院长带队，在西昌会东县接着搞"四清"。第三批由石坚副院长和马惠文主任带队到西昌，正巧在邛海边，陈光发 1958 年带队下放的原大石板乡——海南公社（现为海南街道）。第四批名单公布，江隆浩、徐岚同志率队继续"四清"，他们尚未成行，一场空前浩劫正在酝酿之中……

1965 年寒假春节在青羊宫花会上，赵清和郎毓秀表演女声二重唱，唱什么作品？想不起来！《红旗》杂志刊登为毛泽东诗词谱写的歌曲，郎毓秀专门选唱了一首李劫夫谱曲的《七绝·为女民兵题照》，在街头舞台为群众演唱。大家得知她是著名歌唱家，围得水泄不通，她非常受欢迎。"我们一起唱过歌却从没一起演过歌剧……是不是很遗憾？"

早春时节，《椰林怒火》演出盛况风传到四川音乐学院，全院师生群情激昂跃跃欲试。这部由大型音乐舞蹈史诗《东方红》全班底集体创作的五场歌舞，表达了中国人民抗美援越的决心和力量。学校派人到北京去抄总谱，学习舞蹈和舞美……全体中青年教师和附中本科学生能上台的都上台了。音乐学院都是专业搞音乐的，《椰林怒火》有大量舞蹈表演。"李秀美，弹钢琴的青年女教师，她身材苗条但谁都不了解她跳舞非常好，穿着玫红色的短衫跳第一女主角，越南南方女游击队员。还有黄国玺，那时也很年轻，竟然主演男一号阮文追。附中娃儿、民乐系学生一会儿演越南人民军，一会儿又跳美国兵……"

这件事火成了最热门的大事情，大大小小的家属娃儿天天守着看排练，那些歌都会唱了，那些舞也会跳了。"那天我排完合唱出来，看到操场边围了好多人，原来是小钢在圈圈里跳美国兵。我又好笑又好气，硬拖着他冲出包围圈，回家！"

1965 年盛夏时节，《椰林怒火》四川音乐学院演出版，在红旗剧场拉开序幕，全城轰动场场爆满一票难求！"熊冀华高强度连续工作太辛苦，胃病犯了，含着毛巾忍着痛，坚持指挥演出！"两百多人的演出队伍，天天集合整队出发。大家的情绪都很高，社会反响也十分热烈。后来又转到四川剧场演出，还是火爆得很。

暑期以后新生入学。声乐系 1965 级招的本科生有杨建中、陈应天、庞光锋、王发顺等。这班学生"文革"后期毕业分配各奔东西，陈应天留在学校，庞光锋被分到四川省歌舞团，王发顺被分到重庆市歌舞团，杨建中本来是在省军区宣传队，后来回到学校，最后以副院长级别退休。"这个班只上了不到一年学，很多专业课都被耽搁了……"

第 5 章

荆棘遍地谁能避

（1966 年—1975 年）

人生怎么可能一帆风顺？在风雨飘摇中，赵氏家族相互帮衬。赵淯和陈光发，从迷惘惶惑到冷静从容，全力维护这个家，全心呵护两个孩子的身心健康。

　　三妹赵溶和三妹夫李春福张开保护伞，尽力帮助亲人渡过难关。赵淯带着一双儿女，第一次去山西。虽然婆家早已没了公公和婆婆，陈光发的姐姐和嫂嫂，还是用纯朴的笑容带给来自远方的弟媳妇无比温暖的亲情。

　　重开校园迎来一届一届新生，自家女儿和儿子却一南一北去了遥远的地方……

全面停课校园乱象

前两年音乐学院钢琴、管乐、作曲、指挥专业停止招生，1964、1965两届留校毕业生仅但昭义一个是钢琴专业的。1966年初春为了进一步强亿民族民间音乐教育教学，常苏民院长带领江隆浩、邹鲁、陈冰和赵渭四人，前往北京到中国音乐学院取经。"我的侄女世瑛和侄儿世珂都在北京，他们周日陪我去逛北海公园，我自己又抽时间到王府井转了转……"

三妹赵溶2月举家迁居南充。香畹的四个女儿，四妹赵洵远在昆明，五妹赵沚去了西昌。成都只留下她和三妹，姐妹之间相互照应，这么多年都已习惯了，小音和小钢也最巴（亲近）三姨。"我们娘家在成都得嘛。我心里头特别不好受，有点怪老李，农民意识改不了。省民政厅在陕西街修建了老红军休养所，交通方便闹中取静，大院子很安逸，偏偏要回川北老家。看着三妹平时那么歪（厉害之意），还是没犟过老李。"

二十世纪六十年代，大邑县地主庄园陈列馆吸引全国人民前往参观，刘文彩、冷月英成为对立阶级的代表人物。四川音乐学院要以揭露地主残酷剥削压迫农民为题材，创作一部大型歌舞剧。江隆浩带领创作组：宋大能、张舒阳、李秀美、朱梅玲、黄虎威、邱正桂等实地采风，三个月搞出一部《收租院风暴》，同歌剧《李双双》《激浪丹心》一样，全部由川音师生创作演出。1966年5月下旬在本院大演奏厅试演。这是一部倾注了深厚情感和创作才华的作品，音乐、唱段、舞段、表演等具有较高水准，艺术表现力与感染力达到一个新的高峰。

正常时期本应 7 月中下旬放暑假，因为上面一纸通知，全国大中小学开始"停课闹革命"。四川省高教局派"文革"工作组进驻学校，全院党员骨干编组学习文件。声乐系和作曲系一个支部，赵淯担任支部书记，她被传唤到工作组办公室讯问：郎毓秀，有莫得啥问题？"郎先生是全国人大代表，我没听她说过半句对党不满的言论。"赵淯心头还觉得郎先生有点"左"。1964 年春天响应党的号召，她带头把两个子女送下乡，在西昌会理最艰苦的地方当知青，省市报纸刊登了文章和照片。赵淯给工作组说，早先省公安厅有人到学校找她谈话也提到郎先生有没有问题，她说郎先生如何教学有成果、如何平易近人毫无专家的架子……陈光发担任组织人事干部多年，一张嘴严得密不透风滴水不漏。很多年后露了点底：郎先生某年某月在成都接待过她的美国同学，国安部门认为她或有"违规"言行。

原以为这次运动大概和往常差不多，组织学习、个别谈话、提提意见、讲讲心得就过去了。"做梦都没想到，一搞就是十年！"从革命者一下变成反革命，赵淯想不通，这么多年她为系上做了这么多事，从教学兼系秘书到教研室主任，教学大纲教学计划、排课表排琴房、安排期中实习、期末考试，声乐系的总结报告、文字文件，哪样不是熬更守夜写出来交上去？莫得功劳也有苦劳啊，咋就成了反党反社会主义分子？最令人惊诧的是，前两个礼拜还端着饭碗跑到家来打牙祭、拈嘎嘎（肉）、捞泡菜的学生转眼都变脸了，从对门川剧学校偷来的绝活儿吗？"硬是连赵老师、陈老师都不喊，全都恶声恶气直呼其名，赵淯，你咋个咋个；陈光发，你如何如何……大声武气吼，常苏民过来！羊路由快些！张汉卿你站那儿！我气得浑身发抖！还有莫得规矩？还有莫得王法？"

相比周围的四川大学、四川医学院、成都工学院等，四川音乐学院毕竟大多是教音乐学艺术的知识分子。北京红卫兵南下播撒"火种"，从此噩梦才真正开始。陈光发百思不解，他们初来乍到怎会了解四川音乐学院谁是书记、谁是院长？哪个人有历史问题、哪些人是反党集团？肯定本院有人揭发"点水"嗫！北京抓了"三家村"，川音要揪"三家巷"，别有用心的家伙就地取材发挥想象，编个剧本好演戏。所谓"三家巷"的提法，最早见于某几人联名大字报说，新园宿舍东北角"三家巷"，三家人六个党员"密谋夺权""男盗女娼"……很快针对赵淯和陈光发的大字报铺天盖地。陈光发当时职务为党委办公室副主任，赵淯是声乐系党支部书记兼教研室主任，毕兴是马列主义教研室主任，宋大能是作曲系支部委员。赵淯的主要"罪行"是资产阶级官僚臭小姐，大学时代同留美空军来往密切。大量文字配以夸张的漫画：革命造反派如椽大笔直指满脸惊惧抱头逃窜如妖精一般的吉卜赛女郎"卡门"（这是赵淯声乐艺术的代表作品）。漫画上的赵淯，实在丑陋不堪狼狈至极！何人之作？何人手笔？不知道！有过猜测，有过传说，谁也不认账。陈光发主要的"罪行"是黑帮头子、"山西帮子"头号人物，"黑修养"的忠实追随者，他多年的谦和、隐忍、退让只为有朝一日复辟资本主义？这不是开玩笑！

　　那一天，一辈子都忘不了。1966 年 8 月 23 日全家人正忙着做一件事：抄写毛主席语录，张贴在家里墙上。这种事情陈光发最擅长，裁大纸，调颜料，竖着涂抹一点五寸宽的红边："领导我们事业的核心力量是中国共产党，指导我们思想的理论基础是马克思列宁主义。""我们应该相信群众，我们应该相信党。"小音第一次看爸爸写大字，清丽工整下笔有神，好看！"人民，只有人民，才是历史发展的真正动力！""马克思主义的道理千条万绪，归根结底就是一句话：'造反有理。'根据这个道理，于是就反抗，就斗争，就干社会主义。"陈光发神清气定，写了一条又一条，写了一张又一张，大卧室地板全铺满。我要去撒泡尿！他站起身伸伸懒腰出门下台阶，拐弯儿出巷口。普通人家都莫得卫生间，新园男女老少都在后院西墙边公厕方便。一阵杂乱的脚步声伴着七嘴八舌嘶喊：陈光发，出来！陈光发，出来！赵淯只觉血往头上涌，顿时满脸通红，她看了两个娃娃一眼，起身走到屋门口说了一声，陈光发不在，他上厕所去了。那帮人骂骂咧咧离开，远去。赵淯扶着门愣了好一会儿，回头看，小音满眼含泪。

　　四川音乐学院第一场大型批斗会，陈光发作为亲历者记忆清晰刻骨铭心，人咋会一夜之间变成"鬼"？做出疯狂又丑恶的事……黄昏将近暮色苍茫，天一下就黑了！他在院坝头用自来水洗了脸，湿漉漉的没擦干，他不想让妻子着急焦虑，装着啥事都没有，看上去表情不那么痛苦，还比较平静淡然。赵淯心疼不已，安慰的话却一句也说不出口。全家人一声不吭默默无语。"小音满眼含泪，她都不敢看我……爸爸成了坏人？反革命集团头头儿？一家人默默无语，端着饭味同嚼蜡。"

赵淯心里很哀愁、很焦虑、很忧伤，她悄悄在主卧通往保姆房的过道挂上一条绳子，实在莫法就上吊。"这样活着有啥意思？真的想去死！"她天天晚上在那条绳子下徘徊，要不要吊上去？"一双儿女拯救了我！那天深夜我想最后再看两个娃娃一眼，你们睡得好香甜！我的乖乖有啥错？咋狠得下心？咋舍得！"最后想得很清楚，如果自杀身亡会给无辜娃娃带来终身麻烦，他们的档案将永远留下"母亲畏罪自杀"的污点。天性中的母性慈爱护犊情结使然，偏不让坏人称心如愿，你们整不死我，咬起牙巴就这样活！

深秋某日午后，小音带着小钢和院坝头一拨娃娃，在大华电影院看《毛主席接见红卫兵》。天色将晚不见人影，赵淯心烦意乱，小音和小钢会不会遭"点水"？狗崽子得不得遭坏人打死？简直要疯了！她请李素芳帮忙问问石家，答说，石小明和小弟没回来；又跑到前院问江隆浩家，女儿满满也没回来。他们结伴而行都没回家，应该没出大事。

天黑尽了，前院传来娃娃唧唧喳喳的说话声。看到小音牵着小钢的身影拐进巷子，赵淯三步两步扑过去甩了小音一耳光，看着两个突然吓傻的娃娃，李素芳赶紧拖过小钢按到饭桌上，这么晚了还不饿？赶紧吃饭！小钢担心地瞟着妈妈和姐姐，端起碗饿痨饿呷刨了几口饭，夹起半只猪蹄子。小音透过蒙眬泪眼，猛吸一口气吞咽一口唾沫。这锅炖得香浓软糯、稀溜耙和的猪蹄子，今天她注定吃不成，尝尝你妈妈的"笋子熬肉"吧！妈妈妈妈，听我说！在春熙路工艺美术商店门口排了好长好长的队……做啥？买毛主席像章！小音提高调门儿理直气壮，满以为说买毛主席像章，你还打吗？你敢打吗？她太不了解妈妈了，香晥的千金要起横来谁拦得住？！

赵淯冲进屋，五斗柜上乾隆瓷宝瓶已被抄家的抱走了，早先插在宝瓶里的鸡毛掸子扔在墙角全是灰尘，她照着小音肩背屁股腿杆使劲撺（Chan，抽打之意），像个发了疯的泼妇。憋了几个月的怨怒屈辱，一下全发泄在女儿身上，累得直喘粗气差点犯心脏病。她让小音跪在阶沿上，饿一顿长记性！自己气得躺在床上心都要跳出胸口了。那晚陈光发回家来，两个大人很久没在一起说话了，娃娃乖不乖？乖，今天她把我怄腾了！哎呀，你的脾气我又不是不知道……小音躲在被窝里，偷听妈妈和爸爸说话，忍不住抽抽搭搭。小音你没睡着啊！哇——

在无比痛苦的煎熬中，赵淯渐渐麻木也渐渐开悟，这场灾难何止落在她和陈光发两个人头上？她的恩师郎毓秀是全国人民尊敬的、伟大的歌唱家教育家，"那些龟儿子呼来喝去的，郎毓秀，马上去扫厕所！我赶紧站出来，我去帮她扫！头头儿气得吹胡子瞪眼，赵淯，你给我滚回去！这儿哪个说了算？你安排还是我安排？后来大家都把这件事当成笑话龙门阵摆。"

山野之间儿女安生

　　赵淯和陈光发最不愿让孩子幼小的心灵遭受创伤，想方设法三次送他们远离成都躲避灾难。

　　第一次是 1966 年 9 月，请李素芳把姐弟俩带回她的资阳老家。这段乡村生活，赵淯听女儿回来讲述：第一次和嬢嬢嘴里"魔鬼式"的农夫相处。曾俊德哪像个暴君？一位温和慈祥的老伯伯，一天到晚笑呵呵的脾气很好，总想着要把伙食开好点，保证小音小钢吃得顺口还不缺营养。乡下没有牛奶总有鸡蛋，蔬菜特别新鲜。非常挑嘴的姐弟俩，从城里到农村"隔锅香"，天天顿顿胃口大开，一碗清香的炒苕尖、一盆翠绿的青菜汤，干一碗米饭。灶灰下喷香的烤红薯、烤玉米是最好的零食。李素芳的大女儿曾清华参加红卫兵还在县城，二女儿秋菊被母亲鼓捣喊回家，帮她照应两个娃娃。小音非常喜欢秋菊姐姐，成天像个小尾巴似的跟在她身后，在菜园子里浇水、拔草、捉虫子。

　　曾伯伯逗娃娃开心，从哪儿抱回一只小奶狗，毛茸茸的特别可爱，原本属狗的小钢抱着、追着玩儿。日子一天天过去，小音在曾伯伯家没觉得食宿有问题，但上茅厕有问题，苍蝇嗡嗡围着转，最恶心的是白花花满地爬的蛆虫无处下脚。曾俊德专门弄来一只新崭崭的粪桶，摆在屋角散发着原木清香，再也不用去上污秽不堪的茅厕，秋菊早晚负责倒马桶，清洗干净提回屋，这是小音记了一辈子的事情。虽然大人尽量压低嗓门儿，有几次小音还是被隔壁的哭泣争吵惊醒。李素芳和曾俊德没离成婚，她在省城有个对象陈师傅，唉——深深叹气又沉沉睡去。早上看孃孃两眼红肿，曾伯伯挤出满脸温和慈祥的笑容……天气酷热蚊叮虫咬，娃娃在乡下待不住，新鲜劲一过就闹着回家了。

第二次是 1966 年深秋，赵淯迫不得已又请李素芳把小音小钢送到南充三妹家，老红军大院相对比较安全。天寒地冻时节，突然接到电报，儿子生病速来接！两个人还在挨批斗，只能拿着电报去请假，声乐系本科生裴子言是"红成"造反派司令，他不像某些人凶巴巴恶狠狠，虽不动声色表情严肃，但未过分刁难马上签字同意。赵淯你可以去，要保证一周之内返校。那时买飞机票要凭公章介绍信，写着"未定性走资派"。在北新街民航售票处遇见英雄黄继光的母亲，"黄妈妈坐在大厅里，她不晓得我的身份，紧到找我摆龙门阵……结果她按时飞起走了，我却暂时不能动身。"赵淯想，应该是自己身份的原因，我难道会去伤害黄妈妈?! 心里头特别难受，自己居然被当成坏人……

一路提心吊胆，儿子到底病成啥样了？结果一进红军大院，看到小钢正在院里跟小朋友嬉耍！三妹你为啥要哄我？小钢太费（淘气之意）很了，那天跑到水塘边差点滑下去，鞋子掉到水里头，吓惨咾！赵溶白天上班，娃娃万一出了事，她怕担不起责任，老李也嫌烦，赶紧接起走！儿子安然无恙，赵淯安心了。娃娃看到妈妈好欢喜哦，"我不敢超假，只住了几天就带儿子坐长途汽车，在遂宁？乐至？住了一夜。小钢想下馆子打牙祭，妈妈我要吃嘎嘎（肉）。"赵淯搂抱着儿子，可怜巴巴瘦骨嶙峋，那种滋味那番心情无法言说。第二天回到家，草草吃过晚饭，赵淯给小钢洗脸洗脚挤在一床睡。

全国武斗迅速蔓延，必须要保儿女平安，赶紧找个地方躲。第三次"逃离"成都是 1968 年夏末去陈光发的老家山西，他被限制出行，赵淯带着一双儿女，身上藏着三百块钱。火车到了西安住在小旅店，一向有洁癖的赵淯打水给娃娃洗澡，在附近小馆吃羊肉泡馍，那阵才几毛钱一碗。因在火车上水喝少了，羊肉汤又上火，小音半夜流鼻血，赵淯遭吓得够呛。

第二天坐长途汽车到潼关，住在潼关汽车站对面的小旅馆，赵淯又给娃娃洗澡。再坐船过黄河到风陵渡，娘儿仨坐上开往大王镇的客车。"我在风陵渡打过电话，请人帮忙转达磨涧村陈永民来接我们。正好他就在镇上，接听电话很清楚。"第二天客车还没到大王镇，有个骑车的小伙子把车拦下，请问有从成都来的吗？可能是永民？真就是他！司机让把自行车甩上车顶，没要他买票。

很快到了大王镇。陈光发叔父陈文胜的儿子、他堂弟陈荃和大哥陈光临的二儿子志民、二哥陈清泉的儿子永明，三辆自行车搭上母子三人回磨涧村。"我坐陈荃的车，永明和志民带着你们两个（这都记得！）。安排住到二嫂家，第一顿待客的午餐：小米粥、馒头，还有炒鸡蛋！我很奇怪，干锅炒鸡蛋 pang 糊臭！怎么不放点油？二嫂性子直，说，没油。我晚上给她二十块钱，买点油，炒菜要放油才好吃，她很高兴。"陈光发的哥哥姐姐每家都给了二十块钱。大姐金花、二姐银花，叔叔的女儿、三姐莲花的女儿最漂亮，在县里梆子剧团当演员。三姐家比二嫂家生活好得多，摆了一桌菜，炒豆腐、煸青椒，绿豆小米粥，白面馒头。"志民部队转业见过世面，他为接待我们杀了一只鸡，要把鸡爪爪、鸡脑壳丢了，我喊，别丢啊！"光发两个哥哥都去世了，两个嫂嫂平日没来往。大嫂从不嘀咕二嫂，二嫂却总叨唠大嫂。"第一次听说，大哥早先写信告川枝'出轨'，这件事压根儿没发生，原来是想轰走川枝占三房的家产。我很惊讶。"磨涧村里人都跑来瞧光发媳妇，那勾子（屁股）wei tuo（这么大）啊！女人家穿个"空气鞋（塑料凉鞋）"露脚板，带着娃娃啃鸡爪爪、鸡脑壳。妇人们交头接耳嘀嘀咕咕说闲话，袁梅花好心好意问弟媳妇儿，要不要买双袜子？穿啥袜子哦？天那么热，啥年月了，还封建！

相比磨涧村这几户，毛李涧二姐银花家接待更周到。小饭桌上还有几样新鲜小菜，凉拌黄瓜滴了香喷喷的红油。又做油炸"馓头"、弄"子卷儿"，面团擀薄，一层层、一条条卷起撒些葱花盐巴花椒面，有点类似花卷。银花姐天天让女婿作功切西瓜。赵淯对二姐这个上门女婿印象特好，他长相英俊勤快老实，皮肤雪白眼珠淡黄，带着笑模样不太爱说话，很像个演员不像农二哥。"你说你二姑好有心，她都没让我们上炕睡觉，专门借了张新床，铺着新床单被褥，我感觉在二姐家这三天最舒服。"第四天黑哥到二姐家来接她们，小钢骑上小毛驴，黑哥牵着走了很远的路，"有个村庄叫小池村，前头平平坦坦一条马路，下坡就到大姐家！现在还有印象，前头坝子边窑洞是大儿子家；要过道坎坎那边院里才是大姐家。我们住在前头的新窑洞，新炕摆个红土漆的小炕桌。下面是连通灶台的火道，冬天烧火做饭热气可暖炕。大姐家喂了一群鸡咯咯，早上我们一人一个煮鸡蛋。有几棵枣树结的枣子像小苹果又大又甜。"打枣这件事，小钢喜欢干，很有乐趣，好耍。

大姐专门找人帮忙把女儿变英从省城太原喊回家。这闺女很早就自作主张退掉父母定下的娃娃亲，陈光发供她读书考入山西大学外语系。学校停课大串联她去过北京，还到成都探望过三舅舅妈。变英赶回营子庄陪着三妗子（舅妈），赵淯额外补贴大姐二十块钱开销。大姐让变英带小音小钢到场上买肉买米。"结果既没买到肉，也没买到米，只买了点瓜菜豆腐回来。"新炕怎会有跳蚤？睡一觉起来，白背心成了花背心，密密麻麻沾满了跳蚤血！赵淯忍不住跟大姐说，买点煤油洒在炕上，跳蚤会少一些。大姐有些不好意思，买不起煤油！村里莫得一条河也没一口井，只有下雨流下来的水凼凼，黑哥天天老远去沟里挑水。陈光发后来常念叨，要记着黑哥挑水让你们洗澡，他们可是好多年不洗一回澡。"大姐说两个娃娃太瘦，怪你洗澡太多，身上的油全洗没了！"

那天给钢钢洗完澡，赵淯喊大姐的孙女过来接着洗，她六七岁还光着屁股一身稀巴脏，又翻出钢钢的干净背心短裤让女娃穿上。小钢说，大姑，我想吃嘎嘎！大姑哄他，我给你多煮个鸡子儿。快到中秋节了，大队杀猪各家分肉。赵淯马上说我拿钱，我儿子想吃肉。大姐全家按人头只能分到三斤肉，听说来了四川贵客，队长很爽快称了五斤肉，用纸包好，装在竹篮里吊下地窖，很深很凉温度低，可以存放好多天。"我们有肉吃了！自家发的绿豆芽炒肉丝，还有豆腐烧肉片。"大姐幺儿廷安来过成都，最喜欢吃"鸡子儿炒大米子儿的"娃娃，天天跑过来和客人同桌进餐。

中秋节刚过，二嫂托人带口信，黑哥送娘儿仨回磨涧村。陈光发叔父陈文胜请赵淯母子上家吃饭，中秋节分下的肉都给你们留着哩，婶婶朱剪子做的豆腐炖肉味道非常鲜美。在磨涧村、营子庄，豆腐和猪肉都是大年节才能享用的美食。"我们出钱在别家又买了点肉，用肉汤煮烩面，永民和媳妇绪英喜欢吃，二嫂和女儿民英一口都不尝，还喊我把肉汤倒掉说血水不能要。"二嫂家儿媳绪英从山里的娘家背了很多新鲜核桃，她人长得不算俊俏，心灵手巧无人堪比！村里姑娘媳妇都找她要鞋样儿。她怀孕肚子好大，还给小音和小钢一人做了一双新鞋。小音那双紫红色灯芯绒面儿非常漂亮秀气，第一天穿不小心踩到臭粑粑，可懊恼别扭了！"我专门让永民在大王镇请来摄影师，在叔叔窑洞门前拍集体合照，你爸爸不能回山西老家，照张合影带回去让他看看乡亲。"

陈光发的前妻刘川枝特地托人带小钢去她家，做了很多好吃的招待前夫的娃娃，还留他住家一宿。已定居美国多年的小钢后来想起这段往事，妈妈（赵淯）心真大，别说"害人之心不可有"，她硬是"防人之心也莫得"！刘川枝是个好女人，否则做出"君子报仇十年不晚"的事儿，恐怕后悔都来不及！从川枝家回磨涧村，赵淯一股脑连发三问：她长得好不好？她对你好不好？她怪没怪你爸？小钢未满十岁一问三不知。在小男孩眼里，刘川枝个子高挑身材匀称，在农村妇女中容貌算是好看的。很有妇女干部的气质，干净利索不像一般村妇。

马上要动身，磨涧村乡亲纷纷登门送礼，有的煮了鸡蛋，最多的送了十个，用土布手巾包好，"这片心意让我很感动。那地方生活困苦物质匮乏，大家日子艰难拮据，他们除了自己养的鸡、种的菜，啥都莫得！还是尽其所有表示一份亲情，我真的体会到'礼轻情义重'！"这趟山西之行，赵淯精打细算手捏得邦紧，回到成都只剩二十块钱。将近俩月未见妻儿，陈光发高兴地说，嘿，在山西吃了些啥？你们都长好了。赵淯心情也不错，还带了些杂包儿，二嫂袁梅花在石头子儿上烤的薄饼，大姐陈金花在院子里现摘的枣子核桃。送给韩孃孃毕叔叔两家，成都那阵只有干枣卖，从没见过那么大的鲜枣，深红色皮、青绿果肉像小苹果又脆又甜咬得出水！"开始韩立文有点看不起，枣子有啥稀奇？结果尝了说，再拿点过来哦！"

关于家里那只橘猫的故事，赵淯不想提，紫茵也会写。一个出身书香门第、香畹家学艺术的小姐，那么缺乏生活情趣？倒不如农二哥陈光发兴趣爱好多，他喜欢给娃娃做耍玩意儿，养花花草草，喂小鸡小鸭小兔子……赵淯对这些全无兴趣，平日教教课，回家翻翻小说，周末看看电影。经常跟人说她的理想生活：窗外淅淅沥沥下着小雨，屋里阵阵飘散花茶香味，一边嚼着 8 号花生米，一边看托尔斯泰（的小说）。这些话传来传去被某些人当作话柄做文章，资产阶级小姐，总想过贪图享受的生活……

这个家，永远是女强男弱严母慈父，陈光发比赵淯宠娃娃也更有耐心。上不了学一天到晚没事干，大人又不让出去玩儿关在屋里很无聊。女儿想养一只猫，爸爸不管不顾带着两个娃娃去了牛市口，爷儿仨转了又转挑了又挑，这只橘猫面目漂亮，通体橙色细毛。那会儿不兴叫宠物，带回家的小动物也是一种缘分，小音起名：阿黄。深知赵淯厌恶猫猫狗狗，便把猫儿藏在小音床底下。小音觉得撒谎隐瞒只会让母亲更愤怒，于是老实交代，妈妈，我们去买了个猫儿。赵淯正要发脾气，看着女儿的眼泪花花儿，只好暂且压住心头鬼火。

但凡小动物都通灵性，谁爱它、谁烦它，阿黄特别明白。本想放它出来让妈妈看看多萌多可爱，阿黄在饭桌下旋了几圈，突然跳起来把赵淯腿上挠出几道血道子！这下可不得了，赵淯疼得跳起身，一脚把猫踹到一边！小音忍着不敢哭出声！赵淯双眉倒立：马上把这只猫拿去卖了！陈光发怎么说好话，儿女怎么哭着求她，全没用，再让我看见它就是死！女主人狠狠发话。

第二天早饭时，爷儿仨接着把苦情戏又演过一遍，根本不管用。这个家，肯定赵老师说了算，谁也莫法。陈光发不能再请假，两个娃娃边哭边把阿黄装进竹编圆篼篼提着，听着猫细弱的叫声，伤伤心心慢慢吞吞往外走。走到新园门口，韩立文韩嬢嬢正巧迈着小碎步，从川音大门过来回家取东西，她很惊讶，你两个哭兮兮做啥？妈妈鼓捣（硬逼）我们把猫拿去卖啰！呜呜呜——韩孃孃一看，这么乖只猫，卖啥子卖？这个赵淯硬是莫名堂，自己心情不好拿娃娃出气。提回切！我看她要咋个说！总算遇到救星了！两个娃娃擦干眼泪提着猫回家。赵淯中午回来，听角落咋还有猫微弱的叫声？正想冒火，韩立文走进屋，赵淯你又想跟娃娃歪？我喊提回来的！看不得娃娃可怜兮兮，养只猫都不许，太莫名堂了！赵淯深叹一口气，好嘛，养，我不得管哈。谢谢妈妈，我们自己管。赵淯早就心软了，偶尔也会挑点鱼啊肉啊喂阿黄，顺口说，这猫真的乖哈。一只小奶猫，在陈家养成了猫公主。1968 年夏秋之交，赵淯带两个娃娃回山西，阿黄终日陪伴孤独的陈光发，可惜害上猫瘟，一个电闪雷鸣风雨交加的深秋之夜，强撑着一步一歪走出家门，死了……

十年树木福荫后人

　　那几年的混乱局面好像永无尽头。"陈光发比我'老谋深算',家里的老照片、老唱片,我的谱子、剧照、节目单,我的旗袍长裙,光发的日记、笔记……翻出来,烧了!毁了!"紫茵心疼懊恼遗憾得不行!你们手下留情哪怕只留一张半张呢?"害怕呀!那会儿咋个敢留这些……"还不止这些珍贵的历史资料,想起特别心疼的包括乾隆瓷宝瓶、老钧瓷花瓶啥的都抄起走了!"我现在记得清清楚楚,那个精神有些不正常的女教师,带着附中学生来抄家,所有没舍得烧的罗马尼亚专家班的节目单和舞台照片,还有手抄的、油印的谱子,清得干干净净一点不剩。还有初二班有个女生带着同学也跑起来拿这个搬那个,好像都是她们家的东西!"

　　经历煎熬的三年,陈文智的儿子脾气软糯,低头、弯腰、下跪,少挨打。赵香畹的女儿性子刚烈,不低头、不弯腰、不下跪,被踢打;有段时间同院某人心怀叵测,趁黑夜数度梭(溜)到家里,三番五次试图说服赵渮揭发陈光发,"你就可以解脱,重新回到革命群众队伍里来。"赵渮咬紧牙关坚定不移,她相信陈光发绝对没做过任何反党反社会主义的事。

　　很快新一轮遭罪的日子又来了,陈光发和老院长、老书记、老教授等十余人重新被隔离审查。工宣队某人当晚训话:你们都是"案板上的泥鳅",还能扳出来好多漩渲?老老实实好生检讨写认罪书。"这个态度这番话非常伤人!黄体强站在我旁边表情特气愤,两个坨子(拳头)捏得邦紧,看意思他想质问某人，我们有啥罪？犯了哪条法？"陈光发感觉到黄老师想反抗的情绪，赶紧扯扯他的手，别在节骨眼上出头，要吃亏！"人在矮檐下，怎能不低头？"

所有检讨材料交上去后，好像每天晚上没啥事干。那些写大字报用的红纸挺好，陈光发捡回去裁成巴掌大的纸片片，在垃圾场捡了个生锈的刀片偷偷带回房间，做啥？刻毛主席像。他青年时在墙上画过大幅毛主席像，现在用铅笔在红纸背面画小相叠起来，再用刀片刻，一次能刻三四张。"我问常（苏民）老头，您看像不像？好像呢！送我一张？没问题！常老头很喜欢，小心翼翼夹在毛选里。"只要报上新出一张毛泽东肖像，陈光发随时默画刻下来。从青年、中年时代到"文革"时穿军装、戴军帽，陈光发精心保存了十二幅原作，装入玻璃相框珍藏起来。2009年南下干部要做纪念册，安春振看了这些作品，激动得半天说不出话，陈光发！我都不知道你有这两下子，你比那些著名木刻家毫不逊色！吕琳当年从山西临汾带出来的美术班的范璞开玩笑说，陈光发你胆子太大了，敢在老人家头上动刀子！

本院工人大多和陈光发相处亲密关系融洽，他好脾气好性格从不摆领导干部架子。最早省立艺专两个工人，余仲宣管全校清洁，帮办公区、宿舍院和各系办公室打开水；王培林是个一只手的残疾人，在收发室（传达室）管送报纸。西南音专增加了邓开发夫妇，音乐学院师生越来越多，食堂里又新招了采购员炊事员。早年校区北墙外一排草房里住着花工一家，两口子不停生娃娃，do re mi fa sol la xi 音阶式谱写"七子歌"，后来老九都有了。陈光发作为分管工会福利的负责人，按月去他家送困难补助金。"我是万万想不到，音乐学院工人都不愿参加批斗陈光发，结果花大嫂跳出来骂我！"她跟着起哄怒目圆睁唾沫四溅，陈光发，你咋说我们做了错事？陈光发低头琢磨，错事？哦想起来了，那次送困难补助金顺口说了句，再接着生娃娃生活更困难，你们应该采取措施。大嫂不懂采取"措施"说她做了"错事"！陈光发艰难地抬起头，我没说你做了错事，我是劝你采取（避孕）措施。哎？还在说错事！错到哪儿了？莫法，简直扯横筋。

校内专政大队派人监督强制劳动，在最脏最苦最累的地方，夏天太阳最毒、冬天北风最劲的坝坝头干各种活儿。正对大校门的演奏厅前面要修个影壁，画一幅巨大的"毛主席去安源"。赵浵和郎毓秀、陈世华负责干一件事，把从旧房子拆下来的旧瓷砖放到水里泡儿天发涨了，再把附在瓷砖上的混凝土用砍刀凿得干干净净，贴在影壁墙上。成都冬天阴冷潮湿寒意逼人，教授副教授讲师三个中老年妇女，从冰冷刺骨的脏水桶捞出瓷砖一下一下砍，太难了、太苦了！双手麻木了。劲儿大砖就坏掉了；力气小灰土砍不掉，横竖要遭"监工头"又吼又骂。"后来找到窍门儿越来越熟练，骂就挨得少些了……"

现在四川音乐学院校园里的梧桐树、香樟树，全是陈光发那十几个人当年集中审查劳动时，一个一个挖的坑，一棵一棵种的树。"我在常苏民百年祭文中写了这段往事，十年树木百年树人，前人种树后人乘凉。"亲手栽种的树木有一两百棵。陈光发每天散步看着、摸着、扶着大树在想，这棵树是不是常院长我们一起栽的？现在长成浓荫华盖遮天蔽日的大树。

那年冬天街道和学校动员高中生、初中生告别城市上山下乡，赵浵几个兄长的子女接二连三离开父母离开成都。

经过一段时间的调查清理，校革委会终于宣布，有些人问题交代清楚，可以"解放"了，这些人叫解放干部"未定性走资派"。陈光发始终认为，这是他第二次被解放。1969 年 7 月 26 日。我为啥记得清楚？那天是古巴革命纪念日。在食堂里头宣布，陈光发解放，但要做个检讨。那天座谈会在阶梯教室，某人问，陈光发你说有没有山西帮子集团？他沉默无语；又问张汉卿你说有没有，张汉卿回答：大家说有就有嘛。陈光发忍不住"啪"一声拍桌子指着张汉卿大声吼，你说的这叫什么话？有什么根据？你敢负责吗？！张汉卿愣在那儿，从没见过陈光发这样发气冒火！"那些人马上散了，那个问话的人也站起来跑了！你说怪不怪？"

陈光发跟着教育改革探索队（简称"教探队"）到乐山井研县寨子大队劳动、学习、辅导。"我记得所有人的名字，照了张合影，彭泽金、杨文俊、李济渊……大家都没怎么歧视我吧。"农村娃儿跟着学生娃儿，在田头逮了青蛙一篓一篓往水缸里倒，弄熟了香喷喷的好吃。"我们快离开时，在公社场坝演出。记不太清了，好像有会唱的、会拉的、吹笛子、打扬琴的搞了一台节目。"回到学校，陈光发担任行政部门革命领导小组副组长。"安排我做什么呢？搞了个所谓'穿靴子'的中专班招收普通中学生，我负责这个班到结束。"

从空八军（028）派军宣队进校后情况有好所转。正式成立"三结合"革委会，由王营长主要负责。工宣队换成502军工厂师傅的素质相对高一些，那种乱斗乱搞的现象没再出现。"宣布我担任声乐系革命领导小组副组长，青年助教刘金芝是组长，她从来没对我们不尊敬。军代表小周是个南方人性情温和，他们完全把我们当成革命群众。"宣布赵湝回系上工作消息时，马上要到"八一"建军节。好像天一下亮开了，"我的心情也比较愉快，同亲戚也有更多走动来往。"在最困难的时候，最大的安慰除了一双儿女，九哥子博是她最大的保护神。大二姐赵韻华在省府很受尊重规矩本分，她带给赵湝温暖和安慰。

终于自由了！那晚学习结束后，军代表小周陪送赵湝回家。两人以为孩子睡着了，其实小音已被开门声惊醒，全部偷听到这场谈话。她印象最深的是妈妈说，曾经无数次想要自杀，看到一双儿女太可怜，她不能死，死了会给孩子留下污点……啊?！这之前完全不晓得，她和弟弟差一点就永远失去母亲！同样是在母亲失去母亲的年龄。那晚当着军代表小周的面，赵湝几度哽咽潸然泪下。她不晓得女儿躲在被子里也在偷偷哭！

全面停课闹革命近三年，1969年春天开始"复课闹革命"。按街道划区就近入学，川音子弟全部入读致民路中学。小音和邹鲁的女儿邹勤、孙铁夫的女儿孙琪、施幼贻的儿子施在泽、邓自君的儿子邓思远、吴德芳的儿子杜小珂等同班，同院羊路由的女儿黄一涓、段启诚的女儿段婉琳、江隆浩的女儿江满、徐杰的女儿徐雯雯等同校，上学放学一群孩子同路，家长还算放心。儿子小钢也和同院同龄的刘洵、吴侯松等入读太平横街小学。

音乐学院的子女到哪儿都是明星一般的文艺骨干。经过运动批斗赵湝心寒胆战，更不愿让孩子抛头露面演什么样板戏！致民路中学军宣队辛官封跑到家里说服动员，"谁敢和军宣队对着干？好在同院娃娃都在宣传队，排练演出晚了也好同路回家。再说'未定性走资派'子女必须好好表现，这是别个争都争不到的机会。"读啥书？基本不在课堂学习。今天东郊学工，明天北郊学农，后天龙泉山军训……还有宣传队排练参加各种汇演，唱过《沙家浜》《红灯记》《智取威虎山》，跳过《红色娘子军》《白毛女》，街上小痞子追着嬉皮笑脸：嘿，二喜儿！二喜儿！不理嗦？耍一盘噻！徐雯雯、江满等女娃娃把小音围在中间，保护她的安全。

初中没上到一年，小音的毛根儿朋友黄小英（幼儿园给她二分硬币的女孩，后改名一涓）经历了丧父之痛。曾经的副书记副院长、时任革委会副主任的羊路由身体虚弱病病快快，经常出入医院甚至无法坚持工作。那时"赤脚医生""中医针灸"很吃香，本院民乐系一位青年老师自学有成勇于实践，天天上门服务为老院长治病。谁想到竟出了大事！1970年1月25日，青年教师照常登门。天突穴位于颈部双侧锁骨正中，国医主治咳喘呕逆等症，此穴对症操作无误。医者刚刚离开，患者突然发作，平日说话有气无力的羊路由又蹦又跳！他的爱妻王若男发疯一样跑到办公室，快快快，他不行了！陈光发站起身跟着跑，羊路由歪在躺椅上还在喘气挣扎……赶紧抬下楼！马上派车送医院！在路上已经落气，医生说莫法抢救毫无意义，终年五十三岁。原来因常年病患肺气肿，羊路由的肺部已萎缩变形移位。从天突穴位一针下去造成气胸……他是老延安、老革命，有重要贡献的文化名人，"我们在磨盘山找好了墓地下葬立碑。后来我自己还去给羊路由同志上坟祭奠献花，那块碑的样子至今历历在目。院革委会主任去世，学校的大事！"

全国大专院校三年没招生，1965年入学的本科生、附中学生毕业都走了，好像校园也平静多了。"中央乐团搞交响音乐《沙家浜》，我艺专老同学罗菩萨（罗忠镕）他们写的嘛，学校也在排练，还要协助成都市歌舞团《红色娘子军》乐队演出。突然一天宣布：大专院校教工要去五七干校，参加样板戏的人员和老弱残孕重病号留校，其他人全体下农场。"赵浯和陈光发一双儿女，再次托付给已在街道大集体工厂的李素芳，请她下班过来照顾孩子做做饭，晚上陪伴一下再离开。所有水电、伙食费、日常开销支出及现金都交由李孃孃安排，还给了她一定的报酬。

1970年春天—1971年冬天，全校师生在简阳坪泉军垦农场劳动生活一年零七个月。基本属于军事化管理，常院长任副连长，陈光发和赵渭分任行政处和声乐系副排长，正职全是现役军人。"那儿的果园有橙子、橘子、桃子、梨子，还有柠檬，样样长得好！满地花生，甘蔗多高……我们学校炊事员自己开伙，器乐系长笛老师张宏俊负责管理，尽量把伙食开好。"谁在养猪？郎先生！著名女高音歌唱家、全国人大代表郎毓秀。军垦农场猪饲料好，她又认真仔细养得好，两周杀一头，大家有肉吃。夏天开始割麦子，还要挑水担粪。陈光发没啥问题，赵二小姐觉得简直吃不消，"我四十四岁不算老，两个人抬个桶不好意思，一个人弓腰驼背又掌握不好平衡，一根扁担这头高那头低翘起，别人笑话我'苏秦背剑'。"后来挑担走田坎，平稳轻松莫问题。

因为军事化管理，一个排值班一个礼拜，赵渭出了个洋相，"我们正排长现役军人探亲走了，我担任值班要发口令：齐步走、立定、稍息，向左转、向右转、向后转……开始我都不晓得，立定该先立在左脚还是右脚？还专门请教了半天，自己演习无数遍。"早操最后一个程序，向连长报告。应该说：报告连长，一排集合完毕，请指示。"哪晓得一心慌，'集合完毕'下头该说啥？操起普通话说的四川话：还做不做啥子？说成'zua子不zua子？'好狼狈好尴尬，这句话成了连队的大笑话。"正排长探亲回来才一下松了口气，再也不用为列队集合紧张。星期天是陈光发最忙碌的一天，"我带了一套理发工具，从上午到下午起码要理十几二十个脑壳。我的手艺谈不上精湛却很熟练，又不讲究什么发型，理短了、精神了、清爽了就好。这是我在农场做的事。"

5.4

乍暖还寒风霜几度

　　1971 年春天女儿小音初中毕业。一本《边疆晓歌》（黄天明著，作家出版社 1965 年出版）读了又读，深深"中毒"难以自拔。云南生产建设兵团现役军人到各个学校开动员大会，宣传语非常富有吸引力："头顶芭蕉，脚踩菠萝，眼望芒果，摔一跤抓一把花生……"小音和邹勤、段婉琳、施在泽、杜小珂、张晓先等家属子女，自愿选择报名"参军"。小音从小十分胆小，一个人哪敢跑那么远？同班同学邹勤天天劝她，现役军人管理建设兵团，正规。你未必想跑到乡坝头拿给坏人"整"嗦？那个年代女孩子把贞洁看得比生命还重要，"整"这个字意同强奸、奸淫代名词。小音偷偷哭了几夜，写了一份"决心书"，校方立马转抄大字报，张贴在大校门最显眼的位置，天天被人围观议论。应该说那份"决心书"用词贴切、情感真挚、文采斐然富于感染力，所以具有强大的煽动性，好多娃娃本来摇摆不定，最后纷纷下决心和小音同行。

　　陈光发和赵淯在简阳军垦农场，无法陪守女儿身边帮她出主意想办法。既然她自愿选择去兵团，致民路中学将其作为"可以教育好的子女"典型，竟然能够顺利获得批准，这是给你面子、一种恩赐，有多少同类身份子女哭着喊着都不行。如果"未定性走资派"父母横加阻拦，很可能节外生枝罪加一等。他们能够做的事，是沉默。军垦农场网开一面，可以回去一人送行。要帮女儿打铺盖卷，收拾那么多行李，还要送到火车站，赵淯想着头就大，陈光发还是你回去算了。陈光发哪有不同意的道理。

从 1971 年 3 月 10 日成都七中等校第一批支边青年从火车北站出发，到 7 月 11 日总共二十一批、总数一万六千六百二十五名知识青年远赴滇西、滇南、滇西南国境线云南生产建设兵团。安排致民路中学 5 月 10 日下午 18∶00 发车。陈光发提前回到成都为女儿送行，纵使千般不舍万般无奈说啥也晚了。曾经的老兵，打铺盖卷，收拾行李包，那都不算事儿，既结实又美观，女儿背着提着很体面。从新园到北站坐公交车，女儿不满十六岁半，小钢不过十二岁多，从小到大，姐弟二人相处时间最多，父母轮流甚至双双出差，尤其下军垦农场这一年多，李素芳说好晚上过来做做饭、看一看，大部分时间她连饭也不用管。姐弟俩跟隔壁韩婆婆学做一般家常川菜、回锅肉、莴笋肉丁、芹菜肉丝、麻婆豆腐、小白菜豆腐汤、冬瓜圆子汤、白萝卜连锅汤。小钢并不知道姐姐到底要走好远，好久才能回来，他心里好难过呀，忍不住泪水长流。

走到北站找到学校队伍集合，送别的家长哭声喧天，周围气氛悲凉凄惨。陈光发永远镇定淡然，他拉着小钢挤进站台，小钢个子矮急得跳脚，陈光发抱起儿子看到女儿趴在车窗口哭泣，"谁都没有我家哭死包哭得那么惨！段婉琳也悄悄抹眼泪，人家邹勤一滴眼泪都没流，勇敢！我给邹勤比大拇指，大声冲小音喊：莫出息！莫出息！我其实难受得要命，心说，哪个喊你自己要跑那么远！"铃声一响，绿皮火车缓缓启动越开越快，没影了。还听到站台上哭喊声一片，唉——妈老汉儿哪个愿意把自己的心肝儿宝贝儿送到天涯海角屯垦戍边?!

在农场接到女儿第一封信说，云南边疆风景如画，她们连队四周都是橡胶林，正职是现役军人，湖南老职工都是五十年代举家迁移的农民，欢迎知青的第一顿饭，青辣椒炒回锅肉，还有瓠瓜煮肉汤，很鲜美……第二封、第三封，女儿的情绪越来越低落。那时邮发寄信相当慢，一般来回二十多天一个来月。亚热带地区雨季到了，山林里弥漫着瘴气。从小过敏体质的小音极不适应，很快发了很多湿毒疮，腰部以下密密麻麻长满脓疮，挤破后全粘在裤子上，褪脱如受酷刑疼得声声哭叫。她特别想家！陈光发含着眼泪写信，要女儿别想家，"她说夜里失眠睡不着觉，我说有个诀窍，在失眠的日子很管用，脑子里的'自控开关'躺上床'啪'关了，什么都不想、什么都不管，想也没用、管也没用，睡吧。你就能睡着了。"

暑热刚刚消退，音乐学院差点被肢解遭停办，有人想出"怀柔之计"，全国大专院校都没招生，那就先办个代培艺术中专，只招声乐和器乐两个专业四十名学生。因需要人手筹备招生办学，陈光发接到通知，提前从简阳军垦农场回到学校。"应该是 9 月，全国高教会议在成都举办，王有则王营长作为校领导参加。我是干部代表，赵淯是唯一从简阳军垦农场回成都的教师代表。她劳动积极学习认真表现突出，所以推荐她参加高教会议。"

开完会赵淯又回到简阳军垦农场。陈光发留在成都筹备办艺术中专，父子俩过了一段没有女主人管束的自由自在的日子。小钢瘦小体弱，陈光发心疼儿子，经常拿钱让他带着饭盒去馆子端菜，打金街的味之腴、东大街的香风味，娃娃不怕跑路，只要有嘎嘎吃欢喜得很。"男人＋男娃，咋个做饭嘛？我忙也没时间，端菜方便又可口，何乐而不为？"全国高教会议之前，根据中央的指示，全国开展整党运动，全体党员重新登记。"我们都顺利过关，回到学校，参加交响音乐《沙家浜》排练。本来是安排我演沙奶奶，结果试了几次不得行，只能去站合唱队。沙奶奶是雍珠的角色，她很会唱，声音好有味道。"一边排练一边学习，基本按农场编制班排连：声乐系＋作曲系、器乐系＋民乐系、行政＋附中"批林批孔"。从农场回学校，郎先生、杜老师、陈希逸、刘凤羽、侯慎修都回到系上工作。

1972 年的四川音乐学院，诸般不幸多灾多难。

"我们声乐系女生刘德琴非常美貌业务又好。重庆歌剧团要她去演歌剧，演过《货郎与小姐》女主角。她的爱人是哪个？张宏俊！我们南充老乡，音乐学院一等一的精灵鬼儿，聪明得莫法、能干得莫法。"这位才子早先学美术篆刻，后来改学音乐专工长笛，穆志清老先生的入室弟子，又在中央音乐学院德国长笛专家海因里希·吕塞迈耶尔班深造，后赴上海音乐学院从师尹政修教授。最大优势是能完美教学示范，参加艺术实践舞台演出，举行独奏重奏、同管弦乐队合作音乐会等。

美人对才子毫无抵抗力，结婚后喜得贵子取名张兵。陈光发为了帮助他们解决夫妻分居，托了很多人，跑了好多路。刘德琴在重庆歌剧团红得发紫，那边岂肯轻易放人？一拖拖到"文革"，陈光发自身难保也使不上劲了。音乐学院下到简阳农场，刘德琴带着儿子去探亲，小张兵六七岁长得漂亮又机灵，爹妈优点都继承在娃娃身上。从农场回到成都，张宏俊夫妻两地分居的问题终得解决。爱妻带着儿子和丈夫团圆，大家都为他们全家高兴！

莫非应了老话"乐极生悲"？还没来得及享受欢乐时光，悲剧突然发生，令人猝不及防。1972年1月31日星期一，张兵第一天上小学，背着小书包高高兴兴放学回家，老灰楼门口围满了人，正想拱进去，黄虎威教授的妻子王荣辉一下抱住了他。刘德琴被担架抬出来，周围人们低声议论，咋个搞的？煤气中毒！"开追悼会，张兵站在张宏俊身边，那么小没有妈妈……"赵涪为这件事难过了很久，天老爷为什么呢？这个日子两爷子咋个过呢？

这阵悲伤还未消散，邹鲁的爱妻、赵涪的同学李千生病住进川医，女儿邹勤和小音同在云南一个连队当知青。接到母亲病重的电报，赶紧请假回到成都。那天赵涪和陈光发去医院看望李千，邹勤显得很憔悴：赵嬢嬢，小音带了云南的笋干，还没来得及送到您家。摆了会儿龙门阵，邹鲁送他们出来，在走廊尽头说了句，李千病了，我这两天也很不舒服，恐怕也得病了！赵涪特别后悔当时开了句玩笑，你得病？霉得哭！好好的乱说这些话。邹鲁特别认真说，真的真的，赵涪我不哄（骗）你，我可能真的不好了。很多年以后，邹鲁儿子邹向波在微信川音子女群里说，那些天父亲腹痛难忍彻夜不眠，他怕影响邻居休息，强忍着不出声不叫唤，家人都不知道他的病情！

这是1972年10月的事，突然听说邹鲁病危！陈光发慌忙骑车到川医，原来邹鲁突发盲肠炎，如果及时发现做手术，应该不会要命。本来他要去上海开作曲会议，结果腹痛难忍去川医挂号，内科外科互相推诿，耽误了两三天未及时救治，盲肠穿孔造成腹膜炎。"我和李千一个这边抱着、一个那边扶着，硬是眼睁睁看邹鲁咽下最后一口气！非常令人悲痛的事！"陈光发冲回学校向常苏民汇报，第一次看到老院长流泪，他为作曲大才子邹鲁四十五岁英年早逝，老泪纵横异常激动！"我想他心里选定的接班人可能就是邹鲁，邹鲁确实当之无愧！公费留学莫斯科柴可夫斯基音乐学院，作曲高材生毕业回国，正该派上大用场……"常院长拉起陈光发说，走，我们两个去找他们革委会说理，这个明明是医疗事故，他们要负责任！我说现在没有讲理的地方……"在常苏民百年祭那本书里，我也写了这段往事。"医院里还有个音乐学院的病人，食堂炊事员刘松和得了喉癌，"我这个人没啥等级观念，无论院领导还是师生、工友，我都会去医院探望病人，从不漏过一个人。刘松和的女儿都记得，我多次探病慰问她父亲，刘松和去世我也守在身边，我给他办的后事。"陈光发在任这么多年，上到院级领导，下到普通工人，哪个生病住院他没看望？哪个亡者丧事他没操办？

　　凡是没去云南兵团的初中毕业生后来基本都下到本省农村。邹鲁的大儿子邹向平本院附中毕业先分到阿坝州文工团，后参军到沈阳军区文工团，现在是著名作曲家、硕士生导师；女儿邹勤从云南"困退"回成都，后顶替母亲李千进了省广电系统工作；邹家二儿子向波和一群川音子女下到雅安荥经农村当知青，陈光发 1972 年夏天代表院领导慰问下乡知青，从县城步行三十里路到知青点。那晚邹二娃引路，带陈叔叔去找大队支书谈话。已过去近五十年，这段往事他记得非常清楚，想起心里特别感动！邓自君的儿子邓思远补充信息：他、邹二娃和熊冀华的女儿熊叶玲、刘亚琴的女儿刘萍、陈力辉的女儿周冬苗、曹镜涛的儿子李永宪等十六个川音子女下到宝峰公社，各自发挥优势特长，有的参加县里汇演，有的调回成都。陈光发曾先后带队或派人到荥经安置慰问知青，他多次为县宣人员提供机会到川音培训；熊冀华也去亲自指导县宣排练演出，最终促成荥经县政府配置二十八个事业编制，正式成立雅安区县唯一专业文工队。

　　1973 年 8 月四川音乐学院重新组成党委会，军宣队王有则营长任书记，张汉卿任副书记；常苏民、马惠文、陈光发、王艾、丁孚祥、吕毓峰、陈力辉、闵贞和工宣队贾风波任委员。突然一天上面宣布工宣队、军宣队撤出学校，其他领导干部任职均未排定，只宣布了两份任命，陈光发和王艾两人副书记、副院长双职双肩挑。"这个事情我一直感觉很奇怪，王艾也没想到。职务有了，事情多了，工作压力更大了！"

5.5

红色学员肩扛重任

如何创办新型的五七艺术学校？赵淯是教研室主任，还没升副系主任，她和江仪宽、王泰兰，还有民乐系桂春明四个人到北京取经。"我们当时负责给省五七艺校代培声乐和器乐两个专业教学，基本按照附高中的教学大纲上课。"1972 年入学的全是普通中学初中毕业生。好几个川音家属子女也在里面，马惠文儿子马小跃（小提琴）、邢学智女儿邢元梅（小提琴）、杨雪帆儿子李凡（钢琴），等等。赵淯、陈光发的儿子十三四岁刚上初中，小钢一件乐器没学，莫法读艺术中专。

这是赵淯"空置"六年分到的第一班三名学生刘琦、笈小娴、刘若兰，基本没啥声乐基础，按程度深浅从《战地新歌》中选编教材。这套歌集是国务院文化组革命歌曲征集小组汇编，1972 年 8 月人民音乐出版社第一版公开出版，第一集一百零一首歌曲除了《东方红》《国际歌》《大海航行靠舵手》，有《阿佤人民唱新歌》《红太阳照边疆》《大寨红花遍地开》，还有《毛主席走遍祖国大地》《我为伟大祖国站岗》《千年的铁树开了花》等歌曲。"大多内容都很'革命'，优美抒情好听的作品也不少。"终于又开始给学生上课了。

1966 年以前赵老师在全校还算有点名气，那时校园流传顺口溜：赵老师有点歪，教育我们都学乖……经过 1966—1969 三年的"面壁背书"，赵老师可能真的学乖了。香畹家二小姐受过高等教育，无非性格有些急躁，但并非随意发火暴躁之人。面对几个初中毕业生，基础那么差，只能耐着性子不着急、不焦躁，有话好好说。实在忍不住秋风黑脸吼几声，吓得胆小的女生洒几滴马尿水（眼泪）。第一期中专生毕业分配单位不错，刘若兰去了省歌舞团，笈小娴进了峨影乐团。同届器乐班后来很出了些人才：林戈尔（小提琴专业）成了作曲家、四川音乐学院第七任院长；唐青石（木管专业）则为四川交响乐团指挥家、作曲家、团长。

看到这些学生都有很好的前程，赵淯的心情其实很复杂：他们近在琴房上课学声乐搞艺术，女儿远在天边割橡胶苦不堪言。原以为云南生产建设兵团现役军人管理，没承想兵团也出过好多事情，瑞丽三师火灾烧死好几个成都女娃娃。那些乱七八糟的事情听得人好害怕、好心烦。有段时间，赵老师有点像校园里的"祥林嫂"逢人必言"我们小音咋个咋个……""我们小音如何如何……"看到邹勤和段婉琳离开连队，更是一夜一夜睡不好觉，着急忧心焦虑不安。医院检查结果出来：冠心病。陈光发说，这下好了，关心女儿得了冠心病，赶紧开证明，看女儿回来能不能治好你的心病。

1972年12月小音在连队过了第二个生日，十八岁的大姑娘清秀好看人见人爱。突然接到电报：母病速归！哇——，哭得梨花带雨，连长指导员岂有不准之理？非常顺利请到假。那时同院施幼贻的儿子施在泽每周或隔周都会从一连到二连看望小音，他托朋友帮着买好长途汽车票，大概拍发电报一周以后，女儿出现在赵淯面前。"我们母女没有抱头痛哭，那会儿的人不会这样表达情感。但我记得小音到家吃过午饭，正睡午觉突然放声大哭，隔壁韩婆婆吓了一跳，默倒（以为）出了什么事。"原来小音梦到刚回家，马上又返回云南，想不过啊痛哭流涕！喊醒过来劝慰半天抽抽搭搭忍不住，一会儿哭、一会儿哭，哭得赵淯心头乱糟糟的简直受不了！我们不回去！我们就不回去！！看哪个敢把我们咋个办！！！

1973年的春节，全家人总算一起过了个团圆年。照例要磨汤圆，炸馓子，煮腊肉香肠炖鸡……小音见天一边吃着家乡饭菜，一边默默流泪，她不想走，想着要回云南，她恨不能去死！赵淯写信给三妹赵溶，你能不能帮二姐求他想想办法，老红军有没有能帮上忙的老战友？李春福一直特别喜欢小音，从小在三姨家进进出出，他们把她当自家女儿疼爱。但小音很怕三姨爹，她喜欢看小人书，只敢跟三姨要五分一角钱。但凡鼓起勇气张嘴，三姨爹最少给她两毛最多五角！经常在小书摊看得忘了回家吃饭，偶尔姨妈还会叨咕几句，姨爹却从不重说小音半句。二姐姐夫开口，李春福绝对当回事，很快人托人找到和云南建设兵团有关系的战友的战友，军区司令，兵团政委，他们答应尽力帮忙。

云南生产建设兵团规定两年一次探亲假，不计路程可在家休息二十四天，小音超假了。段婉琳先回成都，她和声乐系刘振汉教授的小儿子刘毅瑾在谈恋爱，未来的公公要给未来的儿媳找条好出路，三天两头甚至天天上课，原先在致民路中学宣传队唱阿庆嫂，硬是几个月教成女中音！听她唱《阿佤人民唱新歌》赵淯直发愣，这不活脱一个小罗天婵吗？用她当时的话说，婉琳本钱好、方法好、音乐好，肯定能考上专业歌舞团。

同院三个女孩一个连队，邹勤因父亲病逝，大哥参军、二哥下乡，母亲李千悲痛过度病未痊愈，学校决定按"身边无人"知青政策帮她把女儿办回成都。赵淯带着小音和婉琳踏上南行列车直奔春城。婉琳去云南省歌舞团面试，一曲《阿佤人民唱新歌》再次征服众人，女中音正是歌舞团稀缺声部，她进去就是独唱演员。赵淯为段启诚女儿、刘振汉准儿媳有了好归宿而欣慰，更心疼女儿现在要一个人坐三夜四天长途汽车回连队，她多孤独多可怜！

李春福不是托了老战友人情吗？赵淯带小音去某司令员家，但未见到司令员本人，而由司令员夫人出面接待，很礼貌、很客气，虽不盛气凌人也没真心热情，满嘴大道理让母女特别寒心。原本也在预料之中，这种人托人的事。那次会面给小音留下最深印象的，倒不是司令夫人绵里藏针拒人千里的大道理，而是赵淯说了句：理解理解，那我们就不给司令添麻烦了。彻底放松下来的司令夫人，上上下下打量了小音一番，突然说了句，你女儿长得好漂亮呀，挺秀气的！小音十八岁第一次听人夸赞自己的容貌。十一岁上耳朵里灌满狗崽子的称呼，初中时在全校乃至全市舞台出尽风头，却带有拂之不去的"黑五类子女"的心理阴影。在兵团（后改为农场）也有男孩喜欢追得紧，她芳心不动未解风情。赵淯人前人后总在说，小音眼睛小得像四季豆儿晒干 bie（裂）了条缝缝儿！母亲无心有意的心理暗示，她从不相信自己好看，从不知道自己漂亮。结果司令夫人顺口敷衍，竟让小音备受安慰，虽不见得愈合心灵创伤，起码有麻醉镇痛的缓释药效。

在昆明开往孟定的长途客车边，赵淯看着小音单薄的身影五味杂陈。女儿怕惹妈妈伤心，强忍眼泪硬不回头。赵淯无话可说也怕自己哭出声。终于，那辆又脏又破的客车引擎轰鸣开远了，渐渐消失在飞扬的尘土里。赵淯坐着火车孤独地回到成都，满脑子都是女儿清秀的侧脸。走进家门见到光发第一句话：我们小音，好可怜，咋办？咋办！陈光发埋着头也是拼命忍着眼泪。"咋办？咋办！下午开招生会，你要参加，我们都有事情做……"

陈光发始终搞不明白，自己和王艾两个副书记副院长的任命，究竟是工军革谁提出的意见。军宣队长王有则曾写过一份证明材料。1973 年 8 月王营长离开川音后来转业，市安置办本来让他到龙泉驿区，听说陈光发跟市委组织部很熟，"他来找我说，你能不能帮忙说说，最好安排我在城里头工作，娃娃上学、老婆上班方便。我跟市委组织部一说，那边马上同意将王有则重新安排到成都乐器厂任副厂长。这算是我帮了他一个忙。"

经过艺术中专（五七艺校代培）教学模式有效过渡，全院上下酝酿筹备 1974 开春招收第一期工农兵学员，采取专业名额分配到各地区，再由基层推荐、院校考核。重点是推荐这个环节，如果没有推荐不可能参加考核，所谓考核无非走过场形式而已，你敢将工农兵学员拒之门外？老院长常苏民召集并亲率各系负责人外出取经，声乐系赵淯、作曲系刘文晋，还有器乐系和附中老校长丁孚祥等同行。"第一站西安，第二站北京，第三站天津，第四站上海音乐学院，又从上海去了第五站南京。"常院长一行未到南京艺术学院，而是直接去了副院长黄友葵家。早就知道国内高校的黄友葵和郎（毓秀）先生、周（小燕）先生、喻宜萱教授并列"美声四大名旦"，第一次见真人，赵渭挺激动！"她跟我们郎先生一样，毫无权威专家的架子，和蔼可亲平易近人！"黄友葵先生和刘文晋主任是国立音乐院同学，关系很好。"她对我们非常热情，还私人做东请大家吃饭。"黄先生很关心郎先生的近况，赵渭回答，郎先生马上可以复出教学。

陈光发副院长虽然主要分管行政，但招生工作照样丢不开板（挣开）不脱，他和毕兴、钱维道分管重庆招生组。重庆方面很重视，请招生组住进重庆宾馆。这里曾是抗战时期的"援华美军招待所"，蒋介石宋美龄夫妇在这儿多次宴请美国大使赫尔利、英国大使高斯、苏联大使潘友新等。抗战胜利易名胜利大厦，1956 年正式更名重庆宾馆。虽说招收工农兵学员，重庆市歌舞团学员班也送来报考声乐系的赵凤英、孙庆远，还有一个大提琴。"他们都算专业比较好的考生。我记得钱维道老师把脑壳埋到桌子上。我说你这个样子咋考学生？还是要像个考官嘛。他过后下来说，那些基层推荐的考生，既没嗓子又没样子，音都唱不准，简直听不得，太受刺激了！你让我咋个抬起脑壳嘛？"成都军区把名额拨给驻渝野战军十三军宣传队推荐王志明、孙敢慧二人参加面试。

涪陵地区只推荐了一名考生，陈光发为其三下涪陵，"张辛会吹笛子，我第一次听就看中了，回重庆和招生组研究；第二次下去让他填表办手续；第三次下去落实新生录取。"总算圆满完成招生任务。四川音乐学院停课八年之后，1974 年秋季第一届工农兵学员正式入学，赵渭接的第一名学员徐红英，重庆女孩、宜宾知青，形象很不错，喜欢唱歌但莫得啥子基础。王泰兰班上分的是徐群芳。"重庆市歌舞团来的两个学员基础都还不错，赵凤英在刘亚琴班上，孙庆远分给了刘振汉。"同为 74 级作曲系，刘文晋主任看上"十八般武艺"的北京兵，从重庆招来十三军宣传队王志明，他会演京剧，会拉京胡和大提琴，还写过不少小作品。

高教局分管处长问陈光发，你们川音经费咋会那么少？他才晓得原来一年拨款只有八万元，这点钱除了付教职员工的薪资以外，还有多少钱买教材教具谱子？太缺钱了！在这种情况下还要招生，还要扩大招生，又是二年制师范班，又是三年制大专班。1974、1975、1976 三年招了三届工农兵大学生，"带着红思想、红口袋来的动不动要造反，有个重庆的女生脾气火爆性格泼辣，在课堂上大声武气吼老师，老师遭吓得打抖，我忍无可忍当面严正批评，搞啥名堂？他是老师，你是学生，他莫得资格当你的老师？但他总是你的长辈。你该不该用这种态度跟你的父母长辈说话？她莫得话说，骂骂咧咧只能算了。"

深秋萧瑟寒意渐浓，三妹赵溶陪同李春福从南充到成都，这次她们不是来走亲串戚。原来老李罹患食道癌，华西医院专家复查后建议保守治疗。"他儿子李渡在部队不方便请假，女儿斌洁跟着过来，我去托郭幼蓉的丈夫、七中化学老师小杨帮忙办借读。"听说河南安阳有位名医专治食道癌，三妹赶紧坐火车搭汽车撺过去，辛苦得不得了！隔几日提着满旅行袋中草药回到成都，顺便捎了一只当地传统特产"道口烧鸡"。

那会儿家里头莫得冰箱，那只鸡装在油纸袋里，赵济怕放坏了，赶紧拿出来打牙祭，全家人和斌洁一起分享。隔天赵溶回二姐家洗澡换衣服，我买的道口烧鸡呢？还不拿出来吃？赵济一愣，我们全撕来吃了！已为丈夫绝症情绪极度不稳定的赵溶，突然情绪崩溃爆发捶胸顿足破口大骂：好吃狗儿！我买的烧鸡拿给你们修了五脏庙！还来我的鸡！赵济自觉理亏：我错了，三妹不要生气，太抱歉了！我不要道歉，我要我的鸡！赵济低声下气：求求你三妹别喊了！隔壁都听见了……三妹躺在地板上哭骂撒泼，二姐和姐夫又抱又抬丢上床，终于哭声停了骂声小了莫得声气睡着了。一觉醒来，好像啥事都没发生。看饭桌上杯盘碗盏回锅肉、芹菜炒香干，还有圆子汤和淋了红油的泡青菜！平时那么骄傲的二姐给三妹赔罪，消气了哇？本来就没怄！那刚才骂啥呢？讨嫌！二小姐、三小姐，永远这样，别别扭扭吵吵闹闹，一会儿又和好如初莫事儿了。

小音从云南回来跟同院沈万萍老师学琵琶，沈老师一周一课分文不取，只要能为改变少女命运尽一份心力。那段时间，小音经常和妈妈带着表妹斌洁去医院探病，三姨爹备感温暖暗自欢喜，这女子我没白疼！已消瘦脱形干枯得像鸡爪似的双手，一边比划着弹拨扫拂的手法一边言不由衷表示客气，小音，你不要耽搁时间，赶紧回去弹你的"巴皮（琵琶）"。从发病到去世，李春福年高体弱并未撑得太久。可能他自己有预感，坚持回南充去了。

　　1975 年 1 月三妹夫病逝，享年六十七岁。正巧五妹带着二嫁马德恩的女儿涛涛来成都，本来准备买车票去南充看望三姐夫。结果省民政厅来通知，孙厅长带着司机开着吉普车，后座挤着赵淯、赵沚和斌洁、涛涛，赶到南充已经很晚了。赵溶悲恸过度躺在床上发心脏病，看见二姐、五妹，一下又大放悲声。老红军李春福是香畹儿女家中第一个离世之人，其时，他妻子赵溶尚未满四十七岁！儿子李渡二十一岁，女儿斌洁未满十三岁。

　　在南充奔丧的日子，赵淯做了件自觉歉疚后悔的事情。女儿有个小学、中学同班男同学，参军也在南充，那天作为李渡的战友前来吊唁，顺便看望伯母赵阿姨，他完全没想到会有一番严肃对话。原本和小音保持通信联系近五年，从未涉及超出同学关系的感情。赵淯多心多虑多话多事，竟提出以后是否负责的问题。二十岁的小兵毫无思想准备，突然感到沉重压力。好吧，那我不再给她写信。赵淯回到成都同样非常严肃和小音谈话。小音忍不住痛哭流涕！一方面在心里责怪母亲多余，干吗去跟男同学说这种话？一方面觉得非常伤自尊，本来未谈感情干吗断了通信？九十三岁的赵淯反省："'宁拆十座庙不破一门婚'，我把你们两个的姻缘破了，你怪不怪我？"这都是命！小音信命认命：她和他，注定没有这份情缘，否则一次谈话，岂能不由分说就断了联系？

　　四川音乐学院似乎按部就班步入正轨，开始第二期工农兵学员招生。赵淯先和钢琴系林瑞芝、毕兴、白天保一个组，"在绵阳招了后来学指挥的李西林，在宜宾招了声乐学生张春明，还有重庆知青卢尔强，他声音相当漂亮。从叙永招的白杨洪，后来成了打击乐专家。"关于成都女知青池含芬考学，有段小插曲。从广元到剑阁，县里推荐两名考生，只有一个名额。池含芬从生产队赶过来已到下午，"听了听女知青声音好一些。考虑公安局长在当地给女儿找工作容易，成都知青下到川北人生地不熟，我们最后选择带池含芬回来。"

　　在"围绕战斗任务组织教学，用艺术实践带动基础训练"口号下开门办学，声乐系和作曲系组队下基层，1975年春天赵渍带队到攀钢体验生活，"作曲系在尖山和南山采风创作新歌，声乐系担任排练演出。"新作品《矿山组歌》是经过工人群众"检验"的好作品："春风（那个）扑面吹红日照大地……"赵凤英和江贵荣这首男女声表演唱有点类似《兄妹开荒》，宋大能老师作曲采用复合拍子，旋律流畅情绪欢悦。"马达轰鸣——车轮飞转，我们是矿山女驾驶员……"王志明写的《我是矿山女司机》，全体声乐系女声表演唱。赵老师十分欣赏他的旋律优美，听作曲系学生视唱作品，她发现王志明的嗓音条件和音乐表现比声乐系某些男生还好！于是平添一份好奇和关心。

1975年10月赵紫阳任中共四川省委第一书记兼成都军区第一政治委员，在成都金牛宾馆召集省厅部级干部大会，校党委派陈光发去参加。"所有系统行业各口包括大专院校，很多都是刚刚官复原职的领导干部。他们喊我小弟娃儿，我四十多岁，跟他们不说差一辈，起码差一截儿。"陈光发感觉这个会开得很蹊跷，赵紫阳表情轻松洒脱，他说今天我和大家见面，你们回去看文件吧。"他不说大话套话就这两句话。全场鸦雀无声，散会了。"怎么形容他呢？陈光发对赵紫阳的印象是沉稳刚强很坚韧，干脆利落勇担当，"在那样一个混乱的情况下，他能到四川担任第一书记，我抱有崇敬的心理。"那天散了会，陈光发骑车从西门外到新南门，看到街面上拉起大幅标语：打倒二赵！虽然没点名字，大家心知肚明，一个刚恢复职务的省长赵苍璧，一个新上任的书记赵紫阳。"我寻思着老省长你们打倒了；新书记才来几天你们也要打倒？"

第 6 章

成功应莫惮艰辛

（1976 年—1985 年）

经历风雨波折，走出阴霾，拥抱光明，终于迎来又一个新春。

高考制度恢复，四川音乐学院迎来 77、78 级及此后各届大学生、研究生；赵淯同陈光发半百之年在各自岗位勤勤恳恳兢兢业业地满腔热情奉献才智。两个孩子，从参军的内蒙古和支边的云南回到成都，顺利考入大学。

赵淯家族众亲戚重获新生，三个哥哥下乡的孩子们纷纷回城，有了各自的一份工作，组建了自己的小家庭。香畹后辈赵门英才成长进步，为国贡献。

黎明将至悲喜之泣

　　陈光发回忆，新任党委书记石昌杰应为 1975 年底调入学校，而校史记载："1976 年 3 月，全校师生奔赴白合乡劳动，在那里迎接了新调来的党委书记石昌杰同志。"两种说法或许皆可成立。陈光发骑自行车到走马街四川省人事局，亲手经办石书记的人事调动、户口迁移、工资关系。"我一看档案，好家伙，老革命，这位书记了不得！我给他安排住房，一宿舍满了，在对面红楼腾出一套房，我亲自安排工人重新做了水磨石地面。应该是 1975 年冬天。"上面将张汉卿调去地质学院。石书记在原单位重庆建工学院交接工作，1976 年开春到成都走马上任，3 月同川音师生见面说得过去。川音到什邡开门办学，作曲系师生创作了一批新作品，王志明谱写的男女声二重唱《新生事物如春花》由陈锡文、赵凤英演唱，很受好评。

　　1976 年注定是中国历史上天崩地裂诡异蹊跷、多灾多难大悲大喜的一年。1 月 8 日周恩来总理病逝，邓小平第三次被打倒；5 月滇西两次强震分别为 7.2 级和 7.4 级，小音所在孟定坝震感强烈；7 月 6 日朱德病逝；7 月 28 日河北唐山发生震惊世界的 7.8 级大地震，致二十多万人罹难；8 月 16 日四川松潘、平武发生 7.2 级地震，全省均有震感，成都街头布满地震棚，川音操场搭建临时帐篷；9 月 9 日，毛泽东去世，一代伟人陨落……

　　紧接着"10 月里响春雷"发生了一件震惊全国影响世界的大事！陈光发至今记得，他正带队在云天化基层演出，深更半夜紧急通知开会。毛主席逝世未及一月，江青、张春桥、姚文元、王洪文被隔离审查了！"四人帮"倒台了！！天大亮了！终于可以透一口气了！全校师生结队游行，全国人民都在游行，北京市民上大街扭秧歌……"美酒飘香啊歌声飞／朋友啊请你干一杯请你干一杯／胜利的十月永难忘／杯中洒满幸福泪……"人民音乐家施光南谱写的《祝酒歌》（韩伟词），经著名男高音歌唱家李光曦传唱深入人心。九十三岁的陈光发有力挥着拍子老泪纵横，基本完整无误唱完第一段歌词。粉碎"四人帮"是历史性胜利，十年浩劫至此终结。石昌杰被正式任命为四川音乐学院党委书记兼院长，马惠文、陈光发、王艾任副院长。陈光发知道石昌杰希望把常苏民调回川音，他在峨眉电影制片厂，同陶嘉舟合作写1981年上映的《漩涡里的歌》的音乐，"组织让我去办手续，班子齐了——石书记、常院长。"

1976年招收第三届工农兵学员，74级进入毕业班学习实习。通过声乐系和作曲系多次联合开门办学，赵淯和王志明师生关系比较亲近。赵老师去北京出差，王志明带信让母亲给赵老师各种副食票证买这买那。佟美珍关心大儿子的婚恋问题，拜托赵老师帮忙物色对象。她是不大会做这种事，憋了好久才开口问，声乐系谁谁谁好不好？作曲系谁谁谁行不行？王志明摇头摇头就不点头，没想过、不考虑！赵淯脑子一转突然插了句：那我们小音呢？王志明"唰"脸红了。赵淯赶紧往回捯，开玩笑别当真哈。结果王志明喘口粗气，唔，小音挺好！

1973年秋天小音从连队调到团部宣传队，1974年秋天回成都探亲学琵琶。赵淯"好了伤疤忘了疼"，又经常喊学生到家里改善伙食。小音做的大蒜烧鳝鱼、回锅肉、麻婆豆腐，最挑剔的隔壁韩婆婆都要夸好几道，香！王志明偶尔带他妹妹王宪玲和战友李晓梅到赵老师家打牙祭，很多年以后小音在北京认识了中国歌剧舞剧院时任副院长李小祥，竟然是李晓梅同胞亲兄！世界太小了，有缘人多会前前后后深深浅浅相识相遇。

那阵被抄家没收的私人财物陆续返还各家，乾隆瓷宝瓶踪迹全无，有些珍贵的、值钱的没翻找出来也莫法追究。光发的"牡丹牌"半导体收音机竟然还在！"永久牌"二六自行车物归原主，已被糟蹋得除了车铃不响，车身链盒哪儿都咣啷啷。王志明和赵老师相当熟，偶尔借车出去办事。那天下课遇到赵老师说声要借车，赵淯说要去琴房上课，女儿在家你找她。王志明见小音正蹲在厨房门口洗菜，说，我和赵老师打过招呼借车用，小音站起身大大方方说骑"凤凰"吧。

赵淯下课回家，看到"永久"靠在墙边，你咋把"凤凰"借给王志明啦？新车哦！新车还不是拿来骑？王志明从新南门邮电所取了津贴回来还车，高高兴兴的样子，偷偷瞟了一眼进进出出忙着的小音，说声谢谢匆匆跑了，这个当兵的！赵淯后来发现王志明每次到家来，总会偷看五斗橱上的全家福照片。他是不是有点喜欢我们小音呢？

自从跑到南充自作主张把小音的男同学吓跑以后，赵淯心里头经常自责。那次趁着帮王志明的母亲关心他，顺便问了一句，他并不反感，还说小音挺好。王志明后来坦白，原先到赵老师家吃饭，只觉得小音饭菜做得好吃很能干。从借车这件事，他感觉她善良单纯好心眼儿！赵淯就当他有个基本态度，要不你方便就给小音写封信，先征求一下她的意见？

有件事顺带提一下，赵淯的四妹赵洵和同窗恋人王啟东毕业分到云南省歌舞团，结婚生子事业有成。1967 年深冬突然挺着大肚子回到金河街 88 号大院。她的大儿子王晓星已九岁多了，1968 年 1 月在成都生下小儿子王晓阳。那是一年最寒冷的日子，七嫂洪霖和范姐惠卿又成了义务"月嫂"，精心伺候赵洵坐月子。一心想要女儿的赵洵又生了个儿子，莫法，这是命！小音去云南支边，从孟定到成都往返途经昆明，赵洵一家待小音如家人，两口子没女儿拿她当女儿，两兄弟没姐妹拿她当姐姐。四妹感觉应该花点心思帮帮忙，他们夫妻二人已离开省歌舞团调至昆明师范学院，绝对的教学骨干。该校幼儿园李园长是晓阳保姆的亲戚，她的二儿子在云南省知青办工作，可以帮忙想办法吗？有点难，成都知青属成都知青办分管。如果在云南成家，或许有理由调到省城。赵洵也是个心地纯良头脑简单的人，这个办法好哎！小音能调到昆明给园长做儿媳，自己身边不就多了个女儿吗？

从见第一面，李园长就打心眼儿喜欢这个成都女孩，她希望小音和自己的小儿子谈恋爱。一切运作小音被蒙在鼓里，男孩经常到赵洵家送书给她看，莫泊桑啊、司汤达啊、王尔德啊……全是名著，小音一下迷上了这些"禁书"！赵洵一个劲儿劝服鼓动小音和园长公子通信，还特意嘱咐她，先别告知妈妈。春城樱花盛开小音探亲返回孟定，男孩非常喜欢或者说特别爱恋女孩。从小到大，小音对母亲心理依赖超乎一般女孩。自接到男孩第一次改称"亲爱的音"那封情书，小音决意不再瞒着母亲。赵浵得知这件事，非常生气也特别焦虑，妹妹咋回事？牵线搭桥昆明人，我们唯一的女儿那就回不了成都！现在你们到什么程度？通过几封信而已。你们没做啥？我们能做啥？两个人手都没牵过一下！

赵浵这才放下心。顺口无心问一句，实则有意探个底。王志明愿意和小音通信相互了解！你要想好哦，她在云南，啥时回来、能不能回来都是问题。没问题、没问题，这些都不是问题。实在回不来，我去云南或昆明军区，小音可以随军，总能解决问题。你妈会同意吗？我妈？她管不了我！这些话让赵浵内心很温暖、很感动，仿佛看到一线希望。她小心翼翼给女儿写了封信谈到王志明……小音的小性子使上来了，根本不接受母亲一番良苦用心。你不是不让我恋爱吗？这边刚断了联系，虽谈不上有多深感情，总归伤了人家和四姨一番好意。再次"棒打鸳鸯"的赵浵理直气壮，我为女儿好，要想尽办法让小音回到父母身边。最后小钢亲自给姐姐写了封长信，爸爸妈妈如何思念女儿，妈妈经常发心脏病；王志明如何如何好，纯朴忠厚真诚善良，那次小钢牙疼，他请假一趟一趟陪着去川医诊治。啰啰嗦嗦几大篇，打动小音的是最后一段话：王志明这样的好男人，天下没几个。如果姐姐放弃，可能要后悔一辈子！！！三个惊叹号，小音又气又嗔又好笑：你个小娃头儿，懂啥?！本来决心和母亲赌气到底，亲弟娃儿一封信让她改了主意。好吧，通信就通信，又没说非谈恋爱必须嫁他。赵浵内心欢喜跟王志明说，赶紧给小音写信，赶紧！你们先互相了解一下……

王志明似乎很沉得住气，嘿，皇上不急太监急啊！干吗？后悔了？不是不是，没有没有，脸又红到脖子根儿，嗫嚅半天说他平生第一封"情书"不知该如何下笔！大概拖了一周，终于惴惴不安寄出第一封信。小音看了有些高兴也有些失望。从中学到支边，这是她收到过所有情书最单薄的一封！用现在话说北京兵哥哥太不会撩妹了。但小音挺喜欢他这份真诚，虽然没有甜言蜜语，但字里行间全是老实话，挺好的，妈妈可以踏实放心。

1976 年招收第三期工农兵学员，声乐专业女生陈卓华原本分给一位青年教师，因教学配合度比较差，老师焦虑，学生苦恼，赵淯只能接着教陈卓华直到毕业。如果哪节课遇到没法解决的问题，赵淯还会让王志明过来帮忙。她发现学作曲的他在声乐上很有天赋，重要的是他比她有耐心，有时效果更明显，陈卓华也挺服学长那一套。

陈光发受党委书记委派，带队参加基本路线教育团简称"基教团"，下到双流九江公社一大队。"要求两个学院组团，我是音乐学院领队，岳中海、阮丽山在一大队，还有其他大队；另一个是成都电讯工程学院，现在的电子科大。春天去秋天回，大概半年左右。"平时不用天天劳动，重点是组织辅导学习文件。差不多一个月到县上要开一次会让各个公社交流，所谓开会就是聚餐打牙祭。陈光发基本跑遍了双流县所有的公社，他认识了民族学院领队的党委书记老红军张汉臣，在擦耳公社挨着金马河边。农民搞些自留地、自留畜都不允许，还不准农民搞自由市场。"我们春天下去，他们种的菜秧秧、海椒秧秧、茄子秧秧，要喊铲了、拔了。我在公社听说后，赶快跑到我管的大队说，千万不要把农民的菜秧子糟蹋了，他们吃不完可以拿到场上去卖。应该允许养鸡、养鸭、养猪……讲政策也该让农民生活好些嘛！"一大队支部书记提了个要求，帮我们解决通电问题，这件事就算你们的工作，做的大好事。陈光发和岳中海跑到 7237 空八军求助，公社有一台废旧变压器，他们找人找车拉到工学院，工学院老师一检查，原来一颗螺丝钉掉到里头造成短路就坏了。安装好通了电，村里搞了一个磨坊，打谷子、磨面、榨油，农民就方便了。这个任务完成，支书队长杀鸡宰鸭子请他们打牙祭。

学校慰问"基教团"演出那天晚上，有个女知青被坏家伙按倒在水田里头"整"（强奸），弄得一身又是水又是泥……深更半夜跑到"基教"工作队报案，负责治保的副书记带着人，很快把案子破了：女知青走过那条路边，有一家父子两个都打光棍。儿子作案，马上逮捕。女知青父母一把鼻涕一把泪，陈光发亲自签字批准女知青办手续回城。那阵知青尤其女知青在乡下确实危险。父母心头咋不担忧牵挂？

这边慰问学校子女下乡知青，那边心头想着小音的事情，怎么办？

1976年冬季招兵，听说北京来了部队文工团，赵㳥和陈光发想，要不要让小钢去参军？这样按"身边无人"政策可以把小音换回来。姐姐支边以后，弟弟非常挂念。后来学钢琴、学大提琴，最大动力就是想把姐姐换回来，哪怕是进西藏当汽车兵！父母当然不会让他拼命，还是当文艺兵保险。国防科委带着张爱萍将军亲自签署的调令到成都，要招小提琴教授胡惟民的儿子胡坤进京。开初这个事情没公开，成都教委介绍说，很多学乐器的川音子女在七中读书，可以去那儿招文艺兵。七中校方极力推荐的就是高三班的陈志钢，他品学兼优，还是团委组织委员。哦？好吧，通知陈志钢某日去成都群众艺术馆参加专业考试。后来指导员特意登门说明情况表示抱歉，陈志钢不是考试水平不行，而是没有名额。他们为了陈志钢专门打报告希望增加一个大提琴名额却未获批准。

陈志钢数理化门门功课优秀，将来考大学当个理工男毫无问题。问题是姐姐回不来，父母难心安。他学乐器去参军，无非是想把姐姐换回来。后来北京军区三十八师宣传队去了成都七中，学校再次极力推荐陈志钢，这一次他终于被录取了。"我们觉得内蒙古乌兰察布（集宁）好远！真心舍不得儿子！考虑女儿比儿子大四岁，在云南孟定待了六年，最后还是把儿子送走了。"陈光发给陈志钢临别赠言：好好当兵，保卫华主席！最寒冷的季节送走儿子远赴内蒙古。身边无人符合政策，"我们一天也不想再等！马上盖公章给成都知青办（公室）提交申请，同意从云南孟定农场将女儿办回成都。"

还是左拖右拖耽搁好几个月，陈光发惦着女儿的调动手续，有点焦灼不安。那天骑着自行车又去市知青办，想问一问催一催。可没想到半路遇到个娃娃，十岁左右，按铃铛听不见，刹车也不太灵，右手车把将娃娃刮了一下，躺在地上！陈光发吓坏了，"赶紧扶起来，问话也不答，原来是个聋子娃娃。看不到流血受伤，好像也没啥问题。撕张笔记本纸留下姓名地址，比划说有啥问题来找我。第二天家长果然找上门，医院检查小腿骨折，要接骨头敷药花了好多钱。莫得话说，我马上赔了半个月工资，那家人也没再打麻烦。"

陈光发带队下基层，在火车上，民乐系唢呐老师陈家齐的藏族学生弎玛穿着一身藏族服装，列车长路过说了声，嘿，这儿还有个蛮子嗦？白冯冲过去挥拳怒揍，列车长挨打气不过，全体学生围观，看陈院长咋个交涉。"我把列车长找来训了一通，你说蛮子这个话就没对，还敢不开车？耽搁时间我找你们上级！我们的学生回去慢慢教育。最后还按时把我们送到川滇边界"。同云天化工人一起生活关系密切，小分队演出很受欢迎。回来坐火车路过宜宾，"那一晚大家要休息，结果宜宾地委县委在锦屏山下大广场搭了个台子，非要请我们演出一场。这边观众更多，白玛的唢呐吹得不错，表演几支曲子赢得了热烈的掌声。"最后一个压台节目是谁？声乐系老师艾开伶，她的民歌嗓子特别受欢迎！那天的演出简直收不了场，陈光发跳出来说，最后一个节目，全体演员和观众一起唱个歌，手风琴伴奏：声乐系刘小明老师。好！"我领唱加指挥《大海航行靠舵手》，大家又唱又跳又鼓掌，总算把场子收了。"

6.2

甘霖普降榜上有名

1977 年春节将临，赵老师建议王志明寒假去趟孟定农场。"谈恋爱还是要谈，写信不能很好了解彼此。我主动说给他出路费，他的津贴不多，提前写信让母亲从北京托列车员带了香肠啊、带鱼啊，还有我们准备的牛肉干……"王志明和小音宣传队一位战友同路，旅途有伴儿不会那么孤独。他陪小音过春节，还跟宣传队下基层慰问演出。寒假时间不长，王志明按时回到学校。这一趟，两个年轻人感情似大有增进，赵湝观察表情，好像临别难舍难分很难过。

终于市知青办通知批准申请，陈光发特意找到民乐系张宝庆老师，"请他下去办调动手续，顺便回一趟云南老家。那时出公差都会这么考虑，大家经济不宽裕，谁能有钱随时跑回老家？张老师表示非常乐意。"大家都懂人熟好办事的道理，果然云南人张宝庆老师满口昆明话，一听很熟络，一说就亲热。小音的回城调动手续办得出乎预料地顺利。两全其美啊，张老师回了趟老家，同多年未见的哥哥家人欢聚，而陈光发赵湝即将迎回支边多年的女儿小音。正好同宣传队的成都知青李军休探亲假，有个同伴一路随行。永远记得那一天，5 月 10 日晚上，小音乘坐昆明至成都的直快列车抵达成都火车北站，陈光发去站台接女儿，看到那个清秀苗条的单薄身影，他的心情特别激动！差点就要掉眼泪了！六年啊！一天不多，一天不少，同在这个站台，1971 年 5 月 10 日 18 点送她列车出站，1977 年 5 月

10 日 20 点迎她列车进站，相差仅仅两个小时！

回到成都，回到家乡，回到父母身边，那天在街道办事处上户口，小音百感交集，六年前盖上钢印"注销"户口，如今重新做回成都人，竟然等了这么久！全家人的快乐不言而喻，请张宝庆夫妇吃了一顿答谢饭。张老师是个实在人，喝点小酒满脸通红，帮陈院长办成了大事，他由衷感到高兴。

赵涓、陈光发并不急于让女儿赶紧找个单位马上工作。《十月的胜利》是八一电影制片厂 1977 年 2 月摄制的舞台歌舞片，一时间片中歌舞成了各地文艺团体争相学演的节目。正好小音闲着，和邓自君的女儿邓思华等川音子女，参加了致民路街道宣传队，三天两头排练节目，经常去市里汇演，日子过得轻松怡然。

四川音乐学院第一期工农兵学员毕业，王志明回到重庆十三军宣传队。徐红英原本是宜宾地区的重庆知青，现在进了宜宾文工团，马上成了女主角、台柱子，不仅独唱，还演歌剧。她和七嫂的幺儿子沈琚已确定恋爱关系。"这件事真的不是我乱点鸳鸯谱哈。沈琚来送七嫂帮我做的豆瓣酱，平时放那儿就走没多少龙门阵摆。那次正好遇到我在家给红英上课，他听着听着干脆坐下来不走了，从此喜欢上这女孩，红英温柔又漂亮，她不像某些女生那么跳赞。"

1977 年 7 月十届三中全会通过邓小平的复职决议。再度复出仅一个月，他就做了一件功在千秋的事情。在全国科教座谈会上，武汉大学查全性老师大胆谏言，邓小平及时回应"催生"1977 年高考最新政策，10 月 12 日国务院批转教育部根据邓小平指示制定的《关于 1977 年高等学校招生工作的意见》：废除推荐制度，恢复文化考试，择优录取。中国教育事业迎来期待已久的春天！一个通过公平竞争、依靠"知识改变命运"的时代回来了！从此改变无数青年的命运。10 月 21 日全国媒体公布这一重大消息，本年度高考将于一个月后在全国范围进行，1977 年高考第一次不在夏天而在冬季，所有考生只有不到两个月的备考时间。

陈志音绝不甘心放弃上学读书的机会。陈光发毫不犹豫坚决支持；赵浠却有些举棋不定，女儿支边六年刚回成都，万一考去外地，岂不又要分离？况且男朋友王志明比她大四岁，再等四年结婚，有点为难他。小音认为读书比结婚更重要，等不了。那就算了呗！听说女友想参加高考，王志明立刻表态坚决支持。在他心目中，小音绝对是读书的料，她不上大学太可惜！我不着急（结婚），一切以她上大学为重。这就是小音后来对志明忠贞不渝死心塌地的主要原因，他理解她，他不是个自私的小男人。"我也是为王志明考虑，二十七岁再等四年？小音上了大学，万一……岂不是对不起人家！"不会不会，想多了吧您，小音答应"媒婆"自己不会变心。何况是否能够考上大学还是个未知数。

新中国教育史唯一一次冬季高考有五百七十多万人报名，按当时的办学条件和容量，全国高校录取不足三十万人。小音意料之中名落孙山，她只难过了一小会儿，本来就是小学程度，初中两年学工学农学军演样板戏，这不等于啥都没学嘛。支边六年从割胶工到宣传队员，平时唱歌跳舞弹琵琶，看的除了小说还是小说。考不上非常正常，考上了就是奇迹。既然奇迹没出现，还有明年后年。小音表态，再考一年。如果考不上，工作结婚。女儿目标明确意志坚定，父母肯定不会袖手旁观，千方百计寻找高考复习资料，小音文史地基础不错，数理化相对薄弱。新园红楼住着一位"百科全书"式的了不起的龙显明教授，是早年川大毕业的高材生，非常爽快答应赵浠，帮助小音临阵磨枪恶补数学。小音天天去龙家上课，但她对数学既无兴趣又缺悟性。龙教授从不发脾气，永远耐心满满教她因式分解、三角几何……重新拿起课本，一心要考大学，琵琶亦作壁上挂，读书读书读书！

四川音乐学院77级本科录取了六十名新生，1978年春季入学。声乐系有十五名，从西昌大凉山走出来的男高音范竞马分给郎毓秀郎先生。赵浠班上本已有75级池含芬、76级陈卓华，新分一名重庆考生张琳娜。她是恢复高考第一届本科生，普通中学高中生，声音本钱不错，文化课特别好。赵浠非常喜欢这个颇有潜力的女孩子。

最有意思的是陈志钢，如果不是为了换回姐姐，学钢琴大提琴参军离家，可能会减少几分动力。姐姐既已回到成都，"使命"已圆满完成，还有必要留在部队吗？他天天这样自问。高考信息传到军营，他巴不得早一天回到成都，参加高考继续上学。北京军区 205 师（原 28 师番号 51082 部队，八十年代后隶属 28 集团军）宣传队驻扎在高寒地区内蒙古集宁市（乌兰察布盟首府），你不知道冬天冷到什么程度！小音十六岁去亚热带地区孟定，根本想象不到弟弟在被誉为"北疆雄狮"的 205 师经受过怎样的考验！那是"草原英雄小姐妹"龙梅、玉荣的故乡，暴风雪一夜冻坏玉荣的双脚趾，可以想象其严寒程度。小钢参军在 1976 年岁末启程，1977 年在内蒙古过元旦，正值一年最寒冷的季节，天上鹅毛大雪，"北国风光，千里冰封"就是这般景象。新兵脚蹬大头鞋，一身厚实的棉衣棉裤皮帽皮手套，南方人从来没感觉如此寒冷手脚冰凉。小钢悄悄给姐姐说，硬是冷得雀雀儿都缩起啰！屙尿结成冰棍儿！小音心疼弟娃儿，从小身体不好，长得那么瘦小，只为"拯救"姐姐跑那么远、吃那么多苦、受那么大罪！冰天雪地风暴黄沙，双手冻僵怎么拉大提琴！

原本要下连队新兵集训三个月，因师部宣传队赶排春节晚会节目，陈志钢在新兵连只待了几天就去师宣报到。他们的主要任务就是演样板戏，大提琴只能起伴奏作用，按宣传队梁庆林队长的话说，拉几下弓子拨几下弦。梁队长河北人，既会唱京韵大鼓，又创作相声、小品、小话剧，小人书《一块银元》（1972 年人美社出版，无作者名，中国人民解放军 1505 部队政治部供稿）正是他的原创作品。1977 年元旦春节，小钢第一次没和家人一起过。1978 年春节前，宣传队公派他和吴侯松回成都，帮对门省川剧学校家属子女吴文英（小名丑妹儿）办理正式入伍手续。

开始觉得这件事很容易，原来川音毕业分到四川省军区的老学生杨建忠的同班同学曾志远，在成都东城区武装部分管招兵，他答应得相当爽快。小钢很高兴，哈哈，这下算是完成任务，可以好好在家过完春节。谁知出了岔子，新兵登记表被收回。小钢急得大哭，春节假期都要了，结果事情没办成，回去咋交代？赵渭想起声乐系学生戴德馨有个男朋友，经常提劲说有事可以找他。成都军区招兵办公室有熟人，要张新兵登记表莫问题，最后几经波折完成任务。

　　陈志钢的表现有口皆碑，他完全没有城市兵的骄娇二气，非常能吃苦，最大的优点：助人为乐。虽在部队只干了一年零三个月，上上下下对他的印象和评价特别好。他希望领导支持他，提前转业回成都考大学，申请交上去很快有了回音：批准！绝对算是破例、特例。陈志钢心里欢喜，他性格随父亲，很稳重沉得住气。那时没有互联网，全凭"家书抵万金"。接到儿子的信，赵淯吓了一跳，3月底复员回家！你娃儿表现不好遭退兵了？嘁！我们梁队长找到师部特批，现在大专院校招生，从你高中学习成绩和在部队的表现，你都是个读书的料，我们不该耽误你回去考大学。同意他提前复员，还发了一百块钱复员费。梁队长对他寄予厚望，回家要好好准备考大学。赵淯说5月考专业，你3月回来怕来不及！小钢很自信说，我去找丁伯伯，丁孚祥丁先生满口答应，我们抓紧上课，还有一个多月你好好准备。原来小钢拉过圣－桑协奏曲，还有巴赫练习曲，一周两三次上课，丁伯伯给他加油，给他打气，有啥问题过去随去随上。一个多月下来，丁老师说他考专业完全没有问题。父母，主要是母亲焦虑担心，还要准备文化课嘛！

　　自从参加77级高考失利后，小音抓紧时间备考下一年。3月弟弟从内蒙古回到家里，很快也开始复习功课。小钢是成都最好的七中学校高中优等生，姐姐只能算成都最好的龙江路小学毕业生；弟弟离开校园才一年多，姐姐走出校门已近七年，两人基础完全不对等。弟弟目标明确，考音乐学院大提琴专业，姐姐只有个大方向，文科。她小时候学过钢琴，支边后学琵琶，但都无法达到演奏专业考生水平，读演奏专业年龄也有些偏大。最好是"双保险"。赵淯希望儿子考音乐学院，也别放弃机会考成都军区战旗歌舞团。如果考上，至少他不会再离家去远方。小钢天天刻苦练琴废寝忘食，喊他休息吃饭都要发气，他心理压力很大。早先附中毕业在声乐系弹钢琴伴奏的青年教师郭幼蓉，后来在本院读工农兵学员班。赵老师和郭老师关系一直挺好，郭老师丈夫杨老师在成都七中教化学，很喜欢陈志钢这个学生。请郭老师给陈志钢弹伴奏，二话不说天天合乐，中国作品《萨丽哈最听毛主席的话》，小音耳朵都听起茧巴。"我一直很感谢郭幼蓉！"赵淯说。

差不多前后几天，陈志钢考上战旗，音乐学院通知复试。中央军委文化部下来通知，因国家刚刚恢复高考，要求部队文艺团体不能和大专院校抢生源。战旗那边着急了，若参加复试又通过了，战旗就争不过川音了。"那天战旗歌舞团乐队队长樊三立（他女儿后来在川音学小提琴）连夜跑到我家。硬把我们喊起来说，已经通过团领导批准录取陈志钢，他刚从部队复员不用政审，他的业务水平大家非常满意全票通过。希望他别再参加川音复试，如果复试后录取，我们就莫法了。"这件事非常重要，关系到小钢个人前途，赵淯、陈光发把小钢从床上抓起来，你自己做决定。赵淯更倾向于让儿子到战旗，起码铁饭碗端起了噻。樊三立话说得非常诚恳，陈志钢在团里工作一两年，如果想继续深造可以保送军艺，他的水平没得问题。结果小钢干脆一口回绝，他一定要考大学。樊三立脸上不太高兴，看小钢态度坚决也不便勉强。果然几天后通知，陈志钢复试不仅合格，而且专业成绩最好，成都重庆昆明三个考区排在第一，他文化考试成绩名列前茅必取无疑。

1978 年是恢复高考第二年、全国统一高考第一年，可谓千军万马过"独木桥"。从应届高中生到社会各个阶层甚至父母子女、兄弟姐妹、师生携手同进一个考场，所以 77、78 两届考生在年龄阶段和文化水平上参差不齐。1978 年全国六百一十万人报名高考，最终录取四十一万二千名新生。王志明 74 级工农兵学员毕业回到十三军宣传队，在小音备考阶段，经常请假到成都陪伴和帮助小音复习功课，问啊问，背啊背，一套复习资料都快翻烂了。小音各科考试成绩最高分是历史，其次是语文，她辜负了龙教授付出的心血，数学成绩低到不好意思说。同年"三家巷"出了三个大学生，四个孩子同届入学。赵淯和陈光发一双儿女同年考上大学，陈志音以高出国家统考录取线十多分的成绩，音乐专业优异考上西南师范学院汉语言文学与音乐系；毕兴和冯素祥的儿子毕虹也考取川音管弦系；韩立文和宋大能的女儿韩梅以琵琶专业考上附高中。四个孩子约着到"留真"相馆拍了一张珍贵合影，照片题字"同年入学"。

还记得头年高考前，同院刘璜带了个小男生陈弋的请赵嬢嬢帮忙听一下。男高音条件特别好，上了几次课，考上西师音乐系 77 级。赵老师不希望女儿专业学音乐，小音受母亲心理暗示也觉得自己学音乐没前途，所以想都没想要去考什么音乐类大学。开初填报最高志愿：武汉大学图书馆系，她想窝在图书馆读一辈子书；最理想的是北京大学历史系考古专业，女孩子想学考古？可能我原本就是个古人。结果成绩下来，最有把握且不用离开成都的是川师政教系，这并非小音兴趣所在。正巧西师负责成都招生工作的苏子衡教授到川音走亲戚，听说赵淯的女儿要读川师政教系很不理解，女娃娃考西师学音乐，总比在川师学政教安逸。苏子衡教授顺手抓过一本《歌曲》，你来，我们还是考一下试嘛。弹过钢琴琵琶五线谱都没问题，何况简谱？小音拿起歌本连曲带词哇啦哇啦唱了好几首，程度蛮难的也没打磕巴，苏子衡教授面露喜色，嘿，音乐基础比成都录取的某些考生强太多！这件事我来办。这件事不好办，一没填报志愿，二没参加面试，录取发榜根本没有"陈志音"！苏教授舍不得好苗子，回到学校专门开会研究。早年间，赵淯跟罗宪君老师学过声乐，赵淘主科跟李滨荪老师学手风琴，因有两位教授这层关系，再加上川音声乐系毕业生胡忠刚也在西师音乐系任教，他们合力主张录取陈志音。国家教育部当年六所重点师范类高校之一、西南师范学院音乐与汉语言文学系 78 级新生，在数量上有所突破，在质量上超乎预期。陈志音从川师转到西师非常顺利。从最小的应届高中毕业生何晓，到已工作多年结婚育子的张秀恒、段诚艺，西昌老知青陈铭道等，同班同学年龄相差一轮！ 1978 年金秋十月，齐头并肩走进大学校门。

陈光发任副书记兼副院长多年，无论党内组织问题，还是院里行政事务，全脱不了干系。陈光发这个事情你去办理一下，陈光发那个问题你去解决一下；陈光发这个会议你去参加一下，陈光发那个传达你去听一下……他的角色活像莫扎特歌剧的主人公"费加罗"：听用！什么事都找他，什么人也找他，调工资、分房子、夫妻分居照顾关系、子女回城安排工作、职务升迁、人事调动，个个都可以找陈光发说，人人都可以找陈光发办。"我得经常帮人收拾烂摊子，工作特别繁杂。"有一次陈光发和江隆浩、陈希逸代表学校到江油县成都钢铁厂慰问下厂锻炼的学生，因连日奔波体力不支，那天午休刚起床，突然歪倒在地不省人事！好像过了十几秒钟他自己又苏醒了。因为出身贫苦在娘胎里缺乏营养，童年少年青春期亏得太厉害，赵淯开玩笑，小咪咪儿（未成年）结了婚咋会不亏？反正陈光发身体底子薄，干起工作来又很拼，他面色青黄嘴唇发乌，虽未得过什么大病，但晕厥这个毛病，相当吓人。

1979 年 1 月 20 日，四川音乐学院党委召开落实知识分子政策大会，在"拨乱反正"中彻底平反。"我们连夜将档案材料全部交给人事科长（后为处长）徐岚同志，曾经多次运动受迫害的右派分子和戴了其他帽子的同志，他们档案里都有一些当时处理的材料，全部抽出来销毁。徐岚同志提出，某人某人还是有些错误言论。我说，所谓错误言论也不要写不要留，全部彻底清除。只留本人写的简历、履历，自己写的自传填的表。"这是陈光发具体负责的非常重要的一件工作，落实政策"一风吹"，他和相关同志投入的精力特别多，花费的时间也很长，好几个月才把事情做完。"这些所谓有问题一直受迫害的人，张舒阳罹患肝病死于'文革'中，前面讲过胡静翔肝病发了，从'牛棚'提前放出去，他回到上海去世。还有劳冰心也在上海去世，这边的郑育才、孙铁夫……我们都给他们开了追悼会。"所有追悼会都由陈光发讲话念悼词，大家三鞠躬，这就算落实政策。

6.3

三家巷逢乔迁之喜

那几年赵凊一家各人在忙各人的事。器乐系学生宿舍陈志钢有张铺位，基本是借给同学的同学睡。他喜欢住家里，一日三餐和父母一起。陈志音在重庆读书，寒暑假跑得飞快，最后一门上午考试，下午进城找王志明战友张春光的妈妈取火车票，乘坐当天晚上火车，第二天早上到家。正如冯小刚电影《芳华》描写的事，十三军宣传队撤销，王志明在内江39师宣传队当指导员。那个暑假小音从重庆出发，他半路在内江上车，结果遇上发大水，列车过了资阳，前面塌方抢修，本该早上抵蓉，最后延误到夜里才拢成都北站，公交车收班了，两个人喊了一辆三轮车回到川音新园。赵凊总会把伙食安排得巴巴适适，要么去馆子端菜，"味之腴"的东坡肘子、凉拌鸡块，"香风味"的莴笋肉丁、回锅肉，"回香"清真餐馆的粉蒸牛肉、番茄牛肉汤，小音最喜欢。

春天真的来了！赵凊三位哥哥背负经年的所谓"历史问题"终于先后得到彻底解决，全部落实政策。他们弯了三十年的腰杆，终于可以挺直了；他们压抑了数十年的心情，终于可以松弛下来、舒展开来。

赵溥（子博）一生坎坷。早在北平大学附属高中就结交了马识途，同为追求光明的热血青年，马识途辗转去了南京大学，赵子博则入读北京辅仁大学，两人均选择化学工程专业；重点是选择共同的理想信仰，1938年分别在北京和湖北加入中国共产党，从事地下工作。1946年夏天，马识途奉命回川任成都工委副书记，两人重新接上组织关系，在金河街赵家老宅彻夜长谈抵足而眠。全国解放前夕，马识途随四野大军南下接收武汉；9月为配合解放军解放大西南，被派往西安随同贺龙、李井泉南下大军入川；赵子博作为地下党内应于 12 月 27 日共同迎来成都和平解放。两位战友聚首在成都军管会任委员共事，老马留守成都工作，老赵同廖志高等挺进西康。廖出任中共西康省委书记、省长等职，赵子博则在西康民委担任重要职务。因曾以会理县长身份开展地下工作，这个特殊身份竟带给他无尽痛苦无穷麻烦。

在这个特殊时期，赵淯做了一件痛悔终生的错事。因陈光发入"牛棚"工资被冻结，仅有每月十二元生活费，赵淯一人薪金全家开销，仍坚持每月补贴九哥家十二块，经常还给侄女赵绛零花钱。某月她已按时照付了这笔钱，因九哥家又有急用，赵康来找二嬢再要一笔钱。"我们都是批斗对象，我的心情特别不好经常想自杀……那种情况下情绪失控，咋才给过钱又来了？那句话冲口而出：我又不是摇钱树！"这是什么话？她确实没过脑子没走心直冲冲冒出来，覆水难收！覆水难收！"我深深伤害了九哥，除了爹爹，我平生最敬仰爱戴的九哥！这种浑话，我恨不能扇自己耳光！那段时间我整夜整夜睡不着觉！"很多年后她早已得到九哥谅解，但在家族中仍被传言诟病多少年。

那些年七哥和七嫂反倒未受太多冲击。赵鸿在大集体工作，沈洪霖和范慧卿从饮食行业退休，老闺蜜过着闲适的生活，在人民公园喝喝茶、聊聊天，走走亲戚、打打麻将。长子世琦在南京空军气象学院任教，妻子也姓赵芳名宗瑄，一双儿女幸福美满；女儿世瑛在国防科委工作，她和清华高材生童承璞有了两个可爱的儿子童焕和童烨。赵世琮成都大学毕业在银行系统工作，后来调职成都市化工局（副局待遇退休）；沈琚知青调回城在食品厂当工人，1978 年考入成都地质学院工程地质系，他和徐红英热恋，感情稳定。

德哥因远征军问题 1955 年"肃反"接受审查属"一般政治历史问题"，现在莫得问题，继续在博物馆工作，后担任民革四川省省委秘书长。女儿赵鸧从西昌冕宁调回成都，从技校、成教毕业，从事宣教和工会工作；儿子赵鹏留城，二嬢赵渚帮他找老师学过小提琴、单簧管，文艺青年从省博物馆临时讲解员转为正式科员，后升任党办主任、工会主席。著名的盛家（盛雪–盛中国等）、司徒（梦岩–华城、海城、志文等）同为提琴世家，赵鹏的女友、后为妻子的夏茜所属夏氏家族亦如是，五子中三兄弟学音乐搞弦乐：上海音乐学院夏敬禄和战友文工团夏敬宣皆为大提琴，四川音乐学院夏敬熙为小提琴。夏茜师从三爸敬禄，大提琴专业已通过川音复试，结果放弃读大学的机会，竟选择进了成都市歌舞剧院。"可惜十嫂沈愚鸧，美丽贤淑温柔善良，那么心灵手巧开朗单纯，她跟德哥没享到什么福。我想可能她默默承受太多压力，1979年6月突发心脏病走了，五十岁，我们完全回不过神！"

1979年暑假后入学的新生，赵渚分到云南考生黄郦，"好不容易招来女中音，她先天条件特别好，音色漂亮极了，深厚宽广浓密柔润。关键很有脑子很聪明，一点就通悟性特别高，其他功课学得都不错……"那时她还教了师范系（后为音教系）乐山考生陈艺。1980级新生又是云南考生，又是女中音，缪泽明和重庆考生杜先华、狄红同班。赵老师教学工作量很大，再加上系行政工作很繁重。虽然早有系秘书江仪宽，所有文字材料，赵渚还是愿意自己写。那时院校之间的业务交流非常频繁，走出去请进来，赵渚艺专老同学罗忠镕教授到母校举办讲座传授真经，他讲的"亨德米特作曲法"深受作曲系师生欢迎。赵渚忙着张罗请老同学吃饭，大家轮流做东转转会抢都抢不赢。

1979年中美建交后，同林语堂、张大千并称"海外华人三杰"的歌唱家斯义桂作为美国政府文化代表团组长之一到访北京。应文化部邀请1979年7月到12月在上海音乐学院作了一学期大师班讲课。全国二十多个省市自治区轮流选派声乐教师、歌唱演员，"太兴奋了！赶紧联系我的老同学郑兴丽，请她帮忙安排听课。斯先生不愧为'华人第一歌唱家'！讲学很有一套，我们都觉得收获满满的、大大的。"其间，赵渚特意去看望马革顺先生夫妇，提了两罐四川特产资阳金钩豆瓣。好久没吃过马师母做的饭，还是那么美味可口。"我差点忘了！77 级三年级，我请老同学、中央乐团声乐艺术指导韩德章先生过来讲学。我们都把最好的学生拿出来，蓝幼青班上范竞马、我班上张琳娜，韩德章教了两年，直到 77 级毕业。"这之前还请过美籍华人专家茅爱丽教授，赵涓负责接待，安排课程，再把名单和曲目写到小演奏厅门口黑板上。"我除了上课，全程陪同。"陈光发抢着掬嘴：赵涓，我要帮你补充哈，你有两个学生都得过奖哦！张琳娜、徐红芙……"噻噻噻，我晓得！这些事说她干啥？张琳娜 1981 年在四川省首届声乐比赛美声组荣获一等奖，还获过全国青歌赛四川赛区美声组一等奖；又去中央音乐学院进修师从郭淑珍教授，后赴澳大利亚做访问学者，曾任川音声乐系副系主任，那都是她个人的努力和造化。"

器乐系也相继从中央乐团请专家——钢琴名家巫漪丽老师、大提琴首席司徒志文老师。司徒老师在川音执教指导陈志钢和罗世东、王红等专业突出的学生。"小钢的体会是，王培凡老师上课总是音乐刚起就喊：停！右手运弓、左手揉弦抠得特别严苛，这让小钢感觉紧张；司徒老师则会让学生完整演奏，再提出应该注意纠正的地方。"小钢特别尊敬司徒老师，她的鼓励让学生不会感觉拘谨。赵涓去专家招待所拜望司徒老师，司徒老师说，开始系上老师介绍陈志钢基础扎实但缺乏乐感。她却发现志钢拉琴很有歌唱性，音乐相当好。"我就说嘛，小钢很早拉过一首舒伯特《摇篮曲》，听起来让人特别感动。他从小听妈妈唱歌，咋会乐感不够好？"

中央为了落实知识分子政策，上面拨了经费开始修建讲师楼和教授楼，工程由陈光发总负责，所有具体工作分派总务处长于忠伦，"这位转业军人是团级干部，工作非常认真负责。早些年盖个楼挺费劲。从选址基建到修建竣工，天天守在工地上，非常辛苦没黑没夜地干。两个楼建好了，他却一病不起，肝上的病很严重，可惜最后也没治好，我守着他走，太难过了……"全院领导教职员工不管谁生病，陈副院长都是第一个去医院慰问的人。

陈光发本人是院级干部，且比某些领导资历更高，他家完全有资格入住北边那栋院级领导教授楼，"我就是让得人嘛，新来的徐明副书记我让给她住。六层楼门对门十二家，老院长常苏民和新院长宋大能，还有刘文晋、徐杰、杨琦、段启诚等都进了教授楼。我呢？我跟着赵老师住讲师楼，二层。丁孚祥郑爱斐老教授楼上，黄虎威教授楼下。"王志明转业还没动身返京，从内江回来请刘大全、郑家贵等成都战友帮忙，"清水房子刷了白墙壁，我嫌水泥地灰扑扑看到不安逸，想刷一层暗红色的地板漆，原来在三家巷木地板那种颜色。"陈光发永远让让让，要求赵渭也让让让，职称啊、工资啊，好多年、好多次，尽都在让别人……

常院长非常希望把师范系搞起来，他让陈光发去给徐杰做工作。"我跟徐杰说，这是常院长点的'将'，要成立师范系，请你担任系主任。还准备把声乐系、作曲系、钢琴专业的好老师调给你，最大有六十间琴房的那栋教学楼也给师范系。"这番话让徐杰十分为难，他已年过花甲六十二岁，老妻崔家兰半身不遂话语不畅，他扭过头去看她的脸色，她在躺椅上冲他点点头，"这一点头就算答应了，徐杰说我只干一届哦。我说你就干一届，革命自有后来人……"1981 年 6 月正式组建四川音乐学院师范系，徐杰首任系主任。

赵渭的老闺蜜、声乐系陈世华老师因其丈夫甘若思的"历史问题"终得解决，大儿子甘国工在龙泉驿，女儿甘华娅在四川省歌舞团任独唱演员，二儿子甘国农还在西昌文工团。"我太了解她的心思，想提前退休让小宝（国农）'顶替'调回成都。我和光发提出这件事，他应该想出办法，如愿以偿把甘国农调到学校。很快送他去上海音乐学院，我的老同学郑兴丽肯定会帮他这个忙。甘国农运气挺好，上音招大专进修班，他学习结束回师范系任教，后又赴美留学深造。世华两个孩子接她的班，在声乐艺术上都大有作为，真好！"

世界著名意大利声乐大师基诺·贝基 1981 年应邀来京讲学，暑期盛夏，大师在中央乐团给九名青年歌唱家上课。"第一次从意大利请到正宗的Bel canto 歌唱家，谁愿放弃这个机会？只能拜托中央乐团老同学韩德章帮忙。"开始学校同意部分教师去北京，大家吼得凶，好吧，全系老师包括助教都去吧。提出苛刻条件，学校报销往返火车硬座票，在京住宿交通一律自理。"我和刘亚琴住在王志明家，陈世华是女婿郝教杰找的住处。我们每天赶公交车到和平里中央乐团。好热的天啊！"大师讲解深入浅出，既有清晰的理论，也有精彩的示范；既能尖锐地指出问题，又能有效地帮助改进；既讲究发声的技术技能，也力求深刻的艺术表现。全国各地老中青声乐工作者，无不为其丰富的学识、高度的修养、精湛的技巧而感佩折服得五体投地。"何谓 Bel canto？所谓整体共鸣，原先只有一个概念，通过大师给田玉斌、汪燕燕等学员上课直观理解，美声唱法不仅是一种概念，还有很多原理和方法，需要研究思考很好地掌握。"其间，中央民族学院雷琼仙教授专门请老师们去家里做客，"她是我们声乐系 1961 年的毕业生，那张老照片合影，大人娃娃全都瘦得像饥民！"

陈光发记得 1981 年寒假，六十三岁的郎毓秀教授开始"告别舞台独唱音乐会"之旅。"常院长找到我说，郎先生这个愿望应该全力支持，要求我这个副书记副院长代表院领导全程陪同，我爽快答应，莫得问题！"陈光发和殷代盛陪着郎毓秀和萧桐一行四人，在昆明、重庆、成都、北京、天津、上海、武汉七大城市举行了十七场演出。第一站昆明，那边接待非常热情周到，安排入住西哈努克亲王下榻过的圆通山国宾馆，"我想，国王住过的地方，磨涧村放羊娃儿也住进来啦。"殷代盛负责联系演出剧场、交通住宿公关等所有事务工作。前两天郎先生休息、合乐、走台，第三天正式演出。"郎毓秀，何等人？！美声'四大名旦'之一，有过比利时、美国留学经历。演出广告一贴出去，票都抢疯了！演出三场，场场座无虚席。我每天和买站票的观众挤在一起，预留位置也都没有了。"云南省文化厅一位女局长请郎毓秀吃饭，陈光发作陪，算是东道主给贵客饯行。陈光发到了昆明，赵淯的四妹赵洵和丈夫王启东带着两个儿子，前往圆通国宾馆看望姐夫姨夫，"照了一张合影留在相簿里。王启东见人就说我是他的入党介绍人，如何如何……"郎毓秀母女住最大一个套间，两母女说那天深夜听见隔壁陈光发大呼小叫像在发梦癫！"她们被我的喊声惊吓了，我自己都不晓得，梦到挨批的事，我猜。"

郎毓秀教授也曾受到冲击，她心胸非常开阔，从不会诉苦喊冤。很多年没上舞台歌唱，这套"告别舞台"曲目准备得精心而充分。陈光发至今记得近四十年前的情景，"一出场就是满堂欢呼，她一张嘴唱又是热烈掌声，好半天停不下来。大概要唱十几个曲目，郎先生是热嗓子，越唱越舒服，下面越听越陶醉。"昆明演出三场结束，一行人辗转重庆。重庆朋友说，今天请你们吃火锅！"我说郎教授要演出唱歌，您嗓子受得住不？郎先生说不要紧，果然她能吃辣火锅没问题。"重庆跟成都艺术界渊源太近，朋友熟人也多，同样三场也是场场爆满。有些人买不到票，想方设法说是她的学生、朋友，硬要挤进去非听不可。"郎毓秀特别高兴，再三谢幕返场加演。演出结束，那些慕名而来的都挤上去想跟大师合个影。我也上台站在旁边或后边，有张舞台谢幕合影上有我。"本来从重庆到贵阳，结果接到电报，听说郎先生告别演出，文化部已专门给她安排好日程，要到首都作"告别"演出，贵州那边非常遗憾！

夏日婚礼喜迎姑爷

早期所谓深入民族化，喊过些口号也做过些正事。比如开始筹办民族声乐教研室，要正式招收民族声乐专业学生。1982年早春时节，赵淯和刘亚琴老师到中国音乐学院取经，两个人挤在王志明家里头住。"北京春天风沙之吓人！我们蒙着纱巾，沙尘都吹到嘴巴里头来了！"听金铁霖教授为刚接手的优秀学生上课印象特别深，同时也听汤雪耕、王秉锐和其他老师的课。

赵淯至今都很感念老友李瑞莲，最早是六十年代初去北京听课，全靠她这位中央音乐学院声乐系时任支部书记帮忙安排。汤雪耕教授是副系主任，他和程希逸老师是国立音专的同学朋友，大家都很熟识。在中央院听管夫人（喻宜萱）的课最多，赵淯记得非常清楚，六十年代的王秉锐、黎信昌、叶佩英还都是学生，参加排演歌剧《青春之歌》。"我们去听排练，这几位唱得都挺棒！王秉锐老是笑场……后来他的教学取得辉煌成果！还当了中国音乐学院副院长。"高考恢复后，李瑞莲和王秉锐、黎信昌到四川招生，赵淯专门请他们到家里吃了一顿饭。很多年过去了，王秉锐教授见着陈志音，还念念不忘津津乐道，我记得我去过川音你父母家，你妈妈做的凉拌三丝啊、莴笋肉丁啊、鱼香肉丝啊、麻婆豆腐啊，非常棒，非常好吃！李瑞莲则与女儿女婿长居国外，赵淯和她已无联系。

在中国高等教育史上77、78级都算特例，1966年以后第一批大学本科生同年入学同年毕业。陈志音毕业全票通过留校任教，她却坚持要回成都。云南支边六年、重庆上学四年，十年不在父母身边，何况成都人更喜欢成都的生活。好不容易全家团圆，赵淯希望女儿有个舒服的工作。游祥芝的亲妹、陈世华的胞妹，在成都幼儿师范学校一个任党支书记、一个任教务主任，全是关火（负责）的头头儿。赵淯的女儿有啥可说的，来吧！小音拿着学位证书和派遣证前往报到，一切皆已顺理成章。1982 年成都幼儿师范学校总共分到六个大学生：数理化、音体美各一名。音，就是陈志音。音乐课在普通中学或中师属"小三门""豆芽课"，在幼师很重要，弹琴唱歌是幼教老师必备专业，小音丝毫不后悔自己的选择。"这个事应该说一下，韩立文当时很希望小音能够分到川音，学校确实需要艺术概论教师，她和老宋都认为小音最合适。但我们考虑，小钢肯定要留校，两个娃娃都安排在这儿，别人会不会背后说闲话？"那时高校领导特别自觉自律，他们生怕影响不好，宁愿女儿教幼师也不要她到川音上班。韩立文还有点责怪，你们怕些啥子？小音那么优秀，西师的优等生肯定是个好老师！

很多人想不到，赵淯的女儿如此听从、顺从、服从"父母之命、媒妁之言"，自 1976 年 10 月和王志明通信持续近六年，两人真正见面谈恋爱的时间不超过六个月。王志明十二年军龄连级干部转业费八百元，这比小钢义务兵复员费一百元多多啦。他花了四分之三置办结婚用品，买了一组当时最时兴、最洋盘的体面家具。深知陈志音是个"书虫"！光有大小衣柜书桌不行，请木匠专门做了两组书柜。赵老师新近乔迁的讲师楼三居室，最大一间留做女儿婚房，满屋红色地板漆油亮亮的煞是好看。1982 年8 月，陈志音和王志明，终于结束六年的爱情长跑，结婚了。"女儿毕业回来，女婿从北京到了成都。三妹赵溶专程从南充赶过来，小音结婚，莫得三姨不行！一下多了三个人，咋个住？我们家风家教特别严，小音支边六年、恋爱六年，保持清白女儿身。三妹喝道，嘿！马上结婚的人，赶紧去领证！"8 月 12 日陈志音和王志明去致民路街道办事处，两张大红结婚证，莫得封皮没贴合照，只有对折两张纸。

　　赵淯说音乐学院结婚不兴大摆筵席，陈光发院领导更要带头婚事从简，真的没有请客吃饭！王志明带了几包北京糖，还算比较稀罕的东西，这家抓几把，那家装一袋，意思意思，我们小音结婚了，高高兴兴欢欢喜喜就好噻。最逗的是，全都之前说好、订好了，小音毕业回家第一件大事：结婚。结果呢？王志明大包小裹跑起来，赵淯第一句话说的啥？哎呀！你硬是跑起来了嗦？这么热的天，结啥子婚嘛！脑壳昏还差不多……赵老师的脾性王志明相当了解，他愣了愣没说啥，小音心里头可不舒服，你急着选的女婿，你催着订的结婚，这种话说给谁听？看女儿甩黑脸赵淯马上改口，开玩笑开玩笑，三姨都来了，肯定要结婚噻。你们看嘛这个天，好热哦！在成都最炎热的夏日嫁女，赵老师、陈书记成了王志明的岳母岳父。"天热得很，新郎官在屋里头穿个烂背心走来走去。听到敲门有人来祝贺道喜，赶紧梭（溜）进里屋套件衬衫，笑人得很！女儿莫得纱裙啊旗袍啊，绵绸连衣裙笼起管他体不体面，只要凉快！"从头到尾没摆宴席，自己家里做了一桌饭打了牙祭。"三妹送的南充丝绸锦缎被面太漂亮了！这个要收下，三妹和我关系不一般噻。四妹五妹在外地没惊动她们。四妹可能还在怄我的气？好心好意做媒，硬是拿给我打脱了！"

　　八十年代初那个年代，结婚送礼大多是暖壶水瓶洗脸盆、枕巾床单花被面。很多事都忘了，却记得成都这边老辈子九嫂叶安丽专门过来，送给新人一个精美的漆盒，那种装糖果坚果有格格的盒子，很漂亮！"关键是上面绘图亭台楼阁，竟然描着四个字：清华大学！奇不奇怪？清华大学！安丽未必先知先觉？小音新婚她咋晓得，小音的儿子长大真的考取清华大学，还直读博士学位毕业。太神奇了吧！"姐姐出嫁，弟娃儿钢钢成了王志玥的小舅子，一副洋洋得意的样子：妈妈写信姐姐都没理哈，我写信姐姐马上同意了，我不是媒人？他一天到晚拿新娘新郎逗趣开玩笑。

　　在川音读本科四年，陈志钢品学兼优专业突出留校任教，器乐系让他担任支部书记。大提琴学生当时不太多，小陈老师暂时没排课。他联系中央音乐学院器乐系大提琴教研室主任宗柏教授，听说正要招收在职专科进修班，太好了！他马上提出，希望能去上中央院两年制专科班，提高业务水平回校更利于教学，学校很快批准申请。宗柏教授学生太多，陈志钢听从启蒙恩师丁孚祥教授的建议，师从朱永宁教授，朱教授夫人王耀玲教授是该院资深艺术指导，陈志钢入学后历次实习、考试、参加全国比赛，有幸得到王耀玲教授支持合作。

那年赵淯的主科学生张琳娜毕业留校，很快成了教学和演出的骨干。"我记得77级声乐系留校三个，古幼玲结婚生子随丈夫去了德国；范竞马的语言、乐感和文化修养特别好，我们接着送他到中央音乐学院跟沈湘教授学习。"原先声乐系老师男高音只有黄文宇、蓝幼青和钱维道，现在想重点培养范竞马，他在沈湘教授门下那两年最关键。其间，他作为中央音乐学院的代表，参加英国威尔士国际声乐比赛获二等奖，用丰厚的奖学金继续深造。四川音乐学院并未逼迫范竞马，"我们为国家培养和输送人才，他通过努力奋斗取得成就，这都是国家的荣耀。"

王志明托人给小音买了辆蓝白相间的"飞鸽牌"小轱辘自行车，天天骑着上班，成都市幼儿师范学校在哪儿？正是小音初中所在致民路中学旧址。游祥芝妹妹游校长、陈世华妹妹陈主任，她们都特别关照陈志音。最有意思的是开学第一天上课，陈老师正要去舞蹈教室弹伴奏，医务室门口站着一位身穿白大褂的女医生，笑眯眯地看着她。小音自来喜欢见人笑，女医生张口问，那天大会介绍新分来的大学生新老师，我看着你有点像，陈小音哇？嗯嗯，我是陈志音。您是？我是×××的妈妈！啊?！陈志音脸刷一下红了，龙江路小学、致民路中学，同班同学，他参军，她支边，通了几年信，最后拿给赵淯一把扯脱。嗯，他也毕业了，在成都军区检察院。哦哦，我先去上课了哈？好！空了去我们家耍嘛？好好……去你们家耍？咋可能！检察官的妻子，小音也认识。世界真的太小！陈老师和女大夫，竟然成了学校关系不错的同事，"梗"在心头的如烟往事早已过去。

提起那件事，赵淯总有点不自然。女婿是她选的，王志明是否转业回京，曾纠结很久。她希望王志明转到成都，单凭陈光发的关系，肯定能落到一个好单位有份好工作。实际上74级工农兵学员毕业时，朱泽民、黄虎威、高为杰包括后来升任院长的宋大能等作曲系老教师，一致希望王志明留校任教，"我们怕下面有意见，照顾陈院长的准女婿（看，又怕影响不好），王志明也不愿听这些话，本来十三军推荐的，你不回去，那就是逃兵！"既然川音每年有任务，必须安排复转军人，那还不就一句话的事？王志明自尊心极强，他可不愿沾老丈人的光。回北京在朝阳区文化局文化科工作也不错，而藏在他内心最大的愿望：要将妻子陈志音调入北京！北京是文化高地，小音应该过去发展，肯定比在成都教书更有前途。这个愿望特别不实际，那个年代，普通人想调入首都真比登天还难，做梦！那两年，女婿春节到成都，女儿暑假去北京，两边轮流探亲。赵淯从不怀疑女婿对女儿的感情，可结婚后青年夫妻长期分居，总不是个事儿！王志明想尽各种办法全都没用，希望越大失望越大，大家都有些绝望，赵淯更是崩溃，要"毛"（发脾气）啰！她定的"最后期限"——婚后一年，两个人必须在一起，这之前尽量不要小孩。婆家不敢明着催，但话里话外想抱孙子。小音自觉自愿打破母亲立下的第一条规矩，虽然分居两地，但要先给王家生个娃娃。

那些年赵淯家和胡正仕、张宏俊三家走得特别近。"我心里头非常同情张宏俊，他和刘德琴感情那么好，结果出那么大事情！张兵比我还可怜，八岁没有母亲。'黑狗'守了这么多年，一个男人带着娃娃太不容易！"张宏俊再婚妻子汤应先温柔善良，小学校长知书达理，她对张兵视若己出。小音差不多年长张兵十岁，她对他像对弟娃儿一样亲。老川音幼儿园老师胡正仕，一人带大独生子胡永利，七中的老高中生特别聪明，无线电、有线电无师自通能干得很。胡永利顶替退休母亲在川音电教科工作，娶了个天底下最贤惠的媳妇儿小方。"我们三家人好得像一家人，经常各自做些拿手菜端到一起'打平伙'，安逸得很！"

1983年暑假，照例轮到小音去北京探亲，两人约好不再避孕。王志明周末陪同妻子逛公园、爬长城、在工人体育场看足球比赛……耍到临近开学前两天才回成都。张宏俊说给干女儿接风，小音和张兵进屋聊天，聊着聊着突然高声大喊：张叔叔！你在做啥子？猪油哈喇了，好难闻！张叔叔在厨房嘟嘟囔囔，你要说猪油哈喇我也莫法。小音愣了愣，看大家笑扯扯的有些奇怪，哦！这下明白了，满脸绯红有点害羞。因忙着开学备课，隔过几天去医院检查，真的怀孕了！取回报告单，赵清很高兴，赶紧给志明写信！他要当爸爸了，肯定你婆婆娘也欢喜。早得很！有妊娠反应了，你等不到十个月！

暑假之后小钢继续去北京上中央院干修班第二学期。重点是马上将满五十六岁的陈光发也要去北京上学！中央教育行政学院。"我想赶个'末班车'去北京上这个学，想了好久。这么多年工作太繁杂劳累，现在领导班子人事关系越来越复杂，我想出去躲一阵是一阵……"那天在工学院开一个传达教育工作的会议，陈光发埋着脑壳记了一下午笔记，可能颈椎出了问题，回家去趟厕所，突然晕倒在地。陈志音吓得哇哇大哭：爸爸爸爸……她以为爸爸醒不过来了！只有十几秒钟他睁开眼睛：莫事莫事，我累了，躺会儿就好……"这是我第二次毫无征兆地昏迷，而且时间比江隆浩、程希逸目睹那次还长。我提出申请上报高教局、省委组织部，要求去北京学习，很快批复同意。"在中央教育行政学院学习一年，看书学习、上课讨论很正规。写了篇结业论文《试论新时期高校学生的思想教育》，大概是这么个标题。同窗好友基本都是全国高校行政领导，"大家关系都比较好，有空一块儿摆龙门阵、散步。这一年感觉很自由很开心。我们每周组织活动参观游览，潭柘寺、十三陵……北京名胜古迹都去过。"

最开心的还有同沈阳音乐学院时任院长、著名作曲家秦咏诚结下深厚友谊。"那段时间他每个周末都要跑进城，好像特别忙，基本看不到人影影儿。我开玩笑说，你又去找女朋友哇？秦咏诚说，陈院长开啥玩笑？我是去找李谷一，想给她写首歌录音出专辑，我就是在忙这个事！"写了首什么歌？《我和我的祖国》（张藜作词）。国庆七十周年之前，中央电视台新闻频道"快闪系列活动——新春唱响《我和我的祖国》"，同时《新闻联播》每日播出：在首都机场、深圳北站、厦门鼓浪屿、成都宽窄巷、武汉黄鹤楼、长沙橘子洲头等全国各地轮番唱响，平均全网高达五六亿总阅读量。"可惜啊！秦咏诚和张藜已先后谢世多年，如果他们活着听到看到这首歌曲，现在'火'成这样，肯定还能再多活好些年！唉……这只是我的一个愿望。"

　　陈光发和陈志钢父子都在北京的日子，这个家只剩两个"教姑姑"各忙各的事。赵淯一对一教学，小音一对众上课。"很奇怪，你一点也不'害'（妊娠反应）娃娃，我怀你前几个月吐得死去活来……"赵淯心里多少有点不平衡，女儿怀孕，丈夫、儿子当甩手掌柜，两个人跑那么远！关键是女婿也在北京，三个男人全帮不上忙！要帮啥子忙？小音天天骑着"飞鸽"小滚滚儿自行车上班。1983 年 9 月 21 号周三中秋节，"天上一个月亮，水里一个月亮。天上的月亮在水里，水里的月亮在天上。"上午第三节课，按教学计划教唱歌曲《月之故乡》（彭邦桢词，刘庄、延生曲），在钢琴上弹出前奏，小音突然泪目，她拼命忍住哽咽，保持歌声正常。全女子幼师学校的孩子，基本是外县甚至外县农村的女娃娃，她们敏锐地发现和感受到陈老师的情绪，"看月亮，思故乡，一个在水里，一个在天上……"那节课，女教师和女学生噙着泪水，把这首思乡念亲深情的歌，唱到了心里。

女儿调干儿子脱单

　　香畹的孙辈、赵湑两个哥哥的孩子，差不多都谈婚论嫁自立门户。德哥的女儿赵鸰和小音同年结婚，她嫁给川大历史系考古专业毕业生陈德安，转年生下儿子陈理；儿子赵鹏也和夏茜结婚了。九哥的小儿子赵建和同事油红牵手，最小的女儿赵康在谈恋爱。小音成家最晚，因夫妻分居要娃娃更晚；小钢还是单身狗，为啥？父母管教严呀！参军在部队，小兵哪敢谈恋爱，回来忙着参加高考也没顾上。而进了川音，在妈老汉儿眼皮底下更无自由，你不准跟学校同学谈朋友哈！他们生怕影响不好。陈志钢心头不爽，我都这么大了，咋个不许谈恋爱？他的理想是找个钢琴专业的师妹，正好和自己的弦乐是最佳搭配。他从小活像贾宝玉，暗自喜欢过青梅竹马的表姐表妹。新社会新风尚，大家族表亲联姻早已不时兴。从现代医学遗传学角度看，姑表姨表未出五服近亲婚配，子女出问题的概率，要比远关系大得多。学医出身的赵湑，在凉山亲眼所见彝胞近亲结婚生下先天残疾娃娃，坚决不赞成表亲联姻。早年间沈赵联姻，七哥七嫂没出三服，世瑛兄妹个个人尖子！德哥十嫂也未出五服，鸰鹏有啥毛病？因家族家门家风家教，侄儿侄女谁都不甘沉沦，即便读不了本科也要想方设法上电大、成大、职大完成学业。

　　1984年2月1日除夕之前，王志明到成都来陪妻子，陈志音大腹便便已有六个月身孕。赵湑和女婿开玩笑，要当老汉儿了，你还想过单身汉生活？春节过后，三个男人先后返京。陈志音坚持骑车上班，看她大肚子骑车，街边居民老太婆惊叫唤：骑不得喽！莫摔到娃娃！她已满二十九岁被医院视作高龄产妇。整个孕期定期产检时常有点小惊吓，一会儿羊水多了，一会儿羊水少了，一会儿胎位不正，一会儿脐带绕颈……初为孕妇的陈志音十分淡然情绪平静，夜里躺在床上，摸着肚子和儿子说话。嘿，咋晓得是儿子？医生没明说，我心里头有数，开始就知道他是我儿子！咋那么自信呢？我的第六感，神准！陈志音真没给赵渢添什么乱，"你除了饭量大增以外正常得很！光想吃肉，我在家炖了排骨、红烧肉，你趴在阳台上看到楼下有人端着咸烧白（芽菜扣肉），马上口水长流，飞快冲下楼撺到食堂端一份，边走边用手拈嘎嘎吃，进门只剩底下的芽菜啰！"小音胃口好赵渢很高兴，妈妈能吃娃娃不得亏哈。

那次又陪女儿产检，脐带绕颈情况好转，但羊水过多的问题令人担忧。干脆你提前请假，我不放心！学校通情达理马上批准。赵渢严重洁癖对家里洁净度要求极高，要是坐月子就不能沾凉水。小音赶紧把两间屋铺笼罩盖全拆了泡在大盆里，莫得洗衣机，用搓板正面搓了反面刷。在院坝牵两条绳子，端着一大盆洗好的被单床单枕巾下楼晾晒，看大肚子跳多高晾铺盖，邻居阿姨姐姐都惊叫唤，小音你跳不得啰！看把娃娃跳下来啰！听老人说，孕妇要怎样怎样，孕妇要如何如何。新鲜青果（橄榄）炖猪肚，打胎毒祛脏物，赶紧买来炖起。前后差不多时间那么合适，作曲系青年教师何训田的妻子也怀孕了，两个大肚婆天天围着操场散步，别人说孕期尤其后期要多散步，有利顺产。

正常预产期在"五一"节后一周左右，谁料 4 月 28 日早上七点多钟，小音刚起身，突然感觉一股热乎乎的液体流出来湿了腿杆！哎呀妈妈！糟了，我羊水破了哇！你肚子痛不痛？不觉得。那不着急，早饭吃了再去医院。小音坐上餐桌，赵渢赶忙帮她收拾一些住院待产的用品。要不要包头？不用，还没生又不是月姆子！怎么去的医院？记不得了。好像叫了学校的车？提前托付了本院老附中学生罗芸，她的丈夫是华西产科优秀医生石剀。罗芸安慰赵老师，别担心，石剀在上班，他会照顾好小音。赵渢心里多少有些紧张，王志明已提前请假到成都，三十四岁第一次要当爸爸的他更沉不住气，送到医院后像只热锅上的蚂蚁坐立不安，赵凊感觉脑壳都遭傻女婿转晕了！

经检查医生说，一切正常，真正发作要等到晚间甚至深夜。这样赵凊和王志明先回家，早上走得匆忙该带的没带全，应该炖点汤。小音躺在待产室里开始感觉阵痛，越来越强烈，越来越密集。她想忍住别像村妇似的大喊大叫，最后忍不住如母兽般号了一嗓。

有个剖腹产情况有点危急，医生护士都跑到楼上手术室帮忙，这边清风雅静莫得人！小护士着急忙慌喊石刚医生赶紧下来，这边刚把陈志音推进产房一看，娃娃都冒头了！原来和他娘一样是个着急分子。只听护士长在喊，憋气，憋憋憋，憋长点，不许哭！不许叫！好歹是学过声乐，小音每口气都憋得深而长，三下两下，突然感觉像大便畅快一样，"哇——"忍着不哭的小音瞬间泪奔！我的儿子我的儿子我的儿子！！！耳边响起石刚温和柔美的声音：好了，生下来了！儿子！正常哈！大肚皮挺了数月，这会儿像拔掉气门芯的皮球，蔫儿了。因医生早上告知要等到夜里才会有动静，赵凊和王志明不慌不忙提着花生炖猪蹄汤到医院，呃，人呢？正在生！王志明腿一软差点跪地上！赵凊比女婿沉着，坐在长椅上静静等消息。很快护士抱着新生婴儿出来让外婆和爸爸看一眼，呀！上嘴唇嘛着不会兔唇？你儿子正常哩哈！啥子问题都莫得！王志明放下心，小护士递给他一个小瓶儿，赶紧去化验室查脐血，新生儿母O父A溶血率相对比较高。查验结果出来，儿子血型A随父亲，暂时没出现溶血。嘿才怪哦，我怀了他十个月，竟然血型不随我？小音没想通，呵呵。

1984年4月28日酉时，赵凊和陈光发有了第三代，亲外孙呱呱坠地，身长五十二公分，体重七斤二两。关于宝宝取名，爸爸不做主，姥姥没热情，陈光发和陈志音攒劲得很，提前数月各列一张单子，取了数十个名字！哎呀！您取些啥名字？哦哟，你这些名字都要不得！宝宝出生时，公公在北京上学呢。陈志音自作主张大名：王律迪——"美好旋律启迪灵性智慧"。小名：为为，照顾公公情绪，陈光发念叨说不能忘了党的"双百"

方针、"二为"方向！老革命甩不脱南下干部那套话语。

1984 年农历甲子鼠年，香畹家族第四代齐噗噗生出一窝"海中金命屋上之鼠"！3 月赵溥幺儿媳诞下一女，爷爷亲自取名：静婉，用心良苦涵义颇深，既与赵香畹末字同音，又采用沈祖静的静字；4 月赵渍得外孙王律迪；7—10 月赵涵得孙赵明玮（赵鹏儿子）、赵鸿得孙（沈琚之子）沈航、赵韵华得外孙（赵丽之子）陈曦、赵江得孙（小赵建之子）继畹，一女五男六个耗儿相继来到人世。赵氏家族人丁兴旺，同名重名不约而同也不鲜见，赵溥的幺儿、赵江的长子同名赵建，两个赵建的儿女名号，竟又都含香畹同音字（婉、畹）。

女儿刚出医院，三妹赵溶从南充赶来，那个始终对小音最亲最好的长辈说的就是她。自家儿子李渡的千金女儿还不到两周岁，奶奶不管不顾来帮二姐经佑月姆子，天天变着花样给小音做五顿饭，必须吃下去才有好奶水。果然小音奶水丰足，娃娃吃饱奶不吃亏。大多数女人坐月子，有条件的一天吃两三个鸡蛋很正常。小音郑重宣布，今天两个、明天一个以此类推。经常扯谎说，昨天吃了两只，今天只能一个，结果亲戚朋友送的鸡蛋，大多饱了王志明的口福。他是既舍不得爱妻，更舍不得亲儿子，从 4 月下旬待到 7 月下旬，严重超假恋恋不舍离开妻儿回北京。你就不怕领导批评？不怕！蔫儿人出豹子，表面上的老好人其实特别倔强。单位领导非常理解他夫妻分居、三十四岁抱上头生子，既未批评更没处分。某局长半开玩笑调侃一句：志明，探亲时间不短啊，你还知道回来？这个杠头应声掸过去：我回来还是好的呢！嘻，超了这么长假，理直气壮顶撞领导？

暑假之前，陈光发在中央教育行政学院结业（1983 年 9 月—1984 年 9 月，第二期高教干部进修班，学制一年；7 月 6 日颁发结业证，签字：何东昌院长）。看到小宝宝开心得不得了！虽然院里工作挺忙，下班回家都在帮着女儿照料外孙。小音闻到婴儿屎屁屁恶心呕吐，公公把屎把尿全包；新生儿软不拉沓小音不敢碰，全让姥姥洗娃娃。"我学过嗬！那会儿帮九嫂洗绛绛，后来洗你和弟弟顺手得很，从来不得磕碰娃娃或耳朵进水！"

赵渍说，你们夫妻分居对娃娃不太好？好吧！我来成都，王志明终于松口表态。天底下最不愿意求人的赵老师为了女儿和女婿，只得拉下脸面去找艺专老同学李千帮忙，她是英年早逝的留苏作曲家邹鲁的妻子，她的女儿邹勤又是小音的毛根儿朋友。李千多年在四川人民广播电台当领导，满口应承毫无难色。王志明，四川音乐学院作曲系优秀毕业，他调过来可以在川台担任音响导演，马上送他去北京广播学院进修这个专业。太好了！赵清特别高兴，小音更是激动不已，这就意味着王志明将再次离开故乡北京。

　　这个世界有没有一桩完美无憾的事？老话说，人生不如意事十之八九。王志明调来成都，在四川人民广播电台有份体面的工作，陈志音可以和丈夫长相厮守，赵清可以和女儿女婿同城生活。想过没有，亲家母佟美珍二十六岁痛失丈夫孤独守寡，上奉公婆下有三个娃娃，长子参军离家十余年刚回到她身边又要走。王志明心头纵是千般不甘万般不愿，只能这样。成都幼师打算给陈老师分套小两居，正当大家都以为王志明即将来成都工作时，他突然写了一封信，中央领导决定帮助中青年知识分子解决两地分居问题，朝阳区组织部已上报材料……可能希望不大，很快会有结果，再等等看。陈志音心里并未波澜激荡，她平静地告诉母亲，这件事只是等等看，基本不抱幻想。

　　大家都不抱希望的一件事，竟然出人意料很快有了结果，朝阳区组织部上报八十份材料，正式批复七个名额调干进京，其中即有王志明的妻子陈志音，带着孩子一次解决两个北京户口。所有人欢欣鼓舞，小音波澜不惊面色平静，她内心多少有些说不出的惶惑歉然，十六岁告别家人赴滇支边六年，又去重庆上学四年，回成都工作未满三年，这调干进京又要去下（注销）户口！虽说夫妻终得团圆，总算遂了王志明的心愿。本来他来到成都工作也算圆满，现在自己却要远离娘家入住婆家。北京，北京有啥好？北京当然好！王志明觉得陈志音是大才女，"窝"在成都屈才，在北京工作更有发展前途。陈志音却没那么高的志向，相比同学战友，她上了大学，当了教师，工作稳定收入不差，接下来，好好把孩子教育抚养长大，不好吗？

现在赵湑无话可说，女婿真把女儿调干进京，这是多少人梦寐以求而求之不得的好事，有什么理由拒绝或阻拦呢？一家三口北京团圆，可能对孩子将来上学工作更有利。陈志音可是成都幼师教学骨干培养对象，但游书记、陈主任大开绿灯一路放行，所有手续办得异常顺利。最舍不得陈志音的还是她的那帮学生，那么喜欢陈老师和陈老师的音乐课！最后她带的班级开欢送会，全体女生千般不舍哭倒一片！

女儿带着外孙离开成都的日子到了。咋舍得？为为小时候所有的趣事，赵湑至今如数家珍。"他聪明至极说话特别早，同龄娃娃妈妈爸爸还不会喊，他已经会叫公公姥姥舅舅了，吓人吧？"1985 年寒假小钢从首都回成都，小外甥张嘴就喊舅舅，舅舅爱外甥爱得不得了，天天抱出去显洋盘。别人不相信，不得哦，这么小？娃娃冲着那人就叫：舅！有天傍晚，赵湑背着为为穿过大操场去张宏俊家，小宝贝儿在姥姥背上一耸一耸、小脚板儿一打一打嘴里念叨：亮亮！亮亮！赵湑转头看他小手指天，一轮皓月皎洁辉映。成都八月十五能见月亮都很稀罕，何况冬天，竟能看见月圆。"那会儿他不过八九个月，还记得公公天天下班回来，宝贝扑上去要抱抱，只能憋着一泡尿直跳脚，好好好抱抱，再钻进卫生间，好笑人嘛！"女儿带着宝贝儿从成都飞往首都，那时机票便宜得很，全票一百二十元，婴幼儿不满周岁只需购买十分之一的票十二元。

这个家转眼之间变得十分清静。小钢还没有女朋友，赵湑春天去南充招生，顺便拜托外甥女斌洁帮忙。这件事还须从头梳理：前面说赵湑的五妹赵沚 1962 年春天诞下女儿南晓静，后因"性格不合"（所有离婚男女最常用也最有效的理由）离婚。1967 年夏天，静儿刚满过五岁。赵沚医院工作特别忙，请回蓉探亲的知青王海燕帮忙先带静儿到成都，通知二姐去王家接娃娃。五妹还年轻要再婚，娃娃咋办？九哥和二姐都为这件事忧心忡忡，很想帮五妹抚养这个女儿，但自家娃娃都成了狗崽子，正处于自顾不暇狼狈不堪的时期。三妹只有独生子李渡，还有李春福老红军光环罩着，送晓静过去正好弥补缺女儿的遗憾。赵溶开心得很！要得要得，拿来嘛。拿来？又不是东西！

　　那个夏日，赵凊让女儿小音和赵溥女儿赵岚去王海燕家接南晓静，小丫头正在午睡，大人喊醒她满脸不高兴，翻起大眼睛不理不睬不情不愿。赶紧先接回九舅家，表哥表姐围着看小表妹一副很诧生的样子。晚饭后赵凊带着静儿和小音、小钢回家，全家人非常喜欢她，好乖嘛！两只乌溜溜的大眼睛，高鼻梁薄嘴唇，简直是个小美人！妈妈妈妈，我们要到嘛，她就在我们家！孩子不知大人已商量妥当，很快五姨请假到成都，很快她会带着晓静去南充。

　　正值盛暑天气炎热。赵沚母女从成都坐长途汽车到南充，满城造反派修工事设路障乱七八糟，一个挑夫帮她们母女挑着行李，好不容易七拐八拐找到红军院。南晓静全然不知浑然不觉，妈妈带她过去是个啥意思？只默到就是去三姨家耍一趟。赵沚假期有限，耍了几天悄然离开。可能她不忍看女儿伤心哭泣。赵溶说，你那个妈离了婚不得管你，她走了，你就在这儿哈！五岁的晓静泪眼巴叉不敢开腔，夜晚躲在被窝里，偷偷哭！从西昌往南充月月寄粮票很麻烦，干脆把户口转过来嘛，撒脱。亲妈和养母背地里做的事，娃娃咋个晓得？从此南晓静更名赵斌洁，老红军女儿的身份平添光彩。赵溶请了保姆，南充家比西昌家实在优越太多。上小学，读中学，一路顺风顺水。在外人眼里，赵斌洁独生女儿，上有爹妈罩着，身边哥哥护着，基本过着公主一般的生活。

　　赵凊心里头最清楚，三妹小时候非常任性，经常大清早听她在床上跟丫头珍珍使气耍横发铺盖疯。同李春福结婚后，老夫少妻又被惯势到住。要紧的是她生李渡受过刺激性情狂躁，虽基本治愈仍有点后遗症。赵溶对待赵斌洁，可谓两个极端。爱女儿爱到命里，高兴时我斌女子乖乖心肝宝贝儿，脾气上来就是无节制地劈头盖脸一通乱骂。深知养母养父对自己有亲缘之情养育之恩，但在冰火两重天"过山车"般的情绪影响下，斌洁从小养成了敏感细腻心思缜密的性格。高中阶段同英俊男生刘锐互生好感疑似早恋，十七岁进南充专区行署民政局工作，同赵溶在一个单位上班。李老红军的女儿跟着母亲，基本不会太吃亏，赵溶经常挂在嘴边的话：老子寡母子怕哪个？专员都不得怕，你算老几？老子不歪就要受人欺负！"红属"的优越感和难以自控的心理病态，一般人还真不敢轻易惹她。

　　赵斌洁遗传生母赵沚的喜好，从小特别喜欢看小说，全是经典文学作品。十七岁少女天真单纯，身上学生气很重。在行署做打字员，天天看简报材料感觉受不了。调查灾情的汇报资料，写的啥？灾情十分严重，谷子打成光杆杆，麦子打成光刷刷，这些词儿？全是口水巴儿话！民政局派送救灾款，王大娘说：感谢毛主席！张大爷道：感谢共产党！小打字员不知天高地厚拿着材料直接甩到局长面前，你们都乱编些啥？农民老太婆晓得楞个（这样）说！民政局局长涂嘉绪对她母女相当包容关照周到，总是笑笑说，背时女子，写文章是要编噻，赶忙去打，赶忙去打！

　　小赵初做打字员，一年试用期。前辈耐心教，女孩用心学，她冰雪聪明上手很快，文件抄报行署办公室，领导说，哎，现在民政局的文件咋打得这么漂亮呢？表扬之声在行署大院传扬，大家都知道赵溶的小女子挺好。一年试用期满是否转正？开职工大会讨论的情景斌洁记了一辈子！平时叔叔伯伯、孃孃大姐喊得亲亲热热，关键时刻发表意见，一个二个露出真面目。这个说，小赵同志工作做得还好，文件打得不错，但任务多了爱发脾气；那个讲，小赵同志有点任性，脾气大了点，骄娇二气重了点……赵斌洁默默流泪备受打击。在赵溶的卵翼之下，这女子确实一帆风顺。原非跋扈张扬之人，却也免不了潜意识里"红属"子女的优越感。赵溶歪得出名，护犊子更不虚。她站出来说话：我要给我斌女子打抱不平！她好辛苦你们晓得吗？你们中午休息她都没歇气，星期天经常加班。我斌女子有点骄娇二气，那是哦，我的么女我惯势了哩。那我斌女子打的文件，在行署哪个不表扬？她啷嘚不该转正？这番话理直气壮，所有人心悦诚服，赵斌洁转正有问题吗？莫问题！全体通过。女儿眼泪花儿"哗哗哗"流，关键时刻只有妈妈站出来主持公道。从那以后，斌洁觉得妈妈才是真爱包容她，终于化解多年心结，慢慢成长成熟起来。

　　1984 年夏天，赵斌洁和刘锐，一个考上南充职工大学，一个考起中南财经大学，两人脱产学习都有寒暑假。1985 年 5 月那次赵沚去南充招生，听说斌洁暑假想出去旅行，马上说她可以写个条子，介绍他们到上海找老同学郑兴丽。二姐跟三妹说，两个人不扯结婚证住到朋友家，别人要说怪话影响不好。她思想传统观念陈旧，这样客观上还起到"催婚"的作用，"那时的名誉好重要哦！"看人斌洁谈婚论嫁，赶紧想起说，你钢哥还莫得女朋友哦，有合适的介绍一个嘛。她或许顺嘴一说，斌洁认真上心了。在南充职大她有个好朋友向姐，摆龙门阵说，小时候钢哥对她如何如何好，现在她要结婚了，钢哥心头有点失落……向姐想着成都电讯有个好朋友张晓宜，应该很多学生吧？写信提及这件事，张晓宜马上回信说系上胡老师的女儿，可能比较合适。

暑假斌洁、刘锐旅行结婚。陈志钢在中央音乐学院干修班两年期满回到川音，他的专业进步变化之大，凡听到琴声的人都在问，耶，哪个在拉？我们小钢嘛。太好听啰嘛！大家都感到惊讶。他正式开始谈恋爱，表妹介绍的女朋友必须拿到！牵线搭桥的介绍人，其实有三个：表妹斌洁、斌洁的闺蜜向姐、向姐的朋友张晓宜。前两个都在南充，张晓宜带着赵老师去胡老师家相亲，胡家二女儿胡为萌，四川外语学院毕业分到四川省纺织品外贸公司。胡家和陈家，可谓"门当户对"，两个高校教师家庭，两个大学本科生。赵湑给斌洁写信说，胡为萌第一次上门，身着果绿真丝上衣配黑色长裤，身材不错。赶上家里包饺子，马上动手擀饺皮供三个人包，未来婆婆感觉未来儿媳很能干。读了这封信，赵斌洁欣慰又舒畅，总算帮钢哥说成了这件大事情。

第 7 章

此日方为自在身

（1986 年—1997 年）

全家生活发生新的变化，赵淯和陈光发先后离退休走下工作岗位；自孙女出生以后，两位老人的生活重心基本放在孩子身上。儿子陈志钢先是作为公派学者交流赴澳大利亚，后又自费赴美深造；儿媳萌萌和孙女洋洋先后去了美国，女儿陈志音调干进京。

　　但短短两三年间，赵淯最亲爱的九哥、陈光发最亲爱的大姐相继离世；而后，十哥竟然也和九哥一样，七十二岁撒手人寰匆匆西行……

　　自 1993 年五妹赵沚长女、三妹赵溶养女赵斌洁迁居成都，受表姐所托，从此心甘情愿担当起照顾赵淯、陈光发的责任。两位空巢老人的生活，因此而不那么太孤寂。

7.1

深渊落底生死相依

1985年12月陈志钢和胡为萌新婚大礼，赵淯、陈光发和儿子儿媳，四口人一锅灶过着平平淡淡的日子。女儿带着外孙调往北京不足一年，两位老人心里无一日不牵挂思念，他们每月领到工资都会寄二十元帮补女儿女婿，"北京不像成都，消费那么高，两个大学生工资每月加起来不到一百元，要交伙食费，要付保姆费，日用开支还剩多少？"那时安装私家电话的不多，只能靠书信往来。赵淯写的多一些，陈光发偶尔亲笔一封短函，他实在太忙太劳累。二老希望女儿带着为为，从北京回成都过春节。小音马上回信答应得十分爽快。赶紧置办年货，准备接待女儿一家。

1986年立春来得早，小音带着儿子赶在除夕之前回到成都。姥姥公公一见到外孙儿，扑上去抢着抱抱，小家伙"哇——"吓得大哭：我要回家家！我要回家家！赵淯和光发愣住了，这不是你的家家吗？这就是乖乖的家家呀！小家伙转身抱着妈妈的腿，泪珠儿一个劲儿滚：这不是我的家家，我要回呼家楼的家家！突然间小音火冒三丈吼起来：你哭啥？呼家楼有你的家？那是你奶奶的家！这才是我们的家！小家伙理直气壮偏犟着说：奶奶家就是我的家！看着女儿气鼓气胀红了脸，赵淯心很疼。"我咋会不晓得？女儿到了北京没有自己的房子自己的家！还要和婆婆娘、奶奶婆打挤嘛。妈妈晓得女儿有多委屈……"

北京朝阳区呼家楼西里6号楼东单元2号的王家老屋，赵淯非常熟悉，那几次去北京听吉诺·贝基、听金铁霖的课都借住在王志明家。苏式老楼开间宽敞，里外两间屋，厨房厕所较大却没有客厅，阳台特别小只能堆放过冬的大白菜。二十世纪七十年代初，王家长子志明和幺女宪玲兄妹参军到重庆，只有二忠留在北京，后来他到煤气公司当司机。佟美珍张罗给他找媳妇，京棉三厂落纱车间女工袁颖，她转年给老王家生了个大胖小子取名王晓童。原本二忠结婚生子住里间，妈妈和奶奶住外间，日子过得都挺好。参军的兄妹先后转业回京，妹妹宪玲和妈妈奶奶三人挤在外屋，很快出嫁搬离呼家楼，她的丈夫李培良和赵凊早就认识。李培良是著名声乐专家林俊卿林大夫的大弟子，中央民族歌舞团声乐指导、男高音歌唱家。二十世纪七十年代末，李培良和王福增、李维勃是全国巡回讲课的三位著名权威声乐专家。"他多次来四川讲学，我们川音声乐系师生和省歌舞团的声乐演员都喜欢听他上课。"王宪玲从十三军宣传队转业回京后，经人介绍师从李培良教授，单纯善良的她非常崇拜李先生，一步一步从他的学生变成他的妻子。老牌专家比新婚娇妻年长二十岁，且有一双儿女。"我很佩服小玲，嫁过去给人当继母。想起我的母亲沈祖静……真不容易！"您是咸吃萝卜淡操心，人家过得好着呢，继女继子对她可亲！

王志明1982年春天转业回京后，因夫妻暂时分居，他一个人蜗居在二忠单位分配的地下室。小音假期过去探亲，二忠夫妻就去地下室暂住。小音调干进京，人家三口更是二话不说，搬离住了五年的里屋，先让大哥接妻儿住进去。赵凊心里觉得小袁、二忠真够仁义。小音心里却不舒服很有压力，总感觉自己一来，好像把二忠三口撵了出去，童童还小他会不会理解？小袁背后会不会不安逸？虽然落脚在呼家楼，小音一天也不踏实，啥时才能有个自己的家？"我的女儿我能不懂她？'知女莫如母'，她跟我一样自尊心强得吓死人，别人不说啥，她自己心里头过不去。"若是再看点脸色、听点塞话，可能人家无心对她，她也会多心、伤心、不开心！

回到娘家过年，岂有不快活之理？开初小宝贝儿有点岔生号几嗓子，很快捏着糖果点心破涕为笑。这小子去北京时刚过一周岁，怎么可能有记忆？但他和姥姥公公毕竟有天然血缘关系，马上不哭不闹这屋看看、那屋转转。一会儿依在姥姥怀里，一会儿爬到公公腿上，开始撒娇黏人。好久未见，舅舅特别喜欢这个外甥，但他一天到晚不是练琴就是学外语。下班回家的胡为萌还算是个新娘子，小外甥跟舅妈倒不显得生分。小音还是那么勤快手脚麻利，帮着父母忙前忙后做年夜饭。这个春节大家都很开心。最开心的事，莫过于一家人围在电视机前看全国第一台农民专题春节晚会《打新春》，正月初五黄金时段播出。干吗要看这台节目？"小音应中央电视台约请担任晚会总撰稿，社教部同朝阳区文化馆联合主办。我没想到我的女儿还有这本事？学音乐的跑去写电视脚本？"

春节过后，女儿女婿带着外孙回北京，陈院长家恢复了往日的平静。

寒假结束，声乐系书记黄成烈找赵淯谈话。"已经了解情况，老的要给年轻人让路，学校希望我们早点退休，提前办手续退休工资可以拿百分之百，好像很照顾我们。宋大能院长、田宝莹书记做的好事情。"声乐系郎毓秀、程希逸、刘亚琴和赵淯履历表填写 1985 年底退休，四个老教师都在教毕业班，坚持上课到 1986 年毕业班考试结束，暑期正式离岗。副系主任周亨芳升成正主任。

1987 年陈光发六十岁未能如期退休。学校当时遇到什么问题？因学生二宿舍老楼建筑质量很差，楼板糟了栏杆断了破烂不堪基本成了危旧楼，还没分到宿舍的职工，你占两间、我占两间住在楼里边。"我记得那个娃娃叫张地，有一天他妈妈胡韵声在楼上走来走去，一下踩塌地板，一条腿杆插下去卡在地板中间，赶紧又拖又抱把她扶起来。这还了得，太吓人太危险了！要是人掉下去不就完了！这个事情在我心头压着，我想也是我的责任！"陈光发记得很清楚，那年秋天四川省高教局王局长主持高校基建经费分配会议，念完分配方案川音一分钱莫得！他气得大声喊：王局长，你为啥要这样子卡我们？那嗓门儿开得有点大，局长一下脸都红了有点挂不住面儿。你咋能说我卡了你们音乐学院呢？高教部的经费直接拨给高教局分配管理，那次主要划给了川师（四川师范学院）。陈光发非常愤怒，还没开完会忍不住拂袖而去！回到办公室，马上再写个报告，"我要上北京找中央！我不信这件事没人管！"

　　已经入冬临近新年，陈光发拿着两封介绍信，一封写给文化部，一封写给高教部。因管弦系单簧管老师向振龙的女儿向梅在北京上学，陈光发就带上向老师一起走，"他可以顺便看看女儿。我当然是要去打头阵。结果找到文化部，那个处长一句话就把我打蔫了！你们属于省管学校，基建经费不在我们这儿，应该是在省里头。"在文化部确实走不通，陈光发和向振龙又到了高教部。"有个处长叫啥子？杨－阴－国，对，杨处长！我跟他诉苦，请你一定要给我们想点办法，解决救命钱的问题，你不给钱，我就不走。正说着又进来一个人——我们四川省高教局管基建的处长覃开章！你说怪不怪，他也在北京，他也去了高教部！""文革"早期高教局工作组到四川音乐学院，覃开章是副组长，"我记得他当时没说什么过头的话，无非就是组长周宗京的跟班儿。"陈光发扭过头说，嘿覃处长，你也跑到这儿来了？原来也是找高教部、找杨阴国处长要钱。"杨处长听我汇报情况就动心了。陈院长先来的，覃处长也来了，你们四川高教局怎么回事？人家音乐学院多次打报告，你们也不按需分配基建经费?！"杨处长当即表示，高教部经费也有限，现在有一个办法，我们可以拨给四川音乐学院三十万，省高教局也必须拨给川音三十万。

　　前后跑了两趟北京，陈光发拿到六十万基建经费，基建工程交给一位他最信任的同志具体负责监理。新任正职宋大能院长、田宝莹书记，继任副院长、副书记兼纪委书记陈光发，这届班子之前处理过一个党员干部，他本人肯定是犯了错误出了问题被公安机关拘留审查，打回单位处理。"开除党籍！我在会上明确表态不同意，他虽有贪污，但数额不大，如数交回可以给个严重警告，但党的纪律是少数服从多数。"某日陈光发在办公室接到匿名电话，那头传来恶狠狠的声音：小心你的脑壳！"我是纪委书记，电话号码公开。本来一片好心，还是结了个仇。我怀疑是那个受处分的人打电话恐吓我，只说了一声就挂断了。"恐吓电话让陈光发心里极不舒服，很多年他没跟任何人提过。如果不是女儿写书采访，这件事可能就烂在肚子里了。那片阴影沉在心底挥之不去，现在要盖新楼，两位正职院领导避开纪委书记陈光发，背着他派手下干部暗地调查负责工程监理的同志。

八十年代几十万块钱，巨大无比的公款！这么大个工程，他会不会有啥问题？"我是纪委书记，反对贪污浪费我坚决支持，但是不能这样办事情！背着我调查我信任的辛辛苦苦干事的同志，想让我也受牵连？调查了半天，贪污这种事影子都莫得，干净得很！"陈光发为这件事心生怨恼借故发火，在办公室给院长书记拍桌子：你们背着我调查他，安的什么心？假使这回查到他有贪污行为，你们是不是打算牵连我一起洗刷？陈光发一大巴掌拍得桌面啪啪响，"两个领导吓了一跳！简直没想到我会有这种反应。宋院长说，咄，陈光发同志，你这一巴掌，硬是打到脸上来了哦。"陈光发没再吭气，心头就是气不平。

　　一个单位几位领导之间产生摩擦矛盾很正常。现在说起当初情绪失控发脾气，好像也不全是为这一件事情。"还是事情太多了，院里啥子事情都喊陈光发去做、去跑，他们谁的岁数比我大？我太累了，咋会莫得脾气嘛？"赵淯为此也是心怀不满："陈光发就是个'听用'！糯米粑粑随便咋个捏，随便支使他，没黑没夜干这干那，活像个受气包！"但她心里特别清楚，陈光发虽性格绵软，但原则性极强，可以说却比一般人更强。

　　四川音乐学院盖起了两栋新楼（现电梯公寓南面），这就是陈副院长退休之前全力以赴为学校办的一件事。"我为什么现在要说这个事？因为基建工程这笔钱是我跑下来的，我费了好多力争取来的。还要办很多麻烦的手续：打报告、等审批，还要审查图纸、方案、预算。"高教部杨处长，亲自从北京跑来川音专门落实这件事。"我把自己的茅台酒弄了两瓶，送给他带回北京聊表心意。他高兴地接受了，这是一片心意。"重点是还受过委屈发过脾气，呵呵。

　　陈光发突然想，应该翻过去说说家事。"我的大姐陈金花。她是哪一年生了那个病？她是生病两年以后才走的……（哽咽）"

　　1987 年暮春时节，陈光发买了些四川特产糖果糕点之类，拜托一位回山西老家探亲的同事，顺道捎给大姐的闺女变英。大姐养活了两儿五女七个孩子，他这个舅舅一直在供老四变英上学，读到山西大学外语系毕业，在某厂子弟校当老师。后来嫁给学长马其生，两人婚后生了三个儿子，一家人在长治生活。那次变英接到舅舅的礼物，随后也托同乡叔叔给舅舅捎回两瓶竹叶青酒和红枣核桃之类山西特产。谁会想到？7月22日变英刚从太原阅完高考（英语）试卷返回长治，次日接到小妹福英电报:母亲病重！她匆匆赶往运城，看到母亲病得非常严重，肺癌晚期转移各部位淋巴引起胸腔积液，身体消瘦特别厉害。变英不是长姐，上面有大哥廷选和大姐选英、二姐改英，他们常年生活在农村，这会儿都有点发蒙，全指着读过大学见过世面也有本事的变英拿大主意。她第一个想起来要写信告知远在四川的三舅光发。

将近古稀之年的陈金花，身体病病快快有一阵了。自己忍着、瞒着，实在忍不了、瞒不住了，从营子庄到小女儿福英所在的运城传染病院就诊，结果检查是肺癌!!! "舅舅您也知道，得了这病是无法治好的，所以望您赶快回来，在她有限的生命之中能得到您的安慰……"陈光发接到外甥廷安8月5日写的信，快要疯了！"他的字写得特好！两个姐姐不如他。但写的消息简直太不好了！真是没想到！"大姐生病住在福英家，福英的实际情况是三年三次流产，身体十分虚弱。1987年6月刚又流产，7月母亲病重接到家悉心照顾。陈光发得知大姐确诊肺癌心急如焚，马上请假，一天都不愿等！9月刚刚开学，赵淯气管炎犯了，顾不上、顾不上！只想立刻飞到大姐身边!!!

陈光发至今保存着变英福英廷安姐弟仨的书信。变英说母亲一辈子不知疲倦不辞辛劳地干活，从未享受过应该享受的人间快乐。这些话让陈光发特别伤心难过无法释怀。孩子们并未将实情告知母亲，只说得了胸膜炎。变英想让三舅回趟老家，陈金花坚决不同意，还说等她以后身体好起来，再请三弟回山西，现在病着不能为弟弟做饭……同变英心情一样，妹妹福英和弟弟廷安写给舅舅的信里，全是对母亲的深深担忧拳拳孝心。陈光发拿着信找宋院长请假。"我说老宋你看吧，我的大姐病了，很重。你见过她，她是最爱我的人、我最牵挂的人！现在大姐得了严重的病，我很难过！要回山西去看她。"陈光发还给宋院长说，这么多年他从未因私请假，这是第一次。"宋大能、田宝莹当天正要开会，顺便提到我请假的事情。二位领导二话没说，马上批准请假，你放心，学校的事情有人管。那时我还没离休……"很快买好火车票，1987 年 9 月 10 号？陈光发乘坐 186 次列车从成都到达运城？经西安转车到运城？"这个没印象，大姐重病，我整个人是晕的，昏昏沉沉只想找个没人的地方痛哭一场。只记得那晚十点零二分火车到站，福英接我回家，很晚很晚了。"只有两间屋，一间腾给大姐住，福英和仁让两口子住一间，陈光发在客厅沙发上凑合。

第二天运城传染病医院职工家属院邻居奔走相告：福英的舅舅（qiu qiu），从四川过来看她妈妈！"我穿的这一身，甩尖子皮鞋夹克衫，那些人比比划划说，这是个在外头干大事情的人哩！"陈光发记得他满心焦虑走回山西，第一眼感觉大姐精神面色还不错。"现在想，应该是她突然看到我，太高兴太激动！好像并不像廷安写信说病得那么严重。"那些日子，陈光发陪伴大姐，隔两天到医院抽一次胸腔积液。平时姐弟俩在家属大院里散步、聊天。有时大姐躺下休息，陈光发就一个人出去转转，"所谓故地重游，看看运城现在变啥样儿。那里盐池远近闻名，我去照相留念。那天大姐精神不错，我也给她照了相，大姐可高兴！福英欢喜地说，舅舅来了，我妈的病好了一半！"陈光发希望奇迹出现，鼓励大姐振作起来不要害怕，增强信心抵抗疾病渡过苦难。

那次在运城没见到大姐夫李玉德（黑哥），这之前他刚去过小女儿家看望老妻，提着几只鸡和一筐鸡蛋。福英杀了鸡给母亲补充营养，大家都希望她能好起来。大概到了秋凉时分，"我为什么记忆中是秋凉呢？因为那天傍晚，福英的丈夫仁让在那儿收电扇，我感觉这个娃娃还勤快呢。仁让个子高高大大、皮肤白白净净，很帅，不像个农村娃。"他是非常优秀的外科医生，但左手缺了个手指头，小时候在农村铡草不小心切断了。"他不容易哈，农村娃娃上了大学，半截手指还能给人做手术，做得那么好。我们两个无话不说关系很密切。"有一次摆龙门阵，福英突然提起来：人家说（nia xue）磨涧村出了个陈世美，就是（凑似）你！我是磨涧村的陈世美？陈光发哈哈大笑，你不要再逗你舅舅了。大姐也笑了，那天大家都很开心。"仁让马上又要去北京进修，我也该回学校了……"陈光发留下一笔钱回到成都，经常和变英福英廷安通信往来。陈金花家两儿五女商量，打算由七个孩子分担医疗费用。"实际上这笔钱可能只有变英和廷安、福英能够落实。变英对她大哥大嫂颇有微词，那两口子总惹父母生气，还说'活不养、死不葬'，她母亲多年一直在劳累和生气中度过，以至于造成现在的结果（罹患癌症）。这些'家丑'本不愿告知舅舅，但事到如今也不想再隐瞒了。"

7.2

子博西归龙女降生

二十世纪八十年代中后期，社会上学艺术的青少年与日俱增。四川音乐学院开办业余学校，好些退休教师都接到聘书，"我教了四个学生，现在不记得名字。他们是为了备考川音才来业校上课，学的时间都不长。"现在想起好笑，学生每人每月交学校二十四块钱，学校提留四块，老师上一个月的课只能得二十块钱。赵淯在业余学校教了几年课，相对轻松也比较自由。

在女儿和外孙去北京两年以后，女婿王志明分到了一套新房子。"这件事上了《北京日报》，朝阳区给基层干部分配新住房，其中有朝阳区文化馆副馆长王志明……"新房子装修好，小音第一时间接父母到北京。"应该是 1987 年 10 月？我们到北京女儿家。虽然只有一居室，但结构合理装修有格调。12 月儿媳萌萌到北京出差，告诉我们一个好消息：她去医院检查，怀孕了！一家人都挺高兴。"

光发和赵淯原计划在北京过 1988 年元旦，元月中旬去山西运城福英家看望大姐。福英 1 月 4 号写信谈到母亲病情：前段时间比较稳定，她闹着要回乡下。大姐不愿意一直拖累小女儿，结果病情很快出现反复而且加重了。陈金花二次返回运城，又抽了很多胸腔积液，服药打针症状缓解。福英信中说：是否还能痊愈？我们心里都很清楚。自从得知赵淯光发要回山西，陈金花母女特别高兴！……母亲说你们从志英（音）姐（妹）家到这儿来，她要亲自给您们做饭！福英转达母亲的愿望，陈金花希望三弟夫妇在运城能多住些日子，好好地在一起，一定不能让他们受屈，现在她母亲日夜想念的人就是三弟光发全家。"福英信里还提到，毛李涧她二姨也就是我二姐陈银花的丈夫，赵发娃儿已经病逝……哎，莫啥好消息，尽让人难过了！"

正准备回成都之前顺道去趟山西，结果没能成行。这是天意吗？亲家要给赵淯光发践行，那会儿不太讲究上饭馆，佟美珍亲手做了一大桌菜，热腾腾的巴巴儿等着。从八里庄女儿家乘坐公交车到呼家楼老王家，因南方人走不惯北方冬季结冰的地面，赵淯出溜一下滑倒了，整个人躺平在地，疼得脸色都变了。老半天才扶起身一步一挪进美珍家，那一大桌菜她根本吃不下！躺在床上呻吟不止。山西之行就此终结，要不，你一个人去吧？赵淯口不对心。看妻满脸痛苦不堪，陈光发心里十分懊恼。他非常挂念大姐的病，突发意外也是莫可奈何。小音很懂父亲的心，赶着给运城寄些北京特产糖果糕点。福英2月6日写信说，这些礼物正好赶在她父亲李玉德生日之前收到；又问舅舅给她写的"百福图"，什么时候可以送来挂在新家墙壁上？母亲陈金花心里该是多么盼望，三弟夫妇回川途中能弯去山西再见一面！结果他们却只能从北京直接飞回成都，大姐极度失望却也表示理解，还特别关心弟媳妇的腰伤。2月10日陈金花用铅笔在一页稿纸上一笔一画一字一句写了封信，她说自己"多年不提笔，字写不好，不要笑话"。还说病情一天比一天好起来了，她很想念小钢小萌，"大姑盼着你们生个聪明可爱的胖娃娃，回山西看望亲人，现在农村生活比你们小时候回山西时好多了……还记得那次回来大姑让你盖的粗布被子你不高兴，扎了你的小屁股。你若再次回山西，大姑叫你吃好饭、盖好被子，行吗？"自1967年夏秋赵淯带儿女回山西躲武斗，陈志钢再没回过山西老家！陈金花用铅笔写的这封信，也是她留给三弟的绝笔。

从北京回到成都，陈光发接到女儿黄引引2月4日写的信，谈她正在读高三的大儿子黄常慧7月即将参加高考，希望能考到四川去读大学……这个娃娃功课拔尖，高考之前压力过大，突然有一天蹭蹭蹭爬上村口的大树死活喊不下来，还做出非常奇怪的行为和表情，好像失心疯了！送到县市医院、西安医院，精神间歇性错乱总算治愈。常慧没能参加高考，大学梦也没圆上，初夏一个人跑到成都找外公，"你不知道他那身多脏，有股很难闻的味道……我赶紧让他洗澡洗头，翻出几身光发的 T 恤短裤先给他换上，再买新的穿。带他去望江楼、草堂寺……大概耍了十天半个月？我们没法儿继续留他久住，小钢还在澳大利亚，萌萌马上要生娃娃！我，非常紧张……"

陈志钢 1988 年春天公派澳大利亚，四川音乐学院和阿德莱德音乐学院交换学者。他出国前妻子胡为萌已身怀有孕。4 月 3 日到北京正巧赶上小音婆母、赵淯亲家母佟美珍的退休宴。萌萌带着身孕到北京出差，小钢 12 日当天去同仁医院出国体检，次日递交护照体检证明。小音专门在北京老字号鸿云楼为弟弟饯行，又陪弟弟去澳大利亚大使馆签证。一切办妥大家心也踏实了，陈志钢和姐姐姐夫带外甥为为去动物园玩儿。4 月 28 日小音在家做了一桌菜给她四岁儿子庆生，她婆母全家都过去团聚。次日小钢和小萌夫妻同天飞离北京，一个去澳洲，一个回成都，萌萌已有六七个月身孕。

二十世纪八十年代涌动不息的"出国潮"持续升温越来越热，四川音乐学院家属子女一个接一个、一拨接一拨越洋留学。"我们小钢外语比较好，暑期学校专门为青年教师聘请外语辅导教师，她是原来文工二队老朋友的女儿。"陈志钢非常珍惜公派访学的机会，赵淯和陈光发表示坚决支持，父母让儿子放心地远渡重洋。这一年时间，陈志钢师从澳大利亚四重奏团大提琴演奏家亚尼斯先生学习大提琴，同时在音乐系开设中国戏剧音乐讲座。院长斯卡特博士对陈志钢相当照顾，让他入住林肯学生食宿中心，经常与曾在川音交换学习的皮特先生和太太简、儿子维克多频繁往来，关系密切，一家人都喜欢这位中国青年。后来陈志钢搬出林肯学生食宿中心，入住退休海军舰长泰迪先生家，相处和谐互相照顾。妻子胡为萌即将临盆，他在大洋彼岸望眼欲穿。

正要叙述儿媳生娃的事，赵淯突然掉转话头。那个夏天家里发生了一些事情，实在让人哭笑不得悲喜交加！那阵她刚退休不久，陈光发还未离休，小钢萌萌没小孩，她也比较空闲。九哥赵溥搬了新家住在八宝街，下面几个孩子都已成家，老两口和长女赵绛全家住在一起。赵绛在铁路局工作非常繁忙经常出差，有时还要跑到新疆打理石油生意。九嫂叶安丽退休返聘回医药公司继续上班，白天家里只留九哥一个人。在兄弟姊妹中，赵淯最依恋最敬重九哥，"我这一辈子，如果没有九哥帮衬照顾，肯定不会当这个大学教授。我觉得自己有这个义务，那段日子基本天天都要跑过去帮忙。"早上坐公交车去八宝街，九嫂留点菜钱，她买菜记账做一顿午饭。"简单做做我和九哥两个人的饭菜。有一天九哥跟我说，他好想吃饺子哦，但不要全肉馅，最好放一点芹菜。九嫂说过，你不能给他吃这些菜，粗纤维不消化，只能弄些萝卜啊菜头啊煮得稀溜耙。"听九哥说想吃芹菜馅饺子，赵淯顾不了九嫂那些"教条"，九哥喜欢小芹菜的味道，赵淯一根一根把筋筋撕掉，她给九哥包了顿芹菜肉馅饺子，"九哥喜欢得不得了！好香哦，一口气吃了二十个！"他以前吃饭从不超过一两，今天二女子来给我包饺子，嘿，我吃了二两多！这是九嫂下班回家九哥说给她听的话，赵淯在旁边看到九哥特别高兴。

因为九哥身体虚弱，床头枕边常备氧气包，只要感觉不好赶紧拿过来，要依赖吸氧才舒服。那天有位客人登门，原来是赵溥的老部下，想请老首长回忆西昌地下党武装起义的活动情况。"我看九哥兴奋得很，那话匣子拉开讲得不歇气。我去睡午觉，他居然忘了睡午觉！九嫂下班回来听九哥说心脏不舒服，赶紧拿氧气包。"赵溥马上解释，你不要怪赵淯。"我默到九哥跟那个人讲一会儿，那个人走了他也在睡午觉。哪晓得他讲兴奋了午觉根本没睡！"安丽心头有点责怪二女子，咋不让九哥休息？听了赵溥解释，这件事就过去了。

差不多一个月时间，赵淯去九哥家经佑照顾他，有时懒得来回折腾就住在九哥家，想办法弄点他喜欢而九嫂不反对的东西给他吃，赵溥的胃口和健康情况似乎也越来越好。赵建油红、赵岚赵康都在忙工作、忙娃娃，礼拜天才回八宝街。"我在那儿守九哥的时候，陈光发还在上班，周末也跑过来看九哥。这几个妹夫，他还比较喜欢陈光发。"赵涫从新疆出差回来那天，礼拜六还是礼拜天？她马上就说，二孃，你可以回去了。可能觉得二孃在这儿辛苦了那么多天，应该回去休息。赵涫心头却咯噔一下，有点说不出来的感觉……"那段时间有我陪伴，九哥过得很愉快。早晨起来吃完早饭要睡一觉，睡觉以后他就有精神，他喜欢和我聊天儿，摆了很多以前家里头的老龙门阵，那些琐琐碎碎的故事。"因为九哥听力不好，赵涫和他聊天需要大声说话。花甲老妹妹坐在古稀老哥哥的床边，兄妹俩很亲近地聊啊聊。"有时候我扶他起来，推他坐着新买的轮椅，在客厅和阳台转圈……我后来想，如果我长期在那儿陪他，他心里头可能会感觉亲情温暖很舒服。结果没想到赵绛一回来直接喊我赶快回去……"

那些年每逢礼拜天，赵涫夫妇都要去看九哥。1987 "丁卯年四月吉日"九哥亲笔手迹《床头吟·纪念结婚四十周年》：……青春欢乐未伤逝，白首相扶又向前。他特意嘱咐"光发弟代书"并装裱收藏。1988 年春节，大家聚在九哥身边，很欢喜很热闹。萌萌抱起铺盖跟婆婆娘打挤睡，小钢跟赵康赵岚去看夜场通宵电影。九哥的大女婿、赵绛的丈夫赵嗣沧公派巴布亚新几内亚，他托人带了很多海参回成都。"九哥本想亲自来发海参，他已经下不到床了，稍微动一动都喘不过气，只能坐在床上发号施令。"海参咋个发？先要冲洗一下放进暖水瓶，沸水冲进去浸泡一天一夜，最好中间换一次鲜开水，这样海参就可以发涨泡开，再清理内脏。九哥要求加绿豆芽做成像荣乐园的特色菜：家常海参。"那阵九哥特别想吃锅盔，他喊赵曦出去买。正月初一莫得人打锅盔，上哪儿买？赵曦跑了几条街买不到，还不敢回来……"

赵涫一辈子忘不了！那天赵绛打电话通知说，爸爸可能要不行了，二孃你赶紧过来。"我们马上赶过去，王志明抱着四岁的为为，他们刚从北京回来也跟着去医院看过九舅公……"赵溥还未落气，大家吓得不轻，回到家半夜都没睡着。第二天早上，赵绛电话通知赵涫：爸爸走了，已经送到殡仪馆。"本来就身体衰弱，好多天完全不能进食，基本处于深昏迷状态……"赵绛在家里安设灵堂，赵涫和陈光发跟着赶过去。全家人为九哥守灵。"我们守了个通宵，陈光发跟侄儿侄女通宵打牌。真没想到，九哥走在七哥前头！赵绛说啥？我们老汉儿一辈子都没抻展，还是活过古稀之年，七十二岁应该算喜丧。"赵溥患病时间很长，子女早有思想准备，似乎并不显得特别悲伤。悲伤的人是九嫂安丽！

四川省民族事务委员会为离休干部赵子博，举办了一个很有规格相当隆重的追悼会，"因为殡仪馆特别远又莫得便车，我们都没过去参加。"听赵绛他们说，赵溥青少年时代的老伙伴、参加地下党的亲密战友马识途老专门跑去参加追悼会，马老握着九嫂的手说，子博他这辈子不容易，简直没过啥好日子，走得太早了，很可惜……第二年（1989）清明节，赵溍光发跟着九嫂及子女一起去到九哥骨灰寄放处，在北门狮子山。"我们带着九哥最爱吃的水果、点心等祭礼，陈光发专门带了满满一铁盒他亲手炸的咸甜味的馓子，这种北方面食九哥以前很喜欢吃。那次祭奠活动相当庄严隆重，我们合影个个表情怆然。"九哥的幺儿媳妇、赵建的妻子油红站在安丽身边哭得最伤心，"我当时觉得这个儿媳妇对老人公深有感情，听说她周末回去，经常蹲着给九哥洗脚、修剪脚趾甲……"

所以说，人一辈子生老病死悲欣交集。1988年7月16日九哥驾鹤西行，8月14日孙女诞生人间。"夏天和我家什么缘？原本好像总有喜事！1982年夏天女儿结婚，1985年夏天儿子相亲。好奇怪，1988年夏天九哥刚走不到一个月，可能老天爷不忍心看我那么悲伤，赶紧送来个小宝贝……"

太有戏剧性了！学校正在放暑假，8月14日上午儿媳小萌发作，那天下好大雨，陈光发说，这个娃娃是条水龙，她要降生天要下雨。他骑着边三轮（挎斗自行车）带儿媳去华西产科医院，干吗不要学校的车？我退了嘛，不好意思找麻烦！天呀！你们自觉识趣过分了。"医生马上做检查，好奇怪，萌萌孕期多次产检居然没发现，她尾椎往里倒钩！医生担心胎儿被剐伤，决定做剖腹产。"华西产房在二楼，手术室在三楼，老楼房没安电梯，陈光发和护工两个人把小萌抬上去，他在阶沿下护栏边喘气静候。"大概手术比较顺利，那个剖腹产几下就做完了。我光听到里头娃娃哭了两声，一会儿护士用医院的小白被子抱出来，爷爷快看，乖乖出来了，好乖哦。"陈光发一看，小宝贝儿圆眼睛一闪一闪盯着看人呢，哈哈，洋洋出生第一眼，看到的亲人是我——爷爷！

第二天赵淯和小萌的父母到医院，医生说生产顺利母子平安。回家赶紧给儿子写信报告，"我明明写的'缝了 13 针'，你那瓜弟娃儿看成'缝 313 针'！赶紧写信安慰老婆，小萌你辛苦了，缝 313 针！我们笑他，313针？简直莫得常识，那怕要缝到背上去了！"在赵淯的潜意识里，孙女将来长大可能要继承爸爸的事业，学音乐。奶奶给孙女取名：陈韵；姥姥孟宪芝给外孙女取了个小名：洋洋。那天她出生下大雨，女孩属龙和海洋有缘。后来洋洋去了美国，英文名字 Chersea 后三个字母即含"海洋"之意。

小萌已提前找好了小阿姨，通过她供职的省纺织品外贸公司下属纺织厂，有个车间主任的堂妹江英是个合同工，照样领工资、算工龄，从达州来成都帮小萌带娃娃。赵淯很担心做剖腹产手术会不会影响喂奶，医生说别担心有婴儿牛奶。大概住院一星期接萌萌母女回家，亲家母孟宪芝拿了些婴儿被子、毯子。在萌萌卧室安了张行军床，小江陪她晚上方便照顾月姆子，赵淯一手一脚给奶娃儿洗澡。"我们做的月子餐，红糖醪糟蛋、炖各种汤……萌萌比你能吃得多，后来也有点奶水。洋洋长得好乖哦，小脸蛋儿像苹果一样。"因为剖腹产，萌萌可以休假三个月，三个月以后回单位继续上班，工作特别忙，经常要出差，只喂了三个月母乳就改成喂牛奶。陈志钢托朋友，应该就是皮特或他夫人简，从澳洲带回好多婴儿用品，萌萌很高兴。

自打有了乖孙女洋洋，她给这个家庭带来无比多喜悦。看着那张小苹果一般粉嫩粉嫩的娃娃脸，因痛失九哥的赵淯，开始渐渐抚平愈合心中伤口。陈光发更没心思上班干事情啦。田宝莹书记为这个事情跟他说，老陈，提醒一下你，群众有反映哈，一天光知道抱孙孙，工作的事情管得少哦。"她和我开玩笑，我也跟她开玩笑，现在抱孙女就是我最重要的工作、正事情大事情……"陈光发做事仔细，谁都有目共睹，带孙女更是上心用心。有一天小保姆江英抱着洋洋，在大门口等小萌下班回家。小萌骑着自行车，把娃娃放在后座。她特别喜欢吃水果，看见大门旁边卖水果，只顾自己蹲在那儿挑水果，娃娃一动，自行车倒了！萌萌和江英心惊胆战走回家，看把娃娃磕碰伤了，眼泪水还包起哩，赵湝气得骂了二人一顿。"我倒没骂，心里头起火得很！那两个不行，粗得很！简直是，为了一张好吃嘴儿，伤了小娃娃的身！我咋会不心疼！幸好冬天穿得厚，要不然，哼！"现在说起还满带一股怨怒。

那个时候上面提出领导班子干部年轻化、知识化。陈光发给省委组织部打报告，一次不批再写二次、三次，写了好几次报告，组织部专门派干部处张处长到家里谈话，有什么问题需要组织解决？还有什么个人要求提出来？赵湝后来想起说，你当时咋不提一下级别待遇？做了十几年副院长副书记没有功劳有苦劳，退下来可以按正职干部待遇。"这就是我，啥都没提，我不想给党给组织添一点麻烦，更不想叫别人说我为了当官、为了名利，我就是一心工作。"

自1987年秋天大姐发病，陈光发赶回运城福英家陪伴之后，再也没有见过大姐。1988年国庆节前廷安写信说他母亲非常坚强，天天都在和病魔做斗争。11月陈金花彻底躺倒了，"我们那儿有个风俗，老人不能死在外边。大姐心里知道自己没救，坚决要回营子庄，福英也拗不过母亲……"陈光发举着廷安后来写的两封信，一封1988年11月25日说，小钢的女儿（8月）出生，特寄去五尺红布作为给小宝贝的礼物，大姐在病痛煎熬中还想着这些事！信里还说母亲不糊涂，她记着光发弟弟的生日农历十月二十三快到了；廷安希望舅父尽快寄些"强痛定"药片给母亲。另一封信写于1988年12月24日，廷安说舅舅寄的药收到，但已无法缓解母亲肺癌转移全身的疼痛。金花看到光发寄的药，在疼痛难忍中得到温暖和慰藉，泪流满面感谢她远方的亲人——最亲最爱的弟弟！

7.3

老友寻父儿子赴美

那两年陈家人时时处于惶恐不安中，但也时有惊喜：陈金花的两个外孙、变英的两个儿子1988年同时考上大学：马瑞考入山西经济管理学院计统专业，晋峰读山西医学院临床医学医疗专业，两个孩子都是第一志愿第一专业。马其生在晋城保险公司当老总，变英还在长治教子弟校，带高三毕业班和初三重点班，工作任务很繁重。一家五口人只能春节团圆，他们计划1988年底调到一起。大姐彻底躺倒，女儿感觉母亲这个冬天怕是熬不过去。福英1989年1月27日写信说，妈妈病情加重，只能靠定期服用氨基酸支撑……2月20日福英平安诞下一个男孩取名李明！"这不是件喜事吗？大姐这下应该放心安心顺心了。在女儿家养病，还没影响她怀孕生子。福英三次流产，总算中年得子。太不容易了！"

虽然都有心理准备，这一天，终于还是来了。春节刚过没多久，那天传达室通知陈光发赶紧取电报，"还没拆开我就有不祥的预感，两只手哆嗦起来，两个眼睛就模糊啦。我知道，大姐，我的亲人，走了……"陈光发保留着当年回电的原文手稿："电悉姐去 不胜悲痛 恕不能返里送殡 特致唁电及奠仪百元 1989.03.24。"他要上班，还未正式办理离休手续；重点是儿子在澳大利亚，儿媳在外贸公司经常出差，孙女刚刚半岁多，赵清一个人操不了这份心也受不起这个累！"我心里还有个说不出口的原因，大姐真的走了，我根本接受不了！我不敢看，也不忍看！我死去的大姐（呜咽……）"他强掩着内心痛楚，满脸怆然凄然的表情，赵淯小心翼翼问：你想不想回去吗？应该回去送葬吧？你少待几天回来应该没问题。不不不，陈光发直晃脑袋，他根本无法正视这个事实：大姐死了，再也见不着了！"回去干吗？反正见不着最疼自己的那个人！我不愿去，我不能去，我无法面对喊都喊不应的大姐！"陈光发咬着牙巴硬起心肠没去送别大姐，那些日子他夜夜哭得枕头湿透……

从陈光发保留完好的那叠"长治清华机械厂子弟中学信签"纸页上，读变英写给舅舅的伤心话，陈金花去世已近三个月，逝者入土为安，大家巨大的丧亲之痛渐渐平复。但舅父的信又让她回到痛苦的往事中，她5月10日写信将电报里无法说清的事情详告舅父："我母于3月21日（农历2月14）中午一时许去世。……那天大黄牛发狂了，满院乱蹦乱跑。在我父亲和妙珍（弟媳）去抓牛的时候，我母亲就悠悠而去……"按照变英的说法，陈光发的大姐陈金花是骑着牛远走了。"很多年这个想法在我脑子里转啊转，早先不是有个传说'老子骑牛西行出了函谷关'，变英说她妈妈，可能也是骑牛升天去了另一个世界……这件事会不会是真的呢？"变英那封信写得十分详细："我和马其生赶到家，下午三点多就出殡了，那天刮大风又下雨天气很冷！……农村的风俗就是这样，人活着的时候舍不得花钱治病、营养；人死了却大办丧事，花钱很可怕……"陈光发本已慢慢平复的痛苦，在接到变英的信后，好像被揭开了伤疤流血，又痛了好久好久……

终于，陈光发的数次报告被批准，1989年5月正式离休，"小红本儿证书可以证明：我自由了！"

陈志钢交换学者一年结束。原本可以留下来转为自费生继续深造，但他实在想念出生以来未曾见过的女儿！全然不顾阿德雷德音乐学院校方和导师的挽留，根本不听父母姐姐姐夫再三的好意劝阻，一定要按期回国。"我儿子就是老实本分一个人。从澳洲直飞成都的航班，那时好像还没有，女儿帮他买好从北京到成都的机票。"赵淯的记性别人比不了。

1989年寒假过后，儿子继续在四川音乐学院管弦系任教，同时兼任系党支部书记。他那颗心却又飘忽不定。文化部拨给地方院校名额，四川音乐学院准备公派陈志钢赴意大利留学，要提前到北京参加学习班。他毅然放弃公派留学的机会，决定自费赴美深造。有澳大利亚交换学者的基础，他的英语学习更加刻苦，很快通过"托福"考试，赴美留学只有一步之遥。

前文说过在中央教育行政学院期间，陈光发同秦咏诚关系特别亲密。1988 年沈阳音乐学院五十周年院庆，秦院长特别邀请陈院长过去做嘉宾。其间，陈光发结识了两位美国专家。两姐妹都是南加州大学音乐学院教授，姐姐是管弦系主任、大提琴教授，妹妹是小提琴教授，应邀在沈阳音乐学院担任客座教授。秦咏诚给两姐妹介绍，这位是四川音乐学院的陈院长，他儿子的专业是大提琴，在澳洲做交流学者。如果想到美国留学的话，可以去你们学校吗？"两姐妹当即表示，欢迎啊！还一边一个挽着我的胳膊拍照合影，我开玩笑说，我被两个美国美女（两个老太婆）绑架了！"

陈志钢在澳大利亚的老师是一位俄罗斯教授，特别喜欢陈志钢，经常周末带他到郊外别墅玩。教授鼓励他争取到欧美留学，小钢也希望把学校的室内乐专业课开起来，澳大利亚这方面不如美国。要搞室内乐、提高大提琴技艺，最好去美国。南加州两姐妹给陈光发留下通讯方式，陈光发写信转告儿子，"我记得南加州大学在洛杉矶，小钢就和那个姐姐取得联系。教授回复他，在澳洲访学交流结束后，可以考虑申请到我们这儿来。"

后来为啥又没去这个学校？两个原因：一是南加州音乐学院只能免学费，无法申请到全额奖学金，陈志钢在中央音乐学院进修时练琴太狠，又要自己洗衣服，泡了冷水得过腱鞘炎，他不能再去餐馆打工洗盘子；二是赴美自费留学，必须有经济担保人，陈光发赵清在美国无任何直系亲属。九嫂叶安丽有个美国朋友是璧山老乡，她回国"我们专门在荣乐园订了菜，请在九舅家聚餐。这位女士当即同意当小钢的经济担保人。可后来她自己的侄女也要去美国，莫法担保两个人"。那时侄女婿童承璞在美国硅谷工作收入不错，赵世瑛去得晚些，他们刚刚买了新车，经济担保有点困难。小钢 1989 年留美之事就此耽搁下来，这就是命。小钢注定和南加州这个学校无缘。

1988 年国庆节过后，小音 10 月 8 日上午收到的母亲的信里还附了一封信，艺专老同学蔡幼珠，希望帮忙寻找亲生父亲李卓然。小音当天下午跑到中南海和全国政协问询，第二天上午八点等在大门口，信访办工作人员说，信已代转，邓办答应帮助她实现心愿。她无论如何要跟自己从未见过面的亲生父亲见一面！

蔡幼珠在台湾过得并不顺，最后一任丈夫病故，她实在没办法，想着去香港找母亲和继父帮忙。蔡佩珠说，你应该回大陆去找你的生父，李卓然在北京当大官。李卓然原名李俊杰，曾与周恩来、蔡和森等同期赴法国勤工俭学并加入中国共产党。1924 年回国两年间，如何与蔡佩珠结识相恋、结婚生女，蔡幼珠全然不知。她出生时，李卓然已同傅钟、邓小平等同赴莫斯科东方大学、列宁格勒军政大学。那时有个头戴"红"帽子的父亲，只能讳莫如深三缄其口。经历了人生风雨坎坷不平，如今她已年过花甲，只想有生之年面见生父，希望他看看这个命运多舛背井离乡的女儿！

邓颖超同志是母女俩唯一想到可以求告的故人。蔡幼珠找到老同学赵淯，四川音乐学院马列主义教研室主任毕兴听说后迅速反应，李卓然？他可不是一般人！我们教党史都知道啊，他曾任毛泽东办公室主任；经周恩来力荐升任红五军团政委，湘江战役立过大功；遵义会议坚定支持毛泽东。中央派去红四方面军，实际有"掺沙子"的意图。他辗转河西走廊，虽无赫赫战功然宣传工作贡献突出。1954 年调任中宣部副部长兼中央马列学院院长（中央高级党校前身）。因受"西路军"问题牵连遭受不公待遇，1976 年以后恢复名誉。

经邓颖超办公室帮忙联系，蔡幼珠满怀希望回到祖国大陆，她跟赵淯彻夜谈心，毫不掩饰内心的喜悦。她拿出邓办寄给她的父亲和周恩来邓颖超等国家领导人的合影，"我一看照片，真的啊！幼珠长得太像李卓然了，那脸型、眉眼简直一个模子倒出来的样。"赵淯为闺蜜高兴，她即将见到生父，还有比这更幸福更幸运的事情吗？但李卓然长期患病身体极度衰弱。蔡幼珠去北京时父亲已进入弥留之际。"李卓然的家人、他后生的女儿，面对突然冒出来的姐姐特别关心非常热情……我知道幼珠心里多痛苦！她只是想和生父见一面、最后一面，同时代表母亲和姐姐……"

蔡幼珠到北京住在王府井北边的台湾饭店。1989 年 11 月 9 日，李卓然在北京家中辞世，享年九十岁。《人民日报》发了讣告，中共中央评价："我党最早的党员之一，中国共产党的优秀党员，久经考验的忠诚的共产主义战士，无产阶级革命家，我党我军杰出的政治工作领导者。"高度评价还李卓然以历史的真实面貌，党和国家领导人江泽民、李鹏、杨尚昆、万里等亲自参加李卓然的追悼大会，邓小平、陈云、李先念、邓颖超等送了花圈。孙毅将军为亲密战友题写"淡泊名利、襟怀坦白"，这八个字正是李卓然光辉一生的写照。

赵淯陪着蔡幼珠默默流泪，那些往事又在脑海里翻腾。天天摆龙门阵，天天打麻将，好像也有点烦。要不要在学校兼点课？换换心情，混混时间。赵淯跑去给院领导说明情况，宋大能院长很痛快，欢迎欢迎！下学期开始可以弹弹伴奏上上课。在成都的日子，蔡幼珠轮流去老同学新朋友家包伙，在赵淯家吃饭最多，因为家有保姆。"她年轻时很会交际，老了老了更是人情练达。韩立文喜欢她，还有个共同的朋友陈兰洁，我前面说过幼珠婚前借住在她家。"那几年，有很多从台湾去了美国的老同学，纷纷回大陆探亲访友。从周杏蓉等人的"旁白"中，赵淯也听了不少蔡幼珠的故事。"简直太精彩了！我们这种人莫法和她比。如果说她是一张油画，我们都是一张白纸。"蔡幼珠的女儿蕙文在华航工作多年，还有个外孙女黄玲，后来到上海高级餐厅找了份工作。

1990 年春节赵淯请老同学在家团年吃年夜饭；初一到初五，同学啊朋友啊一家一家轮番请她。虽然没有至亲在身边，这个春节并不孤寂，很温暖、很热闹、很丰富。

春节刚过不久，陈光发收到一封山西来信，落款"张荣昌立碑筹办组　1990 年 3 月 1 日"，恩师张荣昌张校长元月 9 日无疾而终，享年八十八岁。张荣昌先生在当地享有极高名望，他曾教过的、走得最远的学生，立碑捐款第一人、捐款最多的人（一百元）陈光发，回信表达无法参加立碑典礼仪式的遗憾："我深信：为荣昌校长兴办义学而立碑具有深远意义：它将让社会、让后人永志荣昌校长'春蚕''蜡烛''人梯'和奉献精神，将对弘扬尊师重道（教）之风起着重大的作用。/谨录：【宋·范仲淹句】'云山苍苍/江水泱泱，先生之风，山高水长。'"1990年12月1日张荣昌纪念碑竣工落成，举行隆重的典礼仪式。县政协、统战部、教育局、县志办、省文史馆等单位发函致电庆贺赞誉：兴学育人功于国家　高风亮节垂范后人。陈光发从同学寄来的报纸读到："义教之星永放光芒——为张荣昌先生立碑的现场侧记：早在抗战初期，先生亲见日军侵华国破家亡民不聊生的苦难情景，于是决计为救国救民而兴学育人。……曾先后卖了牲畜土地连同窑院，以致倾尽全家财物，历时九载，为国家培养了大批革命和建设人才。"1991年1月18日，张荣昌先生后人张希良给陈光发写了一封感谢信，通篇文词情真意切浸润古风遗韵。张荣昌纪念碑立于从风陵渡经大王镇前往芮城县的必经之路边，这块碑，陈光发直到2007年回乡才亲眼看到，亲手抚摸，无限感慨。

陈光发和赵淯始终相信，上天公平，善有善报。在四川音乐学院家属或青年师生里，儿子陈志钢不是业务最拔尖的一个，也不是最早自费留学的一个。虽然错过了南加州，但天无绝人之路，很多事情"早"不如"巧"。某日在工字房办公区，陈志钢偶遇同班同学孙竞，他从管弦系调到外办，工作之便也在联系自费留学。正好手头有份招生启事，美国北卡罗来纳音乐学院本年度弦乐专业还有名额。孙竞把资料拿给他看，北卡大提琴专业的戈克森教授，从中学入茱莉亚一直读到博士。陈志钢一下特别兴奋，马上跟戈克森教授联系，四川音乐学院本科优秀毕业生留校，又在中央音乐学院取得文凭，教授马上表示愿意接受。但也需要有人经济担保。莫得办法，萌萌的香港客户帮忙做部分担保；侄女赵世瑛也爽快答应提供一半担保。

经过反复交流联系，戈克森告知陈志钢，学校不可能再给生活费，我可以帮你联系北卡州府罗列交响乐团，你每个月过去参加一次排练或演出，他们付你二百美元。再打一点工，差不多生活费就够了。四川音乐学院当时也希望陈志钢出去留学，回来加强室内乐教学。他当时刚获得"教与育人奖"，附中学生吴瑕他半路接手教，结果毕业考本科，中央、上海两院争着要录取。他的报告院里系里都表示支持，王慧才书记亲自批准了这份申请。

一切都很顺利，赵淯给儿子买了一套西服，小钢和萌萌自己解决赴美所有开支包括机票、头两个月的生活费，等等。萌萌在外贸公司经常出差，手头也有些外币。陈志钢先到北京住在姐姐家；经北京飞美国，从洛杉矶转机到北卡。"你说是不是傻人有傻福？从学校所在的格林威尔到州立罗列乐团有一定距离，戈克森教授班上有个韩国留学生，是富二代有车，他也参加乐团一月一次排练演出，答应每次捎带小钢一起过去，真是狗运亨通！"因感觉学生公寓费用有点贵，戈克森老师又介绍一个业余学生，只有母女两人的家庭租了间房子给陈志钢，只收水电气等各类开销每月一百美元，他在罗列交响乐团有二百块钱，足够了。北卡音乐学院所在地格林威尔是个大学城，看到有家"四川饭店"招工广告，小钢跑去毛遂自荐。香港人开的所谓四川饭店基本做粤菜，老板说不可能用你当大厨，但可以给你一份工作，帮着收拣餐盘、扫地抹桌子。礼拜六日全管伙食，再付八十美元薪酬，很不错。平常伙食节省，周末两天在餐厅打工吃得很好营养充足。

很快过了感恩节临近圣诞节，小钢希望父母准备一份小礼物送给戈克森教授。"因房东经济条件并不是很好，洗衣机都没有。戈克森老师答应小钢每周把衣服拿到她的公寓去洗，那天帮她做顿午饭。"赵淯在春熙路百货商店挑了一块做连衣裙的丝绸面料，正好有个朋友回成都探亲，赶在圣诞节前返回美国，帮忙带去丝绸衣料送给戈克森。陈志钢特别高兴写信说，妈妈，这份礼物刚好赶到圣诞节前夕交到老师手里，她非常喜欢！

因为有戈克森教授帮助，小钢赴美不到半年就把小萌办过去陪读。"那边发了一个函，萌萌很快办妥停薪留职手续。原本希望连同女儿洋洋也一起带去美国，但考虑钢钢没有稳定收入，萌萌也只是外语比较好，并无其他专长，娃娃带过去，可能会成为他们的负担，所以我们只同意萌萌一个人去美国。"1991 年 5 月萌萌赴美，两个人住在房东母女家有些不方便。

赶紧登报启事，可以照顾老人，只需管吃住不用工钱。很快有人联系，一个八十岁独居的老太太，有车有房经济富裕，需要陪伴，愿意接待他们。互相交流语言毫无问题，老太太不仅不需要房客为她做饭，她还可以为他们提供简单的饭食。

7.4

两头兼顾不辞辛劳

因儿子钢钢和儿媳萌萌相隔半年先后赴美留学和陪读，陈韵（洋洋）独自跟着爷爷奶奶生活时还不满三岁，她就像村里的"留守儿童"，只是精神和物质更为富足，两个老人对她，绝对倍加宠溺怜爱，只有过分没有缺失。

第一个带洋洋的保姆江英作为省外贸公司下属工厂合同工（三年），洋洋满过三岁她就应回达州了。"小江很懂事，答应等我们找到新的小阿姨再离开，我们不好意思耽搁别人太久。我们声乐系老学生徐承蓉非常热情，她让自家的小阿姨帮忙，介绍个忠县老乡过来。"在这个空当中，赵淯和陈光发十分辛苦。二老也不是第一次带娃娃，再可靠的保姆，总有个年节休假吧。达州女子小江已回去上班，忠州姑娘小姚拎着行装上门。提了个条件：可以帮你们做饭、洗衣、搞卫生，但我不带娃娃，从没带过娃娃。姚姑娘个子比小江娇小一些，长得乖、皮肤白、大眼睛，赵淯感觉她性格偏内向，感觉心思也比较重。小姚高中毕业，本来至少可以上个大专，但因家境贫困，父亲生病卧床，实在供不起她，只能让弟弟继续上学。"她倒是不娇气，人也聪明。穷孩子、苦孩子，做过什么？吃过什么？我手把手教她做家常菜，回锅肉、红烧肉、宫保鸡丁、麻婆豆腐，怎么做？这么做，好吃。她学得很快，看我做一遍，自己试一盘，味道还不错。"

洋洋满过三岁进了川音幼儿园，两位老人白天不算辛苦，苦的是她经常生病，病了只能待在家里。最苦的还是夜晚，早先江英带娃娃睡，现在姚姑娘不愿意，只能奶奶带孙女睡。夏天来了，成都非常潮湿闷热。那会儿家里没有空调，陈光发坚决不许开电扇。啊？因为洋洋体质弱，只要着凉感冒，经常扁桃腺发炎。奶奶没办法天天手摇扇把洋洋扇睡着了，自己却夜夜无法入眠，神经衰弱了，安眠药从半颗到一颗，最后养成"安定"依赖症。

看老妻如此辛苦，陈光发自觉担任睡前故事员，那一摞《格林童话》《安徒生童话》都快翻烂了。洋洋喜欢听爷爷讲故事，爷爷，再讲一个嘛！还要讲一个，爷爷。《青蛙王子》《卖火柴的小女孩》《灰姑娘》《白雪公主》……后来小姑娘成了幼儿园里的讲故事能手，最喜欢给小朋友们讲故事，一个接一个绘声绘色的，孩子们放学都舍不得回家。老师说，洋洋，今天你就讲到这儿，明天再接着讲吧？陈韵从小说话早，伶牙俐齿话多得很。"我们都很奇怪，小钢比小音性格内向，小萌比小钢开朗一些但也不算健谈，两个人话都不多，怎么生个女儿简直像个话痨？一天到黑小嘴儿'ber-ber-ber-ber'说个不停，她像谁呢？姑姑！也不是，小音小时候很内向、安静。"

小时候很内向安静的小音，喜欢一个人坐在小板凳上看书，赵渿那些老学生对小音大多都留有这个印象。所以她才有可能小学毕业初中程度，支边六年返城第二年就考上大学。在成都幼师教了三年书，调干进京后，在朝阳区文化馆干得风生水起，领导非常重视这个人才，立过三等功，年年当先进。北京人民广播电台调她不放，区文化局领导有话：陈志音，这个人只能借调不能调走。但小音的心不在这，她先后被中央电视台文艺部、北京电视台文艺部借调工作，而且担任撰稿、副导演的电视节目多次获国家奖。但她的人事档案关系一直在朝阳区，后来评了个"优秀知识分子"，分了新房子更调不走了。在大北京生活，房子还是很重要。最后朝阳区文化局尤老局长病逝（原空政文工团优秀男中音歌唱家、歌剧《江姐》原版首演饰蓝鸿顺），陈志音终于调离了工作七年的朝阳区文化馆。

从一张老照片看右下角显示的时间：1992年5月14日，蔡幼珠在北京小音家里，王志明、王律迪还有王宪玲五人合影。如果赵渭没有记错，1988 年初秋时节蔡幼珠第一次回大陆见生父，后回到台湾经人介绍赴美相亲，同原台湾电台台长段先生喜结连理。两年多以后夫妻双双从洛杉矶飞到北京，陈志音热情接待，还陪同他们到王府井北口路西一条小胡同里找到了原留美空军军官赵新（原名忘了）和张岚夫妇。蔡幼珠携同新夫转道又去成都玩了一趟，后跟老段在美国定居，算是过了一段舒心安泰的日子。

1991 年冬七哥赵鸿病故，"青年时代他志得意满还算风光，中老年非常孤独凄凉……七嫂没和他离婚，实际也就这样。他的问题让娃娃受了些影响，幸好唯一的女儿赵世瑛接父亲到北京玩儿了一趟，总算也到过爹爹香晼当年面圣参加殿试的故宫……"陈光发记得清楚，那次在金河街打麻将，七哥站在身边"抱膀子"（支招、出主意），于是连和几把满贯，七嫂坐在对面秋风黑脸，吓得七哥悄悄梭到边边不敢再开腔。"可怜吧？好可怜！"

1992 年 5 月，《音乐周报》（原《北京音乐报》）新入职的编辑记者正式报到上班。很快读者就发现两个新名字：编辑陈志音，记者紫茵。紫茵，根据"志音"四川方言发音取的笔名，有人说像琼瑶小说里的女主。"实际女儿换工作当记者已不算年轻，新闻职业对她来说，恐怕要从零开始。但我的女儿非常聪明，学什么都很快，记者编辑上手也很快，好像没太费劲。"赵渭和陈光发很为女儿高兴，喜欢读书写字的陈志音，终于干上了喜欢干又能够干好的工作。"她在北京安心工作，我们在成都安心带娃娃。"

爷爷奶奶宠溺孙女，"顶在头上怕砸了，含在嘴里怕化了"。最怕的就是洋洋生病，她一病就哭哭咧咧喊妈妈爸爸。她一喊妈妈爸爸，两个老人完全受不了。有时陈光发骑着边三轮、赵渭抱着洋洋去省外贸公司办公室打国际长途电话。"我说，洋洋，来，你给妈妈讲几句，背两首唐诗。洋洋乖得不得了，马上奶声奶气莺声燕语、伶牙俐齿甜甜脆脆地跟妈妈聊天背唐诗，小萌根本忍不住，在那边呜呜呜呜哭得不行……"精灵的小丫头专门戳她妈妈爸爸的心："你听洋洋咋个背的诗——床前明月光／疑是地上霜／

举头想爸爸／低头思妈妈！教她的诗自己改编词儿。我凑近话筒说，小萌小萌听到没有？你女儿背的这个诗！两口子在那边泪奔，好难过……（哽咽）日子一天天过得飞快，有时候又觉得时间过得好慢。原以为萌萌过去一两年，洋洋是不是也该过去和父母团圆？这个事情也不是着急就能办，再说两口子在美国还没站稳脚跟，洋洋还太小呢，这么小过去怕也不能很快适应。好吧，干脆踏踏实实读完幼儿园再说。

1993 年 3 月的一天，陈志音赶早上班，总是匆匆忙忙抢着把办公室的暖水瓶打满。那几天楼里正在粉刷，走廊黑乎乎的。幸好她拎着俩空暖瓶，一不小心踩到湿滑的膏粉上，顿时失去平衡，脚腕子转了一圈重重摔倒在地，她坐起来一看瞬间吓惨，右脚踝骨鼓出来一坨包，疼得她差点儿背过气！只听到办公室门"砰砰砰"作响，大家闻声跑出来，看到陈志音坐在地上抱着右脚惨叫。很快被送到积水潭医院诊治，怎么那么巧？正赶上实习大夫轮班，上来三把两把复位术，痛得陈志音几近昏厥，裹上石膏后，送入病房。王志明匆匆赶到医院，看到面色惨白的妻子心疼不已。医生，打一针杜冷丁吧？忍忍吧，杜冷丁能随便打吗？可她疼得喘不过气！求你！好吧，打一针！

那晚陈光发正给洋洋讲故事，突然一阵电话铃声，谁呀？这么晚！听王志明结结巴巴话不成句，小音摔了一跤，三踝粉碎性骨折，很厉害！为为已被他奶奶接到呼家楼。陈光发只觉眼发黑腿发软，赵渃赵渃赵渃，女儿摔啦！啊？咋办呢？王志明咋个照顾得好嘛？婆婆娘那儿有一大家人，莫法管她，我们应该去一趟！要去，只有四个人都去，赶紧买票！

在积水潭医院武警大屯分院住了一周，陈志音回到家，王志明含含糊糊说，你爸妈要来看你。啊？洋洋怎么办？可能一起来吧，啊?！那天二忠开车接来老小四人。陈志音坐在床上，听到门口传来人声，第一眼看到那张小苹果似的脸蛋儿，可爱至极！洋洋！姑姑——慢点，小心别碰姑姑的脚！突然见到父母，哭死包忍不住泪眼婆娑。在父母身后，姚姑娘俊俏的容颜给人第一印象：面善。虽然家里一下多了四口人，但赵渃陈光发半天就把这个家清理规整顺当了。王志明一下把心放回原处，踏实了。天天吃啥、干啥，有丈母娘操心、小阿姨操劳，回家热饭热菜美味可口。早先连韭菜盒子什么样都没见过的姚姑娘，在陈家学得像模像样。那天晚餐女婿呼噜呼噜一口气下肚，抹着嘴说韭菜盒子挺好的，我吃了四个。四个？盘子里头明明六个！

在北京女儿家，从 4 月 20 日住到 6 月 22 日，天渐渐热起来了，赵浩决定带女儿回成都继续疗伤，四川省运动创伤骨科医院全国有名，很多国家队运动员受伤都到成都医治。这个日子您怎么记得那么清楚？写日记？

"还记得我们一起从难童教养院逃出来的侯科廷吗？他们两口子前不久跑到成都找我们要了好多天呢。"自从弟子们为张荣昌校长立碑以后，已失联数十个春秋的老同学，终于接上关系互通信息。1993 年 2 月中旬，成都春寒料峭初回暖意，侯科廷夫妇从山西去成都看望陈光发。白天洋洋在幼儿园，他们有时间陪同老同学参观杜甫草堂、青羊宫、武侯祠，请他们品尝各种成都小吃，还有摆不完的龙门阵，非常愉快地玩了十多天，2 月 25 日临离开成都前，陈光发特意赠送一幅"百寿图"，老同学欣然收下。陈光发还留着 1993 年 6 月 26 日写给侯科廷的信（底稿），"我信上告诉他：女儿摔伤了，我们 4.20—6.22 在北京住了两个多月，你 3 月 3 日的信没能及时回复……现在我们带女儿回成都治疗。我还表示抱歉：你们到成都来，实感照顾不周，请多原谅！等等。这些话。"

幸好带女儿回成都医治腿伤！陈光发骑着边三轮陪女儿去省骨科医院，岂止三踝粉碎性骨折，右脚大拇趾也骨折了，竟然没被发现！还有一个问题比较严重，北京积水潭实习医生缺乏经验，打石膏用力不均，哪根手指劲儿使过了，石膏凹进一坨把右脚底外侧硌伤了，正在发炎化脓！幸好发现及时，否则继续恶化就不好收拾了。医生赶紧做了处理，赵浩简直后怕，我女儿这条腿残疾了，后半生就太惨了嘛？幸好幸好！《音乐周报》领导同事非常理解这种情况，别担心别着急，养好伤再回来上班。

赵浩和赵溶两姐妹的娃娃，那几年工作都有些动荡。小音 1992 年 5 月调到《音乐周报》，1993 年 3 月摔成重伤。赵溶的儿子李渡 1993 年从南充电影公司借调四川省电影公司，翌年正式调往成都，妻子朱玖红随之安排在省文化厅下属文化总公司上班；女婿刘锐 1992 年底从南充建行下海南开展业务，1995 年调成都国泰，后回到南充建行，1996 年底正式调到省建行营业部；斌洁从南充地区民政局停薪留职，经李渡介绍 1993 年 5 月到成都台商"一直发"公司上班，妮儿 9 月转到成都上小学。1994 年 8 月斌洁和朋友曾巧带娃娃去北京耍暑假，见到表姐陈志音；1995 年 3 月正式入职建行二支行。

1993 年 8 月小音伤愈继续回报社上班，老两口可以安心带孙女。早先都说"可怜天下父母心"，实际上，父母的父母心，最可怜。老人带娃娃，身体受累倒在其次，重点是精神负担和心理压力过重，父母双双出国，娃娃丢给老人，责任、责任！四川音乐学院新园老宿舍的"三家巷"，陈光发赵渭儿子陈志钢和毕兴冯素祥儿子毕虹相差一岁，陈志钢女儿洋洋和毕虹女儿娟娟也差一岁，两个小女孩天天一起上幼儿园，天天放学一起出幼儿园。总要到学校里头，顺着围墙边边，转到这儿耍一下，转到那儿耍一下，再摸摸索索各自回家。反正跑不出川音大院，老人很放心。

1993 年暑期后，孙女上大班，二老不用接送。那天幼儿园休息，娟娟把洋洋藏在她家阳台，听到爷爷奶奶喊你，不许答应哈！洋洋很听娟娟的话。大半天没见到洋洋的影影儿，该回家也没回家，老人一下着急了，赶紧四处寻找。赵渭腿痛，一瘸一拐地到处喊：洋洋！洋洋！洋洋，你到哪儿去了？！陈光发骑着边三轮往校门口走，正巧碰到老吴说，现在小娃娃要注意，随便乱跑很危险！还说看到小娃娃朝九眼桥去了。陈光发信以为真，赶紧蹬起车在九眼桥那边转了一大圈，根本没有洋洋的影子！怎么也过六十六岁了，陈光发又急又累头晕脑胀，从九眼桥冲下来忘了捏刹车，差点栽个大跟头！好危险！

看见两个老人快急疯了，娟娟家保姆实在不忍心，她悄悄跟赵渭说，两个娃娃就在我们楼上藏猫儿！赵渭这一下差点倒在地上，吓死我了！赶紧把洋洋喊回来，我要惩罚她！"我们把洋洋拖回家，妈妈气得发昏说把电话打开，喊她姥姥听我咋个教训她。硬是让她姥姥在那边，听着奶奶在这边啪啪啪，打得洋洋唧唧叫。"两个小娃娃恶作剧，简直让人气得发疯，洋洋从小没见过爷爷奶奶跟她发过这么大火，吓得哇哇大哭。孟老师心疼不已却也莫法说啥做啥。"我也后悔我也心疼，但当时这口气咋能咽得下！想想，如果洋洋出了事，我们咋跟她妈妈爸爸交代？我们也没法活儿了！"

平常陈韵算是个乖娃娃，她性格温顺也很听话，还特别会看脸色。但确实被爷爷奶奶过于宠溺，偶尔也会有恃无恐吧。那年（1994）过端阳节，带洋洋去水碾河那边五姨婆赵沚家……赵沚不是冲到西昌去了吗？回来了噻！按国家政策甘（孜）阿（坝）凉（山）民族地区特殊照顾，凡满三十年工龄均可返回原籍。赵沚 1989 年底五十二岁超期两年，从凉山退休回到成都。前面两任丈夫，一个（赵斌洁之父南康）离了，一个（马宇涛和马宇觉之父马德恩 1988 年 5 月病故）走了。后经人介绍 1990 年底和刘永昌结婚。"刘永昌也不完全是个陌生人，他好巧是五妹的小学老师，年纪大七岁？从工商系统退休待遇很好，重要的是老刘的儿女对五妹很孝顺周到，五妹也别无他求相当满足。小时候最可怜的人，晚年得到属于自己的幸福。"

那天赵沚正在厨房忙活，一盘咸鸭蛋刚刚摆好，洋洋捏了一牙喂进嘴，五姨婆看了一眼没说啥。这个娃娃最爱吃案板儿香，一会儿又跑去捏，五姨婆开腔了，洋洋，捏一个又一个，摆盘子不好看了，你等会儿端上桌子再吃嘛。赵沚说话一向声音有点大，陈光发在屋里打牌听到心头不安逸，洋洋跑到他跟前哼哼唧唧撒娇，更毛了，"轰"一声站起来拖起洋洋，走，爷爷出去给你买（咸鸭蛋），买十个！五妹赶紧撵出来，姐夫，我不是不给她吃，咸蛋不值几个钱，我是喊她一会儿上桌再吃。结果怎么解释怎么劝都不行！姐夫，你不要这么惯使她……这件事，后来成了亲戚经常提起的闲谈笑话。

自打洋洋上了幼儿园，白天事情不多，赵沇就让小姚帮邻家李秀美老师搞搞清洁做做午饭，可以多挣一份工钱。1994 年春节之前，姚姑娘照例要回忠州老家过年，两家人都给她拿了成都到忠县的往返路费，结算工资也加了一笔过节费。"她还把小音送的新皮鞋装起走了，学校放寒假幼儿园也不开，我们老两口带娃娃，白天晚上还是有点辛苦吧，我的睡眠特别不好，全靠安定药。"两家人都没想到，姚姑娘临走时说得好好的，她过了正月初五就回来，继续帮两家人做。结果呢，好不容易盼到她回来，竟然看不到笑脸，一张面孔板着，眉头紧锁，好像谁欠了她几斗米。"她说，我在你们这儿挣的工资，全都拿回去给爸爸治病了。现在想学一门手艺挣更多钱……实际上她回去相亲有了男朋友，两个人要一起到餐馆打工，所以决定不再帮我们了。"还未进入古稀之年的赵渭陈光发，虽然当时心里不舒服，很快也就释然了。姚姑娘还年轻，求上进不甘心当一辈子保姆，可以理解哈。干吗不早点提出来也好早点另找人，算了，洋洋长大了，上小学之前，小钢小萌总会接她走。这么长时间都熬过来了，最多再苦一年！

　　1994年9月19日至28日，第一届中国国际钢琴比赛在北京举行，四川音乐学院派出"教练"和"选手"。《音乐周报》在北京音乐厅马路对面，陈志音天天去赛场全程盯，曾经常出入三家巷的但昭义老师带学生参赛，感觉特别亲切也特别关注。那一届获奖选手成人组第一名是韩国选手申祥贞，第二名中央院盛原，原四川音乐学院作曲系高为杰和声乐系罗良琏的儿子高平获得第六名；少年组第一名陈萨和第三名吴驰都是但昭义教授的学生，中国作品优秀演奏奖两名获得者高平和陈萨，简直太为四川钢琴教学提劲了！陈志音感到由衷的高兴和骄傲。四川音乐学院校园充满喜庆，四川、重庆乃至大西南地区的钢琴教育打了一个翻身仗，曾经国内赛场只有中央上海两所音乐学院一统天下的神话，终于被但昭义教授和川音附中两个小字辈打破了！

7.5

凤凰栖居德哥安息

  陈志钢在北卡的硕士学习阶段相当顺利，他每个月到罗列参加排练或音乐会演出。这所音乐学院对研究生论文相当重视，导师戈克森教授很负责任，帮助他认真准备硕士毕业论文。要在美国生存下来，陪读的胡为萌在国内大学那点底子显然就太薄了。其间，她在大学城一个英文学校免费补习，英语水平很快有了更大的进步。后来她找到一份工作，白天帮一个女医生照看小孩，有了一定的收入，可以在北卡安心待三年。陈志钢硕士二年级成功举办毕业音乐会，硕士学位毕业论文答辩在三年级顺利结束。

  "我这个儿子很奇怪，别人都巴不得早出学校早挣钱，他却只想一辈子待在学校，最好永远当学生。这样萌萌压力就大了，何况你终归要把女儿接过去吧？老婆一个人养家，合适吗？"从北卡音乐学院硕士毕业后，陈志钢希望继续读博士，他同时申请了两个大学：路易斯安娜州立大学、亚利桑那州立大学。在等待学校回复的过程中先找一份工作吧。两个人从北卡来到费城，看看费城交响乐团可否接纳一名中国大提琴家。在费城找到丁媛，曾经的大提琴发蒙恩师丁孚祥教授的女儿，陈志钢出国之前，从丁老师那儿要了她的联系方式。丁媛把情况告诉他，你别费那个劲，根本不可能考进去。哦？哦！好吧。

  要在费城生活，必须赶紧找到工作，登报发启事，愿意做家庭陪护，只要能够接待两个人住宿安身。很快有位中年妇女联系他们，在一个德国富人区，她母亲已去世，父亲很孤独，有点早期阿尔茨海默症，需要有人陪伴。于是，白天萌萌帮女医生看娃娃，这个活路很轻松；陈志钢考上费城音乐职业学院半工半读，课余时间回去陪伴老先生散步，虽然有一点老年痴呆，但是不打人、不冒火、不乱闹。这家经济条件比在北卡那家好很多，他们是二战时期逃离德国的犹太家庭，带着很多家产移民美国居住在富人区，老人的女儿那位中年妇女本人有工作，家庭经济很富裕。那年（1993）圣诞节，女主人还带着小钢，从费城到纽约去看了一场歌剧，"好几百美元一张票，她对小钢很好，很尊重小钢。"

在费城音乐职业学校，陈志钢的专业得到很大启示和突破。他至今认为这位教授在大提琴上真正带给他最大收获并终生受益的，更多在于音乐的表现。结业之后，陈志钢同时接到路易斯安那州立大学和亚利桑那州立大学的录取通知书。两个人买了一辆二手车离开费城，一路驱车向西南，开到路易斯安娜州，又去亚利桑那州。因为胡为萌更喜欢亚省，所以决定选择后者。开学以后陈志钢就去亚利桑那州立大学，幸运地成为渥美孝顺教授的博士研究生。这位日裔教授，曾为世界大提琴宗师罗斯特洛波维奇的高足大弟子，美国大提琴学会权威专家首席掌门人。

导师对这个中国学生十分欣赏，同时另有一位中国大提琴留学生，原西安音乐学院郑晓钟。两个中国留学生，在异国他乡自然成为同学和朋友。在菲尼克斯（凤凰城）那几年，陈志钢和胡为萌经历了太多太多事，婚姻感情甚至也出过问题，如果不是对女儿陈韵的"爱"高度契合，这个小家可能早已破碎。因为各种难以言说的原因，陈志钢没能顺利读完博士课程，只差一点点，他就拿到博士学位。导师、父母、姐姐、同学、友人，无不为他感到深深遗憾，这就是命！

无论如何，在凤城，陈志钢和胡为萌安了一个属于他们自己的家。"我们巴不得他们快点把洋洋办过去，一家人早团圆。洋洋已满六岁，应该上小学了。再不和父母一起生活，我都怕她出现心理问题。"

关于陈韵去美国，可谓一波三折，"何止三折？太多波折啦！"这件事，赵淯和陈光发说起来感叹不已。真是说来话长：在凤城，小钢读书，总得有人挣钱讨生活。胡为萌很能干，在美国几年间，她语言毫无问题，又带娃娃又陪老人，这一次，她升啦，管家，在富豪家当总管家。还是登了报纸找到这份工作，那家主人知道小萌以前学的法语和英文，问她，要多少工资？小钢给小萌说，我们别要太高了，两千美元月薪，行吗？那家主人满口答应，萌萌第二天就去上班。走到人家里吓了一跳，一个很有名的医生之家，有钱人见过，这么有钱的人第一次见！男主人郝德利是外科医生，医生本来属于高收入人群，何况他还给罗马教皇医治过骨伤之类；郝医生的太太茜茜，茜茜的祖父曾任美国国会亚利桑那州议员，现任议员接任茜茜的祖父，而且和茜茜的父亲关系密切。新管家工作得力，女主人对萌萌十分依赖特别信任。很快了解到这个中国女人，有个女儿还留在国内，母女已经三年没见过面。哇！这不可思议也无法理解。女主人一下动了怜悯之心，马上找到祖父的接班人、父亲的老朋友、现任议员帮忙。开始说办探亲，先把洋洋接过去再说下一步。总要有人陪伴吧，孟老师英语好，赵渭不想和她争。只是没想到连续两次（两年），孟老师想带着洋洋赴美探亲，竟然都被拒签。陈志钢和胡为萌简直快要急疯了！看着萌萌焦虑流泪，茜茜也急了，既然探亲屡屡被拒签，干脆直接办移民。这下顺啦，所有手续很快寄到成都，美领馆的领事中文说得特好，但那是成都办事处不能办签证，他已及时把材料转到广州领事馆。

1995 年春天，两位老人都在忙这些事。那几个月带着洋洋，一会儿跑广州，一会儿跑北京，这样奔波的生活，他们可以自理，可以过得很好。"我记得先去广州，三个人住在孟老师的弟弟、小萌的舅舅家。那么热的天，两床被褥又重又厚。这儿离美领馆好远啊，要穿通城！他们说，回去等通知吧。"在等候签证通知的日子，陈光发白天带着洋洋去附近爬越秀山玩儿。天天联系天天都没音信，一会儿说缺这个文件，一会儿说少那个手续，总之各种为难各种卡，最后说有个章印得不清楚。两个老人实在莫法，只好联系在广州工作的老学生，"我找到广州交响乐团的金代远、李延夏两口子，他们女儿很会电脑，马上帮我们把这边不签证的问题发给陈志钢。结果把那个议员惹火了！赶紧解决问题继续办，这个签证不能再拖！"有一天晚上听见电话铃响，洋洋抢着接了，那头告诉她，全部手续办好了！赶快过去签证。原来是美国那边议员办公室给广州美领馆直接打电话催促的结果。

终于取回签证，三人回到成都，开始收拾行李。女儿在北京预订机票，这个过程当中，正好小萌的姐夫韩俊一个团队要赴美国出差，可以顺便把洋洋带出去。谁晓得又拐了，早先给洋洋办好的护照出境证已过期，她被挡在那儿走不了。陈光发马上从北京飞成都，重新到公安出境处办理出境证。紧着又从成都飞北京，正好赶上 5 月 14 号的航班，小萌姐姐小京说"吾要死"这个日子不吉利。但因时间紧迫，原订机票已经推迟无法再改日期。赶紧办了个"无人陪伴"，空姐跟家长说，国航公司每到一站都有专人负责交接，你们放心。"马上要去美国和妈妈爸爸一起生活，娃娃特别开心。要离开爷爷奶奶，好像她也没啥舍不得。我们非常舍不得她，两个人站在进口难过地抹眼泪。人家背起小书包头都不回，高高兴兴走了，看不见背影了……"

现在身体负担少了，但心事却重了。"我洋洋在那边习惯不习惯？有没有小朋友和她一起玩？听得懂英语吗？咋个摆龙门阵呢？她会不会想爷爷奶奶啊？这个娃娃小钢基本没咋管过，我又怕小萌太粗心大意……"那些日子，赵淯和陈光发好不习惯啊！这个家，听不见清脆甜美的莺声燕语叽叽喳喳，看不到欢蹦乱跳跑进跑出的小小身影。老两口躺在床上想孙女，想起好多好多事情。赵淯比丈夫坚强，虽然每晚仍旧要靠安定入眠，但她不会像陈光发，夜夜哭得枕头边都湿透了。1995 年应该是洋洋六岁多将满七岁，5 月 16 日小钢小萌在那边接到女儿了，欢天喜地给发回了照片。好了，洋洋七周岁生日可以在美国、在亚省和妈妈爸爸一起过，看到他们三口人笑得那么欢，两个老人只能相对默默垂泪。

陈光发和山西的外甥外甥女，还有老同学保持着通信联系。自从联系上侯科廷夫妇，两人年年互寄圣诞卡。侯科廷 1996 年 3 月 27 日写信录了一首张学良的诗："白发催人老 / 虚名误人深 / 主恩天高厚 / 世事如浮云"，少帅戎马一生大起大落，最后虔诚信主。平日里练练字打发时间，陈光发的"百寿图""百福图"越写越精到，亲戚朋友、街坊四邻，这个过生日送一幅，那个搬新家送一幅。有人出国求一幅带到海外送友人，非常受欢迎。沈阳音乐学院秦咏诚院长帮着外教讨要，日本音乐教育家青木畅男教授对陈光发的书法作品爱不释手，带回岛国精心装裱，郑重其事特意拍了相片寄给陈光发，表示真诚的谢意。

赵湑则渐渐迷上了韩剧，买回很多影碟。最喜剧的是，她青年时代谈不上浪漫，老了老了迷上电视剧，最爱看两类：一是青春偶像剧，二是都市爱情片，悬疑探案也还可以看。"我不喜欢那些打仗的，打来打去血呼哧啦！太丑的演员不想看，我喜欢美女帅哥。"那阵子她特迷韩星裴勇俊啊、安在旭啊、元斌玄彬张东健啊……我们的男演员喜欢谁？陆毅啊、佟大为啊、黄晓明啊……全都是英俊小生，养眼怡心，要不咋个混日子？

因为有空闲，两位老人参加音苑合唱团一周一次排练，如有演出会更忙。"看嘛，这张演出照（1995.11.5），我们声乐系退休老教师陈世华、刘凤羽、艾开伶、朱梅玲、侯慎修、黄文宇等，还有郎毓贤老师和一些老学生、老干部，包括校外的声乐爱好者……"

大小年节常和德哥七嫂九嫂几家亲戚来来往往，侄女们带给二老慰藉和温暖。1996 年入秋赵湑 10 月 22 日年满七十岁，"古稀之人了，自己还没觉得有好老哈。平常就算了，但逢五逢十大生日，还是要请我的嫂嫂和姐儿妹子侄儿侄女，总是应该张罗一下聚一聚。女儿专门从北京过来为我庆生，在美国的儿子儿媳和孙女不敢想，不可能，我别做梦了。"赵湑七十岁生日家宴很热闹，虽两位兄长已逝，还有九嫂一家、七嫂一家、德哥一家……三妹赵溶的儿子李渡、女儿斌洁两家也来朝贺二姨。那天摆了几大桌，吃完饭又打麻将。四川音乐学院的老朋友陈世华甘若思等都来了，大家玩儿得很高兴。"虽说很高兴，但也不可能不遗憾，我们就这么一个儿子，全家人跑得那么远。想起还是有些难过，但只要孩子们幸福，我们怎么都可以。还是要做梦，什么时候，可以去美国？帮他们做饭洗衣服带娃娃，哦，娃娃可能不用我们带了，帮他们做做清洁理理家总可以……"

1997年春天，四川音乐学院新修的竹园宿舍竣工分配，要求全款付清。"我们当时才拿好多退休金？可能几百块钱。哪儿来那么多存款？大概只有不到两万块钱吧。王志明回来帮我在他战友刘大全那儿借了几千块钱，我又找李善骧借了一万二千元，总共四万一千块钱都交了。"头年，赵清帮丧夫多年的原附中校长陈力辉，介绍艺专老同学李善骧，两个人很投缘合得来，日子过得也不错。"因为全部是清水房，我们也不敢豪华装修，女儿给了我一千块钱买的小天鹅洗衣机，用到现在，二十几年，说明质量很不错。"同院林琪美的先生推荐最好用进口立邦漆，整个装修包给学校工程队，这样可以"保修"。老两口亲自到八一家具城某木工坊挑选价廉物美的家具，还定做了两个大衣柜、两个大床。一切为了节约，本来想装木地板，哪有那么多钱？只能装地板砖，粉色的；所有的灯具在九眼桥灯具城买；又到人民南路展览馆里家具城买了客厅沙发，深紫红色的猪皮沙发，经式（结实之意）嘛。

这边竹园的402房子比原来讲师楼那边宽敞了整整三十平方米，三个卧室、一个书房，还有一个餐厅，餐厅外头阳台做成厨房，还有偌大一个客厅。全部窗户、阳台、雨棚、防盗栏，自己请人安装，"我们把小钢最早给我们的18寸电视机换成24寸康佳电视机，从那个时候开始信任康佳，这是三妹的儿子李渡介绍的，他已调到省电影公司来了。"因为喜欢追韩剧，赵清第一次给自己买了个DVD影碟机，"我们花光了所有的积蓄，还借了别人一万多块钱，总算把新家安妥。搬进新家第二年才买了一个空调，最先装在女儿的'马圈里'（房间）。第三年才给我的屋子和光发的屋子也安了空调。"

那年夏天德哥赵涵去世？对的，1997年8月。"我为啥记得他生病晚期是夏天呢？因为学校暑假组织我们到青城后山农家乐避暑，老板姓游，游老板。十哥病重住在商业街省委医院，那儿的医疗条件好。"五妹赵沚从西昌人民医院公派到华西医科大学进修，两姐妹至少一周一次去医院看望德哥。"他躺在病床上，不对，后来完全不能躺下来，只能坐着，从早到晚都坐着，全靠吸氧维持，喘不过气很可怜！"最后一次看他，他嘴唇发乌气喘吁吁：赵淯，你们搞声乐要做深呼吸，咋个做？你教教我，我简直出不赢气！那时德哥呼吸非常困难，憋得非常难受。"我心想，你连氧气都吸不进去，这会儿告诉你歌唱深呼吸，晚了噻！看他那个样子我又不忍心，教吧。太晚了，莫得用了。"

赵淯陈光发乘坐学校大巴车上了青城后山，"那次在山上可以住十天，五妹斌洁还来住过两天。下了青城山回到成都当晚接到五妹电话，德哥已经走了！"本来他深昏迷还插个氧气管，基本就吊着那口气，这对病人来说非常痛苦，子女谁也不敢做主停止抢救，五妹是医生，她上去把管管儿全都拔了。虽然德哥生病住院很长时间，但闻听噩耗还是感到十分惊讶突然、万分悲痛怆然！第二天一大早赶到川音附近群众路的老殡仪馆，"看到十哥的遗容，我很痛苦，真的不想回忆这些事……我的哥哥，全部都走了，已经没有了，结果我成了（香畹本家）这辈最年长的人。"

赵淯内心的丧兄之痛很久才得以缓解。终于又被张莉娟成功说服，继续参加四川音乐学院老教师"音苑合唱团"。平时青年指挥谢亮负责排练，重大活动、比赛演出，请他的老师李西林教授亲自出马。"我们声乐系退休的老教师，程希逸刘凤羽两口子，哦，郎先生也在合唱团，她不是每周都参加排练，有她大家练得更有热情更积极，效果当然也会更好嘛。"有规律的生活让二老渐渐适应了孙女不在身边的清静，歌唱比看碟有意思，在集体中更容易化解孤独寂寞。

第 8 章

他年莫当茶棠看

（1998 年—2009 年）

空巢老人的日常生活平淡而寂寥。天性善良的赵斌洁对二姨姨爹备加关爱照顾周到，有时甚至会引来其生母和养母的"嫉妒"和"闲话"。

　　赵洧和陈光发第一次赴美，竟是在和儿子分别九年之后。如是三次往返美国，不单游览新大陆的自然风光人文景观，更重要的是结交了很多新朋友，最大的收获或许是心灵的回归。

　　经历了汶川大地震、北京奥运，最大的悲哀：因终日沉迷于观看比赛，赵洧腰腿受伤；最大的喜悦：外孙王律迪和郝迪曦，恋爱到结婚。2007年深冬岁末，女儿和女婿陪同父母回到山西、回到神往心驰的磨涧村看望乡亲……

8.1

最美夕阳初出国门

前文提及陈光发书法技艺日臻精进，他的习作不但所有亲友家家装裱张挂，还飘洋过海成为大家赠送国际友人最受欢迎的见面礼伴手礼。最逗的是，老人已然自信到"班门弄斧"的程度，美术专业的资深老友对其也不吝溢美之词大加赞赏。1998 年四川美院友人刘友柏与曾星平书信："在生日当天收到贺信和贵重礼物，使我非常激动！……大作《百寿图》黑红相间别有情趣，笔锋很有功力，祝你取得更大的成绩。"陈光发备受鼓励，暗自欢喜了好多日子。

这件事说来很搞笑，陈志钢最先抵达美国，萌萌晚过他半年多，洋洋更晚四年半。结果稀奇古怪阴差阳错，后去的娘儿俩倒先办好了绿卡，他却还在等候中。1998 年临近夏季，女儿小音返蓉参加四川省音协活动，她抽空采访了从美国留学回来报效祖国和母校的甘国农老师。两天以后从机场接回萌萌和洋洋，萌萌到原单位办理离职手续。因女主人茜茜家离不开，她很快就回美国了，洋洋被丢在成都耍了一个多月。两个老人三年多没见孙女，自然是非常高兴。虽然天气越来越热，还专门带洋洋去逛动物园，"她最喜欢看熊猫，又叫又笑半天不走。洋洋说想吃成都的面，我们满足她的小小要求，带她到附近小馆要了碗素椒杂酱面，她边吃边赞。"

早先带过孙女的保姆小江打电话问，洋洋回来没有？"我一辈子扯不来谎，回来啦！她招呼都不打一个，带着儿子堵到家门口，只有把客房腾给她母子住。我最怕天热人又多，越怕人越多！"结果小钢同导师的博士同学郑晓钟，应邀暑期来川音讲学，带着女儿丁丁，丁丁和洋洋搭伴住在爷爷奶奶家。"她们学到美国人天天换衣服甚至一天两三身，哪个洗？我嘛，郑晓钟的衣服也拿过来洗，幸好有女儿买的洗衣机。郑晓钟讲学反映非常好，大提琴师生有口皆碑哦，他带了很多世界大提琴名家的音像资料。我感觉小钢在专业上不像郑博士那么渊博。"赵淯能这么想、这么说，小音很感佩。她也有同感，郑博士在专业上很有追求。2015年赴美参加洋洋婚礼，郑晓钟过来聊起紫茵专著《中国当代音乐家访谈录》。送给小钢的书，他基本没咋翻。郑晓钟可是一本一本全看过，看得好仔细！

自从洋洋去美国，家里没再请保姆。赵淯是典型的紧张派，要接待孙女，小江母子也来凑热闹，还有远客郑晓钟父女。1998年夏天，真是太热了！郑晓钟由学校接待，他低调内敛不便随时带着丁丁。"我觉得丁丁这个女孩太特别了，她是洋洋去美国认识的第一个好朋友，只比洋洋大一岁。平时大家聊天摆龙门阵，丁丁都用英语记下来，天天写英语日记。"郑晓钟带着女儿又去兄弟院校讲学。洋洋刚满十岁，只能一个人回美国，"那阵成都没有直飞洛杉矶的航班。我们给洋洋买好机票，送她飞往广州，那边有个小钢的朋友在白云机场接她，再带她一起飞洛杉矶。简直不让人放心，萌萌太丢心丢肠了！"

两个老人夏天像打仗一样接待了一铺揽子。音苑合唱团秋天要去无锡参加"夕阳红"全国老年合唱节。总负责人敖昌群院长，李西林担任指挥，郎毓秀任艺术总监。10月下旬参加比赛不能像平时那么稀松散漫，差不多一周排练两三次。学校领导很支持。"甘国农的同学在彩虹集团当领导，帮我们拉了一万块钱的赞助。现在咋拿得出手？那会儿不算少哦，可以管合唱团往返无锡的食宿。只有艺术总监郎毓秀教授和指挥李西林、老院长陈光发三个人由学校报销路费，我们都是自费坐火车。"陈光发算是个老烟客，有一次排练，敖院长夫人张莉娟教授半开玩笑说，本来我们比赛可以得个奖杯，陈院长您抽烟咳嗽不是把奖杯咳起跑了？"我说，听你的话今天起不抽烟了。在排练中一口都没抽，回家把别人送的、自己买的大前门、大重九、红金牡丹、红塔山翻出来，我也不拿去送人害人，全都丢进垃圾桶。"只是头两天稍感难受不习惯，熬过去完全莫得事。看着很软糯的一个人，只要下决心没有他做不到的事。

在陈光发记忆中 1998 年最快乐的事情，莫过于音苑合唱团赴无锡参加全国老年合唱比赛。女儿陈志音作为《音乐周报》特派记者、中国合唱协会特邀记者，从北京去了无锡采访报道。"全国性的重要活动，我们住在无锡军分区招待所。第一次在成都、北京以外的地方和女儿天天在一起，天天在赛场内外看到女儿忙碌的身影，我当然非常开心。"那次参赛，音苑合唱团自选曲目《雪花（ *The Snow* ）》（［英］埃尔加），还有必唱作品《最美不过夕阳红》。陈光发在男高声部，赵淯在女低声部，"我们到了无锡还在排练，最后取得理想的名次。大家都知道阿炳二胡拉得好、琵琶弹得好，无数回听《二泉映月》，第一次去他家乡，还拿回个大奖。"演出结束有三天空闲时间，无锡惠山公园、灵山大佛，参观无锡影视城，陈光发一路东张西望，看到三国水浒景区店铺挂着牌子，有个女的装扮潘金莲，"武二郎的嫂子？我开玩笑说要跟'潘金莲'合个影，女儿快来帮我拍照片！"老头老太太乘坐大巴车，前往苏州观光园林，赵淯买了个苏州双面绣工艺品，"如果哪天去美国，可以送给儿子的老师或朋友。在鼋头渚和仙岛公园，我们兴致很高转了天街，买了橘子，野猴子围上来抓抢，好吓人！"

好久没有这么畅快的心情！第一次下江南，第一次游苏杭，活像真的来到天堂。"江南就是美得很啊，要不乾隆爷七下江南！在雷峰塔我特意买了一只'虎'，你妈妈属虎、母老虎！我们参观苏州园林，那首诗里写'夜半钟声到客船'的地方叫啥子？寒山寺。"这一路女儿跟上跟下陪同二老，陈光发特别开心特别得意。总有分别的时刻，陈志音公务在身，还要返回无锡继续采访工作。看着女儿跳下大巴车挥挥手说"拜拜！"，陈光发突然一阵心酸两眼模糊，偷偷抹起眼泪儿。"陈光发，哭死包儿！小音就像他也是个哭死包儿。我虽然心里头难受，但我不得哭！一车那么多人，咋好意思？"

第一次下江南特有意思。第一次去美国令人难忘，"在我的人生中，这些经历都值得回忆。第一次去美国,第一次坐飞机!（啊?不会吧?）前几十年我去北京或别的地方出差全是坐火车。无锡参赛只有郎毓秀一个人坐飞机。"

赵湑和陈光发第一次去美国,1999年10月—2000年4月,前后半年时间。

简单理一下:陈志钢1990—1993年在美国东卡罗莱纳大学（East Aarolina University）师从塞尔玛·戈克森（Dr.Selma Gokson）获大提琴演奏硕士;1993—1994年在费城腾坡尔大学（Temple University）师从吉费利·索罗教授（Prog. Jeffrey Solow）获职业学习文凭;1994—1996年在亚利桑那州立大学,师从渥美孝顺教授（Porg.Taki Atsumi）进入博士课程学习,后转入音乐教育专业;1999年以后任亚利桑那州腾沛市公立第三学区弦乐队教师。正式工作后第一个暑期给父母发出F1邀请,"签证官问,你儿子在美国干什么工作? Teacher（school master）;又问具体教什么课? Cello（大提琴）。两句话,马上给了我们赴美签证。"小钢把父母赴美机票寄到小音单位那天,下午二老从成都飞到北京,这么巧!"十一"和女儿全家一起观看国庆五十周年庆典实况转播,陈志音去天安门广场参加群众联欢。次日女儿女婿陪父母前往颐和园,"我记得那天晚上去看俄罗斯亚历山大红旗歌舞团演出,好棒啊! 10月7日你们在团结湖'眉州酒楼'为我们饯行。"

第一次去美国,赵湑恨不得什么都给儿子带过去,西装、夹克、T恤衫等应季衣服,还做了几床里外三新的被褥被套,四口大箱子塞得满满当当。看女儿家摆着两个四川土陶泡菜坛子,"嘿,带一个到美国? 小钢小萌肯定喜欢。我用双肩包背着泡菜坛子到凤凰城,新起的盐水,现泡的菜。啥子菜? 青菜,有点像成都市场上的包包青,你们北京喊盖（芥）菜,泡起出来清香脆嫩。"很多美国朋友品尝之后也非常喜欢,有的人开车跑几十里路,单为过来要一瓶泡青菜,他们认为这个东西营养又美味。嘿,啥都没说先扯泡菜!

第一次去美国,两个广广（不懂、外行之意）这一路还顺利吗? 顺利! 从北京乘坐国航到洛杉矶,一下瞄到儿子站在出口那儿,九年没见面的儿子！"简直没咋个变，我的儿子就是心地纯善，所以他不容易变老。"陈志钢从凤凰城坐飞机到洛杉矶接父母，帮他们办好入境转机手续，带他们乘坐洛杉矶到菲尼克斯的短途飞机平安到家。最高兴的是又见到亲爱的孙女洋洋！她已满过十一岁，一年多没见又长高了！上小学四年级。"开始老师很诧异，一个中国小女孩儿刚到美国，英语咋学得那么好？她说是奶奶教她的！又问，你的数学咋那么好？她说九九表是爷爷教她的！背得溜得儿熟。"因陈韵功课程度完全相当于美国小学二年级，所以直接跳到二年级上课。赵淯是永远的重度焦虑症，你们放心让洋洋一个人上学？莫得问题！她骑小自行车穿过马路对面的公园就到学校，那边有警察专门护送小学生，非常安全。

第一次到小钢小萌的家，不大也不豪华，周围环境很舒服，走出门就是小公园，二老称为"我们的公园"。一片湖水清澈见底，鸭子水鸟绿树花径，有儿童游乐场，还有网球场，一天三次去公园散步享受新鲜空气。小钢养了只大黄狗 peace，很快跟两位老人摇头摆尾亲亲热热。赵淯当惯女主人，我来给你们管家理家，弄个本本儿记账，看你们一个月花销好多。"我儿媳妇小萌每个周末带我去越南人开的'莉莉店'购物，很大一个超市，亚洲人都喜欢。那的肉、蛋、奶特别是鱼虾很便宜，蔬菜有点贵。美元兑换人民币 1∶8 还多，我很疑惑，二角五分等于两块钱买十根葱，我们成都八角钱都可以买一把葱了。"儿子儿媳笑话老妈的消费观念，干吗总是习惯性用人民币换算美元？

平日小钢三口上班上学，早饭自己做，面包机一烤，牛奶一热，鸡蛋一煎，简单。老两口的任务是做清洁、洗衣服。"他们学到美国人天天换内外衣裤，我习惯先泡后搓再刷，全手工程序弄完才丢洗衣机。清洁有电动吸尘器，用电饭煲煮饭、电炖锅煮汤，头天晚上把牛肉丢下去，调时间、模式全自动化，第二天舀出来就吃。这些家务劳动并不繁重，生活非常方便。"

在郝德利家当管家的萌萌平时"朝八晚六"严格规律。简单介绍一下她的主人家：Dr. 郝德利 – 国际著名骨科权威专家，在当地开了两家骨科医院，带了很多年轻医生。经常去国外为一些名人做手术，罗马教皇股骨骨折，梵蒂冈专门请他亲自主刀。"很少能见到郝德利和夫人茜茜，茜茜是郝德利的第二任夫人，美貌苗条很会保养又没生过孩子。经常外出交际啊旅游啊，太有钱了！钱多得自己都不晓得咋个花。"郝德利定期支付前妻生活费，天文数字！他和前妻的两个子女在洛杉矶读书，寒暑假期间回到凤城，萌萌负责提前添置更换床上用品、洗涤用品，安排餐饮起居。这家主人不单是帮助小萌办理女儿移民美国，洋洋滑旱冰不小心摔成肘关节骨折，郝德利全部免费亲自接骨医治痊愈。他们礼貌客气地表示，欢迎赵涓和陈光发做客参观。"第一次见到只在电影里见过的、如城堡宫殿般的豪宅，差不多占了半匹山！小萌带着我们各处参观，目不暇接眼花缭乱。客厅豪华宽敞，厨房里头是巨大的冰箱，烤炉、烤箱一应俱全。有个梯坎下到地窖，全是世界各国名酒，红酒、白酒、香槟……"郝德利庄园保存了大量世界各国珍奇的古董字画，平时不能拿出来随便观赏。

那个季节正值秋后，满山果树全结满果实，国内当时比较少见的葡萄蜜柚，好大个儿随便摘。"小萌每天摘两个拿回家一挤就是半碗蜜汁，太好喝了。第二次我们拿了个大口袋，摘了好多蜜柚回来。要不全掉到地上烂了岂不可惜？实话说小萌的工作，相当轻松简单。"有时二老也会顺便过去帮一下忙，管家婆嘛，她的主要任务是定期清理一下郝德利的办公室和茜茜的主卧室。所有脏活儿累活儿家务活儿，从来不用亲自动手。园林需要修枝剪叶，打个电话，工人来干一天，修理得整整齐齐，装车开走，完事儿。

陈志钢和胡为萌在异国他乡经历过太多坎坷波折，相信只有"他"会聆听世人的祈祷，指引迷惘中的人走向光明之路。"小萌第一次带我们去恩典堂，牧师上台说，今天有新的弟兄、新的姊妹来。他念了十几个人的名字包括陈光发、赵涓，我们站起来和大家打招呼。"童年光发在山西永济福音堂受洗，少女赵涓在成都四圣祠教堂受洗，现在看到听到这种情景熟悉又亲切，仿佛心灵重获安宁。做完礼拜分食圣餐，陈光发想起小时候，大家共用一个玻璃杯子，每个人手里一张手绢，轮到自己，用手绢在杯子边上擦一下，抿一口"圣血"（红酒）。"那位牧师特别走到面前想劝说我们加入教会。我说六十多年前我还是小娃娃，瑞典牧师给我施洗……"恩典堂堂主是何姓印尼华侨大家族，参加礼拜的大多数是在美国读书的华人大学生，爷爷奶奶正好赶上洋洋受洗。

很快到了感恩节、圣诞节，教会演出耶稣复活的短剧。恩典堂教友聚在一起包饺子，"我们互相已经很熟络了。有对台湾夫妻在美国读学位，那天聚会男生没来我问女生，你爱人咋没来呢？女生答，请阿姨不要说'爱人'，我老公要误会啦。"他们的概念，爱人等同情人。结婚后叫老公老婆或先生夫人。"我们大陆结婚互称爱人。她也是跟我开玩笑，他是我老公不是爱人啦。"在川音多年的亲密朋友李秀美朱宝勇的女儿朱虹和朱巧也在凤城，姐姐弹钢琴，妹妹拉小提琴，志钢拉大提琴，经常担任音乐崇拜演奏。

儿子再忙也要尽可能抽空陪父母游览观光。"第一次我们只去过两个地方，大峡谷和拉斯维加斯。儿子刚工作，还要考虑节省酒店开销住宿费。"菲尼克斯凤凰城是美国西南部重要城市，周边有很多著名景点。圣诞节前去的圣多纳大峡谷，参观印第安人的民居，"在很高的土坡上，山洞很小一个连一个，我们山西土窑洞跟这不一样！圣多纳大教堂的烛光永不熄灭，大峡谷的天然景观色彩，非常令人震撼……"

欢度2000年新年以后，美国学校又开始放春假，儿子和孙女开车带二老到拉斯维加斯。萌萌没去吗？越是假期她越忙，可能是郝德利儿女回凤城了。第一次到赌城，赵渭和陈光发目不暇接眼花缭乱，"那都是只在电影里看到过的场景，灯光闪烁七彩斑斓特别美。虽说到了赌城，我们咋敢乱赌？只能要要老虎机，小钢付了一百美元，'哗啦啦哗啦啦'拉完赶紧收手！"在拉斯维加斯住了两天，有点舍不得房费，只租了一个房间，洋洋睡自带的气垫床。"我们不敢在酒店用餐，顿顿吃自带的馒头、卤牛肉，有电饭煲和大米、蔬菜、调料，熬点粥、做个汤……"哟喂太节约了嘛！从赌城开车回凤城，这一路爷爷尽忙着给孙女照相，左一张右一张，"我认为我照得最好，小钢他们不注意光线啊角度啊，我非常讲究光线、角度。基本没有废片，洗出来都很好看。"回到凤城，爷爷奶奶光临亚利桑那州少年乐团演出现场，洋洋担任大提琴声部首席。"她学习成绩很好，但有个毛病，大而化之丢三落四。"那次上舞蹈课，她把二老从国内带去的新外衣丢了，陈光发跑到学校，教室外边有个大筐，全是学生娃娃丢的烂杂瓦儿，翻来翻去没找着，空着手回来。"谁晓得她丢在哪儿？看来美利坚也有小偷。"何止小偷？新大陆啥坏人没有？！

2000年春天，老两口带着满满的幸福与快乐的记忆回到祖国。陈志钢没管送到洛杉矶，他找当地旅行社帮助父母出关检票转机国内航班。"马上又给萌萌父母发了邀请，亲家夫妇秋天也顺利签证。后来两边父母隔年轮换去美国探亲。"姐姐没去看过弟弟？哪有空？陈志音在报社跑新闻，天天忙得毛根儿不巴背！第二届中国国际钢琴比赛1999年12月在京举办，前两名一个是美国茱莉亚的中国选手、一个是德国选手，但昭义的学生李云迪——深圳艺术学校中专生得了第三名，非常轰动！他在获奖音乐会演奏肖邦的《安静的行板与大波兰舞曲》、勃拉姆斯的《降B大调第二钢琴协奏曲》，李心草指挥中国交响乐团协奏。这件事令刚回国的赵淯陈光发十分激动！满满的荣誉感。

那天从收发室取回积压半年的信件书报，一封邮戳上印着2000.03.03寄自江苏丰县金陵乡虺城大队丁三楼村的信引起陈光发的注意，原来是久未联系的二哥陈清泉之女陈民英鸿雁传书！本来很高兴，拆开很难过，她母亲、光发二嫂已去世四五年了……民英一家从山西迁到江苏，那里出产牛蒡、山药，生活状况大有改善，她的儿子龙龙学业不错……"这些事情总是让人悲喜交集！"

前脚刚回国到家，一件让人意外又烦恼的事情追上门：党办找陈光发问话，你在北京练过什么功法？参加过什么活动？"这太让人心里头不舒服了嘛！送洋洋去美国路过北京，1995年！带娃娃去团结湖公园，湖边捞小虾虾，儿童乐园骑木马……"应该就是那次，看很多老人在公园里锻炼身体，站桩的，打坐的，左右抻胳膊，前后转转腰。最热闹的地方扯着大横幅教健身功法，可以学一下。"我站到旁边跟着比划了两三个动作，学多了记不住……"中央 1999 年 7 月 19 日下达共产党员不准修炼"法轮大法"的通知，陈光发不记得离退休支部是否传达过。他们秋天赴美探亲，2000年 4 月刚回来，"我早从领导岗位离休了，清理我干啥？我反复解释，从没听谁讲过什么功法教义，更没任何人跟我联系！"这不就完事了吗？嘿，有个处长板着臭脸说，陈光发同志，你要回到党的立场上来！什么话？老子早几十年都在党的立场上！那几年斗我整我都没动摇，咋会为个锻炼身体就动摇了？"

无非是想锻炼个身体，太极拳、太极剑，练过；八段锦、甩手功，练过；还有中功、香功，五花八门的功，陈光发都愿意学一学。"我把身体锻炼好，既能伺候好老伴儿也不给儿女添麻烦。两个娃娃都跑得远，我们不敢生病啊！那个事情，最后不了了之……"

重越彼岸险遭瘟神

　　亲家孟老师和胡老师回国后，赵淯和陈光发很快第二次获得签证赴美探亲，2002 年 10 月—2003 年 4 月又是半年时间。

　　平常生活和第一次差不多，更加从容自在不那么陌生而紧张。洋洋已是初中生了，赵淯记得儿子全家仍旧住在公园对面的老房子，买了个二手钢琴摆在客厅。"我们还是把清洁卫生和伙食管起来，又认识了很多新朋友。"有位李先生原先在台湾当过海军舰长，"他跟我们讲他年轻时喜欢写日记，有句话可能对蒋夫人不太恭敬，结果被'耳报神'查出来，上峰关了他三个月禁闭，后来退休就到美国来了。"有位原空军少将徐德之先生，曾任台湾驻美参赞和武官，大家唤作徐伯伯，他和赵淯陈光发一见如故，很快成为关系亲密的朋友。他在美国开诊所，喜欢文学，经常给《凤城时报》投稿写文章，"我跟他说，如果把女儿带来，你们可以交谈文学，一定特别聊得拢。"徐伯伯早年在青城山读空军幼校，所以对成都心心念念，他家客厅挂着自己画的一幅青城山。1949 年到台湾，再没回过祖国大陆。"他的爱人（咋不改口？应称夫人）学中医，美国人更信西医。徐伯伯进修过西医，中西医结合才受重视。我们到他家做客，好大的花园、游泳池，很高的仙人掌仙人树……"

　　在美华人聚会很多，徐伯伯每次必带私房红烧肉，一坨一坨的色香味俱全！"我们一般带啥子？宫保鸡丁、麻婆豆腐、咖喱鸡、红烩牛肉，还有爸爸蒸的花卷儿、小钢做的'韩包子'。小萌最省事，煮一大锅面捞起晾凉，倒一瓶'老干妈'辣酱拌起，号称四川凉面，很多老人抗战时期去过四川或重庆，我们做的食物每次都被他们吃得精光。"

这次小钢陪伴二老游览了更多景点。"先去洛杉矶好莱坞，走在大街上像在电影里，满处挂起明星巨照。参观环球影城恐龙世界坐游艇，上岸和恐龙模型合影拍照。看科幻电影惊险镜头好刺激，我们坐的椅子直摇晃，好像枪林弹雨打到身上了！"还去了圣地亚哥，预订好酒店，这回没带锅带米带肉菜（好意思说！）。参观海洋世界（Sea World）看鲸鱼表演，相当精彩大开眼界！在园区自助西餐，一人十块钱不贵，全是萌萌买单。洋洋还想再看一遍夜场鲸鱼表演，天黑了！小钢唠唠叨叨抱怨找不到吃饭的地方，有个自助餐馆已经打烊了，"老板一看全是中国面孔，马上热情礼让我们进店晚餐，一人一大份，还有春卷这些小吃。"后来去没去过迪士尼乐园？想不起来了。

2002年圣诞节前，陈志钢带着父母前往旧金山，小萌留家正好一车四人。好远哪这趟路程，从菲尼克斯开往旧金山，大概十多个小时。大早上出发，在洛杉矶"小四川"中餐馆午餐、休息，儿子困啊！一路上陈光发的感觉：美国地大物博人烟稀少，中国地大物博人口众多。天色将晚，司机着急有点超速，警车拦截非常礼貌，小钢马上靠边停车跟警察解释，因为带着父母和女儿，前面的路不敢开快车耽搁了时间，第一次到旧金山，很担心天黑找不到亲戚家的门牌，所以……听了他的讲述，交警网开一面未作罚款！陈志钢礼貌地说了声"Merry Christmas（圣诞快乐）！"交警微笑挥手放行。天已黑尽，很快找到世瑛居住的湾区，看到门牌号没把握，小钢说美国人看到陌生人会怀疑是不是歹徒，可以掏枪！所以要让洋洋先过去轻轻敲门，开门的是侄女婿承璞！怎么这么晚？！"我们边吃边摆龙门阵。我记得桌上的韩国泡菜是世瑛自己做的，新鲜又美味。二孃喜欢？太好了！第二天又做了几大棵装了一大盆，保证二孃每天每顿都能吃到韩国泡菜。"

赵世瑛和童承璞热情得莫法，安排非常周到，"两个卧房在楼上，小钢和爸爸一间，我和洋洋一间，世瑛说这一路太辛苦，今天不多聊，你们赶紧洗澡早点休息。大概住了不到一个礼拜。傍晚在窗边眺望太平洋的日落，很美！她觉得我们在小钢家尽做家务，希望在旧金山耍得痛快。"两口子开车全程陪同，带二嬢姑爹几乎游遍周边景点。走到一个非常漂亮的海岸小镇，那是童烨爱侣奎因斯的家乡。"海水清澈见底，海鸥落在脚边的石头上，我们又忙着拍照。有个很大的国家森林公园（优胜美地），我们带了很多食品在那儿野餐。"

金门大桥（Golden Gate Bridge），最著名的人类建筑奇迹之一，工程师约瑟夫·施特劳斯的塑像就在桥头，"非常震惊！钢缆起码有一抱那么粗，好吓人。我当时想，中国能不能造出这样宏伟的桥梁？结果杭州湾跨海大桥，毫不逊色，比金门大桥更壮观！"有一天到那地方叫啥子？渔人码头，很多游艇和舰船。"世瑛介绍说这些船都为私人所有，有人登记，有人管理。这里是大西洋和太平洋交汇处，这边是美国的圣弗朗西斯科，那边是加拿大的一个法语区。郎先生告诉过我，忘了名字。"附近有美国作家杰克·伦敦小屋和铜塑的狼狗活灵活现的，"妈妈摸着狗屁股，爸爸摸着狗肩背！这张照片应该是承璞用照相机拍的，好有意思！"还有杰佛森大街上的名人蜡像馆、蒙特里湾水族馆都留下了深刻印象。

赵世瑛带二老逛了 Costco 超市，又去她小儿子童烨曾经上学的地方，"童烨北京大学本科毕业，读完伯克利大学硕士就在硅谷工作。那天参观斯坦福大学，我感慨万分，这个校园简直太美了！一栋一栋的小别墅都是教师公寓。我们老师住的啥子楼？穆志清，那么一位老教授到了音乐学院，住在新园前院两层红砖楼的底楼，穆老先生娃娃多，我想办法分给他家两套住房，一套也就里外两间。莫法，那时大家住房条件都有限。"斯坦福大学有一座大教堂，听说创办者斯坦福的儿子意外去世，可能得了一大笔抚恤金，他用这笔钱修建这所大学，盖了这座教堂。有个法国艺术宫，错过了参观时间。"在路上我就想，应该学习别人的先进经验，努力建设好自己的国家。"

在旧金山还见到了吴央，小钢上中央院干修班的同学、前任院长吴祖强教授的女儿，在华人电台搞播音工作，一个人带着两个儿子很辛苦。吴大小姐做饭一般般，她两个儿子最喜欢吃陈志钢叔叔做的饭菜。于是他们在吴央家聚餐，算是提前过了个圣诞节，亲身感受到三藩市浓烈的节日气氛。回到菲尼克斯，第二天圣诞节，"我为啥记得？萌萌特意把壁炉烧起来，我已好多年没见过真正的壁炉了，还坐在壁炉前照了一张相。"赵淯感觉中国留学生在美国很团结，不像有些人传的那种中国人在外头一盘散沙，根本不是这种情况！"郑晓钟跟我说，陈志钢条件那么好，专业又很突出，他该读完博士学位，很可惜！"郑晓钟的父亲郑大年，竟然还是陈光发在西北军政大学的同学，陈光发这拨南下入川，郑大年那拨留在西北。郑伯父从西安电影制片厂领导岗位离休，他特别爱好摄影，后来专门给陈光发寄过一本摄影集《两边风景都好》，"有中国这边新疆等地的自然风光人文古迹；有美国那边大峡谷、黄石国家公园、印第安人的民居，等等，值得收藏。"

在儿子家的日子过得飞快，这是赵淯的感觉，陈光发呢？虽不能说度日如年却也归心似箭，很奇怪！"我们 4 月 5 日回国，正赶到北京 SARS（非典）闹得凶，从疫区回到成都自觉'关'起来！同机确实有个感染者，在北京读大学回成都躲非典的学生。我们没当回事，摆给同院老朋友听。领导了解到情况，还得了！必须采取限制措施，要求我们不在学生宿舍、员工食堂、老师琴房到处走动。"哦嗦！两位老人只好跑到校外饭馆解决，那阵叫"银杏餐厅"后来改成"有盐有味"。幸好时间很短，所谓"限制"就取消了。夏天，已年满九十周岁的七嫂病逝。"我记着'长嫂如母'这句老话，妈妈去世早，七嫂待我们这些弟弟妹妹实在周到，虽然小时候我和德哥、五妹分给二嫂，但感情上还是和七嫂更亲近。我心里说不出的难过，陈光发安慰说，她九十岁，高龄了……"

第三次赴美探亲是 2005 年 10 月—2006 年 4 月。"那次小钢特意给表妹斌洁发了邀请书，理由是父母年纪大了，平时全靠表妹照顾，远程旅行需要陪伴。单位马上批准她请了一个月假。"二老前两次往返美国签证顺利，他们有些担心斌洁的签证，结果也特别顺利，"她准备的材料非常齐全，房产证、工资证明、存款证明，还说她先生也在银行工作，副行长。我开玩笑说，可能是签证官遭我们美貌的'家花'迷倒了，马上就签了。呵呵。"斌洁一路经佑照顾二老，"在洛杉矶办理转机手续，小钢和萌萌在凤城机场接我们。因航班晚点三个小时，还多交了好多停车费（总不忘说钱！）。午夜一点钟到家，赶紧洗漱休息。"

小钢准备带第一次来美国的表妹周边旅游，结果发现赵淯和斌洁两张返程机票不见了！表妹很紧张，急哭了。表哥安慰她，你们在成都买的国航往返机票，根据爸爸的机票应该能查到底子。小钢和洋洋陪斌洁旅游，从凤城转机到洛杉矶机场，很快找到国航办事处，用陈光发这张票证明两张机票返程的日期和航班。国航同意补票，但每张票要补一百刀手续费。"我儿子大方抢着要付手续费，表妹坚决不欠表哥人情，赵斌洁就是赵家人的性格，自尊心强得莫法……"这趟斌洁是"主角"，她只请了一个月假。赵淯陈光发两次赴美已玩过不少地方，不好意思赶路。NO！有好多事要做，啥事？凤城新开发修建别墅区，儿媳抽到NO.1，大概500平方米的大House，将近四十万美元只首付了几万。"从整理所有家当，打包装箱；搬到新家开包、拆箱，再分门别类装进柜子、抽屉，爸爸妈妈一手一脚亲力亲为，好能干呀！小钢佩服得五体投地，妈妈做事太有条理了，脑壳太清醒了。这些事交给萌萌就惨了，肯定乱成一锅粥！"咋会？在大富豪家当大管家，早练出来了，要不郝德利和茜茜那么信任她！

平日老两口和peace相处时间最多。那天遛狗回来，陈光发感觉小腿又痛又痒，遭毒虫咬了？皮肤红肿发着高烧，近四十度！"我感觉心脏跳得特快非常难受！我以为上帝要来接我了。洋洋说，爷爷赶快吃消炎药，还要用温水浸泡，拔些毒出来。"在床上躺了三天，陈光发拿个本本写啊写，写出一篇回忆录。六十几年前"七七"事变，"我十岁第一次听宋尚节博士讲道《十字架的救恩》。耶稣被钉在十字架上，他为了救世人……一段回忆写好以后，我读给长青团契教友听。"陈光发翻出报纸，看，徐伯伯和李牧师，经常给《亚省时报》（中文版）写文章。"李牧师写过一首诗我背不全，意思说：很多先人离开人世，如何如何……后面发了句感慨：'泽东中正今何在？'这个诗很厉害哦，又是毛泽东又有蒋介石。"徐李两位把陈光发的回忆文章送到报社，登出来占了一大版。"有点担心会不会有啥影响？反正是我的一个经历、一段回忆……"李兴文文集收录了陈光发2005 年 12 月 10 日从美国凤城写信给他并（离退休）支部全体同志："……客居他乡的游子想着大家呢！……10 月 5 日飞来美国，明年 3 月 31 日将回到成都。……孙女洋洋将于明年秋读大学，上个月已得到大学录取通知书，且获最高奖学金。"

赵世瑛夫妇和大儿子童焕一家，从旧金山到菲尼克斯，在小钢的新家豪宅欢度 2005 年圣诞节，那么多亲人异国相聚特别开心特别热闹。赵斌洁第一次和二姨姨爹去美国，只要了一个月不敢超假，按时回到建行上班。2006 年秋天她和丈夫刘锐两个人又去了趟美国，好像还去了旧金山表姐赵世瑛家。谁又能预料，陈志钢家的豪宅仅仅住了很短时间！啊？因贷款公司老板携款跑路惹了官司。谁又会想到，郝德利又和第二任夫人茜茜离婚了，哪个背叛哪个？何必去问。还有徐德之徐伯伯，那次见赵淯陈光发要回中国，他很认真地说，自己最大的愿望：有生之年回一趟大陆去一次西藏。当时他已检查出来心脏状况很不好……再后来小钢打电话告知父母：徐伯伯，走了！"我们两个心里头多难过的，那么好一个人，我们相处得完全就像老朋友！"

赵淯逢人便夸儿子很懂感恩心地善良，虽早已离开北卡，还是先后帮忙联系中央音乐学院、四川音乐学院等校方接待，戈克森教授和渥美孝顺教授访华讲学演出。她们都不为挣钱，应该主要是可以顺道去往中国的首都北京，还有大熊猫的故乡旅游观光……陈志钢恩师到中国，陈志音总是心领神会，倾尽全力采访报道，在《音乐周报》头版要闻做宣传。

三妹赵溶从南充到成都了。她经常跟人说同一句话，我就是个孤人的命！但她不想再一个人独居南充，儿子全家、女儿三口均已定居成都，一个七老八十的孤人，想来挨到儿女也合乎人之常情。但赵淯万万没想到，三妹居然和自己艺专的老同学在一起了！王定远又名王传心，省立艺专美术科学长，读书时他很关心学妹赵淯，看她冬天老长冻疮，便写信请他母亲专门为赵湉手工缝制了一双棉鞋托人带到省城，穿到脚上又耙和又厚实，赵湉内心还是有种温暖和感动。"只是真的不来电，总感觉学美术的人得不得'花'？他家在剑阁是富裕人家，但我又不看重你有没有钱。"有时周末王定远跑到金河街，想约赵湉看个电影吃个饭，她总想方设法躲他，三妹，你去跟他说我不在。三妹天真烂漫性格开朗，总是蹦蹦跳跳跑到大门口笑嘻嘻地说，王哥，你找我们二姐哇？她不在，出去了……所以，赵溶和王定远早已认识相当熟。

从省艺专毕业后，王定远回川北老家教书，很多年全无联系。"你说怪不怪？王定远和夫人这么多年只生了个独儿子，居然也叫王志明！"继承父业学美术的小王志明，大学毕业留在成都做事，父母退休过来帮他带娃娃。那年省艺专老同学聚会，美术科的谁联系到王定远。赵溶一下想起王大哥，他的老妻病故，儿子离婚……哎呀说得有点乱。反正三妹觉得自己为老李守了二三十年，现在可以和王大哥搭伴儿过日子。女儿斌洁无话可说，儿子李渡心里头不舒服，但他最了解母亲的个性脾气，拦得住吗？那个歪人惹不起！"她儿女都管不了，我当姐的更不能多嘴。惹毛了啥话都说得出来，别以为我怎样怎样是不是吃干醋？那就太笑人了。"在赵湉看来，三妹和王定远在一起是件好事。"总比她一个人孤苦伶仃在南充好，身边连个说话的人都莫得。我们应该理解她、支持她。这样的话，儿女也不会有什么干扰对不对？"

2006年春天第三次从美国回来，听说老闺蜜蔡幼珠住院了。"我和陈光发好着急，稍微收拾停当跑到华西医院，她变得好吓人！太瘦了？不是瘦是肿得不像人样，手膀子粗得像腿杆！蔡幼珠跟我说，她要死了！我吼她，莫乱说！她说真的，她知道……（眼睛红了）。她还给我摆，你（小音）到成都出差那么忙，还专门到锦宏骏园去看她，买了很多水果、卤菜和锅盔，那天她家有牌局，有韩立文、陈力辉和陈兰洁，你帮她们煮的稀饭。"陈兰洁也是省立艺专的同学，当初蔡幼珠要和留美空军沈世良先生结婚，但不能从学校出阁，头两天她就住在陈兰洁家里，大婚那天，沈先生的吉普车从陈兰洁家接新娘……您前面说过了。蔡幼珠最后一段"黄昏恋"，好日子也没过太长时间。段先生因病回美国诊治，他去世以后儿女对蔡幼珠置之不理。她像一片浮萍四处飘零，一会儿在美国，一会儿在台湾，一会儿在成都，一会儿又住在上海。女儿蕙文在上海买了套小公寓。"她脸色黄青黄青的一直不太好，肾病，很久了。后来一段时间全靠透析维持……"最后蔡幼珠还是死在成都——她从小生活上学的城市，这里她的老同学、好朋友最多，赵淯非常难过唏嘘不已，如同自己姐妹离世一样悲伤。蔡幼珠的大儿子海涵和女儿蕙文赶到成都奔丧，老同学、老朋友尽地主之谊轮流接待。送走了捧着骨灰盒的蕙文，赵淯悲从中来："你说她有好命苦！从出生就没见过父亲，好不容易嫁了留美空军可以衣食无忧当太太，又接连发生不幸……"这是个难以面对的悲怆事实：李卓然墓地，既不在首都北京也不在家乡湖南，他长眠于河西走廊西端的安西——甘肃省酒泉市瓜州县，再往西就是敦煌。"愿幼珠父女天国相聚……"

　　2006秋天赵淯将满八十岁生日。陈光发比她小一岁，按照老黄历男人生日"做九不做十"，两个人整生日都是一起过。赵淯在川音爱乐酒店预先订好酒席，一共三桌？好像还不止。亲朋好友高朋满座，四川音乐学院的老朋友陈世华夫妇和"三家巷"老人都到齐了，陈卓华等老学生专门从重庆过来；小萌的大姐胡为京韩俊两口陪着亲家母孟宪芝一起来了。"我记得酒店餐饮部牛经理给我送了好大一捧鲜花，敖昌群院长和夫人莉娟也专门过来送了一大捧鲜花。女儿给我买的大蛋糕。我八十岁生日过得非常快乐，赵家亲戚跟我这个寿星轮番合影，拍了好多好多照片，爸爸洗印出来装了好几本相册。"

　　赵淯暗自思忖心里清楚：八十岁耄耋之人，今后再想去美国，难……

8.3

洵妹病故磨涧省亲

回头看 2007—2009 年三年间，赵氏家族发生过许许多多事——好事、喜事、高兴事；难事、丧事、伤心事。

正当成都亲友忙碌安排欢度春节之际，赵淯想着让女儿小音打个电话，问候昆明的四妹赵洵全家。那边王晓星和欧阳毅华却压低音量，悄悄报告一个不好的消息：妈妈病了在医院，可能是不治之症。"他们说赵洵腹腔长了一堆黑色颗粒，黄豆大小密密麻麻，想起好恐怖！医生告知莫法做手术，只能拖时间……我和陈光发好难过，但也心存幻想，万一误诊而非绝症？赶紧祈祷！"

2007 年春节很热闹，外孙律迪一放寒假就迫不及待从北京飞回成都姥姥家，大小伙儿守着两个老年人不好耍，又莫得龙门阵摆。那些年但凡回成都，基本都是赵斌洁一家负责接待，他喜欢和妮儿表妹一起玩儿。很快放年假的女儿女婿带着亲家母佟美珍过来了，春节那些日子，永远是走东家到西家亲朋好友转转会，餐桌上少不了应景的香肠腊肉、例行的主菜大菜，还有各家独一份儿的拿手菜。"为为白天跟到吃席，晚上斌洁一碗香喷喷的'完美面'端到面前，太惯使狠啰嘛！"

欢快热闹的春节过后，刘锐托朋友帮忙买了四张上下一间软卧。小音一家四口一路不会寂寞。小音问儿子，你这趟耍抻展了，回北京还有莫得"节目"？只有一个小学同学会。正是那次小学同学会，王律迪见到了一别多年的小学同学郝迪曦（北京外国语学院英语与新闻双专业双学士），于是，两人开始谈恋爱且感情发展神速。王律迪提前知会父母，你们"五一"于车出门吗？干吗？我想和郝迪曦一起去趟她山东老家。啊？现在的年轻人这么开放啦。她父母知道吗？知道啊，高兴啊！哦，他们比我们……放心？好吧，"五一"你妈去西藏到成都，我们不用车，你开走！

这边好事、喜事、高兴事，那边王晓星和欧阳随时电话报告：赵洵病情发展恶化，小音在北京也随时电话联系关注四姨。最后所有专家医生毫无办法，只能让家属带病人回家。"欧阳说，春节前送进医院，妈妈看上去根本不像病人，她的脸色白里透红，别人探病都说赵阿姨很健康。只有短短两个多月，她整个人全脱形了……"小音说四姨病情危重，成都这边亲戚不理不睬不合适，于情于理说不过去。赵洧说她和光发去一趟，怎么也要见一面！女儿坚决阻拦，一是怕我忍不住受不了；二是怕我们一去吓着尚且蒙在鼓里的四妹，病有好重，二姐都跑起来了？陈志音和赵斌洁，两姐妹商量决定她俩跑一趟最合适。于是，相约同一个周末分别从北京和成都飞往昆明探望四姨，这件事，必须做！否则，所有人都会感到愧疚和遗憾。

2007 年 4 月 6 日星期五，陈志音白天在单位处理完工作，搭乘夜航班机延误一个多小时，她午夜，不，凌晨才抵达昆明入住酒店，洁表妹从成都起飞，她的航程近得多也顺得多。次日，四姨那边的朋友到酒店带她们前往麻园，云南艺术学院教工宿舍。两姐妹一进门，小音眼睛溜了两圈，愣没认出沙发上坐着的老妇就是她心心念念的四姨！欧阳毅华丝毫没有夸张，赵洵，真的人已完全脱形了，用面目全非形容一点不过分。早先白皙红润圆圆的娃娃脸，变得暗黑焦黄皮包骨头。可能她完全没想到两个外甥女会到家里来，这么冒昧，这么突然，仿佛做梦一般。小音心都要碎了，拼命忍住眼泪不能往外飙，努力做出笑脸：四姨，四姨！您好！啊啊啊，小音？你咋来了呢？我们来看您！这个？三姨的女儿，斌洁！哦哦哦，你们从哪儿来？她从成都，我从北京……

两姐妹都要赶回单位上班，6 号到昆明，周末陪四姨，8 号晚间分别飞回成都和北京。她们把四姨的病况汇报给赵洧赵溶赵沚三姐妹，大家心里都沉甸甸的，还是不敢相信这个事实：仅仅一周，恰恰一周，4月13日黑色星期五，噩耗传来：赵洵驾鹤西行！陈光发专门去新南门邮局，不对，在走马街邮局发了一份特快专递唁函："惊闻四妹／骤然离去／捶胸顿足／泪湿枕衣……2007.4.15—12：00发"，四字句编出十二句！半月后，四妹长子小星寄到成都一张光碟：赵洵追思祭奠会场录像。"九哥、七哥、十哥走了，我心里很痛苦，但他们毕竟是哥！妹妹是我一手带到文工二队，又带到重庆西艺，音专第一届本科毕业，支援云南边疆音乐事业文化建设。这么多年，两口子忙着教学生，很少回成都……那么好的身体，突然发现有病，突然撒手人寰！唉——"

赵洧想起，应该是洋洋去美国之后、他们去美国之前，1996—1998年之间？错，应该是2002年2月，他们第二次去美国之前，四妹再三邀请二姐和姐夫去云南旅游，你们现在松活了嘛，我给你们出飞机票钱！那一趟玩得特别开心，不光游了春城，赵洵的朋友还特意安排他们跟旅行团到大理那边转了一大圈，"早先看电影《五朵金花》，第一次真的到了金花和阿鹏的家乡，蝴蝶泉边、苍山洱海好风光。四妹好能干，家里一尘不染比我洁癖还厉害；小锅米线，香得很，她亲自做给我们品尝……"赵洵的两个儿子十分孝顺，将母亲安葬在滇池边西山上，风景如画风水吉祥，清明节全家老小都会到墓地拜谒祭奠。头几年还能断断续续接到四妹夫王启东写的信，后来越写越少，最后干脆不写了。"他们夫妻感情特别好，我看他很难走出内心的感伤。"

那阵伤心还未过去，紧跟着斌洁住进了华西医院！这离两姐妹去昆明送别四姨才几天啊？妇科例行检查发现子宫肌瘤马上手术。"这下知道谁是她亲妈了？斌洁住院期间，照顾她最多最周到的是五妹赵沚！天天端菜送汤保证营养，我看着都很感动。"一段时间斌洁对生母有些心存芥蒂，总觉得童年被三姨抱养，虽衣食无忧生活富裕，但心灵与精神却留有创伤。亲妈二嫁生了两个妹儿，她这个长女更是有点被漠视之感。"世上哪有亲妈不爱不疼女儿？我经常劝解斌洁要多理解妈妈。看到她们母女关系回暖感情升温，我很欣慰。"

　　洁表妹生病，音表姐焦虑。2007 年"五一"前夕，小音单位组织西藏旅游，他们去程坐火车沿青藏铁路从北京到拉萨，回程从拉萨乘坐飞机途经成都。小音留下来，同事继续飞北京。还剩几天假期，赶紧冲到医院看望表妹，面容不像病人，只是略微消瘦。感觉五姨十分辛苦，小音回家做了鲜鱼汤端到医院。"早先斌洁五岁时从西昌到成都，最早住在我们家，陈光发好想抱养这个乖女儿。我记得夏天西瓜吃多了，她直喊肚肚痛，你爸半夜爬起来，背着斌洁满屋转圈。那会儿她还小，从小又缺父爱，她就娇憨喊：爹爹、爹爹，哎！你爸高兴得很，心里头比吃了蜜还甜。这些年斌洁两口子照顾我们比儿女还多，爸爸一直喊她幺乖乖。那条活鱼是爸爸去菜市场买的，你下厨做好了提到医院端给她……"两天以后斌洁出院捂着肚子伤口还疼，刘锐父母从南充过来探望儿媳。"那天我们几个老人在屋里头打牌，小音做了午餐晚餐洗了碗，我们三个才回家。"表姐天天过去帮表妹做家务，临走当天拉着行李箱先过去经佑病人，傍晚从东府街直奔双流机场飞回北京，第二天赶到报社上班。

　　"2007 年秋天，应女儿之邀，我们老两口去北京……"不对，不是秋天，陈志音 10 月、11 月采访报道各种活动忙得毛根儿不巴背，赴韩国首尔、光州，国内上海、天津出差到处飞，哦，对哩，女儿 11 月初还来成都出过差，川音请她来的，没住家里头住在爱乐酒店，"我记得 11 月 11 日星期天，在爱乐酒店给陈光发做八十岁生日（对头，我在！晚饭还是我回家做的嘛，第二天陪你们去菜市场买菜）。"后来学校组织到三圣乡东篱菊园，小音陪着父母又一起去浣纱溪公园，在公园对面的"陈麻婆"午餐。11 月 15 日赵滑母女去参加原省立艺专老同学聚会，那次三妹赵溶陪着王定远也一起来到新华公园。

　　所以，2007 年老两口抵达北京的正确时间：12 月 12 日。王律迪和郝迪曦已经在一起了。那时他正在清华读博士，想起为这博士，还曾惹出一段风波，"我的外孙非常争气，三岁看大、七岁看老，他从小喜欢看书、画画，聪明得不得了！（瞧您说的）那时才读幼儿园，他让我讲故事，姥姥您照着书这么念吧！哈，这个小咪咪儿，他咋晓得我偷懒没顺着读？好机灵哦，原来书上很多字他都认识啊！"陈光发插话，"你忘了？那年回成都为为（律迪）刚两三岁，我带他去买菜，他突然在我身后一字一顿大声念：老—肉—理—发！我一回头，原来街边口挂了个牌子，上面歪歪扭扭四个大字：巷内理发。这个娃儿，'巷内'认成'老肉'，至少'理发'二字，没错儿！"

王律迪确实让他的姥姥公公为之得意，在呼家楼中心小学第一个买电脑、用电脑；在日坛中学和八十中学都是优等生。重要的是，高中毕业之前参加设计比赛，从此王律迪原创作品"北京八十中学校徽"LOGO 至今仍挂在本部和分部校门并印在借书证、毕业证上。更重要的是，因美术成绩突出，美术老师希望他报考清华大学美术学院，结果他的第一志愿是清华大学建筑系，最后被清华大学土木工程系录取，入学报到后顺利转读该校软件学院，成为 2002 年首届本科生（之前只招研究生）。最重要的是，王律迪四年级在 IBM 实习，他们希望他本科毕业就入职 IBM，不要再考研究生。陈志音为此感到有些遗憾，怎么也得考个研再说啊。结果特别意外，王律迪全科并非最优秀，但图形学专业成绩很突出。他本人至今未知，究竟是由哪位或哪些老师推荐，清华大学高等研究院通知他与微软亚洲研究院时任副院长郭百宁进行一次面谈，竟然就成了郭百宁的弟子，五年直读博士，同时进入微软亚研院实习。

最可笑也最可恼，陈志音兴高采烈报喜，赵湑在电话那头一盆冷水泼个透心凉，你们肯定遭到骗子了！高级骗子，直读博士？咋可能嘛？天上掉馅儿饼刚好掉到为为脑壳上？开始小音一直耐着性子忍着气，妈妈妈妈，您听我说，正式录取通知书都收到了，真的真的，真的不会假噻！可是，无论你怎么说，她就是不相信！现在社会上骗子那么多，你们咋能保证不是上当受骗？女儿那点耐心，终于被母亲彻底瓦解，"腾"蹿起一把火。您这种犟真不可理喻，莫法跟您讲道理！小音摔了电话，赵老师一夜未眠。最后，王律迪通话姥姥轻声慢语细说分明，"幸好为为不像你的暴脾气，从来没见他为啥事着过急。"姥姥表面似也不与乖乖外孙较劲，但她内心仍焦虑纠结直到 2006 年 9 月那天，王律迪在清华大学高等研究院图形学研究专业正式报到，这场风波才算平息。

赵消经常说她们母女两个火炮儿性格，一点就着。所幸外孙没有遗传到母亲，他太温顺、太理性了。"我觉得迪曦这个女孩子非常聪明，她的家庭条件那么好，完全可以找个富贵人家。还不是因为更看重律迪的人品和才华。那次去北京，我专门在附近商场给迪曦挑选一个见面礼，好像花了一百多块钱买了一条项链？还见了迪曦的父母、女儿的亲家任萍和郝守域，他们很客气、很热情，经常请我们吃饭聚会到处耍。"

在陈光发记忆中，这趟去北京最重要的一件事：女儿女婿陪二老回山西，"啊呀！太难忘了这个经历。我记得很清楚，圣诞节当天出发，小音在报社上班，我们午饭后从通州开车进城，在建国门《音乐周报》社接到小音，下午两三点钟离开北京。天黑开到太原，入城在煤炭宾馆住下来。"第二天去运城，在福英家同变英其生汇合，廷安和妙珍也来了，"妈妈给廷安福英发了红包。结果他们又用这个钱，请我们在外面吃了顿晚饭。"第二天一早，两辆车同行出发。"我们山西的高速公路修得特好，一点也不比美国差！在哪个服务区，还吃了剁椒鱼头，味道特好。"顺利开到大王镇，亲友在镇口等候。两个车子一开门，"呼"人全都围上来了，耳边一声接一声，有叫三舅（秋）三妗子的，有喊三爹（哆）三妈的，还有唤三伯三叔的……侄儿侄孙全来了！"我拉着大哥光临长子选民的手，摸摸他的下巴，你咋胡子全花白了呢？我们都老了，看上去他比我还老！"那些人看着小音，探头探脑问小钢呢？咋不见小钢人哩？小音心头有点不爽，你们山西人还真是重男轻女！我站在这儿跟玻璃人儿似的看不见啊?！小钢、小钢，小钢远着呢，美国找去吧，哼……

那时小车从大王镇能一直开到磨涧村口停下来。"我指着打麦场说，这是磨涧村最高的地方。北边有个娘娘庙，现在残垣断壁都看不见！在磨涧村这个制高点，英勇的川军拦截扫荡张村的日本兵，激战了一个下午，打退日本兵撤回县（芮）城。我给大家说了说这段往事。"下个坡走到大侄选民家，窑洞顶上吊着个不明不暗的灯泡，灯下几个女人正忙着包饺子。大家坐下来拉家常话，光发走到窑洞后头看了看，还有三五袋粮食。"我说，现在饿不着肚子啦。"他掏出离休证叫陈选民看，喏，上面写着：工资一百八十元。实际上离休多年工资已上涨了数十倍，"但当初办离休证就这么多，选民拿过去看了看撇撇嘴，我三叔是工薪阶层嘛，在外头莫挣下大钱，不是很富有啊……还说，我们农村现在生活莫啥问题，你们放心吧。"那天午餐，大侄选民家煮了一大锅饺子，堂弟陈荃家做了一大桌菜。

2007年深冬，陈光发和赵㳘都是二次来山西，女婿志明第一次，女儿志音第三次。所有人第一次上老坟地，"这是我的一个心愿，回乡的主要目的。女儿最懂我的心，在运城出发前买了一大抱菊花带过来。我跟选民说，要给你爷爷奶奶和爹娘上个坟，祭奠一下。选民扛把铁锹，走哇！"一群人相跟着走到陈家老坟地，那是当初分家、"土改"保留的陈光发名下的五亩地。西边地头一排八个坟头，"我的祖父祖母和母亲父亲，我的大哥大嫂和二哥二嫂，全都埋在这儿。"陈光发讲过这件事，爷爷在河南已去世安葬，后来那场洪水灾害，父亲从洧川祖父坟里拣出骨骸放进瓦罐用包袱皮包了，从河南逃荒一路背到山西，"我爹是个大孝子！重新安葬祖父，陈家地头第一个坟头。第二个坟头是我奶奶。我的母亲和父亲都是我亲自送殡到这儿安葬。"六七十年代大哥大嫂、二哥二嫂相继去世，这里陆续垒起了八个坟头。

陈光发说，这是最后一次拜坟祭祖，那也不一定。"我当时是这么想。已故的亲人全是基督教徒，我们在每个坟头前献祭一把菊花，大家鞠躬行礼。我拿过铁锹，在祖父祖母、母亲父亲、大哥大嫂、二哥二嫂八个坟头上培土，这是我做的事情。"那时小音和志明、变英和马其生挤在人堆里，很多村民站在边儿上围观……"可能都听说陈光发回来祭祖上坟了吧。这一排八座坟，全部面朝正东，太阳出来的方向。2018年春天，我给我的父母刻碑立碑之前，也专门给侄子陈志勤反复交代：墓碑，一定要正面朝正东。为什么？因为，正东，那里有我们老陈家的老家——河南开封府尉氏县洧川镇（泣不成声泪流满面）！"在女儿正式请父亲口述之前，陈光发从来没有讲过这件事。"我永远记得那个'镜头'、那个'画面'，太感人了！我的妈妈陈侯氏（连个名字都没有），她带着我的大姐二姐在棉花地里除草，在这五亩地里劳作，可能有点累，她就两手挂着锄头把子站在那儿，看着太阳出来的正东方向，我妈妈就长叹一声：'我是有多么想回去一趟！我们河南老家洧川，我想再看一看那个地方啊……'她说着说着就默默地流泪！（呜咽！咋能不哭？）只是我娘到死，也没能了却这个愿望。所以，我立碑，一定要面向太阳出来的正东方向，这就是我的心愿、我的夙愿！"

那次祭祖拜坟之后，很奇怪，陈光发并不流连忘返。女儿问，要不要回村里再聊会儿、待会儿？不不不，他面色特别难看，好像有点慌乱急于离开，一个劲儿催促，走了走了走了，赶紧走、赶紧走、赶紧走！陈志音十分不解，这么多年好不容易回一趟磨涧村，干吗不愿意多留会儿？干吗要像逃窜一般匆匆离开？真的不理解！这是为什么呢？"啊啊，……我们很快离开磨涧村，又一路奔了营子庄，要去给我的大姐陈金花和黑子哥李玉德上坟。（原来是这个原因，只含含糊糊哼哼哈哈并未确认。）变英这才跟我说，她妈妈哪年哪月病故后，父亲身体随之每况愈下，又过了几年也病故了；她和其生哪年哪年，在晋城找人刻好两块墓碑，用棉絮包裹严实运回芮城营子庄，再找人算好时间和家人一起过来立碑，这样一些情况。"

开车到了营子庄，马其生第一句话说，大家再渴也别喝这儿的水！开水也别喝，天下大雨冲下来的水、泥窖存的水太不卫生，牛粪、马粪啥脏东西微生物都有。"我们到了大姐的长子廷选家，硬是忍着渴一口水没喝。还有件事刚才没说，我大哥的幺儿子、选民的弟弟昌民出意外已经死了，好惨！他的小名叫狗娃儿，帮人挖地窖，上面土方塌了把我狗娃儿埋在底下……（满脸凄然）"磨涧村原来水源丰沛，后来水越来越少，也没有水喝了……（呜呜呜）那种地窖要挖很大，周边用泥巴和草糊好，下大雨的时候，再把水引到下头，人和牲口喝的水、用的水，只有那个水。"我说廷选啊，你当大队长当村长不是说过，要在村后给营子庄打一口自来水井吗？他回答，莫法，打过很多回就莫打成嘛，现在喝的还是天上下的水。"

走到陈光发的大姐夫妇坟前，照例是献花、磕头、行礼。"我认认真真读完碑文，变英和福英两姐妹跪在那儿还哭嘞！天晚了，我们还要赶路。那一次祭祖上坟的过程就是这样。"两辆车开过风陵渡就分路了，变英夫妇先送福英回运城再回晋城，马其生是单位（晋城保险公司）经理，事情挺多不能多耽搁，结果磨涧村乡亲们送的小米、绿豆和水果全放在他们车上了。"我们车子照直向北开上大运高速到了侯马，这是古代晋国的国都。先找酒店住下，出门不远有家四川娃娃开的川菜馆，妈妈晚餐吃得很高兴。"在侯马歇了一晚上，第二天到了平遥古城，从北门进去一直走到南门，参观中国最早的银行票号，简单午餐，平遥古城小吃。北风凛冽透骨寒！那晚歇在大同，小音问想不想周边转转，大同最有名的云冈石窟、北岳恒山？陈光发说，下一次。"我希望还有下一次，我们能够再来。那次深冬天气严寒，冷得受不了！只在大同住了一晚，第二天往北京赶。经过昌平'老船工号子'川菜馆午餐后回到通州，平安。"

马上快到新年，女儿周日懒觉都睡不成，一大早起到国家大剧院开新闻发布会，小泽征尔指挥中国交响乐团新年音乐会；世界著名女高音歌唱家卡娜娃也来北京开演唱会；人民大会堂是祖宾·梅塔和以色列爱乐乐团新年音乐会……"2008新年第一天，我们在'怡龙别墅'郝家玩，晚上去保利剧院听中国爱乐新年音乐会。2号晚上又是北京交响乐团新年音乐会，我们跟着女儿听了好多音乐会。那会儿小音忙成啥样？如果不是在北京亲眼所见，真是无法想象！"

在赵滪记忆里2008新年最高兴的事：一、女儿女婿开车带她去怀柔看望老同学罗忠镕；二、外孙王律迪和郝迪曦正式订婚，不对，硬是领了证哦。两个娃娃领证那天，两边亲家一起吃饭。对头！2008年2月27日在东三环"圆苑缘"酒楼，上海菜馆。"我当时还说，你们两个那么着急领证，不是说不凑奥运之年这个热闹吗？其实我们心里头快乐得很！我看任萍和郝守域两口多高兴的。小音点的菜，高级丰富很合口味，大家都很开心。肯定该由男方买单，小音结的账，很贵……"哎呀又说钱！

2008年1月6日早上出发，开了一个半小时，十一点半到怀柔新新小镇。"简直太开心了那天！罗菩萨好像没怎么老，皮肤还是白里透红的，李雅美也挺精神，大女儿罗莹性格开朗，笑嘻嘻的多热情。罗菩萨比我大两岁，她女儿也比我女儿大两岁。儿子罗铮很可爱，你不是给罗铮写过几篇文章？（嗯嗯）"想想1943年春赵滪十六岁，考入四川省立艺专时，罗忠镕刚满十八岁。2008 年初，两个老同学一个八十一岁、一个八十三岁，谈起往事有摆不完的龙门阵。某某同学，现在好不好？某某朋友，最近怎么样？他问，她答，他想问到谁她全都知道。那个某某？她生病走了好多年了！啊？那个某某？他身体还可以，在美国跟儿子一起生活，哦！赵淯生怕打扰老同学，要不要在这儿吃午饭？坚决不！你莫跟我客气哈？我不得跟你客气。客人起身要走，主人不好硬拦。赵淯热情相约，你们秋天回成都来玩一玩嘛。要得要得，争取争取，呵呵。

2008 年春节在北京过得很安逸，女儿做的除夕家宴样样菜都巴适。"我记得正月初二初三？郝迪曦的三姑在郝家做了一大桌菜，好有特色！那天还去龙潭湖公园赶了庙会，北方庙会很有特色，天寒地冻人山人海相当喜庆热闹。后来郝家过来，我们一起开车到燕郊'燕龙生态园'坐在'热带雨林'里吃饭，有意思。"那天初五为为和迪曦，还有小音志明的朋友阎冰母子、崔东辉夫妇来家共进晚餐。

天气渐渐回暖。3 月 6 日一大早，女儿女婿开车陪同二老前往渤海湾。"我们住在北戴河，午饭吃的'天津饺子'。你们带我们去秦皇岛玩儿，看了即将举办奥运会水上运动的场馆，又去秦始皇出海处。开车回到北戴河'起士林'晚餐，第一次品尝蘑菇菌汤，味道不像传统的奶油蘑菇汤，平常晚上不敢喝咖啡，那天我不管，点了一杯喝。"回程途经唐山，赵淯突然有点兴奋大声说，可不可以在唐山停一下？小音立刻懂了，您是想起小表哥早先读过唐山交大？嗯嗯，老太太面色讪讪有点不好意思。"我说想去参观唐山大地震纪念馆，你说太惨了，灾难照片、实物肯定惨不忍睹，这么大岁数受不了那个刺激，别进去！听你劝我们没进去，只在外头看了一下，在抗震纪念碑前照了相。"

女儿亲家特别客气，2008 年 3 月 9 日特意在成寿寺附近"大清花"为二老饯行；女儿则在"基辅餐厅"回请为父母饯行。"两家吃饭正好九人，很吉祥！"3 月 14 日在首都国际机场"永和豆浆"早餐后，女儿陪父母办好托运手续，老两口就回成都去了。

8.4

国殇之难大悲大喜

正值春暖花开时节，赶上参加学校组织的春游，很巴适。5月11日亲友聚会为三妹赵溶八十周岁庆生，本来她生日是5月13日，要将就上班的年轻人，只好约在礼拜天，一大家子好多桌。打麻将、吃过晚饭才回家。

第二天"5.12"，一个令全世界震惊的日子！

四川音乐学院几家老人，平常安排礼拜二三轮流约车一起出游。偏偏2008年5月12日礼拜一，老"三家巷"其中的一家之主毕兴教授约了中巴车去都江堰、银厂沟那边"踩点"，看看合适夏天避暑的地方。"我心里头硬是感觉不舒服，咋要安排礼拜一？头天三妹儿过生要了一天好累哦，又不好扫了大家的兴。"那天，韩立文宋大能两口、毕兴彭泽金两口、赵溽陈光发两口、"三家巷"六个人，还有退休干部戴高柏（原党办主任）、杨丽萍、雷烟生，还有一个人叫啥（某学生的父亲，后来病故，我们送了奠仪）？驾驶员何师傅（前些年也病故了），十二人一辆车，开到鸡冠山某个农家乐。这家院子相当宽敞，新盖了一栋小楼，大概有二十间。"我们和韩老师都选的二楼的房间，大家交了订金，夏天在这儿避暑度假。老板喊我们吃午饭，农家菜很新鲜，味道也可口。本想午饭之后回城里头，男同志说，干脆在这儿打会儿牌。"幸好留下来打牌，要不然，走到路上谁知道会遇到啥情况？

好好的天，突然一阵风呜呜呜刮得阴惨惨像妖风一般，赵溽打了个寒战！想找老板娘借件衣裳，"我刚进屋，一下子感觉地在晃，只听见头上瓦片哗啦哗啦跟到往下梭，屋顶见天！简直站不稳，鼓捣往门口冲！"哎呀，不好，地震了！正在打牌的四个人猛然反应过来，赶快站起身往场坝边小树林跑。好险！新房子上架的木头大梁，挂着玉米、辣椒、菜瓜、干豇豆，大梁一下倒过来，正好砸到宋大能刚才坐的椅子上！幸好他跑得快，否则可能就牺牲了。那天的经历如噩梦一般，老板住房、客厅餐厅一片瓦砾废墟！新楼却毫发无损。最惨的是看到对面坡上的院子房子一个一个、一栋一栋遭泥石流哗哗哗冲起走……陈光发后来写了篇文章登在学报上，《难忘的瞬间》终生难忘！

赵淯的讲述更为详细：后来余震平息，戴高柏和雷烟生出去转了一圈，两人都是转业军官，他们说情况相当严重，所有出山道路都被堵死了。老板在院坝头支了个煤气灶，烧了一锅开水，煮了一盆挂面，"何师傅当过兵有野外生存经验，他建议点燃一堆篝火。如果有救援飞机，看到火光可以下来救我们。"天黑以后气温骤降变得很凉，何师傅让大家上车休息比较安全。那天晚上外面情况一点都不晓得，风疾雨骤中巴车摇晃得很厉害。何师傅一直守着火堆，看情况危急高声大喊，赶紧躲到新房子里去！"我们冒着大风大雨狂奔，淋得像落汤鸡一样狼狈。老板非常仁义马上打开房间，我们没换衣服也没衣服换，盖着新被褥直打抖。"赵淯于心不忍，农家遭受这么大损失，还在照顾老年人，很有爱心。他们每家已交的四百元订金，肯定不会再要回来。

第二天早晨老板又给大家煮面，要吃点热饮食。听说解放军进山正在各村搜救旅客，要带大家赶紧撤离到安全区。果然看到几个解放军在下头转悠，好激动啊！大声喊，拼命喊，哎——解放军同志——这儿有人哦，快点来救我们！解放军很着急地说，这个地方非常危险！你们必须赶紧撤离！附近房子垮得差不多了，好像只剩下房东院里的新房子。解放军喊农民也要马上离开，老板很不情愿，养了这么多猪啊鸡鸭啊，暑期准备接待游客……解放军再三劝服，人比牲口重要！人莫得了，要猪做啥？

5月13日上午十一点多钟从农家乐撤离，"原以为可以安全地走出去，哪晓得只走了很短一节路，前面已经堵死了。解放军说，从河边下去沿着河走比较安全。我后来落下腰腿伤痛就是那次埋下的病根。全是稀泥巴，两只脚一会儿陷进去，一会儿扯出来，浑身泥水泡胀了！"走到河那边，面前是很高很大的山。有些游客拄着棍棍下来，好心分给他们一人一根。

"陈光发拉着我还是不停绊跤子，简直狼狈不堪太惨了！解放军把我们引到公路边，一个离鸡冠山农家乐比较近的镇子，前面的路请你们自己走，一定要注意安全！"前面不到两百米的路，全是塌方、滑坡、泥石流，"土堆得有一个小轿车那么大那么高，我咋爬过去？戴高柏和雷烟生从这边推，陈光发在那边拉我，一路全是周边房子垮塌遭土埋起来的险情！"走了三十多里路到了尖尖山，结果遇到监狱转移犯人，大山里监狱房子全部坍塌，狱警带着犯人到安全区。赵湑更觉心惊胆战，我们咋能和犯人一道翻尖尖山嘛？

前面来了辆警车，警车上有人问：你们是川音的老师哇？是啊！通知我们来接你们，但车上已经坐了两个疏散出来的老人！那咋办？赵湑实在走不动，也不准备走了。那你上车挤一下？有个老太婆抱着狗儿硬要挤上去，陈光发莫法再挤了。一路颠颠簸簸好不容易开上尖尖山，"翻过去下坡是个平坝坝，他们说还有救援任务，你们安全了。"好像这边没有地震痕迹，赵湑独自慢慢走了一段路，两三公里？一条平路，有个农用小货车上面载了很多人。"我完全没有体力再走了，赶紧拦下来，司机说交十元，我马上掏钱爬上车。开到前面小镇，啥子镇？我忘了，可以问毕叔叔（2021年7月去世问不到了！）。体育场里设有地震救援安置点，看我一个老太婆瓜兮兮站到那儿，志愿者过来关心问，你是不是川音的老师？我这个样子看着也不像山头的村妇噻（还在跷？）。他说搭好了地震棚，可以等待救援车送你们回成都。"其他同伴都还没来，赵湑转身又出了体育场，一个人坐在路边小饭馆外头阶沿边边。差不多等了一个小时，"看到宋大能！他个子最高大，和韩立文、陈光发三个人过来了，我的心一下就放下来了。"四个人又等了一会儿，毕兴和彭泽金打了个摩的也过来了。最后何师傅他们几个人搭乘各种交通工具，十二个人总算到齐了。

　　"5·12"地震当时手机全都不能用，无法及时跟学校联系。这个镇子距离震中灾区比较远，毕兴打电话，通了，那边是敖昌群院长！我们车开不出来，所有人已安全撤离到XX镇，希望学校派车来接我们。敖院长马上安排，说，你们家属急死了！车班黑板上登记你们到都江堰，我们派人去找不到，原来你们在这儿。马上派车，注意安全！"敖昌群在电话里专门跟我们说，你女儿陈志音已经急疯了！我的手机都遭她打爆了！赶紧想办法跟她联系，报平安。"敖院长五点二十左右给陈志音打电话，听说老人平安，她忍不住放声大哭！

　　天已擦黑，黄昏时分，"车班负责人张盼带司机张江川？邓四元？应该是高老六！开着面包车来接我们，好高兴！开到崇州，张盼说你们饿了吧？我们还是上午十点多钟吃了点挂面，十一点多被解放军解救出来一直赶路，跋山涉水肯定饿了噻。敖院长安排张盼带老同志在崇州吃渣渣面，要安心吃饱了再回去。我记得我们吃了渣渣面，还喊了拌鸡片、蹄花汤……"这下都不着急了，安全第一慢慢开，大概晚上八九点钟回到学校。张盼说我们任务完成了哈，你们赶快找敖院长报到。大操场全摆着板凳坐着人，成都也是大小余震不断，大家不敢睡在屋里头。我们咋个办？陈光发说，先回去看看家里有啥损失，有啥东西甩下来摔坏了。结果除了钢琴上的相框掉到地下，屋里基本没有任何改变与损坏。"我最怕有人趁火打劫，结果一切正常，我们也就放心了。"那一身泥巴雨水干了湿、湿了干，好好洗个澡准备睡觉，结果大喇叭又传余震的预报。看电视上也滚动播报情况，还有很严重的余震，大家不要留在家里，要疏散到安全地带。陈光发说他不管，他就在屋里头睡觉！"我抱起我的皮包（所有工资、存款）到竹园宿舍门口，那时操场边树荫底下全都坐满了人。看到没啥大动静，所以半夜我也上楼睡觉……"

　　小音小钢不在成都，成都亲友无不牵挂二老，五妹三妹，斌洁刘锐，李渡玖红，九哥德哥的娃儿，赵丽徐红英，还有刚从美国回来的大侄女世瑛，"第二天我们接了一堆电话，一个一个都来关心问候，听说我们的震中历险记，大家又惊讶又庆幸（您肯定一遍又一遍摆给人家听故事嘛）。"两天以后，赵世瑛请二嬢姑爹到她家做客。赵淯做客都随身带着她那个黑皮包，装着全部的存折和重要资料。"我们正在打牌又摇起来了，桌上码好的牌'哗啦啦'全都倒下来了。紧张一下没事了接着打，高高兴兴玩了一天。"那段时间成都隔三差五余震不断。四川音乐学院离退休党支部发起特殊党费捐款，赵淯陈光发一人捐了一千块。《音乐周报》5月14日捐款，女儿捐了五百元，后又交了特殊党费一千五百元。本单位某领导不愿掏钱还说风凉话，你多捐你出风头；你该多捐，四川地震就是你们四川人的事情……这样的人还能当领导？"

还在惊魂未定时，通知接受内蒙古卫视采访。"他们把我们接到郫县，那个啥子学院？西华大学！我、赵淯、毕兴一人穿件红色T恤衫，要我们三个人代表经历鸡冠山地震的老同志，谈一谈亲身感受。我大体说了那种山崩地裂、地动山摇非常恐怖的景象。我记得毕兴形容'从未有过的死里逃生的极度恐慌，感觉地球在毁灭……'。"陈光发介绍沿途都有解放军救援，在翻过尖尖山时，韩立文教授说这次真正深深体会：解放军是最可爱的人、最亲的亲人！她完全是发自内心的感慨赞叹；赵淯谈话的中心：深深感恩子弟兵！如果没有解放军，他们就不能及时逃出震区获得安全……那次访谈经内蒙古电视台做成纪录片播放，好多外地朋友包括北京朋友都打电话说，看了这档节目才知道，原来川音这几位老领导、老教授是亲历"5·12"大地震，从震中脱险跑出来的！

赵淯陈光发历险的鸡冠山，同震中地区汶川直线距离只有二十多公里，这么近！多危险！！"如果没在汶川、北川、映秀、都江堰这些重灾区，可能不会强烈感受到那种惨痛。从鸡冠山走出来我都没哭，后来看电视上实况报道，我忍不住流了好多眼泪……我们实在太幸运了！"某日，陈光发脑子里突然灵光一闪：小音，我来告诉你，"5·12"大地震在鸡冠山历险的那个农家乐叫红—叶—山—庄！啊？爸爸，我好爱您！竟然想起来了！

"5·12"举世震惊举国同悲。中国人民擦干泪水挺直脊梁，北京迎来第29届夏季奥林匹克运动会。喜事很快降临。"这是我国第一次举行奥运会，从 8 月 8 日开幕到 8 月 24 日闭幕，我每天守着电视机，非常认真在看奥运比赛。翻报纸上的预告，圈出最喜欢的项目：游泳、跳水、体操，还有排球、乒乓球……"那段时间赵淯基本没出过家门、校门。8 月间天气炎热，她这个最恨太阳最怕晒的老太婆，更有理由待在屋里头，一天到黑守着电视机。最后奥运结束人也残了。"原来就有骨质疏松，看奥运比赛久坐不动造成劳损。感觉腰部疼痛不灵便。你爸爸陪我去体育医院（省骨科医院），照片说我腰部椎间盘轻度膨出，医生开了点'郑氏舒活灵'和内服活血的药，我觉得没啥效果。"本来就是急性子，自己又跑到学校后门边的郑氏（先达）骨科诊所，医生说你腰杆痛，那在这儿按摩嘛，按摩了十几次，赵淯感觉腰部疼痛有所缓解，但大腿根部却疼得非常厉害，咋个办？某病友热心出了个"馊主意"，好像多内行地教赵淯每天早晚把腿杆使劲往后擎（硬掰），结果越擎越严重痛得钻心。只好又跑到骨科医院，"我不找上次那个医生，根本没看对我的问题，我最严重的不是腰杆而是腿杆的问题。"这次专门找了个主治医生，听赵淯自述病症，女医生说，你可能主要还是腿的问题而不在腰杆，先去照个腿部片子。结果出来，"医生拿给我看，大腿髋骨骨裂，而且裂缝很宽，咋会不痛？这就是郑氏（先达）骨科诊所那个病友喊我架势往后擎造成的后果（您别怪人家！）。医生说得很严重，现在赶紧要把右腿吊起来不能着力，再走就要完全瘫了。"

赵淯借了一副拐，"我想花那么多钱买，好了又莫得用场（永远在算钱），你爸爸天天辅导我咋个拄双拐，右脚吊起单腿走我实在不习惯。那天晚上起夜上厕所没开灯，还没架好双拐就往前走，一下失去平衡，整个人仰起往后倒过去，痛得哇哇叫唤。原来我只是腰椎间盘略微膨出，这下摔惨了，感觉骨头都断了！你爸爸惊醒过来拉我，根本站不起来！"本来省骨科医院女医生告诉赵淯，她负责一个月把她治好。陈光发每天遵医嘱给老妻敷药，已经敷了二十二天，开始慢慢好转。这一跤摔下去腰杆疼得钻心！马上送医院？她连坐都坐不起来，怎么从四层走下楼？看赵淯极度痛苦，陈光发想办法请骨科医生上门。同院有位退休干部爱人是七医院退休的张医生。张医生帮忙请了一位中年骨科医生，"应该是权威专家，还去国外进修交流，非常有经验。他来看了看，摸了一下说可以确诊：我这一跤摔成了腰椎压缩性骨折，只能暂时平躺静养保守治疗……"

在床上大概躺了两个礼拜，陈光发坚持天天给老妻敷药。等她疼痛感觉稍微缓解，还是送去住院，门卫小范帮着抬下四楼。差不多快到年底了，医院大夫要先走程序，照片检查确诊：严重的腰椎压缩性骨折，骨头是断了的。医生建议最好做手术，把这节断裂的骨头取出来，再换一个钢管进去接好。"我的儿女姊妹亲友全都表示不同意，你八十二岁了，腰杆（脊椎）神经万一伤到一根，很可能造成瘫痪……"赵丽到医院来看望二姨，她讲了一件事，简直把赵淯吓着了："他们单位一个司机才二十七岁，腰椎间盘突出去医院做手术，还不是像我这样要取一节骨头，结果做手术开刀碰到神经全身瘫痪，只能卧床坐轮椅，好惨痛的教训！"赵淯下决心给杨主任说，她不能做手术。"结果出来，严重的骨质疏松，不宜做外科手术，很可能一做手术，好骨头都要弄碎，杨主任也莫得信心，放弃了。保守治疗，输液消炎打封闭，我的疼痛感全靠打封闭缓解。"

这么长时间严重的腰腿骨伤，老两口竟一直瞒着两个孩子。那段时间小音感觉有点奇怪，平时妈妈抢着接听电话，呱啦呱啦啰唆半天，现在怎么不接电话不聊天了？天天都是爸爸接，好像着急忙慌地挂电话。她觉得会不会有问题？爸爸，你喊妈妈接电话。妈妈在看韩剧。嘿，可不可以暂停？如是 N 次，小音急了，有事瞒着我哇？赶紧，从实招来！这个谎无论如何圆不过去了，唉！好吧，我跟你说，如此如此，这般这般……小音越听越上火，越听越焦虑，这么大的事，瞒了这么久！你们，太、太、太过分了！可是年底演出活动特别多，她一时也分身乏术。圣诞节前后，先是外孙王律迪和女友郝迪曦跑回成都看望伤病的姥姥。"我已住院三个多礼拜，腰腿疼痛有所缓解，医生要求我下地适当走动，否则肌肉会大面积萎缩，以后想走都走不了，真的要卧床瘫痪。我记得迪曦专门买了一棵小小的圣诞树放在我病房床头柜上。"王律迪和郝迪曦回北京把真实情况转告陈志音，陈志音更加焦灼不安。

赵淯住院期间，儿女被蒙在鼓里时，陈光发又是如何自我排遣苦闷烦恼？写字！写什么字？千字文。"现在挂在我屋里头，那幅千字文。但我写字并不是从那时才开始，很早，八十年代吧，喜欢篆书。孙女洋洋去美国以后，我也有更多时间。"律迪带迪曦过来看望姥姥，看到公公写的千字文，迪曦说好喜欢，非要一幅走，"她拿了一幅千字文回北京，说要裱好挂在她的屋子里。我这个千字文不好写，一个红色一个黑色间隔起来写，很好看。"听人说"大家不画虎"，陈光发偏不信，"我不是大家，我来画一只老虎。老虎的毛，一根儿一根儿毛茸茸的。老虎的眼睛，很有神采，两个眼仁儿中间一个圈圈，写了几个字母 CHEN，陈。赵淯不是属虎吗？她的眼睛里只有一个字、一个人，那就是我！我用写字画画来缓解内心那种无法言说的焦虑、无奈……"

陈光发有个本本记着呢，自退休以后陆陆续续写了多少百福图、百寿图。还有毛泽东诗词"北国风光，千里冰封……"裱好挂在老年活动室，百寿图也挂在老年活动室，祝老年同志健康长寿。可能至少有一百多幅百福图和百寿图，有的是四尺宣，有的是三尺宣。很多朋友都喜欢，喜欢就送，还送到美国、日本等海外国家。参加一些大事件、大活动获了奖。香港回归，写了一幅字。"我自己编的词，百年屈辱……一朝回归……文化部给我发了奖状证书。还为北京奥运写了一幅贺词，用篆书写的，前两句用毛主席语录'加强体育运动，增强人民体质'，然后北京奥运，最后构建和谐世界，还入选《北京奥运名人诗词书法集》。这些我都保留着原件。"

很快到 2009 年新年。百忙中的女儿女婿元旦期间请假回成都，"小音坚决要把我们接到北京。她说成都阴冷潮湿不利于骨伤恢复，北京医疗条件好，重要的是冬天太阳好，屋里有暖气。我本来不想去北京，最怕给人添麻烦。结果她厉声吼道，你不去就不麻烦？我们就会放心吗？上班上学的人一趟一趟跑，你就不怕我们麻烦！我说不过她，她有点强势，歪人，只好哑口无言……我心里头说是你鼓捣我们去的哈，我们真的不想去……"那天是 1 月 5 号，上午收拾完行装，女儿女婿陪同赵淯去医院打了一针封闭。午餐后睡了一小觉，下午三点四十离家前往成都双流国际机场。"本来晚上六点一刻的航班延误了一个半小时才起飞，晚上十点多才到北京，虽然买的四张票，但川航空姐非常周到非常人性，安排女儿女婿到另外空位上去坐，空出一排三个位置让我躺下来。我基本是躺着飞到北京。机场工作人员把我用轮椅推出去，外孙律迪开车接送我们回到通州女儿家。医生交代过，我的腰不能睡席梦思，必须躺在硬板上。他们专门给我铺了一块硬板子，北京屋头的暖气热活得很，可能也是旅途劳顿，累了，那一觉睡得好香！"

谁都没想到，第二天早上，赵淯竟然奇迹般地坐起来吃早饭，"我自己都觉得是奇迹。大概过了一天，女婿带我到通州263部队医院，做核磁共振全身检查，我第一次做，很贵，一千二百元（又在说钱）。最后检查结果和七医院的结论完全一致，我身体没有其他问题，腰椎第三四节压缩性骨折，伤情已不那么严重了。"为为给姥姥买了老年助步车和坐便器，还买了护腰、手杖，全套骨伤病人需要的护理保健品。奇迹不断发生，在北京不到半月，赵淯竟然可以推着助步车，下楼在小区内晒太阳。"北京冬天大部分都是晴天，干燥，女儿让我多晒太阳。我感觉腰杆越来越好，基本不咋痛，有一定的力量了。慢慢走得越来越长，从楼门口到杨庄步行街，一个来回随便两千米。大家说我进步神速。"在杨庄步行街发现一家私人骨科诊所，赵淯先去试探一下，医生说完全莫得问题，保证治好她的腰伤。这种私人诊所，陈志音不太相信，有行医执照吗？有啊，很正规，"第一次诊治感觉就多舒服的，我相信他的医疗手段和手法，你爸爸天天陪着我按时到诊所，两个多钟头针灸按摩，硬是坚持治了一个月，基本可以推到助步车自由行动，基本痊愈康复，已经没有痛苦了！"看到之前只能躺着连坐都不行的母亲，日常生活完全自理，可以自己洗澡、洗衣服完全莫得问题，除了行走需要推助步器之外，基本属于健康人，小音感觉越来越轻松了。

因要参加王律迪和郝迪曦的婚礼，二老没必要来回折腾就一直留在北京，"女儿不放心也不忍心让我们回成都噻，必须等她儿子结了婚再说。亲家佟美珍跟我说，你不要去针灸了，我们小区旁边有个盲人按摩医院。"父母在北京，儿子莫法回成都。陈志钢全家四口5月下旬到北京，参加为为的大婚典礼，全家住在女儿家里。"你们为了儿子婚礼忙了好一阵，你又在上班，哦，还跑了一趟欧洲，好长时间？差不多走了一个月。你们带我们去做新衣服，丝绸的、带花的、中式的夏装。提前好多天，开车到处跑送婚礼请柬。"

　　2009 年的事情，赵沨记得最清楚的莫过于 6 月 6 日外孙那场盛大婚礼。"我的感觉，非常隆重而且富丽堂皇，非常讲究特别气派。新娘新郎乘坐欧式马车到教堂，还有中央音乐学院学生专业的弦乐四重奏迎宾；中国特色的京剧堂会，请来的全都是国家级著名演员（程派青衣迟小秋、奚派老生张建国，等等）。"赵沨嘴里的那些板眼儿，她见都没见过，"别说我们结婚没搞这些，你们结婚也莫得嘛。好复杂、好繁琐！还有给父母现场敬茶这种风俗，还有烛光晚宴、舞会、焰火……既热闹又辉煌。"华彬山庄环境优美，请了好多宾客，高朋满座，赵沨和中央音乐学院著名声乐教育家郭淑珍教授坐在一起，"别看人家是留苏回来的洋歌唱家，非常懂京剧，她一边听一边还给我讲解，这些人大角儿、票友功底都很不错，很地道的京剧传统，表演技巧掌握得很好，她一直赞不绝口。"六十年代，郭淑珍教授曾为京剧名家李少春辅导过声乐，红透天的京剧老生声带出了大毛病，郭淑珍给他上课，用科学的方法教他练声，李少春后来才能又开始唱，还拍了《野猪林》的电影。

　　所有来宾分拨同新郎新娘在草坪上合影，婚礼晚宴越发热闹。"我们声乐系 77 级学生范竞马半跪在我的身边摆龙门阵。哦，婚礼那天，还有我们很多老校友也来参加了。我当时看到女儿和她的亲家母任萍一起走上台，点燃象征家族延续薪火相传的蜡烛，我好感动、好激动！我们从来都没有经历过这种情景，我觉得喜气洋洋的，倍感幸福和温暖。新郎新娘把他们两个从小到大的照片做成视频，在现场反复播放，好有趣啊。整个婚礼基本从中午一直到晚上，晚宴结束以后，大家又到广场上去，在庄园的广场举行舞会和放焰火，将近深夜才算结束。我们两人和新郎新娘及其两边父母，回到预定的华彬庄园酒店安寝歇息。第二天，在华彬用过丰盛的早餐后，开车离开山庄，前往东五环梨园大戏楼预订当天晚餐。"这是女儿的安排，那天在梨园大戏院酒楼一大桌十六人（赵淯、光发，佟美珍，任萍、守域，任萍带的安琪，小音夫妇，律迪、迪曦，小钢、萌萌，洋洋、小马，妮儿、边疆）。我们给儿子全家要回美国饯行，侄女赵斌洁的宝贝妮儿也来了，带着她成都树德中学的同学、正在读北京理工大学的前男友边疆。我还记得妮儿和边疆坐在我对面，好像你在那儿给她买了件小玩意儿？我给他们两个开玩笑，2008 年奥运会，他们都是志愿者，妮儿从澳门那边大学到北京，那次和边疆联系上了，两个就好了……妮儿带来斌洁赠送律迪迪曦的结婚礼物，精美高级的床上用品。"再后来，张宏俊的儿子、小音的干弟娃儿张兵，他们深圳交响乐团来北京演出，干舅舅还专门给为补上结婚喜金。

很快儿子四口返回美国上班上学，很快新郎新娘去美国度蜜月。"我们接着在北京又住了三个多月，经常和郝家请来请去。你们还带我们到郊区旅游，打牌、吃饭、喝茶，怀柔、密云水库、昌平金海湖都逛了一圈。"9 月天气渐渐转凉，赵淯和光发启程回成都。"国庆六十周年我们没在北京过节，女儿工作太忙了，我们回成都之前都没跟她照面。"国庆节后，陈志音又接连跑两趟成都出差，先是应邀参加四川音乐学院七十周年校庆——10 月 12 日开幕音乐会；后又应邀观摩敖昌群声乐作品音乐会——10 月 23 日锦城艺术宫演出，次日参加研讨会。"她总是来去匆匆，最多在家待两天，根本顾不上摆龙门阵。有个大大的好消息：我们迪曦怀孕了！小音年底退休，翻年可以抱孙子，她有事做！"

第 9 章

故园松菊梦中寻

（2010 年—2021 年）

赵涫和陈光发相依相伴迈入生命岁月的第九十年，经历了太多风雨交加悲欢离合。

　　新中国迎来七十周年华诞！陈光发荣获"新中国成立七十周年"纪念章；中国共产党百年诞辰普天同庆，夫妻双双获得"光荣在党五十周年"纪念章。

　　香畹最小的爱子、赵涫最爱的幺弟赵江突然离世令她肝肠寸断；三妹赵溶病故，恍然正应了她生前常挂嘴边的那句咒语：我本就是个孤寡命！陈光发突患重症，在死亡线上挣扎，在鬼门关前游荡，阎王爷放他回到她的身边。

　　全球爆发新冠肺炎，这场抗疫之战此起彼伏没完没了。四川音乐学院老宿舍"三家巷"毕兴和宋大能，两位老友相继病故，赵涫光发备受刺激深感哀恸。

　　所有人在心里默默祈祷：愿灾难早日过去，祖国繁荣，众生平安！

竹园移居风霜寒意

　　赵淯翻看日记本，突然提起 2010 年新年的事："这个要说，我记着呢，马上要放寒假了，三妹做阑尾手术，我们到医院去看她……这下我就回忆起来了嘛，李渡请我们午餐吃的羊肉火锅，刘锐带我们去看在桐梓林买的新房子。"陈志音退休了、自由了！一个人跑回成都陪父母过春节。春节正月初一正巧对上西方情人节，"那天中午女儿在屋里头做的家常臊子面、酱肘子、各种菜，客人全是家人：三妹和王老头，五妹和刘老头，还有世瑛和承璞。哦，斌洁刘锐他们年轻人都在上班。我们三姊妹搭伙请侄儿侄女，全体到爱乐酒店团年晚餐。然后转来转去都是'丁丁猫儿（蜻蜓）咬尾巴儿——自家吃自家'，呵呵。"

　　2010 年对赵淯来说，最重要的是乔迁之喜，即将搬离竹园去住电梯公寓。陈光发接嘴抢白非常得意："我当了一辈子耙耳朵，大事小情全听她安排。在电梯公寓这件事上，我做了一回主，也做对了一回主，这件事我非说了算不可！交了竹园旧房退了四万元，电梯公寓新房要四十万，我说，借钱也要买！"四川音乐学院新建第一栋电梯公寓，可谓一波多折三番五次出岔子。原计划 2009 年完工交房，因"5·12"大地震停工，严格检验震后是否损害建筑结构。最后重新由二十层建到最高二十九层，2010 年寒假之前全部竣工。早已落实分配方案，很快拿到钥匙。"我们优先选房型排在十二层 A，新房到手门牌是 1202，正巧对应女儿的生日！"陈志音一回成都就跑去看新房子、清水房，帮助父母出谋划策。装修公司设计监理李春邑川美毕业，小伙子负责承包川音电梯公寓多家业主新房装修。两位老人提出要求：安全环保、经济实惠、简洁大方、美观实用、保证质量。陈志音特别强调：现在这个设计图，一定要注意细节，一定要保证质量。全部装修、家电、家具请甘国龙和唐渝生帮忙操办，简直把干儿两口子麻烦惨了！

如果不是为了竹园旧房里那几个旧空调，赵淯咋会又把自己摔成腰椎压缩性骨折！"还不是学校电工帮我们清洗空调，我想过去帮着拖一下麻将桌，根本没注意脚底下有工具箱。"简直无语！本命年八十四岁的赵老师，一屁股坐在工具箱上头，幸好没遭钉子、锥子啥的扎伤。"我骨质疏松，这下又惨了！医院照片，我腰椎两节骨头爆裂性骨折。我要求回家静养，还有些骨科医院开的敷药。"陈光发万般无奈只能顺其自然，"我老婆很坚强也很倔强！她可不是一般的固执，要做啥谁也拦不住。问题是骨折你身上痛，我不心痛吗?！"

好久开始搬新家？国庆节前，"我记得很清楚：2010 年 9 月 16 日从竹园搬到电梯公寓新家，那天女儿一直在张罗，买了好多盒饭请工人师傅一起进餐……"在搬到电梯公寓之前，赵淯把 2010 年之前所有日记本付之一炬！陈志音心疼得捶胸顿足！"我咋晓得呢？那些流水账写给自己看的，我是怕我得老年痴呆（您就是老年痴呆！那么多宝贵资料全毁了，您干的好事！）。你看我这儿记的有，新家刚住进去两天：9 月 18 日韩立文召集你们写作组带家属一起，到郫县友爱村玩耍。我晚上回家突然开始发烧，喉咙特别疼。在家挨了几天没见好，9 月 23 日到医院去照片，医生诊断是流感引起肺炎，要求住院，我白天过去输液做雾化，晚上回家睡觉。"10 月 8号办理出院手续，听说声乐系老教师陈家啸去世，第二天去陈家吊唁送奠仪。"这对我来说算个大事，他是艺专老同学，和德哥他们参加远征军；后来从上海音乐学院毕业，陈光发把他要回学校，他是我们声乐系的骨干教师、优秀的男中音歌唱家，还教过很多好学生，廖昌永考上海音乐学院之前跟陈家啸上过课。"

2010 年 10 月 22 日，赵淯本命年八十四岁生日，她只逢五逢十做生。

又因肺炎出院没多久，所以也没太折腾。"洋洋大学毕业，顺利找到工作有薪酬，她通过邮政给爷爷奶奶各寄了两百美元。结果逾期未取原路退回。我们这些老年人又不懂这种麻烦事，虽然没能得到这笔美元，但这份心意领了挺高兴！"很快到年底，陈光发跟着生了一场大病，而且比赵淯更严重。"那次宋树秀教授从贵州来成都，她是李秀梅朱宝勇的老朋友，在川音进修过三年，我们关系也很熟。她住在秀美家。我请她在爱乐酒店吃饭，还邀请钱维道、陈世华、宋文芳等作陪。"这边刚刚送走客人，陈光发回家就发烧了，"医生喊他住院，他比我住院时间还长，2011 年元旦节过了才出院。"

原先新园"三家巷"三家人，只有陈家搬进电梯公寓，毕兴家留在竹园，宋大能院长家在博济苑。经韩立文、毕兴两位教授推荐，四川音乐学院高等研究所 2010 年 8 月正式特聘陈志音为研究员，她的主要任务是撰写《但昭义钢琴艺术人生》传记，还有正式聘书和象征性的薪金。小音那时退休刚半年多，她不想马上又被工作"捆绑"，可又不好拉下脸驳韩嬢嬢、毕叔叔面子。"女儿做事特别认真，很快草拟一份大纲，编写组太满意了，马上和上海音乐出版社达成协议签署合同。"陈志音 8 月从北京回成都，正式启动项目。那两个多月，陈志音经常来回采访但昭义夫妇和川音钢琴系老师。

偶尔想起职称问题，赵淯心里还有块疙瘩。"在我评定副高职称十年后，学校退休老干处负责人吴竞跟我说，高教部下通知，凡符合三个条件可以晋升正教授：一、退休五年以上，二、在 1982 年评为副高职称（五年以上），三、1985 年底以后退休，原来工资达到高教六级。三个条件少一个都不行，全校符合三个条件的只有四名教师，声乐系程希逸、刘亚琴和我占了三个，还有民乐系的段启诚。"送上门的好机会，赵淯最后放弃了，她就是陈光发说的那种犟到九头牛拉不回头的人。"我当时心里有道坎儿实在过不去，看到徐杰、张季时、毕授明、赵玉华、陈世华等比我资格老的副教授，因为少了这个那个条件都不行。我去拿个正教授职称，好像很对不起他们！"结果人事处长徐岚专门给赵淯送来申报表，你们四人的正教授评审，按文件政策无需经过专业评委会。"但我脑子一根筋，既然说放弃那就坚决放弃，我把申报表退给了徐岚。"这一放弃又是将近十年，早应升成正教授的副教授，2010年再次获得机会，"这次我听人劝，写了一篇关于卡拉斯声乐教学的论文发表在国家级刊物。"

赵淯真正有些后悔的还不是职称，而是放弃离休待遇，"我记得很清楚啊！1949年夏天暑假期间参加民盟活动，肯定在1949年10月1日之前；1950年1月在当时民盟总部正式宣誓，民盟成都市委组织部领导人之一张松涛同志作为我的介绍人、监誓人。"无论如何赵淯应该享受离休干部待遇。结果后来民盟组织把登记表格送上门，她，竟然主动放弃！"我觉得自己已经入党了，参加民盟是很早的事情，现在填表有啥意思？结果三妹赵溶填了登记表，成了离休干部，经常在我面前表现出高强的优越感。"前些年严重摔伤骨折，又患肺炎住院，赵淯越来越切身感受到：是否离休确实关系到待遇和利益（终于明白了）。"陈光发享受离休干部省厅级待遇，医疗费百分之百全报销；我呢？按工龄职称可以报销百分之九十以上，住院也有百分之九十五报销，所以这件事也并不过于后悔吧。平静、平常、平安就好（您真这样想，我就放心了）。"

2011年新年团拜会，黄万品院长为赵淯等人颁发正高职称证书。"黄万品教授总说我是他的老师，早先我是教过他几节声乐课。他和夫人白全珍都是作曲系的老学生，两口子人都非常好！"李兴文代表离退休支部老同志送上贺词：

> 贺赵淯大姐晋升教授
> 和氏早当完璧归
> 育才岂止三滴水
> 善恶有报莫怨迟
> 笑看人间是与非
>
> 李兴文　毕　兴　赵　英　王泰兰
> 张大连　彭泽金　周洪英　共　贺
> 2011.01.13

　　欢欢喜喜的新年团拜会刚过不久，赵洭接到电话：赵江突然去世。"我最亲爱的幺弟儿！我们头年秋天跑到阆中才给他做了八十岁生日，这么快就走了？我完全不能接受，心都要碎了！"陈光发记得清楚，很少流泪的赵洭，简直痛哭流涕，好吓人哦，差点要犯心脏病！赵鹏开车接到老两口赶往阆中。"看见弟媳肖丽芬，表情显得比较平静，可能她还没回过神。第二天追思会相当隆重，我幺弟在阆中人缘和口碑简直太好了！小辈儿去送赵江火化入土，我和陈光发陪伴丽芬留在家……"陈光发想起一件事，很蹊跷也很诡异："那天大家围着赵江遗体转圈圈，我走到遗像前说，赵江啊、幺弟啊，你二姐交给我了，我会很好照顾她，你放心走哈。我话音未落只听'啪'一声，赵江遗像挂得好好儿的，突然掉下来！你说，他是不是听见我的话，可以放心离开了？"

　　两位老人不能长久沉浸于悲伤之中。春寒渐渐消退，三月春暖花开，参加学校组织的春游，上龙泉山看桃花，去三圣乡农家乐，渐渐走出忧伤哀恸的情绪。女儿从北京回成都，参加但昭义书稿定稿讨论。"好吓人！她只用了两个多月写了二十四万字，编写组喊她删，一星期删了八万字，硬是可惜了！"这趟女儿要带父母去北京小住，这么急？"我们的第一个重外孙女要满周岁啦！还没见过小宝贝呢。"两个老人平日生活多少有些平淡寂寞，只要到了北京女儿家，立刻不一样，丰富又多彩。"女儿女婿开车带我们参观韩美林美术馆，简直棒得不得了！早先看过女儿采写韩美林的文章，再看那些作品非常震撼！太神奇！太壮观！太不可思议了！"4月23日原是斌洁和妮儿母女同天生日，现在添了个王璟慈，三人同天生日，斌洁和璟慈两人属虎。"好高兴啊！在东四'娃哈哈'酒店举办小慈周岁生日午宴，回到家看小慈'抓周'，点蜡烛，切蛋糕，一家人其乐融融。"

　　小慈生日过后两天，赵洭陈光发和女儿一起回成都，这么着急？"你有任务回成都出差，顺便带我们两个走。还是为但昭义那本书，一会儿修改，一会儿调整，还有补充采访川音有关的学生、老师。"李渡5月搬新家，请二姨姨爹和表妹过去耍，小音送了一个高级电水壶，"我记得你花了四百九十九（您这都记着？），你说是给哥嫂送'福'（壶）得嘛。我送了一套床上用品比你便宜，一两百块钱（哎哟——妈妈！）。"

陈志钢在费城的大提琴老师 5 月到四川音乐学院讲学，"教授提出要求见我们，所以欢迎晚宴之前，学校通知我们过去作陪。那天赵明玮陪同担任翻译，他是我德哥唯一的孙子，从美国留学回来，在川音管弦系当大提琴老师。英语棒得不得了！"教授夸赞陈志钢学习特别认真刻苦，赵淯心里欢喜又得意，嘴上却一直表示谦虚。教授关心地询问小钢目前的工作生活情况，"他说很遗憾，如果晚点来成都就可以看到小钢，因为小钢只能等美国学校放假才能回国探亲。"6 月上旬难得儿子和儿媳一起回国探亲！"我们离退休支部组织排练'红歌'，一人一套演出服，高级面料 T 恤衫，三百多块钱（又说钱！）。6 月 21 号正式演出，戴定忠担任指挥，最后又请陈光发上台指挥《没有共产党就没有新中国》。"

又想起一件重要事情，赵淯抢着说。还记得五年前那次和女儿小音闹了一场风波？"我这个人可能是个极端悲观主义者，啥事都不敢往好了想。总是害怕希望大失望也大。所以为为（外孙王律迪）明明直读博士，我硬是不敢相信，结果把小音惹毛了！五年过去，我外孙子婚也结了，他女儿满过周岁，2011 年 6 月博士毕业获得学位证书啦！"那五年间，清华大学高研院和微软亚研院联培博士王律迪，在导师郭百宁门下成果丰硕。他未选择留在清华任教，而是继续留在微软研发项目。

这个夏天，学校组织离退休院级干部北欧旅游，家属陪同但需自费。"我能不能走远路？有点没信心。想预热试一下，从青羊宫药房买糖尿病药，到大石路骨科医院开'郑氏舒活灵'，只走了一站路，感觉股骨非常痛，只能放弃北欧行。"陈光发 8 月 10 日—18 日参加北欧旅游，前后九天，赵淯"欺骗"儿女说，小许（建香）每天晚上来陪她，实际上她一天也没要小阿姨在家过夜，"不需要，不习惯！"陈光发回家，谎言才被揭穿。

八十四岁本命年，兔爷兔年北欧行，经历非常奇特。他饶有兴味写了篇文章，讲了些有趣的故事。在芬兰商店听导游介绍的琥珀特别好，陈光发说想给女儿小音买个吊坠，请韩立文教授帮忙参考一下。韩教授帮他认真挑选了半天，结果回到成都一见到赵淯，立刻恭恭敬敬献上礼物，看，漂亮吧？我专门给你买的！后来小音回成都，韩孃孃问她，你爸爸在芬兰给你买的琥珀吊坠漂亮吧？我帮他挑的！啊？他可啥也没送我呀。那个吊坠呢？妈妈拿出来显洋盘，满脸得意说是爸爸买来送给她的生日礼物！哈，谎言，终于被戳穿！

2011 年 10 月 22 日赵淯八十五岁生日，正好逢五逢十。"我的外孙律迪上网查到成都银杏酒家好像还不错，他在北京预订席桌，我和女儿提前去看菜谱，很贵哦！有刘锐刘行长这层关系，原定每桌四千，打九折，我外孙花了一万多元，女儿买蛋糕饮料也花了一千多。我记得是周末当天，为为三口才从北京飞过来，航班晚点，从机场租车直接开到银杏酒家，午宴已近尾声。小慈不到一岁半，这个娃娃好精灵，大厅里头那么多人，她咋个晓得'主角'是太婆呢？从大花瓶抽出一枝花，嘟嘟嘟嘟跑过来献给老寿星，我的心好暖呀！"那场寿宴，李兴文同志照例题赠小诗以示祝贺：

贺赵淯（女）同志教授八十五寿辰——
印象深，唱《卡门》，
字正腔圆功夫深。
最动听，唤"光发"，
音甜情浓恋蝶花。

2011.10.22

11 月 11 号陈光发八十四岁生日，正好学校有活动：《但昭义钢琴艺术人生》首发式暨座谈会，下午又是签名售书，"光发和小音应邀出席活动，我懒得去凑热闹。晚上听但昭义学生音乐会……"

2012 年春节早在元月间，女儿女婿提前从北京飞回成都。刘锐借车让王志明随便开，"我们去'好又多'超市购物置办年货，去新都校区和新桂湖公园玩，吃饭、打牌。"1 月 22 日除夕年夜饭小音下厨，请了五妹夫妇、斌洁夫妇和涛涛，晚上一起看春晚，赵淯说不如理想的好看！"罗良琏是不是已经和刘崇义结为亲家？正月初四我们请他们在后校门那家'白果炖鸡'聚餐。"

赵淯记不太清楚，三妹赵溶到底因为什么、什么时候离开的王定远（王传心）？王定远又是哪年去世？总之后来三妹和儿子儿媳同住过很短时间，一个人去了温江金马康馨苑养老院。"我们第一次去养老院看望三妹，你猜遇见了谁？周静周淑芬！我艺专的老同学！我们一起接待过从台湾回来的几个老同学。周静知道赵溶是我三妹，很上心很关照。我很高兴三妹在这儿有个老熟人。好像忧虑担心也是多余，三妹的性格自来熟，在老人院很快就结交了一大堆朋友。"春节前儿女接她回家团聚，春节后她又回到老人院。李渡玖红和斌洁刘锐包括孙女韵韵和外孙女妮儿，孩子们都非常孝顺，一家一周轮流去温江陪伴母亲，买很多她喜欢的零食，二姐也会买些黑芝麻糊、萨其马带给三妹。

第一个重孙辈的小璟慈马上又要过生日，两位老人不能缺席呀！赵淯喜欢北京，很大程度是因为首都的文化生活特别丰富。"我喜欢的音乐会啊、歌剧啊演出都比成都多得多。女儿带我们去中山音乐堂听张国勇和中国爱乐乐团音乐会，大指挥家亲自跑出来送票！那晚曲目很不错：穆索尔斯基的《图画展览会》、杜鸣心的《牡丹曲》、吴祖强的《草原英雄小姐妹》，全是好作品！"4月22日星期天，安排在东直门吴裕泰府内菜馆，重外孙女璟慈两周岁生日午宴。"那天既饱了口福又饱了耳福眼福。那晚女婿开车带我们去清华大学，看中央歌剧院演出《茶花女》。虽然没听幺红，但尤泓斐和王丰（阿尔弗雷德）唱得很不错，俞峰指挥也很棒，我很满意！"小音虽已退休但"精神牙祭"就从未断过。"很快（4月30日）我们又去中山音乐堂，听张立萍独唱音乐会，全是舒伯特艺术歌曲，她真的是声情并茂，太棒了！"五一节过后，女儿女婿陪着赵淯去国家大剧院，听殷秀梅和魏松联袂主演歌剧《红河谷》，"我觉得女高音和男高音两个主演唱得都不错，但好像故事没咋编圆……（哟，您快成批评家了！）"

2012年5月，赵淯印象中第一次到离首都只有一个多小时车程的直辖市纪念毛泽东《在延安文艺座谈会上的讲话》发表七十周年，天津歌舞剧院排演歌剧《白毛女》。"他们专门邀请小音过去观摩，导演是大作曲家金湘的夫人李稻川。这种机会好难得嘛，爸爸早年还参加演出这个戏。"第一次现场欣赏天津的歌剧，赵清对"喜儿"（李瑛饰演）、"大春"、"杨白劳"等演员印象极好，她感觉演员唱得都不错，演得也很感人，精彩！

想着儿子快要回国探亲，老两口着急动身赶回成都，"我要给他铺床，冰箱里头要买肉买鸡蛋，还要做些准备……"赵清是永远的高度紧张派，莫法。6月1日深更半夜，儿子从美国飞回成都。那几天活动特别多，这家那家都在请他。他还专门跑多远去参观他的儿时伙伴、著名画家刘洵作品展。"父亲节小钢没管父亲，他跑到锦里去请熊老师——教他'变脸'的川剧演员。"好久没看到三妹赵溶，斌洁刘锐没带他们去老人院，而是去了李渡家，李渡请大家在"李庄白肉"午餐。赵清和陈光发早先并不清楚，成都市和菲尼克斯市早在八十年代就正式结为友好城市，"那次小钢陪同他们凤城友协主席在成都观光游览，我们请他在爱乐酒店吃了一顿饭……"

暑假里发生一件事很诡异！那天斌洁和刘锐陪三妹赵溶来家里，只出去在附近吃了个午饭回来，奥迪在停车场竟突发自燃！大家心惊肉跳，消防警察鸣哇鸣哇开了两辆救火车。哦噢！只好喊李渡玖红开车过来，送三妹回温江养老院。而就在7月7日当天惊闻噩耗：郎先生病逝！"我的恩师，在声乐系，她是系主任，我是副主任，这么多年默契合作，我们这么亲密的同事关系！想起我们在青羊宫花会演出女声二重唱……我一直认为郎先生肯定要活到一百多岁！没想到，她走得这么匆忙，九十四岁。"郎毓秀仙逝，周小燕流泪：她是我们四人（美声四大名旦）中年龄最小的一位！大艺术家，平生低调从不张扬，身后事特别简朴，基本没做高调宣传，安安静静地，走了……

李渡玖红和斌洁刘锐，依然轮流开车去温江金马康馨养老院陪伴母亲，赵清至少隔周跟着去看望三妹。天太热了！8月2日在爱乐酒店参加陈世华九十岁生日宴会，"她是我最好的老闺蜜，那天邹家驹赵玉华老师，还有世华在成都的老学生都在席上。你看，我们声乐系一起磨瓷砖的三个人，郎先生走了，只剩世华和我两个人。"

2012 年入秋时节，那些令人难过的事情接踵而至……

9 月 16 日陈光发和赵淯冒雨前往浆洗街武警医院餐厅，参加栗茂章同志的生日宴，很多文工二队和西艺的老朋友老熟人……结果隔了不到一周，陈光发感觉身体出了点状况，将满八十五岁的陈光发人称"川音的健康老儿童"，突然肩背脖颈稀稀拉拉冒出几颗小红粒儿，开始没注意买了点板蓝根消炎，很快就奇痒难忍寝食不宁。走到最近的成都市第七人民医院看门诊，医生瞄了一眼说，老爷子，你这是带状疱疹。啊？早先民间传说的"缠腰龙"有所耳闻，那个不是长在腰杆上？小音和父母通话得知这个坏消息，顿时心神不定非常焦虑。她当晚屈膝祷告：主啊！请保佑我的父亲早日康复，还默默发愿：请让我代父亲受罪吧！千念万想也想不到，两天以后她果然发现右后腰冒出几个小红颗粒，开始也没注意，很快越长越多越发越密，简直疼得要命！开车去朝阳医院急诊，大夫直截了当：你这是带状疱疹！太诡异了吧？上天真的垂听了她的真诚祷告，将父亲的病症转移到女儿身上？这件事说出来，谁信?！但却实实在在发生了。前后三天！父女二人患上同一种病：带状疱疹！父亲发在头颈肩部，女儿却是正宗"缠腰龙"，从肚脐到脊椎，横腰右半圈布满疱疹。本已买好机票，打算国庆前回成都陪父母过节，这下，想都别想！

"空巢老人"身边无人，儿子远在大洋彼岸，女儿根本无法动身，只能让女婿顶上。赶紧改签机票，陈志音换成王志明。9 月 26 号王志明飞回成都，马上担负起接送岳父医院诊治的重任。幸好赶得及时，要不然，八十六岁的赵淯，咋办？"十一"国庆节，三妹赵溶和女儿女婿带了猪蹄、烧白及各种菜蔬到家来，两餐均由斌洁操办，"我总算解脱了一天的劳苦，感激不尽！志明陪光发去医院输液，回来还上桌玩了三小时麻将！刘锐隔天要带我们去崇州街子古镇，光发输液提前结束，遗憾的是下了一天雨，只好找个农家乐，老头子居然坚持玩了一天，看似病情有所缓解。"只是小音带状疱疹非常严重，但又不放心父亲。病情稍有缓解，10 月 8 日匆匆回家，坚持天天陪父亲去医院输液。陈光发这场病拖了两三个月才基本见好。那时二老并不清楚女儿隐瞒病情，她天天给光发清洗疱疹结痂，结果继发病毒感染，导致右眼失明！回北京后律迪已提前联系住进了同仁医院。最后，幸得朋友介绍中医，妙手回春才终得复明！

9.2

世事莫测天道轮回

很多年间，赵淯和陈世华两家确实走得特别近，真的就像老闺蜜。隔三差五都会在一起摆摆龙门阵。"原来我并不是特别了解甘哥（若思），他的人生经历非常坎坷，世华和外婆带着三个孩子，太不容易了！我们有摆不完的龙门阵，甘哥都不喊我赵淯，他喊我'阿蕙'！马上我就会想到爹爹……一般人晓得我叫赵淯，却不知道我还是蕙祥。阿蕙，好亲切！"

2013 年新年前夕，孙女陈韵（洋洋）和第二任男友山姆回国探亲。"山姆比前任长得帅，感觉脾气很温顺，他是洋洋同学的弟弟，所以年龄小一点。"元旦节一早，洋洋的舅舅胡为伟开车接她二人游锦里、宽窄巷子。照例年节期间亲友轮番转转会。胡为伟又带洋洋和山姆去青城山，奶奶自然是心甘情愿掏腰包，又请他们到乐山、峨眉山旅游。"两人来去一阵风，耍了十天就'滚'回美国了……"

春节照例免不了转转会。正月初十，女婿志明一个人飞回北京，那边毕竟还有一大家子。但昭义文集项目组安排活动前往西昌，立文夫妇、毕兴夫妇，虎威夫妇和小音，还特邀赵淯陈光发同行，"杨丽萍的儿子雷吉开车，我们九个人，差不多走了大半天，下午五点才拢。我们两个住邛海宾馆观景楼 2116 号，条件很不错。"自助早餐，花色品种相当丰富。早餐后陈光发和毕兴、王蓉辉在大门外搭乘公交车，前往他们 1958 年下放过的大石板乡。赵淯和小音、彭泽金在邛海边散步照相休息。"那几天安排很紧凑很巴适，一会儿开车去青龙寺，一会儿到小渔村喝茶打麻将……月亮湾景色宜人，海鸥飞来飞去令人赏心悦目。我们还去了湿地公园。嘿！没想到斌洁一家也开车过来耍，小音晚上跟他们出去吃烧烤。"回程当天早上，陈光发的山西老乡老战友张庆华专门撵到宾馆，要给安春振老主任带个生日礼物。"这些南下的老同志互相感情深又真，张庆华这么多年在西昌工作也念旧情。因为老领导安春振百岁寿诞，3 月 10 日我们聚在爱乐酒店为他庆生！"三月春游活动多，想看樱花却很遗憾，花基本都谢了。天气暖和，光发喜欢和钓鱼协会到郊外放松放松，"从来不会打空手，鲫鱼、草鱼、清波鱼，冰箱都塞满了！有时让斌洁拿两条回家。"照例是由斌洁刘锐隔周开车，他们一起到金马镇养老院看望三妹共进午餐。

三妹赵溶 5 月 13 号满八十五岁，仍要将就上班上学的人，提前请在万达红杏酒楼。"想起来了，那天我们四个人打的去岷山拉萨大酒店，参加张宏俊八十寿辰庆典，6 月 11 日，非常热闹！"这边欢欢喜喜，那头哭哭啼啼，赵浠相处最长久的老闺蜜、声乐系陈世华教授走了！"我们都晓得世华生病，但没想到她会走得这么快！唉——"最奇怪的是，甘若思比陈世华年长很多，而且先发现肺癌，结果陈世华先走，甘若思很快也追随爱妻而去！"你说我的心里是个啥滋味？好久都特别特别难过，简直莫法说！甘国农三兄妹父母都没了，我心里就把他当作干儿子……"

因为三妹大多都住温江，赵浠和赵沚两姐妹往来越发密切。只要小音回成都，斌洁刘锐也是尽量安排郊外游玩，黄龙古镇、西来古镇、洛带古镇。"韩立文也总惦记小音小钢，安排我们和毕兴夫妇去大邑新场古镇。本来我是想着要还情，请大家和陈力辉李善骧夫妇、夏红萧坦夫妇及孩子和斌洁夫妇在锦杏晚餐，结果萧坦悄悄抢着买单。"赵浠心里特别惦记三妹，经常想要去陪她，她应该不算太寂寞。一晃幺弟赵江走了快两年，丽芬也要满八十了！"我请五妹带给她生日礼金一千元，还有小钢从美国带的银杏叶片。"

很快又到 9 月 19 日结婚纪念日，2013 年正好六十年，六十年是钻石婚。你们金婚怎么过的？ 2003 年 SARS 那一年，好像忘了哇？ "钻石婚也没怎么样，这种事情不宜太张扬，女儿陪我们出去吃了一顿饭。那阵她忙着要去南京和但昭义的学生薛啸秋家长会面、同上海音乐出版社费社长签约写本书。"国庆节去沈琚家玩了一天，隔天接着到处耍！金秋时节，赵世瑛和童承璞一般都要回国，基本都是斌洁和刘锐张罗各种聚会游玩。11月11日陈光发八十六岁生日，第二天三妹过来在家耍，做了些她喜欢的家常菜。"哦，想起来了，原先一直觉得秀美很年轻，结果她居然也八十岁啦！请我们17日在爱乐酒店参加庆生宴会，我送她一条羊毛绒披肩……"

四川大学12月1日举办《纪念毛泽东诞辰120周年书画摄影展》，陈光发参展作品是他在特殊年代集中学习空闲时的剪纸作品——十二幅不同时期的毛泽东头像。"老伴儿希望我陪伴他参加开幕式活动，你猜我们遇见了谁？李素芳李嬢嬢的大女儿曾清华，她已官居四川省妇联主席，好像还是省政协副主席？反正是省厅高级干部，看见我们，她非常热情。"

北京传来喜讯：2013年12月9日第二个重外孙小雨平安出生！小音一直等着儿媳顺利出院才回成都来接二老。"我们八十六七高龄，平生头回享受头等舱待遇（节约模范舍不得噻）。航班特别准时，志明和律迪来接我们，两个人肯定高兴得很，这回迪曦给他们生了个孙子、儿子得嘛。"

2014的元旦春节都在北京，日子过得很闲散，运河公园散步晒太阳做八段锦。有时开车出去早餐，肯德基啊、紫光园啊、护国寺小吃什么的，"在成都怎么可能？通州东门儿小白楼的油条、面茶、豆腐脑我都喜欢；光发喜欢羊杂碎汤，他说喝了浑身暖和。女儿天天在家写稿子，好像永远写不完。"

偶尔有人请志明出去当歌赛评委，回来就把评委费分给他母亲和岳父母三个老人做打牌钱。1月9日重外孙儿小雨满月，"12日周末放假，小音给孙儿做满月酒，也算提前给儿媳迪曦（15日）过生日，在'鲍鱼公主'午宴。北京室内暖和，我和光发必须每周洗头洗澡洗衣服。"女儿女婿陪妈妈去国家大剧院看歌剧《费加罗的婚礼》，在金鼎轩吃夜宵。小音家里到处都是书柜，好多小说看都看不赢。"我最高兴的当然是为为一家四口周末回来，小雨太可爱了，真让人看不够……"

自从赵洵病故，赵淯"接棒"坚持每年送幺弟媳肖丽芬春节礼金，她的儿女个个能干根本不缺这点钱，只是一份小小心意罢。陈光发心里第一重要的事，春节前一定要给山西寄钱，他已故叔父和兄嫂的娃娃，一个都不少。黄引引要在大王镇上买个老旧小院，大概需要四五万元，商量资助两万元。虽说谈不上感情有多深，小音痛快地赠予姐姐一万元，帮父母分担了一半。

俄罗斯首次举办索契冬奥会，赵淯非常喜欢看。"我们习主席都去参加开幕式，那边 2 月 7 日晚上是北京 8 日凌晨，8 日晚上才看开幕式的重播。我们这代人对俄罗斯音乐文化有特殊的感情嘛。我们国家冬奥项目的优势没有夏季奥运会强，男子短道速滑总算有十七岁的韩天宇得了块银牌；后来短道速滑运动员李坚柔拿到我国第一块金牌！"那段时间除了看索契冬奥会，赵淯翻出一本《杨可扬传记》天天读，很感兴趣。杨可扬老人是王志明战友、版画家张子虎的岳父，曾经也是早年追随鲁迅先生的进步文艺青年。

女儿最了解母亲的心思和情调，2 月 14 日情人节特意安排在小区外的烟斗咖啡屋用餐，"我喜欢这种浪漫的感觉。听说大家都在追《来自星星的你》，我跑上楼用女婿的电脑看，一天至少五六集，好看！"如果有雾霾不出门也好打发时间，渡边淳一的乐园三部曲，一本一本翻来看。陈志音开始着手上海音乐出版社约稿，3 月"两会"开幕之前，抓紧时间连续采访总政军乐团前任团长于海，《我们的国歌》也是她想了又想才确定下来的书名。"我都为她发愁，国歌，四十六秒钟，咋个写成一本书？好焦人哦！"

重外孙郝璟延（小雨）3 月 16 日过"百岁儿"，在贵宾楼大酒店摆宴庆贺。"嗨呀！为为和迪曦把会场布置得好绚丽漂亮。我们的宝贝儿'主角'特别逗人爱，他不哭不闹见人就笑。迪曦穿着红缎旗袍身材苗条光彩照人，开席前她和为为发表感言。我数了数八桌宾客，喜笑颜开高朋满座，好热闹。我们川音在北京的老校友罗良莲、范竞马、杨帆都来了，大家聊得特开心，合照留念。"次日上午赵淯忙着收拾行装，下午去物美超市给亲家买了米、面、油。20日？赶着洗晾被子，整理行装。"我们还是坐的头等舱回去。那边学校司机小高已等在双流机场，回家小许做好了晚餐，一人一碗杂酱面。"

成都的春天比北方来得早。"我们和立文大能、毕兴夫妇、但昭义夫妇，还有陈文媛、曾庆蓉、杜梦甦等十四人去新津'花舞人间'赏花，大家拍了不少照片，在农家乐吃鱼、玩牌。隔了几天，李孃孃的两个女儿清华秋菊来接我们，在安顺桥头锦上园餐厅午餐，还送了老山参、藏红花等保健品。"小音这趟陪送父母，只住了不到十天就回北京了。那晚电话报平安，同时透露一个不好的消息：她的小姑子王宪玲被车撞了！太不小心了。

千万别以为赵淯和陈光发恩爱夫妻从不吵架，他们就像所有的平常夫妻，数十年来断不了争吵斗嘴，无非为些鸡毛蒜皮的小事、杂事、家务事。吵归吵，两人从未动过手。"这一条，我结婚前说好了，你敢动一次手，绝对散伙！这么多年他真的没动我一个手指头。"2014年4月27日老太太在本本儿上记了一笔："昨晚与光发闹矛盾，他破口大骂，我很寒心……背转身睡了不得理他……"照小音看来，但凡父母发生争执，应该是爸爸已经忍了很久。他会破口大骂？爸爸咋可能为点小事冒火，一件一件小事累积起来总爆发一次。结果也无一例外，永远以陈光发服软道歉而告终。

初夏儿子小钢回国探亲，他特意表示希望去给老保姆李孃孃上坟，清华秋菊两姐妹专门安排时间陪同小钢去了一趟资阳丹山。小音有点想不明白，弟弟年年夏天回国探望父母，从没想过更没提过，要回一趟山西老家给爷爷奶奶上坟？太奇怪了！赵淯和光发总帮儿子打圆场，他莫得时间！想多陪陪父母噻。好吧好吧，你们随便说。

那天下楼，中国电信正在大厅推销手机，赵淯赶紧请学生曾泰修的丈夫邹承瑞教授帮忙挑选一个华为手机，"我都要到八十八岁了，这才买了第一个手机（您自己节约呀！）。现在手机也不光为了打电话，有微信啊，还可以看新闻比报纸电视快，好多功能都好耍！"

女儿张罗给妈妈做米寿，"又不逢五逢十，还钻出来个米寿，好麻烦哦！她不要我管，我真的就不管……"他们拉着亲家母佟美珍，第一次从北京自驾到成都，国庆节也更热闹。走东家串西家，望江楼、浣花溪喝茶打牌不亦乐乎。10 月 18 日周六，外孙律迪和孙媳迪曦带着两个小宝贝飞来成都，下了飞机直接赶到安顺桥畔锦河家宴酒楼，"小音做东请赵家亲戚，小辈儿个个都送了礼金，我很不好意思！小雨十个多月了简直不认生，骑在太公脖子上欢欢喜喜哩。第二天去兰桂坊吃西餐，为为专门给迪曦叫外卖要了肥肠粉儿，下午他们赶到机场回北京。"22 日是赵淯八十八岁正生日，"在天府掌柜五人午餐，回家玩牌我又赢了钱（您基本总在赢）；女婿开车方便，全家又去了浣花溪公园，在对门'陈麻婆豆腐'午餐，点了汤圆和抄手。"26 日二老还未起床，女儿女婿和亲家母早起开车回北京。

初冬的周末，赵淯光发照例跟斌洁刘锐去养老院看望三妹，那天午餐烤全羊也没觉得膻。11 月 10 号上午在梧桐楼参加常院长一百周年纪念文集出版座谈会，很多很久没见过的老人拄着拐杖互相搀扶都来了。第二天是光发八十七周岁生日，在凤城、在京城的儿女纷纷通话祝贺。二老准备月底要去北京，咋不跟女儿女婿自驾开车走？五个人长途坐车挤起不舒服？"哦，想起了，我们要参加常院长纪念文集座谈会！所以请斌洁刘锐开车过来接送我们去机场，全部手续办妥他们才离开。这次没买商务舱，我坚持说用不着（您还是舍不得多花钱）！"2014 年 12 月 2 日女儿六十岁生日，天气特别好阳光明媚，"这象征她是有福之人，我们送了个大红包，开车去德胜门皇城老妈火锅店，二忠夫妇、小玲夫妇过来，还买了个大蛋糕。"隔天女儿女婿去美领馆签证非常顺利。小雨周岁生日到了，那天一路堵车，"北京饭店谭家菜海鲜新鲜价格不菲。小寿星白白胖胖见人就笑十分可爱，自己手抓蛋糕糊了满嘴。"

马上要过新年，北京演出红火。王志明开车带岳母去国家大剧院，那天是戴玉强和殷秀梅主演的歌剧《运之河》。"两个主角唱得好，合唱也很不错，但是感觉故事编得不太理想（您真会挑剔！）。白天我一直在看陈忠实的《白鹿原》，有时女儿女婿带我们去逛通州万达，天太冷不宜户外活动，很少再去大运河森林公园。这边冬至兴吃涮羊肉，我们到罗斯福广场东来顺分店，五个人花了将近五百元，有点贵哈？"女儿女婿是国家大剧院的常客，圣诞平安夜陪同妈妈看歌剧《冰山上的来客》，迪里拜尔啊、杨小勇啊都得到赵老师的首肯，不容易啊，呵呵。圣诞节女儿又安排在烟斗咖啡午餐。元旦之前，王宪玲带着马来西亚朋友开蓉和阿祥夫妇来通州，他们最想吃佟老太包的饺子。赵淯赶紧帮亲家择韭菜，"两个客人硬是客气，送我们三个老人一人一个红包。"

2014 年、2015 年，两个新年赵淯和光发都在北京，其间回成都只待了几个月。2015 年元旦节，赵淯抱着女儿刚出版的新书《我们的国歌》舍不得放下。走吧走吧！"那天聚会是小音亲家做东请在松鹤楼，满桌大菜都不如小雨招人爱，他刚满岁岁儿各种表现让人倍感有趣。姐姐小慈牵着弟弟的小胖手，走得嘟嘟嘟嘟很稳当，满脸都是开心的笑，太可爱了！"

在国家大剧院看了那么多部歌剧，《阿依达》给赵淯留下的印象最深最好，"我迄今为止看过的歌剧，这是最精彩、最完美、最让人难忘的经典，舞台场面辉煌壮丽十分震撼！世界第一流的大指挥家祖宾·梅塔带着乐队合唱队，简直令人心悦诚服。"陈光发一年到头什么事都可以忘，春节之前给山西寄钱绝对忘不了。那天女儿女婿陪着老人排了好长的队，在杨庄邮局给山西黄引引等、阆中幺弟媳肖丽芬如数寄发春节礼金。

2015 年 2 月 18 日除夕团年，律迪和迪曦带两个小宝贝过来，穿着大红唐装鲜艳富丽活像从年画走出的童男童女，小音和美珍做的年夜饭极其丰盛，午夜交子吃饺子，一点多才睡觉。元宵节早餐是黑芝麻和红玫瑰馅汤圆和鸡汤面，"亲家母美珍在眉州东坡酒楼为我们饯行；我把送给孙女洋洋婚礼的大红裙服包好，光发也写好祝词交小音转送洋洋；郝家在王府井银泰大厦'小辉哥'火锅为我们饯行，全体去王府井中国照相馆，照了一张大大的全家福。"3 月 8 日飞回成都，司机邓仕元来接他们。第二天小黄来做清洁……啊？什么时候小许换成了小黄？"我记不清楚！2014 年夏天或是秋天？小许突然说她怀孕了，我们咋敢累到她，小黄接着就到家里来做了……"

2015 年家里的大事、喜事：陈韵和迈克·圣坦纳 3 月 15 号在美国亚利桑那州菲尼克斯凤凰城举行结婚典礼。国内亲戚老表们过去捧场——小音志明和儿子儿媳全家，斌洁刘锐和涛涛觉觉小丁在旧金山会同世瑛承璞，亲友团阵容相当壮观。"他们传过来好多照片，新娘很漂亮，新郎很英俊。我们很激动也很遗憾，不能去美国参加婚礼亲临感受！只能遥祝新婚夫妇幸福甜蜜白头偕老吧。"那边陈韵新婚典礼，这边李韵生了女儿做了母亲，三妹赵溶也有了重孙女，也四世同堂啦！"我们在李渡家看到韵韵的女儿李芊蓓，胖嘟嘟的噘着花瓣儿样的小嘴巴儿，长得很乖。隔了几天，斌洁说要提前过母亲节，提前给三妹做生日，我们就一起去了金马康馨苑养老院。"小钢和小音前脚撵后脚都回成都了，弟弟陪姐姐坐动车去重庆，谈她的一套新书《紫茵音乐笔记》出版事宜。"结果在学校门口下出租车，小音不小心把钱包丢在车上也没找回来。"

5 月 20 日斌洁和刘锐带二姨家人去阆中，幺弟的小儿子赵逊接他们前往张飞国际酒店，"宾馆很高级，环境也不错，午睡后赵逊又把我们接到丽芬家晚餐，我太喜欢丽芬自家做的保宁凉面，还有腌卤菜。第二天赵逊陪大家去天宫院，参观道教文化李成罡天师纪念馆。小音小钢和斌洁刘锐参观阆中贡院。"回到成都，刘锐送小音去机场回北京。5 月 30 号赵淯和光发坐学校的车到峨眉山下四川省干部疗养院，平时每天在峨秀湖公园散步游览，那里环境风光非常美丽。

陈光发补充一件事：因为省里下达文件，鉴于西南地区解放晚，凡 1950 年 6 月之前参加革命工作的同志，可以享受相当于离休干部的特殊待遇。但，最早参加成都军管会文工二队的赵淯、黄虎威、韩立文却一直无法解决这个问题。陈光发写了证明材料，毕兴、李兴文等同志也签字证明，全都没用！陈光发感到非常气愤，四川省委组织部当时负责这件事的副部长蒲波不负责，后来调任贵州省副省长，最后被开除党籍。李兴文同志义愤填膺：蒲波对不起成都解放之初即参加革命文艺组织的众多老同志，他犯了严重错误！果然！紫茵网搜：蒲波，四川南充人；2019 年 7 月 18 日江苏省南京市中级人民法院公开宣判蒲波受贿案，对被告人蒲波以受贿罪判处无期徒刑，剥夺政治权利终身……无期徒刑！这么严重？多行不义必自毙！

四川音乐学院原党委书记柴某下场也很可悲。2015年7月3日被带走双规，这个事件人称"1573"，全院上下奔走相告欢欣鼓舞！正在峨眉山疗养院的陈光发、敖昌群等前任院级领导第二天（4日）听说这件事，根本笑不出来，这么多年第一次出这种事，真是耻辱、悲哀！柴某一手遮天那些年，他身边"巴儿狗"太多了。陈光发绝对不会往上贴。那次院领导和顾问团开会，柴某大声武气缀到说，敖院长听说你咋个咋个……现场与会者大多埋着脑壳不吭声。突然陈光发不冷不热来了句：柴书记你说了那么多，听说？啥叫听说？听说算啥？哪个没听说？！我还听说你有那些事！啊？啥子事？啥子事？柴某脸上挂不住，红一阵白一阵，大嗓门儿一下低了八度，赶紧宣布散会。第二天他专门请陈光发到办公室，关上门和颜悦色甚至非常热情端茶递水，陈书记，昨天你在会上说，听说我有那些事，啥子事？别问了，莫得意思。陈书记你说嘛，听说我的啥子事？陈光发敷衍道，有几次坐出租车，听司机说，你们川音的柴书记，在南充有个情妇……啊？啊！陈书记那就不要再下去说？我不得下去说！他在川音做那些事，真的不想说。最后判决下来，只比四川省级落马贪官李春城刑期少一年。苍天有眼，我信！

9月3日周四全国放假一天，抗日战争胜利暨反法西斯战争七十周年纪念大会阅兵式直播。孙女陈韵和迈克夫妇回成都探望爷爷奶奶，赵湑请两个年轻人去九寨沟旅游，又是来去匆匆一阵风。"十一"国庆节，照例是走亲访友活动密集，赵世瑛童承璞又回成都了，赵湑八十九岁生日并未大做，请保洁做了个大扫除，女儿送来一大束鲜花，五妹等亲友发微信祝贺。很快又到了光发生日，他八十八岁，孩子们张罗为父亲做米寿，在爱乐酒店订了四桌席。"我记得13日小音先去人民公园和云南团宣的知青朋友聚会，午后和志明随斌洁刘锐、涛涛觉觉小丁陪同世瑛承璞，前往藏区金川阿坝康定新都桥旅游，要安逸了，那都是我年轻时下去采风、九哥九嫂和十哥十嫂工作生活过多年的地方！"

12 月 2 日女儿六十一岁生日，为为快递一大捧红玫瑰，"我们请高为杰、罗良琏和她亲家姆刘崇义吃饭。罗良琏后来给我们送票，在学校听中国音乐学院紫禁城乐队的演出，现代作品很有水平！平安夜我们在天府掌柜回请罗良琏高为杰夫妇；圣诞节发微信向亲友表示节日祝贺，跟儿子视频聊天。马上又该到新年了……"

9.3

悲欢离合伤病随行

如果不在北京女儿家，两位老人周末年节基本都和三妹五妹家人、斌洁刘锐在一起，有些迎来送往的小接待也离不开他们。2016 年 4 月初，陈光发大姐陈金花的女儿变英马其生夫妇，在海南过冬避寒后回山西，特意中途飞来成都，"马其生身体不好行动不便，但想办法要带他们去锦里、百花潭游玩，刘锐开车带我们和他们去三圣乡玉花园……""五一"节过后，钢琴研究院杜梦甦老师登门送票，请二老出席聆赏 5 月 6 日晚但昭义学生演奏黄虎威钢琴作品的音乐会，斌洁喜欢听钢琴，她也过来了。"这么多年虎威写过大量好作品，他那么有才华，真正的德艺双馨！"

春天赵氏门庭有件喜事：沈航与王钰玲新婚典礼。5 月 14 日斌洁刘锐接二姨姨爹一同前往"金沙光年"。沈航是香畹长子、赵淯七哥赵鸿的小儿子沈琚和徐红英的独子，同赵淯的外孙王律迪 1984 年同年出生属鼠，2016年沈航将满三十二岁。"我们送礼金两千，毕竟关系不同嘛；那天搞得好隆重好盛大！两边宾客来了好多啊，我们很开心！这下红英沈琚就等着抱孙子啦！"

赵淯春节没例行请客，还得了莫多红包，所以决定回请补请一次。6 月初儿子女儿前脚撵后脚回到成都，6 月 9 日在琴台路"百花世家"宴请亲友。九哥、十哥、七哥和三妹、五妹的娃娃悉数请到摆了四桌。因为这次聚会，已多年无来往的老表，从此接上了联系。散席后，赵淯小音和斌洁着急忙慌赶回学校听了一场音乐会：王志明战友张春光和声乐系支部书记文雯的女儿张玫瑰毕业独唱音乐会。"她非常有前途，有实力，马上出国深造去了。"

赵淯临近九十岁。亲友儿女踊跃提议：要办这场庆生寿宴。从来都是紧张派、焦虑症的赵淯，提前两个月就日夜操心这件事。8月25日是川音大厦大爆破的日子！"这么多年我们宴请客人，大多安排在川音大厦，现在说爆就爆了，我们觉得挺可惜！……"赵淯的紧张焦虑不可能不感染身边的人，女儿小音提前一个多月帮母亲置办庆生礼服。赵淯岂是那么容易打发的？这件啊，将就（凑合之意）;那件吗，老气，穿起像老太婆！妈耶，您九十岁，还不是老太婆？

2016年"十一"国庆节前，学校离退休办上门送来鲜花和生日礼金。赵淯满九十、陈光发满八十九岁，两人总是逢五逢十安排同天过生日。男做九女做十，算个理由吧。"重要的是她生在1926年，我生在1927年，正好相差一年；最巧合的是，她阳历10月22日、我阴历十月二十三，两个生日只差一天，所以我们应该同天过生日哈。"提前微信通知成都所有老少亲戚，一律免收红包！幺弟媳肖丽芬闻讯，在儿女陪伴下专程从阆中赶到成都，要代亡夫赵江为二姐捧场。

2016年10月2日赵淯九十诞辰亲友大聚会。赵家亲友、学校老友、老学生一百五十多人满满十五桌；小音小钢精心准备，小慈小雨担任司仪，欢庆隆重的仪式，丰富的节目表演:赵家侄女侄媳的女声小合唱《茉莉花》，朱宝勇、小宝（甘国农）、曾清华上台讲话致谢，蓝幼青男高音独唱，邹美君女高音独唱，儿子表演川剧变脸，女儿女婿京剧清唱……现场气氛十分喜庆、欢快。

陈光发补充讲述："一切全由女儿操办，买的签名簿、签名册特讲究，宾客在上头盖手印儿，形成一树花瓣儿……基本都是亲戚，我们的朋友，从西艺过来的老同志；前任书记田宝莹夫妇、王慧才夫妇，前任院长黄万品夫妇、敖昌群夫妇，还有杨汉果夫妇、胡惟民夫妇等都请到了。"那天的特殊客人：带过小音小钢的李孃孃三个女儿都来了。"大女儿曾清华专门准备了讲话稿，说我们是她们的恩人，如果不是她母亲在我家做事，哪有钱寄到资阳交学费，供两个女儿上高中，她们咋会有今天？从资阳丹山公社书记到资阳县妇联主席，调任省妇联主席，后任省统战部副部长、省政协副主席……"

李兴文再次赋诗一首——赵淯、光发二位老友：欣逢二位年届九旬，特奉几句表示祝贺：

长短句贺双寿
二位自幼爱文化
献身教育实堪夸
德艺双馨
桃李天下
……
盛世高寿是常态
幸福还要百寿来
亲朋好友乐开怀
届时请你们再招待

2016.10.1

小钢的美国友人、范仲淹 N 代世孙范融赠送国画作品：两个大寿桃，十分醒目、好看。非常懂事又孝顺的外孙王律迪，特意为姥姥九十岁生日送了一件高级按摩椅，"非常舒服适用，重要的是心头觉得温暖！"赵淯九十大寿这件大事圆满结束，重归二人清静世界。那天应胡惟民和彭时俊夫妇邀约去他家，陈光发操起小提琴，想当年自己还拉过《白毛女》《刘胡兰》，成都和平解放他还在军乐队……这您就别提啦，胡教授人家不单教出一个好儿胡坤，更有高足宁峰等，闻名遐迩桃李天下！

女儿深知父亲心愿，还想回趟老家？好吧，小音先接二老从成都到北京，仅仅休息了一天即开车从北京前往山西，再为父亲补过一个生日。"我看电视报道，我们中条山修了一条隧道，很快就会穿到南边。上一次是2007年，我九年后再回家乡，简直就是日新月异！"

那一天，陈光发永生难忘！2016年11月22日适逢小雪节气，漫天大雪遮天蔽日，"今天正巧赶上光发阴历生日（十月廿三），民间有讲'男子做九不做十'，他八十九岁也算是过一个大生。开始并未刻意安排，好像就是顺应天意吧！"陈光发这场寿宴安排在芮城大酒店，黄引引已遵父命，提前通知了磨涧村、营子庄、毛李涧各家亲戚。九十天寿高龄的陈光发，老家的同辈人都走没了，在座全是侄儿侄女侄孙以下小辈的亲人：大哥光临的长子选民夫妇，堂弟陈荃的长子志勤和其弟志俭志义带媳妇孙子，大姐金花的长子廷选，二姐银花的两个女儿和女婿还抱着孙子。"原来引引告诉我说，只来十几个人。结果，我的山西的亲人，冒着漫天大雪，扶老携幼踏着没膝的雪路，满满坐了一屋子六大桌，将近七十人！我的心，满满的喜悦和幸福！"开席之前老寿星致辞激动不已："我说，今天欢迎大家来参加这个聚会！我们也没啥更多表示，我和三妗子、三妈给每家发个小红包。"黄引引特殊关系一千五百元，陈荃媳妇志勤妈妈五百元；大姐家廷选选瑛等、大哥家选民三兄弟、陈荃家志勤三兄弟、二姐家俊英三姐妹等各家三百元，"大概发了二十几个红包，大家非常高兴地收下了。"赵浯也深受感动，听说那天是当地百年不遇的大雪。本来担心订好的席桌，如果村里的亲戚出不了门，怎么办啊?！真没想到，所有亲戚在这种天，走这种路，一步一步来到县城，一个人都没少，还多出好几位没想到、没请到的小辈儿。"我们农村有句话：瑞雪兆丰年，这是一个吉祥的天象，吉兆！那天席上的菜肴非常丰富，小小芮城也能做出这些高级美味，我都没想到！盘里钵里没吃完的好菜，全让各家打包带走！"

大雪天高速公路尽数封闭，中条山隧道亦然。大姐的小儿子廷安和他姐福英，两人一车开不过来，只能绕道风陵渡。暮色苍茫夜幕降临才赶拢芮城大酒店，大拨儿亲戚已各自回村了。"我们为迟到的廷安、福英又专门安排了一桌菜，老两口和女儿女婿陪着他们，一起吃了顿晚饭。"原定次日返埕，无可奈何在芮城大酒店再续住一天。"看车顶上的积雪起码三五寸厚！第三天，终于放晴出太阳了！走！我们过了黄河，经平陆县过三门峡大桥，穿过三门峡市再奔东。非常多的车，非常厚的冰雪，一路拥堵险象环生。王志明开车很稳当，很辛苦。"天黑入住洛阳牡丹大酒店，听说客人老家河南，店家立马请老乡进豪华餐厅用餐。公园里牡丹花早已凋零，大屏上牡丹花绽放浓艳，"真漂亮！我们拍了很多照片。"第二天感恩节，女儿请吃著名的洛阳水席。继续前往开封，"开封有个最大的休闲娱乐酒店叫啥子？小宋城。我们住在小宋城，好气派！大厅特宽敞，感觉像进了大集市，仰望顶棚蓝天白云。王志明去柜台买了通票，还不光有河南名小吃，很大的舞台上正在演出哩，我们河南地方小戏、河南坠子，还有包公戏。"王志明特意为老丈人要了份洧川豆腐，陈光发从没吃过老家这道名小吃，"我想起大哥第一次从山西回河南，再回山西后他给老家报平安，我帮他去交这封信，一路走一路念信封上的地址：河南开封府洧川县李岗村，李岗村的李家，谁呢？我忘了名字，我大嫂叫李光荣，收信人是她父兄？现在我到了开封府，可是没去洧川县。我这辈子，可能再也回不去洧川了，很遗憾……"

回到北京温暖的家。陈光发在手机上秀照片、发消息，七哥赵鸿之孙赵磊看到了，"他说王志明是神行太保，自驾带着我们转了这么大一圈，两千多公里。冰天雪地走高速盘山路，平安顺利有惊无险！"

2017 年元旦、春节都在北京，正月初五女婿开车前往昌平廊桥水岸，"赵磊家的新居相当不错，上下两层布局很好，他养了一池名贵的锦鲤；我们聊天、喝茶其乐融融；在小区后门'四合人家'午餐，菜肴相当丰盛，还有饺子，莫法和亲家美珍做的比。"那晚在国家大剧院看歌剧《图兰朵》，赵涓直夸演员、乐队和歌队太棒了，非常完美！"这是一次最赏心悦目的艺术享受。"

2 月 20 日一大早爬起来洗干净床上用品，小音陪同父母回到成都。在成都又是请来请去转转会。"3 月 1 日那天女儿亲自下厨掌勺，请我们'三家巷'三对老人（毕兴彭泽金夫妇、立文大能夫妇）团聚，上午下午在毕家打牌。这是三家人第一次也是最后一次，全体在我家品尝小音做的味道……"

早在 1990 年 6 月，德哥曾精心编制了一份亲戚通讯录，赵鸽一笔一画刻钢板蜡纸油印装订。现在赵鸽和赵鹏姐弟起意，要修订编印《赵椿煦家谱》。赵淯作为最高龄的家族长辈，应该支持他们姐弟完成其父遗愿，她欣然代表赵溶和赵沚撰写序言《父亲，请听我们说》。2017 年 3 月 10 日，那天晚上赵鹏到家里送《赵氏家谱》（丙申年修订版），带了很多水果和奇香花生米。"我们赵家人，哪个不爱吃花生米？第二天斌洁刘锐带我们去养老院看望三妹，她也喜欢得很呀！"那段时间赵淯感觉腿疼得很厉害，医院照片诊治无大碍，还是因为年纪太大，骨质严重疏松。即便这样，更不愿放弃到峨眉山峨秀湖山庄干部疗养院的机会。那天中午看见有人发视频：电梯公寓失火了！"好吓人哦！幸好我们不在屋里头，要不然肯定遭吓惨！咋个逃呢？学校通知让我们继续留在这儿多住几天……所幸家里未受火灾影响！"

爸爸您可以回忆一下，这么多年都没考虑的事，咋会突发奇想要给您父母立碑？"这个要从我的老腰受伤说起。本来定好我 2017 年九十岁正生日要请成都亲友团聚，女儿女婿回来一切都安排好了。结果 10 月 10 日那天上午，我想栽种女儿带回来的石斛根根，楼下有个大花盆，保安热心帮忙搬，我一使劲，感觉腰杆好像'咔'了一下。"其时小音夫妇正和鸽鹏建等老表，在雾中山农家乐玩。回家一听说，赶紧去医院不能拖！陈光发忍着说，没事儿！

第二天早上，王志明陪着陈光发去七医院，医生并未采取任何治疗措施，只是建议病人回家卧床平躺。隔天赵丽约请"红杏"午餐，光发硬是撑着要去，回家后疼得受不了，还是忍着！老腰受伤第四天，小音应约参加同学聚会，午后匆匆赶回。正碰上王志明搀扶陈光发走到大门口，干吗去哟？要去七医院打封闭针，老爷子疼得实在受不了。小音急赤白脸说，打啥封闭针？根本解决不了问题。她听同学说，可以到医院注射骨髓泥，既不开刀又不流血。赶紧打车去省骨科医院，医生直接跟小音说，你老汉儿（父亲）腰杆断了！这下懂了吗？两个方案：保守疗法睡硬板床，三个月不下地；另一个方案住院手术，打骨髓胶泥。小音不敢擅自做主，赶紧打电话问赵淯，"我毫不犹豫表示同意手术。无奈莫得病房，只能回家等消息。小音发朋友圈求助，夏茜有个学生家长正好在省骨科医院工作，表示可以安排老人当晚住进去。"很快夏茜赵鹏和夏理杨眉开了两辆车过来接送，刘慧马上安排住院，她是党办副主任！但确实一张空床都莫得，当晚先住进观察室，志明留下陪床。

第二天送陈光发到病房，男女混合间。"西藏来了个大腿骨折病人，大呼小叫直喊痛，我想坏了，谁都别想睡！嘿，一会儿不喊了。为啥？医生给他打了止痛针。"做骨科手术也需全面检查，何况是将满九十岁的老人。"一会儿抽血，一会儿屎啊尿啊血压啊，还有心肺内脏器官，全身核磁共振。医生都说，你老人家身体还可以，哪像九十岁的人嘛，可以手术。"

原定八宝酒店大宴宾客只能取消，女儿女婿返京机票也随之改签！赵淯十分焦虑不安，基本每天都会和女儿女婿去医院看望老伴儿。五妹赵沚和赵鹏夏茜、赵建油红、斌洁刘锐、赵丽等侄儿侄媳侄女纷纷到医院慰问姑（姨）爹。"我特别感动，特别温暖。光发腰伤没太影响胃口，我却毫无心情食之无味……"中共十九大 10 月 18 日开幕，医院通知光发次日手术。平生第一次进手术室，医生还在说话，陈光发已失去知觉。再醒来就推出手术室了，"我睁开眼睛看到王志明，我问，你站在这干啥子？全部手术过程我一点都不晓得，直接推进 ICU（重症监护室），王志明当晚入住医院附近酒店，他们害怕我万一有啥事。"在 ICU 住了一天换进病房，这次是两人间，条件好。

陈光发从 ICU 回到病房，20 日当天正是志明六十七岁生日，小音在医院附近千禧大酒店朵颐食府 V08 包间为夫君庆生，萌萌、斌洁、赵鹏、夏茜和玮玮先后探视光发后共进午餐。次日女儿女婿参加干爹张宏俊教授亡妻汤应先追思会后，赶回医院看望光发，他可以坐起来吃饭了！ 22 日赵淯九十一岁生日，白天在医院陪伴丈夫，晚上和女儿女婿三人冒雨打的去"天府掌柜"；24 日光发出院了！女儿女婿第二天专门到医院去送感谢信，感谢主治医生、主刀医生和李护工夫妇。小黄送来一桶土鸡蛋给陈爷爷补养身体。

　　看着光发身体已无大碍，重新安排为他九十岁庆生，在八宝大酒店补请本家亲戚，大家都为寿星康复神速感到高兴！因五妹和老刘夫妇要去西昌过冬避寒，11 月 6 日约请亲友在武侯大街"钟水饺"聚会。那儿没电梯，赵㳉担心，结果光发扶着栏杆一步一梯走上三楼。听五妹说西昌冬天暖和天天大太阳，赵㳉暗自心动，成都冬天阴冷潮湿，光发手术恢复需要多晒太阳。五妹马上热情地帮着咨询，西昌那家宾馆是否还有空房间。

　　从光发骨折到光发生日一个月时间，好像又回到正常的日子。女儿终于可以放心回北京了，她拜托表兄弟赵建赵鹏护送二老前往西昌，同五妹老刘一起过冬。陈光发特意托女儿带了一笔钱请志勤帮忙，在磨涧村老坟地为他父母立碑。"这就是我们前面说的那件事情，这么多年心里想着、一直拖着没办的事情。突然腰椎骨折住院手术，我的女儿女婿天天那么照顾我。我深受触动也特别感慨，我的父母病了、死了，我都没为他们做过这些事情。怎么才能弥补呢？立个碑吧！愿他们在天之灵得些安慰……"

　　2017 年 11 月 27 日，"今天是我们出发前往西昌的日子，赵建夫妇、赵鹏夫妇护送我们一路南行；我坚持要送他们一家八百元汽油钱和过路费，可能都不够。"赵㳉日记很详细，他们在尔乌山庄品尝彝族美食；两对侄儿夫妇住了三晚后，开车返回成都。赵㳉光发开启"候鸟"在西昌暖冬的日子，天天和五妹老刘在邛海边散步，生活惬意而平淡。很多中老年人来西昌度假避寒，赵㳉光发是最高龄的夫妇，两位老人像一道风景，经常在庐山下邛海边被休闲的人们围观……

　　2018 年新年，五妹原来医院的老同事请客玩了一天。隔周的 8 日傍晚，突闻噩耗：三妹赵溶，竟然病故了！赵㳉吓得差点犯心脏病，"头天听说三妹病重进了 ICU，这么快就走了……"她身边竟无一个亲人！儿子李渡两口在广东佛山走亲戚，女儿斌洁夫妇在南充给外孙女妮儿办婚礼，赵㳉和赵㳉两姐妹又远在凉山过冬避寒，无法赶回成都见她最后一面，只能请赵㳉的小女儿觉觉代送奠仪。谁会想到，第二天 9 日紧跟着再度惊闻噩耗：赵溶的亲家母、刘锐的妈妈刘仁群也病逝了！太过诡异太过意外！！于是再次请觉觉代送奠仪。

那段时间陈志音在江苏参加中国歌剧节，她刚从宜兴回到北京，次日即从北京飞往成都，李渡接待入住他家附近的维也纳国际酒店，第二天代表赵淯全家参加赵溶的追思告别仪式。2018年1月10日天阴风疾，"今天是个悲恸的日子，三妹遗体告别……"当日下午斌洁刘锐和妮儿又赶往南充，接着送别刘仁群刘亲家……简直回不过神，两个亲家母前脚赶后脚，两天之间都走了！赵淯和赵沚，只能在邛海边默默祈祷遥祭亡灵。

西昌确实很暖和，陈世华的儿子小毛（甘国工）和光光、小宝（甘国农）和渝生也开车过去度假，"两兄弟轮流请我们吃饭，陪我们聊天，带我们去湿地公园玩，那里变化好大呀，风景好美呀；他们喜欢听我摆老龙门阵……觉觉小丁也撑起来了，今天请吃'尔雅菌火锅'，隔天做东'西波鹤影'；甘家兄弟帮我们带走一些行李箱和一个助步车。"本来二老计划在西昌过完春节回成都，小音担心父母寂寞，从北京飞去陪伴父母。老人又改主意，还是想回成都过春节。那就耍几天？女婿志明的大学同学巴莫尔特和沙呷夫妇特意请赵老师和陈老师榕园晚餐，莎呷即席献歌，哇，那嗓子亮得就像大凉山的阳光，太棒了！在西昌过了小年，赶在腊月廿五（2月10日）四人挤上一辆车开回成都。

两个多月不在家，一铺揽子事情：机顶盒交费、座机充值、银行折子上工资……15日除夕，女儿在厨房忙着做年夜饭，"我们没请客也没做客，四人在家团年，看春晚，吃饺子，很安逸。因为接下来又有侄儿侄女约请转转会搞不赢。"天气愈来愈暖和，某日遇见蔡莺、林琪美同班同学聚会，她们热情地拉着赵老师陈老师合影。隔天散步又遇见56级、74级老学生同学聚会，又被请过去合影数张。"我的76级学生陈卓华来家里聊天，白杨洪开车带我们去天府掌柜参加他们的同学聚餐，席上还有刘晓明、池含芬、安邦谭、姜代康、张春明等。后来郭幼蓉请我们到梧桐楼参加她的《访学俄罗斯》新书发布会。姜代康又在'老厨子'做东回请同学，谭维维的老师兰卡卓玛也来了。"

"三家巷"山西老乡毕兴九十岁生日，4月20日安排在"四海一家"，请了六十多位老朋友，"看照片嘛，我们都变老了！"再老也想出去转啊，还是舍不得放弃 5 月去峨眉山峨秀山庄疗养。"你知道妈妈这辈子最想去哪个国家？俄罗斯！结果为为很快安排你们两口去旅游。我好羡慕哦！那天走在大街上，有个陌生的年轻人采访我，您觉得人生什么事最遗憾？我回答，因为年纪太大了，想去俄罗斯旅游只能做梦！"

陈光发应王有则王营长之约赠他一幅"百福图"，正巧赶在 2018 年 8 月 1 日建军节，"在望江楼一起吃了顿饭，他是河南人，好多年没回老家。那次探亲带回老家特产小磨香油，他专门拿上一瓶送过来，你妈妈有好'牛（犟）'，硬要我送回去！莫办法，我只能提着这瓶香油送回去。王有则实在难受得不知说啥，吐了半句：老陈，你——真是……"

暑期到了，儿子小钢又回来探亲，"同学带他去乐山游玩，斌洁刘锐带我们去南郊'梦湖餐厅'，大家午餐后，参观觉觉在麓湖买的新房子。我们后来又在八宝酒店请了两桌客。"中国音乐学院罗良琏教授托人给赵老师带来一份精美的节目册，上面文字介绍自己曾经的声乐专业老师，四川音乐学院赵淯教授排在第一位，"我教她的时间并不长，她都还记着，很仁义很难得！"

9 月 23 日，斌洁和刘锐请成都的亲戚，干吗？补一次婚宴。她女儿刘珏伶和女婿曹疏野 1 月 6 日正在南充办婚礼，突然接到赵淯在 ICU 病危的消息，还有什么心情？所以拖了大半年到中秋节前，"我们一起前往滨江'索芙特'参加婚宴。第二天，要上班上学的律迪四口，紧赶着飞回北京。"10 月 28 日，王志明的弟弟王志忠和袁颖的独生子王晓童迎娶田文平，在四川驻京办事处大婚礼成，喜事成双！

11 月 4 日赵淯应邀出席在香樟园举办的"郎毓秀先生 100 岁诞辰纪念座谈会"，正好女儿当天赶过来参加会议，"大家发言好热烈、好真诚！我们谁不尊敬爱戴郎先生？"12 月 3 日赵丽约请大家在"红杏"午餐，下午在她家里打牌，突然翻到小音微信，"这才晓得侄子娃赵世琦在南京病逝！我七哥的大儿子，八十七岁，大家沉痛悲伤无心再玩……"小音 15 日去湛江参加全国音乐口述史研讨会训练营，她应邀作为导师讲《音乐家访谈与

非虚构写作》，或许这就是女儿最后决定要写《香晼之荫》的引子?! 她 17
日回成都，在机场等着王志明从北京飞过来，两人一起回家。

第二天，德哥之女赵鸽请到高新区天益街理想大厦"大蓉和"。席间，
德哥之孙赵明玮转发给小音一篇文章:《风木之思——忆我的父亲华西眼科
教授沈祖寔》。沈祖寔?! 沈祖静同父异母的弟弟、赵淯的毛舅干爹。小音
认真读完文章非常激动，妈妈! 你们后来没有联系吗? 一定要找到祖寔的
女儿——文章作者沈珏。想起那年父母在北京，她带到同学方玲家玩儿，
方玲的父亲方谦逊教授为沈祖寔的老同事老朋友，她们当时开玩笑，小音
喊沈祖寔毛舅爷，这下辈分矮了一截……马上微信联系方玲:老同学，拜
托帮我找找沈珏家人。很快收到方玲回复，沈澎和沈涛，沈珏的两个弟
弟、两个手机号码。这就足够啦，谢谢哈! 陈志音立即拨通沈涛手机，沈
珏，很快也联系上了! 赵淯激动得不得了，快快快，我们要赶紧见一面!
12 月 29 日在成都老厨子酒楼，赵淯和祖寔的三个子女终于相见了，紧紧
相拥泪湿衣襟……沈珏、沈澎、沈涛第一次见到这位二表孃，不对，二表
姐! 沈氏三姐弟和赵淯，应为同辈人，虽和陈志音年龄相近，陈志音却只
能乖乖叫人:珏表姨、澎表舅、涛表舅。从此，我们不能再失联哈! 赶紧
加微信!

冬日岁末，陈志钢全家回国，为啥? 要给他老岳母孟宪芝做九十岁
生日。

9.4

重返故园至美黄昏

2019年元旦节，全家人去东坡路"天鹅湖"，孟宪芝九十岁生日聚会。"我们这位亲家母患病已久，那天看上去还挺精神，小钢和韩俊，两个女婿争相为岳母献歌……"谁想到，这竟是两亲家最后一次见面。

元月10日，赵建赵鹏两对夫妻两个车开到楼下，送老两口和女儿女婿去机场，赵建的女儿，美貌又干练的"警花"静婉跑前跑后帮了不少忙，顺利登机平安返京。

北京腊月天寒地冻，如果没有外出安排，赵淯基本在家看书，"我喜欢《杨绛传记》，很有意思……"已过了小年，女婿开车女儿陪同一大早在通州西门护国寺小吃店，买了一大盒各式小吃，"送到罗忠镕家，我们老同学又见面了，总有摆不完的龙门阵。罗菩萨问长问短，问东问西，我们艺专老同学，基本已走得差不多了……罗家新安装了户内电梯十分方便，但她就像那次我在竹园搬家不小心，绊到工人的工具箱，脑袋摔破了！这么大岁数（已满九十四岁，将满九十五岁）好吓人嘛！"两位老同学也是最后一次见面。

2019年除夕夜王晓童做东，请到通州"徽韵小厨"吃饭。饭后回家看春晚，亲家母忙着包饺子、交子吃。因头年岁末赵世琦不幸病故，他儿子赵磊接母亲宗瑄和妹妹赵青到北京过春节，请二太孃去家里玩了一天。二太孃一定要回请，安排正月初五（9日）在通州大鸭梨酒楼，宗瑄、赵磊和小蒋（仲彦）、赵青和儿子潘永杰，结果王志明的妹妹王宪玲跑过来抢着买单。"我看宗瑄的情绪还没调整过来……赵磊说要赶到红螺寺还愿，他的儿媳有喜了，要当爷爷了！"

2月13日正月初九，陈志音正式开始采访父母，她计划一天三小时、两人各访一个半小时，大约采访二十到二十五天。"我们要谈什么事，头天都要想好，哎哟喂，老年人哪个记得到那么多？想啊想啊有时整夜整夜睡不着！"如此断断续续半个月采访了十次，真不容易。小音自然会让父母适当放松，自己也需要缓冲，否则访谈双方都要"疯"！3月1日赵淯开始行李装箱，出发当天一大早起床洗晾二人床上用品，律迪预订的七座商务车送往首都国际机场。成都那边由两个侄子赵建赵鹏开车接送。

春天成都的油菜花最好看了，干儿小宝（甘国农）和渝生开车带二老，前往金堂三溪镇，满眼金黄赏心悦目。隔了两天"噩梦"重新开始！女儿继续采访，老母亲痛苦纠结经常失眠。谈到第十八次，陈光发不想再说啥了。赵淯断断续续说了二十五六回，呵呵，您要啰唆些嘛。女儿女婿赶在孙女生日之前回北京，"他们走了，家里头好清静哦！我这人很矛盾，喜欢娃娃，尤其和小慈小雨两个宝贝在一起，热闹！但人多了又很心烦，又想清静……"

老同事、老朋友，中外著名作曲家黄虎威6月4日病逝！"我们一起在成都参加文工二队，一起去重庆西南人民艺术学院，又一起回到成都，从西南音专同事到四川音乐学院，又是多少年楼上楼下的好邻居，这么亲密的关系！唉，太伤感了……"

夏天外出活动少，下雨、天热都不想出门。7月28日早餐，陈光发翻看微信无意间发现：黄引引的儿子惠强自驾带老两口来成都。简直在搞突然袭击！十二点多钟进门，赶紧带到"老厨子"午餐，"我马上拿给惠强两千元，还不够这趟住宿过路费？小伙子很懂事也很能干，已自行预订好酒店。"第二天想带去熊猫基地，因下雨只好取消。在万达"红杏"酒家饯行，三位客人离开成都回山西，赵淯才算心安。中秋节又在下雨，斌洁刘锐接二老前往"文杏"，世瑛做东为宗瑄小磊赵青接风洗尘。中秋节晚上，外孙律迪带着小雨，父子俩从北京飞到成都，他们半夜才拢住在川音附近全季酒店。女儿呢？回不来！"亲家母美珍做膝盖置换手术，小音是大儿媳妇要守在婆婆身边！"所以懂事又体贴的外孙，带着小雨回成都陪姥姥公公。

2019 年国庆节前，周思源院长带党办和老干处的同志到家里，亲自为陈光发颁发一枚金光闪闪的共和国勋章，这份荣耀，赵渻原本也有份啊。10 月 18 日学校组织到新繁"花香果居"农家乐。对，那天就是 2019 年 10 月 18 日，武汉世界军人运动会开幕式！举世瞩目万众关注。"我记得当时宣传语说：2019 年恰逢中华人民共和国成立七十周年，举办一届隆重、热烈、简朴、务实的军运会，是对祖国七十华诞的最好献礼……"

四川音乐学院即将迎来院庆八十周年。老干处杨磊特意过来问赵老师，现在学校有没有您教过的老学生？有的是！又问，您要不要参加院庆开幕式？五妹在阳台麻将桌上大声武气吼了一声，嘿二姐不得行哈！那天赵世瑛约了我们。赵渻想都没想便一口拒绝了！

2019 年 11 月 16 日，陈志音应邀参加四川音乐学院建院八十周年开幕庆典大会。"听说毕兴代表老教师上台接受鲜花掌声……我过后还是有那么一点、唔，后悔和遗憾，我本来也应该上台啊，结果为了那一顿饭，放弃了原本属于我的荣誉和机会！（是，您这辈子放弃的还少？）"那天世瑛请到西门"陶德居"，小音参加庆典大会后，打车过来并未耽搁聚餐。下午在世瑛家打牌，小音在里屋采访斌洁。"我记得 22 日晚上院长请我们听《敖昌群师生作品音乐会》，22 日晚上第一次走进城市音乐厅，在贵宾室先和敖昌群张莉娟、老校友匡亚欣等高高兴兴一起合影。"

最高兴的还是又去了一趟阆中！2019 年 11 月 26 日，赵鹏夫妇、赵建夫妇和赵鸽开了两辆车，"夏茜提前预订的天宇明雅尚美酒店很现代、很宽敞，我过去挪动清洁桶没站稳，一屁股坐在地毯上，小音吓惨了！这个江景房大窗外对岸就是老城区。"何家巷 33 号肖家大院，熟悉又亲切。晚餐是么弟媳"监制"、小赵建料理的油茶馓子，太美味可口啦！全是小时候的味道。"看着丽芬很消瘦，我心里难过得很……她身边三个娃娃特别孝顺，应该放心。"要回成都那天也在丽芬家午餐，赵淯最喜欢保宁凉面，两大锅牛肉臊子做得非常地道极其美味，大家都赞不绝口。"丽芬送我们各家徽子腊肉酥锅盔，还专门给我装了两盒保宁凉面的臊子和泡豇豆肉渣渣。六点多到家，小黄煮了稀饭，正好就着丽芬带的泡豇豆和酥锅盔。"

12月中旬儿子小钢和女儿小音先后回到成都。侄女斌洁提前通知大家，要去给他们的新家暖窝，最好一个都不少。小音认真考虑弄点有特色的饭食，保宁凉面好不好？太好了！妈妈喜欢。正打算去菜市场买新鲜牛肉，结果这么巧，甘国农送来一大包新鲜牦牛肉！这就叫：有福之人不用忙，呵呵。那个新家专门请大师看过风水精选时辰，12月22日是乔迁新居的好日子。6:30一家人爬起来，开着奥迪轿车，提前拢了欧香小镇。好强的仪式感！ 8:28指纹开门前呼后拥，老少十二人为斌洁刘锐暖窝。阆中传统名小吃牛肉臊子面王陈氏改良版，大家吃得欢欢喜喜赞不绝口，美丽贤惠又勤劳能干的主妇也准备了二十人三顿也吃不完的美食。

12月26日小音飞到太原听歌剧《三把锁》;28日二老在五妹赵沚家玩，下午光发感觉身体不舒服，躺在沙发上，他很少这样连牌都不想打。夜里发高烧，咳嗽喘不过气！这种情况让刚进家门的小音非常焦虑。第二天早上光发还犟起不去医院，他憋气憋得嘴唇乌紫很吓人，小音坚持必须送医，结果一去就没有好结果：慢性阻塞性肺病急性加重、细菌性肺炎，住院诊治。下午赵淯去医院，病房太简陋了！光发躺在靠门边一张床，房门对着电梯门，陈光发半截身子露在外面，这么冷的天，数九寒天！

2020年元旦节，还有什么好心情？斌洁刘锐按计划在老南门"金龙鱼港"请二姨和五姨全家团年，老头子跨年这一病，全家人心都乱了。本已买好8日四人回京的商务舱机票，没戏了。退了三张票，女婿一张机票改签时间未定；看到光发病情不见好转，反倒越来越重，小音赶紧联系夏茜请学生家长帮忙，两人跑了一趟华西医院，老干部门诊不能保证收住院，且门诊全是大病房，一间屋十几个病人和几十个家属。赶紧又求助油红，她神通广大很快联系到省四医院，陈光发犟起说他哪儿也不去，小音只能编造善意的谎言，这是学校老干处帮忙联系转院，老头子这才服从"组织"

安排。四医院急救车都出勤了，赵建开车把光发连背带扶（交钱请护工背到一楼）弄上车，开到四医院。油红跑上跑下帮忙联系呼吸科万主任，安排住进单间病房。这里条件完全天壤之别，很快找了个护工小汪。

这下陈志钢可以放心回美国了，元月 3 日一大早，他独自打车去双流国际机场。"现在只能全靠女儿女婿两个人，光发的病情非常令人担忧！还不忘叮嘱我们给山西寄钱寄钱寄钱！小音陪我按上年的数额打给黄引引，她再分给各家，我也给丽芬转去过节礼金。"小音和志明天天跑医院送饭，陈光发胃口越来越好，床头检测仪上的指标越来越接近标准。因外孙媳妇郝迪曦曾照顾过患病的父亲，很内行似的天天查问，公公的血氧上去了吗？心率下来了吗？血压稳定吗？小音一一汇报给她儿媳妇听。斌洁夫妇和赵鹏赵建夫妇，隔三差五到医院探病，老人感动又温暖，心情和病情，一天一天好起来。

陈光发住院期间，学校现任领导特别关心，虽说是岁末年初工作繁忙，党委副书记文英还是同老干处马麟处长杨磊主任带着鲜花和慰问金走进病房。老人忍不住老泪纵横，"他们来看我，我当时还有点迷糊，你说什么给我的印象最深？那张笑脸！文英不怕我是病人，她挨得很近，笑眯眯地跟我说话，满口牙实在太白啦，白得晃眼睛！那个印象太深了。"

终于，医生说陈光发明天可以出院！2020 年元月 16 日成都难得一个大晴天，气候温暖阳光灿烂。陈光发病重住院十九天，第一天在家里午餐，好满足好香甜！腊月廿三北方小年，女儿和馅包饺子味道鲜美。赵鸽来家看望姑爹，她和小音一起包饺子，一口气吃了十六个！下午小音带着二十个饺子和水果点心去"南岸一家"看望长辈韩立文和宋大能。女婿志明也可以放心了，机票改签到 18 日飞回北京。小音不放心也走不脱，她留在成都照顾父亲。小黄开始休年假，那天女儿睡过时间（实在不习惯早起），光发竟然起床做了早餐！光发回家一周，赵淯让他洗澡换干净内外衣物，全然不知：新冠病毒攻陷武汉，1 月 23 日除夕前夜封城……第二天晚餐年夜饭，女儿做了六菜一汤一甜品，一家三口看春晚、吃饺子。这是最清净的一个春节，其时已知新冠病毒蔓延，不敢出门，不能串门。朱宝勇买了豆腐乳、挂面放在"赵陈寓"门口。那日保安敲门，赵淯的老学生邹美君送来三十个鸡蛋，面都没见，后来听说她竟突然病逝！

赵淯和光发在屋里头硬是籀了两个多月，4月15日第一次出家门、进电梯，第一次下楼晒太阳，去校医院取药。"4月23日竟忘了微信问候斌洁妮儿和小慈三个寿星女。"五一劳动节仍待在家，竟然看到几月未上新的《非诚勿扰》，现场不带观众。似乎疫情渐渐松了？"我们开始在桂花树下散步，做八段锦。他们年轻人又开始约着出去玩。我们不能再给女儿添麻烦，小音中下旬要回北京，儿媳萌萌好心，托朋友帮找一个全职保姆。我们十分矛盾纠结，非常舍不得小黄，相处这么多年，何况还有小胡这层关系。"结果折腾了一圈，小音尊重二老意愿，同小黄谈妥做全职的各种事宜。从5月17日小黄正式做全职，工资从这天开始重新结算。女儿在娘家已连续住满五个多月，18日终于飞回北京和她的夫君、婆母、儿孙团圆。姐弟俩和父母天天电话偶尔视频，重点是，女儿之前请外孙律迪网购小米智能摄像头，可以随时随地"监控"二老，探察关注父母的日常起居生活和健康精神状态。

新学期开学了，校园恢复了生机。"9月18日第一次参加学校离退休老领导去新都校区过的组织生活，我们不敢在外面待久，午餐后邓仕元开车送回家午睡。可能太久没走远路，有点头晕感冒症状。"女儿在北京只待了四个多月，又回娘家陪父母欢度中秋国庆双节。结果外孙律迪（为为）27日也一个人撵到成都陪姥姥公公。那不是迪曦要一人带两个娃娃？好辛苦！您有什么安排？要不去趟东门市井？紧邻李劼人故居。要得要得，想起菱窠、想起李眉（远山），赵淯热烈响应。9月28日一车四人直奔沙河堡菱窠西路70号，这离音乐学院不远。大门石碑上流沙河题款：成都市李劼人故居纪念馆；两侧对联："极尽四时之所乐，自成一家以立言。"小院里，清雅古朴花枝嫣然，清风雅静蕉叶招展，早年新园宿舍也有几大篷芭蕉，小音信口背诵易安名句："窗前谁种芭蕉树？阴满中庭……"；赵淯插嘴，李煜那首也漂亮："秋风多，雨相和，帘外芭蕉三两窠，夜长人奈何。"嗯嗯，漂亮！且有一个"窠"。

李劼人汉白玉半身塑像，温文儒雅目光深邃。身后主楼楹联："历劫易翻沧海水，浓春难谢碧桃花。"文采斐然意蕴深长。一间一间展室慢慢看、细细看，"你看，李眉是不是很漂亮？他们一家人都长得好！"想起八十多年前，李家租住桂花巷时，两个毛根儿朋友经常互相串门儿……"李眉现在还在不在？晓得在哪儿呢？"赵淯自言自语低声嗫嚅，小音晃晃头完全不晓得，我去给您查。好了，原来您的两个小学同学李远山（李眉）、李远岑，后来都在北京哈，哦！一个在人大教书，一个在外交部；很不幸，李眉 2007 年 9 月 6 日病故。啊？哦！

自疫情爆发以来，赵淯和光发第一次和赵家亲友聚会，已是 2020 年 9 月 29 日，两姐妹夫妇带子女十三人，斌洁刘锐请在"锦亦缘"。他们没有打牌，好听儿子志钢的话！2020 年中秋和国庆同一天，为为做东请斌洁三口、李渡夫妇，刘锐帮忙预订的黄瓦街 53 号院坝里老成都记忆川菜，所谓公馆菜，做得精细味道不错。第二天 2 日早餐后，律迪独自开车去机场回北京，那边一大家子都眼巴巴望着呢。

10 月 22 日赵淯九十四岁生日，已回北京的女儿快递了鲜花，她拜托夏茜赵鹏陪二老去吃美味的"神仙面"，味道确实不错，红油水饺、卤肉印象深刻。"还到望江楼街边花园拍照，送我们回家午睡。这个生日不累，舒服。"11 月 11 日光发九十三岁生日，女儿和外孙又是快递鲜花和蛋糕，"小黄烧了一条鲈鱼，端了一份红油兔丁，还做了几个菜，我们请她留下来，又把她老公小胡也喊来，四个人总比两个人热闹些，光发吹蜡烛、切蛋糕，在家庆生也不错。"

12 月 2 日小音六十六岁生日，12 月 9 日小雨七岁生日，只能微信祝贺。"小音把我们的'口述'初稿前三章打印成册，我们一人抱一本，从 17 日上午开始看，一点一点慢慢看。我不太愿意让她写那么多不好的事情，谁又抽大烟，谁又冒火发气。我希望她多写一点真善美、正能量，小音说人性复杂，若无黑暗面，何以见光明？"

2021 年极为特殊，辛亥革命一百一十周年、中国共产党成立一百周年。

开年元月，赵淯陈光发和儿女孩子天各一方。"元旦节上午散步，李珩王其书夫妇多热情地陪我们走出校门，参观即将完工的'音乐坊'。"后来副院长文英、老干处马处长和杨磊到家送鲜花慰问信。隔天又通知光发去香樟园参加院领导开会。"终于等到女儿回来陪父母过春节，还没进家门，刚到大校门，惹了一肚子气，保安态度生硬，女儿非常懊恼。她一回来就忙活起来，亲手调馅包饺子。腊月廿五周六，夏茜赵鹏晚间开车来送年货，保安管得特严，幸好赵明玮是本校老师。腊月三十除夕，请斌洁刘锐下午先过来打麻将。五个人的年夜饭：四凉菜（凉拌三丝、土豆沙拉、腌腊双拼、熏带鱼）+七热菜（小烧什锦、蒜薹肉丝、咸烧白、红烧鲈鱼、油焖大虾、素炒豌豆尖、天米粉肉）+甜品（八宝饭）+清炖天麻洋参土鸡汤。送走斌洁刘锐，三人观看春晚，交子吃饺子应时应景。再不出门要渥起霉了！正月初五打车到欧香小镇斌洁刘锐新家团年，好大一桌美味佳肴，红酒不错，气氛特好。正月十五元宵节第一次去赵沚的新家。"五妹搬新家，端午节都请了我们都没去，可能她都怄了？新家很不错，五妹能干得很，一个人弄了十菜一汤，样样都好吃。"

2021年最大的事：中国共产党百年诞辰，与赵涓、陈光发两个共产党员血脉相连密切相关。

3月19日，老干处马麟处长、杨磊主任带着几个青年学生到家来采访陈光发，所谓"94老党员"和"95大学生"对话。通知说，只要七八分钟。结果是最后编辑成七八分钟一段小视频：四川音乐学院微党课系列之《永不褪色的记忆》。那天上午坐在客厅采访了一两个小时，下午又请二老下楼，在校园补拍镜头，漫步林荫道，仰望五星红旗……差不多折腾一天。川音负责党建和宣传的雍敦全教授，将这段小视频发到网上，陈志音随即转到微信群里、朋友圈里，老中青朋友看了无不非常感动。大约七八分钟的小视频，真实记录了一个老共产党员的成长足迹和真实情感。陈光发，讲述过程思维灵敏反应迅捷，眼神灵活口齿清晰，表达准确逻辑严密：参军—入党—南下—入城—西艺—西南音专—四川音乐学院，毫无废话也不混乱。"永远感谢我们的党！永远跟党走！"铿锵有力掷地有声，丝毫不像一位九十四岁的高龄老人。小音曾采访过数百上千位中外音乐家、艺术家，做了父母口述访谈，她感觉那一次，父亲的语言组织能力和口语表达能力，超赞！

6 月 25 日傍晚，党委副书记侯钫和老干处马麟处长登门拜访，陈光发和赵淯，两位老人双双获得"光荣在党五十年"荣誉纪念章。陈光发的党龄与共和国同龄，赵淯只晚三年。这次口述访谈，陈志音提出一个严肃的问题：妈妈，爸爸，你们的家庭出身、成长环境、教育背景包括审美情趣、性格脾气，可以说是天壤之别大相径庭，但你们却神奇地结合了，走到现在已将近七十年。请你们根据各自的人生经历，讲真心话、老实话：1949年以前和 1949 年以后，哪段生活更美好？国民党统治和共产党领导，普通百姓在哪种政体下更幸福？

这是一个偏重意识形态、触及政治立场的话题。两位老人，不假思索脱口而出，争先恐后异口同声：那还用问？！现在当然比从前更美好！共产党领导比国民党统治让我们普通百姓更幸福！！从心里，真的这么认为？陈志音连续追问，天地良心！绝对真心！

陈光发，贫苦农民的儿子，何德何能在高等音乐艺术院校担任党委副书记、纪委书记兼副院长？"我在山西过的什么苦日子？如果没有共产党解放我们穷苦百姓，我最多像大哥一样当个乡村教师。日本人欺负中国人，随便乱杀乱抢，你能怎样？现在的中国，可不是随便谁都能欺负！"

赵淯，旧省府高官的女儿，锦衣玉食的千金小姐。日本飞机大轰炸，只能跑，只能躲，爹爹躲日本飞机患上重症不治身亡。小小年纪开始体验家道中落人情冷暖世间凉薄。"如果不是共产党解放军来了，我最多是个中学音乐老师，还能怎样？在大学里当教授，想都别想！"

在赵淯和陈光发心中，《没有共产党就没有新中国》何止一首歌曲？那完全是他们发自肺腑的心声！绝对不是要说给谁听、上报纸电视的套话！习主席"七一"电视讲话，两位老人认真聆听后很激动、很感动，数度热泪盈眶！"我们作为老党员深深感到党的伟大、强大！新冠病毒全球肆虐，我们党在怎么做？请问哪个政党、哪个国家能像我们党、我们国家这样做？"两位老人自己打车去郭家桥北街社区医院打了两针疫苗。"最后那一针遇到谭书记，他问，你们咋不要车？我说不好意思，走哪儿都是自己打车！谭书记说需要用车就找学校，该交钱交钱，至少安全！"两位老人自来这样，生怕给学校、给别人添麻烦。大院里那么多好朋友，硬是万事不求人！

原本活摇活甩的东京奥运会，7月23日开幕了。赵淯天天守着电视机看奥运比赛，"我国小姑娘拿了第一块奥运金牌（杨倩—射击），举重、击剑女将也拿到金牌，女排比赛输得惨哦！……好不容易办成了奥运会，从头到尾非常精彩！"女儿8月30日回到成都，侄儿侄女招呼一起出去玩，新都桂湖赏桂花、府河花园走亲戚……"中秋节女儿陪我们去水晶溪岸五妹家过节，刘锐开车送我们回家。还没到九十五岁生日，我的外孙律迪送了我一部苹果手机，淡紫色，我最喜欢的颜色！"

国庆节前，小音跟着表妹斌洁两口和涛涛去了趟南充。"他们专门到三妹赵溶和妹夫李春福合葬的墓地祭拜，这让我很感欣慰。后来她们又去了阆中，照片上幺弟媳肖丽芬比我们2019年11月那次去时好了很多，看着脸上丰满些、气色也不错，精神！"国庆节第二天，赵淯专门在滨江仁和酒楼给五妹赵沚过本命年八十四岁生日，大家欢欢喜喜的，觉觉送给二姨一盆金佛手，还照了好多合影。

赵淯节前买了几封自己最喜欢的萨其马，结果忘得一干二净。陈光发提醒她，有啊，还多！屁才多，早都吃完了！光发笑说，我要翻出来，咋说？我喊你陈爷爷！那你真的要喊哦！于是从柜子里取出点心盒，一、二、三、四、五……看，还有八块！喊！陈爷爷！哎——真是返老还童、老顽童！小音哭笑不得。

原想妈妈九十五岁逢五生日算个大生，即便因为疫情不宜大宴宾客，那也应该留在成都陪妈妈过完生日再走。赵淯说，女儿已经陪我们过了中秋节、国庆节，马上还要一起过重阳节，可以啦。你老公、婆婆、儿子、孙子他们也需要你陪伴！好吧，我16日回北京如何？微信告知王志明，只听他说了一句话：两个老年人，更需要你陪伴照顾！哇，陈志音眼泪花儿花儿倍觉暖心！

尾声

如果坚持读到尾声，您是否已经发现，后面的故事越来越显得零散琐碎，简直就像口水话流水账？还免不了重复又重复？然，重复就是强调，强调意味重要！这恰恰也符合老人生活与记忆的规律特征。讲到现在，还有多少起伏跌宕的情节？还有多少浓烈浪漫的情感？

　　香畹和祖静八个子女见证了新旧中国更迭交替，历经风霜艰难坎坷相扶相伴。现在同辈人健在的有：九十五岁的赵淯和九十四岁的陈光发、八十四岁的赵沚和九十一岁的刘永昌，两姐妹、两夫妻及其子女、兄弟姐妹的子女，还有子女的子女下面两辈、三辈……

　　赵淯和陈光发，经年累月日复一日过着空巢老人平淡无奇的居家日子。幸有互联网有微信，两位老人，天天在各种群里"游走"，足不出户尽知天下事，好像也没那么寂寞。2021 年从眼前划过，终于迎来充满希望的 2022 年新年……

赵庐——香畹后辈的打卡地

全书以"香畹"为题，理应回到香畹故园。

"赵庐"，香畹亲笔题款的匾额，如今仍旧高悬在四川省阆中市古城区学道街 13 号大院门楣之上。香畹八个子女，唯有最小的儿子赵江在这里工作生活，赵庐老宅何以没他一间斗室安居？这件事赵淯全然不知，或许因爹爹早年离开阆中，老宅产权已不属于赵家私有财产而为当地政府公有？

"现在住到里面的人家，一个都不认识！可能离我们这房太远。"

国内四大齐名古城"南有丽江、北有平遥、东有歙县、西有阆中"。阆中（川北道）贡院位于学道街 12 号，在"赵庐"斜对门。贡院广场东侧紧邻"赵庐"西墙，清晰呈现以贡院为中心，由府县文庙和学道街、状元街、三陈街组成的科举文化街区。四方游客观光网红景点，经过不足百米的学道街，大概多会不经意间将目光投向或掠过"赵庐"，而但凡香畹后辈回到阆中，"赵庐"为必打卡之地。

《赵椿煦家谱》（丙申年 2016 年修订）仅收录香畹本家一脉。香畹的三位同胞兄弟和四位堂兄弟及家庭成员均未列入。2019 年 10 月 13 日赵淯堂姐赵浍（韻华）之养女赵丽，微信转发堂侄世琨口述。世琨，香畹之堂三弟（赵淯称三爸）的嫡孙，前两年他回阆中访亲所搜寻的资料，可谓其二孃（姑）赵淯所作家族口述史的必要补充与重要佐证。前文提及，香畹父辈兄弟二人共育八子，大排行长房为一二四五、二房为三六七八，这与沈洪霖与赵淯赵溶姑嫂回忆讲述相符。但阆中亲戚对五和六的归属尚存异议。紫茵认为，前一种说法较为可信：赵淯的五爸长居成都，同香畹家人同在一个屋檐下生活多年。"我感觉爹爹和五爸是亲兄弟，爹爹和六爸的关系，远不如和五爸亲近。"

下面按赵淯侄辈世琨口述称谓，从香畹同辈以下简单梳理——

大爷爷育五子二女：大伯子女情况不详；二伯名淞号雨秋，过继香畹和李氏为养子，淞和孔氏育三女一子：蓉初、世莹、世璜（子）、世玖，孙辈现居国外几无联系；三爸浚育三女二子：世珍、世玢（女）等；四爸青年从军，后起义参加解放军，复原回阆中安居，子女情况不详；六爸世瑋与大孃、幺孃及其子女情况不详。

二爷爷椿煦（香畹）已续家谱容不赘述。

三爷爷即世琨祖父育二子：长子洪（号镜波）有二子二女，世琇育二女赵钧、赵铮，长女夭亡，次女世琬育二子杜青、杜平现居太原；世琨育一女赵锦；次子泽号润生育三子一女，其中世瓏育二女赵岚、赵雯，世瑜（与北京二叔之子同名）育二子胡奎、胡敏。

四爷爷无家室无子嗣，曾由二爷爷香畹过继养子赵溥（九爸），溥少年时离蓉赴京上中学；他久居金河街大院，常带童年赵涵（十爸）睡觉。

五爷爷育独子名？有二女一子，女世琼（在成都实验婴儿院工作）、世琳（可能有误？长居新疆）、子世珂在北京某部工作，子女情况不详。

六爷爷育三女：大孃在阆中育二女王映瑞、王映芝，一子早年从军失联；二孃涪又名韻华，在成都抱养一女赵丽；三孃于战乱之中丧生。因父母双双早亡，三姐妹由世琨的祖母抚养成人。

七爷爷育四子：长子準领养一女世琍；次子澧（中国人民大学教授）生二女世琳、世琏，一子世瑜（1959年8月出生，北师大历史系和中文系学士、硕士、博士，北师大历史系和北大历史系教授、博导）；三子湜为北京总工会俄语翻译，领养一子仁义；四子治（沺？）育二女一子世璞。

八爷爷青年从军，军中生变遇难时不及三十岁任营长育遗腹子泳，泳育四子二女世瑯、？、世琬（女）、世琯、世瑗、世璁（女）。

　　赵氏家族取名字为便于区别辈分，用单名和双名间隔，香畹子女自行一道，赵淯同辈都有"三点水"，堂哥湜、亲妹汯，湜湜其汯：水清见底，清廉之意。双名按老规矩，前一字要统一，如，世琨同辈以"世"字；后一字偏旁统一为斜玉旁，如，瑛、瑜、琬、珍、琇、瓏、琳（玲）等，同辈不乏同名。因历史原因，所谓家传取名方式，终结于"世"字辈。

　　香畹之曾孙（赵鸿之孙、世琦之子）赵磊为其玄孙赵舸和王佳之子起名：赵珂维，谈及内涵寓意津津乐道："一、赵舸名有可字，王佳姓有王字，珂，集二者之大成；二、维中有佳，褒奖王佳生养赵氏嫡子之贡献；三、珂者，玉石，有其祖父磊、曾祖世琦血脉传承；四、维者，属土，孙子土猪，大吉；五、维，有领域维度以及维系维护之意，诸葛亮最欣赏的接班人姜维，文韬武略盖世奇才；六、珂维，宝石之链，含珠玑之才意思。珂维珂维、大有可为，大和可相逢，便是奇才！"真乃奇思妙算费尽心机！

　　香畹之后坚守阆中唯赵江一家。何家巷肖家大院不单栖居着肖丽芬娘家一大家人，赵江兄弟姐妹及其子女也会轮番涉足此地。在这座老宅里重温乡情大快朵颐，品尝阆中牛肉臊子面、油茶馓子、腊肉香肠，回味家乡特殊的味道、婶婶（舅母）独有的味道。肖丽芬，总是笑眯眯对成都过来的姐姐姐夫、侄儿侄女、甥男甥女亲切、亲近、亲和、亲热地说，这儿就是你们的老家、娘家，听见了吗？想啥时回来就啥时回来，我们都会做出一大桌你们喜欢的阆中美食哈。这些话，太入心、贴心、暖心，谁不想听？谁不爱听？

　　两年前（2019年11月）初冬，赵淯陈光发和女儿、侄女、侄儿侄媳回到香畹故里。那一次众人正在赵庐门前摄影留念，在不经意间听小导游指着"赵庐"匾额说：大家看，这里是我们阆中籍著名画家赵蕴玉的故居！啊？！"我的耳朵听力不行，赵鹏最先听到这种说法，简直开玩笑！爹爹家族的故居，咋会成了赵蕴玉的故居？严重误导嘛！"

　　赵梼煦（字香畹）和赵蕴玉（原名义蔚，后改名赵石字蕴玉），两者皆为阆中人氏，没错。错的是，此赵彼赵并非一家人。前者生于1871年，后者生于 1916 年，相差四十五岁！但巧合的是，香畹之子赵涵 1960 年调入四川省博物馆，从事中国古代史研究及《四川文物志》编辑等工作。赵蕴玉 1952 年即已在四川省博物馆专事书画鉴定和复制古字画工作，他早年师从张大千先生，工笔重彩、写意白描无不信手拈来，尤以仕女画最富盛誉，赵涵兄妹谁家没珍藏一两幅赵蕴玉的《仕女图》？"喜欢赵蕴玉的画作，但也不愿沾名人的光哈。赵香畹的儿女而非赵蕴玉的亲戚。"那天就在赵庐门前，赵涵的儿子赵鹏实在忍不住，走过去跟导游小姐悄悄说，这个不是赵蕴玉的故居，你看匾额题款者"香畹"，他是我的爷爷，赵椿煦，字香畹，我是香畹的亲孙儿。那边的老年人（指着赵淯），看到没有？九十几岁了，她是香畹的女儿！你们最好搞清楚再说，要不然误导全国各地游客，那不是以讹传讹吗？

2021 年国庆节前，赵斌洁和刘锐、马玉涛和陈志音四个人赶着又去了一趟阆中古城，看望赵淯的幺弟媳肖丽芬。"我们咋会不想撵路？但带着两个老人确实太累赘！小音和涛涛先坐高铁到南充。刘锐送他爸爸和妹妹回家，这个车才能再带上两姊妹。我们连一次高铁都没坐过，唉——（深深叹气），可惜呀！原来能坐没去坐；现在想坐不能坐。这辈子，我们还能不能坐一次高铁呢？"小音说，争取。争取吧？这话明显底气不足。肖丽芬及其子女照例是盛情接待，他们四个人也不客气，走到阆中来，只想吃幺舅母家的饭食。肖丽芬坐在灶台边"督导监制把关"，小赵建"大厨掌勺料理"，那一大桌香喷喷的家常菜照片发到"香畹本家"微信群，赵淯陈光发和其他人，只能眼巴巴隔着手机屏幕看着，一个字：馋，两个字：羡慕，三个字：好想吃！

赵世瑛早在 2015 年曾在"香畹本家"微信群发过一条感言："诗书传家，清廉正直，锐意进取，家庭和睦，博爱慈善，（香畹）爷爷是家族的灵魂！"列位后辈众口交赞强烈共鸣。

成都

——本家族群的栖居地

　　成都，这座城市为赵沈两个家族相对集中的栖居地。从清代同治年间算起，在成都落地生根的时间，沈氏家族应早于赵氏家族。前文提及，赵渭曾外祖父沈宝锟（吟樵）亲自监理修筑桯园于同治年间，辛亥革命之后毁于战火硝烟。

　　沈珏文章《风木之思——忆我的父亲华西眼科教授沈祖寔》网上传播后，成都史学家陈光建（广鉴）通过《人文川大》编辑部找到作者，希望她能提供相关信息，沈珏遂将大三房之沈鹤樵的曾孙沈载义、沈载勤推荐于他，两兄弟则为其提供鹤樵一族相关资料及图片若干，令陈先生大喜过望。但遗憾的是大二房吟樵公仍是信息阙如。陈光建公布其对成都桯园沈氏三樵的博文，重点研究沈珏之曾祖沈宝锟；2019年以来又转译沈鹤樵之子沈贤修（号鹤子，字禅和子）的《禅和子日记》五册。前几年同属大二房吟樵的八房沈其稀之女沈泳（曾就职北医）回安徽石埭原籍寻亲，偶遇石埭地域文化研究者吴爱斌（沈能林之外甥）正修沈氏族谱，问及四川一支族脉情况。2015年沈珏随之独自回石埭问祖，老家族亲也向其打听四川支系，"真是无地自容！石埭《迁居四川的七都后裔群》寄厚望于我，但我连自己所属十四房的情况都知之甚少，愧于向族群交代……"

　　《香畹之荫》内容涉及赵沈两个家族，两个家族长居成都且与赵渭一家亲情密切往来频繁的全是兄弟姐妹及其子女。而香畹四个堂兄弟的后辈中，有走动来往的主要有赵湑的六爸之女大二姐赵涪（韻华）和养女赵丽、三爸之孙静波大哥的幺儿世琨和杨琪夫妇，早些年还有润生二哥之女世瑜夫妇、之子赵世瓏夫妇及子女。

从口述者赵湑同辈计：上至沈氏四代高祖父沈在光（太祖父沈澹园上辈不计）、赵氏二代祖父名不详（曾祖上辈不计）；下及沈氏六代、赵氏六代。现今香畹后人健在且四世同堂的有两家：香畹之女赵湑和陈光发夫妇，已有曾外孙王璟慈（女）和郝璟延（子）；香畹长子赵鸿和洪霖夫妇已故，长孙世琦（已故）和宗瑄夫妇的曾孙子赵珂维已满三岁。"我经常跟小音小钢说，你们应当感恩惜福，两个退休老人上面还有父母，你们的老表兄弟姊妹如何？"

香畹本家实在不算大富大贵之家，可以说小康日子都过得还不错。四妹赵洵去世以后，妹夫王啟东和大儿子王晓星夫妇住在一起，前些年和二姐姐夫互相还有通信，后来患阿尔茨海默症，2021年7月获得"光荣在党五十年纪念章"，晓星拍了照片发给二姨看。9月28日噩耗传来，四妹夫去天国和爱妻团圆……唉——赵湑说她现在最羡慕的人是五妹赵沚，"她小时候受够了罪，现在活得最好，三个女儿都在成都，如三星拱月般守着她，家也越搬越近都搬到了城南，彼此方便照顾。我们好可怜，儿女都跑得那么远……（还不是被您轰到那么远？）"

因小音周转联系沈祖寔的子女，世瑛随即和沈珏互加微信，将其母亲遗作手迹发给沈珏，如，1960年12月4日哭胞弟伯翔书、泣别高堂、赠诗范惠卿……沈珏微信回复："含泪拜读数遍，惊叹洪霖老姐的诗文才情，更感慨姐萦怀至深的亲情、手足情、友情乃至家国情。……我聪明善良、才华横溢的洪霖姐，终其一生，心中都装满了他人……"七嫂写的小诗小文赵湑以前看过部分，"一个只读过私塾的家庭妇女，写出这些文字诗句，实属不简单！"

2021年暮春时节，赵湑之女陈志音和王志明、赵溶之女赵斌洁和刘锐携刘珏伶、赵沚之女马宇涛4月6日分别从北京和成都出发，开启自驾下江南"寻根之旅"。此一行六人并无一人姓沈，陈志音、赵斌洁、马宇觉，这姨表三姐妹同一位外婆，却均未见过沈祖静。"摇啊摇，摇啊摇，摇到外婆桥/外婆叫我好宝宝，糖一包、果一包，外婆买条鱼来烧……"我们的外婆，她是谁？她在哪儿？她们的外婆沈祖静早已病故，而沈氏家族外婆祖籍原并非四川。有一阵听说在安徽芜湖？后来了解，原籍为安微省池州市石台（旧称石埭）县七都村（镇）。沈氏十一个祠堂其后嗣分散于池州全境，有的去了芜湖、六安，有的栖居安庆、宿州……如今石台县七都镇，偶然会遇见某一个、某几位通过字辈确认的沈氏族人。2015年沈珏从上海的女儿家出发，乘出租车到七都镇河口村舒泉，沈氏四甲祠后人栖居地，基本搜寻不到她所需要的信息。成都桎园"沈氏三樵"大家族属二甲祠堂，同治年间全迁成都，如今石埭已无这一支系的嫡亲后辈。

所谓寻根，正是外婆沈氏祖静这条"根"。三天之后，北京、成都两支小分队如约在池州机场胜利会师！两天之间辗转于石台县、七都镇。沈珏表姨微信获悉行程遂告之，有位现居石台县的沈氏宗亲沈在平，她去澳洲探亲时丢失了电话号码，后来断了联系。这件事很容易，陈志音通过百度查找，沈在平所在单位池州市青阳县长途客车站电话，那边女士立即热情告知沈在平手机号，午后拨过去，那边说他正在开车！哦？从青阳县到石台县，很长一段山道蜿蜒曲折危险。有点冒昧了？从未联系素昧平生，一个电话打过去，远亲？故人？陈志音当时觉得联系不上无所谓，谁都不认识谁。结果几小时后，沈在平回拨电话。他们夫妻从石台县城连夜开车到三姐妹入住的七景山居，香畹后人和沈氏后人见面，好像有点意思。沈在平曾在山东当兵，后复员转业后回到石台，在长途客运站开大巴，天天往返于青阳、石台两县之间。他没退休，年龄应小于陈志音？嗯嗯，满过五十啦！啊？原来小了十几岁的沈在平，竟然是三姐妹的舅舅！哈哈哈哈……赶紧合影微信发给赵淯和沈珏，香畹本家所有老少，第一次见到石台沈氏宗亲沈在平。

关于沈氏十一个宗祠那些事，沈在平说不出更多信息。但他知道，正是沈氏族人在"文革"中带头砸毁沈氏宗祠。沈在平从未见过沈珏，两个人擦肩而过失之交臂！那次沈珏去石台七都，在出租车上聊起沈氏，司机说当地姓沈的人特别多。正巧一辆长途客车从对面开过来，两车交错一刻，身边出租司机指着对面大巴司机，喏，那个人他不也姓沈吗？正说话间大巴"呼"开过去了，沈珏赶紧扭头回看，一片尘土飞扬啥也没看见，于是怅然若失寞然而归。回上海很快写了一封信寄到沈在平单位（大客车身印的字晃了一眼）。沈在平很快回信，谈了些石埭沈氏的情况，沈珏大悦！后来又失联了。小音那趟寻根问祖，重新再接上联系。这下沈珏和沈在平应该不会再失联了吧？

前面提及赵氏家族取名章法，沈祖寔给子女取名竟也有意无意不谋而合：珏和珂两个女儿芳名均为斜玉旁、澎与涛两个儿子大号部首三点水，恐怕并非巧合！"重点是我毛舅四个子女个个出息，珏是老川大毕业的英语副教授、大才女，她出版过多部译著和文学作品！珂是眼科主任医师，只有她女承父业！澎是副总工程师，涛是经济师，看到没有，全是高级知识分子！"

再说说相关外姓人，成都于他们，同样是割舍不断的心灵家园。"我说过嘛，赵家男人都很奇怪，全是'宠女狂'，大家都晓得七哥宠世瑛、九哥宠赵康、德哥宠赵鸽，哈！赵涵的女婿都是他们省博物馆同事介绍、他亲自把关、女儿认可。"陈德安 1981 年和德哥之女赵鸽结婚。他从四川大学历史系考古专业毕业后，很快崭露头角历任考古队副队长、四川文物考古研究院院长助理等职。最重要的学术成果是他担任三星堆遗址工作站站长主持发掘工作，那些年辗转全国各地、世界各国演讲报告。2021 年因三星堆最新发掘成果，陈德安再次走进央视等公众媒体视线。他的《三星堆祭祀坑》等学术专著影响广泛，还荣获"全国德艺标兵"荣誉称号、国务院政府特殊津贴专家。

"还有我的外孙王律迪，前面说他拿到清华大学计算机科学与技术博士学位后，继续在微软亚洲研究院工作并最早升为副研究员。2016 年因他的老丈人患病，妻子迪曦需要全力以赴照顾，两个孩子还小。莫法，律迪只能辞去工作，自主创业相对自由吧，可以兼顾家庭照料娃娃。"这些年律迪不容易，经过波折坎坷，先后任苹果公司研究员、相芯集团北京研发中心总监等。总之已在计算机图形学及自然语言处理领域取得多项创新成果，在 ACM SIGGRRAPH 等国际顶级期刊／会议上发表论文十余篇；所发明技术被应用于数款 3A 游戏及苹果的新版语音助手等产品。"我外孙对家庭、对老人特别用心非常孝顺，超级奶爸对自家两个孩子的关爱教育，简直了！要不我的重外孙女璟慈，怎么可能多次获得全国、全市中小学生编程大奖？"可以说外孙王律迪和外公外婆（他习惯称呼姥姥公公）相聚的频次密度，肯定远远高于大洋彼岸的陈志钢和陈韵父女。最近一次 2021 年中秋国庆双节，他丢下妻儿一人回到成都陪伴老人。

最近这些年，赵浒做东的成都亲戚聚会，最齐全、最圆满的有两次：2016 年春天端午节在琴台路百花世家；2016 年秋季国庆节九十寿诞在致民路老厨子酒家。很长时间兄弟姐妹的子女之间似乎有些隔阂，生出些误会芥蒂。大聚会，很难办，莫法办。所谓聚会，基本分成三妹五妹及子女一个圈，九哥十哥子女一个圈，七哥子女和五表姐儿子李继谦曾令岷夫妇、大二姬女儿陈源明赵丽夫妇、三爸孙子赵世琨杨琪夫妇，这几家又是个圈子。"我们就在里面转圈圈。"香畹后人厨艺高手不乏其人，且各家自有拿手好菜独特味道。赵世瑛和童承璞回成都的日子，亲戚之间的转转会也最密集、最热闹。

"香畹本家，现在我们两个最年长。还有啥想法？只想我们的下一辈、下一辈的下一辈，一家家都能和睦相处，健康平安都幸福！"

校园
——相守相伴的归宿地

  自 2020 年 1 月 16 日陈光发重症初愈回到学校，很快新冠疫情悄然蔓延，春节前夕武汉封城，两年间，赵渃和陈光发活动范围大幅缩小。两个人，一人一个助步器相伴相随闲庭信步，似已成为四川音乐学院本部校园一道风景。

  四川音乐学院本部原址，即四川省立艺专旧址。有人说曾经的旧兵营乱坟岗风水不太好，赵渃和光发却认定，这是西南音乐高等教育的摇篮，千百音乐学子、音乐教育工作者的一块福地。如今绿树成荫鲜花盛放、繁音拂耳丝竹管弦的校园，已然成为他们的精神家园、落叶生根的归宿地。凤城也好、京城也罢，那都不是自己的家，只可小住，焉能久居？无论如何，在川音大院里有个自己的家，最自由，最舒服。周围都是熟悉的老同事、老朋友、老学生、老熟人，胡碧莹啊、李珩啊、蔡莺啊、杨丽萍啊……早已习惯了成都生活，哪儿都不如在这儿过日子，这么休闲、这么有趣、这么方便。大部分时间在学校聂耳广场、桂花树下散步、聊天，"还有两位我们的老师，邹家驹老师已过百岁、赵玉华老师也近期颐，好天儿由两个阿姨推着轮椅，下楼晒晒太阳换换气。"

  两位空巢老人身边长年无人陪伴，幸周围仍有很多人赠予温暖。同住电梯公寓对他们最关心、最守护、最周到的李秀美朱宝勇夫妇、甘国农唐渝生夫妇、江仪宽和王雁母女，还有敖昌群张莉娟夫妇，只要有点好东西，这几家人大多会第一时间送上门，他们乐意和赵老陈老分享。陈光发参军遇见的第一位恩师马教员、川音党办老主任马惠文的妻子王泰兰，是赵清第一班最早的学生，即便已搬到远郊居住，她也会把应季时令新鲜水果送到赵老师家……

老两口好人缘何止这些？王文忠，最早由陈光发招进川音，小伙子一手木匠活儿特别棒，小王小王喊了几十年，小王早已成了老王，他一直对陈光发一家人特别热心。女儿的床头损坏了，王师傅找了一块木料，亲自上门费了老大劲修整加固完好。那次光发突然高烧，走到校门口遇到王文忠，他二话没说陪着二老去医院，挂号、缴费、取药，楼上楼下跑了无数趟，简直把二老感动得不知说啥好！

两位老人不只是对老熟人、老工人很好，学校新来的保安啊、保洁啊，他们也对人家客客气气没架子有礼貌，但凡年节一定想着送些点心糖果水果。小黄黄利，原是学校电工小胡的妻子，小许（建香）离开后自荐上门。如今已和两位老人和睦相处八年，从没怄过气、红过脸、吵过嘴。有人说，但凡对保姆好的人都是善良人。赵老师和陈老师对保姆好，从1954年冬天第一个保姆曾德先开始，到女儿两岁前来了李素芳；1958年秋天生下儿子陈志钢，再到1966年底，客观环境不允许李孃孃继续留在主人家。从赵清陈光发到小音小钢，这家人对待保姆，大家无不有目共睹。

请问，有这样的主人家吗？小时工也好、全职工也罢，两个老人，一个自愿包洗所有衣服床品，一个乐意包洗三顿锅碗瓢盆，有没有？九十五岁的老太太和九十四岁的老公公，夏天几乎每天洗澡，冬天基本每周洗澡，有没有？两个老人身上从来不会散发老人"味"，很多比他们年轻的老人难免都会自带一股老人"味"。赵老师和陈老师，天天收拾得干干净净体体面面。即便刮风下雨不出门，照样戴着手表，穿着周吴郑王，如果不这样，那就不是赵清陈光发。

现今的四川音乐学院校园，赵清是资格最老的教师。从十五岁开始在这里学习、工作、生活，光阴如梭似水年华整整八十年！还会有谁比她长久？没有。她留在这里的记忆和故事最多最深。同辈同代的老师和同学，已经走得差不多了。周静后来和三妹赵溶同住一个老人院，2019 年以九十六岁高龄离世。罗忠镕是从这个校园走向世界的伟大作曲家，陈其钢、莫五平、周龙、捞仔等作曲家的恩师。德高望重的"南朱北罗"，朱践耳先生 2017 年 8 月九十五岁病逝。罗忠镕先生 2021 年 9 月将满九十七岁西行！赵渭心中哀恸无法言语……最让人接受不了的是，中国声乐界一位大师李培良（女婿王志明的妹夫）竟然和罗忠镕同天病逝！这难道说，两位音乐家是坐同一条船来到人世，又坐同一条船回归天国？姚以让教授西行多年，姚师母坚强乐观，前两年看她身穿裙装、骑着自行车到处转，2021 年 10 月 30 日因癌症晚期悄然西行；还有赵玉华老师刚满过百岁溘然辞世！

曾经川音新园宿舍"三家巷"三对恩爱夫妻，冯素祥最先病故，毕兴后与彭泽金结为伴侣。2020 年春天毕兴病情加重，在医院比在家待的时间长。小音特别想和毕叔叔聊一聊，他也说有一肚子的话要跟小音说。初夏小音回到成都，毕叔叔已进 ICU 深昏迷无意识。7 月 5 日咽下最后一口气！赵渭和陈光发仰天长叹：嘻——他总算解脱了……这阵伤感还没缓过来，8 月 18 日下午突然看到女儿微信：四川音乐学院前任老院长、著名作曲家宋大能教授，已于今天下午四点四十离世！请转告有关领导和朋友！谢谢！愿逝者西行平顺灵魂安息，韩嬢嬢节哀顺变。后面三支蜡烛、三张哭脸与合十祈祷……老宋病逝，虽有思想准备，仍感悲痛万分！严重的肺心病折磨多年，最后确诊肺癌晚期转移脑部，这段时间很快，他总算也解脱了……10 月小音回到成都代表父母看望宋夫人，韩嬢嬢强作笑颜貌似坚强，她内心的千般不舍万种忧伤，实在令人不忍触碰。这位当年西南人民艺术学院文学系的才女，深夜孤独难寐悲泣赋诗："……人去屋空独倚楼，俯看两河东流水，仰望白云思幽幽……"还有："……梦断处，了无痕，唯有泪沾巾！"读来令人感叹不已。

这一年间，老朋友、老熟人走了那么多！早先的"三家巷"三对夫妻，现唯有赵渭陈光发相守相伴。平时陈光发喜欢发照片、秀恩爱，经常在"香畹本家"微信群引动小辈喝彩:"二姑爹是那么乐观幽默,又是那么刚正不阿[强][强]二姑爹是我们的骄傲[玫瑰][玫瑰][玫瑰]赵鸽(赵淯十哥之女)2019.9.27",还有:"祝贺二姑爹获此殊荣。不论在学院还是在家里都堪称楷模!赵鹏(赵淯十哥之子)同天";有一条令陈光发分外欣喜:"二姑爷可谓干部清正廉明刚直不阿之楷模典范!赵明玮2019.9.27"。赵明玮,赵淯十哥赵涵唯一嫡孙,是唯一"踩着爷爷脚板儿印"、紧随二姑婆赵淯的足迹、走在四川音乐学院校园里的香畹后人。

赵淯和光发特别看好赵明玮。他由母亲夏茜开蒙教习,师从川音大提琴教授傅成英,考上该院附中大提琴专业就读,后留美八年于鲍林格林州立大学获学士学位、南加州大学音乐学院大提琴硕士学位;各种参赛屡屡摘冠。他是美国洛杉矶大提琴协会会员、中国大提琴协会会员;现任厦门大学艺术学院客座教授、四川音乐学院管弦系青年教师、四川音乐学院交响乐团大提琴首席。陈志音作为国内有影响的音乐评论家"举贤不避亲"力推赵明玮,目前国内交响乐团大提琴首席之翘楚,在同行同侪中音乐文化修养首屈一指;曾获世界著名大提琴家王健等大师赞赏首肯。

2021年7月4日赵明玮联袂王雁副院长高足、朱丽娅博士孙麒麟音乐会,演奏舒曼的《柔板与快板》、勃拉姆斯的《F大调奏鸣曲》和拉赫马尼诺夫的《g小调奏鸣曲》。"我喜欢作曲家舒曼、勃拉姆斯!赵鹏夏茜给我们送了两张很好的票。好久没有现场听音乐会了,上一次应该是2019年11月院庆期间,在城市音乐厅听《敖昌群师生交响乐作品音乐会》。"这场室内乐音乐会备受瞩目大获成功,演出结束后,赵淯和陈光发应邀登上舞台,两位老人向明玮和孙麒麟由衷表示赞赏与祝贺,大家合影留念。"这是我们赵家,更是川音的骄傲!"

自来恪守本职、从不争名逐利的赵明玮,在2021年第三十七个教师节潇洒登台,他不是要在音乐会上演奏,周思源院长为年轻的赵老师颁发"优秀教师二等功"奖状、证书和鲜花!老天终于开眼了!面对这份荣誉,仍旧平静、平和、坦然、淡然。很快民革四川省委吸收精英成员,委派明玮前往北京大学培训,9月28日他拿到人生第一份这个级别的中文证书:北京大学结业证书,"北大就是北大,她对我这样有如此情结的人来说,甚至超过哈佛、牛津这样的名校。中华文脉之所在。诚不欺也!"这一趟同时成就了赵明玮在中国最高学府首次演奏巴赫无伴奏大提琴组曲。他漫步燕园即兴随感赋诗:"未名烟雨几多重 / 博雅回澜尤遮松 / 燕园旧事殷鉴在 / 草檄书生一梦功。"

赵湑和陈光发作为四川音乐学院第一代教师已然谢幕;陈志钢继承衣钵成为家族在这个学校的第二代教师,他远赴大洋彼岸追寻梦想;所幸赵明玮回归母校,小赵老师桃李芬芳,已输送多名弟子前往欧洲名校求学深造。他是四川音乐学院的骄傲,也是香晼本家的荣耀。在校园西北小广场边,有座专为远征军设立的日晷,碑文镌刻着赵涵和江隆浩、陈家啸、李善骧、周仕夫等不朽英名。那天赵湑和陈光发在大门口顺丰取回孙媳迪曦赠送的鲜花,走到日晷前,恭恭敬敬三鞠躬献给德哥和老同学。偶尔她会沉思冥想,德哥最疼爱的孙儿背着大提琴行走在校园里……仿佛逝者深邃幽静的目光,在凝望追随那高大的身影;聆听那美妙琴音在梧桐树、香樟树、桂花树的浓荫之间穿游飘荡……

在四川音乐学院校园里,赵湑和陈光发不算高龄之最。上有一百零二岁的原乐器室老技师陈光新,已卧床多年生活无法自理;邹家驹和赵玉华百岁左右,需有人帮着推轮椅出行(后者 2021 年深秋已逝)。四位九十五岁的老教师,蓝幼青行动不便须坐轮椅;体育老师丁文渊是个奇迹,她挺胸收腹腰腿笔直,行动灵活无人堪比,还能打网球、游泳,有些六七十岁的人还不如她精神!赵湑和陈光发身体状况肯定不如丁文渊,但比起坐轮椅的同龄人还算得行,"我们起码现在生活可以自理,他洗三顿碗,我洗二人衣。还不止呢,儿女回来又离开,床上铺笼罩盖都是我,亲手洗!"

新冠疫情始终不稳定,两位老人 2021 年寿诞正日子,身边无儿女、无亲友。相比五年前九十岁华诞的盛况,可谓天壤之别寂寥清静。两个正日子,赵湑和陈光发当天都收到鲜花和蛋糕,感受到女儿女婿和外孙孙媳的满满孝心,"美丽的鲜花、美味的蛋糕,我的亲人,好像就在身边……其实,我们的生日,过不过、怎么过,真的不重要。重要的是,小音你的书，好久能写完？"

2021 年转眼到了岁末，经过一家人努力，陈志钢终获签证，买好机票备好行装，所有人热切期盼，游子漂泊背井离乡三十一载，可望第一次在成都陪父母过春节。结果在预定登机前两天，突然被告知美联航多个航班熔断。哦嚯！一切努力、美好愿望烟消云散……所有不如意事，必须从容面对。

好吧，2022 年是中国传统虎年，香畹本家有喜：赵鸽和陈德安的孙女陈玥桓、陈志钢和胡为萌的外孙陈天勇，两个虎娃平安降生！香畹之女赵湑，即将迎来人生第九个本命年。

冬天来了，春天还会远吗？

后　记

在痛苦的泥淖开出欢悦的花

　　讲中国的好故事，讲好中国的故事，这些都在各种媒体反复强调。

　　《香畹之荫》这本书，应该算作口述史非虚构写作文本。围绕两个普通人、一群普通人，讲的全是中国老百姓的故事。

　　所谓"痛苦的泥淖"，因为，无论采访、搜集、整理、写作的过程都太过不容易！回头看，2019年2月19日农历正月初九上午十点半，在北京通州新华联家园，开始第一次正式录音采访；2019年4月16日，从北京回到成都，在四川音乐学院最后一次采访录音结束；2019年9月26日，所有录音文档全部整理完毕。父母已经说得太累了，我也听得太累了。2019年"十一"长假，果断按下"暂停"键。全国各地转圈看戏，看戏归来赶写剧评。口述实录这件事，基本就算搁置下来了。但也随时在网上和书上查阅相关资料，写这一本书，我在京东、当当、孔夫子旧书网等购买了近百本数千元的书籍。

　　经过一年的前期准备，2020年2月16日上午，终于正式开笔《香畹之荫》。那晚的《新闻联播》："习近平总书记指出，现在疫情防控正处于胶着对垒状态，广大医务工作者一定要坚持下去，发挥火线上的中流砥柱作用……""武汉市金银潭医院的重症监护室是抢救危重症病患的最后一道防线，这里的医生护士们已经连续奋战了一个多月……"想想，开笔写作者的心情！

从 2020 年初到 2021 年底，新冠肺炎疫情肆虐全球。成都，这座城市，川音，这个校园，实在也并非世外桃源。2021 年，赵淯公历 10 月 22 日年满九十五岁，光发农历十月廿三日年满九十四岁，还能寄希望于两位老人记得、讲述多少内容？越早越远的人和事，他们的讲述越具体清楚；而越晚越近的人和事，二老的记忆越模糊越混乱。最后一章写到 2012 年 1 月以后的内容，基本都是翻阅、编选、整理母亲天天坚持手记的一摞日志，更多还有平日在饭桌上闲聊对话，亲友聚会他人零散而重要的补白。

实际上，但凡世人出于本心真意，莫不希望找到族群"根脉"，从而搞清楚自己到底从何处来、向何处去，所谓不忘根本。在写作过程中，我特意安排于 2021 年春天，同几个姨表姐妹奔赴沈姓外婆的祖籍所在地：安徽省池州市石台（埭）县七都镇（村），我的母亲从未去过那里；还专门绕道去了一趟陈氏祖父的祖籍所在地：河南省开封市尉氏县洧川镇，我的父亲从未涉足那里。

我想寻根之旅、问祖之仪，应为一件有意义、有价值的事情。祖籍的意义在于，这是一个人、一个家族寻根的依据。因为我们祖辈的悲欢人生，同我们民族的兴衰命运紧密相连。经过历史长河的流变冲刷，可能留存下来的相关信息极为有限。现在依靠互联网，希望从中搜寻到一些线索。经常是原本仅仅拈出一个线头，结果扯出一网网！越扯越多，越扯越深，根本没有头尾却让人欲罢不能！

笔者身为职业记者，采访中尽量采用沉浸式对话交流；写作中尽量遵循口述史结构章法。我特别规避因不由自主的行文习惯，致使父母真实生动的口述，在我笔下的文字中变形变异，而被不经意地修饰包装成别人的故事；我尽量引用父母口述的原话，从而保留其口语化的口吻语气，我力求"真实"，只有真实才能还原并提升其可信度，重要的是最真实的情绪情感、情思情怀。

每个人、每家人都有自己的故事，写出来就是一本、一套书。希望《香豌之荫》这本书，真正成为普通人写普通人的故事；希望这本书经得起历史的检验，尽可能长久地体现其独特的价值。

国内非虚构写作越来越展现出蓬勃鲜活的民族文化的强大生命力。重要的是，非虚构创作对真实经验的客观叙述与近乎"零度"还原生活的特点让文学得以在场性的亲切姿态贴近大众，使其在大众阅读市场中拥有广泛的接受度、认可度与参与度。曾经读过"真实故事计划"出版的非虚构作品合集《穿过生命中的泥泞时刻》，写故事的人非职业作家，而是来自不同地域、有着不同身份的寻常百姓。《临终者联盟里的布道人》《迟到半个世纪的情书》《被重点班吃掉的孩子们》《小科员葬礼上的表演大师》等篇目精彩绝伦令人心生共鸣，因为我们看见了人生路上"最真实的痛和最没有掩饰的美"。

写作《香晼之荫》，无疑是我对家庭家族、父母亲友包括自身的一次全新认识、深度了解的过程。这之前，应有的认识和理解都非常有限。

曾经单纯以为父亲原本就是个贫苦受难的农民。实际上，因为陈光发懵懂记事之初，所谓的早期教育，更多源于北方乡村文化和西方宗教文化双重复合的浸染熏陶，再加上他读过书上过学，还有在城镇小手工业作坊当学徒的经历，所以，他和大多数在乡村野地"放养""散养""散养"的纯文盲农村孩子大不一样。参军进入大城市，丝毫没有过渡期违和感。在南下干部或解放干部中，陈光发一点不显"土"，他由里及表的气质性格、观念态度、行为行事，无不自成一格。怎么会？现在、终于，有了一个真实的答案。

曾经单纯认为母亲原本就是个养尊处优的小姐。实际上，因为赵淯父母先后早逝，所谓的家庭教育，更多源于大后方都市社会文化和西方宗教艺术的影响，还有成年兄长引导帮扶下的自我学习自觉完善。在成都这个富有深厚历史与精英文化的城市，她的眼界见识、待人接物等确非普通城市一般女性可比。她的穿着大方得体，她的谈吐从容风趣。她为什么经常忘记年龄？她为什么始终保持仪态妆容？即便不出门，她也要把自己收拾得干净整齐；即便没人看，她也要画眉毛着淡妆。早先完全不理解，现在全明白了。

后　记

重要的是父母的家庭出身、成长环境、教育程度，等等，基本就像两根铁轨双行道没有交集，怎么可能相识相知、相恋相爱，最后组成家庭生儿育女？2021年9月9日两位老人结婚纪念日，这六十八年风雨春秋，他们是怎么相扶相携、相守相伴一路走过来的呢？写完了，读完了，全都懂了。

必须说明，全书九章标题均撷自香畹诗句，以对应各章内容。紫茵断断写不出这般锦绣文辞。

感谢梁茂春教授的导引与专业启示。

感谢沈珏表姨、沈涛表舅指点迷津；感谢堂表兄赵世琨、姨表妹赵丽提供珍贵的家族史料；感谢姑表兄弟姐妹赵鸽赵鹏赵建和赵世瑛、赵世琮及其家人提供《赵椿煦家谱》为基础蓝本，且不厌其烦答疑解惑。

感谢我的朋友蒋力、游暐之、刘恒岳、吴飞等，鼓励是我写作的勇气。

感谢母校西南大学出版社总编辑李远毅的支持，给了我写作的动力。

感谢陈光建先生，您与家父名仅一字之差，但却与本书访主赵、陈、沈家族毫无血缘关系。一位"路人""干人""陌生人"竟然多年研究探求沈氏老宅和沈氏族辈及相关历史人物、历史事件，且已有成果著述见诸网络和出版。相比之下，我、我们作为赵、沈、陈家族后人，满怀歉疚自愧弗如！

感谢我的母亲父亲，如果没有你们的理解、宽容、将就，你们的耐心、鼓励、支持，这本书，无论如何不可能完成，更不可能面世出版。

谢谢，谢谢所有直接或间接给予我支持鼓励的亲人、友人、好人！我，永远爱你们！

陈志音（紫茵）

2021年11月16日14：18初稿

2022年3月28日12：50第5稿

图书在版编目（CIP）数据

香畹之荫 / 紫茵著. -- 北京：作家出版社，2022.7
ISBN 978-7-5212-1885-5

Ⅰ．①香… Ⅱ．①紫… Ⅲ．①纪实文学 – 中国 – 当代
Ⅳ．①I25

中国版本图书馆CIP数据核字（2022）第063598号

香畹之荫

作　者：	紫　茵
责任编辑：	郑建华　李　雯
装帧设计：	连鸿宾
封面题字：	任　萍
出版发行：	作家出版社有限公司
社　址：	北京农展馆南里10号　　邮　编：100125
电话传真：	86-10-65067186（发行中心及邮购部）
	86-10-65004079（总编室）

E-mail:zuojia@zuojia.net.cn
http://www.zuojiachubanshe.com

印　刷：	北京盛通印刷股份有限公司
成品尺寸：	170×240
字　数：	410千
印　张：	27.5
版　次：	2022年7月第1版
印　次：	2022年7月第1次印刷
ISBN	978-7-5212-1885-5
定　价：	88.00元